JN123379

光畑浩治

花乱社

題字　棚田看山

挿絵　城戸好保

豊前国の深層を掘る

〝行動するエッセイスト〟として著名な光畑浩治氏は、この約半世紀の間、豊前国の埋もれた文化遺産を次々と掘り起こし、研究者、メディア、実業家、行政等々と連携しながら地域の活性化に繋いできた。例えば、唐辛という一風変わった四股名で活躍した明治の技巧派小兵力士は行橋市の出身であり（第42話）、築上郡築上町をルーツとする日系二世の豊錦は、アメリカ国籍の関取第一号、太平洋戦争で翻弄される数奇な土俵人生だった（第314話）など、本書で初めて知る読者も多いのではないだろうか。

最近では、光畑氏を中心とする一般社団法人豊前国小笠原協会が、日本ワインの醸造ルーツといわれる細川小倉藩時代の〝ガラミワイン〟を四百年ぶりに再興し、メディアの注目を集めた。第48話「造語の世界は楽しめる」、第49話「ガラシャ夫人と『一花の泪』」、第50話「豊前国小笠原協会の挑戦」、第219話「世の中の『十二』あれこれ」は、その奮闘記として貴重である。〝ガラミ物語〟を追い続けた「N新聞のS記者」の「昔気質の記者視点」にも敬意を表したい（第50話）。

光畑氏のエネルギッシュな行動と執筆を支えているのは、豊前国に対する愛着と「田舎ぐらし」の矜持である。光畑氏は前著『平成田舎日記』巻頭のエッセイを「ごく普通の日常生活で、ただ時を過ごすだけの日々よりも、視点を変えて地域あるいは郷土への思考を持てば、楽しみはさらに増す。その思いが地域を変えるパワーにもなる」と結んでいる。今回改めて『田舎日記』四部作を読み返してみると、そこには、華やかな「都会」の皮相よりも一見何もなさそうに見える「田舎」の深層にこそ意味や価値があるのだ、という強い信念が貫かれていることがよく解る。

ところで、光畑浩治氏をはじめ、本書の題字を揮毫した『田舎日記・一文一筆』の書家・棚田看山氏（第294話）、本書の挿絵を描いた画家・城戸好保氏、『田舎日記／一写一心』の写真家・木村尚典氏、それに〝ガラミワイン〟再興の契機となった論文「細川小倉藩の『葡萄酒』製造」を北九州市立自然史・歴史博物館の研究紀要に発表した同館元歴史課長・永尾正剛氏は、私にとって福岡県立豊津高校の一回り以上も年長の畏敬する先輩たちである。

幕末維新期、長州戦争で壊滅的な打撃を受けた小笠原小倉藩は、現在の京都郡みやこ町豊津に撤退して豊津藩と改称し、明治三年（一八七〇）、藩校育徳館を開設した。人材育成による藩の再建という〝教育立国〟を目指したのだ。全国の他の藩校が廃藩置県や学制実施を機に一旦は廃校となる中で、豊津藩校育徳館は、唯一例外的に一度の断絶もなく、旧制の豊津中学、新制の豊津高校から現在の中高一貫教育校、育徳館中学・高校へ継承された。〝進取の気風〟という建学の精神は今も脈々と受け継がれている。

本書では、明治期の旧制豊津中学に学んだ元号「昭和」の考案者・吉田増蔵（第2話、第34話）、社会主義の父・堺利彦（第78話）、東京帝国大学名誉教授（機械工学）・内丸最一郎（第5話、第6話）、元帥陸軍大将・杉山元（第6話、第53話、第54話）や、大正期の卒業生、プロレタリア作家・葉山嘉樹（第211話）、革新官僚・奥村喜和男（第44話）、第三回芥川賞作家・鶴田知也（第24話）、日展審査員の画家・福田新生（第24話）から豊津高校卒業の中嶋利昭福岡県立修猷館高校第二十七代及び第二十九代校長（第328話）に至るまで二十人以上の同校出身者が取り上げられている。

第6話「キューバで孤児院」に登場する北海道帝国大学理学部地質学鉱物学科第二講座初代教授の長尾巧（旧制豊津中学明治四十二年卒）について補足しておきたい。〝北大古生物学の巨人〟と称される長尾巧は、昭和九年（一九三四）、日本統治下南樺太で草食恐竜の全身骨格化石を発掘し、ニッポノサウルス・サハリネンシス（サハリンの日本竜）と命名した。実にこれが日本人によって発掘、研究、命名された最初の恐竜であり、その化石標本は北海道大学総合博物館を代表する収蔵品となっている。日本古生物学会第四代会長を務めた長尾巧は、昭和十八年（一九四三）八月二十八日、胃がんにより死去。五十二歳という若さであった。

最後に、第242話「本当に誕生日はいろいろ」によれば、光畑浩治氏の誕生日十二月五日の【石】エンジェライトは「甘い夢、宇宙意識を感じたいと願う人」、【酒】サウザショットガンは「一生懸命に目的を達成する実践者」、【星】アトリアは「大局観ある時代感覚」だそうだ。自由闊達な筆致で「京築」「歴史」「文学」「言葉」「生活」「人間」「時代」を縦横無尽に綴った光畑浩治氏の〝宇宙意識〟と〝時代感覚〟をご堪能あれ。

郷土史研究家　小正路淑泰（こしょうじとしやす）

＊本書は、二〇一五年八月から二〇一六年十二月までと二〇一八年九月から二〇一九年八月までに、一話千字で書き綴った三六五話を所収する。各項末尾の数字は執筆年・月。

令和田舎日記❖目次

第1章　京築を歩く

第2章 歴史を探る

第3章 文学を知る

第4章 言葉に遊ぶ

第5章 生活に聞く

第1章　京築を歩く

1 カエル夫婦

カエル好きなご夫妻にお会いした。ご主人が「カエルが三匹いると栄える、六匹いれば迎えると言います」と答えるのに、奥さんはそばで静かに微笑んだ。

福岡県みやこ町豊津緑ヶ丘のギャラリー「みどりの館」経営の中村正範さん（七四）と悦子さん（六六）に、「カエルの話」を訊いた。

悦子さんは、カエルそれもガマガエルへの想いを語る。「幼い頃、家にあった焼き物のガマが好きで、それでよく遊んでいました。が、そのガマの手と脚を壊してしまい、元に戻さないと、と気になって焼き物に興味を抱いたのがキッカケ」だったそうで、カエルといえばガマ、だそうだ。ガマの焼き物を前に悦子さんは「素人ですから」と謙遜するが、ギャラリーのあちこちには、ガマも含め彼女の造った味わいあるカエルが見学者を見上げている。

二〇〇〇年春、電機メーカーのサラリーマンだった中村さんは定年前に退職し、趣味で描いていた絵画などを展示できる「みどりの館」をオープンし、窯も造った。そして絵画、書、陶器、写真、版画、布作品など、いろんな展示を続けて十五年になる。開店当時、悦子さんは素朴な焼き物のガマと窯（いわゆる蝦蟇窯）にかけて「がまがま展」を開いて、ご主人の展示会場を盛り上げた。館の周りには「皆さんが展示作品を観て、無事家にカエルように」との願いを込めた何匹ものカエルを鎮座させた。

ところで三重県伊勢市の夫婦岩で知られる二見興玉神社の神使はカエルとされており、神徳を受けた者はカエルを献納、境内には無数のカエルが並ぶ。また福岡県小郡市の如意輪寺は山門の仁王像、七福神もカエル様、境内はカエルだらけのようで、「かえる寺」と呼ばれている。

人間のカエルへの興味は、芭蕉の「古池や蛙飛びこむ水の音」をはじめ、薬品会社の「コルゲンコーワのカエル君」まで幅広く親しまれている。

とにかく、いろんなものが元にカエルよう、人の心を惹き付けるのがカエルたちのようだ。

二〇一一年、東日本大震災後、悦子さんは人間大のハリボテかえる五匹を新聞紙で作り、被災地が「よみがえる」よう願いを込めた展覧会を開いた。今も千体を超えたカエル作りに力が入る。今後は自然の景色の中でたくさんのカエルを活かす「カエル神社」を屋敷内の小山に作りたいと夢を膨らませる。地域の美術館として、「館」の展示作品鑑賞のあと、そばの「神社」を詣でて「かえる」夢の実現に、カエル夫婦は歩んでゆく。

（2015・8）

元号「昭和」を考案し、昭和十六年十二月八日の太平洋戦争開戦の「詔勅」を起草した福岡県みやこ町出身の漢学者・吉田増蔵は、慶応二年（一八六六）生まれで平成二十八年（二〇一六）は生誕一五〇年。

最近、増蔵の孫娘・湯浅みづほさん（六六）から、母吉田松子さん（八七）が詠んできた歌を見せていただいた。父や母、叔父、伯母など身近な人を詠んだ歌が並ぶ。

ところで増蔵研究の文献に収められた対談録に「お嬢さんに『松子』と命名されておられた。松にかかる一輪の月の風情をしのばれてのことであろう」の記述があった。ところが、

齢八十となりてわが名の出自判明す
　家持の歌にあり松の左枝と

松子さんは詠む。母は左枝（さえだ）といい、「松」と「左枝」の繋がる歌がある。その出典と言われる大伴家持の歌。

八十種（やちぐさ）の花は移ろう常磐なる
　松の左枝をわれは結ばな　家持

さらに、父・増蔵の日々の思い出を詠う二首を拾う。

甘きもの好みし亡父は七草の
　粥に砂糖を添へて食みしが

袴の裾サッサッとさばき父の部屋に
　のぼりゆきしは佐佐木信綱

2――うしろ姿――父を偲んで詠う

娘から見た父の日常である。親しき友の姿もある。

昭和十六年十二月十九日に逝った父の最期を詠む歌からは、親を想う娘の心根が伝わる。

開戦のニュース聞く父のいたましき
　後姿よ永久に忘れず

開戦の詔勅に身命を
　かけし父のみまかりし夜

これは松子さんが迎える「特別な日」の歌だろう。うしろ姿の父を回想する。

めぐりくる十二月八日顕（た）ちくる
　父の後姿残る言葉（ことのは）

そして昭和六十四年一月七日に、昭和天皇が崩御された後に詠んだのであろう。

皇居前小雨に濡るる小砂利ふみ
　崩御を悼む人々の波

いつかくる昭和と別れつげる日が
　今日この時と亡父に告げたり

父を偲んで詠う言葉は尽きない、人を思う心もまたしかり。うるわしき世を願う。

（２０１５・９）

3 七草にも歴史があるようだ

秋、福岡県苅田町二崎の天神池そばに咲くフジバカマに、渡り蝶のアサギマダラが来ていると聞き、見に行った。そこで世話をしている方が「スナビキソウを植え、春も中継地にできれば……」と蝶の飛来を楽しそうに語る。春の訪れが待ち遠しい。

蝶は花の香りに引き寄せられて来るようだ。

フジバカマは「秋の七草」の一つ。

萩、桔梗、葛、藤袴、女郎花、尾花、撫子が秋の七草と呼ばれる。山上憶良が詠み『万葉集』に納められている次の二首が由来とされる。

秋の野に咲きたる花を指折り
　かき数ふれば七種の花

萩の花尾花葛花瞿麦の花
　姫部志また藤袴朝貌の花

秋の七草は、とくに行事はないが、花が咲き乱れる原野を「花野」といい、古来、食べたり摘んだり、ではなくて、散策の中、花を鑑賞する風情を楽しむようだ。

一方、「春の七草」は、芹、薺、御形、繁縷、仏の座、菘、蘿蔔で、平安時代から正月七日（人日の節句）、野菜（七草）を入れた羹を食べ、邪気を払い万病を除く風習が今も「七草粥」として残る。

「人日」は古代中国の占いの風習に由来する。正月の一日は鶏を占い、二日は狗、三日は猪、四日は羊、五日は牛、六日は馬、そして七日は人を占う日として、その日は動物を殺さず、人への刑罰は行わない、とした。同じく中国伝来の上巳、端午、七夕、重陽とともに、五節句の一つとして残る。

また、古代より日本で年初に雪の間から芽を摘む「若菜摘み」の風習が七草の原点ともされ、文献には南北朝時代の一三六二年頃の『河海抄』（『源氏物語』の注釈書）に顕われ、その著者である四辻善成左大臣の歌が初見とされる。

芹、なずな、御形、はこべら、仏の座、
　すずな、すずしろ、これぞ七種

七草は身近な田や畑に生えるものばかりであることから、元来、米作文化が遠因といわれる。

江戸時代は幕府の公式行事として七草粥を食べる儀礼を行っていた。また時が下り、戦時中、食糧難の一九四〇年代、藜、猪子槌、莧、滑莧、白詰草、姫女苑、露草を「夏の七草」として選定し、国民に食用の普及を図った。七草にもいろいろ歴史があるようだ。

（2015・10）

4——財は天下のものなり

福岡市の椎木正和さん（八七）の一代記『一身二生』を頂いた。椎木さんは福岡県京都郡稗田村字大谷杉ノ木（現行橋市）、いわゆる豊前六郡の長・黒田官兵衛の居城があった馬ヶ岳のすぐ麓で、十人兄妹の七番目として昭和三年（一九二八）二月二十日に生まれた。

彼は母から、お前は「流産しようと思った子」だけど、「運が強い、しぶとい」といつも励まされたという。稗田小学校時代は「わるぼう」だった。太平洋戦争が始まった翌年、九州工学校（現真颯館高校）に進むが、大津陸軍少年飛行兵学校を志願し、難関のなか「若鷲」への憧れを抱いて入学できた。先輩を特攻隊員として送り、あと一年戦争が続いていれば自分も飛び立っていたと、「九死に一生」の思いを持ち続ける。

戦後、門司鉄道局に入局したが、昭和二十二年のゼネストを機に退職。先輩の縁で警察官を拝命。警察では柔道で「汚く勝つよりきれいに負けろ」の松本安市七段に師事。しかし当時は栄養事情が悪く体調不良になり、まさかの肺結核に罹患。二十二歳から六年間、死の淵をさ迷った。療養所で「まだお迎えが来ないのかしら」という陰口を聞き、生きる闘志を燃やした。幸い抗結核薬の開発・普及のおかげで同三十一年、地獄から生還、春を迎えた。新しい人生が始まった。行橋で義兄経営の「質屋」を手伝う。「国家に銀行あり、庶民に質屋あり」の時代で、金融に関わることになった。質屋業務のかたわら先進国での庶民金融を調べ、クレジットやローンが企業化し「対物信用から対人信用」の時代が来ると、同三十四年、小倉市（現北九州市）の駅近くで「三洋商事」を女性事務員二人でスタートさせた。

平成元年（一九八九）の創業三十周年には、福岡市呉服町に十階建の本社ビルが完成し、従業員八百人の「地域に根ざす三洋信販」に成長。これを機に地域支援を始めた。療養所時代、ベートーベンの「運命」などクラシック音楽に救われた思いを地域の人々にと、本社ビルでコンサートを重ね「呉服町のカーネギーホール」と呼ばれ、別府では「アルゲリッチ音楽祭」を支援。また九州大学の「ユヌス&椎木ソーシャル・ビジネス研究センター」の設立や福岡赤十字病院の「アネックス椎木記念ホール」の設置など多く貢献。さらに九大講堂建設の話を聞き「財は天下のものなり」の思いの実践で、三千人収容の「全国どこにもない施設」を寄付。これらの施設は、文化の拠点として悠久の時を刻んでゆくだろう。

（２０１５・11）

5 機械工学の内丸最一郎

二〇一五年十一月、新聞に「内丸家の現当主が寄贈」の記事があった。東京在住の内丸佐一郎さん（六五）が、福岡県豊前市の後藤元秀市長に寄贈目録を手渡す写真付き。「内丸家」を追うと、祖父・次郎蔵（一八三二～一九〇〇）は文化人で頼山陽などの書画骨董を持ち、また父・最一郎は、日本の自動車や航空機の技術発展に寄与した工学博士として活躍。今回の記事は、その関連資料も含め「家」に伝わる作品二百余点を寄贈との内容だった。

内丸最一郎（一八七七～一九六九）は一般にあまり知られていない人物だ。豊前市三毛門出身で、豊津中学（現育徳館高校）から第五高等学校を経て、東京帝大へ進んだ。明治三十五年（一九〇二）、機械工学科を卒業後、翌年、同大助教授に、のちに教授になった。明治四十四年には欧米に留学し、各国の水車、水力発電、蒸気タービン、ディーゼル機関などを見学。新しい知識を得るたび著書に加筆、改訂していった。当時、工学書は外国語書物が多く、内丸の書物（『蒸気汽缶』『蒸気機関』『蒸気タービン』『瓦斯及石油機関』など）は研究者や学生などに幅広く読まれたという。

ある工学関係者に「機械の内丸最一郎」なる随想がある。五高時代のことで「（寺田）寅彦が英語の答案を提出するときだけ、漱石はニコニコして受けとった。あんな不愉快なことはなかったと内丸最一郎は言う」とあり、「最一郎は寅彦とともに三年生のとき特待生となっている。『学力優等品行端正課業精励なる生徒を選抜し特待生となす。』とある。寅彦と最一郎は五高で同級生だったのです。ともに特待生になるほど優秀でした」とあった。二人は五高の時、夏目漱石の生徒で、寺田は漱石十弟子の一人と称され、内丸は漱石との親交を続け、夏目家の「正月の歌留多会」には何度も参加したと言われる。

さらに真意はともかくとして興味深い話も残る。明治四十一年、漱石自筆の京築の地図を描いた取材メモがあり、小説のモデルを検討したのか、豊津の小宮豊隆、三毛門の内丸最一郎、吉富の野依修之介、友枝の末松偕一郎の四名の名をあげている。その年の九月「朝日新聞」に小宮豊隆を主人公にした『三四郎』の連載が始まった。歴史の糸を辿って行くと、こんなこともあったのか、と意外な発見があるものだ。種は転がっている。

この内丸最一郎を、郷土の人はほとんど知らなかった。晩年、日産や日立の技術顧問となり、日本の工学界や産業界に多大な功績を残して九十二歳で没。

（２０１５・11）

6――キューバで孤児院

歴史の中で隠れた人物にエルマー・E・ハッバード(〜一九三七)がいる。彼は明治二十一年(一八八八)アメリカから福岡県の豊津中学校教師に招聘され、五年余り教鞭をとった若い時期と、後年キューバに渡りカーデナスで孤児院を開いた姿が伝わる。

知人が『豊津中学校史』(昭和十二年刊)に彼についての記述があると教えてくれた。学校創立五十周年を記念したもので、内容は、沿革はもちろん恩師追慕や思い出の記があり、末松偕一郎衆議院議員、青木正児東北大教授、内丸最一郎東大教授、長尾巧北海道大教授、杉山元陸軍大臣など卒業生の随想の中に、畑功慶大教授の「恩師ハッバード先生」があった。畑功は、彼の紹介により米国エール大学で英文学を修めて慶大教授となった人物である。

ハッバードが豊津に来たのは、小笠原忠忱伯爵が入江淡校長に「英語の時代」になるから「外国人一名」をと、東京基督教会に交渉され、米国ミシガン大学卒業生の彼が選ばれた。着任後は「親切丁寧を極めたる先生の態度は言語不通」にも拘らず「忽ち我等若者を風靡」、さらに日曜学校などで人々と親しくした。放課後には米国から持ってきた野球やサッカーの道具を使って運動場で生徒らと盛んに楽しみ、地域の人々を驚かした。その様子は「九州地方に於ける競技開祖の地」と記される。

また彼は「日本在住の際に参観した岡山孤児院の事業にすっかり魅惑」され、「世の不運児を救いたい希望」を持った。岡山孤児院は、「児童福祉の父」と呼ばれる石井十次(一八六五〜一九一四)が、一八八七年、貧しい巡礼女性の幼い男の子を預かったのをきっかけに、キリスト教信仰に根ざす施設の開設がなされ、のべ三千人の子どもらが育った。

ハッバードは石井の孤児救済に捧げる情熱を垣間見て、心に期すところがあったのであろう。畑の記すところによると帰国後、父の農園を継いでいたが、一八九八年(明治三十一)、アメリカとスペインの間の「戦争で玖馬島が戦乱の巷となり(略)孤児続出の報を聞き、断然決意して(略)善行有る所神必ず助くとの強烈なる信念の下に飄然玖馬島に現れた」という。ハッバード夫妻は、自主的な寄付以外は決して援助を求めない活動に徹し、土地の人々から「カーデナスの聖者」として尊敬されたそうだ。

異国教師の生涯を伝える簡略な記述だが、「先生」の聖なる道の想像を大きく広げる。

(2015・11)

7 乃木希典大将と蓑島

福岡県行橋市の市街地に「楽神（らくしん）会」という、お年寄りの親睦会がある。日々、各種行事を重ねて楽しむ。会員は三十余名。特に毎朝のラジオ体操は欠かさず、だから「みんな元気なんですよ」と言う。

会では年に数回「会便り」を発行する。それに、前行橋市文化財調査委員長であり『小倉藩家老 島村志津摩』（海鳥社刊）の著者・白石壽（ひさし）さん（八五）が「ご存知ですか、ふるさとと行橋」のタイトルで、郷土の歴史に残る足跡を連載している。

ある号に「乃木希典少佐と『浜屋』」の一文が載る。貴重な歴史の一コマである。一部分を抄録する。

明治三十七年（一九〇四）日露戦争最大の激戦地、旅順攻防戦で第三軍司令官として壮烈な戦いを指揮した乃木希典（まれすけ）大将も青年時代、明治九年（一八七六）十月、蓑島を探勝している。当時の日記に、

「島中人家三百戸、一ノ貧村ノミ。時計已ニ三時ヲ転ジ去ル。午餐セント欲ス、能ハズ。浜屋ト云フ商家ニ入リ、野醸（やじょう）半樽ト枯魚（こぎょ）数枚ヲ買フ。家ハ上ノ嶋ニアリ、之一嶋ヲ上下両部ニ分ツノ称ナリ。漁舟ノ常見ヨリ来ル者有リト聞キ、乗ラント欲シ、家媼ニ謀ル。家媼懇（ねんごろ）ニ周旋ス。酒ト肴トヲ携ヘ舟ニ乗ズ。……」

以上が乃木さんの見た蓑島であった。

ところで乃木さんの立ち寄った「浜屋」という商家はどこにあったのか。島の古老から「ひょっとしたら中山浅平（九四）が知っちょるか分からんよ。年はとっちょるが、もの覚えはいいけ」といわれ、聞いた話は「わしが子どもん頃、たしか十（とお）ぐらいやっちょろうナ、浜屋のばあさんという人が、大島の魚のセリ場の近所でぼた餅を板にのせて売りよったんをおぼえちょる。身寄りがないけ、米谷茂市が面倒をみていた。なんでん昔は、いい家の出やったと聞いた」と、昭和六十年に入手できた「浜屋」に関する唯一の資料である。

平安時代の歌人・源重之が「豊国の蓑島山の郭公頭（ほととぎすかしら）や雨にぬれて鳴くらむ」と詠んだ景勝の地に乃木大将の話が伝わり、彼に関わる「家媼」も蓑島・浄念寺の住職によれば「寺の入口に『浜屋』のばあさんという人の小さな墓があった」とまで分かった。

こうした歴史に関わる人がいれば、それを問う人がいて事蹟を検証し、それを語る人があって人に伝わる。

小さな地域の「会便り」であっても、白石さんの残す「伝承記録」は大きく広がる。

（2015・12）

8　懐かしい『がらがら』

もういくつ寝るとお正月の年末、部屋や書庫の整理をしていて文芸雑誌『がらがら』を見つけ、手に取り、こんな雑誌も出したなぁ〜、と感慨に耽った。

昭和四十八年（一九七三）に高校時代の同級生四人（柏木秀樹・光畑浩治・村上正雄・山崎信幸）で「四人編集四季刊行予定同人」雑誌『がらがら』創刊号を発刊。郷土の文化発展を願い……と若かった。がらがらの名は、京都（みやこ）平野を蛇行し流れる今川の源である、福岡県添田町の英彦山（ひこさん）。そこに鎮座する英彦山神社に伝わる「英彦山ガラガラ」から頂いた。ガラガラは素朴な土鈴。由来は「文武天皇慶雲二年（七〇五）全国で日照りが続いた。天皇は尊崇あつい英彦山権現に使いを立てご祈願された処、降雨あり田畑を潤し豊作を迎えた。天皇はお礼にと鈴一口（ふり）をご奉納されたが、文治五年（一一八九）英彦山が戦火に会った時、大切な鈴は聖地の土中に埋め難を免れたが、以来、所在不明となった」との話が伝わる。

雑誌は地域で活躍する詩人、歌人、画家、郷土史家など多くの方の協力を得て、「雑誌三号」ではなく五号まで刊行できた。創刊号「はじめに」の挨拶は「編集部」としたが、二号から「柏」「光」「村」「山」の順に四人で分担、一巡して廃刊になった。「光」を採録する。

何人かのひと達から「あの土鈴の〝がらがら〟鳴る音が聞こえないが、壊れてしまったのかね」と尋ねられた時「いや、壊れてはいません、もうすぐ鳴りますよ」と答えてきた。

土鈴は置いているだけでは鳴らない、ひとが手に取って振らなければ〝がらがら〟と鳴る音は聞けない。それも、ひと振りでは音色がわからない。ふた振りでもまだまだ。み振りでも聞きとりにくい。よ振りで死んだ音色になっては困る。

土鈴は何度も振ってみて〝がらがら〟と鳴るほんとうの音色を自分の音にしなければ土鈴の味わいというものはわからない。味がわかってこそ、旨味というものを知るだろう。しかし、移り変わりのめまぐるしい世の中であっても土鈴は土鈴であることが望ましいと思っている。

（光）

四十余年前の「五号」の足跡を眺め、時の早さを感じる。こうしたカタチで残り、遇えることのありがたさも思う。明けて齢七十になる。歳をとったスガタを隠すことはできない。目の前の「足跡」は若いスガタのまま、人の生き方、そんなに変わるものでもない。

（２０１５・12）

9 英彦山ガラガラ踊り

日本三大修験道の霊場は、大和の大峰山、出羽の羽黒山そして豊前の英彦山と言われる。

英彦山は福岡県添田町と大分県中津市（山国町）の県境にある標高一一九九メートルの山である。

古諺に「英彦山がらがら口ばっかし」とあるが、素朴な音色の土鈴「英彦山ガラガラ」は、山梨県の「虫きり鈴」と富山県の「蛇の目鈴」と並ぶ日本三大土鈴の一つとして庶民に親しまれてきた。約一三〇〇年前、国が天災の折、文武天皇が英彦山に祈願の使いを出すと即座に霊験あり、その礼で鈴一口が奉納されたとの由来を持つ。

小柄でかわいい鈴は、薪窯で素焼きされ、一つ一つ音色が違う。太陽の「赤」色と水の「青」色を彩色し、藁を通して括って完成する。

英彦山が「耶馬日田英彦山国定公園」に指定された二十周年を記念して、昭和四十五年（一九七〇）に作家の野坂昭如作詞、岩代浩一作曲で「英彦山ガラガラ踊り」と「英彦山音頭」が作成されていた。平成二十七年（二〇一五）に八十五歳で亡くなった野坂さんが、添田町から依頼を受けて民謡レコードを作っていたのだ。

野坂さんらしい詞が並ぶ。

① 英彦山ガラガラ　ガラガラ鈴は／魔除け　虫除け男除け　〝ホラセ〟／娘年頃　英彦山詣で／鈴をながめて　思案顔　〝ホラセ〟／ドンガラガラガラ除けるはいいが／残しておきたい　ものもある／ドンガラガラ　ガラガラ／ドンガラガラガラ　〝ホラセ〟

② 英彦山ホラホラ　山伏のホラ／天狗いぶしの　白けむり　〝ホラセ〟／へなちょこ小男　英彦山詣で／いぶしながめて　うらやんだ　〝ホラセ〟／ボンボラホラホラ　いぶすはいいが／天狗の鼻だけ　くれまいか／ボンボラボラ　ホラホラ／ボンボラボラホラ　〝ホラセ〟

③ 英彦山伝説は　数々あれど／英彦山紀元は　縁起よか／邪馬台国の　遙かなむかし／日向灘から　のぼりくる　〝ホラセ〟／朝の陽光の　きらめくなかに／仙人霧氷に　舞うをみた／ドンガラガラ　ガラガラ／ドンガラガラガラ　〝ホラセ〟

土の鈴は〝縄文の時〟を想像させ、鈴の中の小粒の土玉が音を響かす。軽やかなカラ、コロ、ガラガラ、ガラガラは温もりがあり、心を癒す古の音、それが英彦山踊りの舞にも合っている。

（2016・11）

10　詠まれた英彦山には……

福岡と大分の県境に霊峰・英彦山（一一九九メートル）がある。出羽の羽黒山（山形）と大和の大峰山（奈良）に並ぶ山岳信仰のメッカで、日本三大修験道として知られる。だが明治元年（一八六八）、神仏分離令が出された後、修験道などが廃止され僧坊も宿坊も激減し、伝統宗教は打撃を受けた。今、坊無き山は大自然の懐に歴史を抱いたまま時を刻む。

　これまで多くの俳人や歌人などが英彦山を詠んだ。どんなものがあるだろうかとネット検索を試みる。

谺して山ほととぎすほしいまゝ　　杉田久女

右の句は十万余句から「帝国風景院賞」の金賞を受賞。久女は山に幾たびも足を運んだという。

栃の実のつぶて颪や豊前坊　　杉田久女
すべってころんで山がひっそり　　種田山頭火
観楓や英彦山天狗いで舞へよ　　高千穂峰女
冬晴れの音を立てたる英彦の鈴　　後藤比奈夫
英彦山の夕立棒の如くなり　　野見山朱鳥
英彦山の露降りてきし机かな　　黒田杏子
英彦山の坊跡に積む竹落葉　　松崎鉄之介
たちまちに英彦山かくす男梅雨　　吉藤春美
彦山やがらがらの音も梅雨じめり　　青木月斗

寂しければ酒ほがひせむこよひかも
　彦山天狗あらはれて来よ　　吉井　勇

右の歌は棟方志功の木版画「天狗の柵」（一九五三年）に天狗舞と共に彫られている。

英彦山はおもしろき山杉の山
　天狗棲む山むささびの山　　吉井　勇
彦山に来て夜がたりに聴くときは
　山岳教もおもしろきかな　　吉井　勇
此山に棲むと云ふなる天狗共
　あらば出て舞へわれ酔ひにたり　　小杉放庵

ところで「七つの子」など童謡作家の野口雨情は「彦山がらがら節」を作詞している。歌は英彦山の自然を詠み、情緒溢れる季節詠が取り入れられている。

石の階段　桜の馬場に／春は桜の花ふぶき／夏の彦山気もはれればれと／山に緑の雨が降る／誰が染めたか彦山さまの／秋は紅葉の　色のよさ／雨も氷て　彦山さまは／冬の枯れ木に　花と咲く／九州彦山／夜明けの風は／六十余州の空に吹く

句あり、歌あり、作詞あり、詠まれた英彦山には「谺」が響き、天狗も隠れていそうだ。

（2016・10）

11　郡長正——自刃の謎

皇紀二千六百年（一九四〇＝昭和十五）版「福岡県豊津中学校同窓会名簿」の大正十年卒業生（三十四回）に、「挟間祐行　小波瀬　文士　東京」とある。この人物、藩校・育徳館での「郡長正の自刃」伝聞に関わりある作家という。追ってみる。

挟間の『維新秘史　会津戦争』（亜細亜書房、昭和十六年）の「自序」に「甲塚と呼ぶ処にポツンと一基の苔蒸した墓が建つてゐる。墓には『斗南藩郡長正神位』とある。（略）年少十六歳にして（略）遙々四百里の豊津に遊学して武士道の意地から切腹して果てたといふ。（略）この薄命の少年武士郡長正の壮烈を悼んで一文を中学世界に投じ選者大町桂月の過褒を得た」ことから伝聞が始まり、「自刃の謎」が大きく膨らんでいったようである。

明治四年（一八七一）五月一日、小笠原豊津藩校への留学生・郡長正が自刃した。彼は会津戦争で責任を取って切腹した会津藩家老・萱野権兵衛長修の子。自刃は、食べ物が口に合わないことを認めた母への手紙を、豊津藩の子弟に見られて「会津魂は食物か」と問われ始めた。これに先立つ藩対抗の剣道試合で、長正が「小笠原方を一人も残さず、物の見事に打ち据ゑてしまつた」ことが非難集中の因でもあったようだ。地元識者の河村元造は「手紙問題」の広がりを防ぐため、長正を目付役宅に身柄を預け、生徒らの動揺が治まるのを待って寮に戻したが、事件は直後に起きた。子弟を預かる藩としての配慮を重ねた努力は報われなかった。後年、本人と対峙した河村翁の「談話」を基に、会津で調べを進めた挟間の『会津戦争』が生まれた。だが笹本寅『会津士魂』（博文館、昭和十六年）が出ると、人々の想像は逞しく「郡の自刃」は錯綜し謎を深め迷走を始めた。長正を詠む歌が残る。

うつし世の人言しげみ死にゝけり
　かなしかりけめ母をさかりて
とをあまりむとせの年をゆきし子の
　眉根をもえばたえがてぬかも

長正が武士として「食べ物」のことを手紙に記した事実は消えない。思うに、彼は男として「会津には『ならぬことはならぬ』という教えがある。この教えに従って拙者はこゝに割腹する」（『会津戦争』）と、時代が時代だけに「一度の過ちであっても」人間としてのケジメをつけたとみる。自刃に謎はなく、会津魂、大和魂を守り貫く行為であった気がする。時の風は「郡長正」を士魂刻む若者として「豊津の地」で守り、語り継いでいる。

（2016・1）

12　名こそ惜しけれ

正月二日、三年前から友と近くの山を登り始めた。福岡県行橋市とみやこ町の境に聳える馬ヶ岳（標高二一六メートル）だ。二〇一四年のＮＨＫ大河ドラマ『軍師官兵衛』に登場して脚光を浴びた山である。

天正十五年（一五八七）、黒田官兵衛が豊臣秀吉から豊前六郡を拝領し、最初に居城とした場所である。

山頂からは京都平野が一望、素晴らしい眺めだ。

馬ヶ岳城は、天慶五年（九四二）源経基が築いたと伝えられ、戦略上の重要拠点として様々な攻防が時を超えて繰り返された。この山頂の本丸跡に坂東武士の流れをくむ「新田氏表忠碑」が建っている。

司馬遼太郎の好きな言葉に「名こそ惜しけれ」があるという。彼の『この国のかたち』に「日本史が、中国や朝鮮の歴史と全く似ない歴史をたどりはじめるのは、鎌倉幕府という、素朴なリアリズムをよりどころにする〝百姓〟の政権が誕生してからである。私どもは、これを誇りにしたい。（略）鎌倉武士のモラルであり心意気であった『名こそ惜しけれ』。恥ずかしいことをするな、という坂東武士の精神は、その後の日本の非貴族階級に強い影響をあたえ、いまも一部のすがすがしい日本人の中で生きている」とあり、鼎談で「そういうことをしちゃおれの名にかかわるという精神のありようですが、この一言で西洋の倫理体系に対決できます。ほとんどの日本人は『名こそ惜しけれ』で生きてきました。この場合の名というのは自分の名前なんです」と語っている。

坂東武士が育んだ「名こそ惜しけれ」の「美学」は、生きるうえでの基本であり、これは熱烈な宗教でもなく、ごく普通の民衆の心根として続いてきたからこそ、外国での日本人評価も高くなっているのではなかろうか。

ここで「百人一首」の二首を採ってみる。

春の夜の夢ばかりなる手枕に
かひなく立たむ名こそをしけれ　周防内侍

恨みわびほさぬ袖だにあるものを
恋に朽ちなむ名こそ惜しけれ　相模

今、どれだけの人が名を惜しんで生きているだろうか。吉田松陰は「かくすればかくなるものと知りながらやむにやまれぬ大和魂」と詠み、新渡戸稲造は「武士道は、日本の象徴である桜花にまさるとも劣らない、日本の土壌に固有の華である」と記す。原点に戻り、先人の遺した言葉を受け入れ、寛容な心を持ち、自分の「名を惜しむ」時代を歩んでいきたい。

（２０１６・１）

13　リヤカーで日本一周徒歩の旅

二〇一四年（平成二十六）十一月八日、福岡県行橋市下検地の写真家・中村順一さんが亡くなった。享年六十四。今年、三回忌。彼は筋萎縮性側索硬化症という、筋肉の萎縮と筋力低下をきたす極めて進行の速い疾患だった。あっという間、本当に突然だった。というのは、豊前市の藤井悦子さん（七四）の『豊前国三十三観音札所めぐり』（花乱社、二〇一四年）の写真を彼に担当していただいた。旧豊前国、宇佐から京築、田川、北九州に散在する現在の「三十三観音札所」を撮ってもらった。

彼の死は、その本の刊行後、間もなくだった。

二〇一一年春、彼がいい写真を撮っていると聞き、行橋市内で写真展の開催を依頼する際に会った。それは彼が「還暦記念」に日本一周徒歩の旅を終えた後だった。

二〇一〇年春、行橋をスタート。リヤカーを曳きながら、日本海側を上り、太平洋側を下ってブログ「路傍から見た日本」を更新。景色を撮影しながら約九カ月、日本一周約九六〇〇キロ余を踏破した。六千枚を超える写真を撮っていた。その中に東日本大震災一年前の東北路の景色も収まっていたのだ。写真展のタイトルは「2010年の夏・東日本震災前の風景」。消えてしまった景色に、人々の温かいまなざしが注がれた。彼の「路傍から……」のブログを追う。

家の中から氷の入ったお茶を持ってきてくれた。「九州からです」に「大変でしたね」と優しい笑顔。一杯のお茶でこんなに心が和んだのは初めて。（青森）

道路横の看板に大きな字で「さしのべる　手のぬくもりを　どの子にも」と書いている。地元の中学生に励まされ、この町は思いやりのある人が多い。（岩手）

三陸町を抜けた処で若い男女が「頑張ってください」と笑顔。お握り二個とスルメ、お茶の差し入れ。自分たちのだったのではと胸がジーン。（宮城）

古い漁港、釣師という地。納屋からおじいさんが出て来た。人間らしい実に良い顔。日本版ヘミングウェイ。許可を得てバチバチシャッター。（福島）

車が停まって「暑いでしょう」とお茶、「頑張って」と若い女性がスポーツドリンク、今日の差し入れは三回目だ。茨城県人の優しさに心打たれた。（茨城）

鎮魂をこめた写真展は「あたりまえの景色」がいかに大切であるかが伝わった。

寡黙な中村さんが撮り続けた「写心」は、生活の中で紡ぐ「あたりまえの心」ではなかったか。合掌。

（2016・1）

14 長い白髭のひぃお爺さん

二〇一五年末、福岡県築上町椎田湊の金富八幡神社のそばで、朽ちかけた碑が曽孫六人によって再建されたと聞き、見に行った。「長い白髭のひぃお爺さん」と呼ばれた蛭崎貞徳（一八五五〜一九一二）の碑だ。高さ四・一メートルの御影石が凜と立つ。明治時代、独自ルートで富士山登頂に成功した人物にふさわしい記念碑だ。

正面に「従四位鹿島則文題字」で「皇国神祠霊山拝礼碑」とあり、台座には二十九名と石工・榎本多蔵の名が刻まれる。

裏面には「恒遠精斎敬撰文、山田円治書」で長文の漢詩。郷土で漢詩研究を続ける宮原加代子さんの読み下し文を拝見する。

豊前国築城郡椎田村の蛭崎貞徳は幼きときより尚き為り。孜々として業を営めるが、一旦感う所有りて心願を発けり。明治十九年を以て妻の商家に別れ、諸霊場を歴拝し、海内の名山・高岳を遶りて到らざるは無く、川に到らばその池に滞在し持若たり。富士山に五たび登り、その巓に留宿し三十日のうち六日に、友む。今茲明治壬辰、本郡の志有る者の賢褒を得て、将に一記念碑を建てんとす。貞徳の人と為りは朴質にして、昼夜に神を敬うことを以て務めと為す。更に不朽の一事業を興さんとし、海を塡めて田と為し、石を立てて麦の岐をなし、その他にも苟にも邦家の有益なること、洏涙なるものかな。その志を謂うべきかな。

さらに右側面に「神宮宮司従四位鹿島則文詠、片山豊盛代書」の歌が刻まれる。

乃己里奈久遠呂可三徒久須赤心盤
　神毛宇礼之止万毛利末寸良舞
（残りなく拝みつくす赤心は
　神もうれしと守りますらむ）

そして左側面には建立年と本人の銘が記される。

「皇紀二千五百五十一年　蛭崎貞徳」

皇紀二五五一年は、西暦一八九一年（明治二十四）。この時代、日本最大の霊山・富士山に、九州の片田舎から五度も挑んだ強者はそんなにいないだろう。だからこそ有志相集い、功績をたたえる記念碑建立が成ったようだ。

彼は「商家に別れ、諸霊場を歴拝」の後、郷里の海を埋め、田畑の境に石を積み上げて干拓地を作った。

今、高さ約二・三メートルの石積みは、約二キロメートルにわたって椎田干拓に残る。百年を超え、地域の人々に見守られてきた石垣の姿は健在だ。

（２０１６・１）

15　太陽交通――堀貫坊大統領

平成二十八年（二〇一六）一月十五日、東京の日比谷公会堂で秋篠宮両殿下ご臨席の元、第五十六回交通安全国民運動中央大会が開かれ、福岡県行橋市今井にある太陽交通株式会社社長の堀貫治さん（六六）が「交通安全推進に尽力した」功績で「交通栄誉章緑十字銀章」を受賞した。妻・美恵子さん（六六）には感謝状が贈られた。かつて祖父の堀助九郎さん（一八八八〜一九六一）が餅蓋に「堀貫坊大統領」と描いて可愛がった孫が、国の舞台で表彰を受けたのだ。泉下での嬉しそうな笑顔が浮かぶ。タクシー事業創業九十年目にふさわしい表彰でもある。

現在、太陽交通は社員約六百人、地方企業としてタクシー、バス、旅行、不動産など各種事業を展開する。歴史を遡ると、祖父・助九郎さんが、今で言う「路線バス」の「客馬車」事業を始め、昭和元年（一九二六）にフォード車数台で「堀構内タクシー」を創業。戦時統合で「行橋合同タクシー」となるなどしたが、昭和二十年「堀構内」に戻り、昭和六十一年、全ての人間が太陽を中心に生きているという、その力強い言葉をいただき「太陽交通」に社名変更したという。

二代目の堀助男社長（昭和五十一年から三期二年、行橋市長を務めた）以降、北九州から京築、豊後高田、宇佐までの日豊沿線の中小タクシー十三社（みどり、宇島、マルハ、四日市、かんだ安全、扇城など）の買収、合併を進め、下曽根駅から宇佐駅まで十六駅の構内タクシーとして、駅前には太陽交通タクシーがずらりと並んだ。現有タクシーは三三六台、バスは三十四台となり、北九州空港にも入る。加えて旅行会社などの事業拡大が図られ、今も北部九州の〝足〟として太陽交通グループは成長を続ける。

太陽交通の本社の敷地内に「交通安全確保石」なる御影石の石柱が建ち、「大正十五年起業　自動車営業主　堀助九郎」の文字が刻まれている。この碑は太平洋戦争が始まる前、昭和十一年の建立。当時から「交通安全確保」は多くの人の願いだったようだ。

四代目の貫治社長は就任十八年目。会社のＨＰで『安全運転の知恵袋』のＷＥＢ連載を続ける。「プロはスピードを出さなくても早く着く」、「大型車は事故が少ない理由」、「他人に迷惑をかけない運転」などプロの立場からのアドバイスは解りやすい。

時代に即応しながら京築の〝足のニーズ〟に応え、人々の生活を守り続ける、その原点は、やはり初心忘るべからず、「交通安全確保石」の創業者魂に尽きる。

（２０１６・１）

16　明治十八年、小笠原神社

国内に「小笠原神社」は四カ所。一つは、東京都心から一〇〇〇キロメートル離れた東京都小笠原村父島にある。太平洋に浮かぶ父島、母島を中心とする三十余の島々からなる小笠原諸島は、ユネスコの世界遺産である。ここは小笠原諸島を発見した小笠原貞頼を祀る神社で、近くには「無人島発見碑」があり、明治時代に開発を進めた「小笠原開拓碑」も建っている。

二つ目は、福岡県みやこ町豊津にある。ここは小倉藩の藩主だった小笠原家の祖霊を祀る神社で、移り変わる歴史を持つ。文化四年（一八〇七）、第六代藩主小笠原忠固が小倉城内に社を建立。慶応二年（一八六六）、長州戦争で小倉城焼失により門司和布刈神社に合祀。明治二年（一八六九）、豊津藩発足で豊津の八景山に移り、後、招魂社と合祀。明治十八年（一八八五）十一月「小笠原神社」として現在地に移り、明治二十三年に県社となった。

あと二つは、知る人も少ないが、福岡県豊前市宇島と兵庫県姫路市安富町安志にある。

さて、二つ目の小笠原神社が豊津の地に鎮座した明治十八年頃は、日本の姿ができつつあった時期である。

福岡県行橋市の東、周防灘に迫り出すようにしてある沓尾山（標高八八メートル）中腹の巨岩に「宝祚之隆当与天壌無窮者矣　明治十六年五月一日　太政大臣　三条実美」と刻む「神勅碑」が建つ。除幕に国の錚々たるメンバーが集ったというが、明治政府ができる前だ。この碑の建立の二年後、近代日本に向かう政府のカタチができた。

明治政府は、総理大臣を決める宮中の会議で、太政大臣を務めていた三条実美か、大久保利通の死後に政府を切り盛りしていた伊藤博文か、の選択になった。三条は高貴な身分だが、伊藤は貧農の出。誰もが口をつぐむ中、井上馨が「これからの総理は赤電報（外国電報）が読めなくてはだめだ」と口火を切り、「そうすると伊藤君より他にいないではないか」と山県有朋が賛成し、「英語力」が決め手となって明治十八年十二月二十二日「初代内閣総理大臣　伊藤博文」が誕生。日本の近代国家への歩みが始まった。伊藤は四十四歳での就任。現在まで、この最年少記録を破る人物は出ていない。

豊津に小笠原神社が移った翌月に伊藤内閣が発足、神社の御霊も鎮まった。時の権力の変遷とともに神社の歩みがあるのも珍しいだろう。一三〇年を超えてなお、これからの歩みも思えば、守り、伝えてきた先人の偉業に改めて感謝しなければなるまい。

（2016・2）

17　スキなまちをステキに

平成二十八年（二〇一六）二月二十七日、福岡県の中核都市をめざす行橋市は、「行橋プロジェクト」始動として「ゆくはしビエンナーレ二〇一七」のプレイベント「二〇一六アートフォーラム in YUKUHASHI」を開いた。「芸術・文化による地域創成の可能性」をテーマに、講演とパネルディスカッションが行われた。

最初の講演は、ＴＶドラマ『渡る世間は鬼ばかり』で中華料理店「幸楽」のマスターを、泉ピン子さんとの絶妙な夫婦愛で切り盛りした角野卓造さん（六八）。

彼は「地域と演劇」の題で舞台やドラマでのエピソードをまじえて話し、終わりに作家井上ひさしさんの言葉「むずかしいことをやさしく、やさしいことをふかく、ふかいことをおもしろく、おもしろいことをまじめに、まじめなことをゆかいに、そしてゆかいなことはあくまでゆかいに」で締めくくった。

次に、徳島県の北東部、人口約五二〇〇人余の神山町で「日本の田舎をステキに変える」を合言葉に、移住支援を軸とした事業展開を進めるＮＰＯ法人グリーンバレー理事長の大南信也さん（六三）が続いた。大南さんらの取り組みのきっかけは、昭和二年（一九二七）に日米親善で贈られた「青い目の人形」を戦中も守り抜いた人々などによって平成三年（一九九一）に実現した人形の「アメリカへの里帰り」。その際の住民らの渡米体験をもとに「まちを変える」試行錯誤が始まった。ＮＰＯを立ち上げ「クリエイティブな田舎」、「せかいのかみやま」、「創造的過疎」の三ビジョンをベースに「未来を怖がらない大切さ」を訴え始めた。住民に「できない理由より、できる方法を！」、「とにかく始めろ（Just Do It）！」が拡大し、アーティスト・イン・レジデンス事業や、サテライト・オフィス誘致など「暮らす人の顔が見える」地域空間が誕生し始めた。いつの間にか二十五年が経過し、全国注視の「かみやま」には世界から転入者が増えてきた。大南さんは、自分たちが住んでいる「スキなまちにテを加え、ステキなまち」にしていく大切さを語った。

その後、内田晃北九州大教授がコーディネーターを務め、角野さん、大南理事長に田中純行橋市長と、郷土史研究家として私もパネラーに加わった。郷土には住民が守り続ける貴重な遺産がたくさんあることを知り、地道に伝える心を持って日々生活することが大事ではと伝えた。まちづくりの意義は、結果を出すことではなく、皆で歩み続けてゆくことにこそあるのではなかろうか。

（２０１６・３）

18 ——— 百段がんぎの石工・河野佐吉

福岡県行橋市の元永山には、珍しい二社並立の大祖大神社・今井津須佐神社が鎮座する。京築地域では「今井の祇園さん」として親しまれている。起源は昌泰元年（八九八）説などあり、室町時代の享禄三年（一五三〇）から続く「奉納連歌」は、現在も全国唯一ここにのみ残る伝統文化として受け継がれている。神社の神殿に向かって延びる急勾配の石段は〝百段がんぎ〟と呼ばれ、城壁のような頑丈な石垣とともに社の威厳を示す。

石段と石垣は、明治十八年（一八八五）に始まる神社の「明治の大造営」で着手され、石工棟梁は「山口県大島郡蒲野村（現周防大島町）」出身の河野佐吉（一八五七〜一九二二）。石は徳川時代の大坂城再建の際、細川忠興が贈ったとされる石と同じ、近くの沓尾山の花崗岩。多くの石工により一四四の石段が築かれた。さらに、社殿鎮座の中腹（標高三四・一メートル）まで絶壁状に石を積み上げ、回廊基礎となる丈夫な石垣を造った。これらの支援は地元有力者の守田、千田家などの協力が大であった。明治二十六年（一八九三）石垣などに関係者の銘が刻まれ工事完了。夏の祇園祭で賑わう神社の大造営が終わった。

佐吉棟梁は、百段がんぎなどの大仕事を終え、郷土の周防大島に帰った。その頃、鹿鳴館に代表される欧化主義の推進役だった山口出身の井上馨外務卿の「海外出稼之義」の命により「官約移民」の募集が行われていた。長州人ほか多くの人がハワイへ渡った。棟梁も妻と移住するが、明治二十七年からの五年間は民間による「私約移民」として記録に残る。ハワイではサトウキビ農園などへ水を送る水路造りが盛んに行われていた。その建設には、日本人の石工技術が使われ、高い評価を受けたと聞く。河野夫妻は八年余りハワイでの出稼ぎ生活を続けた。そして帰国後、郷土で農地を取得、ミカンの苗木を買って植えた。当時、ミカンは高価で貴重な果物だった。彼は、がんぎの石組み技術をハワイの水路に残し、帰郷後、努力を重ねる生活の中で、郷土の島を皆と力を合わせてミカンの里にもした。

日本初のハワイ移民を送った周防大島町（人口約一万八〇〇〇人）は、ハワイ州カウアイ島と姉妹島縁組を結び、「瀬戸内のハワイ」として滞在型リゾートの地で「日本ハワイ移民資料館」がある。ハワイと最も近い島であるようだ。また、都はるみ『アンコ椿は恋の花』など親しまれる曲を作詞した星野哲郎が同町出身であり、「記念館」もある。明るい気質の土地柄のようだ。

（２０１６・３）

19 ——— いい名の神社がある

地域には人々を守る産土神がいる。全国の神社は約八万一〇〇〇社を超し、県別の最多は新潟四七八六で、兵庫三八五九、福岡三四一七、愛知三三五九、岐阜三二八〇と続く。最少は沖縄一三となっている。また、信仰別にみると最多は八幡信仰七八一七、伊勢四四五一、天神三九五三、稲荷二九二四、熊野二六九三、諏訪二六一六、祇園二二九九、白山一八九三、日吉一七二四、春日信仰一〇七二……となっている。

人々の信仰対象も、また様々だ。

福岡県築上町にいい名の神社がある。菓実神社だ。町内に二つ。築上郡の村社として旧葛城村大字坂本字木実と旧西角田村大字真如寺字古野にあり、祭神は思兼命、太玉命、天忍日命、天楼津命、天常立命、少彦名命、栲幡千々姫命は同じだが、坂本には猿田彦命、真如寺には大山祇神が加わる。その昔、古道、街道には実のなる木を植えて休憩にその実を提供していたとされるが、まさに二カ所の小字は「木実」と「古野」である。

ところで社名由来には祭神である思兼命が関わるようだ。思兼は、天岩戸で「常世の長鳴鳥を集めて鳴かしめて」扉を開けた、知恵と能力を備えた神と言われ、「常世」の諸外国事情に詳しかった。この「常世の波寄せる周防灘」の産品交流地に「産する実」あり、として神社ができたようだ。坂本の「菓実」は海岸から二キロの岩丸川と極楽寺川の合流地点の台地、真如寺の「菓実」は海から六キロの真如寺川沿い、谷間の山裾に鎮座する。地域には縄文草創期の土器、石器なども見つかり、海人族の影も射している。

菓実神社は、研究者によれば「養老三年（七一九）臼田庄司上田某なる者、坂本村の土豪と議り神祠を築き」、「コノミジンシャと訓むこと意外、他の神社と異なる点は見いだせなかった」とある。かなり古いと言える。

古来、菓と果に区別はなく、果実を間食用の「木菓子」と言い、米麦雑穀の作り菓子と分かれていたようだ。因みに菓子の祖神は田道間守命で、垂仁天皇の命でタチバナを探しに中国の旅に出た人物と言われる。タチバナはミカンの原種で、実を加工して菓子としていた。

菓子の神を祀る中嶋神社（兵庫）、林神社（奈良）、橘本神社（和歌山）より祭神を勧請して京都に「菓祖神社」もできた。和菓子、洋菓子は生活に欠かせない。

菓子の原点である「菓実」の社が二つある町。地域おこしの「目玉」になるのではないか。

（2016・4）

20　一世を風靡した

福岡県豊前市出身の大河内伝次郎と島田芳文の「台詞」とメロディーは一世を風靡したと言っていいだろう。京築地域で一般的には、二人ほどメジャーになった人物もいないだろう。

大河内伝次郎（一八九八〜一九六二）は、築上郡岩屋村大河内（現豊前市）で代々医師の家系に生まれ、本名は大辺男。彼は大正十二年（一九二三）の関東大震災後、劇作家を志し新民衆劇学校に入学したが「脚本は俳優体験も必要」と言われ俳優に転向。野外劇などに室町次郎の名で出演後、大正十五年、日活大将軍撮影所に入社するも彼を認める者のない中、伊藤大輔監督に密かに才能を見出され『長恨』でデビュー。以降、注目を浴び始め、『忠次郎旅日記』で大躍進。その後「丹下左膳」のアクの強いキャラクターがシンボルとなり、「姓は丹下、名は左膳」の豊前訛り「シェイハタンゲ、ナハシャゼン」の決め台詞が国民の心を捉えた。マキノ雅弘、伊丹万作、黒澤明など多くの映画監督の作品に出演。阪東妻三郎、嵐寛寿郎、片岡千恵蔵、市川右太衛門、長谷川一夫と時代劇六大スターとなり、大辺男になった。

島田芳文（一八九八〜一九七三）は、豊前市久路土で村長の長男として生まれ、旧制中学時代、島田青峰に俳句、若山牧水に短歌を学ぶ。早稲田大学に進むと河野一郎や浅沼稲次郎らと行動するが、一方で童謡、詩などを文芸誌に投稿。大正十一年、野口雨情の門を叩いた後、本格的に歌の道を歩み始めた。

昭和四年（一九二九）、コロムビアレコードの専属作詞家になり、昭和六年、島田作詞で古賀政男作曲『丘を越えて』が藤山一郎の歌唱で大ヒット。国民に希望を与える明るいメロディーは人の心の襞に滲んだ。

丘を越えて　行こうよ／真澄の空は　朗らかに晴れて／楽しい心／鳴るは　胸の血潮よ／讃えよ　わが青春を／いざ行け／遙か希望の　丘を越えて

古賀とのコンビで名曲を遺す島田。戦後は郷里で農業の傍ら『豊前音頭』や『中津小唄』など郷土ソングの作詞を手掛けた。今『丘を越えて』の碑が北軽井沢と豊前の実家の庭に建っている。

豊前の地で同年に生まれた二人。俳優と作詞家として歩んだ道は違っても、郷土豊前の景色や風が包んでいたのではなかろうか。時が人をつくると言い、人が時をつくるとも言う。二人が一時代を画した事実は歴史に残る。もっと顕彰されていいようだ。

（２０１６・４）

21 『万葉集』の中の「豊国」

日本最古の和歌集『万葉集』には、様々な身分の者の詠む歌が四五三六首。この中に郷土「豊国（とよのくに）」の歌はどれだけあるかを見ると、十首あった。

梓弓引き豊国（とよくに）の鏡山
　見ず久しならば恋しけむかも　（巻三—三一一）

王の親魄（にきたま）逢へや豊国の
　鏡の山を宮と定むる　（巻三—四一七）

豊国の鏡の山の岩戸立て
　隠（こも）りにけらし待てど来まさず　（巻三—四一八）

豊国の企救の浜辺の真砂土（まなごつち）
　真直（まなお）にしあらば何か嘆かむ　（巻七—一三九三）

豊国の香春は我宅（わぎえ）紐児（ひものこ）に
　いつがり居れば香春は我家　（巻九—一七六七）

思ひ出づる時はすべなみ豊国の
　由布山雪の消ぬべく思ほゆ　（巻十—二三四一）

豊国の企救の浜松根もころに
　何しか妹（いも）に相言ひ始（そ）めけむ　（巻十二—三一三〇）

豊国の企救の長浜行き暮らし
　日の暮れゆけば妹をしぞ思ふ　（巻十二—三二一九）

豊国の企救の高浜高々に
　君待つ夜らはさ夜更けにけり　（巻十二—三二二〇）

豊国の企救の池なる菱の末（うれ）を
　摘むとや妹がみ袖濡れけむ　（巻十六—三八七六）

豊国は、七世紀末に分割されて豊前国、豊後国となるが、古代史研究家らが歴史の跡を独自考察で自由に闊歩するのは面白い。「豊国」の歌も夢ある物語が紡がれている。それは「王の親魄……」と「梓弓引き豊国の……」に「岩戸破る手力もがも手弱き女にしあればすべの知らなく」が加わる三首は、手持女王（たもちのおおきみ）の歌。『万葉集』で「天岩戸」に関するのはこの三首のみで、『古事記』に載る伝説は編者以外には知らないはず。和銅五年（七一二）成立の『古事記』は、稗田阿礼（ひえだのあれ）の発する言葉を太安万侶（おおのやすまろ）が記したと言われ、阿礼は『古事記』編纂者の一人。そこで、天岩戸を詠んだ手持女王が稗田阿礼だと解釈し、「豊国の鏡の山」が田川郡香春町の「鏡山」ならば、隣の京都郡稗田村（現行橋市）に稗田阿礼がいてもおかしくはないだろう。また養老四年（七二〇）成立の『日本書紀』に熊襲（くまそ）征伐で景行、仲哀天皇が登場するが、その天皇由来の景行神社が京都平野の仏山（ほとぎ）の頂に鎮座し、連なる山並に仲哀峠がある。こうした「京都」の名がある九州北部の一角で、古代国家のドラマ誕生一考も、また楽しい。

（2016・5）

『万葉集』は、奈良時代の七八〇年頃、大伴家持らにより編纂とされる。皇族、貴族、官僚、農民など各階層の四五三六首が二十巻に収められた日本最古の歌集である。「豊（とよ）」の言葉を探すと「豊御酒（とよみき）」や「海神の豊旗雲に入日さし今夜の月夜さやけくありこそ」の「豊旗雲」は「とよはたぐも」ではなく「ほうきぐも」と読む解釈など楽しめる。郷土の古の名「豊国」の歌を探してみた。

梓弓引き豊国の鏡山
　見ず久しならば恋しけむかも　鞍作村主益人

王の親魄逢へや豊国の
　鏡の山を宮と定むる　手持女王

豊国の鏡の山の岩戸立て
　隠りにけらし待てど来まさず　手持女王

豊国の企救の浜辺の真砂土
　真直にしあらば何か嘆かむ　作者未詳

豊国の香春は我宅紐児に
　いつがり居れば香春は我家　抜気大首

思ひ出づる時はすべなみ豊国の
　由布山雪の消ぬべく思ほゆ　作者未詳

豊国の企救の浜松根もころに
　何しか妹に相言ひ始めけむ　作者未詳

22　また『万葉集』での「豊国」

豊国の企救の長浜行き暮らし
　日の暮れゆけば妹をしぞ思ふ　作者不詳

豊国の企救の高浜高々に
　君待つ夜らはさ夜更けにけり　作者未詳

豊国の企救の池なる菱の末を
　摘むとや妹がみ袖濡れけむ　作者未詳

ところで「倭国」は「豊国」ではという古代史研究家の説がある。「豊国」（福岡県東部〜大分県）にあった王朝が約百年をかけて奈良県（大和）に遷って「大和（倭）王朝」が成立。それも天智天皇と、その妻（額田王（ぬかたのおおきみ））に恋心を抱いた弟（大海人皇子＝天武天皇）との争い説の「壬申の乱」（六七二年）が総仕上げで、舞台は「豊国」だったというものである。

そこで、兄弟喧嘩の元になったと伝わる歌をひろう。

あかねさす紫野行き標野（しめの）行き
　野守（のもり）は見ずや君が袖振る　額田王

紫草（むらさき）のにほへる妹を憎くあらば
　人妻ゆゑに我恋ひめやも　大海人皇子

真意はともかく、後世の人々の想像力の逞（たくま）しさは素晴らしい。さすが、そこに国ありきだ。

（２０１９・５）

豊国は、律令制以前の国の一つ。福岡県東部から大分県全域にわたる一大国家だった。

景行天皇のみぎり、熊襲征伐に際し「天皇、遂に筑紫に幸して、豊前国の長峡県に到りて行宮を興てて居します。故、其の処を号けて京と曰ふ」と『日本書紀』に登場する。

また『豊後国風土記』には「昔、景行天皇が豊国直らが祖、菟名手に重ねて姓を賜いて治めさせ、その国名も『天の瑞物、地の豊草』の故に豊国と称えさせた」と記されている。

豊国の呼び名は大化の改新（六四五）以前からのもので、七世紀末（六九五）には豊前国と豊後国に分かれた。

豊前は「とよくにのみちのくち」と読まれ、八郡（田川、企救、京都、仲津、築城、上毛、下毛、宇佐）となり、仲津郡（現福岡県みやこ町）に国府が置かれた。

我が国は、大宝律令（七〇一年）成立後、六年に一度作成の戸籍が作られ、戸を単位とし続柄、氏名、年齢などが記された。

今、豊前国仲津郡丁里（福岡県行橋市・みやこ町の一部）の戸籍が、完全なる戸籍記録の最古として正倉院に国指定重要文化財として残っている。

23 正倉院の仲津郡戸籍

主名称	豊前国仲津郡丁里大宝二年戸籍断簡
指定番号	二二
指定年月日	一九七七（昭和五二）・六・一一
国宝重文区分	重要文化財
部門・種別	古文書
ト　書	紙背検受疏目録断簡
時代区分	飛鳥
年　代	七〇二
解説文	現存最古の戸籍として著名なものである。料紙は淡墨界を施した穀紙を用い、本文は現存四十二行（略）。字面には豊前国印十四顆が捺され、（略）今日正倉院以外に伝存する大宝二年戸籍断簡三通のうちの一つとして貴重である。

東大寺正倉院には、天皇、皇后の御遺愛や奉納品、寺の仏具とともに、民の戸籍も「国の宝」として千有余年、宝庫に残る。

戸籍一つで郷土の古代ロマンは膨らむ。

（２０１６・５）

24　野外仏に魅かれる

いなか道を歩いていて、野にたたずむ神様や仏様に遇う。飾らないありのままの姿で、さりげなくある神や仏たち。お地蔵様や観音様、不動明王、道祖神そして道案内の猿田彦など様々な野外仏に魅かれる。

そんな野外仏を記した随想を書棚で見つけた。

それは『コシャマイン記』で芥川賞（昭和十一年）を受賞した旧制豊津中（現育徳館高）出身の作家・鶴田知也の弟で日展審査員の画家・福田新生が、昭和三十八年（一九六三）に郷土誌「美夜古文化」十五号に寄稿した文である。

タイトル「豊津国分寺の野外仏」は、「三重塔のまわりを往ったり来たりした少年時代の足どりがよみがえってきた。うら悲しいような遠い追憶」で始まり、仏像と仏教への熱い思いが綴られている。一部抄録する。

　私は、一つ一つを見てまわった／なかなかバラエティに富んでいて興味津々たるものがあり、見棄てられたように枯草の中にひっそりと命をしずめている小さな野の仏たちの不思議な魅力に私はとらえられてしまった／豊津国分寺の野外仏は三十数基そろっている上に、なかなか出来栄えがいいのである／言うまでもなくこれは、名もない地方の石匠の作である／その顔容から姿体にかけてあらわれている童子の肉づけの単純素朴で、的確な心にくいまでの巧ま味にすっかり心をうばわれてしまったのである。石匠のこれはおもいがけない傑作であるかもしれない／私は、心のなかに生れた醜さにはっと気づいたのである。「仏に逢うては仏を殺し」とは、こういう人間の卑しさを戒めた言葉ではないか。

野外仏の魅力を綴り仏への道を巡り辿る、いい文章だ。

野外仏といえば、昭和四十八年の吉田拓郎のフォークアルバムに「野の仏」（岡本おさみ作詞）があった。のびのびと、のほほんとした素朴な歌は、楽しく聴ける。

　僕は野の仏になるんですよ／と高節くんが言う／だけどこんないい男ではと顎などなでながら／野の仏　こんどはたしかに　笑いました／野の仏　こんどはたしかに　笑いました

野の道や畔、森のそば、川べりに、すでにある野仏。気にかけないから忘れる。

　石仏誰が持たせし草の花　一茶

日々、ふと見れば神がおり、仏がいる。そんな気づきの暮らしができればいい。

（２０１６・６）

25 あざやかなガラス絵

ある懇親会で元同僚の奥敏行さん（六七、福岡県行橋市今井）と遇った。その席でガラス絵の話が出た。どんな絵なのか訊くと、「ただガラスに絵が描いてある」と奥さん。後日、応接間に飾られた絵を見せて頂く。和服姿の女性二人を浮世絵風に描いたもので、見事な技、艶があり、聞けば百年を超える作品らしいが、そうとは思えない、あざやかなものだった。

奥さんは永い間、「平井菊園画」の落款が気になっていた。最近、着物柄の違う、似た構図のガラス絵（「舞美人」）が、江戸東京博物館にあるのをネット検索で知った。そこで「我が家のガラス絵（縦九〇、横六〇センチ）の写真」と入手経過を記して、「絵師」などについて問い合わせる手紙を博物館に送った。

数日後、担当者から返事が届いた。

ところで、奥家のガラス絵は、終戦の年、父・敏照さん（七年前、九十歳で亡くなる）が理髪店を開くため、櫛や鋏、鏡などの道具を探していた折、北九州で店を止める方がいて、店内に飾られていたガラス絵を含む全てを譲り受けたときのもの。長い年月、変色することなく美しい色合いのまま、お客様の目を楽しませていたようだ。

ガラス絵は、透明なガラス片面に膠（にかわ）、ワニス、油を媒材とした絵具で人物や風景を描き、裏から鑑賞する絵画。技法は十四世紀にヴェネツィアで誕生し、広くヨーロッパで製作され、インド、中国、日本へと伝播した。日本では、「びいどろ絵」とも呼ばれ、寛文三年（一六六三）にオランダ商館長から将軍への献上品目にあるのが初見。製作は長崎で、ヨーロッパや中国製の模倣から始まり、江戸へ向かった。司馬江漢（こうかん）も独自のガラス絵を描いていたと言われる。

絵には、美人、花鳥、風景、役者絵などが描かれている。江戸東京博物館から「名を残すことが非常に少ないガラス絵師として、平井菊園という絵師が二点の作品を残していた」こと「人物構図がよく似ていることからは、菊園がガラス絵を量産していたことが推察」され、「ガラス絵は理髪店や風呂屋に多くあったとされておりますが、そのことがきちんと伝わっている数少ない作例」であるとの返信が届いて、研究の進んでいないガラス絵において「奥家にあるガラス絵」が、いかに貴重な存在であるかがわかった。ガラス絵は静岡の浜松市美術館が四百点を超す作品を蒐集しているようで、一度訪ね、珍しい〝褪せない美〟を見てみたい。

（２０１６・６）

長野兼一郎（俳名・相良万吉〈＝本名〉一九〇〇〜六〇）は、幼い頃、大分県日田市から福岡県豊津町（現みやこ町）光冨に移り住んだ。父は酒癖が悪く、橋の下に住む貧乏暮らしだが、彼の学業が優秀なため、親戚や篤志家が父と離して小倉中学に通わせた。同級に火野葦平（作家）がいた。一高に入学すると同級の市原豊太（フランス文学者）や竹山道雄（ドイツ文学者）、後輩の深田久弥（作家）らと親しくしたが、病気で中退。その後、中外商業新報（現日経）に勤めるも喀血して退社。『文芸戦線』の同人となり、海外の社会主義文学を翻訳。岩波の校正係などもした。昭和の初め、エミール・ド・ラヴレー『原始財産』、アプトン・シンクレア『ボストン』などの翻訳出版を経て、入営。南方を転戦するが、肺病再発で内地へ送還された。炭焼きやペンキ塗りなどで暮らすが、妻と別れ、二児を抱えての生活は苦しくなる一方だった。

昭和二十七年春、突風で足場から落ちて右足骨折、動けなくなってペンキ屋を廃業。その後、息子二人と筵一枚で数寄屋橋などに坐り、覚悟の乞食を始めた。望まれれば短冊に俳句を揮毫した。警察にも追われた。

片足は青きを踏まず松葉杖
鬼は外乞食は内か豆を撒く

26　二つの名を持つ乞食

北風吹けば南に坐われ父が栖
行く春の借金だけが残りけり
施すも施さるゝも花吹雪
夕立に濡れて乾いて乞食なり

昭和三十年の『週刊朝日』に彼は「インテリ乞食」として写真入りで紹介された。俳人の安住敦が「俳句を墨痕淋漓と書き流して人に誇示してゐはしまいか、商売道具に用いてゐはしまいか」と問うたのに、「俳句乞食をしているやうに印象したやうですが、今を時めく青野季吉と喧嘩、平林たい子、小堀甚二を除名し、伊藤永之介、鶴田知也らと決裂して行った私にジャーナリズムの世界で私に与へられる職がありませうか」と返した。

彼は「長野」、「相良」で生きてきたが、生活に窮し、二度自殺を図った。一度目は「死ぬときも炬燵を抱いて一人哉」と辞世を書くが、死ねず。友の市原に「俳句乞食といふ職業は六法全書にもない。日々小さな悲劇の連続にして、私は七年それを繰返しました。精神的にも肉体的にも疲れ切つて死んで行きます」と手紙を送った二度目の辞世は「ふたたびの死を迎へたるふとん哉」。二つの名を持つ乞食は、ここで本当に黄泉に旅立った。

（２０１６・７）

27　豊前宇都宮を伝える「花納め」

毎秋、福岡県みやこ町の木井、節丸、光冨の三地区に「当家に於いて、恒例の花納めの祭祀をいたしたいので御参席下さいますようご案内申し上げます」という案内状が行橋市稲童の「城戸本家」から届く。かつては内垣、犬丸も加わる五村での神事だった。

毎年十月七日、区の代表者が神酒、造花、竹筒などを持って稲童浜で潮汲みをし、大正十五年四月、宮柱の城戸直之（本名・厳治）氏が浜そばにあった「古宮」を偲んで詠み、建てた歌碑（「あとたれて　幾世経らむ　古宮の　しるしの松も　神さびにけり」）に参拝して、城戸家での「花納め」神事に向かう。

豊前宇都宮を伝えて八百年続く伝統神事である。

宇都宮信房は、下野国（栃木県）から高倉、吉原、城戸家の三神職などを連れ、文治元年（一一八五）、稲童浜の釣磯の岩に着船。上陸地に「安楽大明神」の仮宮を建立し、武運と豊作を祈願。稲童から祓川を上って紀伊ノ庄（みやこ町木井馬場）を目指した。この地は信房公が源頼朝に謁見した際、「居城」にと言い渡された地だった。神楽山麓に「宇都宮大明神」を祀る「木井神社」を建立後、この地を拠点に約一五〇年、その後、寒田（築上町）に移って豊前の地を治めた。この信房公が九州の地で初めて歩いた川沿いに五村があった。

花納めは、信房公の道を辿って各区の代表者が祓川を下る。金、銀他の色紙を六枚一組として、宇都宮家の家紋「剣花菱」型に切った「花」を六組作り、竹に下げ、汲んだ潮とともに奉納。「花」を「納め」、家内安全、豊作を願う。参加者は、祝詞奏上など神事の後、城戸家による直会を受け、潮が各地に持ち帰られて秋祭りが始まる。

神事は毎年、上陸した浜で「城戸家」歴代当主が連綿と伝えてきた。悠久の時を想像するだけでも凄いことだ。平成十七年（二〇〇五）から当主を務める城戸素文さん（六九）は「ごく普通に家に伝わり、負担に感じることはありません」と言う。隠れた貴重な歴史遺産が、さりげない生活の中に残り、引き継がれていることの有り難さを思う。また「古宮」を詠んだ厳治氏が、行橋市の〝新田原果樹園〟の生みの親でもある篤志家だったことも判った。彼は明治から大正にかけて歴史の伝統を確実に守りながら、新しい時代を切り開く人物でもあったようだ。とにかく宇都宮家に関わる「花納め」の儀式は十月七日である。不思議なのは、次の当主になる佑介さん（一九）の誕生日が十月六日ということだ。

（2016・7）

28　とんでもない人物がいた

郷土史関連の資料を整理していて、中村亀蔵「激浪中の豊前人——藤田勇の生涯」（『美夜古文化』一六号）の一文を読み、魅かれた。とんでもない人物がいたものだ。身近にいた郷土人の見聞を基に追慕した「随想」は、新鮮で驚きに満ちたものだった。

藤田勇は明治二十五年（一八九二）、福岡県京都郡城井村横瀬（現みやこ町）に生まれた。父は医師の武田文造。豊津中に入学するも東筑中に転じ、後、新聞記者となり、東京銀座の洋食店「藤田屋」の入り婿となった。三十歳頃、東京毎日新聞社を創立して社長に就任。大正デモクラシー運動の先頭に立って暴れ、鈴木茂三郎、西尾末広、大杉栄らと交わり、機智縦横、能弁の彼は政界、財界、労働界を飛魚のように跳ね回った。彼はシベリア利権を日本のものとすべく、東京市長の後藤新平にロシアの外交官ヨッフェを招待させ、我が国が北樺太を八億円で買うという話を進めたのだが、叶わなかった。

昭和五年（一九三〇）、日本陸軍幹部による宇垣一成を首相とするクーデター未遂事件（三月事件）のバックに資金源としての藤田がおり、五・一五事件などにも姿が見え隠れする。寸鉄人を殺す警句を交えて熱弁をふるう彼は、怪物とも怪傑とも呼ばれた。昭和十一年の青年将校による二・二六事件では、徳川義親侯らと情報網を張って推移を見守る立場にいた。

藤田は陸軍の要請で和平工作資金の調達にあたり、敗戦色が濃くなる中で近衛文麿のブレーンとして戦争終結の構想を練った。戦後の東京裁判では、証人として呼び出されたが機智と雄弁をもって巧みに逃れ、追及を免れた。そして「世界恒久平和研究所」の〝陰の人〟となった。後、東京から京都に居を移し、東郷元帥が列国の大公使を招いた由緒ある邸宅を買い取ったり、中華料理店や中国の骨董品を取り扱った。激しく揺れ動く時局でフィクサーとして暗躍した藤田の波乱、数奇な生涯は昭和三十六年、六十九歳で終わった。

中村随想の終わりは「新聞人から左翼運動へ、左翼から右翼へ、満州事変の発端に一役買い（略）いつも時潮の波頭を切って出没活躍した。それは昭和悲劇の舞台裏のプロデューサーでもあり、大向うにあってタイミングを合わせて気合をかける演劇の通人でもあった」と藤田を評価する。そして「わけても武勲をあらわす金鵄勲章を一生胸に飾らなかったという乃木将軍の高貴な精神が仰がれるのである」の結びは、背筋が伸びる。

（２０１６・７）

29　周防の海の島伝説

九州北部にある周防灘の三つの島に関わる民話「神さまの恋」が面白い。門司大積の蕪島と苅田沖の神島、それに新門司沖の津村島に伝わる話だ。

男神の島は、太刀の達人の蕪島と、弓の名人の神島。この二神が津村島の見目うるわしき女神に恋をしたことから、「姫神」争奪の恋物語が生まれたようだ。

達人と名人の闘いは凄まじかった。話はこうだ。神島神の放った強矢が、蕪島の胴体を居抜き、穴が開き、白野江の谷に突き刺さった。と同時に、蕪島神の太刀が大きく振り下ろされて、神島の二カ所を窪ませ、三山ができた。さらに振り回す長い太刀の先が当たる土地に「太刀の浦」の名が付いた、と。

とにかく恋に狂った二神は、お互い「津村姫」を我が妻にと荒れ狂い、天地鳴動、諸神おののく戦が展開。これを見かねた朽網沖の毛無島と羽島の神が仲立ちに入ったが、「若造が」と蹴散らされた。そこで年老いた間島の神が仲裁に動いた。さすが年の功、間島の神は自らの娘を神島に嫁がせ、蕪島には望み通りの津村姫を娶わせることにした。そして、めでたし、めでたしで終わった、という話。周防の海の島伝説は、波静かな美しい海原を眺めながら楽しめる。

今、苅田町に属する神島、毛無島、羽島、それに北九州市域に入る蕪島、間島、津村島は、それぞれ陸続きになったり、立入禁止の島だったり、干潮時には渡れる島などもあり、いにしえを偲ぶ風情を残している。ところで羽島は、その昔、笠縫島といわれ、島の形が兜に似ていることから兜島とも呼ばれた。

穏やかな海の景色を詠む歌が残る。

しはつ山打越来れは笠縫の
　島こきかへす柵なし小船
　　源俊頼

『万葉集』に出てくる「しはつ山」は、北九州市小倉南区のカルスト台地・平尾台北端にあたる貫山といわれる。津村島は『古事記』に「津島」と記され、「津村明神」の姫神様が祀られている。女の祟りを恐れたわけでもなかろうが、新門司の埋め立ては、女神の津村島を崩すことなく取り囲むように造成された。そして人の立入禁止の〝謎の孤島〟として残されている。それに蕪島には太平洋戦争時、特攻基地があったとも伝わる。

静穏な周防灘に散在する小さな島々の物語に思いを馳せ、ライフスタイルの多様化の中、シーサイクルやウォーターバイクなどでの海の小島巡りも楽しいだろう。

（2016・9）

30　大正の親鸞聖人・真田増丸

福岡県豊前市松江の浄土真宗本願寺派・浄円寺の住職の子として生まれた真田増丸（ますまる）（一八七七〜一九二六）の生涯を追ってみる。

彼は三十二歳で東京帝大を卒業。帰郷すると母から本尊の前に呼ばれた、母は「卒業はまことに嬉しい。ご門徒のお陰です。この卒業証書を生かすには信仰に生きるほかはない」と、息子の目の前で卒業証書を破り捨て、「真の信仰を求める出発点にしなさい」と諭したという。母の厳しい教えが最初にあった。

大正三年（一九一四）、増丸は北九州の八幡に赴いた。八幡製鉄所でキリスト教牧師が雇われ、布教活動が活発化していた。本願寺派としては、その活動が日本仏教界を危機へ向かわせるとの判断で、東大で宗教哲学を学んだ真田を派遣。翌年、彼は「仏陀の慈光を世界に輝かし、以て全人類を救済すること」をスローガンに、「大日本仏教済世軍」を立ち上げた。三十八歳だった。肉体労働者の荒くれ場での伝道は困難を極めたが、地道な活動を重ねた。彼の伝道方法は、洋太鼓を打ち鳴らし、歌を唄い、道を練り歩き、辻で演説をするというユニークなスタイル。それが〝大正の親鸞聖人〟として話題になり、努力が実った。労働者が耳を貸すようになり、熱心な真田の説法を聴きに信者が集まり出した。大正六年には大牟田、広島、東京、北海道、韓国、台湾などに支部ができた。彼は「経巻（きょうかん）と黒衣と数珠を以て世界の教員たらん」と世界への伝道を夢見ていた。が、大正十五年、急性盲腸炎を患って四十九歳の短い生涯を閉じた。

彼の遺した『信念の叫び』の言葉を掬う。

「死を苦にするな　信なきを苦にせよ　そは　信なきものは　永遠の苦海に沈淪すればなり」

「智者は内に輝かんことを欲し　愚者は外に輝かんことを欲す」

「もつ人の　心によりて　玉となり　瓦ともなる　黄金なりけり」

「家を思う人は家の人となり、国を思う人は国の人となり、世を思う人は世の人となり、善を思う人は善人となり、悪を思う人は悪人となるなり。仏を思う人は仏となるなり。」

彼の「無私の精神、慈悲の心」を伝える「真田増丸像」が、北九州市八幡の花尾山の麓と、豊前市松江の浄円寺にあり、貧しくとも社会に尽くし続けた宗教家の静かな「姿」が見られる。

（２０１６・９）

31　東洋のルーテル・小川独笑

最近、葬儀も簡素化され、家族葬に変化している。百年前、豊前の地で葬式（宗教）大改革を進めた小川独笑（一八三四〜一九一七）なる人物を辿ってみる。

彼はドイツのマルティン・ルター（一四八三〜一五四六）に通じる宗教改革者として〝東洋のルーテル〟と呼ばれ、喧伝され、全国各地に信者が増えた。現在、その心根がじわりと復活をみる。小川は天保五年、千束村吉木（現豊前市）の庄屋の長男として生まれ、中津藩の儒者・手島物斎の漢学塾に入門。そこでは小川が塾頭、福沢諭吉（一八三五〜一九〇一）が副塾頭として活躍し、お互い長崎に遊学するなど意気投合したが、諭吉は上京し、独笑は豊前に止まった。彼は地元で銀行を創立し、県会議員など地元政財界の要職を務めた。

明治六年（一八七三）、自宅近くの松林を開墾し草庵「夕照山」を建て、漢学を講じた。

明治二十年、独笑、五十二歳。草庵に籠り、家族を遠ざけ「大蔵経」を読破。後二十余年、仏典の考究を続け、「只々一向称名念仏あるのみ」と専修念仏「小川宗」を創立した。この根本は貧困にあえぐ庶民の宗教的負担の軽減にあり、「お布施不要」、「仏壇不要」を根底に、葬儀は僧侶も要らず、戒名などもっての外で、「南無阿弥陀仏」を唱えるだけでいい、簡にして素に徹するものであった。ところが明治四十四年、小川宗は、既成教団から邪宗視され、京都の東本願寺で宗教論争が行われた。メディアが取り上げ、逆に「小川宗」の名声が拡がり、信者を増やす結果になった。今も各地で脈々と息づいている。

独笑は「貧富平等の正教」を説き、法然、親鸞の昔に還るべきと諭した。この行状を、佐久間象山に学び東大総長などを務めた思想家・加藤弘之（一八三六〜一九一六）は「現在のわが国の仏教は腐敗の極みだ。このような時代に真の宗教改革ができる人物は豊前の小川独笑をおいて他にいない。彼こそ東洋のルーテルである」と称賛したと言われる。小川宗の葬式は位牌、提灯、供花など一切なく、「棺」を囲む家族、親族、信者らが「南無阿弥陀仏」をただ唱える念仏葬。

彼はよく笑う人だったともいう。辞世の歌を残す。

誰が住みし跡か声なき松山に
　苔むす石の独り笑ふて

独笑の死後、信者が大正十五年、夕照山の一角に分霊碑を建立。遺骨は各地に持ち帰られた。今「葬式仏教」といわれる仏教界、今後の歩みはどうなるだろう。

（２０１６・９）

32　南極探検・白瀬隊の武田輝太郎

明治四十五年（一九一二）一月二十八日、日本人初の南極大陸への上陸は、白瀬隊長以下五名と二十八頭の樺太犬が引く二台の犬ぞりが南極点を目指して氷河を進み、苦難の末「南緯八〇度五分、西経一五六度三七分」の地点に立った。しかし寒さと食糧不足のために力尽き、「使命は死よりも重し。死しては命を果たすを得ず。我は泣いて使命のためにこの上の行進を中止しぬ」と隊長。そこに日本国旗を立て、一帯を「大和雪原」と名付けて引き返すことを決めた。

白瀬矗（一八六一～一九四六）陸軍中尉は、秋田県にかほ市出身。彼は幼少時代から極地探検の夢を抱き、長じて千島列島探検を行うなど、北極を目指していたが、明治四十二年、アメリカの探検家ロバート・ピアリーが北極点に到達したため「正反対なる南極に突進せん」と決めた。彼は「光陰一刻値千金」の熱い思いで、探検隊派遣を国に働きかけたが実効性なく、民間からの寄付調達に変更し「南極探検発表演説会」を各地で催し、大盛況。

この行動で大隈重信を会長とする後援会が生まれ、各種の支援興行などで義捐金が集められた。そして明治四十三年十一月二十八日、皇居二重橋前で壮行会が盛大に挙行され、五万人余の大群衆に送られ白瀬隊二十七名は東京芝浦埠頭から海軍の東郷平八郎元帥命名による木造帆船「開南丸」（一九九トン）で南極を目指して出港した。

探検隊員は全国各地から人材が集まり、福岡県京都郡城井村横瀬（現みやこ町）の武田輝太郎（一八七九～一九二五）は副隊長格の学術部長として参加した。武田家は代々医業を継ぎ、輝太郎の祖父は小笠原家の御典医を務めていた。輝太郎は幼少から秀才で、漢学を学び旧制豊津中学に入学、熊本九州学院に転じて卒業後、地文を学んだ。旧制五高で助手などを務めていたが、地文の専門家として探検隊から要請もあり隊員に応募。合格して学術部長になり役職を推進、三十三歳で南極の地に立った。

南極探検後、教科書などに南極大陸の地図が載るようになった。地図は、地文に詳しい武田の製作による。大陸の沿岸から南極点までの調査地域の詳細な「武田輝太郎製」の「新撰南極地図」が残された。探検隊は「学術調査」の目的を果たした。

南極にイギリスのスコット隊、ノルウェーのアムンセン隊とともに日本の白瀬隊の名を刻んだ。白瀬隊で豪放闊達だった武田は、酒豪が災いしたのか四十六歳で逝った。今、郷土の横瀬の墓地に眠る。

（2016・11）

33 「艾蓬の射法」は絶えた

鎌倉武士の流れを汲む宇都宮（城井）鎮房（第十六代）は、天正十六年（一五八八）、豊臣秀吉の命により、黒田長政によって中津城の酒宴の席で謀殺された。

宇都宮鎮房の死で、豊前宇都宮家に伝わる一子相伝の秘法「艾蓬の射法」が途絶えた。これは、桑の弓、蓬の矢を用いて吉凶を占い、乱を防ぎ、邪を払い、男子の前途を祝う、また戦勝祈願を行う弓の儀式で、武雷神に因ると言われる。

仲哀九年（二〇〇）、仲哀天皇急逝後、政事を執り行った神功皇后が三韓（新羅・高句麗・百済）征伐で、この射法を用いて戦いに勝利。秘法は中臣氏が受け継ぎ、宇都宮信房の遠祖である関白・藤原道兼に伝授され、「一子相伝の掟で当主以外は執行することができない」射法として代々宇都宮家で守られてきた。だがそれも宇都宮一族の滅亡で消滅した。

元来、男子出生の折、桑の木で弓を造り、蓬の矢で天地四方を射て将来の雄飛を祝う、中国古代からの風習で、「桑弧蓬矢」の言葉を残す。いわゆる男子が「志を立てる」行事のようだ。この射法が武士の世界に入り、室町期には足利将軍の御前で礼射して太刀を賜り、鎌倉期には元寇の国難にたびたび鎌倉鶴岡八幡宮の社殿前で射行されたと言われる。これら故事に倣って豊臣秀吉は、朝鮮出兵の際、宇都宮の遺臣に「射法」を行わせようとしたが、誰も正確なことを知らなかった。秀吉は、宇都宮氏を滅ぼしたことを悔やんだと言われる。

歴史に「もし」はないが、もし宇都宮がいて射行し「三韓征伐」と同じ夢が叶っていたとしたら、日本は……と思うと、歴史の楽しみも増えてくる。

天一号の弓を生んだ射法は、鎮房で絶えた。しかし鎮房が地域に遺した煎茶の心は人々に伝わり残っている。鎮房は、茶道の普及とともに流行った抹茶を好まず、煎茶に惹かれ、城下の民に茶の栽培を積極的に勧めた。今、伝わり残る、みやこ町の「帆柱茶」は、「最初ちょっと苦くて最後は甘いですね」と好まれる。大量生産ではない希少名産品となっている。また、福岡県立京都高校（行橋市）には県内唯一の珍しい部活動「煎茶部」がある。さらに国指定名勝の旧蔵内邸（築上町）では、生活に馴染む煎茶の良さを拝観者に伝えていこうと、落ち着く庭園を前に、煎茶に似合う茶話会も開かれていると聞く。

宇都宮家の盛衰で、何を遺して、何を伝えることが大事なのかを、少し学んだ気がする。

（2016・11）

与謝野寛（鉄幹）・晶子夫妻の末娘・森藤子さんの「吉田増蔵先生のこと」（橿原神宮庁発行『かしはら』九十九号、平成三年一月）と題する随想を読むことができた。父・寛の死の前後を綴る貴重な一文だ。

「昭和が終わり、平成の世に入りましたが、これを機に元号『昭和』を考案された人物として、漢学者吉田増蔵先生の名が、あらためて浮彫にされました」で始まり、「私の父、与謝野寛は、十代で落合直文門に入り、生涯、落合先生、森鷗外、上田敏（びん）の三人の方を師と仰ぎましたが、五十歳に及んで、吉田先生に師事しました」とあり、「いまの陛下の『明仁』という御名も、各親王、内親王方の御名や宮号も、吉田先生のご考案によることが判った」に続いて「御高文恭しく拝読」と手紙のやりとりも見える。そして「昭和九年の夏、父母は信州上林（かんばやし）温泉の『塵表閣（じんぴょうかく）』に遊び、はからずも吉田先生が同宿されているのを知り、一夜歓談」したとあり、歌を残している。

ゆくりなく沓野に遇ひて師と語る
　象山の得し妙香の蘭

そして「翌る十年の三月、父は月はなに旅先で得た風邪がもとで肺炎をおこし、入院して半月たらず、六十二年の生涯を閉じました」の後に、「荻窪の家」で「先生はいくどもいくども涙を拭われながら『与謝野寛之墓』と筆を揮われ（略）『冬柏院雋雅清節大居士』という法名をつけて下さったのも吉田先生です」と続き、「五七日の忌に、先生は次のような七言律詩を贈って下さいました」と記して吉田の漢詩が続く。

楓樹蕭蕭杜宇天　不如帰去奈何伝
読経壇下千行涙　合掌龕前一縷香
志業未成真可恨　声名空在転堪隣
平生歓語幾回首　旧夢茫茫十四年

この追悼漢詩を受けた「母の晶子は、さっそくこの五十六文字を一つずつ詠みこみ、父を憶う五十六首の『寐園』と題する歌をものしました」とあって、「昭和十六年十二月、太平洋戦争の開戦の詔書作成にも力を注がれたに違いない先生は、開戦まもない十九日に亡くなられました。すでに不治の病床にあった母に代って、私はご葬儀に伺いましたが、その日も寒い日で、お邸をとりかこむ喪の幕が、はたはたと風に鳴っていたのが忘れられません」と記す。父とその師の出会いから別れまでが、短い文に見事に表現されている。それをつなぎ文にしてみた。さすが想いのこもる文は伝わり沁みる。

（2016・11）

34――吉田増蔵先生のこと

35　挟間畏三の『神代帝都考』

平成二十八年（二〇一六）二月のNHKドキュメンタリー番組「ファミリーヒストリー」のゲストは森山良子で、「びっくりしました。祖母がとてもたくましく強い人で非常に勉学意欲にあふれる人」とコメントしていた。祖母は福岡県苅田町岡崎の旧家、国学者・挟間畏三（一八四二〜一九一二）の三女・櫪という。北九州小倉の森山家（森山写真館）の二男・三郎に嫁いで渡米、サンフランシスコで写真館を開いた。櫪は父から、末娘としてとても可愛がられた。家の庭訓が偲ばれる「眞古流の生花奥伝書」が、端正な筆墨で書き与えられていた。その父・畏三の足跡を辿ってみることにする。歴史は面白いものだ。

挟間畏三は天保十三年に生まれ、十二歳で行橋市の村上仏山の「水哉園」に学び、後、日田市の「咸宜園」の広瀬淡窓に師事。秋田の国学者・平田篤胤の学風を慕った。彼は日本の古典に精通、その解釈力を駆使して明治三十二年（一八九九）に『神代帝都考』を著した。

当時、日本神代の帝都は日向説が有力であった。徳川時代の国学者にとって高天原豊前説は、小笠原藩の皇学者も唱えていたとはいえ、国史の異説だけに歓迎されることはなかった。しかし後年、歴史学者から史的価値を見直す動きも出てきた。歴史は意外な動きをするものだ。

挟間が著述刊行の翌年、明治三十三年四月二十二日に森鷗外を訪ねた記録が残っている。

> 挟間畏三来り訪ふ。隆準秀眉の美丈夫にして、年四十五、六なるべし。寡て神代帝都考を著したるものなり。豊前国京都郡小波瀬村に居る。（略）
>
> （鷗外『小倉日記』より）

時が流れ、郷土史再考で「天孫降臨の地は日向ではなく、豊前国京都郡」の考証を著した彼の功績を残そうと、生誕地の岡崎に「挟間畏三先生碑」が建立された。

> 先生ハ我郷土ガ産ンダ偉大ナ国学者デ（略）明治二十八年ヨリ事ニ感ジテ神蹟地陵墓ノ研究ヲ始メ（略）六十九歳デ天寿ヲ終エルマデ、心血ヲ注イデ豊前ガ神代ノ帝都デアルコトヲ考証サレタ（略）郷土史資料トシテ稀代ノ宝典デアルノミデナク、日本古代文化史ニモ寄与スルトコロガ甚ダ大キイ。ココニ先生ノ苦心ト業績ヲシノビ、ソノ銘ヲ作ッテ言ウ　正襟修史　国史茲新　夫忠愛乎　永伝斯人　　昭和四十年九月

また松本清張『鷗外の婢』は、『神代帝都考』を紐帯にして、清張流の鷗外研究がなされ、古代史」が展開する〝挟間説〟を愉しめる小説だ、との論考もある。

（２０１８・９）

36　宇都宮家と『小倉百人一首』

豊前国の戦国大名・宇都宮鎮房（一五三六〜八八）は、豊臣秀吉（一五三七〜九八）の命により黒田長政（一五六八〜一六二三）から中津城で謀殺され、一族が滅ぼされた。原因の一つに、秀吉から求められた「小倉色紙」の提出を拒んだからだとの説がある。

小倉色紙とは藤原定家（一一六二〜一二四一）筆と言われる『小倉百人一首』の色紙である。

なぜ宇都宮家に「小倉色紙」があるのかは、時代を遡らなければならない。

小倉色紙（小倉山荘色紙和歌）は、鎌倉時代前期の武士・御家人であり歌人であった宇都宮五代当主・宇都宮頼綱（一一七八〜一二五九）に起因する。彼は源頼朝の乳母に育てられ、同族である藤原定家とは、娘を嫡男に嫁がせるほど親交が深かった。頼綱は元久二年（一二〇五）に三代将軍・源実朝への謀反の嫌疑をかけられるが、鎌倉政庁の追討からは逃れた。後、謀反の意がないことを陳述、出家し法名・蓮生を名乗った。京都嵯峨野の小倉山麓に庵を設けて隠遁した。彼は父親譲りの歌人として優れており、京都歌壇、鎌倉歌壇とともに日本三大歌壇と言われるほどの宇都宮歌壇の礎をそこで築いた。

文暦二年（一二三五）、頼綱は小倉山荘の襖装飾に貼る色紙を定家に依頼。その要請を受けて、定家は天智天皇はじめ古今歌人の和歌百首を選んだとされる。

藤原定家が「小倉山荘で編纂」し、染筆した「小倉色紙」が『小倉百人一首』と呼ばれるようになった。色紙は珍重がられ、価格も高騰、贋作も多く出回った。

宇都宮家には「小倉色紙」が伝わった。京都や下野、豊前などの地を治めた宇都宮一族に「色紙」は受け継がれていた。豊前に伝わった「色紙」が秀吉との軋轢を生むことになったといわれる。もし定家の「色紙」が一族を滅ぼしたというのであれば、あまりにも悲しい。

蓮生（宇都宮頼綱）の詠んだ歌が残っている。

さてもまた忍ばむとこそ思ひつれ
　たが心よりおつる涙ぞ

甲斐が嶺ははや雪白し神な月
　しぐれて越ゆるさやの中山

いかにせむ身に七十路の過ぎにしを
　昨日も思へば今日も暮れぬる

『小倉百人一首』は「歌がるた」として親しまれている。この「小倉色紙」に「宇都宮」の悲劇が隠されているとするなら、郷土の武将だけに身につまされる。

（２０１８・９）

37　朝鮮王朝外交官"李芸"の泡盛

人にはそれぞれ惹かれるものがあるようだ。福岡県行橋市の宮村みつおさん（六七）は、琉球や朝鮮文化への造詣を深めている。彼の沖縄訪問は、パスポートがいらなくなった一九七二年から二百回を超す。沖縄というより〝琉球〟文化に魅了されたようだ。泡盛を呑み、三線に魅入られた。泡盛は、タイ米で作った独特な味の強い酒。この味に酔った。浴びるように飲んだ。ところで、琉球の泡盛が薩摩に伝わり薩摩焼酎となったそうで、〝焼酎〟の原点は〝泡盛〟にあるようだ。また、三線は沖縄を訪ね始めて十年目に本格的に習った。そして〝三線奏者〟の今がある。呑んで唄って踊る、南方文化を体現。沖縄復帰二十年目には北九州に「琉球料理店」をオープン。沖縄の歴史を学ぶにつれて「朝鮮通信使」に惹かれ、異文化の交流を見極めよう、と韓国に渡った。

彼は、琉球（沖縄）文化を韓国にも広げたいと願った。韓国に泡盛を持ち込み、三線を奏で、音色を伝えた。韓国への関心の源は、歴史上の一外交官の行動にあった。

ハングル文字を考案した朝鮮王朝の世宗大王に信頼の厚かった外交官・李芸（一三七三〜一四四五）は、通信使として壱岐・対馬・京都・琉球などに幾度も渡った。彼の使命の一つは「倭寇によって日本などに連れ去られた母国人」を捜し、国に送還することにあった。また対馬島主と文引制度（日本と朝鮮を通交する者へのビザ発行）や癸亥約条（一種の貿易条約）などを交わし、江戸時代に続く朝鮮通信使の先駆けの役割を担った。一四一六年には、李芸は琉球王朝から四十四名の母国人を送還させることができた。琉球文書に事跡が残る。

李芸は、八歳の時に母が倭寇によって連れ去られ、どこにいるのかを捜す生涯でもあった。

宮村さんは沖縄、韓国を歩き、歴史を振り返った。歴史に埋もれた人の人生が数多くあることを知った。李芸の偉業もその一つで、誤りを正す李芸の姿勢に感銘。そこで二〇一六年に「母国人送還／一四一六年李芸」六百年記念として李芸の顔写真と「琉球泡盛」と記したラベルをボトルに貼って〝オリジナル泡盛〟を造り、販売した。ボトルは韓国に持ち込み、歴史に残る李芸の功績と泡盛の美味しさを知ってもらう伝道師の役目も果たした。

宮村さんは、三線を持って〝沖縄大使〟として被災地などを訪ね、平和への思いを込めた演奏や講演を行い、日々幅広い活動をこなす。三線は「八十まで弾く」と語るパワー人間。沖縄、韓国、泡盛万歳だ。

（2018・10）

38　郷土に私塾「巌邑堂」があった

京都平野に二つの私塾があった。天保六年（一八三五）に福岡県行橋市上稗田に村上仏山（一八一〇～七九）が開いた「水哉園」があり、それ以前の文政初期（一八二〇頃）には、みやこ町勝山岩熊に藤本平山（～一八六〇）の「巌邑堂」が開かれたという。ともに塾生たちの交流もあったようだ。水哉園は県史跡指定を受けたが、巌邑堂の詳細は不明。藤本平山なる人物を知る人もほとんどなく、忘れられた状態だ。郷土史を繙くと、藤本平山の名は雪蔵、号は大椿堂平山。寛政末頃の生まれという。雄大でなだらかな山容を誇る平尾山麓に棲んだことから「平山」と名付けたと言われ、温厚で人格円満なる表徴とされる。

岩熊の小倉山に開いた「巌邑堂」の平山は、秋月の儒者・原白圭（一七九四～一八二八）や仏山と厚誼を重ねた。元々、平山が、江戸末期の儒者・亀井南冥（一七四三～一八一四）主宰の亀井塾々長を文化十四年（一八一七）に務めていたこともあり、彼らは肝胆相照らす仲になっていた。そして白圭社中の詩をまとめた詩集『小倉山房唱和集』を平山が中心になり、少年仏山が加わって発刊し、「日本詩界革新の烽火」を豊前の里の一角から上げた。

彼らの活動は注目すべき運動だったが、悲しいかな、文政十一年（一八二八）に白圭が「巌邑堂」で死去。平山と仏山は亡骸を秋月に送り届けた。その後、平山は行橋市行事の地に移り、豪商・飴屋の玉江家「快哉楼」などで遊び、漢詩「漂母飯信図」などを残す。

渭水春光淮水波　英雄自古在魚簑
釣竿未入非熊〔不明〕□　独有村媪恩恵多

行橋で夫人を亡くした平山は、播州に身を寄せ、姫路城下など各地を転々としたようだ。そんな様子が、勝山黒田の綾塚敬晃『伊勢参宮道中日記』の安政二年（一八五五）九月一日に「かま田村松福寺九ツ上時着尤此寺ハ一昨年より行事藤本先生当寺に住居致候其所縁ニ而立寄申成此寺ニ而酒を出し昼仕度致す当寺出立暮六ツ時書写山女人堂江参詣」と平山を記す珍しい文書がある。とにかく平山に関する記述は『仏山堂日記』や『仏山堂詩鈔』で、わずかに窺い知るだけだ。研究者によれば、平山は「清風明月を友として悠々自適」の生活の中、博学多識と高い人格は計り知れない、と記録されている。彼は「上田村」の吉田平七方で亡くなった。

弟子の安田雲斎により、岩熊の竹林の中に「平山先生藤本雪翁之墓」が建立された。郷土での漢学の心は平山から仏山に引き継がれたようだ。

（２０１８・10）

39　杖で天下を取った清水隆次

古武術もいろいろあるようだ。中国に古くから伝わる「棒術」が工夫発展し、杖を武器として攻撃、防御する「杖術」が、慶長年間（一六〇〇年頃）に福岡で神道夢想流として生まれたといわれる。その「術」が警視庁や講道館に脈々と受け継がれている。

杉崎寛著『杖で天下を取った男』（あの人この人社、一九八八年）を捲ると、「京都郡犀川町（現みやこ町）本庄、ここが清水範士の生まれ故郷」の記述がある。清水範士とは清水隆次（一八九六～一九七八）。福岡藩の白石範次郎（一八四二～一九二七）に神道夢想流杖術を学び、免許皆伝を受けた男だ。彼は「国のため、親のため、忠孝ということをやっぱり主に考えていましたね」と言い、「とにかく陰徳を施せと、それで貧乏神でもいいから神を信仰せよ」と語る彼は、海外雄飛が叫ばれた時代、自分も海外へと心に決め、まず護身用の武術を身に着けて行こう、と神道夢想流の門をたたいた。十七歳だった。免許を貰うまで激しい杖術の稽古に打ち込んだ。

彼の履歴を追ってみる。昭和二年（一九二七）、警視庁武術大会で杖術を演武し好評。昭和六年、警視庁の武道講師となる。嘉納治五郎の要請で講道館で杖術を指導する。昭和八年には警視庁特別警備隊の発足に伴い、杖術訓練を指導。警備隊の任務は、普通の警官では対応できない特別な場合の警戒警備であり、装備は短剣と拳銃、警杖で、とくに警杖一本の操作が重要だった。杖は樫の丸木で四尺二寸一分（約一二八センチ）の長さ。平凡な武器だが「突けば槍、払えば薙刀、持たば太刀、杖はかくにもはづれざりけり」と伝書にあり、打ち、突き、払い、薙ぐなどを技とする千変万化の武器となる。そして「傷つけず人をこらして戒むる教えは杖のほかにやはある」と「武」の「徳」を本体とする特異性のある武術といわれた。

警備隊では杖が新たに装備品に加わり、杖術が必修科目になった。清水は忙しくなった。杖の持ち方から群衆整理まで一人で指導にあたった。杖を習った新米の巡査がパトロール中、暴漢現場に遭遇。殴りかかってくるその瞬間、ステッキで水月（みぞおち）を突くと、相手はウッとうずくまる。そして別の相手には、体をかわして横面を打つ、と、へたって腰を落としてしまう。巡査の「先生、効きますね」に、「効かないことは教えませんよ」と清水。彼は、頭ではなく体で覚える指導を徹底し、形を教えて型にはめない杖術を伝えた。杖を抱いて世界を駆けた。捕縛の心技を伝えた古武術家が郷土にいた。

（2018・11）

40　食べて歌って踊ろうよ

平成三十年（二〇一八）十二月二十二日、「平成」最後の冬至の日。福岡県行橋市の稗田校区の女性らが中心となって、「食べて歌って踊ろうよ」の掛け声で「七草飩」を食べ、「どんぶり狂騒曲」を歌って「どんぶり踊り」を披露するイベントがあった。

稗田の七草飩は、「冬の七草」といわれる南京、銀杏、人参、寒天、金柑、饂飩、蓮根に、隠元が加わり、八種類の末広がり創作料理として誕生した。昨年の冬至に初披露して、「ん＝運」を呼び込む「どんぶり」と好評を博した。二百名を超える参加者で盛況だった。

冬至は一年の中で最も日照時間が短い日で、「ん」のつくものを食べて「運盛り」縁起を担ぐ日でもある。かぼちゃ（南京）を食べてゆず湯に入るのも、栄養を付けて厳しい冬を乗り切るための風習だ。古代中国では「冬至の日」は一年の始まりとなる、めでたい日でもあった。

稗田校区の女性軍は、二年目の「冬至」を迎え、「七草飩」行事を継続していこうとの協議の中、郷土歌手・黒田武士さんの「どんぶり狂騒曲」が話題になった。彼のCDを聴き、テンポよく明るいメロディーなので、皆、どんぶりを「食べて」、「歌って」、そして「踊ろうよ」となった。そこで黒田さんの許可を頂き、日頃、踊りを楽しんでいる女性有志によって「どんぶり狂騒曲」の「振り付け」が創案された。心地よいリズムに合った「どんぶり踊り」が完成した。

皆が踊るしなやかな手と軽快な足の動きは、美味しくいただく仕草に加え、様々な「どんぶり」の味をも誘う動きになっているようだ。

イベント当日、参加者は七草飩を食べた後、公民館前広場での稗田女性軍の踊りの輪に加わった。

そして、ある意見からこんな提案が出された。七草飩もいいが、海の幸「丼」もいいのではないかと。京築地域は周防灘に面して海産物も豊富。近年は牡蠣も鱧も特産として売り出し中だ。さらに潮が引いた砂浜の小さな穴に塩を入れて捕獲する独特なマテ貝もあり、珍味。その牡蠣、鱧、マテを使った創作「丼」ができればいいなぁ、という話になった。

丼名も「かき丼」、「はも丼」、「まて丼」と、子どもらにも馴染みある呼び名にして提供するのだ。

郷土のリズムで「どんぶり狂騒曲」が生まれているのだから、「七草飩」に続いて、海のある里に、いくつかの「海産丼」を誕生させよう。そんな動きも始まったようだ。

（2018・12）

41 ――佐久間種が選んだ小倉六歌仙

平安時代の歌人・紀貫之（八六八〜九四五）は『古今和歌集』の「仮名序」で、優れた歌人の在原業平、大友黒主、小野小町、喜撰法師、僧正遍昭、文屋康秀を「六歌仙」とし、新時代の歌を築いた。六歌人の歌を見る。

世の中にたえて桜のなかりせば
　春の心はのどけからまし　在原業平

春さめのふるは涙か桜花
　散るを惜しまぬ人しなければ　大友黒主

花の色は移りにけりないたずらに
　わが身世にふるながめせしまに　小野小町

わが庵は都のたつみしかぞすむ
　世をうぢ山と人はいふなり　喜撰法師

すゑの露もとのしづくや世の中の
　おくれ先だつためしなるらん　僧正遍昭

吹くからに秋の草木のしをるれば
　むべ山風を嵐といふらむ　文屋康秀

ところで福岡県豊前市の八屋中学前の高台の草むらに、自然石で「果園佐久間種墓」、「広江氏松琴墓」と刻む夫婦墓がある。人妻の広江立枝子は、さすらい歌人と呼ばれた佐久間種（一八〇三〜九二）のひたむきな愛に「こころの帯を解き」結ばれた。種が「かねてよりあすの別れのおもはれてむねくるしくもなりにけるかな」と詠んでいたが、終には「まかせすば死なんとこそは思ひしがうれしき中となりにけるかな」と立枝子は詠んだ。

種は小倉藩士の子として東小倉（現北九州市）で生まれ、武術、漢学、和学を学び、文学の精進を重ね、三十七歳で隠居。各地で歌を詠み、文人と交流。小倉藩では歌を指導し、「小倉六歌仙」を選んで歌の道を深めた。

おもかけの心にちらぬ花のみそ
　風には終にしられさりける　森戸定旹

秋風もふけ行月に静まりて
　おのれとおつる槇のした露　丹羽氏曄

むら芦の葉末にそよと音つれて
　朝川わたる秋のはつ風　秋山光彪

奥深き谷より出て春の日の
　ひかりをそふる鶯の声　小出正胤

夜をこめて鳴し狐の跡はかり
　みゆるも寒しのちの朝霜　西田直養

暁のなからましかはうちとくる
　かたへに物は思はさらまし　長田美年

種の終の棲家は、風光明媚な豊前の地だった。

（２０１９・２）

42　明治の小兵力士・唐辛

郷土の土を掘り起こせば、本当に意外なモノ、コト、ヒトが眠っているなぁ〜の感を強くした。まさか、こんな人物がいたとは露知らず、古希過ぎるまできたものだ、と思う。

福岡県行橋市出身の、元大相撲力士に、唐辛多喜弥（本名＝宮原↓奥村多喜弥、一八六四〜一九四四）という人物がいたようだ。珍しい四股名「唐辛」の名付け親は、贔屓筋の伊藤博文だとか、黒田清隆といわれる。唐辛は大坂相撲で取っていたが、上京して十五代横綱梅ケ谷に入門。後、明治十六年（一八八三）に初土俵を踏み、三十一年の引退まで幕内在位七場所を務めた。

唐辛は、身長一六四センチ、体重八一キロの小兵力士だったが、小よく大を制する如く、大相撲の魅力を如何なく発揮し、「小柄な技巧派力士」として名を馳せたようだ。相撲甚句に「七色の取る手うるわし唐辛……」と、相撲上手の彼の取り口が謳われている。

また彼のエピソードに、真偽の程は判らぬにしても、相撲好きだった明治天皇からたびたび宮中に呼ばれ、巧い「初っ切り」を披露したと言われ、天皇自ら廻しを着け、体格の変わらぬ唐辛と相撲に興じたとされる。驚くべき伝説である。

ところで「四股名」は相撲力士の名前。もともと「醜名」と書き、この「醜」は「逞しい」の意。江戸時代の勧進相撲からが始まりと言われ、「姓＋名」が一つで「四股名」だそうだ。

名が体を表しているかどうか、相撲界のキラキラネームを探してみる。

鋸盤右衛門、釘貫禰次兵衛、鉞音五郎、揚羽空右衛門、三毛猫泣太郎、膃肭臍市作、野晒勘三郎、妨四郎盛足、軽気球友吉、軍艦保、大車輪松五郎、文明開化、相引森右衛門、新刑法源七、縄張綱右衛門、凸凹太吉、一心太助、浦島太郎、三毛猫泣太郎など多数。

また現役力士では、大当利大吉、爆羅騎源氣、冨蘭志寿学、大露羅敏、宇瑠寅太郎、光源治晴、育盛義洋、華吹大作、彩尊光、輝大士など。

珍名伝統は残っている。

行橋には「小粒でもピリリと辛い、唐辛」と伝わり、引退後は「一力」と改めた。晩年は郷里で過ごしたという。さあ、その確認のために実家探索に繰り出そう。

（２０１９・２）

43 村に残る「四月三祭」の由来

福岡県行橋市前田の産土神は「清地神社」で、小高い丘にある。前田区は四十五戸の小さな集落。神社の大小の年間行事は皆で引継いでいる。

まず、年度初めには「四月三祭」が行われる。ところがその由来については、皆は詳しくは知らなかった。

最近、下稗田の大分八幡神社の定村政幸宮司から、古文書を転記した「明治参拾参年記」の「四月三祭由来」文書が当番期の関係者に示されて、由来が判った。

四月三祭は「本大祭ハ四月三日ニ行ヒ酢飯ノ三角形四角形（里人之ヲモッソト云フ）ナルモノヲ一人前白米一升ニ製作シ氏子一般一名一組ヲ神社拝殿ニ於テ食シ終日参籠ス」とある。これは「長峡川ノ改修（年代不詳）ノ時（略）流域ノ都合ニヨリ（略）前田村ノ神幸場郷田堀モ一部河川トナル其ノ年（略）下稗田村前田村ノ氏子牛馬次々ト死亡セリ因ッテ神慮ナラント氏子残ラズ（略）参籠シテ祈願シタル処忽チニシテ悪疫退除シタルニ因リ百戸ノ氏子三戸トナル迄此ノ祭祀ヲ怠タルナシト神明ニ誓ヒ」始まった祭りのようだ。

毎年、区内の三つの組が交代で担当。欠年無く続けられている。祭り当日は、朝から婦人が集会所に集い、寿司などの「モッソ」作りに余念がない。家主らは、竹筒を持って築上町椎田の浜の宮海岸に汐汲みに行く。かつては豊前七浦に及んだという。汲んだ汐は家に持ち帰り、自家や神社などに清めの心とともに降り濯ぐ。そして祭典の後、モッソを食べながら皆の語らいの場が生まれる。各地で伝統行事が消えてゆく中、守る心が伝わるならば、誰も行事を失くすことはないだろう。

伝統は伝わるのではなく、伝えるものだろう。

ところで珍しい祭祀として「四月三日の生きびな祭」があるようだ。岐阜県高山市の飛騨一宮水無神社で行われる行事の一つ。毎年、未婚女性九人が選ばれ、内裏、后、左大臣、右大臣、五人官女に扮して神社周辺を稚児や巫女などと練り歩き、神社の特設舞台では、五穀豊穣と女性の幸福を祈念して菱餅と繭団子が撒かれるという。この祭りは戦後に始まったとされ、今では「生きびな様」を見ようと賑わい、飛騨の春の風物詩となっている。

余談だが、かなり以前のこと、行橋市を中心に苅田町、みやこ町全体の地図を仲間と見ていた時、「おや、清地神社が七つある。それも北斗七星のカタチじゃないか」と誰かが言った。そういえば、我が清地神社の周りに同じ名の社が六つ。驚き、誇らしくなった。

（２０１９・３）

44　国民に愬ふ――奥村喜和男

歴史の転変で、時が人を消すこともあるようだ。いくら時代を動かしていても、時が過ぎると消える人物も出てくる。今、消えた郷土人に光を当ててみたい。

福岡県行橋市天生田生まれの奥村喜和男（一九〇〇～六九）の痕跡を辿ってみる。一時代を画した人物だったようだが、消え、隠れ、埋もれたままだ。

奥村は今川尋常小から豊津中に入学して勉学に励み、「（略）一番奥村喜和男とあり、嗚呼！　不肖自分が学生の理想、首席を捷得たるなり。月桂冠を戴けるなり。（略）」と記し、首席卒業をした。同級には後に文部大臣を務める劔木亨弘（一九〇一～九二）がいた。

奥村は第五高（現熊本大）に進み、そこも首席卒業して東大法学部に入学。高等文官試験に合格し、大正十四年（一九二五）に逓信省に入省。そこで「電力国家管理案」をまとめ、電力会社の「民有国営」実現に奔走。そして統制経済の推進役も務め、岸信介商工次官や迫水久常大蔵官僚らとともに「革新官僚」の一翼を担って活躍した。後、昭和十六年（一九四一）には東条英機内閣の「内閣情報局次長」に任じられ、東条側近の一人として戦時国民の世論の形成や扇動の実務を担った。国民鼓舞の一環であるのだろうか、昭和十六年十二月八日、昭和天皇による宣戦布告の後、奥村は「宣戦の布告に当り国民に愬ふ」と題して、その夜、ラジオを通じ国民に向けて長い放送をした。その「愬ふ」長文を抄録する。

> 日本は、われらの祖国日本は、本日実に重大なる運命の中に突入したのであります。真に皇国の興廃を賭して万里の波濤を拓開せんとする苦難の道へ突進したのであります。（略）歴史の上に堅く刻み込まるゝ日となりました。（略）本日、米国及び英国に対し、畏くも宣戦の御詔勅が渙発せられたのであります。（略）この度の戦ひは、アジア恒久の平和と光栄のために、千年の禍の根源を絶たんとするのであります。（略）清浄の大地の上に、揺ぎなき平和の礎を置かんとするのであります。国民諸君、同胞諸君、今正に時は到ったのであります。（略）われら国民の決心は「今日よりは顧みなくて大君の醜の御楯と出で立つ我は」と同じ心であります（略）天皇陛下万歳（略）

彼はこの放送から二年後、情報局次長を辞任し退官した。時代に求められ、要請を享け、素直に従った人物がいたのは事実。だが、後の世、彼は語られることなく、いたことさえ忘れられている。

（2019・5）

45　鏡山の麓に「河内王」の墓

国道二〇一号は、福岡県行橋市を起点に京都郡みやこ町を通り、仲哀トンネルを抜けて田川郡香春町に入り、田川、飯塚、福岡へと向かう。トンネルを出て香春に入ると両側に迫る山肌、その間を道路はぬって延びてゆく。そんな山里の景色が広がる田んぼの中に、ポツンと際立つ大きな銅葺きの大鳥居が屹立している。大鳥居をくぐって奥に向かう道は、田園にこんもり膨らんだようにしてある小山に続く。その山頂には鏡山神社が鎮座する。そばに大宰府への官道だった「田河道」の古道がある。

全国各地に山の「鏡山」は散在するが、土地名で「鏡山」とあるのは香春町のみである。香春町鏡山の「鏡山」には、神功皇后が鏡を奉った山との話が伝わる。

『万葉集』にも歌が残っている。

梓弓引き豊国の鏡山
　見ず久しならば恋しけむかも
　　　鞍作村主益人（巻三―三一一）

鏡山の麓には河内王の墓（河内王陵）があり、「勾金陵墓参考地　一、みだりに城内に立ち入らぬこと。一、魚鳥等を取らぬこと。一、竹木等を切らぬこと。宮内庁」の立札が建ち、フェンスで仕切られ、人の入るを拒んで、厳かな雰囲気が漂う。

河内王（生年不詳～六九四）は、天武天皇の孫と伝わる。彼は筑紫に遣わされて大宰帥に任じられた。西下中、田河道で疲れを癒した折、手持女王と出逢い、恋仲になり、ともに任地に赴いて暮らした。任期中、王が病気になった。身を案じた手持女王は手厚く看護したが、王の命は尽きた。王の亡骸は豊前の鏡山に葬られた。

豊前国の地に眠る河内王を偲んだ手持女王の挽歌三首が『万葉集』に遺されている。

王の親魄逢へや豊国の
　鏡の山を宮と定むる　（巻三―四一七）

豊国の鏡の山の岩戸立て
　隠りにけらし待てど来まさず　（巻三―四一八）

岩戸破る手力もがも手弱き
　女にしあればすべの知らなく　（巻三―四一九）

三首の歌に「天の岩戸」の隠れているのが不思議。手持女王は王の死後六九四年に歌を詠んでいる。しかし「岩戸伝説」を記す『古事記』は七一二年に天皇に献上されていることから、稗田阿礼がこの歌を基にして、伝説の「岩戸破」は男であればできるとの思いを記したのであろうか。謎を生む歌ではある。

（２０１９・５）

46――豊前国の「母子猿」ものがたり

ネットの海の中で、「豊前国住人太郎入道母子猿の相思ふを見て後猿を射るを止むる事」の記述を掬った。鎌倉時代に伊賀守 橘 成季（生没年不詳）が編纂した『古今著聞集』に収まる世俗噺である。七百年を超えて、なお伝わる「豊前国」における「母子猿」の実のある噺を追う。

「豊前の国の住人太郎入道といふものありけり。男なりけるとき、つねに猿を射けり。ある日山を過ぐるに、大猿ありければ……」と続く噺を意訳してみる。

　豊前の国に太郎入道という男がいた。彼は、いつも猿を射ていた。ある日、山中を通っていた時、大きな猿に出くわした。木に追いやり、木の股にいた猿を射たところ命中、大猿は木から落ちかかった。が、何か、モノを木の股に置くような仕草をする。その様子を見ていると、子猿を背負ったまま地面に落ちそうになりながら、何度も子猿を木の股に置き、助けようとするが、子猿が母猿にしがみついて離れようとしない。で、終いには、ともに地面に落ちた。太郎入道は子猿を思い、庇う母の心に打たれ、これまでのことを悔いた。そして、それ以降、猿を射ることを止めた。

『古今著聞集』は『今昔物語集』（平安時代）、『宇治拾遺物語』（鎌倉時代）とともに日本三大説話集とされる。昔からの言い伝えは楽しく聞くことができる。

意外な話も伝わっている。

庶民伝承の「母子猿」もそうだが、女流俳人・竹下しづの女（一八八七〜一九五一）が郷里（福岡県行橋市）で「帚苔や景行帝の御所ちかく」と詠んだように、国名の「豊国」の由来には、景行天皇が登場する。天皇が、この地に来られて語った噺が『豊後国風土記』に残る。

　天皇、ここに歓喜まして、即ち、菟名手にのりたまひしく「天の瑞物、地の豊草なり。汝が治むる国は豊国と謂ふべし」とのりたまひ、重ねて姓を賜ひて、豊国直といふ。因りて豊国といふ。後、両つの国に分かちて（略）

そして、この地に飛んで来た白鳥が餅になり、冬であったにもかかわらず幾千もの里芋となって茂ったという。その里芋が「豊草」となって国名に付けられたそうだ。

また「豊前の国」は『平家物語』にも、「山鹿へも敵寄すると聞こえかば、海士の小舟にとり乗りて、夜もすがら豊前の国柳が浦へぞわたり給ふ」とある。国に人が住めば噺も生まれる。日々の重なる歴史を一つ一つ剥がし、先の糧にするのが人間の知恵でもあるだろう。

（２０１９・５）

昭和二十年（一九四五）六月二十三日の沖縄戦終結に因んで、沖縄県は同日を「慰霊の日」と定め、毎年、糸満市摩文仁（まぶに）の平和祈念公園で沖縄全戦没者追悼式を行っている。平成十三年（二〇〇一）、公園に祈念碑「平和の丘モニュメント」が設置された。これは沖縄戦二十四万人を超える犠牲者の名を刻む石碑「平和の礎」と共に平和のシンボルとして並び立っている。追悼式典では、沖縄の願い「平和の詩」が朗読される。

平成三十年の「詩」は浦添市の滝川中三年・相良倫子さんの「生きる」が会場に流れた。

私は、生きている。（略）私の生きるこの島は、なんと美しい島だろう。青く輝く海、岩に打ち寄せしぶきを上げて光る波、山羊の嘶き、小川のせせらぎ、畑に続く小道、萌え出づる山の緑、優しい三線の響き、照りつける太陽の光。私はなんと美しい島に、生まれ育ったのだろう。（略）

沖縄の人々の「慰霊の日」は、県民こぞって合掌と祈りを捧げる日だ。白と黒のコントラスト鮮やかなアーチ形の祈念碑は、いつしか県民の親しい〝平和の石碑〟になってきた。

令和元年（二〇一九）六月二十三日から福岡県みやこ

47　祈念碑を生んだ鉄のスケルトン

町豊津惣社の森のレストラン「フォレスト」に、沖縄の人々を思い、戦没者の鎮魂を祈る場所が生まれる。

約二十年前にモニュメント（祈念碑）として製作された高さ七・五メートルの鉄のスケルトン（骨組み）が、レストランの一角に移設されるのだ。それは長い年月、風雨に晒され、錆びてはいるが、石材所の敷地内にどっかと据わっていた。大型枠のスケルトンの経過を追ってみる。

平成十年、沖縄県の「平和の丘モニュメント」のデザイン公募に、北九州市の藤波耕司氏の作品が決まった。そして、みやこ町の城戸石材加工所（城戸津紀雄代表）の技術力と設備力が評価され、製作を請け負うことになった。城戸社長は「沖縄の人の魂を入れる作業になる」からと、沖縄県立芸大の彫刻家三人を招き、自宅に泊めて三カ月余、宙を舞う石粉、額に流れる汗の中、石の研磨作業などを皆で進めた。石のパーツが完成すると、梱包して貨物船で博多港から沖縄に運んだ。現地では石職人と建設社員とで本体に取り付けた。そして巨大なアーチの碑が完成した。令和になって、沖縄の地に建つモニュメント原型の鉄製スケルトンが、碑の生まれたみやこの地に建つことになった。新たな祈りの場所ができる。

（2019・6）

日本ワインの「醸造」のルーツである福岡県みやこ町犀川の野に自生するガラミ（学名エビヅル）八・五キロを採取。それを宮崎県の「五ケ瀬ワイナリー」で製造し「豊前の国ガラミ」（ハーフボトル十二本）を約四百年ぶりに「純朴な日本ワイン」として復活させた。

これは寛政五年（一六二八）に小倉藩を治めていた細川家の藩庁記録（「永青文庫」）にある「仲津郡ニ而ぶだう酒被成御作候（略）がらミ薪ノちんとして」の記述を忠実に再現したもの。かつて細川ガラシャの息子・忠利の命によってワイン造りがなされたようだ。ただ、古文書の「がらミ」は地元では「ヤマブドウ」を指し、また、文献の研究者らの統一見解として「ガラミ酒」は「薬酒」として作られていたとのことのようだ。

そこでNPO仲間では、現実に「ガラミワイン」が実現したことで、呼び名も日本風にと、わが国独自の「造語の文化」に倣って議論を開始した。

ガ・ラ・ミの「ガ」は、ワインとキリストとの関わりから豊前国での殉教者・ディエゴ加賀山隼人の「賀」を採り、「ラ」はガラシャ夫人の「羅」とし、また「ミ」は平安時代の辞書『倭名類聚抄（わみょうるいじゅしょう）』に記されている「美夜古」の地の「美」にして「賀羅美」で一致。さらに「薬

48　造語の世界は楽しめる

酒」の位置付けから、「醫院」の「醫」の下の「酉」に「氵」は「酒」だから「醫」に「氵」を付けて「(氵+醫)（しゅ）」とする「造り字」の「賀羅美(氵+醫)（がらみしゅ）」とし、後「伽羅美(氵+醫)（がらみしゅ）」となった。造語の世界は楽しめる。造語といえば、心象世界の理想郷を指す「イーハトーブ」は宮沢賢治の造語といわれ、歴史的仮名遣い「岩手（いはて）」をもじったものという。

造語の例を見てみると、イクメン、ネチケット、食育、KY、従軍慰安婦などがある。

また著名人の発言などでマスメディアから普及した「造語」もある。新語（発言者）を追ってみる。

おたく（評論家の中森明夫）、ニューハーフ（歌手の桑田佳祐）、中二病（タレントの伊集院光）、天然ボケ（俳優の萩本欽一）、演説（福沢諭吉ら）、目線（アナウンサーの鈴木健二）、マイブーム（漫画家のみうらじゅん）、恐妻家（元祖マルチタレントの徳川夢声）、交響曲（森鷗外）、浪漫（夏目漱石）、事典（平凡社創業社長の下中弥三郎）、野鳥（鳥研究家の中西悟堂）、民芸（思想家の柳宗悦、陶芸家の河井寛次郎・浜田庄司）など多くの「造語」が生まれている。

自由な発想で生まれた言葉が〝これは、よし〟となれば「新造語」完成、そして普及する。

（2018・12）

新しい郷土特産品ができることは嬉しい。これまで使われたことのないガラミ（伽羅美）使用の商品を、一般社団法人豊前国小笠原協会（川上義光代表）で開発した。ガラミワイン、ガラミパン、ガラミ甘酒などができた。ガラミは、アントシアニンやポリフェノールが多く含まれ、強い抗菌作用があり、目の健康を守る効能が高いといわれ、動脈硬化や血液改善による冷え症など生活習慣病の改善効果も期待されるという。

協会がガラミに注目したきっかけは、寛永五年（一六二八）の細川家文書「永青文庫」に「（略）仲津郡ニ而ぶだう酒被成御作候（略）がらミ薪ノちん（略）」と記され、福岡県みやこ町犀川大村が「日本ワインのルーツ」であることが判明。それからガラミ探しが始まった。

山を歩き、野を巡り、二年余りガラミ探しに奔走した。ほとんどの人は知らなかった、というより、年配者は忘れていたと言った方がいいだろう。「ああ、幼い頃に食べたアレだろう」などの言葉が出始めた頃、ガラミが見つかった。本当に道の端、生活のそばにあった。

二〇一八年末、宮崎県の「五ケ瀬ワイナリー」で約四百年ぶりに〝ガラミワイン〟が再興できた。現代ワインと遜色ないという、野性味ある深く重いワインだった。

49　ガラシャ夫人と「一花の泪」

ガラミは濃紫色である。特性を生かした色と味を現代に活かせるよう知恵を絞った。商品作りの中で「羊羹（ようかん）はどうだろう」の意見。ガラミを練り込む試作品作りが始まった。職人の手で改良が重ねられ、見事に鮮やかな紫の羊羹が誕生した。さっぱりした甘さでクセのない紫紺の〝ガラミ羊羹〟が郷土特産品として生まれた。

羊羹の名に知恵を出した。これまでの経緯から細川家のガラミワインの史実に沿うと、明智光秀の娘・珠（玉）いわゆる忠興の妻で切支丹のガラシャ（伽羅奢）夫人に繋がった。

ワインはキリストとの関わりも深い。それで信仰篤いガラシャ夫人の想いを偲んで辞世の「散りぬべき時知りてこそ世の中の花も花なれ人も人なれ」に、日本の季節を詠んだ道元の和歌「春は花夏ほととぎす秋は月冬雪さえてすずしかりけり」を添え合わせた名として「一花（ひとはな）の泪（なみだ）はどうでしょう」と、茶道歴三十年を超える師匠から羊羹名の提案があった。

日本人のわび、さびを超え、現代に蘇った高貴な紫の〝がらみ（伽羅美）羊羹〟は「一花の泪」として、品ある色と秘めた味の郷土特産として名乗りを上げた。

（2019・6）

50　豊前国小笠原協会の挑戦

いい新聞記者に巡り会ったと思う。仲間の活動を報道して頂いたからではない。私自身、役所勤めの四十年近くの間、半分は広報業務で報道関係者との交流が深く長かった。多くの記者にご交誼を賜り、役人気質ではない生き方を学んだと思う。市役所退職後もメディア関係者との交流は続く。そんな中、N新聞のS記者は、行政などから与えられたネタではなく、捜し見つけた独自ネタ報道が多い。現在では奇特な方だ、と思う。昔気質の記者視点には感心する。初めての出会いから三年余が過ぎる今、確かな目を持つ記者に感謝したい。

　平成二十三年（二〇一一）、福岡県みやこ町で「NPO法人豊津小笠原協会」の仲間と、銀閣寺に伝わる華道「無雙眞古流（むそうしんこりゅう）」がみやこ町発祥などを突き止めて地域発信。S記者はそれに注目して取材に訪れ、その後も、隠れた文化遺産の発掘には、たびたび力をくれた。

　珍しい遺産では、細川家の「永青文庫」の古文書にある「（略）寛永五年（一六二八）九月十五日（略）仲津郡ニ而ぶだう酒被成御作候（略）がらミ薪ノちんとして（略）」の記述が「日本ワインのルーツ」で、みやこ町犀川大村がその舞台と判ったことだ。この話題に着手し、活動の折々にはS記者の報道があった。後、地域の文化活動をもっと広げようと、平成三十年にNPOから「一般社団法人豊前国小笠原協会」に替わった。その年末、宮崎県の「五ケ瀬ワイナリー」（宮野恵支配人）の製造で、約四百年ぶりに〝ガラミワイン〟の再興がなった。ガラミは学名「エビヅル」で通称「ヤマブドウ」と呼ばれる。ガラミから「ぶだう酒」を造った〝細川家物語〟があった。

　S記者は「これまでのガラミ」を追いたいと「再興細川家ワイン／豊前国小笠原協会の挑戦」と題する連載を始めた。サブタイトルは、①史実―古文書の「ぶだう酒」、②指南―細川元首相から電話、③探索―住民に活動広がる、④支援―宮崎の醸造所が参入、⑤連携―行政も取り組み注目、⑥記者ノート―文化的活動にも力を、と活動の仔細が記されていた。感謝だ。こうした、それぞれの仲間の思いや動きを正確に伝える〝今を刻む〟報道は、将来の正しい〝歴史を刻む〟ことに繋がるだろう。

　ニュースとは、現れた時が旬であり、それを伝えるのが報道だろう、それを逃すのは報告でしかないと思う。現在、報告記者はいるが、報道記者は少ないようだ。時を越えて出現したガラミは〝旬の素材〟だったはずだ。S記者は、その〝ガラミ物語〟を追い続けてきた。

（２０１９・６）

書のテキストに中村春堂『三体千字文――楷書 行書 草書』（文海堂、一九七二年）がある。同名の書籍は小野鵞堂他も著す。書道家の中村春堂（一八六八〜一九六〇）は、福岡県仲津郡祓郷村田中（現みやこ町）に生まれる。名は尚友、字は玄郷、通称は梅太郎、雅号は春堂で、旧制豊津中（現育徳館高）卒、大分の河野私塾に学んだ後、郷里で初等教育に従事していた。ところが明治二十九年（一八九六）、法制局長官・末松謙澄（行橋市出身）の推薦で上京し、内閣法典調査会に奉職。勤務の傍ら法律学、経済学を学ぶ中、宮中顧問官の三浦安に〝才筆〟を認められて書道研究を勧められて書で世に立つ決意をした。

ここで、日本の書の歴史を繙いてみる。日本に漢字が伝わったのは弥生時代だが、当時は文字を必要とする社会ではなかった。遺物に銘文が残るのは五世紀半ば頃で万葉仮名だったようだ。書道史上の能筆は平安時代の「三筆」の空海、嵯峨天皇、橘逸勢と「三跡」の小野道風、藤原佐理、藤原行成という。その後、寛永の三筆（本阿弥光悦・近衛信尹・松花堂昭乗）、幕末の三筆（市河米庵・貫名菘翁・巻菱湖）、明治の三筆（日下部鳴鶴・中林梧竹・巌谷一六）など独自の書風を遺す書家が続いた。

51 かな文字の書家・中村春堂

春堂は、明治三十一年（一八九八）に駿河国（静岡県）出身の小野鵞堂（一八六二〜一九二二）に師事。鵞堂は、明治、大正のかな書道の大家で、現代のかな書道の礎を築いた人物。書風は平安の草仮名を基調に流麗な独自スタイルを創案し、多くの門弟を育てた。とくに婦人たちの習字は「鵞堂流」を習うものだったようだ。

春堂は鵞堂に入門後、文部省習字科検定に合格、本格的に書の道を歩み始めた。日本初の女子大学校（現日本女子大）をはじめ、多くの高等学校、大学で教鞭をとった。また私塾の書院を設立して門弟三千余人を育てたという。大正に『習字之友』、昭和に『日本書道』などを刊行した。そして日本芸術協会の審査員、日本書道美術院、日本書道連盟の顧問を務めるとともに日展の審査員を歴任した。春堂は鵞堂の後継者として、上代仮名をよくして仮名文字を得意としたが、漢字と仮名の調和美の書も広めた。また、鵞堂の教えを継いで、皇室の宮家婦人らへのご指導とともに女性への書道普及に力を注ぎ、影響を与えたと言われる。

時を刻んで生まれた「春堂流」のかな文字は独特な輝きを放つ。彼が明治、大正、昭和の書道界に尽くした功績は極めて大きい。郷土の誇れる人物である。

（2019・7）

第2章 歴史を探る

52　長崎の“原爆天主堂”は幻に

長崎には広島の〝原爆ドーム〟のような、シンボルとなる被爆遺構がない。「あのとき」の姿を残すものがない。戦後造られた西洋風で屈強な平和祈念像は、莫大な経費がかかったようだが、どうも馴染めない。造られたものではなく、ありのままがいい。そんな思いの中で興味深い本、高瀬毅著『ナガサキ　消えたもう一つの「原爆ドーム」』（平凡社、二〇〇九年）を知った。

原爆投下の目標地は、はじめ小倉の軍需工場（造兵廠）だったが、大量の煙によって見えず、長崎に変更され、三菱重工の兵器製作所と製鋼所の中間地点、浦上へ落とされた。市の人口約二十四万人のうち約七万四〇〇〇人が亡くなり、建物の三六％が破壊された。

象徴的な場所として、痛々しい浦上天主堂の廃墟があった。崩れ落ちた教会に残る壁、焼け焦げたマリア像、首が吹き飛んだキリスト教徒たちの像など無残な景色が残っていた。俳人の水原秋桜子（しゅうおうし）は廃墟を訪ね、「麦秋の中なるが悲し聖廃墟」と詠んだ。廃墟は十年以上そのまま「原爆資料保存」として残そうとの声があった。

一九五五（昭和三十）年十二月七日、アメリカのセントポール市議会は、日本初となる長崎市との「姉妹都市」の承認を議決した。パールハーバーの日だ。姉妹都市への誘いはアメリカ側からの要請で、当時の田川務市長を一カ月余、全米を回る大旅行に招待した。それ以前に山口愛次郎カトリック長崎司教は浦上天主堂再建の「お願い」でアメリカを回っていた。「天主堂を保存せよ」の声は続き、長崎市議会も「人類に原爆の、一つの戦争の恐ろしさを強調する十字架として残す意義」があるとの意見だった。しかし、保存の意向だった田川市長は帰国後「廃墟が平和を守る唯一のものとは思えない」という考えに変わった。そして「天主堂再建のため、廃墟を取り壊して一部移築」を決めて、「そのまま」は残らなかった。

一九五八年三月十四日、新聞に「被爆の証人消える」と廃墟取り壊しの記事が載る。長崎から「あのとき」の姿が消えた。アメリカはキリスト教徒の上に落とした原爆の痕跡を消したかったのであろうか。キリストは十字架を背負ったが、長崎は戦争の十字架を背負うことをしなかった。一九九六（平成八）年、広島の〝原爆ドーム〟はユネスコの世界遺産に登録され、「二度と同じ悲劇を繰り返さない」との願いが目視できる。歴史に「もし」はないが、長崎の〝原爆天主堂〟は、幻で終わらせてほしくはなかった、との思いが、今強くある。

（2015・11）

53 「聖断」の道を歩む

時が人を選ぶとするなら、第二次世界大戦を終結へと向かわせる道のキーパーソンとして松谷誠（一九〇三～九八）陸軍大佐は選ばれた人だろう。

最近、山本智之著『主戦か講和か――帝国陸軍の秘密終戦工作』（新潮社、二〇一三年）、『「聖断」の終戦史』（NHK出版、二〇一五年）を読んでそう思った。一部の軍人は、終戦への道を密かに歩んでいたのだ。

昭和天皇が戦争への「憂慮」を示したと言われる一九四三年三月、参謀本部戦争指導課長に松谷が就任した。これは天皇のその言葉などが「講和」に向けての示唆、いわゆる「聖断」があったと洩れ伝わったからであろう。

参謀本部内で主戦論の吹き荒れる中、松谷は早期戦争終結論を東条英機に具申。すると、消極論者、悲観論者だと怒りを買い、支那派遣軍に左遷されるのだが、杉山元参謀総長の計らいで陸軍中央に復帰した。この人事以降、ゆっくりと終戦への道が動き始めた。

松谷は石川県金沢市生まれだが福井県の松谷家の養子となり、陸軍士官学校、陸軍大学校卒業後、駐英陸軍武官補佐官として英国に駐在した。米英に精通した彼は、陸軍内で日独伊の連携グループとは離れた位置にいたが、戦況の変化で、じわり空気が「主戦派」から「講和派」にシフトしてきた。松谷は愛知県出身の酒井鎬次陸軍中将とともに「講和」の主要人物となった。

先に松谷の復活を後押しした杉山元（一八八〇～一九四五）は、福岡県出身で小倉藩士の流れをくむ。毀誉褒貶相半ばの軍人ではあるが、「承詔必謹」（詔を承りては必ず謹む）に徹して天皇の意向には誰よりも忠実だった。天皇の「憂慮」を忖度して、「早期講和」の追究を松谷らに委ねたのではなかろうか。

一九四三年九月、松谷戦争指導課長は「帝国ハ昭和十九年夏秋ノ候ヲ期シ主敵米ニ対シ必勝不敗ノ戦略態勢ヲ確立シ（略）」の「終戦案」を杉山に提出した。

当時、日本では本土決戦など戦意高揚の中で、戦争を終らせることの難しさを体験している時だったが、一九四五年八月十五日、戦争は終わった。杉山は天皇へ「御詫言上書」を書き残し、ピストルで自決。松谷への遺書には「（略）皇国悠久の再興に邁進せられんことを祈願して居ります（略）」と書き記していた。

松谷は「天皇制安泰」に力を注ぐ決意をして「生きる」ことを選んだ。ともに天皇の「非戦」の御心に沿った「聖断」の道を歩む姿は熱く伝わる。

（2015・9）

54　狂気の中の“弱気の勇気”

平成十年、元陸軍大佐が九十五歳で亡くなった。松谷誠（まつたにせい）（一九〇三〜九八）だ。彼は昭和十八年（一九四三）、陸軍参謀本部戦争指導課長として早期講和を模索し、昭和二十年四月「終戦処理案」をまとめた人物と言われる。

明治三十六年、石川県金沢市の商家・奥泉家の五男として生まれ、のち福井県の松谷家の養子になった。陸軍士官学校、大学校を卒業後、駐英大使館付武官補佐官、支那派遣などを経て参謀本部、そして杉山元陸軍大臣、阿南惟幾（あなみこれちか）陸相、鈴木貫太郎総理らの秘書官などを務めた。

彼は「わがほうに不利な場合についての思慮にかけていた」陸軍に、泥沼化する日中戦争時、兵力縮小を訴えて「卑怯者」と言われたが、ドイツ通ばかりの陸軍にあって「英国駐在経験」があり、英米に詳しい松谷を杉山は重用した。

昭和十九年六月、フランスのノルマンディーに米英軍が上陸。松谷はマリアナ諸島のサイパン島陥落寸前の状況を踏まえて、「山は見えた。遺憾ながらわがほうの負け、速やかに戦争終結をすべき」と、二十九日に総理大臣・陸軍大臣・参謀総長を兼任していた東条英機に面会し「講和へ舵を切るよう」提言した。しかし、東条は「いやな顔」で無言。四日後、彼は中国大陸に左遷された。

ところが二週間後、サイパン陥落の責任をとって東条内閣は総辞職。そして十一月、杉山元陸軍大臣は松谷に「戦局に対して大臣はどうあるべきかを進言するよう」にと命じ、日本へ呼び戻して秘書官とした。彼は、その命を戦争収拾の指示だと考え、終戦工作を再開した。

当時、松谷ら〝講和派〟の意見は、勝ち進む戦重視の陸軍の〝主戦派〟に押され、「一億総玉砕」の狂気の中では通らなかった。

しかし松谷は「戦争終結」へ向け、外務省、海軍、宮中、皇族などで同じ意見を持つ人脈作りを始めた。

昭和二十年六月二十二日の「御前会議」では、「時局の収拾につき考慮することも必要であろう」との昭和天皇の「聖断」により、八月の原爆投下を経て「国体護持以外は無条件」の「敗戦」になった。松谷は二年余り「陸軍本部」で講和を説き続けた中、東条への提言を、「周囲強気の渦中にあって弱気を吐くことのいかに大勇気を要するかを真に体験した」と回想する。国が進む大道の中で総理大臣に異議申し立てを直言した松谷。

彼は戦時中、影の存在だったのだが、戦後、陸上自衛隊で要職を歴任、大往生だったようだ。

（２０１５・11）

55　仙厓和尚の「老人六歌仙」

禅僧の鬼才に、駿河の白隠（一六八六～一七六九）、越後の良寛（一七五八～一八三一）に並んで、博多の仙厓が広く世に知られているようだ。

仙厓和尚に「老人六歌仙」なる書画が残る。

一、しわがよる　ほくろができる　腰曲がる　頭がはげる　ひげ白くなる

二、手は震う　足はよろつく　歯は抜ける　耳は聞こえず　目は疎くなる

三、身に添うは　頭巾　襟巻　杖　眼鏡　たんぽ　おんじゃく　しゅびん　孫の手

四、聞きたがる　死にともながる　淋しがる　出しゃばりたがる　世話焼きたがる

五、くどくなる　気短になる　愚痴になる　心がひがむ　欲深くなる

六、またしても　同じ話に　子を誉める　達者自慢に　人は嫌がる

仙厓義梵（一七五〇～一八三七）は江戸中期、美濃国武儀郡高野村（現岐阜県関市）で生まれた。十一歳の頃、地元の清泰寺で得度。武蔵国の東輝庵で修行後、諸国行脚の旅に出る。四十歳、博多の聖福寺の住持となる。

仙厓は寺の復興と弟子教育に力を注ぎ、六十二歳で住持職を弟子・湛元に譲り、隠居した。地位や名誉を求めることなく黒衣の僧として、ユーモラスな禅画で「禅の教え」を広めることに専心。彼の正義感と気さくな性格は「博多の仙厓さん」として多くの人に慕われた。

旅を愛し、趣味に生き、知を求め、狂歌も親しんだ。美濃国の悪政家老を「よかろうと思う家老は悪かろうもとの家老がやはりよかろう」と詠み、また絵を依頼に来る者へ「うらめしや　わがかくれ家は雪隠か　来る人ごとに紙おいてゆく」と便所に喩えた自虐も残す。さらに問題解決を問う相談者には、匙の絵を描いた〝さじかげん〟を渡して「生かそうと　ころそうと」の画賛。答えのない「解答」で、自ら考えよとの「答」を贈る。

人の老いを詠む「老人六歌仙」には飄々とした老人画を添え、昔も今も変わらぬ姿を表す。軽妙洒脱な平易な言葉は、仙厓和尚の厳しい生き方から会得したものだろう。生を全うした人間の覚悟がうかがえる。生きる真はごくありふれた日常に隠れているようだ。

ところで、弟子や知己が見守る中、臨終の床では「死にとうない」と言い、再び「ほんまに死にとうないのう」と呟いて八十七歳の生涯を閉じたという。

（２０１５・11）

56 キリスト隠れるいろは歌

ネットの世界でいろんなことを教わる。真偽はともかく、なるほど、と思えるから不思議。各分野で多種多様の研究を進める人がいる。そんな世界を覗くのは楽しい。「いろは歌」もそうだ。作者は空海、柿本人麻呂、源高明など諸説あるが、文献上では平安時代の承暦三年（一〇七九）成立の『金光明最勝王経音義』が初出のようだ。

いろはにほへと　ちりぬるを
　色はにほへど　散りぬるを（諸行無常）
わかよたれそ　つねならむ
　我が世たれぞ　常ならむ（是生滅法）
うゐのおくやま　けふこえて
　有為の奥山　今日越えて（生滅滅已）
あさきゆめみし　ゑひもせす
　浅き夢見じ　酔ひもせず（寂滅為楽）

平安時代、歌に別の言葉を隠す「折句」と呼ぶ暗号遊びが流行っていた。句の頭に暗号を置くのを「冠」、末尾を「沓」といい、頭と末尾に織り込むものを「沓冠」といった。例えば兼行法師が友に「よもすずし　ねざめのかりほ　たまくらも　まそでも秋に　へだてなきかぜ」を送った。これは頭が「よねたまへ」で、末尾は逆から「ぜにもほし」になる。この歌に「よるもうし　ねたく我せこ　はては来ず　なほざりにだに　しばし問いませ」で「よねはなし」、「せにずこし」の返歌。こうした歌遊びがあった。いろはは歌を七字で区切る「いろはにほへと　ちりぬるをわか　よたれそつねな　らむうゐのおく　やまけふこえて　あさきゆめみし　ゑひもせす」の末尾は、「とかなくてしす（咎無くて死す）」となる。頭の「いちよらやあゑ」はヘブライ語で「イーシ・エル・ヤハウエ」の発音に似ていて、イーシは「人」、エルは「神」、ヤハウェは「聖書にある神の名」で、「神ヤハウェの人」はイエス・キリスト。だから「咎無くて死すはイエス」という解釈。頭の「いろは」の「い」と、最後の「ゑひもせす」の「ゑす」でイエス。

　いろは歌は、シルクロードで古い日本にも来ていた景教徒（キリスト教徒）が作ったともいわれる。景教徒は、訪れた地に医療無ければ医療を、文字無ければ文字を与えたという。その教徒を祀る「景教碑」が高野山に建つのも、何か因縁ありか。また、「いろは歌」いわゆる「仮名手本」の「咎無くて死す」の隠し言葉を庶民に伝えるために『仮名手本忠臣蔵』が作られたとの説あり。真の言葉は隠れ、時を重ねて、なお永遠と言える。

（2015・12）

人の歩いた跡を見つめ、「えっ、こんなこともあるの」と驚く。二〇一六年二月、ＢＳ番組で「皇室のこころ――美智子さまと戦争花嫁　苦闘の日々に『感謝』」を観た。それまで「戦争花嫁」という言葉を知らず、意識もしなかった。ましてや五万人を超える日本の花嫁が海を渡り、外国で暮らしていたことさえ知らなかった。

昭和九年（一九三四）生まれの正田美智子さんは、昭和三十四年四月十日、皇太子明仁親王と結婚され皇太子妃となり、昭和六十四年一月七日、昭和天皇崩御の後に皇后美智子となられた。美智子さまと「戦争花嫁」の時の流れはほぼ同じだ。

初めて民間から皇室に嫁ぐ。一方、敗戦国日本の女性が敵国だった国の男性と結ばれて日本から外国に移る。お互い、未知の世界に踏み込む、重い「覚悟」を持ったことだろう。

山形県長井市出身で昭和七年生まれの梅津和子さんは、カール・スタウト衛生軍曹と結ばれて昭和二十九年、軍用船でサンフランシスコに上陸。当時アメリカやオーストラリアなどに渡った多くの「花嫁」は、祝福されなかった。故国の人からは「国を捨てた女」との誹謗中傷を、夫とともに渡った国では「敵国だった国の女」などの蔑

57　戦争花嫁

みを受ける暮らしを耐えねばならなかった。それでも、辛い戦争を経て嫁いだ国は、「セカンドチャンスをくれた」ともいう。そうして「戦争花嫁」らが「生きてきた人生に誇りを持とう」という気持になり始めた昭和五十九年、梅津さんは美智子さまと出会い、「みなさま、ご苦労さまでした。感謝しています」のお言葉を戴いた。美智子妃が自ら未知の世界で暮らした想いと同世代の「戦争花嫁」の日々の辛苦重ねた想いがとけあった。

昭和六十三年、米国ワシントン州オリンピアで「日系国際結婚親睦会」が初めて開かれた。これは渡米四十年を記念して「戦争花嫁」による「戦争花嫁」の大会で、全米から三百名を超える人が集った。アメリカの良き妻、良き母となった「花嫁」に、梅津さんは美智子妃の「お言葉」を伝えた。今、彼女らは「あの当時、お醤油も味噌も豆腐もなかった」土地に日本文化を紹介し、日本人の心を伝える「草の根親善大使」の役割も担ったと自負するまでになった。妻として母としての強い心は、梅津さんの句にもうかがえる。

大和花異土に根づいて実を結び　　スタウト・梅津和子

（２０１６・２）

58　赤穂四十七士の墓

元禄十四年（一七〇一）三月十四日、江戸城松の廊下において赤穂藩主・浅野内匠頭が遺恨から高家肝煎・吉良上野介に斬りかかる刃傷沙汰を起こした。浅野は切腹、吉良はお咎めなし。それで大石内蔵助を中心に元禄十五年十二月十四日、赤穂四十七士が仇討ちを果たした。

風さそふ花よりもなほ我はまた
　春の名残をいかにとやせん　浅野長矩（三四）

これは浅野の辞世の歌である。大石らは主君の無念を胸に刻んで日を送り、本懐を遂げた。四十七士それぞれの辞世が残っている。いくつかを掬ってみた。

あら楽し思いははるる身は捨つる
　浮世の月にかかる雲なし　大石内蔵助（四五）

君がため思ひぞ積もる白雪を
　散らすは今朝の嶺の松風　吉田忠左衛門（六三）

仕合や死出の山路は花ざかり
　武林唯七（三二）

忠孝に命をたつは武士の道
　やたけ心の名をのこしてん　堀部弥兵衛（七七）

あふ時はかたりつくすと思へども
　別れとなればのこる言の葉　大石主税（一六）

赤穂義士四十六人は、細川家に十七人、松平家に十人、毛利家に十人、水野家に九人が預け置かれた。残る一人の寺坂吉右衛門は、討ち入り後、大石から瑤泉院（長矩夫人）など一党遺族らへの仔細報告の命を受け、列を離れている。元禄十六年二月三日、義士は各藩にて切腹。翌夕、東京高輪の泉岳寺に葬られた。

大石の戒名は「忠誠院刃空浄剣居士」で、四十六人全員に切腹を表す「刃」が付く。その後、八十三まで生きた寺坂は「遂道退身信士」の戒名で同寺の墓所に並ぶ。

東京の泉岳寺に遺骨、赤穂の菩提寺・花岳寺に遺髪が埋葬された。北泉岳寺（北海道砂川市）には分霊を受けた墓。浄土院（滋賀県大津市）には位牌。群馬県安中市の岩戸山には二十年をかけて四十七士石像が建立。大阪には明治初期、廃寺になった龍海寺の四十七士の墓石が砕かれる前、大石父子と寺坂の三基のみ一運寺に移され、浅野家ゆかりの吉祥寺には討ち入り群像が並ぶ。さらに昭和十年（一九三五）、興宗寺（福岡市）には高輪の墳墓そっくりの四十七士の墓が造られた。また、供養塔などは全国に三百近く建つ。日本人の心底を流れる「義」は広くて深い。ところで女優の故大原麗子さんは浅野内匠頭の子孫だという。静かな日本の美を思う。

（２０１６・４）

59　赤穂浪士の句を拾う

元禄十五年（一七〇二）十二月十四日、赤穂浪士の大石内蔵助以下四十七士は、藩主の浅野内匠頭（長矩、三四）が「風さそふ花よりもなほ我はまた春の名残をいかにとやせん」と詠んで切腹した仇の吉良上野介（義央、六二）を討ち、見事、本懐を遂げた。彼らは歌や句を遺す。武士として「極楽の道はひとすぢ君ともに阿弥陀をそへて四十八人（大石内蔵助）」や「君がため思ひぞ積もる白雪を散らすは今朝の嶺の松風（吉田忠左衛門、六三）」など、辞世の多くは歌だが、俳号を持つ者も「十指に余る」と言われた。彼らの遺した句を拾ってみる。

溝ばたの藪にはもれぬ野梅かな　大石主税（一六）

その匂ひ雪の浅茅の野梅かな　岡野金右衛門（二四）

山を裂く力も折れて松の雪　大高源吾（三二）

仕合や死出の山路は花ざかり　武林唯七（三二）

月影に馬鹿といはれて行鳥　富森助右衛門（三四）

雪霜の数に入りけり君がため　三村次郎左衛門（三七）

気懸りもなくて今年の霞哉　横川勘平（三七）

余の星はよそ目づかひや天の川　神崎与五郎（三八）

炉開きや庭は箒の跡もなし　大石内蔵助（四五）

梅が香や日足を伝ふ大書院　中村勘助（四六）

雪とけて心に叶うあした哉　間瀬九太夫（六三）

雪はれて思ひを遂るあしたかな　堀部弥兵衛（七七）

うつくしい顔に化粧や花曇　寺坂吉右衛門（八三）

東京高輪の泉岳寺には四十八の墓塔が建つ。「一列に加わるべき者」として、「晴れゆくや日ころ心の花曇り」を詠み、自刃した萱野三平（二七）もいる。

歌であれ、句であれ、残った言葉があればその人を偲べる。遺る言葉は大事なものだ。

（２０１８・12）

60　あらためて上杉鷹山

アメリカ合衆国第三十五代大統領ジョン・F・ケネディの就任演説の一文で「国があなたのために何をしてくれるかではなく、あなたが国のために何ができるかを考えようではありませんか」は、出羽国米沢藩（山形県）第九代藩主・上杉鷹山（一七五一〜一八二二）の「為せば成る為さねば成らぬ何事も成らぬは人の為さぬなりけり」に由来すると言われる。これを裏付けたのは、平成二十六年（二〇一四）九月、米沢市で開かれた「なせばなる秋まつり」でのキャロライン・ケネディ駐日大使の発言。彼女は親族、友人らとプライベート旅行で参加し、歓迎の人々に「父は『一人でも世の中に変化をもたらすことができる。皆やってみるべきだ』とよく言っていた。鷹山公ほど端的にそのことを言い表した人はいない」と挨拶。「なせばなる」の日本語でスピーチを締めくくった。

鷹山は戦国武将・上杉謙信から十代目、初代米沢藩主・景勝から九代目にあたり、明和四年（一七六七）、十七歳で家督を継ぐが、借財二十万両（約二百億円）の財政難は「鍋・釜の金気をとるなら上杉様」と庶民に揶揄されるほどであった。江戸での生活を切り詰め、奥女中五十人を九人に減らし、藩士、農民にも倹約奨励を徹底。一方で学問所を再興し、身分を問わず学問をさせた。また、様々な改革を推進し、破綻寸前の藩財政再建の道筋を付けた。天明五年（一七八五）、三十五歳で家督を譲って隠居するが、逝去まで藩政の後見役を担った。家督を譲るに際し、藩主の心得として「伝国の辞」を与えた。

一、国家は先祖より子孫へ伝え候国家にして我私すべき物にはこれなく候

一、人民は国家に属したる人民にして我私すべき物にはこれなく候

一、国家人民のために立たる君にして君のために立たる国家人民にはこれなく候

享和二年（一八〇二）、五十二歳で剃髪、米沢市の西に位置する白鷹山（九九四メートル）から名を採り「鷹山」とした。財政再建の手腕もさることながら、民を愛する治世方針に基づき、寛政七年（一七九五）には「公娼廃止」の法令を出している。民政推進の藩主として、あらためて上杉鷹山を想う。ところで「為せば成る……」は、先祖が敵対した武田信玄の「為せば成る、為さねば成らぬ成る業を、成らぬと捨つる人のはかなき」に因るという。名武将の心は、生き様において敵味方違うこと無し。歴史の妙を思わないではいられない。

（2016・5）

61　百年前の国際人・朝河貫一

平成十九年（二〇〇七）、米国コネチカット州のイエール大学に、欧米で活躍した歴史学者・朝河貫一（あさかわかんいち）（一八七三～一九四八）の「朝河記念ガーデン」が造られた。明治四十年（一九〇七）に同大学の講師就任の百年記念。

朝河は福島県二本松市出身。英国人教師ハリファックスのいる福島県尋常中学校（現安積高）で学び、東京専門学校（現早稲田大）に入学。坪内逍遥、夏目漱石などの教えを受け、明治二十八年（一八九五）、首席で卒業。その年、勝海舟、大隈重信らの援助で米国に渡った。

彼の名は『論語』の「吾が道、一をもってこれを貫く」からの命名。学問一筋で、「神童」と言われた。中学校の卒業式では総代での答辞を流暢な英語で演説した。

彼の米国でのニックネームはサムライ。専門の歴史学の業績はもちろん、平和の提唱者としての活動も評価が高い。明治三十七年、日露戦争が始まると、彼は、反日感情の強まる全米各地で日本の姿勢、立場を説明して回り、アメリカの仲介による早期の講和を後押しした。一方で明治四十二年『日本の禍機（かき）』を著した。これは「日露戦争の勝利によってにわかに傲慢なアジア侵略を開始した日本に対して、それがいかに危険な方向であり道義に反したものであるかを指摘して、日本国民に厳しい反省をせまるものだった」。さらに、いずれ日米開戦へ向かう、その回避をしなければならないと憂慮し警鐘を鳴らす〝愛国の書〟でもあった。しかし、日本はポーツマス講和条約を無視して、「弱腰だ」の国内世論に押され大陸進出を進め、戦争への道を歩むことになる。

そして昭和十六年（一九四一）、朝河の警告、予言通り、日米開戦。ここでも彼はまた直前、渾身の力と祈りを込めて、ルーズベルト大統領から昭和天皇への親書を贈る提案をし、親書作りに奔走。戦争阻止のため懸命に動いたが叶わず「太平洋戦争」に突入してしまった。

彼は国際政治学者でもあり、日本が敗れることを見越して敗戦後の日本のカタチを探った。軍部を失くした日本の「民主主義国」へのスムーズな移行には「天皇制度との共存以外なし」との戦後構想を、米国の指導者や知識層に宛てて書簡を送り、提言を続けたと言われる。これは日本魂を守る「サムライ」の行動であり、国を知り、想う者の〝真〟であろう。

朝河は三十九歳の時に最愛の妻ミリアムを亡くした後、独身を貫いた。在米五十余年、歴史学を通して真に平和を願う国際人として活躍し、七十四歳の生涯を閉じた。

（２０１６・５）

62　盲目の大国学者・塙保己一

塙保己一（一七四六〜一八二一）は、武蔵国の保木野村（現埼玉県本庄市）で生まれた。三歳で眼病に罹り、七歳で失明。彼は掌に字を書いてもらい文字を覚え、形や匂いを手でかぎ分け、聞いた話は一言一句忘れなかった。母の死後、宝暦十年（一七六〇）、十五歳で江戸に出て雨富検校に入門し按摩、鍼、音曲などの修業を始めるが、上達しない。絶望の中、学問への想いを告げた。学才に気づいていた雨富は「三年で見込みなければ国元へ帰す」約束で国学、和歌、漢学、神道、医学などの様々な学問を学ばせた。音読して暗記する学びを進める彼は、京都の北野天満宮で菅原道真を守護神と決めた。

安永八年（一七七九）、まだ誰もやっていない古書、古本の保存研究をと、価値ある古書の群れを類に分け、系統的に位置づける『群書類従』にとりかかった。

寛政五年（一七九三）、国史などの研究機関「和学講談所」が幕府に許された。そこで文書を印刷（版木）し後世に伝える作業を始めた。大国学者への道を踏みだした。幕府、諸大名、寺社、公家などの協力を得て、古代から江戸までの史書や作品を収集、編纂。文政二年（一八一九）に一二七三種五三〇巻六六六冊の大著を四十年かけて完成させた。著作の版木製作での刷りは、二〇×二〇の四百字に統一。現在の原稿用紙の元になった。保己一没後に『続群書類従』がまとまり、『続々群書類従』が続いた。今『群書類従』の版木一万七二四二枚は、国の重要文化財に指定され、生家は国の史跡として守られている。

昭和十二年（一九三七）、ヘレン・ケラーが来日時、「私の生涯に光明を与えてくださった大偉人です」と塙の鋳像に触れながら言われた。

それは電話を発明し唖者教育家でもあったグラハム・ベル（一八四七〜一九二二）から母が聞いた「盲目の塙」の話がヘレンに伝わっていたためだ。

ベルに伝えたのは、信濃国高遠（現長野県伊那市）出身で、ジョン万次郎に英語を学ぶなどして文部官僚になった伊沢修二（一八五一〜一九一七）。明治八年（一八七五）、教育調査で米国に留学し、ベル博士から視話術を学んだ折に「塙の話」をしたようだ。

膨大な資料の編纂を生涯の仕事として成し遂げた「塙」の生き方を目標に、大きな希望を見出した「ヘレン」も、障害者の福祉に貢献した大人物になった。

こうして人が繋がり、心が繋がる、世界規模での人の縁の不思議を思う。

（２０１６・５）

63　辞世にのこる言の葉

時来れば人は死ぬ。臨終での人の想いは様々。ただ、死に方のいろいろ、さまざまを、あとの人は語る。最期の言葉を残せるのは余裕があるからなのだろうか。辞世の言の葉を拾った。

曇りなき心の月をさきたてて
　浮世の闇を照らしてぞ行く　伊達政宗

何事も夢まぼろしと思い知る
　身には憂いも喜びもなし　足利義政

なお三年、わが喪を秘せよ　武田信玄

四十九年一睡夢、一期栄華一盃酒　上杉謙信

願わくは花の下にて春死なむ
　そのきさらぎの望月の頃　西行

順逆二門に無し大道心源に徹す
　五十五年の夢覚め来れば一元に帰す　明智光秀

筑摩江（ちくまえ）や芦間（あしま）に灯すかがり火と
　ともに消えゆく我が身なりけり　石田三成

わが亡骸は野に捨て獣に施すべし　一遍

全身を埋めて、ただ土を覆うて去れ。
　経を読むことなかれ　沢庵

しら梅に明る夜ばかりとなりにけり　与謝蕪村

石川や浜の真砂はつきるとも
　世に盗人の種はつくまじ　石川五右衛門

あら楽し思いは晴るる身は捨つる
　浮世の月にかかる雲なし　大石内蔵助

思い置く言の葉なくてつひに行く
　道は迷はじなるにまかせて　黒田如水

これでおしまい　勝海舟

大君のためには何かおしからむ
　薩摩の迫門（せと）に身は沈むとも　西郷隆盛

悔いもなく怨みもなくて行く黄泉（よみじ）　松岡洋右

我ゆくもまたこの土地にかへり来ん
　国に酬ゆることの足らねば　東条英機

行列の行きつくはては餓鬼地獄　萩原朔太郎

光りつつ秋空高く消えにけり　永井　隆

益荒男（ますらお）がたばさむ太刀の鞘鳴りに
　幾とせ耐へて今日の初霜　三島由紀夫

二〇一四年、平均寿命の世界一は八十四歳の長命国日本だが、西アフリカのシエラレオネは四十六歳で短命。齢七十、あっという間の人生でした、と感じるこの頃、臨終では、いろんな思いが走馬灯だろう。最期、何か言えるとすれば「あぁ……」の一言だろうか。

（２０１５・12）

64　男たちの辞世

生きた世に別れを告げる辞世。これは東アジア固有の風俗とされ、日本では中世以降に流行り、文人や武士などには欠かせない習いとなった。

男たちの辞世を追ってみる。

裏を見せ表を見せて散るもみじ　良寛

是非に及ばず　織田信長

露と落ち露と消えにし我が身かな
　浪速のことも夢のまた夢　豊臣秀吉

先に行く後に残るも同じこと
　連れて行けぬをわかれぞと思う　徳川家康

風さそう花よりもなほ我はまた
　春の名残をいかにとやせん　浅野内匠頭

あら楽し思いは晴るる身は捨つる
　浮世の月にかかる雲なし　大石内蔵助

ああままよ生きても亀の百分の一　小林一茶

旅に病んで夢は枯野をかけめぐる　松尾芭蕉

木枯らしや跡で芽をふけ川柳　柄井川柳

この世をばどりゃお暇（いとま）にせん香の
　煙とともに灰左様（はいさよう）なら　十辺舎一九

東路に筆を残して旅の空
　西のみくにの名所を見む　安藤広重

人魂で行く気散（さん）じや夏の原　葛飾北斎

身はたとひ武蔵の野辺に朽ちぬとも
　留置まし大和魂　吉田松陰

おもしろきこともなき世をおもしろく
　すみなすものは心なりけり　高杉晋作

日本を今一度せんたくいたし申し候　坂本竜馬

うつし世を神さりまし大君の
　御あと慕ひて我はゆくなり　乃木希典

水洟（みずばな）や鼻の先だけ暮れ残る　芥川龍之介

一生を棒に振りし男此処に眠る。
　彼は無価値に生きたり　高村光太郎

散るをいとふ世にも人にもさきがけて
　散るこそ花と吹く小夜嵐　三島由紀夫

逝く空に桜の花があれば佳し　三波春夫

辞世の言葉に学ぶことは多い。言の葉の奥に広がるその人の実人生、最期の言葉で想像するだけでも愉しい。人を思い巡らすのもまたいい。

人間、生きている限り、永遠に現役だろう。

そして最後にどんな言葉を遺せるか、探し続けて、歩み続けて、ひょんと、没がいい。

（2016・5）

65　女たちの辞世

人は死にゆく前に最期の詞を遺している。紀貫之『土佐日記』ではないが、男もすなる「辞世」といふものを、女もしてみむとてするなり、とでも言おうか。

女たちの辞世を追ってみる。

あわれなりわが身の果てや浅緑
　つひには野辺の霞と思へば　　小野小町

散りぬべき時知りてこそ世の中の
　花も花なれ人も人なれ　　細川ガラシャ

さらぬだに打ちぬる程も夏の夜の
　別れを誘ふ郭公（ほととぎす）かな　　お市の方

西に入る月をいざなひ法をえて
　けふぞ火宅をのがれけるかな　　春日局

わが恋は三島の浦のうつせ貝
　むなしくなりて名をぞわづらふ　　鶴姫

黒髪のみだれたる世ぞはてしなき
　思いにきえる玉の露の緒　　桂林院

罪を斬る弥陀の剣にかかる身の
　なにか五つの障るあるべき　　駒姫

世の哀れ春吹く風に名を残し
　おくれ桜の今日散りし身は　　八百屋お七

月も見てわれはこの世をかしくかな　　加賀千代女

武蔵野の草葉の末に宿りしか
　都の空にかへる月かげ　　東福門院和子

くるに似てかへるに似たりおきつ波
　立居は風のふくにまかせて　　貞信尼

もののふの猛き心にくらぶれば
　数に入らぬ我が身ながらも　　中野竹子

なよ竹の風にまかする身ながらも
　たわまぬ節は在りとこそきけ　　西郷千重子

今日もまたすぎし昔となりたらば
　並びて寝ねん西の武蔵野　　与謝野晶子

白露や死んでゆく日も帯締めて　　三橋鷹女

雲水のながれまとひて花の穂の
　初雪とわれふりて消ゆなり　　野村望東尼

願わくはのちの蓮の花の上に
　くもらぬ月をみるよしもがな　　大田垣蓮月

父君に召されていなむとこしへの
　春あたゝかき蓬萊のしま　　山川登美子

こうして並べてみると、時代を背負って生き抜いた女たちの覚悟が読み取れる。時代に選ばれた女たちの詞の奥に、運ばれてきた命の灯が息づいている。詞が強く重い。

（２０１６・５）

66 山座円次郎という男

ネットの海で見かけた明治・大正時代の外交官・山座円次郎（一八六六〜一九一四）という男の跡を追ってみた。彼は福岡藩の足軽の子として福岡市で生まれた。藩校・藤雲館（現修猷館高）に学び、東京遊学で天文学者・寺尾寿の書生となり、共立学校（現開成中・高）、東大予備門を経て、明治二十五年（一八九二）、東大法科を首席で卒業した。同期には夏目漱石、正岡子規、南方熊楠、秋山真之らがいた。とくに熊楠とは親しかった。

彼は外務省に入省後、釜山、仁川、イギリス、京城の領事、公使館勤務を経て明治三十四年、小村寿太郎外務大臣から三十六歳の若さで政務局長に抜擢され、日英同盟締結や日露交渉に関わり、日露ポーツマス講和会議に随行など小村外交の中心的役割を担った。しかし大正三年（一九一四）、駐中国特命全権公使の時、北京で客死。山座の孫文支持を嫌った袁世凱による暗殺説あり。覇権主義の彼は幾つものエピソードを残す生涯だった。

山座の政務局長時代、元勲・伊藤博文は、彼の外交文書全てに目を通し、訂正すべきでない文にでも必ず一カ所修正を入れた。そこで彼は、伊藤が修正するであろう部分を一カ所だけ故意に作り、修正で完璧にしていたという。穏健政策の伊藤とはソリが合わなかったようだ。

また陸軍の明石元二郎、玄洋社の杉山茂丸とは同郷のよしみもあって、彼らが推し進める「韓国併合」を積極的に支持した。さらに玄洋社の頭山満からは修猷館後輩の広田弘毅を紹介され、学生時代から目をかけて外務省に導き、吉田茂、太田為吉と共に「山座門下の三羽烏」として育てた。縁は異なもの、だ。

明治二十五年、若い山座が釜山の日本領事館に赴任した折の仕事は、京城と釜山をつなぐ京釜線の測量であった。明治三十七年、そこに鉄道が敷設された。当時、日本の対外政策を扱う要職の山座には絶大な力があった。

「竹島」の経緯にも関わりがある。島根の漁夫・中井養三郎がアシカ漁をするため「独島」を朝鮮政府から「賃借」する計画を立てたが、島の所属が明確でないと知り、日本への「領土編入」を内務省に請願。しかし「不毛の島には手を出さない」と拒否された。失意の中、外務省を訪い、「時局では領土編入は大きな利益がある」という山座の反応を受けて、外務省に請願書を提出した。そして明治三十八年（一九〇五）、独島は「竹島」として島根に編入されたという。国を思う純粋な男の行動の裏には、真否はともかく歴史の謎が見え隠れする。

（2016・3）

67　もう一人のシンドラー

日本のシンドラーといえば、一九四〇年（昭和十五）、リトアニア領事館でナチス・ドイツ迫害からの難民六千人のユダヤ人に対し、外務省訓令に反してビザを発給した外交官・杉原千畝（一九〇〇〜八六）が広く知られているが、もう一人のシンドラーといっていい陸軍軍人・樋口季一郎中将（一八八八〜一九七〇）を知る人は少ない。

樋口は兵庫県淡路島出身。一九一九年（大正八）、陸軍士官学校卒業後、ロシア語が堪能でウラジオストクに赴任、ロシア方面を転々とし、二五年にハルビン特務機関長に就く。三八年、ナチスの迫害から逃れるユダヤ人十数名がソ満国境のシベリア鉄道オトポール駅に避難していた。彼らが亡命先まで行くには満州国を通らなければならない。足止めになっているユダヤ人の惨状を見かねた樋口は、部下と一緒に衣類や燃料の配給、救護者の治療などにあたり、満州国に対し「人道上の問題」として難民を受け入れて早期の事態改善を図るよう強く働きかけた。毎日殺到する難民に「ヒグチ・ルート」を独断で設立、救出の発券手配に忙殺された。当時の松岡洋右満鉄総裁は、満洲里からハルビンまでの特別列車を無償で手配し、下村信貞外交官の奔走で満州国外交部は無条件の滞在査証を発給。各部署で難民救済への協力がつながった。この救済は「オトポール事件」といわれ、ユダヤ系難民二万人余の命が助かったという。これにドイツ外務省は抗議書を日本外務省に提出。樋口は関東司令部に出頭し、東条英機に面会すると「参謀長、ヒトラーのお先棒を担いで、弱い者いじめすることを正しいと思われますか？」と問うた。東条は樋口の言い分に懲罰を科さず、ドイツの抗議も不問に付されたという。この事件は難民数の多さなどから事件の真偽が疑問視され、表に出ることはなかった。国民も知らなかった。

また、樋口は北海道を救った男としての実績も残す。ポツダム宣言を受諾し玉音放送後、ソ連通の樋口は「ソ連軍が銃を置かないことを予期」していた。案の定、八月十八日、千島列島・占守島にソ連赤軍の上陸部隊が殺到。樋口はソ連軍抑止のため「大本営の命令」に従わず、断固たる反撃で勇戦し撃退。この戦は日本が分断国家にされる窮地を救った勝利といっても過言ではない。樋口は戦後、八十二歳で亡くなるまで徹底隠遁。

イスラエルには功績のあった人物などの名を記す「ゴールデン・ブック」がある。アインシュタインやモーゼなどとともに「ゼネラル樋口」が記されていると聞く。

（2016・10）

68　東洋のローレンス・土肥原賢二

歌人の佐伯裕子さん（六九）は「祖父が処刑される前に残した『何も弁解するな。どんなことでも受け入れなさい』という言葉を母に教えられてきました」と語る。

祖父とは、戦後、Ａ級戦犯として処刑された土肥原賢二（一八八三～一九四八）陸軍大将だ。彼女は、戦争犯罪者の家族として苦悩する父を見続けてきた思いが、歌を詠み続ける原動力だという。今、Ａ級戦犯（岸信介）の孫・安倍晋三が内閣総理大臣である。

土肥原は岡山県岡山市出身。大正元年（一九一二）、陸軍大学校卒業と同時に参謀本部中国課付大尉として対中国工作を開始。昭和六年（一九三一）、甘粕正彦に指示を出して清朝皇帝・溥儀（ふぎ）を隠棲先から脱出させるなど、満州国建国の中心的役割を果たした。

彼の中国語は冗談が解るほど堪能で、謀略将軍として恐れられたが、「謀略はテクニックではなく、誠の心である」と言い、戦術を遂行。この行動は、オスマントルコに対するアラブの反乱を支援し英雄的偉業を成し遂げたイギリスの戦術家トーマス・エドワード・ローレンス（一八八八～一九三五）に擬されて、「東洋のローレンス」と呼ばれた。

土肥原は日中戦争で連隊を率いて出征するが、部下に中国人に対して「盗むな、殺すな、犯すな」を徹底させ、自ら最下級の兵士と同じ食事、同じ待遇で生活したため、軍規を破る兵士は出なかった。また満州事変の無政府状態の奉天では「臨時市長」に就任して、個人名義で莫大な借金をし、まちを救うなど、彼の親身になって面倒を見る誠実さに惹かれる中国人が多くなった。各地で抗日ゲリラが頻発する中、土肥原連隊には、逆に中国難民が助けを求めて列をつくるほどで、多くの中国人から慕われたという。

戦後、彼は支那侵略の罪でＧＨＱに逮捕され死刑判決、巣鴨プリズンで絞首刑が執行された。

辞世の「わが事もすべて了りぬいざさらばさらばここらではい左様なら」は、江戸時代の戯作者・十返舎一九の辞世「この世をばどりゃお暇に線香の煙とともに灰左様なら」に因ったと言われる。

この辞世で土肥原の人となりが想像できる気がする。

還るなき夜半を思えばひっそりと
　芽吹く樹あらん皆苦しみき

孫・裕子の歌は「ありのままを受け入れ」耐えてきた家族詠として残しておきたい。

（２０１６・10）

友が「最後の特攻隊長を知っとるか」と、みかん畑に建つ記念碑の写真を見せた。大分県津久見市出身の中津留達雄海軍大尉の碑だった。知らなかった。

それで特攻隊を追うと、意外な姿が見えてきた。

特攻隊は昭和十九年（一九四四）秋、陸軍と海軍に作られた。海軍の神風特攻隊は、十月二十五日、愛媛県西条市出身の関行男海軍大尉を「特攻第一号」として出撃させた。彼は「軍神」として日本中で、崇められたが、「天皇陛下のためとか、日本帝国のために死ぬのではない。最愛の妻のために死ぬ」と友に語って出撃。多くの若い兵隊がレイテに向かって飛び立ち「特攻死」した。

昭和二十年八月十五日、正午、昭和天皇は「玉音放送」で日本の敗戦を伝えた。その日の夕、かつて連合艦隊参謀長だった第五航空艦隊司令長官の宇垣纏（まとめ）中将の命令の下、中津留大尉と部下二十一名が「彗星」十一機で沖縄の米艦隊に体当たり攻撃をかけるべく、大分基地から出撃した。これは戦史に記録されない〝特攻〟となった。

特攻隊での中津留大尉は「死に急ぐな、無駄死にするな」と部下を諌めていたが、反対に、宇垣中将は全軍特攻「還ることはならぬ」の方針だった。そんな中、中津留は止む無く十名を選んだが、結果として「なぜ自分を

外すのか」と訴える忠誠熱い部下に圧され、全員での出撃となった。戦闘機が沖縄海域に近づく頃、米軍は戦闘配備を解き、戦艦も姿を消し、キャンプは電灯が輝いて、終戦と平和を祝うパーティーが開かれていた。

そこへ近くの海岸や水田から大きな爆発音とともに火柱が立ち上った。先頭をゆく宇垣中将を乗せた中津留機は、上官の独断と自己満足の攻撃だと悟り、大きく舵を切り基地を避けて岩礁に激突した。

中津留大尉は愛娘の顔を見ることなく二十三歳で逝った。宇垣命令は終戦日となっているが、最近の研究では、宇垣日誌『戦藻録（せんそうろく）』八月十五日に「正午、君が代に続いて天皇陛下御自ら放送遊ばさる。……」の記述があり、出撃は翌日では、との説も出ている。何故「無駄な特攻」命令を出したのか、謎は深まるばかりだ。松下竜一『私兵特攻――宇垣纏長官と最後の隊員たち』（新潮社、一九八五年）は宇垣中将のありのままを追う名著だ。

それにしても「咲くもよし散るも又よし桜花」（神風特攻隊員の辞世）として陸・海軍五八四七名の兵士たちが散った。歴史に「もし」はないが、誤った命令で「桜花」になっていたとしたら報われない。過ちは繰り返すまい。

（２０１６・６）

70　特攻機に妻を乗せ

　昭和天皇の玉音放送を聞いた後、昭和二十年（一九四五）八月十九日、南満州の大虎山（だいこさん）飛行場から十一機の特攻機が飛び立った。乗っていたのは、第五練習飛行隊で特攻隊員を育てた教官十一名。青森出身の谷藤徹夫陸軍少尉（二四）には新妻、北海道出身の大倉巌陸軍少尉（二三）の後ろには愛する女性が搭乗。特攻機はソ連軍戦車部隊に体当たりして自爆した。「幻の特攻隊」として特攻史から黙殺の彼ら「神州不滅特別攻撃隊」は、豊田正義著『妻と飛んだ特攻兵――8・19満州、最後の特攻』（角川書店、二〇一三年）から知られるようになった。

　終戦六日前、突然、ソ連は日本に宣戦布告し満州国境を突破、日本人居留民の虐殺を始めた。白旗を掲げて無抵抗を示し、草原を逃げまどう避難民を追い回して、暴虐の限りを尽くした。日本の「ポツダム宣言」受諾後も、暴行は続き、これに対して満州駐留の関東軍は「降伏命令」に従うとして戦闘を放棄、為されるがままだった。この日本軍への義憤もあったが、教官らは一日も早くソ連軍から凌辱を受ける女性などを守ろうと密議を重ね、「神州不滅特別攻撃隊」を組織した。

　日本が敗戦したとはいえ、略奪や暴行を繰り広げるソ連軍に黙って降伏するのを潔しとしない教官らは「ソ連軍と刺し違える」血判をし、日本人居留民の逃避時間も稼げればと、爆弾のない機体と「自らの命」を犠牲にする決断を下して実行。それに愛する男性と添い遂げたい二人の女性が従ったのである。谷藤少尉の辞世。

　　国破れて山河なし生きてかひなき生命なら
　　　死して護国の鬼たらむ

　戦後、元軍幹部は彼らを、「命令による特攻ではないから単なる自殺行為だ」、「女性を搭乗させたことは軍紀違反」などと批判して「戦犯」扱いした。葬式さえ挙げられなかったという。日本国を思い、日本人を守ろうとした行動なのに報われなかった。

　しかし時を経て昭和三十二年、満州で過ごした戦友らの尽力で厚生省は彼らを「戦没者」と認定。昭和四十二年には、東京の世田谷観音内にある「特攻観音堂」のそばに「神州不滅特別攻撃隊之碑」を建立した。

　その後、靖国神社は特攻兵十一名を合祀した。時が、特攻兵の〝真〟を認めた。幻の特攻隊は、日本軍最後の特攻隊になった。人の行動で真さえあれば、蔑まれ隠されていても、いつか誰かが認め、時代も、正しく伝わることを求めることになる。

（2016・6）

71　人から人に「満鉄小唄」

昭和七年（一九三二）、満州国建国の年に大ヒットした歌がある。中国戦線で匪賊を討つ兵士を詠った軍歌「討匪行」である。作詞は関東軍参謀部の八木沼丈夫（アララギ派歌人）、作曲は歌手の藤原義江が手がけた。藤原は「十五番」までの長い歌詞の中にある「敵にはあれど遺骸に花を手向けて懇ろに」（十四番）の一節に感動し、「作曲は素人だけど真似事をして」できた軍歌という。

哀切なメロディーが人の心を打った。しかし厭戦歌だとして歌唱を禁じられてしまう。だが巷では、替え歌にのってメロディーは密かに人から人へ伝わった。

一、どこまで続く泥濘ぞ／三日二夜を食もなく／雨降りしぶく鉄兜／雨降りしぶく鉄兜

四、既に煙草はなくなりぬ／頼むマッチも濡れはてぬ／飢え迫る夜の寒さかな／飢え迫る夜の寒さかな

六、ああ東の空遠く／雨雲揺りて轟くは／我が友軍の飛行機ぞ／我が友軍の飛行機ぞ

十一、山こだまする砲の音／忽ち響く鬨の声／野の辺の草を紅に染む／野の辺の草を紅に染む

十四、敵にはあれど遺骸に／花を手向けて懇ろに／興安嶺よいざさらば／興安嶺よいざさらば　（討匪行）

この「討匪行」を元歌に、慰安婦の悲哀を謳う替え春歌「満鉄小唄」が生まれた。哀歌として歌い継がれる。

雨のしょぼしょぼ　降る晩に　ガラスの窓から　のぞいてる／満鉄の金ボタンの　ばかやろう　触るは五十銭　見るはただ／三円五十銭　くれたなら　かしわの鳴くまで　ぼぼしゅるわ／／上がるの帰るの　どうしゅるの　はやく精神　ちめなさい／ちめたらゲタ持って　上がんなさい／／お客さんこの頃　紙高い　帳場の手前も　あるでしょう／五十銭祝儀を　はずみなさい　そしたら私も　精だして／二つも三つも　おまけして　かしわの鳴くまで　ぼぼするわ／／ああ騙された　騙された　五十銭金貨と　思うたに／ビールの栓かよ　騙された　（満鉄小唄）

昭和四十二年、大島渚監督の映画『日本春歌考』で吉田日出子が唄うこの「満鉄小唄」の哀愁旋律は、人の記憶の襞に落ちた。生きてゆくために開き直った女たちの覚悟には圧倒される。

女は強い、が、人が人を殺める表の戦の非常時、裏では非道がまかり通って、奥では悲惨な状況が生まれていた。人が人でなくなる戦の鎖を断ち切ろう。

（２０１６・６）

72 フィナーレ爆撃

時が経つと、いろいろな事実が積み重なり、真実がじわり炙り出される。毎年八月は終戦への話題が各々様々メディアに登場する。えっ、こんなことがあったの、と知らない、見過ごしてきた事象がクローズアップされる。これに驚き、改めて戦争の悲惨さを思い知る。

昭和二十年（一九四五）八月十五日、終戦。第二次世界大戦での被害者数は世界で約八千万人。日本人の戦没者数は約三一〇万人と言われる。戦争は人の命を弄んだ。

毎年、終戦日前後はTV特番で戦争特集を観る。平成二十八年（二〇一六）の盆前、「フィナーレ爆撃」という聞き慣れないタイトルの映像が流れた。初めての言葉だ。

これは降伏寸前の日本を襲ったアメリカ軍B29の最後の空爆で、ヘンリー・アーノルド総司令官（一八八六〜一九五〇）の「可能な限り大規模なフィナーレを……」との命令に由来するようだ。

最後の空爆は、八月十四日から十五日にかけ、日本各地で絨毯（じゅうたん）爆撃による施設破壊がなされた。岩国、光、熊谷、伊勢崎、小田原、土崎などの地方都市に攻撃がかけられた。東京大空襲で飛来したB29を超える八五二機による徹底攻撃で、二四〇〇名を超す人々が亡くなった。とくに光海軍工廠には爆弾八八五トンが投下され、施設は壊滅。七三八人の死者を出し、内一三六人は動員学徒の少年少女だった。光の兵器工場では人間魚雷「回天」が造られていた。ところで八月六日、九日の原子爆弾投下後も、「早く降伏せよ」の催促攻撃なのか執拗に大湊、釜石、花巻、熊本、久留米、加治木、長野などの地がターゲットにされ、空爆を受け続けた。

アーノルド総司令官は、この年三月、東京大空襲に向けてサイパン島で焼夷弾を積む戦闘員たちを前に、「北海道から九州まで日本の軍事産業拠点をすべて攻撃できる。君たちが日本を攻撃する時に日本人に伝えてほしいメッセージがある。そのメッセージを爆弾の腹に書いてほしい。私たちはパールハーバーを忘れはしない」と演説。さらに日記には「ジャップを生かしておく気など全くない。男だろうが女だろうがたとえ子供であろうともだ。ガスを使ってでも火を使ってでも日本人という民族が完全に駆除されるのであれば何を使ってもいいのだ」と記した人物。「フィナーレ爆撃」発言も、さもありなん、だ。このような戦争指揮官と闘っていた。

日本はせめて九日に即「降伏」していれば、この犠牲は防げたであろうに……。

（2016・8）

73　突然消えた、写楽

東洲斎写楽は、寛政六年（一七九四）に彗星のように登場して突然消えた。伝説の浮世絵師と言われる謎の人物。文人などの遺した「写楽」を幾つか拾ってみる。

▼永井荷風は記す

（略）写楽は役者絵似顔絵専門の板下絵師なりしが極端なる写実の画風当時の人気に投ぜず暫時にしてその制作を中止せり。維新以降外国人の浮世絵研究盛なるに及びても写楽はなほ重んぜられず日本美術研究の開拓者と称せらりし米人フェノロサの如きも写楽の俳優肖像画を以て醜陋なりとなしき。然るに巴里においてはカモンド伯を初め写楽を愛するもの漸く多く遂に写楽は浮世絵師中最大の画工と見なさるるに至れり。昨年独逸人クルトの出版せる書籍中には今日まで我邦人すらかって見ざりしほどの珍品をも網羅し尽せり（略）写楽の似顔絵を熟視せよ（略）この稀有なる美術家をして遂に不評のために筆を捨つるのやむなきに至らしめき。写楽は元安房の産にして能役者たりしといふの外その伝記甚だ詳ならず。（略）　（『江戸芸術論』より）

▼芥川龍之介は記す

わたしはいつか東洲斎写楽の似顔画を見たことを覚えている。その画中の人物は緑いろの光琳波をかいた扇面を胸に開いていた。それは全体の色彩の効果を強めているのに違いなかった。が、廓大鏡にのぞいて見ると、緑いろをしているのは緑青を生じた金いろだった。わたしはこの一枚の写楽に美しさを感じたのは事実である。けれどもわたしの感じたのは写楽の捉えた美しさと異っていたのも事実である。こういう変化は文章の上にもやはり起るものと思わなければならぬ。
（『侏儒の言葉』より）

▼折口信夫は記す

（略）写楽の絵に表れた女形の醜さは、絵に描くときに隠し切れぬ、男の「女」としての醜さである。写楽はそういう女形の醜さに非常な興味を持って、ああした絵をいくつも描いたのだと思う。併しあれは決して誇張ではないので、上方芝居の女形、其に上方の芝居絵は、容貌・体格ともに実に写楽を思わせるものを持っている（略）　（「役者の一生」より）

近年の写楽ブーム前、研究者を除けば、内田魯庵、宮沢賢治、太宰治、寺田寅彦、阿部次郎、小出楢重、谷譲次などの文化人が写楽を語った。

写楽に魅かれた人々の言葉は愉しめる。

（2015・9）

74　写楽と蔦屋をめぐる

謎の浮世絵師・東洲斎写楽の百四十余点の作品は、全て蔦屋重三郎（一七五〇〜九七）の「耕書堂」から版行。蔦屋は喜多川歌麿や山東京伝、曲亭馬琴、十返舎一九などを育て、江戸の一大文化を築いた版元。

写楽と蔦屋をめぐる詩人、歌人の詞を追った。

大橋英人詩集『東洲斎写楽』の「蔦屋重三郎」を掬う。

写楽、を／着る／この卓見／この時代のいぶかしさ／江戸からの／道のりを／どの参道で分けようか／謎の絵師が／今から／スキゾへ　向かうのだ／／エロスと狂気を／渡し場に／曳いたまま／あついほとぼりを／色彩で／飾る／／版元蔦屋重三郎／／時代は　しばし／原色の及ぶところであろうか／まぶしいくらいに／今／彼の目がひかる／見えますか、再びの昭和／／検定もどきに／版を重ね／江戸が／風俗のように　届く／／昭和としてなら／返しに、近い／一九八四年　旧盆／版元蔦屋重三郎の／時代への／帰趨である／／さあ　こころして／表参道を

歌に詠まれた写楽を拾う。市井で、さりげなく、親しみを込め、ふっと紡がれた詞を捜す。

われを見て嘲けるごとく笑ひゐる
　写楽の絵さへいとほしきかな　吉井　勇

四季有るがゆえに楽しむ風景は
　ゴッホでもあり写楽でもあり　渡辺昌子

東洲斎写楽怒りて二階から
　紙投ぐるとき白木蓮のちる　相良信夫

環礁の外に広がる藍深し
　写楽外人説を思えり　松村由利子

江戸の世に謎の浮世絵師とふ写楽
　「シャラクサイ」とのつながりあるや　山梨友五郎

なかぞらに浮きて世間をながめいる
　写楽がひとり奴がひとり　三枝昻之

うたをよむ写楽を感じ紡ぎ出す
　写す景色を言の葉にのせ　泉乃　幸

売るものに非ず絵を描くのみと
　ただそれのみと叫ぶ写楽は　斎藤豊人

浮世絵の写楽のやうな顔をして
　歩いてみたい議事堂の中　木立　徹

浮世絵は、下絵を描く絵師がいて彫り師、摺り師へと渡って完成する分業化の文化。一つの作品には、何人もの思いや技が込められている。そのプロデュースは版元。だから遺された絵の奥に隠れた想いを探る詞が生まれる。

（２０１６・９）

75 やはり「写楽」捜しは楽しめる

寛政六年（一七九四）、東洲斎写楽が登場。独特なデフォルメで役者の個性を大胆に表現し、百四十余点の作品を残して消えた。二百年を超え、未だに正体探しが続く謎の浮世絵師だ。絵もしかりだが、人の想いも賑やか。やはり「写楽」捜しは楽しめる。句を拾う。

写楽絵や皮手袋が濡れている　長谷川真理子
写楽の絵ほどにむんずと蟇の口　道具永吉
写楽北斎みな謎がらみ師走かな　能村登四郎
炎天へ目をつり上げし写楽かな　松本道宏
万緑や写楽は指ひらきけり　竹村シゲ子
東洲斎、涙こぼして筆をおく　友野雅志
くつさめとくつさめの間写楽の絵　神尾季羊
ゆく春や写楽を憎む芝居者　岡本綺堂
すずしさは写楽の顎のあたりより　丸山哲郎
句じるまみだらのマリアと写楽り　加藤郁乎
写楽の絵おとがひ長く桔梗挿し　後藤夜半
ふところの黴を摑むか写楽の絵　田中君子
りんご齧るてんでに写楽の貌をして　八木忠栄
これ写楽あれはピカソの福笑い　佐々木信夫
言い訳が写楽の目玉なら許す　石橋芳山
春の雲写楽の行方杳として　清水　昶
三の酉写楽の顔が世にあふれ　筑紫磐井
軽暖や写楽十枚ずいと見て　飯島晴子
ぬぬぬぬと写楽顔でるべったら市　杉浦正章
かゝる絵に写楽はさむく活きたりき　佐野まもる
写楽の絵見てゐる春の蚊をきいて　北原白秋
初空や北斎の青写楽の朱　秦　夕美
春めきて写楽の描きし男かな　皆吉　司
囓られし写楽の顔や嫁が君　阿波野青畝
汗しとど写楽の目して口をして　林　翔
台風の近づく夜なり写楽の手　久米ひろ
極彩の写楽を乗せていかのぼり　長谷川双
うらゝかや写楽顔して泣き羅漢　河合未光
菊に見る写楽画怪をきはめたる　森川暁水
官僚写楽自画像は苦手　秋尾　敏
秋灯下ひらく写楽のきらゝ摺　岡村一郎
春一番写楽の顔で吹かれをり　日下部宵三

まだまだある。だが、これだけ親しみを込めて詠まれる浮世絵師も珍しい。
人は判らぬ謎に惹き付けられるのだろう、か。
写楽が「めっかる」まで、楽しみは尽きそうにない。

（2016・8）

76　からゆきさんから満州お菊

一九七〇年代、山崎朋子『サンダカン八番娼館――底辺女性史序章』(筑摩書房)と森崎和江『からゆきさん』(朝日新聞社)が評判をとった。これらの作品は、長崎の島原や熊本の天草から〝唐天竺〟の東アジアや東南アジアに渡って、日本人女性が出稼ぎ娼館で働く〝からゆき(唐行き)さん〟を扱ったものだ。農村や漁村の貧しい家庭の娘たちは、女衒(斡旋業)によって海外の娼館に売り渡された。明治末までは国策の「娘子軍」として喧伝されたが、後「国家の恥」と非難されるようになり、一九二〇年の「廃娼令」で無くなった。戦後、封印されていたが、山崎、森崎の二著によって、からゆきさん研究が進み、哀しい女性の現実を知ることになった。

森崎は綿密な聞き取り調査をし、「天草を歩いたときのことである。老女は『働きにいったちゅうても、おなごのしごとたい』と、こともなげにいった」と『からゆきさん』に記す。また島原半島の南端・口之津を訪れた俳優・森繁久彌は彼女らを「口之津は悲しき港ぞ　幾もの乙女らの涙の海　鳴くぞ千鳥の鎮魂歌」と詠んだ。

十九世紀後半、日本からの出稼ぎ「からゆきさん」の渡航先は、中国、香港、シンガポール、タイ、インドネシア、シベリア、満州、ハワイなど世界各地で生活を余儀なくされた。また「狭い日本にゃ住み飽きた」と大陸を目指す出稼ぎ男「からゆきどん」も出没した。

悲惨な環境の中で、山本菊子(一八八四〜一九二三)は、からゆきさんから女馬賊になり、大草原を駆ける女に変身した。彼女は天草生まれ。七歳の時、朝鮮京城の料理屋に売られ、大陸各地を転々。そんな放浪の満州で、張作霖の義兄弟だった馬賊・孫花亭を知り、彼が日本軍警備隊に殺される寸前に命を救ったのが縁で、菊子は馬賊に身を寄せることになった。そして馬賊間の縄張り争いの仲裁をするなど〝満州お菊〟と呼ばれ、お菊発行の保票(通行手形)は最も信頼がおけるとして、全満州の馬賊に女頭目としての名が拡がった。

こうした女傑の出現もあれば、哀しいかな大陸という海の藻屑と消えた者もいる、生き抜いて日本に帰還した者もいる。各国の街の片隅で小さな墓になった者もいる。貧しさゆえに苦界に生きなければならなかった女性たちの〝悲憤の魂〟を知り、伝えていくことが求められているのではなかろうか。ところが二十世紀後半になると、今度は逆に東南アジアなどから「ジャパゆきさん」が日本に集まり始めた。さて、百年後の日本はどうなる。

(2016・10)

77　写真集『トランクの中の日本』

一冊の記録写真集に圧倒された。衝撃を受けたと言っていい。とにかく写真が強烈に語りかけるのだ。

特に「焼き場に立つ少年」の写真は、言葉もなかった。ただ、一枚の写真に涙が出た。

米国ペンシルベニア生まれのジョー・オダネル（一九二二〜二〇〇七）は、一九四五年九月、米占領軍カメラマンとして広島、長崎、その他日本の各都市の空爆被災状況を記録するため上陸。翌年三月まで、私用のカメラも携え、焦土と化した各地を撮影して回った。帰還後、彼は「全て忘れてしまいたい」と私用カメラのネガはトランクに納め、封印。

そして四九年から米国情報局ホワイトハウス付きカメラマンとして、トルーマン、アイゼンハワー、ケネディー、ジョンソン、ニクソンと歴代の大統領に仕え、六八年退職まで歴史的な瞬間を捉え続けた。

一九八九年、反核を訴えて作られた、炎に焼かれるキリスト像を見て、屋根裏にしまい込んだ〝記憶の詰まったトランク〟を開けた。九〇年、テネシー州で原爆写真展を開くが、勇気ある行動との評価よりも非難の方が多かった。九五年に予定していたスミソニアン博物館での写真展は、在郷軍人の声で中止。その年に写真集『トランクの中の日本——米従軍カメラマンの非公式記録』（小学館）を刊行。モノクロの一枚に釘づけになった。

「（略）焼き場に一〇歳くらいの少年がやってきた。小さな体はやせ細り、ぼろぼろの服を着てはだしだった。少年の背中には二歳にもならない幼い男の子がくくりつけられていた。その子はまるで眠っているようで見たところ体のどこにも火傷の跡は見当たらない。少年は焼き場のふちまで進むとそこで立ち止まる。わき上がる熱風にも動じない。係員は背中の幼児を下し、足元の燃えさかる火の上に乗せた。まもなく、油の焼ける音がジュウと私の耳にも届く。（略）少年はまたすぐに背筋を伸ばす。私は彼から目をそらすことができなかった。少年は気を付けの姿勢で、じっと前を見つづけた。一度も焼かれる弟に目を落とすことはない。軍人も顔負けの見事な直立不動の姿勢で彼は弟を見送ったのだ（略）」

長崎で撮影された「焼き場に立つ少年」を見守り、「アメリカの少年はとてもこんなことはできないだろう」とのコメントも残すジョー・オダネル。二〇〇七年八月九日、長崎原爆投下の日に八十六歳の生涯を閉じた彼は、体験を語り伝えるトランクを開けて逝った。

（２０１６・10）

78　管野須賀子と伊藤野枝

明治四十四年（一九一一）一月二十五日、大逆事件で管野須賀子が死刑。大正十二年（一九二三）九月十六日、甘粕事件で伊藤野枝は殺害された。

二人はともに婦人運動家の顔を持っていた。

管野須賀子（本名スガ、一八八一〜一九一一）は、大阪で裁判官の長女として生まれた。十九歳で東京の商人と結婚するも、横暴な夫とは性格が合わずに離婚。後、文士の宇田川文海に師事し文学を学ぶ。彼の愛人説も流れるが、新聞記者となり婦人運動に参加。日露戦争前、幸徳秋水や堺利彦の非戦論に賛同、共鳴して社会主義運動に近づき、堺らとの交流が生まれ荒畑寒村を知り、同棲、結婚。一九〇八年、赤旗事件に連座して夫妻共に投獄されるが、肺病を患って釈放。出所後、アナキズムに共鳴し、幸徳秋水の援助を受け、二人で『自由思想』を創刊。赤旗事件を糾弾するうち恋愛関係になり同棲。獄中の夫・寒村に離縁状を送って離婚。また、秋水の妻も追い出すなど、公然たる不倫は同志たちから敬遠された。そんな状況下、秋水らとの天皇暗殺密謀罪で逮捕され、有罪、死刑となる。彼女は「くろがねの窓にさしいる日の影の移るを守りけふも暮らしぬ」の辞世を残す。

伊藤野枝（本名ノヱ、一八九五〜一九二三）は、福岡の元海産物問屋の七人兄妹三番目の長女。小学校卒業後、詩や短歌を雑誌に投稿。東京の叔父に都会への思いを何通もの手紙で伝え、甲斐あって東京の女学校へ入学、抜群の成績をあげた。高女卒業後、親が決めた相手と仮祝言、仕方なく嫁ぐが、すぐに出奔、再び上京。高女時代の教師の辻潤と同棲、結婚。平塚らいてう主宰「青鞜社」に通い、与謝野晶子、岡本かの子、神近市子らと交流を結び、〝新しい女〟の刺激を受け、堕胎や売買春、貞操などの問題に取り組み、小説や評論を発表。二人の男の子を生むが、辻と離別し、後、家庭も仕事も捨ててアナキズム運動の中心人物・大杉栄と同棲へ。彼には妻、愛人の神近市子もいて四角関係の中、彼の子五人を生む。そして官憲監視の生活のもと、関東大震災のどさくさで甘粕正彦憲兵大尉らに連行、扼殺された。彼女は「吹けよ、あれよ、風よ、嵐よ」の言葉を遺す。

明治から大正にかけて目覚めた二人の女性は、〝権力〟によって命を絶たれたと言っていい。時代が彼女らを襲ったが、二人は女性の地位向上運動などを止めることはなかった。家庭でも気まま奔放に〝真っすぐな生き方〟を突き進む、短い生涯だった。冥福を祈る。

（2016・11）

79　菅原道真の石伝説を追う

学問の神様といわれる菅原道真（八四五〜九〇三）は、右大臣の時、左大臣の藤原時平に妬まれ、あらぬ罪で大宰府に左遷された。彼は梅を愛していた。歌が残る。

東風（こち）吹かば匂いおこせよ梅の花
あるじなしとて春な忘れそ

道真公が九〇一年に京都から九州に追われた後、彼の愛でた梅の木が左遷地の大宰府まで飛んだという「飛び梅伝説」や、悄然とする身を案じた老婆が、軟禁部屋の格子越しに梅の枝の先に餅を刺して差し入れた伝えから「梅ヶ枝餅」が生まれたなどの逸話が残る。

また、道真が流浪の道すがら休んだ石の伝説も各地に残る。福岡県上毛（こうげ）町下唐原（しもとうばる）の民家に、「菅公御腰掛石」と立札のある〝玉居石（たまおるいし）〟が梅の木の傍にあると聞く。人目に触れることのない隠れた石は、何故か、秘められた石として語り継がれている。また、北九州市門司区白野江（しらのえ）の皇産霊（みむすび）神社、福岡市平尾の平尾八幡宮と室見（むろみ）の少童（わだつみ）神社、さらに奈良の手向山（たむけやま）八幡宮、京都の水掛不動尊、大阪の腰掛天満宮、広島の尾長天満宮、鹿児島の菅原神社など各地に「腰掛石」は存在する。道真公が、いかに各地を歩いたか、いかに民に慕われたかが偲ばれる。

石ではないが、「蛙」に因んだ説話も太宰府地方には残る。夕暮れ時、道真が館の周りを散策していると、小さな池にたくさんの蛙が集い、競って鳴いていた。それを見て、離れ離れになった家族を想い詠んだ歌がある。

折に逢へばこれもさすがにうらやまし
池の蛙の夕暮れの声

歌が詠まれた後、池の蛙は道真公の不遇を察してか、鳴かなくなったという。

再び石の伝承に戻ると、美しい梅と桜の〝石〟に出合う。北九州の門司には梅花石（ばいかせき）（県の天然記念物）がある。道真公が大宰府に向かう途中、門司の青浜海岸近くの梅が満開だった。浜に舟を着けると、花が地面や石に舞い散り、梅花を刻み込む石になった。また、京都の亀岡には桜石（さくらいし）（国の天然記念物）がある。道真公が左遷になった折、家臣の一人が桜を拝領して植えたが、だんだん花が咲かなくなった。家臣は主君の身を案じて大宰府へ駆けつけ、その忠心を喜んだ道真から「菅公自像」を賜わった。家臣は帰郷し「桜の植栽地」に祠を建てて「像」を祀った。すると珍しい六枚の花びらが浮く桜の石が産出されるようになったという。道真公ゆかりの地に人の生きる道を示す伝えが残る。まさに〝学びの神〟だ。

（2018・9）

生あるものにやがて来る「死」を迎える運命を秘めた、良寛禅師の辞世の句がある。

散る桜　残る桜も　散る桜　　良寛

そして誰もが懸命に生き抜く中、人の世の慈悲を詠んだ、やはり良寛の「裏を見せ表を見せて散る紅葉」の句も遺る。まさに人間の真の姿をさりげなく詠んだもののようだ。さらに人間の〝素〟を見せる奥に〝秘〟が隠れているならば、大人の風格が備わるだろう。

室町時代の世阿弥（ぜあみ）が著した『風姿花伝』は、能の理論書であるが、人生論であり、芸術論でもあると言われる。仏教で厨子（ずし）の中に仕舞って見せずにおく仏像は「秘仏」と言い、どんなものかと、人間の想像を膨らませる秘の術とも言えるようだ。人生は〝秘〟が生きるカギになる。わが国の華道の精神で大切なことは、花を見せることではなく花を秘することにあるという。

千利休が、丹精込めて育てた庭中の朝顔を全て引き抜き、ただ一輪のみを座敷に添えて秀吉を迎えたという茶の湯も、また〝秘〟かもしれない。

秘を諭す『風姿花伝』を追う。

秘する花を知ること。秘すれば花なり、秘せずば花なるべからず、となり。この分け目を知ること、肝要の花なり。そもそも、一切の事、諸道芸において、その家々に秘事と申すは、秘するによりて大用あるがゆゑなり。しかれば、秘事といふことをあらはせば、させることにてもなきものなり（略）人の心に思ひも寄らぬ感を催す手だて、これ花なり。（略）

（『風姿花伝』より）

人には〝秘すれば花〟があるようで、生きてゆく中に〝秘〟を隠し抱く人の尊さを知る。人の詠みを見る。

夏袴秘すれば花と悟りたり　斎藤牧子

峯峯の秘すれば早き紅葉かな　高橋睦郎

これやこの秘すれば恋のうめもどき　神蔵　器

春惜しむ心秘すれば老いにけり　阿波野青畝

何事もすべて露骨に曝けずに
色即是空秘すれば花なり　佐藤一彦

聞くとき思う秘すれば花と
金沢に伝わるゆかしき影笛を　諏訪淑美

そうでした秘すれば花で物干しに
音のないシャツきちんとならべて　蒼井　杏

秘すれば花言わぬが花の習いとて
言わねば残る無念もありぬ　馬宮敏江

（2018・10）

80 ——「秘すれば花」の人生は……

ものごとの最初だとか最古だとか言うと、尊厳、魅惑の想いが生まれる。太古の日本では、ものごとは人の記憶で口承するしかなかったが、文字が伝わり、人に伝える術を知った。八世紀初頭に成立した『古事記』は、日本に現存する最古の文献である。神話、伝説、歌謡などで国の成り立ちなどを伝える書物。太古の神々が唱えた〝歌〞が数多く収められている。

須佐之男命（すさのおのみこと）がヤマタノオロチを退治して櫛名田比売（くしなだひめ）と結ばれ、出雲の地に新宮を造った折に詠まれた〝歌〞が日本最古の和歌と言われる。

八雲立つ出雲八重垣妻籠みに
　八重垣作るその八重垣を

平安時代の歌人・紀貫之（きのつらゆき）（八六八～九四六）は、この歌を「人の世となりてスサノオノミコトよりぞ三十文字（みそもじ）あまり一文字は詠みける」と和歌の起源と断定。そして出雲の地が発祥と伝わる。

因みに和歌の形式変化で俳句が詠まれた。近江国（滋賀県草津市）出身の戦国時代の連歌師・山崎宗鑑（そうかん）（一四六五～一五五四）の句が始まりという。

貸し夜着の袖をや霜に橋姫御

京都宇治川に架かる橋のたもとに橋をまもる女神がいた伝説を詠んだようだ。

次に、現存する世界最古の〝歌〞はデンマーク国立博物館所蔵の「セイキロスの墓碑銘」だそうで、墓石に完全な形で残る楽曲だという。墓石はトルコの都市アイドゥン近郊で発掘され、紀元前二～紀元後一世紀頃のものとされる。石には「わたしは墓石です。セイキロスがここに建てました。決して死ぬことのない、とこしえの思い出の印にと」と記され、セイキロスが妻エウテルペに捧げた楽曲だと考えられている。

二千年を超えて「歌詞と音符が刻まれた墓碑」が伝わる凄さを思う。詞を見る。

生きている間は輝いていてください／思い悩んだりは決してしないでください／人生はほんの束の間ですから／そして時間は奪っていくものですから

また、世界最古の詩は、紀元前三千紀のシュメール（現イラク）の『ギルガメシュ叙事詩』で、古代メソポタミアの伝説的な王をめぐる物語と言われる。

遺された言葉は、悠久の時の海を漂い、人の証を伝える。先祖から伝わり、子孫に伝えることは、永遠を自覚しての伝承になる。

（2018・9）

81　日本最古と世界最古の“歌”

82　女囚が詠み、女囚を詠む

長州藩士で思想家の吉田松陰（一八三〇～五九）が、ほのかな恋心を抱いていたであろう女囚がいた。

長州藩士の妻で、二人の娘を残して夫が病没、三十歳前で未亡人となった高須久子（一八一七頃～没不明）である。二人の出会いは「野山獄（のやまごく）」だった。

松陰は私塾「松下村塾」で高杉晋作や久坂玄瑞、山県有朋、伊藤博文など後に幕末の志士や明治維新の指導者となる人材を育てていたが、黒船への密航企ての罪で投獄された。松陰二十五歳だった。一方、久子は萩藩の名家に生まれ、嫁いだが、夫の死後、詩歌や三味線、浄瑠璃などに没頭。多くの芸能者が家に出入りした。武家の未亡人としてあるまじき行為だと、養父から不義密通を疑われ借牢（しゃくろう）とされた。久子三十七歳だった。松陰が「安政の大獄」で斬首刑に処されるまで、お互い囚人同士としての送り歌、返し歌が交わされたようだ。

清らかな夏木のかげにやすらへど
　人ぞいふらん花に迷ふと　　久子

懸香のかをはらひたき我もかな
　とはれてはぢる軒の風蘭　　松陰

松陰の刑が軽減され、野山獄を出る際の句。

鴫立ってあと淋しさの夜明けかな　　久子

再び投獄の松陰が江戸へ送致される前、久子は獄中で手縫いした「手布巾」を贈る。

箱根山越すとき汗のい出やせん
　君を思ひてふき清めてん　　松陰

出立日、久子の別れ句に、松陰は「高須うしに申し上ぐるとて」の封書を手渡した。

手のとわぬ雲に樗（おうち）の咲く日かな　　久子
一声をいかで忘れんほととぎす　　松陰

囚われの女人らを詠んだ句や歌がある。人それぞれの生き方を想い、詠う詞がある。

青嵐女囚刑務所麦に隠れ　　大野林火
石榴（ざくろ）割る女囚ふるさと懐しむ　　清水　衵
暦繰り女囚が晴れて子を抱く日　　倭　玄海
身に入（し）むや刺青見せて泣く女囚　　樹生まさゆき
女囚遠流の姫島霞む玄界灘　　三輪洋子
雪吊りの中に女囚のごとく松　　藤井圀彦

窓硝子外して写す帯のさま
　若き女囚の出廷の朝　　金子文子

青葉くらきその下かげのあはれさは
　「女囚携帯乳児墓（じょしゅうけいたいにゅうじのはか）」　　斎藤茂吉

（2018・10）

83——坂本竜馬の遺す歌あれこれ

二〇一八年のNHK大河ドラマ『西郷どん』も終盤になった。西郷隆盛（鈴木亮平）と丁々発止の遣り取りをした坂本竜馬（小栗旬）も姿を消した。竜馬は薩長同盟の斡旋をし、大政奉還の成立に奔走するなど、新しい世へ向けての動きの中、暗殺された。何故なのか、と謎残る事件。竜馬の遺す歌を追うが、やはり筆頭はこの歌がいい。

世の人はわれをなにともゆはゞいへ
　わがなすことはわれのみぞしる

土佐藩の坂本竜馬（一八三六〜六七）は、江戸人で幕臣の勝海舟（一八二三〜九九）の仲立ちで、薩摩藩の西郷隆盛（一八二八〜七七）と元治元年（一八六四）に初対面。竜馬は五人兄弟の末っ子で、隆盛は七人兄弟の長男だった。その後、歴史を創った二人と言われる人物になるのだが、この時は「大きく叩けば大きく響き、小さく叩けば小さく響く。その鐘をつく撞木が小さかったのが残念だった」と隆盛を評価する竜馬の言葉が残る。

竜馬の歌を拾う。

みじか夜をあかずも啼てあかしつる
　心かたるなやまほととぎす

文開く衣の袖はぬれにけり
　海より深き君がまごころ

君が為捨つる命は惜しまねど
　心にかかる国の行末

丸くとも一かどあれや人心
　あまりまろきはころびやすきぞ

かぞいろの魂や来ませと古里の
　雲井の空を仰ぐ今日哉

義理もなさけもなき涙
　ほかにこころハあるまいと

世と共にうつれば曇る春の夜を
　朧月とも人は言ふなれ

又あふと思ふ心をしるべにて
　道なき世にも出づる旅かな

竜馬は江戸で、千葉周作の姪で「鬼小町」と呼ばれた美人剣士の千葉さな子（一八三七〜九六）を許嫁とした。後、京都の侍医の娘で京美人の楢崎龍（りょう）（一八四一〜一九〇六）は、竜馬に「珍しきことなり」と言わせ、「惚れさせて」妻となる。二人の女性が波乱の人生に登場する。女傑と言われた妻の「おりょう」は、竜馬の命を救うなど、彼と共に歩んで「武士（もののふ）のかばねはここに桜山花は散れども名こそ止（とど）むれ」と夫を偲んで詠んだ歌を遺す。

（2018・10）

84　同志社ふたりの八重

会津藩の砲術師範・山本権八の娘として生まれた八重は、藩校・日新館の教授と結婚していた。会津戦争では断髪、男装して、銃と刀を持って奮戦した「一途」な猛女。夫とは生き別れた。後、アメリカに密出国して神学を学んだ宣教師の新島襄（一八四三～九〇）と知り合い結ばれて、新島八重（一八四五～一九三二）となった。外国暮らしで進歩的な新島と、男勝りの彼女とは似合いの夫婦と言われた。襄は、明治九年（一八七六）京都に女子塾（同志社女学校の前身）を開設。ところが病気で急逝。その後、彼女は日赤に入り、篤志看護婦として日清、日露戦争に従軍するなどして活躍。そして襄の友・徳富蘇峰（一八六三～一九五七）と親交を深めた。彼女は「会津の巴御前」、「幕末のジャンヌ・ダルク」、「日本のナイチンゲール」などと呼ばれる〝女傑〟となった。

明日の夜は何国の誰かながむらん
　なれし御城に残す月かげ　　新島八重

新島八重の活躍から半世紀後、同志社女学校に、会津藩の名家に生まれ、親と生き別れて育った井深八重（一八九七～一九八九）が登場。彼女は女学校卒業後、大正七年（一九一八）、長崎高等女学校の教諭となるが、二年後、体に赤い斑点ができ、「らい病の疑いあり」として、静岡県御殿場市の日本最初のハンセン病療養施設・神山復生病院に連れて来られ、衝撃の隔離入院。過去の一切を断ち切り「堀清子」と名乗り、親族が建てた施設敷地内の一軒家で暮らした。ところが入院二年後、「誤診」と分かる。しかし彼女はそのまま病院に留まり、社会から見放されたハンセン病患者の看護、救済に生涯をささげることにした。それは彼女の打ちひしがれた心を迎え、優しく育ててくれた病院長のフランス人宣教師レゼー神父（一八四九～一九三〇）との出会いだった。彼女は家族を知らなかった。しかし「らい患者の慈父」と慕われる神父が患者らの輪に入る姿を見て、父母を想い、支え合う患者に家族を感じた。また、患者の本田ミヨさんの「肉体はたとえ崩れても、大切なのは魂なのよ」と語る言葉は、形あるものの空しさ、はかなさを伝えるに十分だった。そして「ここが私のいるところ、私が生きるところ」の「一念」で決断。看護婦としてハンセン病患者に寄り添い生き、「病者の母」として名を成した。今、御殿場の「カタリナ井深八重之墓」には、人の幸福に自らを犠牲にする人、の意味を持つ自筆の聖句「一粒の麦」を刻む。同志社ふたりの八重には「会津魂」が息づく。

（２０１８・11）

85 「七卿落ち」を追ってみる

幕末の文久三年（一八六三）、「八月十八日の政変」で七人の公家が京都を去った。薩摩・会津藩の公武合体派が尊王攘夷派の公家七人を追放したもの。長州藩に逃れた彼らは官位を剝奪、諱を改めさせられ、「七卿落ち」として後世に伝わる。政治の流れだけではないが、排斥される者あらば、逆に協調する者も出てくる。

公家七人は、長州藩の兵に守られながら海路で、三田尻港（山口県防府市）を目指した。三条実美（二七）、三条西季知（五四）の二卿と、四条隆謌（三六）、東久世通禧（三一）、壬生基修（二九）、錦小路頼徳（二七）、澤宣嘉（二八）の五朝臣と言われる。彼らを追うと、各地で守り、伝える痕跡が残る。遺跡は、広島に御手洗七卿落遺跡（呉市の大崎下島御手洗）、鞆七卿落遺跡（福山市の鞆の浦）があり、山口に七卿遺跡之碑（山口市の湯田温泉高田公園内）、七卿史跡（下関市の桜山神社参道脇）、五卿登陸碑（周南市の徳山港）がある。また福岡に七卿記念碑（太宰府市の太宰府天満宮・延寿王院の山門前）、五卿西還之碑（宗像市の赤間法然寺の南）などが建つ。

もし「七卿落碑」巡りがあるとするなら、京都の七卿西竈紀念碑（京都市の東山区東大路通の妙法院内）が起点となるかも知れない。京都の妙法院は、突然の政変で七卿を守るために集った久坂玄瑞（一八四〇〜六四）ら長州藩士が集結し、「七卿が長州から再起を図る決断」をした場所である。苦渋の決断をした皆の前で、玄瑞は次の即興の歌「七卿都落舞歌」を詠んだとされる。

世は刈り菰と乱れつつ　茜さす陽のいと暗く　蟬の小川に霧たて　隔ての雲となりにけり　あらいたましや

玉きばる大裡に朝くれ　殿居せし実美朝臣　季知卿壬生　澤　四条　東久世　其の外錦小路殿　今浮き草の定めなき旅　西あれば駒さへも進みかねてはいばえつつ　降りしく雨は絶え間なく　涙に袖の濡れはて　是より海山ちさぢ原　露霧わきて蘆が散る　難波の浦に炊く塩のからき浮き世を物かはと　行かんとすれば東山　峰の秋風身にしみて　朝な夕なに聞きなれし　妙法院の鐘の音も　なんと今宵はあわれなる　いつしかくらき雲霧をおおいつくして　百敷の都の月をめでたもふらん

やがて七卿は赦免、復職。明治十六年（一八八三）には、三条実美が揮毫した「寶祚之隆當與天壌無窮矣」を縦横七メートルの巨岩に刻む「神勅碑」が、福岡県行橋市の沓尾山に建った。

（2018・11）

86 一かけ二かけて三かけて、の歌

二〇一八年のNHK大河ドラマ『西郷どん』で記憶に残る一シーンといえば、西郷隆盛（一八二八〜七七）と僧・月照（一八一三〜五八）が、二人合い抱いて錦江湾に身を投げる場面だ。詳細は語られなかったが、寒中の海に浮く船で「帆を下ろせ〜」の大声。船頭と足軽、それに福岡藩士の平野国臣（一八二八〜六四）は二人の姿を必死に捜し、やがて海面に浮上した二人を船に引き揚げ、介抱。月照は絶命。隆盛は奇跡的に一命を取り留めた。

薩摩（鹿児島市）の隆盛と讃岐（善通寺市）の月照、筑前（福岡市）の黒田家足軽の子の国臣が交差したのは、安政の大獄で追われる月照と隆盛が京都を脱出する時。

西郷は、月照を薩摩で匿う計画を建てるが、その道中は、平野の、まさに命がけの勇気と義侠心に助けられ、やっとの思いで薩摩入りできた。しかし薩摩藩は無情にも、月照の保護を拒否して「日向送り」を命じた。つまり日向との国境で殺すという、死出の旅路であった。

月照の辞世の歌など、当時の三人の歌が残っている。

大君のためにはなにか惜しからむ
　薩摩の瀬戸に身は沈むとも　月照

二つなき道にこの身を捨て小舟
波立たばとて風吹かばとて　西郷隆盛

君が代の安けかりせばかねてより
　身は花守となりてんものを　平野国臣

月照事件後、平野と西郷の深い交流は続いた。

国臣は桜島を詠んでいる。

我が胸の燃ゆる思ひにくらぶれば
　煙はうすし桜島山　平野国臣

一度死んだ男は強くなった。西郷は、奄美大島に流罪。名家の娘・愛加那と結婚。菊次郎と菊草の子を持った。後、国を動かす人物として活躍する。幕府を倒して明治政府を樹立したが、彼は新政府を離れて薩摩に戻った。そして薩摩士族と新政府の間で西南戦争が勃発。西郷は政府軍の銃弾を受け、敗退の途中、「もうここいらでよか」の言葉を残して逝った。西郷と江戸城無血開城を実現させた勝海舟の「西郷を詠む」碑が南洲墓地に建つ。

ぬれぎぬを干そうともせず子供らが
　なすがまにまに果てし君かな　勝海舟

また、隆盛の娘を歌うわらべ歌「一かけ　二かけて　三かけて　四かけて　五かけて　橋をかけ　橋のらんかん　手を腰に　はるか向こうをながむれば　十七、八の姉さんが……」のメロディーが、ふっと蘇ってくる。

（2018・11）

87　「君が代」の「さざれ石」

平安時代、藤原朝臣石位左衛門が岐阜県揖斐川町春日にある巨岩を見て、「わが君は千代に八千代にさざれ石の巌となりて苔のむすまで」と詠み、『古今和歌集』に採録された。明治二年（一八六九）に薩摩藩の大山巌が、天皇臨席の儀式用の歌として選び、これを元歌として明治十三年に曲がついて演奏され、「君が代は千代に八千代にさざれ石の巌となりて苔のむすまで」となっていった。歌詞にある「さざれ石（細石）」は、学名は石灰質角礫岩と言い、小石と小石が繋がり、神聖な力を持つ大石となり、やがて苔をつけるとされる。

平成十一年（一九九九）に「君が代」は「国歌」として法制化された。曲誕生から一一九年後、悠久の時を思えば僅かだ。歌詞の「さざれ石」は『万葉集』の戯笑歌に「天地の戯笑の歌の詠み初めは苔むす巌のさざれ石どき」とあるなど、古人の詠みが遺る。それを追う。

池水に岩ほとならむさゞれ石の
　かずもあらはにすめる月影　　藤原雅経

さざれ石のなかの思ひのうちつけに
　燃ゆるとも人に知られぬるかな　　式子内親王

信濃なる千曲の川のさざれ石も
　君し踏みてば玉と拾はむ　　詠み人知らず

さざれ石やなれる岩城の千代の秋　　西山宗因

いわをにはとくなれさざれいしたろう　　小林一茶

さざれ石心の御柱揺ぎなく
　千代に八千代に皇の国　　佐藤一彦

アムールの川の川原のさざれ石を
　ひりひてよせし君を思ほゆ　　正岡子規

注連飾る武甲山の巌さざれ石　　山中伊世子

冬ざれの美濃の国なるさざれ石　　大橋敦子

さざれ、といえば松尾芭蕉に「さざれ蟹足這ひのぼる清水哉」の句がある。

明治十四年の『小学校唱歌集』に、「君が代」は作詞者未詳で載っている。

君が代は／ちよにやちよに／さゞれいしの／巌となりて／こけのむすまで／うごきなく／常盤かきはに／かぎりもあらじ／／

君が代は／千尋の底の／さゞれいしの／鵜のゐる磯と／あらはるゝまで／かぎりなき／みよの栄を／ほぎたてまつる

様々な儀式で「君が代」斉唱。いつ知れずともなく「さざれ石」は人の心の襞に刻まれる。

（2018・12）

88　関ヶ原、西軍武将の辞世

慶長三年（一五九八）に豊臣秀吉が、「露と落ち露と消えにし我が身かな浪速のことは夢のまた夢」の辞世を残して六十二歳で亡くなった。その二年後、慶長五年（一六〇〇）に関ケ原の戦い（岐阜県）が起こった。

徳川家康の「東軍」と、石田三成の「西軍」で戦った。東軍七万に対して西軍十万だった。そこで先に陣を構えた石田勢は、後に到着した徳川勢よりも有利な情勢だった。ところが、合戦が始まる前、黒田長政（官兵衛）らは西軍武将の幾人かに寝返るよう調略していた。案の定、小早川秀秋をはじめ脇坂安治、朽木元綱、小川祐忠、赤座直保、吉川広家らが裏切り、毛利秀元、安国寺恵瓊、長束正家、長宗我部盛親は動かずに、「天下分け目の戦い」は徳川家康の大勝利に終わった。西軍武将の辞世。

筑摩江や芦間に灯すかがり火と
　ともに消えゆく我が身なりけり　　石田三成

春秋の花も紅葉もとどまらず
　人も空しき関路なりけり　　島津義弘

名の為に棄つる命は惜しからじ
　つひにとまらぬ浮世と思へば　　平塚為広

契りあれば六つの衢に待てしばし
　遅れ先だつことはありとも　　大谷吉継

み菩薩の種を植えけんこの寺へ
　みどりの松のあらぬ限りは　　宇喜多秀家

この五武将ほか、西軍として筋を通した武将は、「治部少に過ぎたるものが二つあり島の左近と佐和山の城」と詠われた島左近を筆頭に、蒲生郷舎、島津豊久、小西行長、大谷吉勝、木下頼継、戸田重政などだった。

関ケ原の後、元和二年（一六一六）に徳川家康が、「嬉しやと再びさめて一眠り浮き世の夢は暁の空」と詠んで七十三歳の生涯を閉じたが、「徳川三百年の泰平の世」は続き、慶応四年（一八六八）九月八日より「明治」に改元され、江戸幕府第十五代征夷大将軍の徳川慶喜で徳川の世は終わった。慶喜は大正二年（一九一三）に、「この世をばしばしの夢と聞きたれどおもへば長き月日なりけり」と詠んで七十六歳の大往生を遂げた。

歴史は面白いもので、近年「関ケ原」の首謀者は大谷吉継では、との説が現れた。吉継は最前線で戦死しているが、それは彼がハンセン病を患っていて、畳の上の死より戦場での死を望み、最後に一花咲かそうとしたのでは、ということのようだが、家康打倒の「内府ちかひの条々」に「三成の署名が無い」ことに拠る。

（2018・12）

89　五・一五海軍青年将校らの軌跡

　五・一五事件とは、昭和七年（一九三二）五月十五日、海軍の青年将校らが武装して総理官邸に乱入し、犬養毅首相を射殺した事件。この事件は古賀清志（海軍中尉）と中村義雄（海軍中尉）が計画立案し、大川周明（思想家）、橘孝三郎（農本主義者）らを巻き込んで首相に銃を向けた。官邸への襲撃には三上卓（海軍中尉）、山岸宏（海軍中尉）、村山格之（海軍少尉）、黒岩勇（海軍少尉）ら九名が乱入。黒岩が腹部、三上が頭部を銃撃するも、致命傷にはならず、犬養は「まあ待て、まあ待て、話せばわかる。話せばわかるじゃないか」と言うと、山岸の「問答いらぬ。撃て。撃て」の叫びに黒岩が撃ち、三上も撃った。駆けつけた人に、犬養は血を吐きながら「心配するな」と言い、「九発撃って三発しか当たらぬとは、軍はどういう訓練をしているのか」と腕を嘆いて亡くなったという。

　海軍将校らは、志を同じくする士官学校本科生や民間人などを加えて、首相ほか内大臣官邸、銀行、変電所、政党本部、警視庁などを襲撃し〝暗黒の東京〟を試みたが、一万人余の警察官が徹夜で東京の警戒に当たる中、次第に憲兵隊本部に自首する者が出るなど、関係者の検挙もあって終息に向かった。事件の余韻は十一月初めまで続いた。後継首相の選定で西園寺公望は〝政党内閣〟を断念し、穏健な人柄の斎藤実元海軍大将を推薦した。

　叛乱将校・三上卓の作詞・作曲「青年日本の歌」の一部を抄録。歌詞は、土井晩翠の詩集『天地有情』と、大川周明作詞「則天行地歌」の影響が大きいと言われる。

　ああ人栄え国亡ぶ／盲たる民世に踊る／治乱興亡夢に似て／世は一局の碁なりけり／／昭和維新の春の空／正義に結ぶ丈夫が／胸裡百万兵足りて／散るや万朶の桜花／／見よ九天の雲は垂れ／四海の海は雄叫びて／革新の機到りぬと／吹くや日本の夕嵐／／功名何ぞ夢の跡／消えざるものはただ誠／人生意気に感じては／成否を誰かあげつらふ

　時代の要請だったのか、「五・一五」は日本ファシズム台頭の契機になった。歌を拾う。

卑怯なるテロリズムは老人の
　首相の面部にピストルを打つ　　斎藤茂吉

落ちつきて話せとしいふ老人に
　ピストル打ちしは日本軍人なり　　榛原聖一郎

あの時代、人間は洗脳されていたのだろうか、謀略、殺戮が当たり前、まさに時は笊だったようで、ぶちまけられた汚水が澄むまで待つしかなかったようだ。

（２０１８・12）

90　二・二六陸軍青年将校らの辞世

二・二六事件は、昭和十一年（一九三六）二月二十六日早朝、急進的な陸軍の青年将校らが一五〇〇名近い下士官を率いて蜂起。斎藤実内大臣、高橋是清蔵相、渡辺錠太郎教育総監を射殺し、国会、首相官邸などを占拠したクーデター未遂事件。二十七日、戒厳令が敷かれた。二十八日、原隊復帰の「奉勅命令」が出され、二十九日、反乱は終わった。

彼らは〝昭和維新〟の実現をと決起したが、占拠から騒擾、叛乱、鎮圧まで〝三日騒乱〟だった。首謀者十九人は銃殺された。主だった栗原安秀・河野壽・安藤輝三・野中四郎・村中孝次・磯部浅一・香田清貞・西田税（みつぎ）・北一輝（いっき）ら九人の辞世を追ってみる。

道の為身を尽したる丈夫の心の花は
　高き咲きける　　栗原安秀（陸軍中尉、二七）

あお嵐過ぎて静けき日和かな　　河野　寿（陸軍大尉、二八）

尊皇の義軍やぶれて寂し春の雨　　安藤輝三（陸軍大尉、三一）

我れ狂か愚か知らず一路遂に奔騰するのみ
　　野中四郎（陸軍大尉、三三）

維新ノ為メニ戦フコト四周星今信念ニ死ス不肖ノ死ハ
即チ維新断行ナリ男子ノ本懐事亦何ヲカ言ハン
　　村中孝次（元陸軍大尉、三二）

天つ神国つみ神の勅をはたし
　天のみ中に我らは立てり
　　磯部浅一（元陸軍主計、三二）

ひたすらに君と民とを思ひつゝ
　今日永えに別れ行くなり
　　香田清貞（陸軍大尉、三四）

限りある命たむけて人と世の
　幸を祈らむ吾がこゝろかも
　　西田　税（思想家、三四）

若殿に兜とられて負け戦　　北　一輝（思想家、五四）

ラジオから戒厳司令部の「兵に告ぐ」などが放送され、彼らは「反乱軍」として鎮圧された。

しかしこの事件が、日本が軍国主義へ向かうターニングポイントになった。詠まれた句と歌を読む。

兵に告ぐ読み熱涙の雪におつ　　嶋田青峰

暴力のかく美しき世に住みて
　ひねもすうたふわが子守うた　　斎藤　史

（2018・12）

慶応義塾大学は、中津藩士の福沢諭吉（一八三五〜一九〇一）が、安政五年（一八五八）に東京の藩邸に開いた「蘭学塾」が起源。慶応四年（明治元年＝一八六八）の塾移転の際、年号を採って「慶応義塾」とした。

また早稲田大学は、佐賀藩士の大隈重信（一八三八〜一九二二）が、蘭学校の北門義塾の意志を継いで明治十五年（一八八二）に東京専門学校を設立。後、明治三十五年、大学昇格を機に、校名を大隈が暮らす「早稲田村」に拠ったとされる。九州男児二人が、二大私学を開学した。

二人の幼い頃の母との関わりを追ってみる。

諭吉は、五人兄姉の末っ子に生まれ、一歳半の時に父親が病気で亡くなった。母・お順は五人の子を女手一つで育てた。彼の『学問のすゝめ』に母の深い愛情と優しい姿が記されている。あるエピソードでは、誰もが嫌がり、寄りつかない乞食娘を母は良く面倒を見ていた。娘が来ると、いつも縁側に座らせてシラミを取ってあげた。そのシラミを小石で潰す役が諭吉だった。ある日、彼が「気分が悪くなりました」と横を向くと、母は「（その娘が来るのは）シラミを取ってもらうと気持ちがいいからでしょ、自分では取れないんですよ」と言い、「できる人ができない人のためにしてあげる、これは当たり前のこ

91　ふたりの母は、やはり偉大

とでしょ」と諭した。この原点があるからこそ「天は人の上に人をつくらず、人の下に人をつくらず」や、「人に貴賤はないが勉強したかしないかの差は大きい」などの名言が出てきたのだろう。彼は「徳育」を大事にした。

重信は、幼い頃はすぐに泣く甘えん坊で母っ子だった。五人弟妹の長男で、十二歳の時、父が突然亡くなった。しかし母・三井子は気丈に女手で子を育てた。子育てではいくら狼藉しても責めたり、叱ったり、咎めたり一切しなかった。ただ五つの教え「①ケンカをしてはいけません　②人をいじめてはいけません　③いつも先を見て進みなさい　④過ぎたことをくよくよ振り返ってはいけません　⑤人が困っていたら助けなさい」を子らに伝えた。家に子の友が遊びに来ると、心から歓待して手料理を振る舞った。とにかく人を愛した母の心根が、彼の政治にも影響を与えていたようだ。二度の総理大臣を務め、暴漢に襲われて右足を失っても、「愛国の精神をもって行動したる志士なり」と暗殺未遂犯を称賛した。これは母の底知れぬ人類愛を受け継いだもののように思える。

ふたりの母は、やはり偉大である。子は母の教えを守って〝両雄並び立〟っている。

（２０１９・１）

92 小次郎、又兵衛はキリシタン

豊前国に二武将の足跡が残る。豊前小倉藩の剣術指南役だった「燕返し」の佐々木小次郎（〜一六一二）と、黒田家に仕えていたが「大坂城五人衆」の一人として非業の死を遂げた豪傑・後藤又兵衛（基次、一五六〇〜一六一五）だ。二人は同じ時代を生きた武将。豊前の地を歩んだ二人が、共にキリシタンだった話が密かに伝わる。

小次郎は、豊前国副田庄（現福岡県添田町）、または越前国宇坂庄（現福井県福井市）などの出生とも言われるが定かではない。彼は初め安芸国の毛利家に仕えるが、武者修行のために諸国を遍歴し、流派「巌流」を創始して小倉藩に仕えた。また、高山右近や細川ガラシャとの奇しき縁で、キリシタンの道を歩いていたようだ。キリシタンとの噂が原因で宮本武蔵（一五八四〜一六五四）との「巌流島の決闘」が仕組まれたとも言われる。当時の小倉藩は細川家の支配下だった。禁教令が厳しくなる中、剣術師範の「小次郎キリシタン」発覚を恐れて「舟島」で天下一を真剣で競わせた。小次郎「三尺の白刃」と武蔵「木刀の一撃」の勝負は武蔵が勝利した。

しかし、後の世、小次郎の死因が様々に取り沙汰される。ともあれ細川家としては「小次郎キリシタン」を公式試合で抹殺することができたようだ。

又兵衛は、播磨国神東郡山田村（現兵庫県姫路市）に生まれ、黒田官兵衛（孝高＝如水）に仕え「黒田二十四騎」、「黒田八虎」などと呼ばれ、多くの軍功を挙げた。晩年は豊臣秀頼に仕えて、真田幸村らと共に武人の鏡としての生涯を終えた。その間、黒田長政との折り合いが悪く、黒田家を出奔し、細川家を頼ったが、長政から「奉公構」がなされて退去。その他の藩にも仕官叶わず流浪の旅を続けた。その彼がキリシタンだった記録が残る。官兵衛がキリシタンだった影響もあり、「又兵衛キリシタン」も不思議ではない。フランス人外交官レオン・パジェス（一八一四〜八六）の『日本切支丹宗門史』に「サナダ・ヨイチ（真田幸村）異教徒、ジャン・アカチカモン（明石掃部）キリスト教、ゴト・マタビョウエ（後藤又兵衛）背教者」の記述が残る。又兵衛は背教者、つまり切支丹信仰に背いた棄教者ということだ。

小次郎の妻ユキはキリシタン信者。小次郎の遺髪を抱いて山陰の地（山口県阿武町）に逃れ、隠れ住み、「古志らう」と刻む遺髪墓を建てて守った。又兵衛の位牌は、元和二年（一六一六）、三男の佐太郎によって建立された曹洞宗・多聞寺（兵庫県加西市）に祀られた。

（2019・2）

静岡県三島市の龍沢寺（りゅうたくじ）の禅僧・山本玄峰（げんぽう）（一八六六〜一九六二）は、和歌山県田辺市で生まれ、近代史に大きな影響を与えた人物。玄峰老師は北条時頼の和歌「心こそ心迷わす心なれ　心に心　心許すな」を引き、「性根玉を磨け、陰徳を積め」が口癖だった。それに「死んでから仏になるはいらぬこと　この世のうちによき人となれ」や、「力で立つものは力で滅びる。金で立つものは金で滅びる。徳で立つものは永遠じゃ」など含蓄の言葉を遺す。

彼は盥（たらい）に入って旅館前に捨てられていた。岡本善蔵夫妻に拾われ岡本芳吉と名乗った。幼い頃は癇（かん）が強く、「感応丸」と呼ばれる暴れん坊。筏流しの肉体労働などに従事していたが、二十歳の頃、眼を患い失明。治療祈願に四国霊場の旅に出た。素足で巡礼をした逸話も残る。巡礼の途中、高知県高知市の雪蹊寺（せっけいじ）の門前で行き倒れた。山本太玄和尚に助けられて寺男になった。修行を重ねて得度出家、玄峰の号を受けた。後、雲水として全国の寺を再行脚。さらに昭和元年（一九二六）からはアメリカ、イギリス、ドイツ、インドなど諸外国訪問の旅に出た。帰国後、臨済宗の管長となり、龍沢寺の住職となった。

昭和の時代、時の動きの中、多くの政治家や著名人が寺を訪れた。老師の「時」に添う姿を追ってみる。

93——無条件で戦争に負けることじゃ

昭和二十年一月、彼は「日本をどうするか」と世に問うた。弟子の一人である異能実業家の田中清玄（一九〇六〜九三）の「戦争を止めるしかありません」に、「練り直しだ」と追い返した。答えが出ないでいると、本土決戦や聖戦続行は我執に囚われているだけで、決して国を救うことにはならないという想いの老師は、「無条件で戦争に負けることじゃ」と喝破した。

三月、鈴木貫太郎と会談した老師は、無条件降伏を勧め、天皇は国家の「象徴」であることを示唆して「事態を収拾できるのはあなた」と言った。やがて鈴木に「終戦内閣の大命」が下り、「ポツダム宣言」を受諾することになった。老師は鈴木に「書簡」を送った。

八月十五日、昭和天皇は日本の降伏を「玉音放送」で国民に伝えた。この終戦詔勅の「耐え難きを耐え、忍び難きを忍び」のお言葉は、老師が鈴木に送った「書簡」の一節から採られたものだと言われる。

老師は「法に深切、人に親切、自身には辛節」と言われた。晩年は「人間狂言の幕を閉じよう」と言い、遺書には「正法興るとき国栄え、正法廃るとき国滅ぶ」と記した。老師の遺す多くの言葉に徳を見る。

（２０１９・２）

94　聖徳太子「十七条憲法」を尊重

元号「令和」の考案者とされる国文学者の中西進さん（一九二九〜）は、地方講演で「令和」の「令」は「秩序を持つ美しさ、麗しさ」で、「和」は聖徳太子の十七条憲法の「和をもって貴しとなす」に繋がると解説。そして「十七条憲法」が外国との激しい戦争を経験した直後に作られ、今の「日本国憲法（一〇三条）」制定時と時代背景がよく似ていると指摘し、「故国を喪った人々が力を合わせて平和憲法を作った。非常に崇高な願いをもっている」と語って、「代々の宰相は十七条憲法を尊重している」と、彼は「国民の一人として」呼びかけた。

十七条憲法は聖徳太子（五七四〜六二二）が六〇四年に制定。そして全十七条は日本伝存最古の正史『日本書紀』（七二〇年成立）に記述されている。

条文を追ってみる。

夏四月丙寅朔戊辰、皇太子親肆作憲法十七条。

（皇太子、親から肇めて憲法十七条作りたまふ）

一曰（一に曰く）以和為貴（和を以て貴しと為し）無忤為宗（忤うこと無きを宗と為よ）人皆有党（人皆党あり）亦少達者（亦達れる者少し）是以或不順君父（是を以て、或いは君父に順わず）乍違于隣里（乍隣里に違う）然上和下睦（然れども、上和ぎ下睦びて）諧於論事（事を論ずるに諧えば）則事理自通（則ち事理自ずから通ず）何事不成（何事か成らざらん）

日本国民の原点ともいう、第一条「和を以て貴しとなす」から始まる条文を現代語訳でみる。第二条「厚く三法（仏・法・僧）を敬へ」、第三条「詔（天皇の命令）を承りては必ず謹め」、第四条「礼（礼儀）を以って本とせよ」、第五条「饗（賄賂）を絶ち欲することを棄て、明に訴訟を弁めよ」、第六条「悪しきを懲らし善を勧むる」、第七条「七に曰く、人各任（得手不得手）有り」、第八条「群卿百寮、早く朝りて晏く退でよ」、第九条「信（嘘のない真）は是義の本なり」、第十条「忿（怒りを表に出さず）を絶ち」、第十一条「功と過を明らかに察て、賞罰を必ず当てよ」、第十二条「国に二君非く、民に両主無し」、第十三条「諸の官（部下）に任せる者は、同じく職掌（仕事の熟知）を知れ」、第十四条「群臣百寮、嫉み妬むこと（嫉妬心）有ること無かれ」、第十五条「私を背きて公に向くは、是臣が道なり」、第十六条「民を使うに時を以てするは、古の良き典なり」、第十七条「夫れ事独り断む（独断）べからず」。一四〇〇年を超えてなお、社会に生きる者への教訓を示し続けているようだ。

（2019・5）

95　八人の女性天皇がいた

二〇一九年五月一日、元号が「令和」になった。元号は二四八番目で、今上天皇（浩宮徳仁）は一二六代目。女性天皇をめぐる議論が始まる。歴史上の女性天皇を調べる。

三十三代・推古天皇（崩御五九二～六二八）、三十五代・皇極天皇（譲位六四二～四五）、三十七代・斉明天皇（崩御六五五～六一）、四十一代・持統天皇（譲位六八六～九七）、四十三代・元明天皇（譲位七〇七～一五）、四十四代・元正天皇（譲位七一五～二四）、四十六代・孝謙天皇（譲位七四九～五八）、四十八代・称徳天皇（崩御七六四～七〇）、一〇九代・明正天皇（譲位一六二九～四三）、一一七代・後桜町天皇（譲位一七六二～七〇）の十代で八名（斉明は皇極、称徳は孝謙の重祚（同一人物））の女性が即位。

かつて、ごく普通の生活では「神武、綏靖、安寧、懿徳、孝昭、孝安……」と、初代からの天皇名がスルスルと口を衝いて出ていたという。国民は皆、学んでいたようだ。あまりにも遠い存在なのに、何故か、すぐそばにいる、妙な感覚の位置に「天皇」はいたようだ。

今の天皇の〝法〟を見てみる。

「日本国憲法」の第二条「皇位は、世襲のものであって、国会の議決した皇室典範の定めるところにより、これを継承する」とあり、「皇室典範」の第一条に「皇位は、皇統に属する男系の男子が、これを継承する」とある。

昭和二十二年（一九四七）一月十六日制定、五月三日に施行されたものだ。ところで、女性天皇の歌は、明生天皇以外は遺っているようだ。

真蘇我よ蘇我の子らは馬ならば日向の駒太刀ならば
呉の真刀諾しかも蘇我の子らを大君の使はすらしき　推古

君が代も我が代も知るや磐代の
岡の草根をいざ結びてな　斉明

春過ぎて夏きにけらし白妙の
衣ほすてふ天の香具山　持統

これやこの大和にしては我が恋ふる
紀路にありといふ名に負ふ勢の山　元明

橘のとをの橘弥つ代にも吾は忘れじこの橘を　元正

この里は継ぎて霜や置く夏の野に
我が見し草はもみちたりけり　孝謙

陰あふぐたかつの山は春来ぬと
まだきのどかにかすみそめぬる　後桜町

今、女性の時代と言われて久しい。将来、九人目の女性天皇誕生はあるのだろうか。

（２０１９・５）

96　太政官札と藩札

お金にまつわる話を拾ってみる。明治政府は、日本初の全国通用紙幣となる「太政官札」を、慶応四年（一八六八）五月から明治二年（一八六九）五月までに「通用期間は十三年間」として発行した。そして明治十二年十一月までに新紙幣と交換、回収されるまで流通した。

しかし、初め国民は紙幣に不慣れであり、政府の信用も弱かったために流通は困難を極めた。その間、政府は明治四年に通貨単位を「両」から「圓（円）」に切り替えて金本位制を採用した。当時「太政官札」と「藩札」が入り乱れる「紙幣」混乱時代だった。

まず、それまで流通していた「藩札」は、明治初年まで諸藩の財政窮乏救済のために延べ二四四藩が発行していた。江戸初期には「私札」の発行も見られたが、寛文元年（一六六一）に越前国福井藩が最初の「藩札」を発行して以降、諸藩が続いていたもの。藩札発行は幕府の許可が必要で、「領内限りの流通」とした。ただ、幕府の金融政策と衝突もした。

明治期、太政官札と藩札、二種類の「札」が流通する中、「お金を動かす」人物が登場する。とにかく「太政官札」は当初、お金としての信用度は低く、両替商の中には交換を断る者も多数出たと言われるが、「政府発行紙幣」に変わりはなかった。

初めに三菱財閥創業者の岩崎弥太郎（一八三五〜八五）が登場する。幕末動乱期、廃藩置県の動きの中、幕藩体制下で通用していた「藩札」が紙屑同然になってゆくのを、「全部、買い取ってやる」と岩崎。そして借金をして用意した「太政官札」で買い漁った。人々は「紙屑を買うバカがいる」と嘲笑していたが、「政府が藩札を買い上げて後始末をする」ことになり一変、「藩札は全て正当な値段」で買い上げられ、莫大な利益を生んだ。

次に安田財閥創設者の安田善次郎（一八三八〜一九二一）は「太政官札」を巨万の富に替えた人物。政府の「太政官札」乱発で信用不安を起こしていたが、「政府保証の紙幣だから政府が倒れない限り安定した価値になるはず」との判断で、私財を打ち込んで太政官札を買い占めた。世の中が落ち着くと、政府は「太政官札と正貨の等価交換を義務付ける」法律を定めた。一瞬で「不良債権の太政官札は膨大な益を生む優良資産」に大化けした。

「太政官札」は時代のあだ花のようだが、「藩札の回収」に成功。通貨発行権を「政府」が握るなど「お金のいい使い道を示した」政策だったようだ。

（2019・7）

第3章　文学を知る

97 作家のペンネーム由来

多くの作家がペンネームを使っている。複数の筆名を使い分ける猛者もいるようで面白い。本名から隠れる名の由来がいい。

▼夏目漱石（夏目金之助）……自然体で生きる意味を持つ中国故事「枕石漱流」から

▼二葉亭四迷（長谷川辰之助）……父親から「くたばってしめぇ！」と罵倒されて

▼江戸川乱歩（平井太郎）……米国のミステリー作家エドガー・アラン・ポーから

▼司馬遼太郎（福田定一）……大歴史家「司馬遷」には「遼（はるか）」に及ばないと

▼石川啄木（石川一）……孤独な療養をおくり、病弱な自分を慰めてくれた啄木鳥が好きで

▼直木三十五（植村宗一）……本名の「植」を二分して使い、数字は年齢

▼大仏次郎（野尻清彦）……鎌倉の大仏の裏に住み、大仏が太郎なら自分は次郎と

▼浅田次郎（岩戸康次郎）……新人賞予選通過作品の主人公の名をそのまま

▼源氏鶏太（けいた）（田中富雄）……平家よりも源氏が好き、鶏肉も好きで

▼堺屋太一（池口小太郎）……先祖の堺商人の屋号「堺屋」と名前の「太」をとり

▼早乙女貢（鐘ヶ江秀吉）……若い娘に金品を貢ぐ

▼新田次郎（藤原寛人）……長野県上諏訪町（現諏訪市）角間新田（かくましんでん）出身の次男だから

▼城山三郎（杉浦英一）……新婚時代の家の住所が名古屋の城山、転居が三月で

▼泡坂妻夫（厚川昌男）……本名（あつかわまさお）を並べ替えたアナグラム

▼山手樹一郎（井口長次）……山手線沿いに住み「山手線一郎」の一字を「樹」に替え

▼石田衣良（いら）（石平庄一）……相手に姓（石平（いしだいら））を答えればいいと

▼海音寺潮五郎（末富東作）……夢の中で「海音寺潮五郎」と呼ばれたので

▼夢枕獏（米山峰夫）……中国の伝説の動物「獏」は夢を食べるから

まだあるが、これくらいにしておこう。しかし芥川龍之介、池田満寿夫、井上靖、川端康成、大江健三郎、五木寛之、渡辺淳一などは本名。隠れてない人も多い。

（2015・8）

98　二人の原爆詩

原爆詩人は広島に「にんげんをかえせ」の峠三吉（一九一七～五三）と「生ましめんかな」の栗原貞子（一九一三～二〇〇五）、それに「原爆小景」の原民喜（一九〇五～五一）がいて、長崎には『原子野（げんしや）』の福田須磨子（一九二二～七四）がいた。原と福田、被爆の後遺症と闘いながら紡いだ、二人の原爆詩を掬ってみる。

　コレガ人間ナノデス　　　原　民樹

コレガ人間ナノデス／原子爆弾ニ依ル変化ヲゴラン下サイ／肉体ガ恐ロシク膨張シ／男モ女モスベテ一ツノ型ニカヘル／オオ　ソノ真黒焦ゲノ滅茶苦茶ノ／爛レタ顔ノムクンダ唇カラ洩レテ来ル声ハ／「助ケテ下サイ」／ト　カ細イ　静カナ言葉／コレガ　コレガ人間ナノデス／人間ノ顔ナノデス

これは九編から成る構成詩「原爆小景」にある最初の詩。原は、慶大卒業後、ダダイズム風の詩人として出発。小説を『三田文学』などに発表。また臨時英語講師なども務め、戦中、郷里の広島に疎開。

八月六日、生家の便所にいて被爆、家は倒壊した。体調が思わしくない中、原爆投下の惨状を綴ったメモをもとにして『夏の花』を書いた。

しかし厭世観や慢性的な体調不良を苦に、国鉄中央線で鉄道自殺をした。四十六歳だった。

　ひとりごと　　　福田須磨子

何も彼も　いやになりました／原子野に　きつ立する巨大な平和像／それはいい　それはいいけれど／そのお金で　何とかならなかったのかしら／〝石の像は食えぬし、腹の足しにならぬ〟／さもしいと　いって下さいますな／原爆後十年を　ぎりぎりに生きる／被害者の　偽わらぬ心境です（略）

これは『原子野』の冒頭に収められた詩。福田は、長崎高女卒業後、代用教員などを経て長崎師範会計課に勤務。八月九日、学校の小使い室で被爆、家族は爆死。病とともに生きる闘いが始まり、培われたのは人間不信だった。昭和三十年（一九五五）八月、『朝日新聞』「ひととき」欄に彼女の「ひとりごと」が掲載された。被爆者として平和運動に関わり、『われなお生きてあり』を発表。病室で五十二年の生涯を閉じた。

二人の言葉は、生活の記録かもしれないが、病との闘いの中で生み出されてきた命の記録でもあろう。

二人の救われることのない命だっただけに、救いの言葉になっている。

（2015・11）

99　原爆川柳——名前を橋に書いて

何気なくネット検索に「原爆川柳」と入力、クリック。すると「森脇幽香里の世界 川柳ホームページ」が出て、開くと「柳歴及び略歴」の紹介があった。追ってみる。

森脇幽香里（本名・馬場文代、一九〇八〜二〇〇三）は、明治四十一年、広島市で生まれ、昭和二年（一九二七）、十九歳から父の主宰する川柳会に投句を始めた。後「福助」、「グリコ」、「サントリー」などの広告を担当した大正・昭和の川柳作家・岸本水府（一八九二〜一九六五）の指導を受けることとなる。

多くの句作を残し、九十四歳で永眠するまで川柳に関わり続けた女性だった。著書に『きのこ雲』、『あめりか川柳』などがある。彼女の原爆川柳を見る。

昭和二十年八月六日、朝、二児の母である幽香里さんは出勤のため貨車で広島駅に向かっていた。貨車が広島駅ホームに滑り込んだ途端、ピカッと光り、爆風で貨車から振り落とされた。そこで見たものは鉄骨ばかりになった駅舎だった。その時の景色が言葉に残った。

「灰浴びた逆髪のまま逃げまどい」「逃げまどう両手に焼けた皮膚が垂れ」「閃光の一瞬に目も肌も焼け」「生きている一分の息で母を呼び」「水槽に首突っ込んで死んでおり」「生きていた名前を橋に書いて死に」など。

二人の子供さんは火傷を負い、家に帰って来た。

「街の火は今夜も死体焼いている」「人を焼くにおいの中で寝る闇夜」「原爆と知り焼け跡へ人とだえ」「焼け跡の風に遺髪の玉走り」「抜け髪のタボがさまよう中心地」「ヒロシマの水漬く屍となった川」など。

彼女の生涯は川柳とともにと言っていい。

昭和四十年代、スイスのチューリッヒで日瑞親善。五十年代、オーストラリアのシドニーに住み日豪親善。さらにアメリカのロサンゼルスで日米親善に努めた。

シアトルの北米川柳吟社からは、川柳指導奉仕への感謝状が贈られた。六十年代は広島市から文化功労者として表彰を受け、広島県湯来町に「涅槃までわき見道草して歩き」の句碑の建立もなった。

広島の廃墟から子を守り、生き抜いた川柳魂を思う。

「たんぽぽの種ふんわりと旅にたち」「神様にもらう月夜の美しさ」「死ぬときは孔雀も羽をおいて死に」「人も木もそびえてからの風あたり」「母という姿子に泣き子に笑い」「童心はスイスも同じ爪を揚げ」など。

彼女は晩年、「何ごともなかったようにともに老い」と詠んだ。彼女らしい川柳だ。

（２０１６・１）

100　命の詩人・塔和子

塔（とう）和子さんは十三歳から亡くなる八十三歳まで、香川県高松市沖の瀬戸内海に浮かぶ大島のハンセン病国立療養所大島青松園で、七十余年、こつこつと命の詩を書き続けた。初詩集『はだか木』（昭和三十六年）刊行以来、高見順賞受賞の詩集『記憶の川で』（平成十一年）など、二十冊を超える詩集や著作を刊行。

彼女の「希望よあなたに」の詩を抄録する。

見栄　ていさい　卑屈　ひがみ　うらみ／そんな肌寒くなるようないやなものは／ぎらぎらした脂肪で面の皮があつくなった／あざらしに食わせろ／かんしゃく　ヒステリー　依頼心／この努力や思考の根の切れた無意味なものは／木の上で身動きもしないグロテスクな／なまけものに食わせろ／邪心　疑心　ひねくれ根性／この性悪な／悪夢と幻想のばけものは／とろりとした目で獲物を追うばくに食わせろ／そして　広くなった世界で／てつの意志をもって（略）

塔和子（本名・井土ヤツ子、一九二九～二〇一三）は、昭和四年、愛媛県西予（せいよ）市に生まれ、病気は途中で完治するも療養所で生涯を過ごした。命の詩人として、TVドキュメント（不明の花）、映画（風の舞）、TVスペシャル（生きた証し）、ラジオスペシャル（魂の共鳴り）などに出演した。平成十六年には、天皇・皇后両陛下とも歓談された。詩人の大岡信は、彼女の詩集の帯に「悲しみや絶望を見つめ尽くした人の前で、身のまわりの一切の事物は、なんというかけがえのない命の露となって光っていることだろう」という詞を贈っている。

故郷に彼女の二つの記念碑が建立され、その一つに、次の「胸の泉に」が刻まれている。

かかわらなければ／この愛しさを知るすべはなかった／／この親しさは湧かなかった／この大らかな依存の安らいは得られなかった／／この甘い思いや／さびしい思いも知らなかった／／人は関わることからさまざまな思いを知る／子は親とかかわり／親は子とかかわることによって／／恋も友情も／かかわることから始まって／かかわったが故に起こる／幸や不幸を／積み重ねて大きくなり／繰り返すことで磨かれ／そして人は／人の間で思いを削り思いをふくらませ／生をつづる／／ああ／何億の人がいようとも／関わらなければ路傍の人／私の胸の泉にも／枯れ葉一枚も／落としてはくれない

塔さんは、女優の吉永小百合さんが慕い続ける詩人。

（２０１６・１）

101　心の詩人・八木重吉

東京都町田市にある「八木重吉記念館」は、「おそらく日本一小さい記念館」と館のHPで紹介する。

昭和五十九年（一九八四）に甥（八木藤雄）が、生家の敷地内にある土蔵を改造して建てた私設記念館。

重吉の詩稿や書、写真、詩集、全集などの遺稿が展示され、重吉ファンをはじめ全国から教育関係者などが訪ねてくるという。いくつか詩を拾う。

「花」花はなぜうつくしいか／ひとすじの気持ちで咲いているからだ

「心よ」こころよ／では　いっておいで／／しかし／またもどっておいでね／／やっぱり　ここが　いいのだに／／こころよ　では　行っておいで

「雲」くものある日／くもは　かなしい／／くものない日／そらは　さびしい

「ねがひ」人と人とのあいだを／美しくみよう／わたしと人のあいだを／うつくしくみよう／疲れてはならない

「太陽」太陽をひとつふところへいれてゐたい／てのひらへのせてみたり／ころがしてみたり／腹がたったら投げつけたりしたい／まるくなって／あかくなって落ちてゆくのをみてゐたら／太陽がひとつほしくなった

明治三十一年生まれの八木重吉（一八九八〜一九二七）は、「夭折の詩人」、「信仰の詩人」と言われ、短い詩が多く、二千二百余の詩稿があるといわれる。東京高等師範英語科に在学中、聖書を耽読し、内村鑑三の著書に感化を受けてキリスト教徒となる。卒業後は教員となり、大正十一年（一九二二）の結婚後は詩作と信仰に心血を注ぎ、初詩集『秋の瞳』を刊行後、体調を崩して結核と診断。病臥の中、第二詩集『貧しき信徒』の発刊を見ずに二十九歳の生涯を閉じた。

「うつくしいもの」わたしみずからのなかでもいい／わたしの外の　せかいでも　いい／どこかに「ほんとうに　美しいもの」は　ないのか／それが　敵であっても　かまわない／及びがたくても　よい／ただ　在るといふことが　分かりさへすれば、／ああ　ひさしくも　これを追ふにつかれたこころ

八木の詩碑は、東京（「素朴な琴」「ふるさとの川」「ねがひ」）、神奈川（「飯」「蟲」）、兵庫（「夕焼」「幼い日」）、千葉（「原っぱ」）、愛知（「花」「ひびいてゆこう」）に建つ。

彼は自身の詩について「ひとつひとつ十字架を背負ふてゐる」（「私の死」）と言う。その真摯さが読む者の心を洗う。心の詩人であるようだ。

（２０１６・１）

東日本大震災の頃、TVコマーシャル（ACジャパン）で埼玉の詩人・宮沢章二さんの詩の一節が使われた。

「こころ」はだれにも見えない
けれど「こころづかい」は見える
「思い」は見えない
けれど「思いやり」はだれにでも見える

大正八年、宮沢章二（一九一九～二〇〇五）は、埼玉県羽生市に生まれ、東大文学部卒業後、高校教諭を経て詩や歌詞の創作に専念。童謡、歌曲、合唱曲、校歌など多くを手掛け、特に校歌は三百校余り創ったと言われる。日本童謡賞や赤い鳥文学賞などを受賞。作風から「風と光の詩人」と呼ばれ、八十六歳で没。冒頭のCMの言葉は、「行為の意味」という詩の中から採られている。

――あなたの〈こころ〉はどんな形ですか／と　ひとに聞かれても答えようがない／自分にも他人にも〈こころ〉は見えない／けれど　ほんとうに見えないのであろうか／／確かに〈こころ〉はだれにも見えない／けれど〈こころづかい〉は見えるのだ／それは　人に対する積極的な行為だから／同じように胸の中の〈思い〉は見えない／けれど〈思いやり〉はだれにでも見える／それも人に対する積極的な行為なのだから／あたたかい心が　あたたかい行為になり／やさしい思いがやさしい行為になるとき／〈心〉も〈思い〉も　初めて美しく生きる／――それは　人が人として生きることだ

彼の優しさが言葉一つ一つに表れている。

また、彼の軌跡を追って驚いた。クリスマスに歌われる「ジングルベル」の訳詞は数多くあるが、戦後の〝宮沢作詞〟が一般的だそうだ。

走れそりよ　風のように／雪の中を　軽く早く／笑い声を　雪にまけば／明るいひかりの　花になるよ／ジングルベル　ジングルベル　鈴が鳴る／鈴のリズムに　ひかりの輪が舞う／ジングルベル　ジングルベル　鈴が鳴る／森に林に　響きながら／／

走れそりよ　丘の上は／雪も白く　風も白く／歌う声は　飛んで行くよ／輝きはじめた　星の空へ／ジングルベル　ジングルベル　鈴が鳴る／鈴のリズムに　ひかりの輪が舞う／ジングルベル　ジングルベル　鈴が鳴る／鈴のリズムに　ひかりの輪が舞う

クリスマス、子どもらの乗るトナカイの橇（そり）に、光の詩人も乗って翔けて行くようだ。

（２０１６・１）

102　光の詩人・宮沢章二

103　星の詩人・尹東柱

韓国で国民的詩人と慕われ、北朝鮮でも評価を受ける尹東柱（一九一七〜四五）は、二十七歳で天の星になった。彼は昭和十六年（一九四一）、延禧専門学校（現延世大学）卒業後、父から日本留学を勧められ、立教大学、後に同志社大学文学部に入学。

ところが昭和十八年、〝独立運動〟をしたとして治安維持法違反の嫌疑で逮捕、起訴され、懲役二年の判決で収監された。そして昭和二十年二月十六日、福岡刑務所で原因不明の獄死。絶命前、獄中で大絶叫したという。

尹の作品は、昭和五十九年（一九八四）に『空と風と星と詩』が伊吹郷によって日本語に翻訳、紹介された。ただし、いくつかの訳語について、後に適当か否かの論争も起きている。

尹の代表詩「序詞」に二つの訳がある。伊吹訳の方が発表が早かっただけに、日本の教科書などに掲載されて普及しているという。二訳を並べてみる。

▼死ぬ日まで空を仰ぎ／一点の恥辱なきことを、／葉あいにそよぐ風にも／わたしは心痛んだ。／星をうたう心で／生きとし生けるものをいとおしまねば／そしてわたしに与えられた道を／歩みゆかねば／／今宵も星が風に吹き晒される。　（伊吹郷訳）

▼いのち尽きる日まで天を仰ぎ／一点の恥じることなきを、／木の葉をふるわす風にも／わたしは心いためた。／／星をうたう心で／すべての死にゆくものを愛おしまねば／そしてわたしに与えられた道を／歩みゆかねば。／／今夜も星が風に身をさらす。　（愛沢革訳）

初訳の「生きとし生けるものをいとおしまねば」は、後では「すべての死にゆくものを愛おしまねば」となっている。原文（ハングル詩）の直訳は後の方が素直だそうだ。今後、研究が進むだろう。

詩人の茨木のり子は尹を敬愛していた。彼女は「序詞」についての魅力を次のように述べている。

（略）詩人には夭折の特権というべきものがあって、若さや純潔をそのまま凍結してしまったような清らかさは、後世の読者をもひきつけずにはおかないし、ひらけば常に水仙のようないい匂いが薫り立つ。夭折と書いたが、尹東柱は事故や病気で逝ったのではない。（略）

尹の評価は高まり、韓国の延世大学寄宿舎前と日本の同志社大学構内に「尹東柱詩碑」、京都の下宿跡に「尹東柱留魂之碑」が建つ。

日本の地で星になった尹には、人を守る詞がある。

（２０１６・１）

うだ。金子はともかく清水は知らなかった。

清水澄子（一九〇九～二五）は、長野県上田市で中学校教員の父と小学校教員の母の元で生まれ育ち、小学校五年から小説を書き始めたという。だが、高等女学校在学時の十五歳の時、信越本線に飛び込み、鉄道自殺を遂げた。あまりにも短い生涯だった。彼女の遺書を考える。

お父様、お母様、何もかもさようなら。光を求めて永遠の世界に行きます。永遠の世界では、もつと優等な人間として暮らしたく思ひます。私の今……あまりに劣等な人間です。現実といふものがあまりにも厭わしくなつて毎日々々苦しみ通しました。大きくなるにつれて、劣等な人間になりつゝ行くのを見る時、私はほんとうに、生きてをられなくなりました。二年もそれは前でした。それから今まで、死といふことのみ思ひました。しかし人間特有の煮え切らない心をもつた私は、死といふものがあまりに恐ろしくてどうすることも出来ず、ただ一人で苦しみました。私は今、早くこの苦しみから、逃れたいと思つて、永遠の世界に行きます。どうぞ皆様幸福に暮らして下さいませ。（略）お父様、お母様、健康でお暮らしなさいますよう、祈ります。

14・1・7　さようなら　清水澄子

彼女の死後、父は残された詩や随筆を私家本『清水澄子』にまとめた。後、東京の出版社が再編集し『さゝやき』として刊行、ベストセラーに。しかし「自死を美化している」として学校での読書が禁じられたこともあった。山口県長門市生まれの金子みすゞ（一九〇三～一九三〇）は二十六歳で服毒自殺。それに重ね、同時代の夭折の詩人として清水の再評価の動きが出てきた。

また、彼女の詩は、女優・紺野美沙子さんらの朗読詩としても広まってきた。

あなたの心が海ならば／私は船に乗りましょう／そして一人でこぎましょう／／あなたの心が山ならば／私は野草になりましょう／そして一人で咲きましょう／／あなたの心が星ならば／私は星影草になりましょう／そして夕方一人でにおいましょう／／いろんな望みがありますの／だけどあなたの心は／人間だ／／あなたの心が海ならば／あなたの心が山ならば／あなたの心が星ならば

この「心」は、みすゞの世界にも通じる。若くして逝った二詩人の言葉は永遠をたゆたう。

（２０１６・１）

104　夭折の詩人・清水澄子

最近、「西の金子みすゞ、東の清水澄子」と呼ばれるそうだ。

105——森の詩人・野沢一

終戦の年、肺結核に罹り四十一歳で他界した詩人がいる。明治三十七年、山梨県に生まれた野沢一（一九〇四〜四五）である。彼は特異な生涯を送った。

法政大学卒業直前に退学し、森の中の丸太小屋で自給自足の生活を送ったアメリカの作家ヘンリー・D・ソローに倣って、江戸時代に富士八海の一つと呼ばれた山梨の四尾連（しびれ）湖畔に小屋を建て、独り暮らしを始めた。自然に暮らし、自然を詠い、六年近くを過ごした。彼は地元民から「木っ葉（こば）童子」と呼ばれ、天衣無縫の人となりは親しまれた。隠棲に区切りをつけ、書き溜めた詩篇を『木葉童子詩経』として自費出版。後、結婚、二男一女を授かり、旺盛な執筆活動を始めて間もなく斃れた。蟻や鼠、蟋蟀（こおろぎ）の子を炉辺の友とした詩人の「灰」を拾う。

灰を食べましたるかな／灰よ／食べてもお腹をこはしはしないかな／粉の如きものなれども／心に泌みてなつかしいものなれば／われ　灰をたべましたるかな／／しびれのいほりにありて／ウパニイの火をたく時／この世の切なる思ひに／灰を舌に乗せ／やがて寒々と呑み下しますのなり／このいのちの淋しさをまぎらはすこの灰は／よくあたたかきわが胃の中を／下り行くなり／／しづかに古の休息を求め／山椒の木を薪となして／炉辺に坐れば／われに糧のありやなしや／なつかし　この世の限り／この灰は／よくあたたかきわが胃をめぐり　めぐりて／くだりゆくなり

詩人の高村光太郎（一八八三〜一九五六）は『木葉童子詩経』の巻頭に、「木っ葉童子と自称する未見の詩人野沢一氏から二百回に亘って毎日手紙をもらった（略）古今の人物を語り、儒仏を語り、地理地文を語り、草木を語り、春夏秋冬を語り、火を語り、わけても水を語り、墓地を語り、食を語り、女を語り、老僧を語り、石を語り、土を語り、天を語り、象を語り、ついに大龍を語る。甲州しびれ湖畔の自然を語る時、彼の筆は突々として霊火を発する。この詩人の人間に対する愛の深さには動かされた。（略）この木っ葉童子の天来の伊吹に触れた事はきっと何かのみのり多いものとなって私の心の滋味を培うだろう。もう此の叱咤の声も当分きけないので物足らぬ気がする。（略）」の緒言を寄せる。

二人の心の深い絆を思う。

彼は清貧を貫いた詩人として求道者、仙人、世捨て人など変人評価もあるが、詩の風変りな魅力は、近年、作品と解説が『森の詩人』（彩流社）としてまとめられた。

（2016・1）

106　仏の詩人・坂村真民

意識の襞に刻まれた言葉がいくつかある。「念ずれば花ひらく」、この言葉もその一つ。いつ刻まれたのか、わからない。しかし、ふっと出る。意識しないからこそ、何かあった時、関わりのある言葉として出て来るのかもしれない。「念ずれば花ひらく」のルーツを追ってみた。

念ずれば／花ひらく／／苦しいとき／母がいつも口にしていた／このことばを／わたしもいつのころからか／となえるようになった／そうしてそのたび／わたしの花がふしぎと／ひとつひとつ／ひらいていった

念ずるの「念」は「今」と「心」が合わさり、今を思い続けること、が、大切だという。

明治四十二年、熊本県荒尾市に生まれ、仏教詩人といわれた坂村真民（一九〇九～二〇〇六）の言葉だった。彼は昭和六年（一九三一）、神宮皇学館卒業後、朝鮮に渡ったが、引き上げ後、愛媛県で国語教師として教鞭をとり詩作を始めた。坂村真民記念館のある砥部町で「たんぽぽ堂」と称する居を構え、毎朝一時に起床、近くの川で未明の中、祈りをささげる毎日だったという。

彼の言葉は分かりやすく、小学生から財界人まで幅広い人々に愛される。

「存在」ざこは／ざこなり／大海を泳ぎ／われは／われなり／大地を歩く

「大事なこと」真の人間になろうとするためには／着ることより／脱ぐことの方が大事だ／知ることより／忘れることの方が大事だ／取得することより／捨離することの方が大事だ

「タンポポを見よ」順調に行く者が／必ずしも幸せではないのだ／悲しむな／タンポポを見よ／踏まれても平気で／花を咲かせているではないか

「今」大切なのは／かつてでもなく／これからでもない／一呼吸／一呼吸の／今である

「尊いのは足の裏である」尊いのは／頭ではなく／手ではなく／足の裏である／／一生人に知られず／一生きたない処と接し／黙々として／その務めを果たしてゆく／しんみんよ／足の裏的な仕事をし／足の裏的な人間になれ／／頭から／光が出る／まだまだだめ／／額から／光が出る／まだまだいかん／／足の裏から／光が出る／そのような方こそ／本当に偉い人である

全国に「念ずれば」の詩碑が建つ。九十七歳で永眠。彼の紡ぐ言葉は、仏心のよう。いつしか人の心に染んでゆく、仏の詩人と言っていい。

（2016・1）

107　風の詩人・上野壮夫

今、コピーライターといえば花形の職種だろう。誰でもなれるわけではない。そのコピーライターの団体の立ち上げに関わった人物に、特異な経歴の詩人がいた。

この団体は昭和三十三年（一九五八）一月十日、懇親会的色彩の強い「コピー十日会」が、上野壮夫（そうふ）（花王石鹸）を代表として発足。メンバーには菊池孝生（森永乳業）、開高健（寿屋）、土屋耕一（資生堂）、服部清（味の素）、電通、博報堂など十七名が集った。後、昭和三十七年に東京コピーライターズクラブ（TCC）に名称変更し、今日に至っている。

初代会長の上野壮夫（一九〇五〜七九）は「時代の諸相とその未来に鋭敏な眼を持った人」と言われ、十七年間務めた。彼は茨城県つくば市に生まれ、早大露文科に学び詩などを発表後、プロレタリア活動に参加。『戦旗』の編集と運営に情熱を注ぐが、度重なる弾圧で終焉。昭和八年、築地警察署で拷問死した小林多喜二が自宅に戻った際の写真にも写っている。陸軍に幹部候補生として入隊するも前衛的思想を問われ追放、治安維持法により逮捕、収監されたが、公判最終日に転向声明を出して獄中から出た。そんな経歴を背負って苦しい文筆生活を続けるも、生活のため花王石鹸に入社。中国奉天に赴任する。敗戦と戦後の混乱のため一度退社するが、その後コピーライターとして再び花王へ。

上野はどんなに売れっ子になっても自分の文学の出発点を忘れなかった。業界紙にエッセイなどを書く一方、地道な同人誌に詩などを発表した。コピーライター業界の先駆者として多大な功績を残し、癌で七十四歳の生涯を閉じた。詩「私が索（もと）める時」を見る。

薄命の月にてらされ／深い夜のかなたに散る花びら。／ひら　ひら　ひらと／音もなく、たよりなげなる生の羽ばたきだ。／灰のような気流が／上空の方から　吹いていて　この鉱物質の都会の裏には　犬の子一匹いない。／薄命の月にてらされ／ひっそりと横たわるビルディングの影。／と／赭ちゃけた思想のごときものが遠く去り／透明な週末の気配が私をつかむのだ。／地上は乾いた物質におおわれ／夜明けのそよぎもなくて／一切を喪失したわたしは／ただ酷薄なる月に照らされている。

平成九年（一九九七）、次女の堀江朋子は「広告の世界に生きた父は、昭和という時代の風に強く吹かれた人であった」と記す『風の詩人』（朝日書林）を上梓した。

（2016・2）

108　瞬きの詩人・水野源三

「ありがとう」という詩がある。こんな言葉を紡ぐ詩人ってどんな人だろう、と追った。

　物が言えない私は／ありがとうのかわりにほほえむ／朝から何回もほほえむ／苦しいときも　悲しいときも／心から　ほほえむ

　長野県坂城町に生まれ育った水野源三（一九三七〜八四）は、昭和二十一年（一九四六）、九歳の時、赤痢のため重度の脳性麻痺になり、手足の自由が利かず話もできなくなった。見る、聴くはできるが、意思伝達は「瞬（まばた）き」だけになった。母は意思疎通を図るため五十音の文字盤を指す、と彼は目の動きで応答した。十二歳で『聖書』を読みクリスチャンとなり、十八歳から詩作を開始。亡くなるまで純粋詩を紡ぎ続け、「瞬きの詩人」と呼ばれた。

　冷たい水のうまさに夏を感じ／新聞のにおいに朝を感じ／風鈴の音の涼しさに／夕暮れを感じ／／かえるの声はっきりして／夜を感じ／今日一日も終わりぬ／一つ一つの事に／神様の恵みと愛を感じて

（「今日一日も」）

　み神のうちに生かされているのに／自分ひとりで生きていると　思いつづける心を／砕いて砕いて砕きたまえ／み神に深く愛されているのに／ともに生きる人を真実に愛し得ない心を／砕いて砕いて砕きたまえ／み神に罪を赦されているのに／他人の小さな過ちさえも許しえない心を／砕いて砕いて砕きたまえ

（「砕いて砕いて砕きたまえ」）

　彼は、母と父に感謝の詩を幾つも遺している。「父」と「母よ　ありがとう」を採る。

　六十近い父が／自動車教習所に／通い出した／／免許証を貰ったが／一度も運転しないで／天に召されてしまった／／日記には／免許証を取って／源三を乗せたいと／書いてあった

（「父」）

　私の手となり足となり／悲しみ苦しみを一緒になってくれた母／源三を御国（天国）へ送ってからゆきたいといつも話していた母／先にゆくのがすまないと言って早春の朝御国に召されてしまった母

（「母よ　ありがとう」）

　彼は、心からあふれ出る言葉を紡ぎ、「瞬き」で指し示して多くの詩などを残した。また、彼の素敵な笑顔のある映像が『瞬きの詩人』（ＤＶＤ）として制作、市販されているとも聞く。彼の珠玉の一編とほほえみの中には、幸せをひろうヒントがあるかもしれない。

（２０１６・２）

109 —— 世界で最も短い小説

最近は長編小説を読まなくなった。とにかく長い読み物が億劫になっている。それで短編がいい。まさに重厚長大から軽薄短小の時代が長く続き、「超短」の世界に気持ちが向いている。それで「超短編小説」にどんなものがあるだろう、とネット検索を進めると、日本にはあまりなかったが、外国にはいくつか見つかった。

世界で最も短い小説はアーネスト・ヘミングウェイ（一八九九〜一九六一）の、「Six-Words」という六単語からなる「For sale:baby shoes, never worn（売ります：赤ちゃんの靴、未使用）」だそうだ。ほかにもある。

地球最後の男が部屋にいた。そこにノックの音が……
（フレドリック・ブラウン）

目を覚ましたとき、恐竜はまだそこにいた
（アウグスト・モンテロッソ）

血まみれの手で、俺は別れを告げる
（フランク・ミラー）

時間は終わった。昨日で
（ロジャー・ディーリー）

もしイブが妊娠しなかったなら
（エドワード・ウェレン）

マシンを。意外にも私は発明した、タイム
（アラン・ムーア）

ソーラー発電に切り替えた。太陽が新星化した
（ケン・マクランド）

高くつきすぎるぜ、人間のままでいるっていうのは
（ブルース・スターリング）

短い言葉、そのあとの「物語」は自分で想像、楽しみなさい、と突き放す姿勢がいい。

小説は長編、中編、短編とある。短編よりもさらに短い小説は「掌編（しょうへん）」と称され、中河与一が名付けたと言われる。小説のショートショートといえば星新一の名が挙がる。そして短編小説の世界では、芥川龍之介、梶井基次郎、中島敦などの名品に魅かれるが、川端康成は外せないだろう。彼の短編は一二八編あるといい、その内一一一編を収めるのが『掌（たなごころ）の小説』（「てのひらのしょうせつ」とも読むらしい。新潮文庫）である。川端の二十〜四十代の作品で、二〜十頁の「掌篇」小説は滋味溢れる。

現在、ネット上では「極小掌編」が蔓延し、「短い物語」が満喫できるようだ。言葉は「読むから見る」へ、小説もケータイやツイッター小説に変わっており、電子書籍も登場した。人間は、どこに向かっているのだろう。与えられた環境で進化しているのか、退化しているのか。

（２０１６・４）

110　世界で最も長い小説

米国シカゴのアパートで八十一歳の老人が亡くなった。彼は住民らとの交渉もなく、浮浪者然とした格好でゴミを漁る以外は引籠り気味で、ヘンリー・ダーガー（一八九二〜一九七三）といった。

アパートの大家のネイサン・ラーナーは「ヘンリーの生涯は謎だらけだ。三十年も彼を見知っていながら、実は何も知らなかった。時が経つにつれ、ようやくヘンリーの姿が見えてきた」と述懐。ヘンリーの「プライベート」を知る者はなかった。彼もまた誰にも見せず、知らせず、ただ創作を「仕事」として書き続けていた。死後、大家は部屋の片づけで、巨大な極彩色のイラストや一万五〇〇〇頁に及ぶ文章の束を発見。膨大な作品を芸術家コミュニティーに持ち込むと、世界で最も長い小説、と脚光を浴びることになった。作品のタイトルは『非現実の王国と知られる地における、ヴィヴィアン・ガールズの物語、子供奴隷の反乱に起因するグランデコ・アンジェリニアン戦争の嵐の物語』と長い。

筋書きは、戦争を繰り返す世界を舞台に、七人の少女戦士が活躍。とくに子供奴隷を使役するグランデニアン国でヴィヴィアン・ガールズ率いるキリスト教軍が戦うという特徴を持った戦史物語で、六十年を超える歳月をかけてひたすら書き続けられた小説である。

ヘンリーは三歳で母を亡くし、足の不自由な父に育てられたが、感情障害で知的障害児施設に移された。十六歳で父も喪って天涯孤独になった。その後、病院の掃除人として働き、十九歳から通称「非現実の王国」の執筆を開始した。死の半年前まで書かれたという。

彼のいた小部屋は六畳ほどで、旧式のタイプライターと学童用の絵描きセットがあり乱雑だった。が、彼のゴミ漁りは資料収集のためで、棄てられた新聞、雑誌、広告、漫画などを拾い、持ち帰って切り抜き、分類、スクラップした。それが創作の素となり、「アウトサイダー・アートの第一人者」としての評価にもなった。

ついでに、世界一長い小説のタイトルを調べると、『自分以外の全員が犠牲になった難破で岸辺に投げ出され、アメリカの浜辺、オルーノクという大河の河口近くの無人島で二十八年もたった一人で暮らし、最後には奇跡的に海賊船に助けられたヨーク出身の船乗りロビンソン・クルーソーの生涯と不思議で驚きに満ちた冒険についての記述』で、『ロビンソン・クルーソー』の原題だそうだ。

ヘンリーの墓には「少女たちの守護者」と銘を刻む。

（２０１６・４）

111　江戸の三大俳人

俳句は五・七・五の十七文字で、世界最小の定型詩。明治二十年代（一八八七〜九六）、正岡子規の造語による「俳句」は、連歌の発句を自立させたものと言われるが、江戸の松尾芭蕉、与謝蕪村、小林一茶ら三大俳人の礎があった。

松尾芭蕉（一六四四〜九四）は、三重の人。京都の北村季吟に師事して俳諧の道に入った。最も古い「春や来し年や行けん小晦日」の句は十九歳の作。『奥の細道』などを著し芭門十哲をはじめ、「旧里」として彼の好んだ近江の蕉門など全国各地に俳人が育った。

夏草や兵どもが夢の跡
五月雨をあつめて早し最上川
閑かさや岩にしみ入る蟬の声

生涯九七六句を遺し、五十歳で没。

辞世句は「旅に病んで夢は枯野をかけ廻る」。

与謝蕪村（一七一六〜八四）は、大坂の人。江戸で早野巴人に師事し俳諧を学ぶ。二十七歳の時、芭蕉の行脚生活の足跡を辿る旅に出た。俳画の創始者であり、影響を与えた俳人は多い。特に正岡子規の俳句革新に大きな影響を与えたと言われる。

菜の花や月は東に日は西に
極楽のちか道いくつ寒念仏
さみだれや名もなき川のおそろしき

生涯二九〇七句を遺し、六十八歳で没。

辞世句は「しら梅に明る夜ばかりとなりにけり」。

小林一茶（一七六三〜一八二八）は、長野の人。江戸で小林竹阿に俳諧を学ぶ。二十九歳から七年間余、俳諧修行のため近畿、四国、九州を歴遊。そして「いざいなん江戸は涼みもむつかしき」と詠み、五十歳で信州柏原に帰郷。二度妻を娶るが子に恵まれなかった。

めでたさも中位なりおらが春
やせ蛙まけるな一茶これにあり
これがまあ終の栖か雪五尺

生涯一八四六一句を遺し、六十五歳で没。

辞世句は「やけ土のほかりほかりや蚤さわぐ」。

俳句は俳諧の連歌から生まれた近代文芸。芭蕉が芸術性を高め、子規が個人創作を重視して「俳句」を成立させた。現在は、季語や季感の定型句のほか無季、自由律俳句など幅広い俳句世界の展開がある。

芭蕉は時鳥、蕪村は鶯、一茶は蝶を好んで詠んだ。俳句は高浜虚子造語の「花鳥諷詠」が似合うようだ。

（２０１６・４）

112 モダニズム詩人・左川ちか

近代詩の女性詩人の中で、夭折したモダニズム詩人・左川（さがわ）ちか（一九一一〜三六）が静かなブームになりそうだ。昭和の初めに発表した詩は異彩を放ち、今も古びていない。昭和五年、彼女の初めての作品「昆虫」は、詩人の北園克衛（かつえ）も驚いたといわれる。

昆虫が電流のやうな速度で繁殖した。／地殻の腫物をなめつくした。／美麗な衣装を裏返して、都会の夜は女のやうに眠った。／私はいま殻を乾す。／鱗のやうな皮膚は金属のやうに冷たいのである。／顔半面を塗りつぶしたこの秘密をたれもしつてはゐないのだ。／夜は、盗まれた表情を自由に廻転さす痣のある女を有頂天にする。　（「昆虫」）

左川は明治四十四年、北海道余市町で生まれた。本名は川崎愛（ちか）。幼い頃は病弱だったが、庁立小樽高女に進み英語教員免許を取得。後、兄の川崎昇を頼って上京。作家の伊藤整（せい）や兄の詩人仲間たちとの交流が広がった。昭和五年（一九三〇）頃から詩や訳詩などを発表、気鋭の詩人として期待が高まった。しばらくして腹痛を訴えるようになり末期の胃ガンと診断され、昭和十一年、二十四歳で病没。五年余に残した作品は八十二篇の詩と八篇の散文。彼女の詩は、日本詩歌の抒情やリズム、美意識とは違ったところにあった。

ところで、彼女の周りには特別な人たちがいたようだ。兄・昇は小樽高商で伊藤整の親友、一年先輩には非業の死を遂げる作家の小林多喜二がいた。

その環境の中、伊藤整『若い詩人の肖像』には、「川崎昇の妹の愛子は、その年十七歳で女学校の四年生になっていた。（略）汽車で小樽駅に下りる時、この少女は私を見つけると（略）無邪気な態度で私のそばに寄ってきた。私もまたこの女学生を自分の妹のように扱った」との記述がある。

左川の詩は、モダニズムと伊藤整らの紹介する最新ヨーロッパ文学の知的で硬質な影響を受けてはいるが、根っこに北海道のどっかとした大地の息吹がある。女性、生活のことというより、人間が生きてゆく上での病や死を詠んだ作品が多い。ジェイムス・ジョイスやヴァージニア・ウルフなどの翻訳作品も残る。詩人・西脇順三郎は「非常に素直な詩である、決していいかげんに人工的に作られてゐるものでなく、理知的に透明な気品のある思考が、詩をよく生命づけた」と評価した。

忘れられた女性詩人に光をあてる時が来たようだ。

（２０１６・５）

113 作家たちの自死

さりげなく過ぎる日々の中、突然の死を知り、リアルタイムで衝撃を受けたのは、作家・三島由紀夫の死だった。昭和四十五年（一九七〇）十一月二十五日、東京の陸上自衛隊東部方面総監部の総監室で、三島は楯の会・森田必勝の介錯で割腹自殺。四十五歳。彼の「割腹死」は、時代の空気が変わるターニングポイントとなった。

作家の自死を追う。首吊り自殺は、北村透谷（二十五歳）、牧野信一（三十九歳）、石沢英太郎（七十二歳）、加堂秀三（六十歳）、平野洋子（四十七歳）、佐藤泰志（四十一歳）、鈴木いづみ（三十六歳）、鷺沢萠（三十五歳）、矢川澄子（七十一歳）、江夏美好（五十九歳）、木村荘太（六十一歳）、江口榛一（六十五歳）などと多い。鉄道自殺は原民喜（四十五歳）、久坂葉子（二十一歳）がいる。

功成り名遂げた大作家・川端康成は、ノーベル文学賞受賞後、昭和四十七年四月十六日、『岡本かの子全集』の推薦文かきかけのまま外出、逗子のマンションで布団を被ってガス管を咥えて絶命。七十二歳だった。金鶴泳（四十六歳）もガス自殺。睡眠薬自殺は、火野葦平（五十三歳）、小林美代子（五十六歳）、金子みすゞ（二十六歳）。飛び降り自殺は、脳梗塞で「執筆できなくなったため命を絶つ」の遺書を残して七十六歳の田宮虎彦が東京青山のマンション十一階から。また四十六歳の見沢知廉も横浜のマンション八階から。自刃その他は、川上眉山（三十九歳）、生田春月（三十八歳）、田中英光（三十六歳）、半田義之（五十九歳）、藤田五郎（六十二歳）、森村桂（六十四歳）などがいる。

昭和二年（一九二七）七月二十四日、芥川龍之介（三十五歳）の「ぼんやりした不安」での自殺は世の中に衝撃を与えた。彼は「続西方の人」を書き上げた後、睡眠薬を飲んで亡くなったとも、青酸カリによるものとも言われ、謎の死を巡って議論が続いた。

また、女性との心中行で世間を騒がせたのは二人。大正十二年（一九二三）六月九日、有島武郎（四十五歳）は「僕は監獄へ行くよ、監獄へ」と友に伝え、波多野秋子（三十歳）と軽井沢の別荘で縊死心中、一カ月後に二人の遺体が発見された。昭和二十三年（一九四八）六月十三日、太宰治（三十八歳）は三鷹の玉川上水に山崎富栄（二十八歳）と入水心中、六日後の太宰誕生日に赤い紐で結ばれた二人の水死体が見つかった。太宰の未完「グッド・バイ」が遺作として残った。作家たちの様々な自死は人それぞれの生を想像させる。

（2016・5）

114　盲目の俳人・緒方句狂

遠州七窯の一つ、福岡県福智町の上野焼の里に禅寺・興国寺がある。ここは足利尊氏ゆかりの寺として親しまれている。何度か訪ねた寺だが、この地出身で盲目の俳人・緒方句狂の句碑「行く我を因へ落ち葉は駆け巡る」があるのは知らなかった。

緒方句狂（本名・稔、一九〇三～四八）は、父の古物商の手伝いをしていたが、明治鉱業赤池炭鉱の坑内夫として働き始めた。昭和九年（一九三四）、炭鉱のダイナマイト事故に遭い両眼を摘出、失明した。彼は「中年にして盲ました私の悲嘆懊悩は其の極に達し、人を怨み、世を呪いはじめ、幾度自殺も計った」が、妹婿に俳句を勧められ作句を始めた。しばらくして妹婿が彼の句稿から「長き夜を眠り通してまる三日」を選んで、高浜虚子主宰『ホトトギス』に投句した。それが虚子添削により「長き夜とも短き夜ともわきまへず」となり初入選を果たした。彼は「俳句は斯く作るものであり、表現に依ってはこうも変わるもの」との教えを拝受、精進を重ねた。

昭和十二年、河野静雲に拝眉、指導を受けることとなる。

杖置いて花に座したる盲かな
春泥にゆきなやみたる杖を突き
杖いつか踊太鼓にさそわれて
野路楽し蝗はらはら杖をうつ
杖ついて子に従ひて初詣
盲には盲の世あり鵙の秋

句狂は昭和二十年に『ホトトギス』同人となるが、二十三年「闘病の我をはげます虫時雨」を残し、食道癌で四十五歳の生涯を閉じた。高浜虚子から弔句「目を奪い命を奪う諸と鷲」が届いた。そして野見山朱鳥からは「盲人にも俳句の道が開かれていることを示した功績は偉大であると言わねばならない」の評価を受けた。

句狂の「木の実落つ小さき木魂返しつつ」のかすかな音の世界は、失明しなかったならば生まれてはこなかっただろう。昭和二十四年、没後に出版された句集『由布』の序文に、虚子は「（略）両眼摘出昼夜をわかたず（略）今迄見えておったのが俄に見えなくなったという、そういう盲人の世界が俳句によって描き出されることになった（略）」と記す。

吟行や句会には、妹・初代さん夫妻が杖となり手となって共に出かけた。そして共に詠んだ。

吹雪中盲ひし兄の手を引いて　初代

一筋の道を歩く兄を見守る妹の詞もあたたかい。

（2016・5）

115　盲目の歌人・山崎方代

山崎方代（ほうだい）（一九一四〜八五）は、山梨県東八代郡右左口（うばぐち）村（現甲府市）で八人兄姉の末っ子として生まれた。名前の「方代」は、二人の姉以外五人の子を亡くした両親が「お前は、生き放題、死に放題」として名付けたそうだ。尋常小卒業後は桑畑や山仕事を手伝っていた。十五歳頃から詩や歌を作り、新聞や雑誌に投稿を始める。

昭和十六年（一九四一）、野戦高射砲隊に入隊、南方方面に出兵。十八年、ティモール島の闘いで右目を失明、左目の視力もほとんどなく野戦病院に入院。二十一年、病院船で帰還した。戦後は傷痍軍人として靴修理の訓練を受けて生業とする。

歌は、結社に属さず口語短歌を詠む。

寂しくてひとり笑えば卓袱台の
　上の茶碗が笑い出したり
こんなところに釘が一本打たれていて
　いじればほとりと落ちてしもうた
手のひらに豆腐をのせていそいそと
　いつもの角を曲がりて帰る
こんなにも湯呑茶碗はあたたかく
　しどろもどろに吾はおるなり
砲弾の破片のうずくこめかみに
　土瓶の尻をのせて冷せり

方代は戦後、鎌倉の寺の庭の掘っ立て小屋に住み、妻無く子無く、酒と歌だけの生活だったようだが、歌人の吉野秀雄や哲学者の唐木順三らとの交友を深め、全国各地の歌人などを訪ね歩く旅に出る。そうした旅姿が種田山頭火や尾崎放哉などの漂泊、放浪の人と重なる。

また、盲目の歌人とも呼ばれた。

戦争が終わったときに馬よりも
　劣っておると思い知りたり
茶碗の底に梅干しの種二つ並をる
　あゝこれが愛というものなのだ
いつまでも転んでいるといつまでも
　そのまま転んで暮らしたくなる
もう姉も遠い三途の河あたり
　小さな寺のおみくじを引く
一度だけ本当の恋がありまして
　南天の実が知っております

方代の歌は、独り言とも、ボヤキとも、独特な作風だが、そこに人の情が詠み込まれているから惹かれるのであろう。無頼に生きた男の言葉は、輝きを放ち広がる。

（2016・5）

116　宇和島の中井コッフ

愛媛で松山の正岡子規（一八六七〜一九〇二）は誰もが知っているが、宇和島の中井コッフ（一八八一〜一九六二）を知る人は少ない。

宇和島市内の公園にコッフの「夕山ニ鳴きのこりたる鳥の声一つひゞきて静なるか母」の歌碑が建つ。八十年の生涯、六万首を超える半端ではない数の歌を残す。

コッフは明治十四年、宇和島に生まれ、愛知医学専門学校などに学び、明治四十二年、四国では初の小児科医院を地元に開いた。本名は中井謙吉。コッフは医学生の頃、焼き鳥、とくにカシラをよく食べた。学友からドイツ語で「フォーゲル・コップ（鳥の頭）」の渾名を付けられた。コップ酒が嫌で「コッフ」にしたそうだ（ちなみに実はカシラは豚肉）。名医と慕われる。

歌も詠み絵も画かねば本当の
　写生の味は解らざるべし
豚にさえ試さぬ前に日本の
　無辜の民の上に原爆落とす
世界中何れの国を見て試ても
　武士道を越すエチケットなし
我が愛子散らしめし戦しし人も
　殺されたれば吾合掌す
神ありて戦争裁判するならば
　勝ちたる国も共に罰せん

コッフの業績に、浪花節を「浪曲」と名付けたことがあげられる。彼は庶民娯楽の浪花節のファンで、桃中軒雲右衛門に心酔。浪花節の芸術性を高めるために、「謡曲」をもじって「浪曲」を創案。「浪曲と吾改称し優越感持ちて語りしその浪曲を」と、「義士伝を語りて居れば自ずから吾雲右衛門になれる心地す」を詠んだ。

そして「浪曲」の名を広げていった。

拙きを自慢の如く言ひながら
　恥書き残す今の歌人の徒
事切れし仔犬の顔の麗しさ
　耳さへ立ちて死花咲けり
汝と吾の二人の外には知らぬこと
　山の隧道に雫滴る
足びきのみやま川とんぼあわれなり
　人をおそれず帽子にとまる

コッフは徹底した反逆者かもしれないが、「浪曲」を愛し武士道を貫く明治人であった。辞世は「此世にて汚れしものは皆焼けて焼け残りたるは清し白骨」を残す。

（２０１６・５）

神は人間を超える力を持つと言われる。「神」は「神」で、いにしえを捧げる台「示」にカミナリの象形「申」が合わさっているそうだ。歌に顕れた「神」を拾う。

鳴る神の音のみ聞きし巻向(まきむく)の
　檜原(ひばら)の山を今日見つるかも　柿本人麻呂
逢ふことは雲居はるかになる神の
　をとにきゝつゝ恋ひわたる哉　紀　貫之
ちはやぶる神代もきかず龍田川
　からくれなゐに水くゝるとは　在原業平
このたびは幣(ぬさ)も取りあへず手向山
　紅葉の錦神のまにまに　菅原道真
さきにほふ花のけしきを見るからに
　神の心ぞそらにしらるゝ　白河院
たのむかな我みなもとの石清水
　流れの末を神に任せて　足利義満
榊葉に心をかけん木綿垂(ゆうし)でて
　思えば神も仏なりけり　西行
名におへる森の大木のかけふみて
　あふぎまつらふ神の恵を　佐佐木信綱
みをつくし逢はんと祈るみてぐらも
　われのみ神にたてまつらん　与謝野晶子

117　いろいろな神がいる

豊葦原の瑞穂の国と天つ神が
　のりたまひたる国は此の国　正岡子規
あめつちの酸素の神の恋成りて
　水素は終に水となりにけり　石川啄木
父母よ神にも似たるこしかたに
　思ひ出ありや山ざくら花　若山牧水
千早振る神の火の山忽ちに
　灰降り来り日も見えずけり　島木赤彦
くれなゐの縄もつ神よとこしへに
　君すむ門はうかがひますな　窪田空穂
我れ死なば詩の御神がゆりかごの
　花のしとねに臥さしめたまへ　柳原白蓮
友に神ありわれに神なきあけくれに
　柘榴はひらく朱の古代花　春日井健
七つ前は神のうちらし男の子
　光と話し落葉と遊ぶ　俵　万智

時代を越えて「神」は息づいている。
様々な神が人の心に棲みついており、時として言葉の世界に顕れ、下りる。それもさりげなく寄り添うように。
いろいろな神がいる。

（２０１６・５）

118　それぞれの仏がいる

仏は、悟りを開いた仏陀のことを言う。「仏」は「佛」で、人を表す「イ」と、絡まる二本のヒモを振り払う形象「弗」から成り立っているそうだ。仏を追ってみる。

菊の香や奈良には古き仏達　松尾芭蕉
鬼となり仏となるや土用雲　小林一茶
糸瓜咲いて痰のつまりし仏かな　正岡子規
立春の光まとひし仏かな　高浜虚子
御仏に奉らむ紫藤花六尺　芥川龍之介
大仏殿いでて桜にあたたまる　西東三鬼
花木瓜や土をおろがむ仏達　長谷川かな女
田に清水念仏太鼓痩せ音張り　三橋鷹女
誕生仏立つ一本の黒き杭　橋本多佳子
み仏にささぐる花も葦の華　竹下しづの女
ぬかづけばわれも善女や仏生会　杉田久女
注連はるや神も仏も一つ棚　阿部みどり女
石ほとけ寺よりかりて冬の苔　室生犀星
九品仏迄てくてくと春惜しむ　川端茅舎
乳房ある仏像青葉の墓の前　中村草田男
仏にひまをもらって洗濯している　尾崎放哉
乾鮭は仏彫る木の粗削り　渡辺水巴
水音のたえずして御仏とあり　種田山頭火
半身を草に石仏蟬の空　大野林火
汚れて小柄な円空仏に風の衆　金子兜太

みほとけの教えまもりてすくすくと
　生ひ育つべき子らにさちあれ　昭和天皇
鎌倉や御仏なれど釈迦牟尼は
　美男におはす夏木立かな　与謝野晶子
仏にもまさる心を知らずして
　鬼婆なりと人はいふらむ　税所敦子
旅にして仏つくりが花売に
　こひこがれしといふ物語　正岡子規
みほとけの御名を称ふるわが声は
　わがこゑながら尊かりけり　甲斐和里子
み仏に救われありと思い得ば
　嘆きは消えむ消えずともよし　伊藤左千夫
神のめぐみ仏のおしへふたつ無く
　ただこの国はこの道ぞかし　後西天皇

薬師寺の仏足石（ぶっそくせき）歌碑には「保止気（ほとけ）」が仏陀の意味で刻まれている。また、仏が「死者」の意味で使われた例は、天暦五年（九五一）の『後撰和歌集』に見られるという。人の心にはそれぞれの仏がいる。

（2016・5）

119　一冊の詩集を残して消えた

大正六年、山形県米沢市生まれの詩人・森英介（本名・佐藤重男、一九一七〜五一）を知る人は少ない。彼は自ら活字工となり、「無茶苦茶に私と共に闘った植字の鈴木さん、文選の敏枝さん、みつゑさんの好意と苦労は私の詩集の一字一字に刻みこまれてゐる」と記し、七百ページ余の詩集『地獄の歌 火の聖女』の仮製本を一度手にしただけで、刊行直前に病気で三十四歳の生涯を閉じた。無名の詩人は、生涯に一冊の詩集を残して消えた。

森は、昭和十一年（一九三六）、早大哲学科に入学するも中退。十五年に結婚、十六年に召集されるが病で陸軍病院に送還。十八年に召集解除され、二十年に離婚。このころ高村光太郎を知り、訪ねた後、米沢で雑誌『労農』を創刊するが、休刊。その後、放浪を続け、二十二年、東京上野の地下街にたむろする戦災孤児など身寄りのない人を世話する聖母のような女性を知り、魅かれていった。この女性をモデルに詩を書き始めた。

多くの詩から二篇を採る。

おめしになってください／肉体は／／売りつくしてしまひました！／だれも／／きずつきませぬやうに／きずつきませせぬやうに／／ほんとうに／すみませんでした！
（「ねがひ」）

凍えるような／水晶の／何といううつくしさ／あなたの／ひとみ／まぢかに澄み／凍える朝の粉雪に／わたしは／これで／よいと思った。
（「粉雪」）

彼の詩集『地獄の歌 火の聖女』に、高村光太郎が「序」を寄せている。

このやうな詩集を私は未だ曾て見たことがない。これほど魂のさしせまつた声を未だ曾てきいたことがない。こんなに苦しい悲しみの門をくぐらせられたこともないし、又こんなに強い祈りと、やすらぎの中に引き込まれたこともない。何といつていいかわからない。これはもう普通いふ詩といふものを突き破ってゐる。一行一行が内から迸るもので吹き上げられてゐる。これまでの日本語とはまるで違った新しい日本語が生まれてゐる。（略）私はおそろしい詩集を見た。
（「序」）

詩集刊行後、井上靖は「読むものを根底からゆさぶらずにはおかぬ力を持っている」とし、遠藤周作は「何を詩人は視るか。森英介が視たものは多くの日本の詩人とは違って、神の神秘」と言い、村野四郎は「詩精神のはげしさと純粋さとに戦慄」と評価は高い。
（２０１６・６）

120　娼婦と呼ばれた俳人

俳句は「花鳥風月」を詠むが、「女色恋性」もあるのでは。川村蘭太著『しづ子——娼婦と呼ばれた俳人を追って』（新潮社、二〇一一年）を見つけた。それは大正八年、東京神田生まれで幻の俳人と呼ばれる鈴木しづ子（一九一九〜没年不明）の生涯を追い、全作品を網羅した大著。

しづ子の句暦は、昭和十二年（一九三七）、東京淑徳高女時代に「秋空に校庭高くけやきの木」を句誌『樹海』に投句したのが最初。彼女は製図学校を経て工作機械製作所に入社し、会社の俳句サークルに入部。そこに指導に来ていた、生涯の師匠となる松村巨湫（きょしゅう）と出会い、作句に打ち込み才能を開花。

昭和二十一年、二十七歳で処女句集『春雷』を上梓。

母とゐて朝顔の蕾かぞへけり
あきのあめ図面のあやまりたださるる
夫ならぬひとによりそふ青嵐
冬の夜や辞しゆくひとの衣のしわ
炎天の葉智慧灼けり壕に佇（た）つ　（『春雷』）

彼女は昭和二十三年に職場結婚するが、一年余で離婚、何が起きたのかは不明。岐阜市に転居、二十五年には柳ケ瀬あたりのダンスホールでダンサーになり、朝鮮戦争が始まると進駐軍相手のキャバレーに姿を見せる。背が高く美貌の彼女は黒人軍曹と親しくなった。一方で句作は止めず、『樹海』の巨湫宛に句を送り続けた。便りは師のみ。句風も変化した。仲間内で第二句集が準備され、二十七年、三十三歳で『指環』が刊行された。

夏みかん酢つぱしいまさら純潔など
肉感に浸りひたるや熟れ柘榴
黒人と踊る手さきやさくら散る
娼婦またよきか熟れたる柿食（と）うぶ　（『指環』）

昭和二十七年三月、神保町での出版会には伝説の主が出席、大盛況だったが、その年の九月、大量投句を最後に、しづ子は消息を絶った。後、二十八年頃、北海道俳壇に群木鮎子なる俳人が突如「男の体臭かがねばさみしい私になった」、「柔軟に夜の精液を吸ひあげる」などを投句し、「しづ子出現か」と話題になるが、謎で終わった。

また、川村氏は七千句を超える「しづ子未発表句」にたどり着く中、良寛を看取った愛弟子・貞心尼と「巨湫・しづ子」を重ね、「良寛をふたりでまねぶ夜雪かな　巨湫」の句をひいている。戦後の荒波を「句は私の生命でございます」と言い、独り生き抜く女の姿は伝わるが、行方は杳として知れない。

（2016・6）

121　セーラー服歌人・鳥居さん

ホームレス歌人の公田耕一さんが姿を消して久しい。二〇一六年二月、『朝日新聞』の「ひと」欄に「初の歌集を出すセーラー服の歌人・鳥居さん」の紹介があった。驚く経歴の持ち主だった。三重県出身で本名と年齢などは非公表、セーラー服姿のあどけない「顔写真」はあった。二歳で両親が離婚、病気がちだった母は寝たきり、小学五年の時、母は目の前で自殺した。その後、児童養護施設での虐待、小学校中退、ホームレス体験など悲惨な日々を送った。義務教育も受けられず、拾った新聞などで文字を覚え、出会った「短歌」も図書館に通って独学。一二年から歌を作り始め、『キリンの子――鳥居歌集』を上梓した。

目を伏せて空へのびゆくキリンの子
　月の光はかあさんのいろ

大きく手を振れば大きく振り返す
　母が見えなくなる曲がり角

冷房をいちばん強くかけ
　母の体はすでに死体へ移る

「死に至るまでの経緯」を何べんも
　吐かされていてこころ壊れる

名づけられる「心的外傷」心って
　どこにあるかもわからぬままで

これからも生きる予定のある人が
　三か月後の定期券買う

みわけかたおしえてほしい詐欺にあい
　知的障害持つ人は訊く

あおぞらが、妙に、乾いて、紫陽花が、
　路に、あざやか　なんで死んだの

彼女がセーラー服を着ているのは、「卒業した」とされる中学校がどこにあるかも知らぬのに「形式卒業者」として扱われ、義務教育を受けられなかった者の学習の場である「夜間中学」にも一五年までは入学できず学びの道を絶たれた者が、義務教育を受けたい願いを込めた〝姿〟なのだそうだ。次の一首は衝撃だった。

慰めに「勉強など」と人は言う
　その勉強がしたかったのです

生きづらいなら短歌をよもう、と彼女の「生きづら短歌会」への入会者は増えており、岩岡千景著『セーラー服の歌人 鳥居――拾った新聞で字を覚えたホームレス少女の物語』も刊行された。あたり前の「義務教育」の大切さを訴える、鮮烈な歌人の生き方を学ぼう。

（２０１６・６）

122　死刑囚歌人・島秋人を追って

囚人・島秋人（あきと）は文通相手に、「（略）どんな罪を犯したものでも、真心のいたわりには泣くものです。それがどんなに小さなものであっても、嬉しいものです。そして自分の罪を深く悔い、償いの心を作って、与えられた刑に服せるように（略）僕は犯した罪に対しては、死刑だから仕方なく受けるというのではなく、死刑を賜ったと思って、刑に服したいと思っています。罪は罪、生きたい思いとは、また別なことだと思わなければ（略）」と返信している。昭和三十七年（一九六二）に死刑が確定、昭和四十二年、刑が執行された。

たまはりし処刑日までのいのちなり
　心素直に生きねばならぬ
つつしみて受けむと思ふ人生の
　岐点とならむその判決を
上告もまかりならずしてしみじみと
　いのちあるものみな親しかり

島秋人（本名・中村覚、のち養子縁組で千葉姓に）は昭和九年、警察官の子として北朝鮮で生まれ、戦後、新潟県柏崎に引き揚げた。幼い頃、蓄膿症や中耳炎などに罹患、学業不良で中学卒業後は職を転々とし、強盗などで二十歳まで少年院。出院後、空き家に放火して服役。精神病院に入退院後、家出して放浪生活。昭和三十四年、小千谷の農家に忍び込み、主人に重傷を負わせ妻を絞殺、現金を奪って逃走。数日後に逮捕され、死刑が下った。

獄中で、絵の好きな彼は中学時代に図画の先生から一度だけ誉められたことを思い出し、先生の絵が見たい、と恩師に手紙を書いた。死刑囚になっていることなどを正直に記した。恩師夫妻から暖かい返信があり、「歌をやってごらんなさい」の記述があった。後、彼は精力的に「毎日歌壇」に投詠し始め、窪田空穂（うつぼ）の目に留まった。

わが罪に貧しき父は老いたまひ
　久しき文の切手かさなる
にくまるる死刑囚われが夜の冴えに
　ほめられし思い出を指折り数ふ
許さるる事なく死ぬ身よきことの
　ひとつをしきりと成して逝きたし
温もりの残れるセーターたたむ夜
　ひと日のいのち双掌（もろて）に愛しむ

島秋人は、恩師の奥さんの命名。彼が以前住んでいた「島町」の「島」と、「秋人」は「囚人」で、彼はそれを素直に受け入れる寛容さを持つ人間になっていた。

（２０１６・７）

123　川柳人として生きた

川柳中興の祖・井上剣花坊（一八七〇〜一九三四）は、明治三年生まれで大正、昭和を生き、近代川柳改革の旗手として民衆の側で戦争、貧困、差別に反対する民の叫びを詠み続けた。

御貴殿はぶたれ拙者は投げられる
咳一ツきこえぬ中を天皇旗
親といふ宝はみんな持ってゐる
何よりも母の乳房は甘かりし
米の値の知らぬやからの桜狩り

剣花坊は山口県萩出身で、家系は毛利家に仕えていた。独学で代用教員になり、後、日本新聞に入社。主筆から「この新聞で正岡子規が新俳句を興したのだが、今度は君がこの新聞で新しい川柳を興したらどうだ」と言われ、「川柳欄」ができた。作家の田辺聖子は「長州人たる彼には勤王の血がインプットされており、時代のカナリヤであった」と評価する。雄大豪放な作風の句を遺す。

憧れを画けと空はただ蒼し
かまきりはかなわぬまでもふりあげる

彼は、最初の妻が明治三十一年（一八九九）に三人の男子を残して他界した翌年、遠縁にあたる一歳年上の岡信子（一八六九〜一九五八）と結婚した。信子は萩藩士の娘として誕生し、日清、日露の戦役に看護婦として従軍、太平洋戦争も生き抜いた女性であり、夫の川柳を学び、支え、共に歩んだ。

昭和九年（一九三四）、剣花坊が六十四歳で逝去後、信子は雑誌『川柳人』を引き継いだ。「一人去り二人去り仏と二人」の追悼句を詠む。翌十年、川柳界の混乱や対立の中、平林たい子、長谷川時雨などの呼びかけで「井上信子を励ます会」が開かれた。

参加者には、若い時に剣花坊に師事し、信子を母のように敬慕した大衆小説家の吉川英治の姿もあった。信子は、まさに川柳界を支える一人だった。

国境を知らぬ草の実こぼれ合ひ
戦死する敵にも親も子もあろう
別々の心で同じ飯を食ひ

昭和五十二年、第一回全日本川柳大会で大石鶴子（一九〇七〜九九）が大賞を受賞。

転がったとこに住みつく石一つ

彼女が剣花坊と信子の次女であることを知る人はなかった。蛙の子は蛙だった。鶴子さんは父母の遺志を継ぎ、『川柳人』発行に尽力、川柳人として生きた。

（2016・7）

124――農村歌人の「後藤逸」を知る

人は人によって人を知り、人に繋がる。福岡のKさんから「秋田の農村で幅広い人との交流を持ち、三千首を超える和歌を残した女流歌人がいました」とのメールを受けた。後藤逸（一八一四〜八三）、初めて聞く名だった。文化十一年に川連野村（現湯沢市）で生まれ、江戸末期から明治にかけて「家を守り歌に生きた」歌人として、農耕のかたわら秋田藩の国学者などから指導を受け、和歌づくりが評判をとった。

Kさんは、女性史研究家・柴桂子による「NHKカルチャーラジオ　歴史再発見――江戸期に生きた女表現者たち」の第一回放送「後藤逸〜秋田の農村歌人」を聴いて逸を知ったようだ。柴女史はこのシリーズで、「かすかな情報を頼りに女たちの足跡をたずねた」調査の中から、「人生を精一杯生きた」十三名の女性を選んだという。

逸は七歳で手習い師匠に付き、十三歳で蒔絵師に弟子入り、十五歳で一人前になると歌に目覚め、和歌の道に精進した。逸の歌の評判を聞き、歌人の秋田藩士がこっそり訪ねて来た。家の近くで洗い物をしている少女に「こゝあたり名のある桜ありときく」と声をかけると、「山田のかゝし人と見るかや」と返した。逸だった。十七歳で結婚、一子を生むが、夫と死別。その後、再婚することはなかった。逸は秋田藩邸の出入りを許され、書道、歌道、国学を学んだ。秋田生まれの江戸の国学者・平田篤胤の講義にも参加した。

うらむべき山の端もなし若竹の
　つまにかくるるむさし野の月

今日もまたながめてくらしつ桜狩
　うき世を花の色にわすれて

ちる音の風に知られて花よりも
　心ざさわぐ峰のもみじ葉

さざれ石のいはほとならむ末までも
　かわすこと葉のたがはずもがな

ことの葉の光りもしるき和歌の浦
　うらやましくもよそにこそみれ

とふ人もなきふるさとにふるものは
　軒もる雨とわれとなりけり

暁のかぜにまたたく灯の
　いつがいつまで消えのこるべき

逸は才能に恵まれ、多くの歌集をはじめ短冊、色紙、掛け軸、屏風などを残した。維新後の貧苦の中、幅広い交友と多くの弟子を育て、孝婦として称賛された。

（2016・7）

125　フーテンの寅さん俳句

「私、生まれも育ちも葛飾柴又です。……姓は車、名は寅次郎、人呼んでフーテンの寅と発します」。この口上で一世を風靡した渥美清。一九九六年（平成八）八月四日、本名・田所康雄は「フーテンの寅さん」として国民に惜しまれて肝臓癌で亡くなった。六十八歳。二〇一六年は没後二十年。ＴＶで特番がいくつも放映される。

渥美清は一九二八年（昭和三）、東京都台東区上野で生まれ、幼い頃は病弱な子だった。家は貧しく中学卒業後は担ぎ屋、テキ屋など職を転々とし、一九四六年、チョイ役で初舞台。その後、旅回り演劇一座で喜劇俳優の道を歩むが、五四年から二年間、肺結核による右肺切除でサナトリウムでの療養生活。転機は六三年、野村芳太郎監督の映画『拝啓天皇陛下様』で俳優としての名声を確立。六八年、フジテレビで『男はつらいよ』が放送開始、半年間続き、翌年、山田洋次監督の映画『男はつらいよ』が大ヒット。後、二十六年間に四十八作品が作られ、最長の映画シリーズとしてギネスブックにも載った。

渥美は「私生活を秘匿」したが、七三年、四十五歳から一般人として句会に参加、多くの句を残したことを知る人は少ない。

ひばり突き刺さるように麦の中
好きだから強くぶつけた雪合戦
コスモスひょろりふたおやもういない
ゆうべの台風どこに居たちょうちょ
乱歩読む窓のガラスに蝸牛
赤とんぼじっとしたまま明日どうする
ただひとり風の音聞く大晦日
行く年しかたないねていよう
蛍消え髪の匂いのなかに居る
たけのこの向こう墓あり藪しずか
ひぐらしは坊さんの生まれかわりか
夢で会うふるさとの人みな若く
お遍路が一列に行く虹の中

名優は名優を誘うのか、渥美は藤山寛美を高く評価し、「芝居を唯、客席で見るだけで、楽屋には寄らずに帰れる。帰る道すがら、好かったなー、上手いなー、憎たらしいなあー、一人大切に其の余韻をかみしめることにしている」の一文を残す。国民栄誉賞の「話芸の天才」の俳句は「これは相当なねバケモノだぞ」と俳人・金子兜太の評。俳人風天の詠む句は、車寅次郎なのか、渥美清なのか、田所康雄なのか、謎めく、奥深い味わいがある。

（２０１６・８）

126　病を越えて詠む二人

俳人の大野林火は、ハンセン病文学の三本柱に「小説の北条民雄、短歌の明石海人、俳句の村越化石」をあげたと言われる。化石の師でもあった林火の想いに添い、病を越えて句と歌を詠んだ二人、俳人と歌人の足跡を辿ってみた。共に静岡県の人だった。

村越化石（本名・英彦、一九二二〜二〇一四）は藤枝市出身。十六歳の時、ハンセン病に罹患し、旧制中を退学。結婚後、妻と草津の栗生楽泉園で暮らし俳句を学び、新聞への投句で「化石」の俳号を使用。林火の句集に感銘し同人となった。その頃、新薬プロミンで病気治癒が可能になり「最後のハンセン病患者」として句作に臨むが、薬の副作用で目が見えなくなった。それでも旺盛な句作を続け〝魂の俳人〟と呼ばれ、九十一歳で没。

除夜の湯に肌触れあへり生くるべし
死者生者涼めとここに沙羅一樹
望郷の目覚む八十八夜かな
森に降る木の実を森の聞きゐたり
杖が知り吾が知る朴の落葉かな

明石海人（本名・野田勝太郎、一九〇一〜三九）は沼津市出身。師範学校卒業、教職に就き結婚、長女が生まれた後、二十六歳でハンセン病を発病。名を捨て、家族も捨てて岡山の長島愛生園で療養。三十四歳から歌を発表し始め、歌集『白描』に、「光を失った人達」に温かい光が戻ってくることを願い「深海に生きる魚族のように、自らが燃えなければ何処にも光はない」と序文を認めた。絶望の淵から〝慟哭の歌人〟は、懸命に生きる言葉を生んだ。三十七歳で没。

わが指の頂にきて金花虫の
　けはひはやがて羽根ひらきたり
年祝ぎのよそおひもなく島の院に
　百八つの鐘ただ静かなり
癒えたりとわが告ぐるべき親はなし
　帰りゆくべきあてすらもなし
拭へども拭へども去らぬ眼のくもり
　物言ひさして声を呑みたり
かたゐ我三十七年をながらへぬ
　三十七年の久しくもあり

俳人・化石は「はらからの一人を待てり温め酒」と友を待った。歌人・海人は「さくら花かつ散る今日の夕ぐれを幾世の底より鐘のなりくる」と音を聞いた。

共に与えられた命を生きた二人だった。

（2016・8）

五・七・五の十七文字の俳句。百万人以上もの句を詠む人がいるというが、同じ十七文字がどこかにあるのでは、と常々思っていた。その「先行句あり」を「一番最初は誰だろう」と追った小林良作著『八月や六日九日十五日』（「鴻」発行所出版局）を読むことができた。

小林さんは「八月の六日九日十五日」の句を結社の俳句大会に応募。すると「先行句がある」との連絡を受け、取り消した。ただ助詞の「の」や「は」「や」の違いだけで、同じ思いの方がいる、それも何人もいる。彼の探求心が湧き、「最初の詠み人」捜しの旅が始まった。

まずネット検索、全国各地の俳句結社や新聞社などで「句探し」を進め、大分県の特攻隊基地の跡地公園に「八月や六日九日十五日」の句碑があると聞き、訪ねた。

三つの日付を詠み込む句は、単純で簡単、だがズバリ現代史を象徴する。だから人間の発想に「同じ思い」の人々がいてもおかしくはない。

ところが、これが「作品」として動き出すと、そうはいかなくなる。それを純粋に追った小林さんに敬意。そして「句」の作者が広島県尾道市で医師をしていた諫見勝則さん（一九二五〜二〇一四）と突き止めた。

諫見さんは長崎県諫早市出身で、昭和十八年（一九四三）に江田島の海軍兵学校に入校した後、広島の原爆を体験。昭和二十一年、未だ原爆廃墟の中の長崎医科大に入学。そして二十五年、医師としてのスタートは長崎からだった。戦後、長崎と尾道で被爆者の診療にもあたったと言われる。広島、長崎、終戦の「八月や六日九日十五日」は、平成四年（一九九二）に諫見さんが最初に詠んだ、と小林さんの調査で判明。

この作句者が原爆に関わる人物だったことの意味は重い。だから「の」ではなく「は」でもない「や」なのだろう。

ネットの俳句データベースによると、栃木の荻原枯石による「句」との記述もあるが、やはり諫見医師による実体験に基づくであろう句づくりに軍配を上げたい。

また、この「句」は永六輔さんがラジオ番組で紹介したこともあり、広く知られるようになったという。

尾道で医院を引き継ぐ息子の諫見康弘氏は、「句は、父が診察室に掛かるカレンダーを〈ある想い〉で見つめていて、ふっと出てきた言葉」と言うが、句を追った小林さんは「六日」「九日」「十五日」が「単なる追憶の日付ではない」、いかに深く重い「日」であるか、を記した。言葉が簡素だからこそ心にグサリと突き刺さり残る。

（２０１６・８）

128　漢字で詠む

日本の俳句人口は概ね一五〇万人と言われ、短歌はその三分の一だそうだ。そこで十七文字の俳句、三十一文字の短歌づくりを進める中、漢字で詠まれた作品にどんなものがあるだろう、ということで、ネット捜索をした。すると名句、名歌を見つけることができた。

奈良七重七堂伽藍八重桜　松尾芭蕉
柳散清水涸石処々　与謝蕪村
恭賀新禧一月一日日野昇　正岡子規
初暦好日三百六十五　村上霽月
曼珠沙華二三本馬頭観世音　寺田寅彦
猫遊軒伯知先生髭日本　久保田万太郎
電信隊浄水池女子大学刑務所射撃場塹壕
　赤羽の鉄橋隅田川品川湾　斎藤茂吉
白日下変電所森閑碍子無数
　縦走横結点々虚実　加藤克巳
原子爆弾官許製造工場主
　母堂推薦附避妊薬　塚本邦雄
今年尚其冬帽乎措大夫　竹下しづの女
雪青菜月光魚影秘花無明　高屋窓秋
山又山山桜又山桜　阿波野青畝
法医学・桜・暗黒・父・自涜　寺山修司
虚子有情虚子忌非非情南無阿弥陀　坊城俊樹
東京地裁人定尋問何某無言　大井恒行
裏表裏表裏桐一葉　今瀬剛一
春一番国旗都旗区旗校旗科旗　森川大和
京都御所清所門前梅檀微果実　夏石番矢
同時多発人間蒸発都市蒸発
　砂漠蒸発神蒸発　渡辺松男
秋田県雄勝郡羽後町西馬音内（にしもない）
　老若男女一会盂蘭盆　今野寿美

俳句、短歌人口は減らないだろう。高校生や中学生なども感性を磨いて詠み始め、大会に応募する。

五里霧中悪戦苦闘支離滅裂
　七転八倒大器晩成　大阪・竹本雄亮（十八歳）

などが詠まれる。

また、金子兜太評で「漢字ばかりの俳句は見た目に固くて『嫌』なのだが、果物や木の実になると温い」として次の句が選ばれた。

葡萄栗桃梨林檎銀杏は嫌　奈良・一ノ本玲（十五歳）

また「ツクツクボーシツクツクボーシバカリナリ　正岡子規」のカタカナもある。

（2016・8）

129　ひらがな、カタカナで詠む

俳句も短歌も短い言葉で独自の世界を展開できる。そんな世界で、日本語の面白さを楽しむ。

ひらがなでの味、カタカナでの感触など、句と歌をネットの海で泳いで探した。

わらづかのかげにみつけしすみれかな　久保田万太郎

をりとりてはらりとおもきすすきかな　飯田蛇笏

たそがれてあふれてしだれざくらかな　黒田杏子

ぎんなんをむいてひすいをたなごころ　森　澄雄

さくらさくらさくさくらちるさくら　種田山頭火

きつねいてきつねこわれていたりけり　阿部完市

はなはひらがなにさきひらがなでちる　塩見恵介

かなかなはひらがなのかなかなとなく　吉田ひろし

たんぽぽのぽぽのあたりが火事ですよ　坪内稔典

おほらかにもろてのゆびをひらかせて
　おほきほとけはあまたらしたり　会津八一

いつかふたりになるためのひとり
　やがてひとりになるためのふたり　浅井和代

きょうかいのふるびたかねがなりだすと
　ひとはよこぎるじゅうじをきって　小林久美子

かかないでいきていけたらいいのにな
　このねがいさえかきとめないで　枡野浩一

わからないけれどたのしいならばいい
　ともおもえないだあれあなたは　俵　万智

うしろよりにらむものありうしろより
　われらをにらむ青きものあり　宮沢賢治

ワガハイノカイミョウモナキススキカナ　高浜虚子

エノコロニクウネルトコロスムトコロ　杉山久子

ブライダルホールトツゼンダンボール　糸　大八

「大和」よりヨモツヒラサカスミレクサ　川崎展宏

背骨ニ刻ム炎ノ文字群レルホド　近木圭之介

前ヘススメ前ヘススミテ還ラザル　池田澄子

コンチクシヤウ俺ハナニモノ花ノ闇　佐藤鬼房

アニメソングクリスマスソングより迅し　河内静魚

ドリフだねそれもドリフだオッスもいっちょオッス
　あたりいちめんドリフとなりぬ　穂村　弘

私的なことだが、昭和五十四年（一九七九）の「竹下しづの女句碑建立」記念俳句大会で初作句、初応募した。ひらがなだけで作句をと「しらさぎのおりてなくそばひがんばな」を投句した。ところが、この句、金子兜太「特選」になったのだ。嬉しいというより驚いた。

ひらがなにはこんな思い出がある。

（2016・8）

130　新しい歌人たち

一九八七年（昭和六十二）、「与謝野晶子以来の大型新人類歌人誕生」のふれこみで歌集『サラダ記念日』が刊行され、〝短歌旋風〟が巻き起こった。俵万智の登場だった。

あれから三十年近くを経て、「俵万智のように新しい時代を築く久々の天才」歌人として、「お名前何とおっしゃいましたっけと言われ斉藤としては斉藤とする」と東京生まれの斉藤斎藤（一九七二〜）が出現した。

彼は早大卒業後、フリーターだった。二〇〇一年（平成十三）、小林恭二著『短歌パラダイス』を読み、魅かれ歌作を始めた。斉藤斎藤は本名だといい、特異な歌を詠む。〇四年の初歌集『渡辺のわたし』は「題名をつけるとすれば無題だが名札をつければ渡辺のわたし」と、母の旧姓をタイトルにする。一三年には『ＮＨＫ短歌』の選者となるなど活躍が続く。

雨の県道あるいてゆけばなんでしょう
　ぶちまけられてこれはのり弁

イェーイと言うのでイェーイと言うと
　あなたそういう人じゃないでしょ、と叱られる

あなたの匂いあなたの鼻でかいでみる
　慣れているから匂いはしない

ちょっとどうかと思うけれどもわたくしに
　わたしをよりそわせてねむります

斉藤は神奈川出身で、早逝した早大先輩の中沢系（本名・圭佐、一九七〇〜二〇〇九）の歌集『uta0001.txt』新刻版（双風舎、二〇一五年）の解説を書いているそうだ。中沢は大学で哲学を専攻。ペンネームに「系」を使用し、「〜系」の「拡がり」を意図したと言われる歌を詠む。〇三年、難病の「副腎白質ジストロフィー」を発症した後、三十八歳で逝った。彼の生前に「生きた証しを残したい」の願いは有志によって実現され、歌が遺った。

出口なしそれに気づける才能と
　気づかずにいる才能をくれ

幼な子の手をすり抜けて風船は
　ゆらりとゆれて、ゆらりと宙へ

このままの世界にぼくはひとりいて
　ちいさなくぼみに卵を落とす

ぼくたちはこわれてしまったぼくたちは
　こわれてしまったぼくたちはこわ

時が人をつくるというが、新しい歌人たちが生まれ、それぞれに「生きる」姿がある。もし、その人に残すものがあるとするなら遺す努力はしなければなるまい。

（２０１６・８）

131　四作家、句も歌も詠む

四人の作家は自死した。芥川龍之介は昭和二年（一九二七）七月二十四日、睡眠薬、三十五歳。太宰治は昭和二十三年（一九四八）六月十三日、入水心中、三十八歳。三島由紀夫は昭和四十五年（一九七〇）十一月二十五日、切腹自刃、四十五歳。川端康成は昭和四十七年（一九七二）四月十六日、ガス自殺、七十二歳。四作家は小説以外に、俳句も短歌も詠んでいる。それを追う。

▼芥川龍之介

木がらしや目刺にのこる海のいろ
人去って空しき菊や白き咲く
水洟や鼻の先だけ暮れ残る
ほのぐらきわがたましひの黄昏を
　かすかにともる黄蠟もあり
荘厳の光の下にまどろめる
　女人の乳こそくろみたりしか

▼太宰　治

今朝は初雪あゝ誰もゐないのだ
追憶のぜひもなきわれ春の鳥
ひとりいて蛍こいこいすなっぱら
待ち待ちてことし咲きけり桃の花
　白と聞きつつ花は紅なり
季節にはすこしおくれてりんご籠
　持ちきたる友の笑顔よろしき

▼三島由紀夫

何もかも言ひ尽してや暮の酒
ワイシャツは白くサイダー溢るゝ卓
散花や仏間の午後の青畳
益荒男がたばさむ太刀の鞘鳴りに
　幾とせ耐へて今日の初霜
散るをいとふ世にも人にもさきがけて
　散るこそ花と吹く小夜嵐

▼川端康成

初空に鶴千羽舞う幻の
水無月や山川不老神の里
われ遂に富士に登らず老いにけり
山祈る太古の民の寂心（さびごころ）
　今日新にす法師湯にして
友みなのいのちはすでにほころびたり
　われの生くるは火中の蓮華

彼らの遺した言葉で「生きる道」を探る不思議。それも「一つの道」かもしれない。

（2016・8）

132　死刑囚のうたを捜す

日本の死刑は絞首によると規定されている。刑は法務大臣の命令によって執行されるのだが、刑務所ではなく拘置所で行われる。それも国内七カ所、どこかの死刑台に上る。戦後、昭和二十年（一九四五）から平成二十七年（二〇一五）の間、死刑が執行されたのは六八七名。刑の確定後、一日、一日、死刑台へ近づく。死刑囚は、確実に死へ向かう想いを詞に託して詠み続ける。

死刑囚の残したうたを捜し続けた。詞が沁みた。

冬晴れの天よつかまるものがない
綱よごすまじく首拭く寒の水
叫びたし寒満月の割れるほど
春雷や冷たき母であればよし
姉と手を握りし汗を持ち帰る
秋天に母を殺せし手を透かす
われのごとく愚かよかなし冬の縄
足袋つづるこの手に母を殺したる
よるべなきことのは紡ぐほととぎす
桜ほろほろ死んでしまえと降りかかる
布団たたみ雑巾しぼり別れとす
返り花われを死囚と子は知らず
罪何をもって償ふ穴まどひ
過去と未来いづれが長し花菖蒲
処刑明日爪切り揃う春の夜
水ぬるむ落としきれない手の汚れ
梅雨晴れの光を背負いふりむかず
秋風に背中おされて猛抗議
獄の虫コンクリートに棲みて鳴く
棺一基四顧茫々と霞けり
死の影を拒み仰ぎし月おぼろ
流さるる蛍掬えば掌に光り

死を前に紡がれる詞に、嘘は無いようだ。死刑囚歌人と言われた島秋人のうたも見る。

たまわりし処刑日までのいのちなり
　心素直に生きねばならぬ

近年、死刑判決の量刑判断には、昭和四十三年の連続ピストル射殺事件の犯人・永山則夫（一九四九〜九七）に対して最高裁が示した「死刑を適用する際の判断基準」が、「永山基準」として参考にされる場合が多いという。

永山は、獄中での手記『無知の涙』で評判をとった。また「死ぬる男は言葉をのこしてよいのか？」と記し、死刑台に立った。

（2016・9）

133 歌人の詠う性愛を探る

雑誌『短歌』に歌人の富小路禎子（とみのこうじよしこ）は、「女の生身を通して生を詠いたい。生は性であってどうして短歌だけがここを避けて通ることができるだろうか」の一文を寄せた。それで、女流歌人の詠う性愛のうたを探ってみる。

▼大阪生まれの与謝野晶子（一八七八～一九四二）を見る。

やわ肌のあつき血潮にふれも見で
　さびしからずや道を説く君

乳ぶさおさへ神秘のとばり
　そとけりぬここなる花の紅ぞ濃き

▼北海道生まれの中城ふみ子（一九二二～五四）を採る。

もゆる限りはひとに与へし乳房なれ
　癌の組成を何時よりと知らず

冷やかにメスが葬りゆく乳房
　とほく愛執（あいしゅう）のこゑが嘲（わら）へり

▼東京生まれの富小路禎子（一九二六～二〇〇二）を探る。

処女（おとめ）にて身に深く持つ浄き卵（らん）
　秋の日吾の心熱くす

張り満ちし乳房垂りたる一頭の
　けものの疲れ暗々と過ぐ

▼福岡生まれの松村由利子（一九六〇～）を知る。

いつまでも乳房あること苦しかり
　地平に沈む日輪の紅

閉経は作用点すこし動くこと
　力まかせに押さぬ知恵もて

▼東京生まれの林あまり（一九六三～）に驚く。

腰だけの生き物になれ―闇に白く
　呪文のように振りそして果てる

すこしずつ開脚してゆくふわふわと
　空っぽにして受けいれてゆく

あなたの上にわたしのからだを乗せたまま
　すこし眠るということの蜜

▼大阪生まれの辰巳（たつみ）泰子（一九六六～）へ繋がる、のか。

謝られ満たされてしまふ
　また続けるしかなくなってしまふ

むざんやな畳のうへの陰毛に
　からめ取られし羽虫一匹

乳ふさをろくでなしにもふふませて
　桜終はらす雨を見てゐる

それぞれの歌人によって生身の人間の性愛が詠まれ、今後も謳われていくだろう。生だからこそ言葉の力も強くなる。裏表ない素の表現を重ねてゆくだけでいい。

（2016・9）

134　俳人が詠む性愛は……

俳人が人間の根源的な性愛を十七文字で、どう表わしているかを探す。まず詠まれてきた句を拾う。また今も詠み続ける昭和三十五年（一九六〇）生まれの女流俳人二人の十句を拾う。

泰山木乳張るごとくふくらめる　阿部みどり女
炎昼の女体のふかさはかられず　加藤楸邨
女ざかりといふ語かなしや油照り　桂　信子
妻抱かな春昼の砂利踏みて帰る　中村草田男
夏みかん酸っぱしいまさら純潔など　鈴木しづ子
牝獣となりて女史哭く牡丹の夜　日野草城
雪はげし抱かれて息のつまりしこと　橋本多佳子
陽炎へをんなは白く足袋ぬげり　富沢赤黄男

▼北海道生まれの櫂未知子は一匹オオカミ的な存在と言われ、性愛や肉体を表現する。

シャワー浴ぶくちびる汚れたる昼は
毛糸編む女をやめてからひさし
ぎりぎりの裸でゐる時も貴族
春は曙そろそろ帰ってくれないか
花うぐひ愛は汽水に満ち満ちて
わたくしは昼顔こんなにもひらく
いきいきと死んでいるなり水中花
雪は白、雪は白だと諦める
春泥のそのごちゃごちゃを恋と呼ぶ
佐渡ケ島ほどに布団を離しけり

▼神奈川生まれの柴田千晶は、「性を描くことで、存在する不安と孤独を描いてきた」と記す。

夜の梅鋏のごとくひらく足
昼蛙乳房さびしき熱を帯ぶ
機関車の突き刺さりたる春障子
単純な穴になりたし曼珠沙華
快楽はオートマティック紫荊
まはされて銀漢となる軀かな
スクリューのごとき男根枯野星
あたたかや土偶の陰は一本線
白さるすべり女の軀使ひ切る
闇汁の魔羅女陰乳房喉仏

櫂は短歌から俳句へ移った。柴田は俳人であり詩人であり、またマンガの原作や映画の脚本も書くなどマルチ人間のようだ。現代俳句は、いろんな角度から人間を照射、根っこを捉えて問う言葉を投げかける。それをキャッチできる柔軟で寛容なミットを持つことだ。

（2016・9）

135　歌人夫妻

夫妻のうたというより家族のうたを詠んだ二人と言っていい。永田和宏と河野裕子の夫婦のうたと、長男（淳）も長女（紅）も歌人になっての家族のうたを見る。

永田和宏（一九四七〜）は滋賀生まれで京大卒の細胞生物学者。河野裕子（一九四六〜二〇一〇）は熊本生まれで滋賀育ちで京都女子大卒。高安国世に師事の永田二十歳、宮柊二に師事の河野二十一歳の時に歌会で出合い、惹かれ合って結婚。一男一女をもうけた。

永田和宏のうたを拾う。

噴水のむこうのきみに夕焼けを
　かえさんとしてわれはくさはら

林檎の花に胸より上は埋まりおり
　そこならば神がみえるか、どうか

カラスなぜ鳴くやゆうぐれ裏庭に
　母が血を吐く血は土に沁む

あのころは歩き疲れるまで歩き
　崩れるようにともに眠りき

二人は「宮中歌会始」の選者を務め、永田は『朝日新聞』、河野は『毎日新聞』の「歌壇」の選者。

河野裕子のうたを掬う。

たとえば君　ガサッと落葉すくふやうに
　私を攫(さら)って行ってはくれぬか

しんしんとひとすぢ続く蟬のこゑ
　産みたる後の薄明に聴こゆ

手をのべてあなたとあなたに触れたきに
　息が足りないこの世の息が

あの時の壊れたわたしを抱きしめて
　あなたは泣いた泣くより無くて

河野裕子は六十四歳で逝った。息子の永田淳（一九七三〜）も娘の永田紅（一九七五〜）もうたの道を歩んでいる。家族で「逝く母と詠んだうた」の記録を残している。

車でも車椅子でもどこまでも
　連れていくからひとりで行くな　和宏

最後まで感謝の言葉を伝えぇぬ
　わが手を握りさすり続けぬ　淳

ドクダミの季節になればドクダミの
　葉を干して母という日向かな　紅

さみしくてあたたかかりきこの世にて
　会い得しことを幸せと思ふ　裕子

永田が「この人が女房だったことを改めて誇らしく思う」と言う、歌人夫妻の姿を想う。

（２０１６・９）

136　俳人夫妻

大阪生まれの田中裕明（一九五九〜二〇〇四）は「目のなかに芒原あり森賀まり」と詠んだ。愛媛生まれの妻・森賀まり（一九六〇〜）に「顔ちがふやうにも見えて芒原」の句がある。師は共に、東京生まれで俳誌『青』を主宰する波多野爽波（そうは）（一九二三〜九一）だ。一九八三年（昭和五十八）、田中が「童子の夢」で角川俳句賞を受賞した折森賀が「青」に入会、そこで出合い愛を深めた。九一年（平成三）、爽波の死去で俳誌は終刊。

あかあかと屏風の裾の忘れ物
柿の木と放ったらかしの苗代と
西日さしそこ動かせぬものばかり
鳥の巣に鳥が入ってゆくところ　　爽波

田中は京大卒業後、村田製作所に入社。一九八六年、句仲間の森賀まりと結婚。九二年に妻と『水無瀬野（みなせの）』を創刊し、「写生と季語の本意を基本」に作句を続けるが、二〇〇〇年に白血病を発症。〇四年、四十五歳で永眠した。作品は、老成叙法、瑞々しい青春性との評。

今年竹指につめたし雲流る
雪舟は多くのこらず秋蛍
小鳥来るここに静かな場所がある
詩の神のやはらかな指秋の水
向日葵に万年筆をくはへしまま
なんとなく街がむらさき春を待つ
さくらちる髪をつつみて出でしとき
草いきれさめず童子は降りてこず　　裕明

森賀は神戸女子薬科大卒。俳誌『青』に入り、夫と共に『ゆう』を創刊、その間に俳誌『百鳥（ももとり）』にも入会し「夫の俳句に漂っているものと同じ気配」の作句を続けた。夫亡き後は田中裕明研究と作品を語る雑誌『静かな場所』を創刊、その代表に就いている。

香水に守られてゐるかも知れず
山法師一つの朝に夜の来ぬ
天神のつつじを吸うてゐる子かな
我を見ず茨の花を見て答ふ
鉛筆のころがる音は枯木の音
かすかなる空耳なれどあたたかし
自画像の左手隠れ落し水
ひぐらしや暗闇なれば手をつなぐ　　まり

お互いそっと寄り添い、ことばを紡いで日々を生きた。今、妻は「裕明研究」として夫の遺した詞の海を泳ぎ、「人間研究」を続ける。俳人夫妻の愛の形だろう。

（2016・9）

今、川柳ブームが続く。きっかけは、昭和六十二年（一九八七）、時実新子（一九二九～二〇〇七）の川柳句集『有夫恋』がベストセラーになり、〝川柳界の与謝野晶子〟出現ブームが巻き起こって以降の現象に思える。それは本の帯に「妻をころしてゆらりゆらりと訪ね来よ」とあるように、自分を曝け出した真の言葉があるからだろう。

時実は本名・大野恵美子。岡山で生まれ十七歳で嫁ぎ、一女一男をもうけた後、「子を寝かせやっと私の私なり」という台所川柳から始めた。昭和六十年、夫と死別。二年後、二歳年下の秋田生まれの川柳研究家である編集者の曽我六郎（一九三一～二〇一二）と再婚。その年に『有夫恋』が出版され、二人の仕事は大繁忙期を迎える。

斬っても斬っても女のくらがり
明日逢える人のごとくに別れたし
抱かれたくなる不意打ちのロック
さくら咲く一人ころして一人産む
女たり乳房に風をはらむとき
梨の芯かなしいせっくすがおわる
墓の下の男の下に眠りたや
五十を過ぎて天神さまの細道じゃ
菜の花の風は冷たし有夫恋　新子

137 川柳作家夫妻

川柳作家の夫妻は、月刊『川柳大学』を創刊。また「川柳新子座」を主宰するなどの活動が進む中、六郎が癌を発症。新子は介護を尽くし、夫の句集『馬』に「夫は私にとって知識の宝庫。一を問えば十の答を出す根っからの編集者気質に舌を巻く」の賛を記した。

しなやかに言葉を紡ぐ妻がいる
トキザネシンコ？たしかわたしの妻ですが
波よ波よ俺をさらえよ俺を消せ
今日は鬼となる人間の皮かぶる
取り乱す妻でなかなか死ねません
楽しげに妻と語らう死後のこと
ちょんちょんと妻がついばむ朝のめし
休息のつもりが死亡記事となる
妻の骨わたしの骨にふりかけよ　六郎

作家の田辺聖子は「江戸時代に生まれた川柳は大きな民族財産」と言い、「新子川柳」の登場は「日常の俗事をふまえながら花鳥風月を越えたインテリジェンスを持ち、川柳界に新しい道を切り開いた」とし、「愛好家の裾野を広げ、文学に携わる者に衝撃」とまで評価した。裏には名編集者の夫・六郎がいたことを忘れてはなるまい。

（２０１６・９）

138 気になる言葉がいくつもある

妻の親しいA夫人から「朝のラジオを聴いていて応募したらこの詩集が贈られてきました」と、『渡辺玄英（げんえい）詩集』（現代詩文庫）を見せて頂いた。詩の世界とは没交渉のため初めて聞く人物だったが、さーっと見ていくと、アレッと思う言葉に魅かれた。何気ない言葉、だが、気になる言葉がいくつもあるのだ。彼独特の感性なのだろう、読む目を立ち止まらせる。

渡辺玄英（五六）は一九六〇年、福岡市生まれ、詩誌『九』に参加。吉本隆明は彼の詩集を『無』の状態から意味論的に脱出しようという意図が感じられる」と評価した。

気になる言葉、いくつかを拾う。

海には　いかない／コンビニにいく／海の上のコンビニには／影がない／だから夜には　ちょっとうれしい

（「海のうえのコンビニ」）

画面の野ウサギにカーソルをあわせたら／引き金を、ひいてくらさい　／／／　火曜日になったら／戦争に行きまふ／スイッチをいれて、　起動しまふ／戦争はどこですか?／おこらなひでくださひね／ばかばか
（死　げなげなげな／めも

（「火曜日になったら戦争に行く」）

ローカ（……終わりがない　カイダン（……まだ上がれる／たたくさんのボクがたたくさんのカイダンを上がる

（「ココロを埋めた場所」）

けど文字バケして読めない／です／ふあん／です／
ふあんをとどけるのは誰ですか?

（「けるけるとケータイが鳴く」）

あああコンティニューできますか
できまするかかかかかかかかかか

（「ミツバチのよーそろ」）

ただ振動に身をフルふるわせて／くくるおしいししんどうが／けるけると鳴いている

（「星は蘇る」）

もうすぐボクはこわれてしまう／されされとさゆなら揺れて

（「闇の化石」）

北川透の渡辺論には、「彼の玄英という名は、本名でもなければ、ペンネームでもない。もともとは僧名ということだ。（略）あんた誰？と問いかけているのがこの一冊の詩集だからです。彼の軽いしなやかな触覚的な文体が、それを可能にしています」とある。さらに詩人の高橋睦郎には「コンビニ少年に老化が許されない」とある。

詩人はどこへ向かうのだろうか。

（2016・11）

139 子規と碧悟桐と虚子

正岡子規（一八六七〜一九〇二）、河東碧悟桐（へきごとう）（一八七三〜一九三七）、高浜虚子（一八七四〜一九五九）は愛媛県松山市に生まれた。子規は旧制松山中学（現松山東高）に入学するが中退上京、東大予備門に入って夏目漱石、南方熊楠、山田美妙らと同窓になる。しかし大学も中退、新聞記者となり「俳句の革新運動」を始めるが、日清戦争が勃発、遼東半島に渡ったものの下関条約調印により帰途、船中で喀血したことから「鳴いて血を吐く」ホトトギスを自分に重ね、漢字「子規」を俳号にしたと言われる。彼の最初の俳句は明治十八年（一八八五）、友への手紙に記す「雪ふりや棟の白猫声ばかり」だという。

後、明治三十年に松山で柳原極堂（きょくどう）と共に俳誌『ほとゝぎす』を創刊。俳句会などを開くが、短歌も「歌よみに与ふる書」などを新聞連載、和歌を非難しつつ短歌の革新にも努めた。そこへ伊予尋常中学（現松山東高）の同級生で寝食を共にし下宿を「虚桐庵」と名付けるほどだった碧梧桐は、友の虚子を誘って「子規庵」に転がり込み俳句を教わった。子規は「虚子は熱き事火の如し、碧梧桐は冷やかなる事氷の如し」と記す二人を受け入れた。

後年、虚子は、子規から後継者にと要請されるも拒否し、後、碧梧桐の婚約者だった女性と結婚後、「ほとゝぎす」を『ホトトギス』に替えて俳誌を継いだ。明治三十五年、辞世句「糸瓜咲て痰のつまりし仏かな」を残して子規は三十四歳の生涯を閉じた。その後、「鐘つけば銀杏ちるなり建長寺　漱石」に「柿食えば鐘が鳴るなり法隆寺　子規」の返礼句を交わす仲だった子規の友・漱石に、虚子が『吾輩は猫である』の連載を薦めて大評判をとった。大正二年（一九一三）、虚子は碧梧桐の「新傾向」に対抗する「守旧派」を宣言して「春風や闘志抱きて丘に立つ」を詠み、俳壇に復帰した。子規門下の双璧は、俳壇で対立する二大勢力になった。昭和初期、俳句は「花鳥風詠」、「客観写生」の詩、との理念を掲げた虚子の『ホトトギス』は勢力を伸ばし、やがて虚子は日本俳壇に君臨する存在になった。

しかし反目しつつも、かつて親友で激論を交わすライバルだった碧梧桐の死を悼んで虚子は「たとふれば独楽のはぢける如くなり」と詠んだ。また虚子自身は「春の山屍を埋めて空しかり」の辞世を遺して逝った。

同窓が親しく育てた俳句の世界、生きて、詠んで、競った人生、終われば何、の無常が漂う、が、郷土の偉大さも伝わってくる。

（２０１６・12）

140　漁夫歌人・糟谷磯丸

江戸後期、神様になった糟谷磯丸（かすやいそまる）（一七六四〜一八四八）という漁夫歌人がいたことは知らなかった。八十五年の生涯に数万首の歌を詠んだと言われる。

磯丸は、愛知県渥美半島先端の半農半漁の貧しい伊良湖（いらご）に生まれ育った。三十一歳で父を亡くし、母は長い間、病床にあった。彼は母の病の快復を願って、伊良湖神社へのお参りを日々欠かさなかった。そこで参詣人の口ずさむ和歌の響きに魅かれ、歌を詠むようになるが、一漁夫で文字を知らず、「無筆の歌詠み」として評判になると、藩の郡奉行が文字などを指導し「磯丸」の名を与えた。後、京都の歌人の門もくぐった。磯丸、最初の一首。

朝草にかりこめられてきりぎりす
　われもなくかやおれもなくなり

磯丸の歌は、何気ない日常をユーモアで切り取る視点で、謙虚、誠実に生きる人の考えに学んだものが多いと言われる。特に「胸の病の治るうた」と前書きし、「すませただ心の清く澄ときはやまひも水の淡ときえまし」のような「まじない歌」が特徴。それも呪術的ではなく家内安全・無病息災など誠の心を込めた歌を詠む。

人はたゞ下を見てゆけ道すぐに
　上に目のつく蟹は横ばひ

へだてなくうき世の中は照らせども
　心のやみは月も及ばじ

おろかしや餓鬼も地獄も極楽も
　鬼も仏も心なりけり

いづくぞと鬼のすみかをたづぬれば
　おのが心のうちにこそすめ

たみはほねひらけるみよは地かみにて
　君は扇のかなめなりけり

けふありてあすなきものハ世の中の
　人のいのちと春のしら雪

手にとれず目には見えねど天地を
　動かすものは心なりけり

心から人は神にも仏にも
　なせるはなる身をしらぬおろかさ

伊良湖大火で磯丸の家は焼けず、人々は彼を神仏のように崇め始める。辞世が残る。

をしまれてかへる家路もわすれ草
　わけまよふまで生しけるらん

磯丸の歌は災難を救う、と、人々の願いに応えて詠い続けた漁夫歌人の話が伝わる。

（2016・12）

141　畸人俳人・滝瓢水

江戸中期、滝瓢水（たきのひょうすい）（一六八四～一七六二）という俳人がいた。彼は播磨国加古郡別府（べふ）村（現兵庫県加古川市）で「千石船七艘」を有する富豪の廻船問屋に生まれたが、家業は顧みず放蕩三昧、奇行を重ねて家を潰した。

しかし人間味溢れる句を残す。

ある時「ほととぎす鳴きつるかたを眺むればただありあけの月ぞ残れる　後徳大寺左大臣」を俳諧にと請われ、即座に「さてはあの月が鳴いたかほととぎす」と詠んで周りを絶句させた。句作りは冴えていた。彼、経済観念はなかったが、妙に納得の哲学句を詠んだ。

▼太夫を無理に身請けする人に
――手にとるなやはり野におけれんげ草

▼体の養生を娑婆への未練と罵った禅僧に
――浜までは海女も蓑着る時雨かな

▼家業怠り蔵を売ったときに
――蔵売って日あたりの善き牡丹かな

▼孝行できなかった母の墓前で
――さればとて石に布団は着せられず

▼ある家に召された時に
――消し炭も柚味噌に付て膳のうへ

▼寺に立つ句碑には――本尊は釈迦か阿弥陀か紅葉かな

▼替え歌川柳までつくる
――親孝行したくないのに親がいる

▼白隠和尚を賞美して　――有と見て無は常なり水の月

▼達磨図に題して　――観ずれば花も葉もなし山の芋

▼京の友、命落したるをきゝて
――嘘にしていで逢ふまでの片時雨

▼俳事に金銀を使い果たして
――流るるやわが抱籠はあらし山

▼貧困も心にかけぬ元旦に
――かっちりと打つ火のほかは去年の物

▼生涯の秀句と人のいう
――ほろほろと雨そふ須磨の蚊遣かな

自由に生きる野にあって〝誠〟を詠む俳人は、「どうしようもない私が歩いている」の山頭火しかり、「一人の道が暮れて来た」の放哉しかり、この瓢水もまたしかり、で畸人俳人と呼ばれる。だが、彼らが波乱万丈の〝畸人の道〟を歩んできたからこそ〝真〟の言葉も生まれ出たのであろう。やはり瓢水の、奥底に眠るモノを見る目の温かさや、洒落た批評精神の確かさは、〝乱〟を知り尽くした者の〝無〟に宿る飄々とした想いであろう。

（２０１６・12）

142　みだれ髪、について

明治三十四年（一九〇一）、与謝野晶子の処女歌集『みだれ髪』が刊行され、平成十年（一九九八）に俵万智『チョコレート語訳 みだれ髪』が出版された。

いろんな「みだれ髪」について記してみたい。まず晶子の詠む歌に万智の現代語訳がどう付いたかを見る。

やは肌のあつき血汐にふれも見で
さびしからずや道を説く君　　晶子

燃える肌を抱くこともなく人生を
語り続けて寂しくないの　　万智訳

こうした『みだれ髪』にまつわる作品として、昭和三十六年（一九六一）に衣笠貞之助監督が山本富士子・勝新太郎などの出演で映画『みだれ髪』を作り、昭和四十二年には茂木草介脚本による連続ドラマ『みだれがみ』が渡辺美佐子・垂水（たるみ）悟郎らの出演で晶子の生涯としてTV放映された。

また昭和五十年には、与謝野鉄幹と晶子の出合いから死までを描く、和田芳恵著『小説みだれ髪』が出版されている。さらに星野哲郎作詞・船村徹作曲の「髪のみだれに　手をやれば／赤い蹴出しが　風に舞う／憎くや恋しや　塩屋の岬……」の「みだれ髪」のメロディーが、美空ひばり再起の歌として広まった。そして平成八年、歌人の馬場あき子による新作能「晶子みだれ髪」公演が国立能楽堂の能舞台で披露された。

平成二十六年、国文学者の復本一郎により、夭折川柳作家の『川柳みだれ髪——林ふじを句集』が書籍化された。林ふじを（本名・和子、一九二六〜五九）は東京生まれで、結婚後一人娘を生むが夫と死別、病弱なため娘を夫の親族に預けて一人で暮らす。妻子ある男性と恋に落ち、川柳を知る。昭和三十年、川上三太郎主宰の川柳句会に初出席、才能が大きく開花するが若くして逝く。足跡は仲間による「ガリ版刷り句集」が唯一つの記録だった。それが「晶子第一歌集」になぞらえて監修されたようだ。作品を見る。

子にあたふ乳房にあらず女なり
台所妻にもなれず母にもなれず
レッテルは寡婦で賢母であたしは女
量感をたのしむ黒き乱れ髪
ひとりだけかばってくれて好きになり

晶子が歌壇や女性解放に大きな足跡を残したように、ふじをは「川柳という文芸を通して〝ニッポン〟を変える可能性を持っていた女性の一人」と復本は述懐する。

（2016・12）

143　ランドセル俳人・小林凜

二〇一三年、小学六年生の初句集が刊行された。小林凜『ランドセル俳人の五・七・五』（ブックマン社）である。小林凜くん（本名・西村凜太郎）は、母、祖母と大阪府岸和田市で三人暮らし。生まれた時は九四四グラムで、医師から「いつまでの命か……」と言われたが、危機を脱して成長。文字を覚え始めた五歳、五七五のリズムを表現した。小学校入学時は体が弱く小さく、激しいいじめを受ける厳しい学校生活だった。母は何度も学校と話し合うが、状況は変わらず〝命の危機〟を感じて五年生に休学。祖母と散歩に出かけるなどいろんなものに出会い、「俳句という部屋」で楽しんでいた凜くんの世界を広げることになった。

　俳句は、小林一茶の「やせがえる負けるな一茶これにあり」が一番好きで、「小林」に自身の名「凜」を重ねて俳号を「小林凜」とした。九歳の時、「朝日俳壇」に「紅葉で神が染めたる天地かな」が初入選。その後、「いじめられ行きたし行けぬ春の雨」、「いじめ受け土手の蒲公英(たんぽぽ)一人つむ」などで、〝いじめと闘う小学生俳人〟として話題になった。

　子すずめや舌切られるな冬の空
　夏の月疲れし母を出迎えて
　春の虫踏むなせっかく生きてきた
　影長し竹馬のぼくピエロかな
　ゆっくりと花びらになるちょうちょかな
　万華鏡小部屋に上がる花火かな
　百歳は僕の十倍天高し
　生まれしを幸かと聞かれ春の宵
　かき氷含めば青き海となる
　手の平に小さな命春の使者
　蟻の道ゆく先何があるのやら
　その下に仲間がいるよ春の空
　仲直り桜吹雪の奇跡かな

　凜くんは「からかわれ、殴られ、蹴られ、時には〝消えろ、クズ！〟とののしられ」る学校には期待せず、あたたかい家族のもとで「支えてくれる俳句」を通して、一〇五歳の医師・日野原重明さんとの〝俳句文通〟で、命へのまなざし深い言葉を紡いでいる。

　二〇一四年、日野原さんとの共著になる二冊目の『冬の薔薇立ち向かうこと恐れずに』を発刊した。

　凜くんから、小さな命が強い命に変わってゆく言葉の凄さを教えられた。

（2016・12）

144　外国人がHAIKUを詠む

日本文化の「HAIKU」を外国人が詠むようになった。俳句が海外に広まったのは、イギリスの日本文化研究者のR・H・ブライス（一八九四〜一九六四）『HAIKU』による。「俳句は生き方」と記すブライスは、昭和天皇の「人間宣言」詔書の英文原案にも関わった人物。外国人の詠む句を追う。

▼ヘンドリック・ドゥーフ（オランダ、一七七七〜一八三五）春風やアマコマ走る帆かけ船　▼ヘルマン・ファン・ロンパイ（ベルギー、一九四七〜）寒空に見ゆるわが息あたたまり　▼バラク・オバマ（アメリカ、一九六一〜）春、緑と友情アメリカと日本ナゴヤカニ　▼マブソン青眼（フランス、一九六八〜）汐引いてしばらく砂に春の月　▼ドゥーグル・J・リンズィー（オーストラリア、一九七一〜）牡丹雪正座の足を伸ばしけり　▼レディビアード（オーストラリア、一九八三〜）赤ちゃんはメチャかわいいがいつかくさい

さて、「七カ国対抗！外国人新春句会」として集った錚々たるメンバーが、金子兜太を囲んで「初夢」をテーマに俳句バトルを繰り広げた記録がある。

▼アントン・ウイッキー（スリランカ、一九三六〜）
初夢や夫婦喧嘩で怖き夢
▼ロマノ・ヴルピッタ（イタリア、一九三九〜）
初夢や我が故郷に帰るかも
▼ピーター・フランクル（ハンガリー、一九五三〜）
初夢を忘れない為策を練る
▼デビット・ゾペティ（スイス、一九六二〜）
初夢で旅路さまようほのぼのと
▼楊逸（中国、一九六四〜）
初夢に夜風が届く除夜の鐘
▼アーサー・ビナード（アメリカ、一九六七〜）
初夢を告げ合う男女銀座線
▼そして師匠の金子兜太（一九一九〜二〇一八）は
初夢に若き子規の死繰返す

俳句について松尾芭蕉（一六四四〜九四）は「見るにつけ、聞くにつけ、作者の感じるままを句に作るところは、すなわち俳諧の誠」とし、正岡子規（一八六七〜一九〇二）は「俳句をものするには、写実の目的をもって天然の風光を探ること最も俳句に適せり」と記す。文芸評論家の山本健吉（一九〇七〜八八）は「俳句は滑稽なり　俳句は挨拶なり　俳句は即興なり」の言葉を残す。紡ぐ言葉は、日本人であれ外国人であれ、何ら変わらない。

（2018・9）

145　祈りの詩人・河野進

備中玉島円通寺（岡山県倉敷市）は曹洞宗の寺。僧・良寛（一七五八〜一八三一）の修行寺として知られる。良寛は「この里に手毬つきつつ子供らと遊ぶ春日は暮れずともよし」など子供を詠み、諸国行脚、飄逸（ひょういつ）の生活を送り、「形見とて何か残さん春は花夏ほととぎす秋はもみじ葉」の辞世を遺して逝った。この地に、祈りの詩人と慕われた玉島教会牧師の河野進（こうのすすむ）（一九〇四〜九〇）がいた。彼は、昭和の「玉島の良寛さん」と呼ばれた。

河野は和歌山県で生まれ、神戸中央神学校で学んで牧師になった。岡山ハンセン病療養所への慰問伝道に半世紀以上携わった。マザー・テレサに協力し、「おにぎり運動」にも尽力した。さりげない日々の生活の中から、ごく普通の多くの言葉を探し、掬って、紡いだ。

こまった時に思い出され／用がすめば　すぐ忘れられる／ぞうきん／台所のすみに小さくなり／むくいを知らず／朝も夜もよろこんで仕える／ぞうきんになりたい　（「ぞうきん」）

まっ黒いぞうきんで／顔はふけない／まっ白いハンカチで／足はふけない／用途がちがうだけ／使命のとおとさに変わりがない／ハンカチよ　高ぶるな／ぞうきんよ　ひがむな　（「使命」）

人を苦しめる手は／自らを苦しめる手／人をさばく手は／自らをさばく手／人を悲します手は／自らを悲します手／人を喜ばす手は／自らを喜ばす手となる　（「手」）

花は／自分の美しさに気がつかない／自分のよい香りを知らない／どうして人や虫が／よろこぶのかわからない／花は自然のままに／咲くだけ／かおるだけ　（「花」）

芽だけで美し／葉だけで美し／花だけで美し／実だけで美し／一刻一刻が美し／生命にみちあふれる／まっすぐな木になりたし　（「木」）

ほほえんで　よかった／黙っていて　よかった／悪口を言わないで　よかった／我慢して　よかった／怒らないで　よかった／やさしく言って　よかった／お祈りして　よかった／／よかった　よかっただけを　（「よかった」）

彼の処女詩集『十字架を建てる』（ともしび社、一九三八年）の「自序」には、「百人の文学者の批評を恐れず、一人の求道者の共鳴を得たい」と記す。詞は、多くの求道者に届いている。

（2018・10）

146 ―― 鬼畜と呼ばれた獄中の歌人

鬼畜と呼ばれた平尾静夫は、昭和三十五年（一九六〇）十月十四日、刑場で消えた。享年二十八。死刑台に立つ前、彼の闇に一条の光が射し込んだ。歌と出会った。

刑場に果てる命を嘆きつつ
　虫になりても生きたしと思う

この辞世の歌を含め、わずか一年の短い歳月で詠んだ二三二首を収めた遺歌集『虫になりても』（高知歌人クラブ）が、刑死後に発刊された。初めは、宮城拘置所にいた死刑囚の平尾から短歌誌『高知歌人』主宰の田所妙子さんに、突然、歌人クラブ入会の「懇願の手紙」が届いた。後、妙子師は温かな眼差しと深い慈悲の心で、刑執行の日まで彼の魂の絶唱を受け止めた。

執念と多情を持ちて生まれしが
　吾が過失の始めなりしか

房壁に誰が書きしか爪の文字
　「妻よ許せ」と薄く記しあり

母なし妻なし今日の母の日よ
　死刑囚吾は瞼おもたく

子離より飼われて手に乗る十姉妹（じゅうしまつ）
　吾なき後は誰に飼われん

彼は師への手紙に「人の世に生き、許されない罪を犯した私でありましたが、今では前非を悔い、弱いながらも神の信仰を持って心から改心致し、この世に生あるうちに一首でも歌い残したいと思い、纏まらないながらも一生懸命詠んで居ります」と記し、詠う日が続く。

心して話す人なき寂しさに
　今宵も塵紙に歌書きて居り

朝庭の菊の花をば折りし時
　吾が手に移り蟻走るなり

生涯を過ちし吾の眼をさけて
　金魚はその身ひるがえしゆく

刑死する運命あれど今もなお
　生への執着絶ち難きかな

作家の車谷長吉（ちょうきつ）は『虫になりても』を読んで、「（略）すべての人は生まれた瞬間、すでに死刑を宣告されている。（略）幼くして実母と別れ、その後、養母に育てられたが、その養母を殺害した罪で死刑に処せられたのである。尊属殺人罪。（略）田所さんは、この人を『聖者』として取り扱って『罪人』としてはいない。（略）ここに独特の視点がある。（略）平尾氏の発心を見る。（略）平尾氏は刑死したが、歌の命は生きている」と書き記した。

（2018・10）

147　萩原慎一郎は“非正規”歌人

歌を愛する萩原慎一郎（一九八四～二〇一七）は、非正規の仕事をこなし、恋をして懸命に生きたが、中学、高校といじめを受けてきた精神的な不調が続いて、二〇一七年六月八日に自死した。角川全国短歌大賞準賞をはじめ、全日本短歌大会やＮＨＫ全国短歌大会などで受賞を重ね、将来を期待される若手歌人だった。彼の紡いだ言葉の背景に、彼の人生が見えてくる。

屑籠に入れられていし鞄があれば
　すぐにわかりき僕のものだと

消しゴムが丸くなるごと苦労して
　きっと優しくなってゆくのだ

夜明けとはぼくにとっては残酷だ
　朝になったら下っ端だから

コピー用紙補充しながらこのままで
　終わるわけにはいかぬ人生

シュレッダーのごみ捨てにゆく
　シュレッダーのごみは誰かが捨てねばならず

癒えることなきその傷が癒えるまで
　癒えるその日を信じて生きよ

彼は東京の荻窪に生まれ、父の仕事の関係で京都や香港などで暮らした。中高一貫の武蔵中に入学。高二の時、俵万智の短歌に魅せられ、新聞や雑誌に投稿を始めた。早稲田大卒業後はアルバイトや契約社員をしながら短歌会に所属し、創作を続けた。

かっこよくなりたいきみに
　愛されるようになりたいだから歌詠む

作業室にてふたりなり
　仕事とは関係のない話がしたい

ぼくも非正規きみも非正規
　秋がきて牛丼屋にて牛丼食べる

非正規という受け入れがたき現状を
　受け入れながら生きているのだ

あらゆる悲劇咀嚼しながら生きてきた
　いつかしあわせになると信じて

僕は歌う誰からも否定できない
　生き様を提示するために

きみのため用意されたる滑走路
　きみは翼を手にすればいい

彼の死後、遺された二九五首を収めた歌集『滑走路』（角川書店）が刊行された。本の帯には、俵万智の「真っすぐに心を射抜く短歌が、ここにある」の推薦文。

（２０１８・10）

148　囚人労働で囚人道路

囚人は受刑者、被疑者、被告人で、刑事施設の収容者を指す。かつては囚われ人として貴重な労働力になった。明治政府は、未開の地であった北海道の開拓と整備を進めるために、屯田兵や入植者に加えて囚人を労働力として使役した。

まず道路建設が不可欠で、明治二十年（一八八七）から北海道を囚徒流刑地として囚人を送り込み、約九万人の囚人が道路建設などに携わった。

北海道の開削道路約一二〇〇キロのうち約六七〇キロメートルを囚人労働で完成させたという。中央道路（札幌―旭川―北見―網走）は〝囚人道路〟とも呼ばれた。

囚人労働は国土づくりに力を発揮した。囚人への想いも句や歌に詠まれている。

囚人われに監獄のねじり花やさし　栗林一石路

人といふ人のこころに一人づつ
　囚人がゐてうめくかなしさ　石川啄木

囚人かぼちゃ苗を植えわが窓に面している　橋本夢道

紺いろの囚人の群笠かむり
　草苅るゆゑに光るその鎌　斎藤茂吉

事前草の花鞭囚人に千切り難く　香西照雄

鳩よ鳩よをかしからずや囚人の
　「三八七」が涙はがせる　北原白秋

出でて耕す囚人に鳥渡りけり　島田青峰

囚人の撲殺されし午後に受くる
　全裸検査の屈辱感よ　郷　隼人

短日の護送囚人飴につけり　飯田蛇笏

住民は監視カメラに見守られ
　囚人となり果てたのでした　惟任将彦

誰が手向く囚人墓地の吾亦紅　橋本幹夫

母は囚人で父はやくざと計算の
　早い子でいきている　鳥海昭子

真っ直ぐに囚人道路秋の霜　安田敏子

来し道もたちまち塞がれ茅原の
　われは囚人風を見てゐる　和泉鮎子

ヘリ低空夏野に囚人探しとか　猪野ミツエ

職員の目を盗んでは場馴せぬ
　我に手を貸す若い囚人　十亀弘史

現在、国内七十七刑事施設に収容されている囚人は、男性約六万人、女性約五千人。不法滞在などの外国人は約一万九〇〇〇人を超える。

今、囚人労働は技術の向上を図っているようだ。

（2018・10）

149——光のハンセン病歌人・明石海人

静岡県沼津市に生まれた野田勝太郎（一九〇一～三九）は師範学校卒業後、小学校の教職に就いた。二十四歳で結婚、長女出生前後に癩病（ハンセン病）の診断を受けて、兵庫の明石楽生病院に隔離された。

当時、ハンセン病は伝染病で不治の病とされ、差別と偏見の目にさらされた。彼は家を捨て、施設前に広がる明石海峡に名を捨てて「明石海人」とした。

　医師の眼の穏しきを趁ふ窓の空
　　消え光つつ花の散り交ふ

　父母のえらび給ひし名を捨てて
　　この島の院に棲むべくは来ぬ

彼は岡山の国立療養所長島愛生園に移り、収容されるが、知覚麻痺、気管狭窄、失明となり、療友の献身に支えられた。闇を歩み、光を求めて歌人の道を選んだ。

　鉄橋へかかる車窓のとどろきに
　　憚からず呼ぶ妻子がその名は

昭和十四年（一九三九）に腸結核で永眠。

その年、歌集『白描』が刊行され、「序文」が話題になった。彼が幼い頃に遊んだ沼津の千本浜公園に、序文碑と三つの歌碑が建っている。

　癩は天刑である　加はる笞の一つ一つに、嗚咽し慟哭しあるひは呻吟しながら、私は苦患の闇をかき捜って一縷の光を渇き求めた。深海に生きる魚族のように、自らが燃えなければ何処にも光はない　そう感じ得たのは病がすでに膏肓に入ってからであった。齢三十を超えて短歌を学び、あらためて己れを見、人を見、山川草木を見るに及んで、己が棲む大地の如何に美しく、また厳しいかを身をもって感じ、積年の苦渋をその一首一首に放射して時には流涕し時には抃舞しながら、肉身に生きる己れを祝福した。人の世を脱れて人の世を知り、骨肉と離れて愛を信じ、明を失っては内にひらく青山白雲をも見た。癩はまた天啓でもあった

（「序文」）

　さくら花かつ散る今日の夕ぐれを
　　幾世の底より鐘の鳴りくる

　ゆくりなく映画に見ればふるさとの
　　海に十年のうつろひはなし

　シルレア紀の地層は杳きそのかみを
　　海の蠍の我も棲みけむ

いわれなき苦界に生きた歌人は、故郷の土に眠り、里にあたたかな光をそそいでいる。

（2018・10）

150——魂のハンセン病俳人・村越化石

静岡県藤枝市出身の村越化石（かせき）（英彦、一九二二～二〇一四）は、十六歳の時、ハンセン病罹患が判り、旧制中学を退学して治療に専念。この時期に療友から俳句を勧められた。後、結婚をして妻と共に群馬県草津町の国立療養所栗生楽泉園に入園した。そこで句会に入って先輩の俳人から俳句精神を学んだ。新聞への投稿を始めることになり、「化石」を名乗るようにした。これは「本名は名乗れないからね。故郷に帰ることもできない。世の中に出て暮らすこともできない。生きながらにして土の中に埋もれ、すでに石と化した物体のような自分を〈化石〉になぞらえて名付けたんだよ」と述懐している。

除夜の湯に肌触れあへり生くるべし
死者生者涼めとここに沙羅一樹
杖が知り吾が知る朴の落葉かな

昭和二十四年（一九四九）に大野林火（りんか）の句集に感銘を受け「浜」に入会、同人となり指導を受ける。林火の教えを「自らの魂に刻んで」句作を続けた。その頃、ハンセン病の新薬が開発され、「最後のハンセン病患者」として治療を開始。ハンセン病は治療で治る病気となり、死と隣り合わせの闘病生活をしなくていい時代に向かった。

雪水のいのちながらふごと流れ
山眠り火種のごとく妻が居り
望郷の目覚む八十八夜かな
茶の花を心に灯し帰郷せり
よき里によき人ら住み茶が咲けり
生き堪へて七夕の文字太く書く
つるばらや生き会ひて母の辞儀篤し

大野林火は、ハンセン病文学の三本柱として「小説の北条民雄、短歌の明石海人、俳句の村越化石」をあげた。民雄は二十三歳、海人は三十七歳で亡くなり、化石は九十一歳で逝ったことから、「（民雄と海人が）怖しさの中に命を終わったのに対し、化石にはその後の長い歳月があった。化石の特徴はそこにある。いえば、民雄、海人の知らなかった無菌になってからの生きざまである」と記す。化石は無菌になった後、薬の副作用で全盲になるが、草津の大自然の中で、己の生を見つめ、旺盛な句作を続け、蛇笏（だこつ）賞、詩歌文学館賞、紫綬褒章など多くの栄誉を受けた。

見ゆるごと蛍袋に来てかがむ
生きねばや鳥とて雪を払ひ立つ
寒餅や最後の癩の詩つよかれ

（2018・10）

151 俳人と歌人の辞世を追う

この世に別れを告げる時、短型詩の「辞世」を詠む。日本では中世以降、文人の最期や武士の切腹の際などに欠かせない習いの一つになった。和歌など格式高かったが、俗や笑いを持ち込んで、死を描きながら裏には大事なものを隠す「詞」と変化した。句や歌の創作を生業としてきた俳人や歌人の「最期の詞」を追ってみる。

誰彼もあらず一天自尊の秋　飯田蛇笏
盥から盥へうつるちんぷんかん　小林一茶
何処やらに鶴の声聞く霞かな　井上井月
死が見ゆるとはなにごとぞ花山椒　斎藤　玄
春を病み松の根っこも見飽きたり　西東三鬼
藤棚の下にひとりの浄土かな　柴田白葉女
鳥雲にわれは明日たつ筑紫かな　杉田久女
春の山屍を埋めて空しかり　高浜虚子
春の山からころころ石ころ　種田山頭火
ペンが生む字句が悲しと蛾が挑む　竹下しづの女
糸瓜咲て痰のつまりし仏かな　正岡子規

つひに行く道とはかねて聞きしかど
　昨日今日とは思はざりしを　在原業平

雪の上に春の木の花散り匂ふ
　すがしさにあらむわが死顔は　前田夕暮

手をのべてあなたとあなたに触れたきに
　息が足りないこの世の息が　河野裕子

余りにも花の命の短さに
　恨みは深し春の夕暮れ　九条武子

願はくは花の下にて春死なむ
　その如月の望月のころ　西行法師

いつしかも日がしづみゆきうつせみの
　われもおのづからきはまるらしも　斎藤茂吉

雲水のながれまとひて花の穂の
　初雪とわれふりて消ゆなり　野村望東尼

父君に召されていなむとこしへの
　春あたたかき蓬萊のしま　山川登美子

今日もまたすぎし昔となりたらば
　並びて寝ねん西の武蔵野　与謝野晶子

酒ほしさまぎらはすとて庭に出でつ
　庭草を抜くこの庭草を　若山牧水

今も猶やまひ癒えずと告げてやる
　文さえ書かず深きかなしみに　石川啄木

辞世は、その人の人生を遡り、生きざまや人柄が推察できる唯一の言葉だろう。

（2018・10）

石は永遠物として存在しているようで、巨石信仰は各地に伝わり、日本では古来「磐座（いわくら）」と呼ばれて神聖視されてきた。また、生活のそばにある石は、視点を変えれば宝物にもなる不思議な物体だ。石を立てて「立石（メンヒル）」、並べて「列石（アリニュマン）」、円環で「環状列石（ストンサークル）」となる。聖地としての石群が誕生する。とりわけ一番身近なところに墓の石がある。先祖の眠る石には、自然と手を合わせることになる。

　さらに石には、「一石二鳥」、「石の上にも三年」、「玉石混淆」、「他山の石」、「焼け石に水」、「石橋を叩いて渡る」、「木仏金仏石仏」などのことわざも多くある。そして古から俳人や歌人はさりげなく「石」を詠み込んでいる。

　ちなみに小林一茶の詠んだ石の句を追ってみる。

石仏誰が持たせし草の花
丸石のはやけ苔つけ梅の花
山桜花の主や石仏
秋風のふきもへらさず比丘尼石
蟬鳴くや我が家も石になるやうに
百両の石にも負けぬつゝじ哉
秋の夜や祖師もかやうな石枕
名月や石の上なる茶わん酒

152　万葉人は「之を以って」石

石畳つぎ目つぎ目や草青む
石などの玉の手元へ椿
巌には疾（と）くなれさざれ石太郎

　石は暮らしの中で身近なものであるにもかかわらず、季語としては使われていない。ただ、万葉仮名では「以（い）之（し）」と表記されているとされ、漢文読みは「之を以って」になる。まさに「之を以って」石、と言うしかなかったのだろうか。ここで、石を含む歌を追ってみる。

我が君は千代に八千代にさざれ石の
　いわおとなりてこけのむすまで　詠み人知らず
わが袖は潮干に見えぬ沖の石の
　人こそ知らね乾く間もなし　二条院讃岐
遮那王が背くらべ石を山に見て
　わがこころなほ明日を待つかな　与謝野鉄幹
死（し）近き母の心に遠（とお）つ世の
　釈迦の御足跡（みあと）の石をしぞ擦れ　吉野秀雄

　また、石を含む句には、芭蕉に「石山の石より白し秋の風」、「石の香や夏草赤く露暑し」があり、蕪村に「石に詩を題して過る枯野哉」、「冬の梅きのふやちりぬ石の上」などがある。

（2018・10）

153　日月火水木金土を詠む

一週間は日月火水木金土。何故この順番なのか。古代人は、星を地球から遠い順に土星、木星、火星、太陽、金星、水星、月と考え、天界の一日を二十四分割し、この星の並びで一時間ごとの支配とした。

それで一時間ごとに土、木、火、太陽（日）、金、水、月を二十四時間並べると、一日目は土が最初、二日目は日、三日目は月、火、水、木と続き七日目は金となり、土・日・月・火・水・木・金の順に並んだ。ところがキリスト教が広まると「休みの日＝日曜」ができて、「日」が最初になった。

そんな習慣が平安時代初期、中国から留学僧によって日本に伝わった。人々は昔から、「曜日」を詠み込んだ作品を数多く残している。

たんぽぽや日はいつまでも大空に　中村汀女

あしひきの山桜花日並べて
かく咲きたらばいと恋ひめやも　山部赤人

春もややけしきととのふ月と梅　松尾芭蕉

月見ればちぢにものこそ悲しけれ
わが身一つの秋にはあらねど　大江千里

火を囲む海女のけぞりて笑ひけり　片山由美子

火となりてわれに近づく心かと
すういとぴいを思ひけるかな　与謝野晶子

水音たえずして御仏とあり　種田山頭火

千早ぶる神代もきかず竜田川
からくれなゐに水くくるとは　在原業平

きつつきや落ち葉をいそぐ牧の木々　水原秋桜子

一尺に足りぬ木ながら百あまり
豊けき紅梅の花こそ匂へ　斎藤茂吉

金策の目で苗木市通り抜け　波多野爽波

銀も金も玉も何せむに
まされる宝子に及かめやも　山上憶良

杉木立土につく手のうらすゞし　正岡子規

あたたかに焼野の土をもたげゐる
さわらびの芽のなつかしきかも　古泉千樫

さて記憶に眠る「一週間」というロシア民謡のメロディーを呼び覚まし、唄って欲しい。

日曜日に市場にでかけ／糸と麻を買ってきた／／
月曜日にお風呂を焚いて／火曜日はお風呂に入り／／
水曜日にともだちがきて／木曜日は送っていった／／
金曜日は糸まきもせず／土曜日はおしゃべりばかり
／／ともだちよこれが私の／一週間の仕事です

（2018・11）

十二支「子丑寅卯辰巳午羊申酉戌亥」の、鼠牛虎兎竜蛇馬羊猿鶏犬猪を詠む句と歌を拾った。

餅花やかざしにさせる嫁が君　松尾芭蕉

鼠の死蹴とばしてきし靴先を
　冬の群集のなかにまぎれしむ　寺山修司

曳かれる牛が辻でずっと見回した秋空だ　河東碧梧桐

牛飼いが歌よむ時に世の中の
　新しき歌大いに起る　伊藤左千夫

かげろふに寝ても動くや虎の耳　榎本其角

世の中に虎狼は何ならず
　人の口こそなほ勝りけれ　藤原良経

名月やうさぎのわたる諏訪の海　与謝蕪村

白うさぎ雪の山より出でて来て
　殺されたれば眼を開き居り　斎藤　史

一枚の龍のうろこを初硯　長谷川櫂

嵐吹く三室の山のもみぢ葉は
　竜田の川の錦なりけり　能因法師

若き蛇跨ぎかへりみ旅はじまる　西東三鬼

書よみて智慧売る子とは生れざり
　蛇のうすぎぬ価ある世よ　山川登美子

馬の耳すぼめて寒し梨の花　各務支考

154　子丑寅卯辰巳午羊申酉戌亥

さまざまに見る夢ありてそのひとつ
　馬の蹄を洗ひやりゐし　宮　柊二

親よりも白き羊や今朝の秋　村上鬼城

おまえたちしっかりお聞きとまづ言ひて
　羊の母親の必死を思ふ　河野裕子

冬木流す人は猿の如くなり　夏目漱石

猿の子の目のくりくりを面白み
　日の入りがたをわがかへるなり　斎藤茂吉

みの虫をついばむ鶏や燦（さん）として　飯田蛇笏

鶏が鳴く東をさしてふさへしに
　行かむと思へどよしもさねなし　大伴池主

犬どもがよけてくれけり雪の道　小林一茶

玄関にいつも見送りくるる犬
　帰ってこんでいいと鳴くなり　石田比呂志

暁闇を猪やおおかみが通る　金子兜太

猪に芋の畑が全滅と
　歌にして友初めて笑う　佐佐木幸綱

日本で干支（えと）は、十二支（子丑寅卯辰巳午羊申酉戌亥）を指すようだが、本来は十干（甲乙丙丁戊己庚辛壬癸）と十二支が合わさって干支。時間や方位を表す。

（2018・11）

155 癩を生きた詩人・桜井哲夫

青森県鶴田町で生まれた長峰利造は、桜井哲夫（一九二四〜二〇一一）として生きた。彼は十三歳の時に癩（ハンセン病）を発病した。治療薬（大風子油）の効果なく、十七歳で群馬県草津町の国立栗生楽泉園に入園後、出自を明かすことはなかった。園では短歌会に入会、仏教哲学などへの学びを深めていった。昭和二十一年、「断種を条件」に園内の女性と結婚。しかし、手術が不完全だったために妻は妊娠した。中絶を強いられ、生まれた娘はその日に死亡。後に妻も二十六歳で亡くなった。妻の父親はかつて日本統治下の朝鮮でダム建設に従事。作業には多くの朝鮮人が動員され、命を落とした人もいたという。妻の言葉が「私は侵略者」の詩になった。

「侵略者の娘を抱いたあなたは侵略者」／聞きなれない言葉を聞いたのは／結婚して間もない妻の真佐子の口からであった／真佐子に「あなたは侵略者の娘だよ」と言ったのは真佐子の父であった／（略）再び「侵略者」と日本人の口から聞いたのは／詩の先生村松武司からであった／村松武司もまた侵略者の子として生まれ／韓国の中学を卒業している／（略）村松武司は言っていた／「私は侵略者、そして韓国人」と／（略）私は行こう韓国へ／そして韓国人の前で言おう／「私は侵略者」と／そして深く膝を折り謝罪してこよう／私は謝罪の他に何もできないのだから　（「私は侵略者」）

桜井は特効薬（プロミン）の過剰投与の副作用で高熱に侵され、三十歳で失明。また、手首から先を切断し、左の眼球も摘出、鼻孔もわずかに残るだけで口角は裂け、声帯も冒されて、かすかに出る息の音が声である。さらに顔は滅菌のためと、焼きゴテで焼かれてケロイド状となっている。その姿に、最初は誰もが「直視できない」でいた。が、彼は「今の自分がいるのは病気を与えてくれたから」と、人々に優しい言葉を伝えた。ハンセン病問題をはじめ難民支援などにも取り組みながら詩作を続けた。詩作は、目や指などの障害のために口述筆記の方法が採られた。彼は「ハンセン病への偏見の根絶を世界に訴えたい」とバチカンに渡り、ベネディクト十六世からの祝福も受けた。そんな彼の活動をそばで支えたのは、孫も同然の在日韓国人三世の女子学生・金正美（キムチョンミ）だった。彼女は〝祖父〟の目になり、声になり、身の回りの世話をした。桜井は韓国に渡り、大学での講演などを通して謝罪の旅を続けた。癩予防法違憲訴訟の証言台にも立った。青森県からの要請で六十年ぶりに帰郷を果した。

（2018・11）

156 在日ハンセン病詩人・香山末子

昭和十六年（一九四一）、韓国から愛知県豊橋市に移り住んだ在日韓国人の香山末子（本名・金末壬、一九二二～九六）は、二人娘をもうけた後、昭和十九年にハンセン病を発病。下の娘をおぶって群馬の国立栗生楽泉園に入園。失明後の五十歳頃、医師の勧めで園内の「詩話会」に入会して詩作を始めた。詩人の村松武司と出逢って師事。彼女の一篇の詩を読む。

わたしには　カセットのふたを開けて／テープを入れる指がない。／ずうとずうと以前／わたしも指を持っていたのに、／四、五年前から、／指がなくなった。／外科にみんなあずけてある／眼も二十五年前／手術でとって／先生にあずけてある。／わたしが死んで／小さな箱に納まるその日／先生が／「香山さん、眼をかえすよ、／なんでもいっぱい見ることだ……」と言い／外科の看護婦さんは／「香山さん、指を返します／どうぞ何でも自由にお使いなさいね……」／そういってくれるかな？／そういってくれるのを／わたしは／胸の中でしきりに願っている

（「私の指と眼」）

平成七年（一九九五）、生き別れの長女（榎本初子）が五十年ぶりに園を訪ねてきた。娘は園の訪問を迷いに迷った。彼女自身も十二歳で同じ病を発病し、岡山の療養所に入所していた。母は「健康でいてほしかった」と泣いたという。その姿を想像し、それを支えに生きてきた。娘と再会した翌年、母は逝った。作品『草津アリラン』、『鶯の啼く地獄谷』、『青いめがね』を残した。娘が編纂した遺稿集『エプロンのうた』から二篇を掬う。

手繰る糸は切れても／私の希望は／また次の春を待つ／きっといつか／あの児の足音が／もう一度この耳で確かめたい／一目だけでも見たい／あの児のかたち／私は歳老いても希望をつなぐ／くる日くる日の上に

（「小さな希望」）

動けないわたし／死んだらせめて／二つの羽でフワフワーと／飛んでとんで／子供から／また子供へと／おかっぱの頭／あんちゃんの坊主頭と／撫ぜて飛び廻りたい／蝶々になって

（「蝶々」）

村松の跡を継いで彼女を指導した詩人の森田進は「稀に見る痛切な美しさに満ちて光っている」と評価した。

詩人の大岡信は、遺稿集の帯に「異国語（日本語）で口述する彼女の詩が、どれほど豊かな情感に支えられているか、読者は驚きをもって確かめうるだろう」の詞を贈った。

（２０１８・１１）

157　季節をめぐる雨と風

宮沢賢治に「雨ニモマケズ／風ニモマケズ／雪ニモ夏ノ暑サニモマケヌ／丈夫ナカラダヲモチ／慾ハナク／決シテ瞋(いか)ラズ／イツモシヅカニワラッテヰル（略）」の詩がある。いい日旅立ちで歩き始めたとしても、雨も降れば、風も吹く。人生、一寸先は闇。心して歩くことが肝要だ。日本の四季、春、夏、秋、冬に降る雨を、古から多くの俳人、歌人が詠んでいる。

春雨のやまんとしつつ美しく　星野立子

春雨の降るは涙か桜花
　散るを惜しまぬ人しなければ　大伴黒主

夏雨に母が炉をたく法事かな　杉田久女

わが肩に子がおきし手の重さをば
　ふと思ひづる夏の日の雨　柳原白蓮

秋雨の子を遊ばする蓄音機　長谷川かな女

秋の雨晴れ間に出でて子供らと
　山路たどれば裳のすそ濡れぬ　良寛和尚

冬雨の石階をのぼるサンタマリア　種田山頭火

冬の雨慄へて降れるそればかり
　心をぞ引くうき淋しき日　与謝野晶子

日本語の漢字、カタカナ、ひらがなの多彩さも驚く。春雨とか松風など様々。東雲(しののめ)、南雲(なぐも)はあるが、さすが北雲、西雲は無い。これに倣って東西南北の風を見ると、昔から春は東風(こち)、夏は南風(はえ)、秋は西風(ならい)、冬は北風(あなじ)と呼ばれてきた。それらの言の葉の想いが詠まれている。

東風吹いて一夜に氷なかりけり　河東碧梧桐

東風吹かば匂いおこせよ梅の花
　あるじ無しとて春を忘るな　菅原道真

涅槃西風昔語りの母と居り　古賀まり子

かなしみは涙にあらず胸を抜く
　西風として海を慕へり　山口雪香

南風吹けば海壊れると海女歎く　橋本多佳子

南風モウパッサンがをみな子の
　ふくら脛(はぎ)吹くよき愁吹く　北原白秋

北風にさからふ腕をしかと組む　岸風三楼

捲られてブリキ色なる冬空は
　ボーラと呼ばれし北風の所為　阪森郁代

日本の気象は「雨風」は使わず「風雨」を使う。五日ごとに風が吹き、十日ごとに雨が降って豊作の兆しと言われる平穏無事な「五風十雨(ごふうじゅうう)」の世になればいい。

春眠暁を覚えず／処処に啼鳥を聞く／夜来風雨の声／花落つること知んぬ多少ぞ　孟浩然

（2018・12）

158　妖婦と呼ばれても残る言葉

時代を生き抜く中で、「妖婦」と呼ばれてもなお自分の道を歩み続けた女人たちがいた。

北条政子（一一五七～一二二五）、日野富子（一四四〇～九六）、村山たか（一八〇九～七六）、高橋お伝（一八五〇～七九）、下田歌子（一八五四～一九三六）、花井お梅（一八六三～一九一六）、管野スガ（一八八一～一九一一）、柳原白蓮（一八八五～一九六七）、宮田文子（一八八八～一九六六）、波多野秋子（一八九四～一九二三）、阿部定（一九〇五～七一失踪）、山崎富栄（一九一九～四八）の残る言葉を追ってみる。

彼女らにも、それなりの〝理〟があるようだ。

　頼朝の恩義は、あなた方にとって海よりも深く、山よりも重いことを思い返してほしい。　北条政子

偽りのある世ならずはひとかたに
　頼みやせまし人の言の葉　日野富子

おまえさんも臆病だね。男のくせにサ、わたしをごらんよ。女じゃァないか。　高橋お伝

まことに揺籃を揺がすの手は、以て能く天下を動かすことを得べし。　下田歌子

何事も覚悟しました。罪も悔い改めました。　花井お梅

やがて来む終の日思ひ限り無き
　生命を思ひ微笑みて居ぬ　管野スガ

ゆくにあらず帰るにあらず居るにあらで
　生けるかこの身死せるかこの身　柳原白蓮

相手を嫉妬に狂わせ、短銃を打っ放なさせて運よく死ななかったが、自分の頬に一生消えない弾痕の片えくぼを残した……たしかに妖婦と肩書をつけられても文句はない。　宮田文子

わがままのありったけをした挙句に、あなたを殺すようなことになりました。それを思ふと堪りません。　波多野秋子

殺してしまえば、外の女が指一本触れなくなりますから、殺してしまったのです。　阿部　定

私ばかりしあわせな死に方をしてすみません。女として生き女として死にとうございます。愛して愛して治さんを幸せにしてみせます。　山崎富栄

なお、近江国生まれの村山たかは、幕末、井伊直弼の隠密として生き、「柴の戸のしばしと云いてもろともにいざ語らわん埋火のもと　直弼」の歌を大事にして生きたといわれる。

（2018・12）

159 詠まれた川の景色を想う

たおやかな自然に抱かれた母なる川が各地で流れ、流域に住む人々の命と暮らしを守っている。

国管理の一級河川は一万三九五五、都道府県管理の二級河川は七〇五二、市町村管理の準用河川は一万四二五三で、合計三万五二六〇の川がある。

日本列島の〝ふるさとの川〟には、それぞれ歌や句が遺る。詠まれた川の景色を想い、拾う。

北海道（石狩川）、東北（最上川）、関東（利根川）、北陸（千曲川）、中部（長良川）、近畿（宇治川）、中国（太田川）、四国（四万十川）、九州（山国川）に流れる川は、大地を潤し、人の心も潤す、それが川の真だろう。

野の末にほのかに霧ぞたなびける
　石狩川の流れなるらむ　　若山牧水

逝く夏や石狩川は夕陽浴び　　横川俊夫

ひがしよりながれて大き最上川
　見下しをれば時は逝くはや　　斎藤茂吉

五月雨をあつめて早し最上川　　松尾芭蕉

利根川の水は鏡か真なる
　思ひするがの不二のうつし絵　　徳川斉昭

利根川のふるきみなとの蓮かな　　水原秋桜子

蕁草（いらくさ）のごとき神経を刈りはらひ
　汗したたれば青き千曲川　　斎藤　史

ゆく春の濁りも加へ千曲川　　能村登四郎

長良川なつかしかりしかはなみに
　とほきこころの流れよるなる　　柳原白蓮

鵜飼の火絶対不変長良川　　山口誓子

宇治川に蛍の出でむ季となり
　その河岸に山吹散るも　　中村憲吉

宇治川をわたりおほせし胡蝶かな　　高浜虚子

太田川雨に濡れつつ我が来くば
　磧（かわら）の草も離々たるかなや　　吉井　勇

夾竹桃燃えそむ太田川河畔　　松崎鉄之介

四万十に光の粉をまきながら
　川面をなでる風の手のひら　　俵　万智

荒梅雨や四万十川の舟けぶる　　小関忠彦

夕立は山国川の岸の田の
　緑の繻子（しゅす）をもてはやし降る　　与謝野晶子

酔うて急いで山国川を渡る　　種田山頭火

水は命に重なり、川は暮らしを映す。紡がれた言葉は人の想いを大きく広げる。

ただ「川立ちは川で果てる」ことのないように。

（2018・12）

160　俳人たちの辞世句

辞世は、この世の別れに遺す詞。初めは和歌が多かったが、江戸期には裏に重大な意味を息づかせるようになった。幕末に活躍した高杉晋作（一八三九〜六七）の「おもしろきこともなき世をおもしろく」に、勤皇女流歌人の野村望東尼（もとに）（一八〇六〜六七）が続けて詠んだ「住みなすものはこゝろなりけり」を附けて「辞世」がなった。

俳人たちの遺す辞世句を追ってみる。

月も見てわれはこの世をかしく哉　加賀千代女（一七〇三〜七五）

しら梅に明る夜ばかりとなりにけり　与謝蕪村（一七一六〜八三）

木枯しや跡で芽をふけ川柳　柄井川柳（一七一八〜九〇）

盥から盥へうつるちんぷんかん　小林一茶（一七六三〜一八二七）

何処やらに鶴の声きく霞かな　井上井月（一八二二〜八七）

糸瓜咲て痰のつまりし佛かな　正岡子規（一八六七〜一九〇二）

春の山屍を埋めて空しかり　高浜虚子（一八七四〜一九五九）

春の山からころころ石ころ　種田山頭火（一八八二〜一九四〇）

春の山うしろから烟が出だした　尾崎放哉（一八八五〜一九二六）

ペンが生む字句が悲しと蛾が挑む　竹下しづの女（一八八七〜一九五一）

あめつちにひれふすこころ淑気満つ　高橋淡路女（一八九〇〜一九五五）

春を病み松の根っ子も見飽きたり　西東三鬼（一九〇〇〜六二）

藤棚の下にひとりの浄土かな　柴田白葉女（一九〇六〜八四）

戒名は真砂女でよろし紫木蓮　鈴木真砂女（一九〇六〜二〇〇三）

蟬時雨子は担送車に追ひつけず　石橋秀野（一九〇九〜四七）

死が見ゆるとはなにごとぞ花山椒　斎藤　玄（一九一四〜八〇）

失いしことば失いしまま師走　楠本憲吉（一九二二〜八八）

（２０１８・12）

161　歌人たちの辞世歌

辞世の起源は主に中世以降、文人や武士が末期に遺す詞を和歌で作った。王朝時代以来、格の高い歌が詠まれてきたようだ。散りゆく者の多くの歌が遺る。

歌人らが世の去り際に紡いだ辞世の歌を追い、その想いを偲び、考察したい。

術もなく苦しくあれば出で走り
　去(い)ななと思へど児らに障りぬ　山上憶良

つひに行く道とはかねて聞きしかど
　昨日今日とは思はざりしを　在原業平

願はくは花の下にて春死なむ
　そのきさらぎの望月のころ　西行法師

世の哀れ春吹く風に名を残し
　おくれ桜の今日散りし身は　八百屋お七

願はくはのちの蓮の花の上に
　くもらぬ月を見るよしもがな　太田垣蓮月

知りぬべきことは大かた知りつくし
　今何を見る大空を見る　与謝野鉄幹

我が家の犬はいづこにゆきならむ
　今宵も思ひいでて眠れる　島木赤彦

今日もまたすぎし昔となりたらば
　並びて寝ねん西の武蔵野　与謝野晶子

父君に召されていなむとこしへの
　春あたたかき蓬莱のしま　山川登美子

雪の上に春の木の花散り匂ふ
　すがしさにあらむわが死顔は　前田夕暮

たまきはる命澄みつつありむかふ
　山川の瀬の音の清けき　北原白秋

今も猶やまひ癒えずと告げてやる
　文さえ書かず深きかなしみに　石川啄木

京に老ゆ若狭かれひのうす塩を
　こよなき酒の肴とはして　吉井　勇

余りにも花の命の短さに
　恨みは深し春の夕暮れ　九条武子

年々にわが悲しみは深くして
　いよいよ華やぐいのちなりけり　岡本かの子

灯を消してしのびやかに隣にくるものを
　快楽の如くに今は狎(な)らしつ　中城ふみ子

死ぬならば真夏の波止場にあおむけに
　わが血怒濤となりゆく空に　寺山修司

手をのべてあなたとあなたに触れたきに
　息が足りないこの世の息が　河野裕子

（2018・12）

162　歌に詠まれたファン・ゴッホ

イタリアの印象派画家であるフィンセント・ファン・ゴッホ（一八五三〜九〇）は、意外に、いろんな歌人に詠まれている。画家を歌に詠むのは珍しい現象だろう。

まず作家の芥川龍之介の「僻見（へきけん）」という随想の「斎藤茂吉」の項に、「（略）青あをと燃え輝いた糸杉もやはりゴッホの生まれぬ前には存在しなかったのに違ひない。（略）ゴッホの太陽は幾たびか日本の画家のカンヴァスを照らした。しかし『一本通』の連作ほど、沈痛なる風景を照らしたことは必しも度たびはなかったであろう（略）」の記述があり、ゴッホの画を詠んだ茂吉の歌が数首ある。茂吉をはじめとする歌人らの歌を追ってみる。

ヴァン・ゴオホつひのいのちをはりたる
狭き家にきて昼の肉食す　斎藤茂吉

一向に澄みとほりたるたましひの
ゴウホが寝たる床を見にけり　斎藤茂吉

朝焼けの空にゴッホの雲浮けり
捨てなばすがしからん祖国そのほか　佐佐木幸綱

耳を切りしヴァン・ゴッホを思ひ孤独を思ひ
戦争と個人をおもひて眠らず　宮　柊二

ゴッホの耳、否一まいの豚肉は
酢に溺れつつあり誕生日　塚本邦雄

どろどろの心のそこをかきまわし
舞いあがりたるゴッホの鳥　加藤克巳

渡欧してファン・ゴッホ作「ひまはり」の
細部を視姦したる、茂吉　佐藤通雅

南仏の光明るしゴッホには
歓喜を超へて狂気生みしか　五十嵐靖之

チューリップはらりと散りし一片に
ゴッホの削ぎし耳を想ひつ　木村草弥

ゴッホ展ガラスに映る我の顔ばかり
気にして進める順路　俵　万智

詩人の草野心平は、板画家の棟方志功（一九〇三〜七五）を想って「わだばゴッホになる」の詩〈鍛冶屋の息子は／相槌の火花を散らしながら／わだばゴッホになる／裁判所の給仕をやり／貉（むじな）の仲間と徒党を組んで／わだばゴッホになる／とわめいた／ゴッホにならうとして上京した貧乏青年はしかし／ゴッホにはならずに／世界の／Munakataになった／古希の彼は／つないだ和紙で鉢巻をし／板にすれすれ独眼の／そして近視の眼鏡をぎらつかせ／彫る／棟方志功を彫りつける〉を詠んだ。

二人の天才の絵は言葉を紡がせるようだ。

（2018・12）

俳人も詩人も歌人も川柳人も、画を観て人を想って詠み、詞を残す。遺された絵を詠む詞が、妙に画家の姿と重なるのが不思議だ。

俳句の中に画家の名が入ることで、「名」が「画」になり、俳句の「詠み手」と「読み手」が共有の世界に入る。画家の名入りの句を探す。

春深くエゴン・シーレの男女かな　飯島晴子
少年ありピカソの青のなかに病む　三橋敏雄
ゴーギャンが在らばと髪にハイビスカス　伊丹三樹彦
麦秋やゴッホはいつも蒼ざめて　中村恭子
真贋は霧に納めたまま写楽　秋尾　敏
クリムトの金の接吻結氷期　右嶌　岳
春光やモネの描きし水動く　今井肖子
さくらんぼルオーの昏(くら)きをんなたち　石　寒太
いまダリは何をしている昼顔よ　皆吉　司
ゴヤの絵の冷笑壁に春浅し　有馬寿子
羅かけし屏風に透きて歌麿画　阿部みどり女
ルノアールの女に毛糸編ませたし　阿波野青畝
炎帝にダリの時計は溶けゆけり　清水　昶
モディリアーニの少女が雨の薔薇を剪る　角川春樹
雪靴をもてセザンヌの前に立つ　田川飛旅子

163　絵筆を取る人に詞を贈る

北斎の海より青き冬の空　柿内夏葉子
夕辛夷ドガの少女は絵に戻る　河村信子
ミレー見し目に鈴懸の実の明し　松本照子
半袖やシャガールの娘は宙に浮く　三井葉子
ルーベンス満喫ふとる青胡桃　林　翔
花こぶし汽笛はムンクの叫びかな　大木あまり
ルノアール歩くゆたかに若葉雨　日野草城
鳥渡るセザンヌの山ミレーの田　大串　章
ロダンの首泰山木は花得たり　角川源義
モジリアーニの女がのぞく額の花　田村八束
シャガールの青空に手の花辛夷　鈴木蚊都夫
口笛ひゅうとゴッホ死にたるは夏か　藤田湘子
ミレーの絵おぼろの種を播きゐたり　加藤三七子
鳥威(おど)しダリもピカソも知恵貸せよ　林　昌幸
郵便夫ゴッホの麦の上をくる　菅原たつを
一門にモネの睡蓮かがやく日　新井秋鴨

絵を観て筆のタッチを想像しての詞であろう。

十七文字に季語があり、そして「人間も自然の一部」と見る「客観写生」の「短い詩」の「詠み手」は、「読み手」を納得させる。

（2018・12）

天災は忘れた頃に来る、との警句を発した物理学者で随筆家の寺田寅彦の随想「俳句の精神」に、「和歌を詠む者の自殺者は非常に多い」との記述があるそうだ。

昭和十三年（一九三八）十二月、群馬県川場村出身の江口きち（一九一三～三八）は、生活苦から知恵遅れの兄と青酸カリで服毒自殺。彼女は〝女啄木〟と言われた人物。

おのずから亡びの家にうまれし子ぞ
　死にまむかふはものの故にあらず
帰りゆく武尊は荒れてその下に
　住ひうごかぬわがさだめあり

大いなるこの寂さや天地の
　時刻あやまたず夜は明けにけり

昭和三十五年十二月、安保世代の学生歌人として活躍した兵庫県福崎町出身の岸上大作（一九三九～六〇）は、失恋を理由に下宿の窓に首を吊って自殺。

戦いて父の逝きたる日の祈り
　ジグザグにあるを激しくさせる
血と雨にワイシャツ濡れている無援
　ひとりへの愛うつくしくする
意思表示せまり声なきこえを背に
　ただ掌の中にマッチ擦るのみ

164——歌人の自殺者を追ってみる

昭和六十二年八月、東京都北区出身の三国玲子（一九二四～八七）はうつ病で入院中に飛び降り自殺。彼女は新女性時代到来に、期待の歌を詠んでいた。

あざやかな乳首と思ひつつ着替へしぬ
　鋭き女と言はれ来し夜を
何時までか若くあるべき雪明りに
　目覚めし夜半の胸うづくかな
ただ一人の束縛を持つと書きしより
　雲の分布は日々に美し

平成二十九年（二〇一七）六月、東京都杉並区出身の萩原慎一郎（一九八四～二〇一七）はいじめに起因する体調不良で自死。歌は俵万智に触発されて始めた。

屑籠に入れられていし鞄があれば
　すぐにわかりき僕のものだと
ぼくも非正規きみも非正規秋がきて
　牛丼屋にて牛丼食べる
今ぼくの心の枝に留まりたる
　蜻蛉のような音楽がある

今、「自殺」の「殺」を「死」に変えて、「自死」とする動きがあるそうだ。「死」が語り易くなるという。

（2018・12）

165――――俳人に自殺者は少ないというが

俳句で「自死、自殺」を詠んだ句は、「二つ三つ不審もあれど春の自死」（筑紫磐井）、「やがてバスは自殺名所の滝へかな」（櫂未知子）などがあるが、あまりない。

俳人に自殺者は少ない。

昭和三十一年（一九五六）二月、岡山県津山市出身の中村丘（一九三五〜五六）は師・西東三鬼の愛人の一人と恋仲になり、師との争いに悩んで決着を図ったが敗れた。ピストル自殺という衝撃的なものだった。

まさに命を懸けた恋は死の旅だった。

雨は針の如き冷たさ桜満つ
婚約せり冬蠅などと陽を受けて
雷遠のく身の重き蚤飛びつづけ
シャツやハンカチそよぐ彼方の森青し
ピストル拭く刈田に荒く風が来る
鉛管が地にうねうねと冷たい日

昭和五十六年（一九八一）三月、兵庫県姫路市出身の赤尾兜子（一九二五〜八一）は、阪急電鉄の踏切事故（自殺？）で急逝。昭和十六年頃より俳誌に投句を始め、二十四年、京大卒業後、兵庫県庁に入庁。翌年、毎日新聞編集局へ入社、俳句選者となる。特定の俳人に師事せず「前衛俳句系」として活動。後年、俳風も変化した。

花から雪へ砧うち合う境なし
記者の朝ちぎれ靴噴く一刷の血
唖ボタン殖える石の家ぬくい犬の受胎
音楽漂う岸浸しゆく蛇の飢
鉄階にいる蜘蛛智慧をかがやかす

平成十二年（二〇〇〇）六月、京都府城陽市出身の飯島晴子（一九二一〜二〇〇〇）は、うつ病のため遺書を遺して自殺した。彼女は服飾関係の仕事をしていたが、夫の代理で「馬酔木」句会に出席して以降、三十八歳で句作を開始。吟行写生を基本とし、緊張度の高い作句を続け、句集ごとに新たな境地を見せていた。

和泉の底に一本の匙夏了る
蛍の夜老い放題に老いんとす
人間の善意ぎっしり布団干す
蓮根や泪を横にこぼしあひ
狂人に青柿いくつ落つれば済む
花火描一どきに死ぬ寺の中

歌や句の作品鑑賞で「自殺した俳人」という「枕詞」を付けて解釈するが、やはり生きてきた中の作品として「枕詞」を外しての鑑賞が大切だろう。

（2018・12）

166　即興文学「都々逸」も楽しめる

日本の短詩形文学で、和歌・短歌・狂歌（五・七・五・七・七）や、俳句・川柳・狂句（五・七・五）などは多くの作品が残り、今も盛んに詠まれている、が、都々逸（七・七・七・五）は影を潜めているようだ。この即興文学「都々逸」は三味線の曲が加わる独特なものだ。

江戸末期、俗曲の演奏者である都々逸坊扇歌（岡福次郎、一八〇四〜五二）が、当時上方で流行っていた「よしこの節」を元に「名古屋節」の合いの手「どどいつどどいつ」を取り入れたものと言われる。現在、名古屋市熱田に「都々逸発祥之地」碑が建つ。江戸庶民は生来、唄好きだったために、誰でもが歌える即興の「都々逸」が受け入れられて大衆娯楽として広まったようだ。

　恋に焦がれて鳴く蟬よりも鳴かぬ蛍が身を焦がす
立てば芍薬坐れば牡丹歩く姿は百合の花
捨てる神ありゃ助ける神がなまじあるゆえ気がもめる
信州信濃の新蕎麦よりもわたしゃあなたのそばがいい
惚れた数から振られた数を引けば女房が残るだけ
夢で見るよじゃ惚れよが足りぬ真に惚れたら眠られぬ
岡惚れ三年本惚れ三月思い遂げたは三分間
あついあついと言われた仲も三月せぬ間に秋が来る
一人で笑うて暮らそうよりも二人涙で暮らしたい
妾という字を分析すれば家に波風立つ女
逢うたその日の心になって逢わぬその日も暮らしたい
わしとおまえは羽織の紐よ固く結んで胸に置く

都々逸の作者はあまり表に出ないのか、〈作者不詳〉が多い。しかし幕末の志士・高杉晋作は「都々逸」好きで、「三千世界の鴉を殺し主と朝寝がしてみたい」などを遺している。

うちの亭主とこたつの柱なくてならぬがあって邪魔
あとがつくほどつねっておくれ
　あとでのろけの種にする
ジャンギリ頭をたたいてみれば文明開化の音がする
丸い玉子も切りよで四角ものも言いよで角がたつ
いっそ聞こうかいや聞くまいかたたむ羽織に紅のあと
あんな女がどうしていいの
　おまえに似ているとこがいい
入れておくれよかゆくてならぬ私ひとりが蚊帳の外

医師の息子として生まれた扇歌は「親がやぶならわたしもやぶよやぶに鶯鳴くわいな」と詠み、辞世に「都々逸もうたいつくして三味線枕楽にわたしはねるわいな」を唄った。

（2019・1）

167　狂歌と狂句を追ってみる

狂歌は江戸中期、「天明狂歌」と言われるほどに社会現象化してのスタートで、明和四年（一七六七）に十九歳の大田南畝（蜀山人＝四方赤良）の狂詩狂文集『寝惚先生文集』に、平賀源内（一七二八～八〇）が序文を寄せたことから庶民に広まったと言われる。詩集刊行二年後、狂歌連が作られ、創作が盛んになった。狂歌は、社会風刺や滑稽、皮肉などを盛り込んで五・七・五・七・七の音で詠う〝諧謔短歌〟で、独特なものである。歌を拾う。

世の中に蚊ほどうるさきものはなし
　ぶんぶといふて夜も寝られず

年号は安く永しと変はれども
　諸式高値いまにめいわ九

名月を取ってくれろと泣く子かな
　それにつけても金の欲しさよ

狂歌三大家は、朱楽菅江（一七四〇～九九）、唐衣橘洲（一七四四～一八〇二）、四方赤良（一七四九～一八二三）。

やれやれとしほのひるめし急ぐなり
　青うなはらのへるにまかせて　朱楽菅江

とれば又とるほど損の行く年を
　くるるくるると思うおろかさ　唐衣橘洲

世の中は金と女がかたきなり
　どふぞかたきにめぐりあいたい　四方赤良

次に狂歌四天王の銭屋金埒（一七五一～一八〇八）、鹿都部真顔（一七五三～一八二九）、頭光（一七五四～九六）、宿屋飯盛（一七五四～一八三〇）を見る。

屁をひれば音も高野の山彦に
　仏法僧とひびく古寺　銭屋金埒

あらそはぬ風の柳の糸にこそ
　堪忍袋ぬふべかりけれ　鹿都部真顔

ほとゝぎす自由自在に聞く里は
　酒屋へ三里豆腐屋へ二里　頭光

歌よみは下手こそよけれあめつちの
　動き出してたまるものかは　宿屋飯盛

狂句は松尾芭蕉が「狂句こがらしの身は竹斎に似たる哉」と詠み、文政九年（一八二六）頃、眠亭賤丸（一七七八～一八四四）の「俳風狂句」が初めのようだ。

野や草を江戸に見に出る田舎者　作者不詳
出雲ほどかみの集るいい研屋　作者不詳
泥水で白くそだてたあひるの子　作者不詳

狂歌は衰えたが、狂句は鹿児島弁の「薩摩狂句」、熊本弁の「肥後狂句」が、まだ残る。

（2019・1）

168　寺を歩いて、句あり、歌あり

寺境内の玉砂利を歩くと、踏み音とそよ来る風に癒される。そこに句あり、歌あり、ならば心が満たされる。

正岡子規の「柿くへば鐘が鳴るなり法隆寺」は、寺の鐘の音を寺の外で聴き、詠んでいるという。そこで、寺詠みの句や歌を探すと、寺の内での詠みが多いようだ。

石手寺（いしてじ）へまはれば春の日暮れたり　正岡子規
静かさや師走の奥の知恩院　正岡子規
秋さむき唐招提寺の鴟尾（しび）の上に
　夕日は照りぬ山鳩の鳴く　佐佐木信綱
仁和寺（にんなじ）の松の木の間をふと思ふ
　うらみつかれし春の夕ぐれ　若山牧水
降る雨も小春なりけり知恩院　小林一茶
蟬鳴くや六月村の炎天寺　小林一茶
般若寺は端ちかき寺仇の手を
　のがれわびけむ皇子しおもほゆ　森鷗外
大安寺今めく堂を見に来しは
　餓鬼のしりへにぬかづく恋か　森鷗外
鐘つけば銀杏散るなり建長寺　夏目漱石
時鳥あれに見ゆるが知恩院　夏目漱石
冷やかな鐘をつきけり円覚寺　夏目漱石
寂光院みあかしつきぬ秋の暮　山口青邨
仁和寺のついぢのもとの青よもぎ
　生ふやと君はとひ給ふかな　与謝野晶子
御目ざめ鐘は知恩院聖護院
　いでて見たまへむらさきの水　与謝野晶子
瑞泉寺なりしと思ひ衣更　高野素十
仁和寺やあしもとよりぞ花の雲　黒柳召波
罪ふかきもののごとくに昼ながら
　浅草寺のにはとりの声　斎藤茂吉
高雄寺の目したはふかき谷となり
　清滝川のあるがうれしき　中村憲吉
杉本寺まつくらがりの秋の風　松本たかし
馬酔木より低き門なり浄瑠璃寺　水原秋桜子
千年の秋の山裾善光寺　高浜虚子
春寒し朝開帳の善光寺　内田百閒
虫干や東寺の鐘に遠き縁　飯田蛇笏

良寛は岡山県倉敷市玉島の円通寺をよく訪ね、「かたみとて　なにかのこさむ　はるははな　なつほととぎす　あきはもみじば」を遺した。時を超え、種田山頭火が訪ね「岩のよろしさも良寛さまのおもいで」と詠んだ。

寺には言葉を生み出させる力が潜んでいるようだ。

（2019・1）

169――世界一短い自由詩？「冬眠」

福島県いわき市出身の〝蛙の詩人〟と言われた草野心平（一九〇三〜八八）は、慶応大を中退後、中国の大学に留学。そこで日本から送られてきた宮沢賢治の詩集『春と修羅』に刺激されて詩作を開始した。排日運動で大正十四年（一九二五）に帰国。賢治に会うことはなかったが、後に『賢治全集』刊行に尽力した。

昭和三年（一九二八）、蛙をテーマにした初詩集『第百階段』を刊行。その後も蛙の詩を書き続けた。

昭和六十二年には詩人として文化勲章を受章した。

彼独特の蛙の詩がある。一篇は、おそらく世界一短い自由詩であろう。「冬眠」のタイトルで、「●」とある。これはどんな意味を持つ「言葉」なのか、それとも単なる記号なのか、まさに「●」だけだ。もう一篇は「春殖」の題で「るるるるるるるるるるるるるるるるるるるるるるるるるるる」である。蛙の交尾時の擬音語だとかで、三十五個の「る」が並ぶ。また、英語の「Q」が方々を向いて無作為に四十個記された「視覚詩」なる作品もある。これはオタマジャクシを表現しているのだとか。どれも蛙に絡んだものだ。

草野心平は「長女綾子、その四つ下が民平、その四つ下が心平、そのまた四つ下が京子、その三つ下が天平」と記すように二姉妹三兄弟だった。兄も弟も詩人だった。

兄の草野民平（一八九九〜一九一六）は、結核性脊椎カリエスで若くして逝った。彼の詩。

のろま男／いぢけたのろま男／鉛の仮面、悪漢の首領／おもんみる／逃亡者の真実／午さがり／あれに怨すサ／これも赦すサ／いろ男／六百人の軍人の敵愾心／直立したる冷笑と／古今の金言／僧院長の大あくび／文体　肉の彫刻／俺といふもの！　（「俺の説明」）

弟の草野天平（一九一〇〜五二）は、東京の銀座で喫茶店を営むなどの傍ら詩作に入る。後、滋賀の比叡山に移って詩作に励むが、体調を崩し、詩業半ばにして生涯を閉じた。多くの詩を残す。彼の詩。

人は死んでゆく／また生れ／また働いて／死んでゆく／やがて自分も死ぬだらう／何も悲しむことはない／力むこともない／ただ此処に／ぽつんとゐればいいのだ　（「宇宙の中の一つの点」）

超短詩「●」を遺した詩人は、「名誉ある天才は宮沢賢治だ」と賢治を世に出した人でもあった。

ところで、モハメド・アリ（一九四二〜二〇一六）に短詩「me, we」がある。

（2019・1）

170　詠まれた“愛”を読む

五十音は「あ・い・う……」で始まる。あいは愛。

歌人の北原白秋に「五十音」という詩がある。

水馬(あめんぼ)赤いな。ア、イ、ウ、エ、オ。／浮藻(うきも)に小蝦(こえび)もおよいでる。／柿の木、栗の木。カ、キ、ク、ケ、コ。／啄木鳥(きつつき)、こつこつ、枯れけやき。／大角豆(ささげ)に酢をかけ、サ、シ、ス、セ、ソ。／その魚浅瀬で刺しました。／立ちましょ喇叭(らっぱ)で、タ、チ、ツ、テ、ト。／トテトテタッタと飛び立った。／蛞蝓(なめくじ)のろのろ、ナ、ニ、ヌ、ネ、ノ。／納戸(なんど)にぬめってなにねばる。／鳩ぽっぽ、ほろほろハ、ヒ、フ、ヘ、ホ。／日向(ひなた)のお部屋にゃ笛を吹く。／蝸牛螺旋巻(まいまいねじまき)、マ、ミ、ム、メ、モ。／梅の実落ちても見もしまい。／焼栗、ゆで栗、ヤ、イ、ユ、エ、ヨ。山田に灯(ひ)のつく宵の家。／雷鳥は寒かろ、ラ、リ、ル、レ、ロ。／蓮華が咲いたら、瑠璃(るり)の鳥。／わい、わい、わっしょい。ワヰウヱヲ。植木屋、井戸換(が)へ、お祭りだ。

（「五十音」）

詩を読み、さらに詩人と俳人と歌人の〝愛〟を読む。

「みじかい恋の長い唄」　寺山修司

この世で一番みじかい愛の詩は／「愛」／と一字書くだけです／この世で一番ながい愛の詩は／同じ字を百万回書くことです／書き終わらないうちに年老いてしまったとしても／それは詩のせいじゃありません／人生はいつでも／詩より少しみじかいのですから

鞦韆(ぶらんこ)は漕ぐべし愛は奪ふべし　三橋鷹女

啞蟬(おしぜみ)が砂にしびれて死ぬ夕べ
告げ得ぬ愛にくちびる渇く　春日井建

「あい」　谷川俊太郎

あい　口で言うのはかんたんだ
愛　文字で書くのもむずかしくない
あい　気持ちはだれでも知っている
愛　悲しいくらい好きになること
あい　いつまでもそばにいたいこと
愛　いつまでも生きていてほしいと願う事
あい　それは愛ということばじゃない
愛　それは気持ちだけでもない
あい　はるかな過去を忘れないこと
愛　みえない未来を信じること
あい　くりかえしくりかえし考えること
愛　いのちをかけて生きること

愛という言葉は作品に多くあるようで、あまりない。人は心の奥底に隠しているのだろう、か。

（2019・1）

俳人の竹下しづの女（福岡県行橋市中川生まれ、一八八七〜一九五二）の随想「雪折れ笹」は、「雪折れの音にこころをいたましむ　ゐの吉　これが、故人を悼んで下さった、ゐの吉久保博士の弔電であった。白雪によごれしあともなかりけり　菁果　故人の純潔な性格を最もよく知っていて下さった、角菁果さんの悼句……」と書き出され、昭和八年（一九三三）一月二十五日、夫・伴蔵が「四十九才の短い生涯を終った当夜」を記し、「湯葉をとればすなはち御仏」、「貧乏と子が遺るのみ梅の花」と詠む。夫への想いが綴られている。み仏を詠む作を探す。

御仏に昼備へけりひと夜酒　与謝蕪村
御仏の炉辺に在はす桔梗花　阿部みどり女
み仏のめつむりながき秋日かな　桂　信子
み仏にまみえてをりし犬ふぐり　藤島きぬゑ
鹿苑に御仏の顔せる鹿の　長谷川かな女
み仏にささぐる花も葦の華　竹下しづの女
水音のたえずして御仏とあり　種田山頭火
御仏にもらふ疲れや花芙蓉　大木あまり
御仏の山高きより咲く辛夷　影島智子
み仏に美しきかな冬の塵　細見綾子
み仏に逢ひ花に会う若狭かな　小宮久美

171 みほとけの教えまもりて

み仏に大和の春は立ちにけり　吉井恭子
鎌倉や御仏なれど釈迦牟尼は
　美男におわす夏木立かな　与謝野晶子
御仏にそなへし柿ののこれるを
　われにぞたびし十まりいつつ　正岡子規
み仏のみ名を称ふるわが声よ
　わがこゝろながら尊かりけり　甲斐和里子
朝夕のつらきつとめはみ仏の
　人になれよの恵みなりけり　税所敦子
知らずしてわれも撃ちしや春闌くる
　バーミアンの野にみ仏在さず　皇后美智子

昭和天皇は昭和二十四年五月二十四日、御巡行で佐賀県基山町の戦争罹災児救護教養所だった「因通寺洗心寮」を訪ねた。各部屋の子供に「おいくつ？」、「お元気？」などのお言葉をかけられた。

二つの位牌を持った女の子に「どなた？」と尋ねると、「父と母です」との返事。天皇は懸命に生きる子らを見て涙した。御製を詠まれ、寺に贈られた。

みほとけの教えまもりてすくすくと
　生ひ育つべき子らにさちあれ　裕仁

（2019・2）

172　「詞」をつむぐ作詞家たち

「うたの歌詞」はなどと言うが、「歌詞（うたことば）」はもともと日本古来の「和歌」に関わる言葉で、「歌語（かご）」とも呼ばれる。中世以降、「歌詞」は優雅な言葉として、日常の語と分けて位置付けられていくが、藤原定家は「ただ続けがらにて歌詞の勝劣侍るべし」と、個々の詞に良し悪しはなく調和が重要だと記している。

また、日本各地には庶民が唄う、哀愁を帯びて情緒ある「子守歌」も残り、伝わっている。それらは「詩」ではなく、まさにそこに住む人の魂の「詞」だ。

作詞家の中には、うたの言葉は「詩」ではなく「詞」として紡ぐと言い、作品は「作詞」として世に広く伝わる。その「詞」紡ぎを生業とする作詞家たちを追う。

これまで多くの「詞」を残した作詞家らの作品数を見ると、五千曲以上のナンバーワンは阿久悠。続いて秋元康、岩谷時子のようだ。四千曲以上は、なかにし礼、安井かずみ、東海林良、星野哲郎。三五〇〇曲以上は、石本美由起。三千曲以上は、松本一起、松井五郎などで、五百、千曲の作詞家がずらりと並ぶ。いかに「巷」に「詞」が溢れているかだろう。

そして聴覚で感知したメロディーに添って、視覚で学んだ「詞」を口ずさむ日々、嬉しさもあれば悲しさもある。人々のこころの襞に溶け込む「詞」に感謝だ。

ところで平安時代の『梁塵秘抄（りょうじんひしょう）』や室町時代の『閑吟集』は、歌謡集として書かれたものと言われ、曲が失われて現代人は詩のように読んでいる、との解釈がある。だとするなら「詞」は、はじめに「歌」ありき、となる。

近年、「詩のボクシング」が流行った。一九九七年にこれを発足させた音声詩人の楠かつのりは、「いまや喜怒哀楽の感情の発露がポップスやロックの歌詞に奪い取られている。（略）ある意味において、萩原朔太郎や立原道造の正当な継承者は現代のロックやポップスということもできるだろう」と記す。もともと古人は響きを持つ「詞」に親しんでいたのだろう。

言葉の響きを楽しむ詩人の谷川俊太郎『ことばあそびうた』が、人に親しく受け入れられている。言葉の響きの実践が行われている。人は誰も、歩き始めは常に「ここ」から始まる。谷川俊太郎の「ここ」を読む。

どっかに行こうと私が言う／どこ行こうかとあなたが言う／ここもいいなと私が言う／ここでもいいねとあなたが言う／言ってるうちに日が暮れて／ここがどこかになっていく

（「ここ」）

（２０１９・２）

173　〝声なき詩人〟ふたり

生きて懸命に紡いだ言葉が伝わり、共感の思いが広がる素晴らしさを〝声なき詩人〟に学んだ。

脳性まひで寝たきりのベッドから、「生きる心」を発する平田喜久代さん（一九五八〜）と堀江菜穂子さん（一九九四〜）のふたりを追う。

二〇一二年、五十四歳で長崎特別支援学校の中学二年の平田さんは、看護師の妹さんのサポートで、かすかな声で発するコトバが、詩集『きくちゃんの詩(うた)』になった。二〇一七年、二十二歳、寝たきりで自由が利かず喋れない堀江さんは、わずかに動く指先の「筆談」でのコトバから五十四編を選んで『いきていてこそ』を刊行した。

平田さんは五十代で初めて小学生になった。詩作は妹の助けで続けていた。すると支援学校担任の勧めや関係者の協力により『きくちゃんの詩』が刊行できた。後、女優の大地真央さんがTV番組で詩を朗読するなど大きな反響を呼んだ。やがて詩集の中の一編（「虹」）が、大阪の伊藤銀次さん（一九五〇〜）の作曲で記念アルバム『MAGIC TIME』に収録されて、〝作詞家〟の仲間入りをすることになった。メロディーがついた「虹」を記す。

虹って　きれいだな／赤とか黄色とか／どうしてきれいなんだろう／本物は見た事がない／見てみたいなぁ／どうしてかかるのだろう／／虹を見てお願いをしたら／かなうだろうか／たぶんだめかなぁ／歩きたかぁもう　（「虹」）

堀江さんは生後、「重度の脳性まひ」と診断された。東京都立特別支援学校に通い、中学部で筆談などを練習して生活力を身につける自主スクールに参加。「ひらがな」で詩を書き続けた。自己表現の〝筆談言葉〟には、ひたむきな「意志」が込められていた。読んだ人に「意志」が伝わればと、二千余編の詩から「五四(いし)」が編まれた。

詩人の谷川俊太郎は「詩なのに詩を超えて生と言葉の深い結びつきに迫っている」と評した。

詩集タイトルの「いきていてこそ」を記す。

いまつらいのも／わたしがいきているしょうこだ／／いきているから　つらさがわかる／しんでいったともだちは／もうにどと　ともにつらさをあじわえない／／いまのつらさもかんどうも／すべてはいきていてこそ／／どんなにつらいげんじつでも／はりついていきる　（「いきていてこそ」）

ふたりの〝声〟は飛翔し伝わり、人のこころの深淵に届く。生きる真の〝声〟だろう。

（2019・3）

174　季節と月と曜日を詠む俳句

俳句（五・七・五）には「季語」を入れるのが一般的。中国由来の「二十四節気」は、四季の情景を表す言葉で季語にもよく使われる。一年を十二の「節気」と十二の「中気」に分類したもので、そのうち中気の二至（夏至・冬至）・二分（春分・秋分）と、重要な節気である四立（立春・立夏・立秋・立冬）を合わせて「八節」と言う。この「二十四節気」に、さらに日本の暦日である「雑節」が加わって年が巡る。季節と月と曜日を詠んだ句を探す。

▼季節

一挙手も一投足も春を待つ　後藤夜半
子に母にましろき花の夏来る　三橋鷹女
秋深き隣は何をする人ぞ　松尾芭蕉
文と武のいま文のとき冬将軍　鷹羽狩行

▼月

一汁一菜一月の海と空　岡井省二
梅どこか二月の雪の二三尺　小林一茶
三月や茜さしたる萱の山　芥川龍之介
手を合す四月八日の花吹雪　後藤夜半
われ生れ母みまかれる五月かな　山口青邨
六月の水たまり打つまぼろし　金子兜太
七月の婚やこの島花花花　鈴木真砂女
八月や松嶋へ行く人間はん　正岡子規
めをとにはあらぬふたりの九月蚊帳　日野草城
十月の落葉は青くあたらしく　阿部みどり女
あたたかき十一月もすみにけり　中村草田男
なき母を知る人来たり十二月　長谷川かな女

▼曜日

月曜のルソーの絵より水ぬるむ　皆吉　司
火曜日は手紙のつく日冬籠　高野素十
倫理から倫理へ葛の水曜日　坪内稔典
聖木曜月光浴びて石一つ　古賀まり子
暖房や今日十三日金曜日　久保田万太郎
土曜日の光る燕に追い越され　穴井　太
日曜の眼鏡おかれて花映る　桂　信子

二十四節気の月名に定められた十二の節気と中気を記す。十二節気は「立春、啓蟄、清明、立夏、芒種、小暑、立秋、白露、寒露、立冬、大雪、小寒」、十二中気は「雨水、春分、穀雨、小満、夏至、大暑、処暑、秋分、霜降、小雪、冬至、大寒」となっている。

初暦好日三百六十五　村上霽月
一日もおろそかならず古暦　高浜虚子

（２０１９・５）

175　五節句は詠まれている

五節句は、人日（正月七日／七草の節句）、上巳（三月三日／桃の節句）、端午（五月五日／菖蒲の節句）、七夕（七月七日／笹の節句）、重陽（九月九日／菊の節句）である。奇数（＝陽）が重なると「陰」になるので、その避邪の行事が行われてきた。

人日の女ばかりの集まりに　星野立子

七草のまことに淡き粥の味　角川春樹

湯気の立つ七草粥にさみどりの
　ハコベ際立つ今朝のめでたさ　鳥海昭子

芹なずな御形はこべら仏の座
　すずなすずしろこれぞ七草　四辻善成

❖

茶碗あり銘は上巳としるしたり　高浜虚子

雛祭る都はづれや桃の月　与謝蕪村

桃の花ひとひら浮かべ飲み乾せる
　百歳願う白酒の夢　横尾湖衣

太鼓打つ雛は桃にぞ隠れける
　笛吹雛に桜散るなり　正岡子規

❖

老いぼれて武士を忘れぬ端午かな　村上鬼城

女の手ひいて菖蒲の名どころに　山口青邨

かの喬き欅をわたり来し風か
　のぼりの鯉の彩を揉む　田谷　鋭

うす赤き茎匂ひたち菖蒲湯に
　をのこ子ひとり浄められゆく　小宮山久子

❖

七夕の荒波をわたる舟ひとつ　水原秋桜子

年配の色に七夕笹の出来　後藤比奈夫

おほかたを思えばゆかし天の川
　けふの逢瀬はうらやましけり　紫式部

いもうとと七夕の笹二つ三つ
　ながるる川の橋を行くかな　与謝野晶子

❖

重陽の節句と思ふ忌日かな　稲畑汀子

綿きせて十程若し菊の花　小林一茶

秋の菊にほふかぎりは飾してむ
　花よりさきとしらぬわが身を　紀　貫之

極まれる九の数字をもうひとつ
　重陽という今日の一日　今泉由利

中国の暦法と日本の農耕風習が合わさって、邪を払う「節句」が生まれたようだ。

（2019・6）

176　聖徳太子・冠位六徳目の色

聖徳太子（五七四〜六二二）は推古十一年（六〇三）に「冠位十二階」を定め、日本初の位階制度を開始した。「徳、仁、礼、信、義、智」の六徳目を大小に分けて十二階とし、それぞれの冠の色に、紫（徳）、青（仁）、赤（礼）、黄（信）、白（義）、黒（智）の六色を濃薄に分け、紫を最高冠位とした。高貴を表す神秘の紫、知性を表す解放の青、情熱を表す高揚の赤、明瞭を表す躍動の黄、無限を表す清潔の白、重量を表す威厳の黒。

　それぞれの色が詠まれた句と歌を掬う。

戒名は真砂女でよろし紫木蓮　鈴木真砂女

茜さす紫野行き標野（しめの）行き
　野守は見ずや君が袖振る　額田王

振袖はよきかも振って青き踏む　山口青邨

青丹（あおに）よし奈良の都の藤若菜
　けふ新たなり我は空行く　北原白秋

赤のまま天平雲は天のもの　阿波野青畝

我妹子（わぎもこ）が赤裳の裾のひづちなむ
　今日の小雨に我れもや濡れな　作者不詳

黄水仙ひしめき咲いて花浮ぶ　高濱年尾

こういう思想をもって
　黄ばんだ街路樹を仰いでいる　栗林一石路

山のしずけさは白い花　種田山頭火

天の川白き夜ぞらにかひな上げ
　ふれて涼しくなりし手のひら　与謝野晶子

鶏頭の黒きにそそぐ時雨かな　正岡子規

沈黙のわれに見よとぞ百房の
　黒き葡萄に雨ふりそそぐ　斎藤茂吉

冠位の六色の花を詠んだ句を見る。

尼僧きて藤のむらさきくもりけり　秋元不死男

あな青き女帝の山河朴の花　野見山朱鳥

抜き棄てて鶏頭のああ茎も赤し　安住　敦

手燭して色失へる黄菊哉　与謝蕪村

白蓮に純白という翳りあり　能村登四郎

木漏日や黒ばらは紅深きゆゑ　原　不沙

顔は真っ赤、真っ青になり、目を白黒させるが、「徳」を「色」から見るのも興味深い。

また、聖徳太子は推古十二年に「十七条の憲法（いつくしきのり）」を制定し、「和を以て貴しとなす」国とした。

これを親鸞聖人（一一七三〜一二六二）は「和国教主聖徳皇　広大恩徳　謝しがたし」と高く評価し、〝日本のお釈迦さま〟と讃えている。

（2019・6）

177 父を詠む

「父」は、手にムチを持つ象形文字。男子の総称を指す。父親、男親、実父、養父、継父、とうさん、お父さん、とうちゃん、とと様、パパ、親父など、呼び名は様々。「父病めば人遠きかな夏深く終るもの一つ一つたしかむ」（馬場あき子）などの「父」の詠みを見る。

端居してたゞ居る父の恐しき　高野素十
父一人ねんねこを負ひ山を負ひ　中村草田男
手が見えて父が落葉の山歩く　飯田竜太
いまそかる霊の父に卒業す　竹下しづの女
父を待つ子等に灯すや大吹雪　杉田久女
父がつけしわが名立子や月を仰ぐ　星野立子
父のごとき夏雲立てり津山なり　西東三鬼
父の手に子供ねむたし椎の花　斎藤　玄
錦木の仏骨となり父を愛す　寺井谷子
湯冷めしてぞっとするほど父に似る　夏井いつき
生ききってしまふ涼しさ父にあり　今村俊三

父君よけさはいかにと手をつきて
　問う子を見れば死なれざりけり　落合直文
わが通る果樹園の小屋いつも暗く
　父と呼びたき番人が棲む　寺山修司
亡き父の走り書き読む山頭火の
　「俺も死ぬのかこれはたまらん」　佐佐木幸綱
父はむかしたれの少年、浴室に
　伏して海驢（あしか）のごと耳洗ふ　塚本邦雄
虹斬ってみたくはないか老父よ
　種蒔きながら一生終るや　伊藤一彦
夜の淵のわが底知れぬ彼方にて
　ナチ党員にして良き父がいる　小池　光
ちちのみの父と頒てば如月の
　ひとつ哀しみ花びら餅は　道浦母都子
行くのかと言わずにいなくなるのかと
　家を出る日に父が呟く　俵　万智
硫黄島の石ころ一つが遺骨にて
　たったひとつが父の思い出　植村隆雄
傘を盗まれても性善説信ず
　父親のような雨に打たれて　石井僚一
数々の短歌をわれに詠ましめし
　父よ雀よ路地よさようなら　藤島秀憲

父の詠みは、「牡丹の一つ一つに父の空」（原裕）、「生涯の父の号泣敗戦日」（大橋敦子）など、家族の主の父として詠まれ続ける。枕詞は、ちちのみの。

（2019・6）

178　母を詠む

「母」は、女に二つの乳房を加えた象形文字。母親、女親、実母、生母、養母、継母、国母、寮母、聖母、かあさん、お母さん、かあちゃん、ママ、お袋など呼び方色々。「うつし世に人の母なるわれにして手に触(さや)る子の無きが悲しき」（岡本かの子）などの「母」の詠みを見る。

卯の花も母なき宿ぞ冷じき　松尾芭蕉
亡き母や海見る度に見る度に　小林一茶
行く年を母すこやかに我病めり　正岡子規
野を焼いて帰れば灯火母やさし　高浜虚子
うどん供へて母よ私もいただきまする　種田山頭火
漬物桶に塩ふれと母は産んだか　尾崎放哉
夏つばめ母を疑うほど貧し　寺山修司
長寿の母うんこのようにわれを産みぬ　金子兜太
今生の汗が消えゆくお母さん　古賀まり子
せりなずなごぎょうはこべら母縮む　坪内稔典
夜濯のうしろに母の気配して　黛まどか

たらちねの母が形見と朝夕に
　佐渡の島べをうち見つるかも　良寛
たはむれに母を背負ひてそのあまり
　軽きに泣きて三歩あゆまず　石川啄木
はてもなく菜の花つづく宵月夜
　母が生まれし国美しき　与謝野晶子
死に近き母にそい寝のしんしんと
　遠田のかわず天に聞こゆる　斎藤茂吉
母恋しかかる夕べのふるさとの
　桜咲くらむ山の姿よ　若山牧水
母の国筑紫この上我が踏むと
　帰るたちまち早や童なり　北原白秋
垂乳根の母が釣りたる青蚊帳を
　すがしといねつたるみたれども　長塚　節
鉦鳴らし信濃の国を行き行かば
　ありしながらの母みるらむか　窪田空穂
夭死せし母のほほえみ空にみち
　われに尾花の髪白みそむ　馬場あき子
母の住む国から降ってくる
　雪のような淋しさ東京にいる　俵　万智
ポンコツになってしまった母だけど
　笑顔がぼくのこころを救ふ　高山邦男

母の詠みは、「つばくらめ野良にいそしむ母にくる」（市橋一男）、「母の手の冷えきつてゐる春著かな」（大木あまり）など、家族の母として詠み継ぐ。枕詞は、たらちねの。

（2019・6）

179 —— 虹の橋を渡って……

夭折の俳人・森田愛子（一九一七〜四七）は、二十九歳の短い生涯を閉じる三日前、師である高浜虚子（一八七四〜一九五九）に「ニジキエテスデニナケレドアルゴトシ」と電報を打った。

愛子は福井県坂井市三国町で銀行の頭取と名妓の間に生まれ、三国高女卒業後、東京の女子大へ進学するが、病弱なため鎌倉で療養した。そこで結核療養する天涯孤独の伊藤柏翠（はくすい）（一九一一〜九九）と出逢った。

柏翠は「ホトトギス」の虚子門下だった。鎌倉の地で愛子は柏翠に弟子入りし、二人は深い愛で結ばれ、句作が続いた後、三国で愛子の母と三人暮らしを始めた。

虚子は美人聡明な孫弟子をとても可愛がった。そして娘の立子と三国の〝愛居（愛子の居）〟を訪ねた時を小品「虹」に書き留めた。作品は愛子と柏翠をモデルにした小説になった。また、虚子は浅間山に素晴らしい虹がかかるのを目にして、「虹の橋を渡って鎌倉に行きませう」と呟き、彼女を想い儚い「虹」を詠んだ。

浅間かけて虹の立ちたる君知るや
虹立ちて忽ち君の在る如し
虹消えて忽ち君の無き如し

愛子は応えるように「虹の上に立てば小諸（こもろ）も鎌倉も」と詠んだ。彼女の句を探す。

わが家の対岸に来て春惜しむ
菜洗うも濯ぐも一つ桟橋に
お天守の中の暗さや花曇
化粧して病みこもり居り春の雪
啄木鳥や山門までの杉襖
虹の上に立ちて見守るてふことも
美しき布団に病みて死ぬ気なく
春風にふかるゝまゝにどこまでも
傘の柄を袖に包みて時雨冷え

ある随想に「愛子さんをたずねると三好達治が訪問中だった」と記されており、詩人の達治は彼女を通して虚子を知り、句会にも参加した。

愛子は師への想いが強かった。

彼女の句碑のうち、東尋坊の岩礁を望み、並んで建つ三人の碑は、遠く海原を見晴るかす。

野菊むら東尋坊に咲きなだれ　高浜虚子
雪国の深き庇や寝待月　森田愛子
日本海秋潮となる頃淋し　伊藤柏翠

愛子には伊藤柏翠との共著の句集『虹』がある。

（2019・6）

180 天・地・人の歌と句をさがす

中国の古代思想の一つ「三才の道」は、天・地・人を言い、宇宙の万物を象徴する言葉。天道に陰陽、地道に柔剛、人道には仁義の働きがあり、自然界と人間界の融合を表すようだ。干支で運を占う算命学では、天は霊的世界で魂、地は現実的世界で肉体、人は精神的世界で心を表すとし、人間形成には、この三つを理解した上での子育てが大事だと言われる。

まず天地があり、人が居る。天地を眺め、人の世で生きる詞を探す。歌と句を見る。

天地の神にぞ祈る朝なぎの
　海のごとくに波たたぬ世を　　昭和天皇

梅雨晴れの午後のくもりの天地の
　つかれしなかにほととぎす啼く　　若山牧水

天地の間にほろと時雨かな　　高浜虚子

天地を神代にかへす朧かな　　野村泊月

「天」は、人の上に存在する。陽気の象徴であり、「天にも昇る気分」という表現がある。

天の海に雲の波たち月の船
　星の林に漕ぎ隠る見ゆ　　柿本人麻呂

ひさかたの天より露の降りたるか
　一夜のうちに萩が花咲く　　斎藤茂吉

寒月や門なき寺の天高し　　与謝蕪村

時は今天が下知る五月哉　　明智光秀

「地」は、人の下に存在する。陰気の象徴であり、「地に足が着く」という慣用句がある。

かぎりなき地の平和よ日もすがら
　響をあげて風やみしかば　　佐藤佐太郎

地底ふかく眠れる物がゐはせぬか
　地に影なし男の動く　　橋本千恵子

地に降りて枝に戻りて鳥交る　　佐藤念腹

地の底の燃ゆるを思え去年今年　　桂　信子

「人」は、天の下、地の上にあり、「ジン、ひと、ニン」と読み、「人を見て法を説け」と言われる。

人はいさ心も知らずふるさとは
　花ぞ昔の香ににほいける　　紀　貫之

人を恋ふる思ひに耐へてむかひをり
　大海原の夕焼くる色　　岡野弘彦

人の気を花に乗せてゆく桜かな　　松尾芭蕉

ほんにあたゝかく人も旅もお正月　　種田山頭火

生け花も、天は「導くもの」、地は「従うもの」、人は「和するもの」と人と自然の調和を表す。

（２０１９・７）

181——元プロボクサーの歌人がいる

兵庫県神戸市出身でプロボクサーだった歌人がいる。

「ボクシング選手名鑑」によると、一九六九年四月十九日生まれの千里馬哲虎（せんりまてつとら）、二十一勝（11KO）五敗三分け、とある。本名は康哲虎（カンチョルホ）で在日コリアン三世である。彼は十九歳でボクシングの世界に入り、〝神戸の虎〟と呼ばれ名勝負を繰り広げた選手で、二〇〇二年に引退した。

ボクサーの明日を預かるセコンドの
　心が投げた黄色いタオル

彼は「網膜剥離」でリングから去った後、看護師免許を取得し、認知症ケア専門の看護師として働いている。

愉しみは歌を詠むことで、「朝日歌壇」の常連として活躍している。

本名でやってみろよと十代の
　我を引きあげしボクシングの師

ボクサーが元ボクサーになりにけり
　網膜剥離を告げられたる日

十五年サンドバッグを叩きし手
　われは肩もみ上手な看護師

喪失の底にも芽生えがあることを
　認知症ケアの醍醐味と知る

地下鉄の吹きあげる風は一瞬の
　ボクサーの夢人ごみに消ゆ

争いはしない言い負かされてもいい
　吠えないでくれわが喉仏

戦争の起きないように武器を買う
　戦争が出来るくらいの武器を

母国語と母語を隔てる日本海
　一度も越えず霞むふるさと

康（かん）と康（こう）二つ呼び名で生きており
　未だ一秒電話に惑う

カンさんは竹かんむりのカンですか
　訊かれて微笑む私の名前

国籍はどうでもいいと嘯（うそぶ）けば
　老いたるアボジ、オモニが黙る

小六と小五の娘が言い放つ
　「アッパの短歌は工夫が足りない」

彼は「どつかれたら、どつき返す。世界王者になりたい」と、昔かたぎの武骨一途な遅咲きボクサーだった。リングを去ると、今度は本格的に言葉のボクシングを始めて三年で「第三十四回（二〇一八年）朝日歌壇賞」を受賞した。キレのいいシャープな言葉を繰り出す。

（2019・8）

182　母子草と父子草それに親子草

母子草（ははこぐさ）は、キク科の越年草。全体に白い毛、黄色の小花で若い葉や茎は食べられる。春の七草の一つ「御形」である。父子草（ちちこぐさ）は、キク科の多年草。葉や茎に綿毛が密生、茶褐色の花をつける。母子、父子があれば親子も、で「ユズリハ（楪、杠葉など）」の別名が親子草だった。ユズリハは、新葉が芽生えると古葉が落ちる「譲り葉」であり、自然界の呼び名もうまくできているものだ。

生活のそばの母子草と父子草、それに親子草の句や歌を追ってみる。

父子草母子草その話せん　　高野素十

叔父の家無住となりて三十年
　父子草咲き母子草咲く　　小林清次郎

映画『母子草』（山村聡監督）は、昭和三十四年（一九五九）公開。田中絹代（一九〇九～七七）が主演して、「先妻の子二人と実子一人を女手で懸命に育てるドラマ」だった。多くの人を魅了した。

老いて尚なつかしき名の母子草　　高浜虚子
百歩にて返す散歩や母子草　　水原秋桜子
菩提寺へ母の手を引き母子草　　富安風生

母子草より集まりて白じろと
　花さけるありさまのあはれに　　窪田空穂

映画『父子草』（丸山誠治監督）は、昭和四十二年（一九六七）公開。渥美清（一九二八～九六）主演で、「人には語れない哀しみを表現している」と評判。その後、「寅さん」シリーズが始まった。

百年の乱を催す父子草　　三橋敏雄
許し合ふ時いつの日か父子草　　五十嵐郁子
たまさかに子と野に出れば父子草　　轡田　進

花の色はちゝこぐさにてみゆれども
　ひとつも枝に有べきはなし　　凡河内躬恒

ユズリハは、子孫繁栄を象徴するめでたいもので正月飾りにも使わる。

ゆずり葉や口にふくみて筆始　　宝井其角

古に恋ふる鳥かも弓絃葉の
　御井の上より鳴きわたりゆく　　弓削皇子

しずかなる冬木のなかのゆずる葉の
　にほふ厚葉（あつは）に紅のかなしさ　　斎藤茂吉

また「母子草」と題する歌は、菊池章子や藤あや子などが唄った。ただ「母子草とその名教えし一瞬の母のない子の表情忘れず　鳥海昭子」の心を配って、想いを人に伝えねばならない時がある。

（２０１９・８）

俳句人口はどれほどだろうかと調べるが、はっきりしない。まだ本格的な調査はされていない。関係者の言は推測人口で、せいぜい三百万人であろうか、とのこと。五・七・五の短詩形文学の入門は簡単で、すぐに馴染め、深まってゆくようだ。楽しめる言葉遊びだ。

俳句は一句に一季語で「季重なり」はダメという意見もあるが、古より句は多い。

しばらくは花の上なる月夜かな　松尾芭蕉
雪しろのかかる芝生のつくづくし　良寛
猫の子が手でおとすなり耳の雪　小林一茶
四五人に月落ちかかるをどりかな　与謝蕪村
行水の捨てどころなし虫の声　上島鬼貫

一句に一季語しか認めないという拘りもわかるが、「季重なり」の特別な味わいもある。

目には青葉山ほととぎす初がつを　山口素堂

この句は「季重なり」の代表作とされる。「青葉」、「山ほととぎす」、「初がつを」は夏の季語が重なっている。駄句かといえば、そうではない。「青葉」は目で鑑賞する「視覚」、「山ほととぎす」は鳴き声が耳に届く「聴覚」、そして「初がつを」は食べて味わう「味覚」を言うようで、抵抗なく楽しめ、記憶に残る句である。まだまだ名句あり、追ってみる。

蝶の舌ゼンマイに似る暑さかな　芥川龍之介
学僧に梅の月あり猫の恋　高浜虚子
啄木鳥や落ち葉をいそぐ牧の木々　水原秋桜子
みづみづしセロリを噛めば夏白ふ　日野草城
かりかりと残雪を喰み橇をひく　飯田蛇笏
夕月や納屋も厩も梅の影　内藤鳴雪
小春日や石をかみ居る赤とんぼ　村上鬼城
梅雨ながら且つ夏至ながら暮れゆく　相生垣瓜人
楠の冷八十八夜足袋をはく　森　澄雄

俳句は連歌の「発句」が独立したもので、まずは季節の詞だとされる。

季語は連歌師によって整理され、飯尾宗祇（そうぎ）『白髪集』や野々口立圃（りゅうほ）『はなひ草』、北村季吟（きぎん）『山之井』、曲亭馬琴『俳諧歳時記』などに集められた。また、季語には種類があり、自然界の「事実の季語」と直接的な「指示の季語」、伝統的な「約束の季語」の三つに分けられるという。

近代に入り、正岡子規は『俳諧大要』で「季語による四季の連想が重要」と説いた。

とにかく俳句の世界、「季語」は無尽蔵と言っていい。

（２０１９・８）

183——俳句の「季重なり」も楽しめる

184　四S、四Tと呼ばれた俳人たち

時代時代に多くの俳人が生まれ、名句を遺した。昭和の初め、高浜虚子主宰の「ホトトギス」結社の講演会で、俳人の山口青邨が語った「東に秋素の二Sあり、西に青誓の二Sあり」との名文句が、「四S」の由来という。

▼水原秋桜子（一八九二〜一九八一）
短歌に学んだ叙情的句風。東京都千代田区出身。
天平のをとめぞ立てる雛かな
冬菊のまとふはおのがひかりのみ

▼高野素十（一八九三〜一九七六）
簡潔で即物的な写生句。茨城県取手市出身。
方丈の大庇より春の蝶
空をゆく一とかたまりの花吹雪

▼阿波野青畝（一八九九〜一九九二）
市井生活を題材に自在な句境。奈良県高取町出身。
さみだれのあまだればかり浮御堂
山又山山桜又山桜

▼山口誓子（一九〇一〜九四）
都会的な素材、知的即物的な句風。京都府京都市出身。
学問のさびしさに堪え炭をつぐ
ピストルがプールの硬き面にひびき

また昭和初期、女流俳句を支える四人に評論家の山本健吉は「日本の俳句における四T」と名の頭文字をとって名付けた。台所俳句などで活躍する四人を特徴づけた。

▼橋本多佳子（一八九九〜一九六三）
哀愁、自我など微妙な心理を詠む。東京都文京区出身。
白桃に入れし刃先の種を割る
老いよとや赤き林檎を手に享くる

▼三橋鷹女（一八九九〜一九七二）
前衛的な句風で女性の情念を詠む。千葉県成田市出身。
ねこやなぎ女の一生野火のごと
鞦韆は漕ぐべし愛は奪うべし

▼中村汀女（一九〇〇〜八八）
家庭の日常を情感豊かに詠む。熊本県熊本市出身。
たんぽぽや日はいつまでも大空に
蜩に母の姿を追ひあそび

▼星野立子（一九〇三〜八四）
明るく伸びやかな感性で日常を詠む。高濱虚子の次女。東京都千代田区出身。
しんしんと寒さがたのし歩みゆく
父がつけしわが名立子や月を仰ぐ

四S、四Tともに時代が選んだ俳人であろう。

（２０１９・８）

第4章　言葉に遊ぶ

185 日本語いろいろ

寿司屋での言葉が面白い。いいネタがあり、トロ一貫をムラサキで、テッポウあり、テッカあり、シャリがいい。エビやシロウオのオドリもあり、シメはカッパにして、アガリをいただく。おあいそとなる。

日本語いろいろ、言葉が踊る。

シャリは白米だが、語源はサンスクリット語の「sali」と言われる。また、仏や聖者の遺骨の粒を仏舎利と言うが、形状が米粒に似ていることから、これが語源とも言われる。いずれにしろ、シャリには尊い意味が込められている。ムラサキは醤油。アガリは茶、これは花柳界の言葉で「最後」だが、案内したお客が座敷に上がり、まずお茶を飲む、などからの由来のようだ。いろいろある。

日本語の多彩さはすごい。モノが同じでも呼び名が地域によって違う。北から南の日本列島、モノの呼び名の分布図を調べ、いくつかを拾ってみた。

絆創膏（ばんそうこう）は、サビオ、カットバン、バンドエイド、キズバン、バンソウコウ、リバテープと六パターンの呼び方が地域によって分かれている。

蝸牛（かたつむり）は、カタツムリ、デンデンムシ、ナメクジ、マイマイ、ツムリ、チンナン、ツンナメなどとなる。

体調が悪い時には、えらい、しんどい、だるい、きつい、こわい、などと言う。

「ものもらい」になると、めいぼ、めもらい、ものもらい、めっぱ、めんぼ、めぱちこ、めぼう、めぼ、ばか、めぼいた、おでき、おともだち、おきゃくさん、めかいご、めんぼう、めんちょ、と、まだまだありそうだ。

こうした言葉は方言ではないといわれる。そう言えば、いくつもの呼び名をこれまで使ってきた気がする。地域によって世代によって呼び名が変わってくる。

ところで関西では武家社会からの慣わしで、「お刺身」を「刺す」は縁起悪いと「お造り」と呼ぶ。

また近年、珈琲に入れる「ミルク」を「フレッシュ」と言うそうだが、さて……。

赤ちゃんの夜泣き薬は東西を二分していて、関東では「宇津救命丸」、関西では「樋屋奇応丸」で、四百年の歴史を持ち、共に生活に刻まれた言葉になっている。

日本語も方言が加わると、また、どれだけ広がるかわからない。「頑張る」にしても、けっぱる（北海道）、ぎんばる（山形）、りきむ（石川）、きばる（大阪）、せーだす（三重）、むくる（高知）、ぎばむ（島根）、がまだす（熊本）、きばつ（鹿児島）、ちばいーん（沖縄）と、いろいろだ。

（２０１５・８）

186 どう違うのだろう

ある絵画展で「こちらはフクロウであちらはミミズクです」との説明を聴き、フクロウとミミズクはどう違うのだろうと思った。フクロウは「不苦労」と、縁起のいい鳥として親しまれている。フクロウ目フクロウ科フクロウ属に分類されるが、ミミズクはフクロウ科の羽角、いわゆる「耳」のある種の総称を言う。アオバズクなど「ズク」は元来、古語で「ふくろう」の意味をもつ。

また鷹、鷲、鳶の違いを調べると、全てタカ目タカ科に属する禽獣類だが、オオワシ、イヌワシなどは大きく、オオタカ、クマタカは小さめになり、「トンビがタカを産む」と言うように雑食性のトビは格下。この鳥たちは大きさや模様などで分別されている。

ところで、妖しいほどの赤の彼岸花。別名はサンスクリット語で「天界に咲く花」の意味の曼珠沙華（まんじゅしゃげ／かんじゅしゃか）と言い、仏教の経典に由来。「死人花」、「地獄花」、「幽霊花」などの呼び名があるのは、花に毒のアルカロイドがあり、「毒花」、「痺れ花」として田んぼの畦などに咲き、モグラやネズミの防除になる。もちろん人間が口にすれば「彼岸（死）」にゆく花だから「彼岸花」との説もある。しかし妖艶な赤に癒される人もいるというから人様々だ。また、花のある時に葉がなく、葉のある時に花がない「葉見ず花見ず」とも呼ばれている。秋に開花し、冬は葉のまま越し、春に栄養を貯め、夏は葉を枯らして休眠する、普通の草花と逆の「彼岸花」生長サイクルが面白い。

彼岸といえば、ご先祖さまへのお供え物に「ぼたもち」と「おはぎ」がある。これらはモチ米とウルチ米を混ぜて炊き、つぶして丸め、小豆餡で包んだ和菓子で基本的には同じ。だが、季節で作り方が違う。

小豆収穫の秋、とりたての小豆を使う「粒餡」の「おはぎ」と年を越して固くなった小豆の皮を取る「漉餡」の「ぼたもち」が一般的なようだ。

また呼び名は、春咲く牡丹に因んだ「牡丹餅」は、秋の萩では「御萩」に変わる。それに夏は「夜船」と言い、冬は「北窓」とも呼ぶそうだ。とにかく五穀豊穣の餅に魔除けに通じる小豆が使われ、貴重な甘いご馳走を振舞う日本の風習に根付いており、幸運の象徴として「棚からぼたもち」の言葉も生まれている。

さらにワカシ→イナダ→ワサラ→ブリと大きくなるにつれて名前が変化する出世魚もいる。普通の生活の中、思い巡らすと、色々妙で不思議、楽しめる国の姿がある。

（2015・9）

187 世界の人、最期の言葉

人は生きて言葉を残す。死を越え、言葉は生きる人に道を伝える。言葉を残し、生きてゆく姿を見守っているのかも知れない。世界の人の最期の言葉を拾ってみる。

「私の図形に近寄るな」　アルキメデス

「わが神よ！　どうして私をお見捨てになったのですか」　イエス・キリスト

「おや、おまえ、ここにいたの？」　クレオパトラ

「僕はこんなふうに死んでいきたいと思ってたんだ」　ファン・ゴッホ

「その枕を持っていってくれ。もう必要ないから」　ルイス・キャロル

「なにか飲み物をくれ」　ピカソ

「向うはとても美しい」　トーマス・エジソン

「じゃあ、また。いずれあの世で会えるんだから」　マーク・トゥエイン

「天国では耳が聞こえるようになっていて欲しいな」　ベートーヴェン

「人間一度しか死ぬことはできない」　シェイクスピア

「よろい戸を開けてくれ。光を……、もっと光を……」　ゲーテ

「何もかもウンザリしちゃったよ」　チャーチル

「もう結構です。そっとしておいてください」　キューリー夫人

「それでも地球は動く」　ガリレオ・ガリレイ

「私の時計はどこだ？」　サルバドール・ダリ

「人生はカネで買えない」　ボブ・マーリー

「書くんだ、紙、鉛筆……。僕は死ぬ……」　ハイネ

「こんな骨董品、大事にしなくていい」　バーナード・ショー

「私が死んだら、会いにこないでほしい」ローランサン

「お願い、私をひとりにして……」　ダイアナ元王妃

短い言葉でも、その人の姿を想像できる。

次の遺言詩なども残る。

「束縛があるからこそ　私は飛べるのだ　悲しみがあるからこそ　高く舞い上がれるのだ　逆境があるからこそ　私は走れるのだ　涙があるからこそ　私は前に進めるのだ」　マハトマ・ガンジー

生きてきた軌跡があって最期の一言がある。

なるほどの人もいれば、意外な人もいる。

残された言葉は、ひとり生きはじめ、その人の姿を、時を超え、伝え始める。

（2015・12）

188　元をたどれば女言葉

『万葉集』の「……なををしみ人に知らえず恋ひ渡るかも」が「名を惜しむ」の源流だという。源平の武士が好んで口にした「名こそ惜しけれ」は、自分の名に誇り、名誉を重んじる武士の気概を表しているのだが、元をたどれば女言葉のようで、彼女らは、「こんな男と」という浮き名の流れることを非常に恐れたようだ。

玉くしげ覆ふを安み開けていなば
　君が名はあれどわが名し惜しも　鏡王女

いのちより名こそ惜しけれ武士の
　道にかふべき道しなければ　森迫親正

ちはやぶる神の斎垣を超えぬべし
　今はわが名は惜しけくも無し　作者不詳

人はいさ我はなき名の惜しければ
　昔も今も知らずとを言はむ　在原元方

おほかたはなぞや我が名の惜しからむ
　昔のつまと人に語らむ　貞元親王

花薄穂にいでて恋ひなば名を惜しみ
　下ゆふ紐のむすぼほれつつ　小野春風

何かその名の立つことの惜しからむ
　知りて惑ふは我ひとりかは　藤原興風

妹が名も我が名もたたば惜しみこそ
　富士の高嶺の燃えつつわたれ　作者不詳

名を惜しむ心は、女の恥から時を超え、男社会に浸透してきた。もののふの戦陣訓として室町や戦国時代には、戦の訓戒が数多く発表された。近代になって昭和十六年（一九四一）、陸軍大臣・東条英機が示達した「戦陣訓」の本則其の二第八「名を惜しむ」も有名だ。

　恥を知るものは強し。常に郷党の家門の面目を思ひ、愈々（いよいよ）奮励してその期待に答ふべし、生きて虜囚の辱を受けず、死して罪過の汚名を残すこと勿れ

　また、明治三十年（一八九八）作の与謝野鉄幹「人を恋ふる歌」での広がりも見逃せない。

一、妻をめとらば才たけて／みめ美わしく情けある／友を選ばば書を読みて／六分の侠気四分の熱
二、恋の命をたずぬれば／名を惜しむかな男ゆえ／友の情けをたずぬれば／義のあるところ火をも踏む

　この歌は十六番まで、人の生き方、あり方を詠う。男でも、女でも、生き様において自分の名を汚すことは辛かろう。そんな自覚で生きたいものだ。それにしても「名を惜しむ」のが、まず女だった、ことを知らなかった。

　やはり卑弥呼の国だからだろうか。女は強しだ。

（２０１６・１）

189 どう、を、どう展開

どうも、どうもと声かかり　どうするといわれても　どうしようもない　どうかしたら　どうかなると　どう思っても　どうにもならない
どう出てくれば　どう受けとめて　どうしようとか　どうするかもわからない　どう考えても　どう堪えても
どうあがいても　どうなるものでもない
どう差配しても　どう取り繕っても　どうなるか先はわからない　どう訊いて　どう伝え　どう応えても　どうするかは独り判断
どうどうと馬をとめても　どう動くかわからない　どう向くかもわからない
どうするとか　どうあるとか　どうしろとか　どういわれても　どうしていいか　どうどうとしていて　どうかなと言われれば　どうすればいいのか
どうこう言っても　どうが良いとか　どうが悪いとか
どうでもいいことのよう　どう行こうが　どう引きかえそうが　どうなっても自分の判断
どうせ結果はおなじだとしても　どうなるかは微妙にちがう　どう見えるかだ
どうこう言うまえに　どう始末をつけるかだろう　どうなるかを人は見る　どうするって　どうせ迷路なら迷路にはいるしかないだろう
どう見ても　どうだこうだは言えないだろう　どうしようと素直に声にだす
どう、を、どう展開したって　どうかなるものでもない　どう答えれば　どうなるかの予想はつく　どういうふうにもってゆくかだ
どうとでもなれみたいな　どう開き直っても　どう受け入れるかは我が判断
どう拾われ　どう導かれても　どう置かれても　どうあるがままでいられるか
どうあろうと　どうなかろうと　どうして駄目なのかをみきわめることだ
どうしようを　どう受け入れていくかの問題だろう　どうするか　どうしてもと言うのであれば　どうしても、できない、できる、の心の判断

　ふっと思考の中で「どう」の言葉が出て、どうということはないのだが、どうして、これがなかなかのものだった。日々、対峙するモノを「どう」扱うか、の判断をしなければならない。「どう」の言葉がいかに生活に密着しているかに気づいた。「さて」もそうかなぁ。

（2016・2）

190 怪力乱神を語らず

「怪力乱神」という言葉を聞いた。正直、知らなかった。『四文字熟語辞典』では「かいりきらんしん」とあるが、「かいりょくらんしん」が正しいようだ。出典は孔子『論語』の「述而第七の二〇」に「子、怪力乱神を語らず」とある。一方、「述而第七の十七」に「子の雅に言う所は、詩書執礼皆雅に言うなり」とあるそうだ。

この「語らず」と「常に言う」があって、不思議と議論の対象は「語らず」に集まるようで、人の心の赴くところの不思議を思う。言葉に出ないからこそ多くの解釈をそれぞれがするのであろうか。

怪力乱神の解釈は、「怪力」と「乱神」の二つに分けて説くものと、「怪」、「力」、「乱」、「神」それぞれに解説するものがある。

前者は〝超常現象〟と読解。後者は〝怪異〟、〝勇力〟、〝悖乱〟、〝鬼神〟など様々な意味が展開される。

多くの学者らによる『論語』解釈から適切な表現を探していくと、孔子を尊敬していた中国文学者の吉川幸次郎（一九〇四〜八〇）が「宋代の儒者謝良佐説」を、「意味を正しく説いたもの」としているのに納得した。

聖人は
常を語りて怪を語らず
徳を語りて力を語らず
治を語りて乱を語らず
人を語りて神を語らず
子不語怪力乱神——これは「人知で推し量れず、理性で説明できないことは語らない」とする解釈で、逆に言えば、人に説明できる「あたり前のこと」は語る、ということのようだ。

生活の中で「不可解なものは不可解」、「判らないものは判らない」のだから、執着しなくていい、あえて必要のないものに振り回されなくていい。ものに「こだわる」ことなく「普通」に暮らすことの大切さを「怪力乱神を語らず」は伝えているのだろう。不確かなことを伝え、それが心配事であれば心乱れる。

やはり目の前に起こる事象を「ありのまま」に受け入れることが肝要なのかもしれない。

しかし不実かもしれないが、よく考えてみると、生きる語りとして、怪（ミステリー）、力（バイオレンス）、乱（エロス）、神（オカルト）を語ることで、裏の奥にひそむ真実を見つけ出す気もする。熟語の類義語に「狐狸妖怪」、「魑魅魍魎」などがあるようだ。

（2016・3）

191 幕の「内」と「外」

ある新聞に、「プロ野球開幕を待つファンには、開く幕のもう一つ奥にあった内幕の露見」とあった。味のある表現だ。なるほど開幕前に内幕が暴露され、カラクリが解れば〝劇〟は白けてくる。

　最近、球界が大にぎわいだ。巨人軍の投手が野球賭博関係で処分された後、ビッグスターだった清原和博容疑者(四八)が覚せい剤取締法違反で逮捕。さらに公式戦での勝敗に現金のやりとりをした、と巨人、阪神、西武、ソフトバンク、広島、ロッテ各球団選手の関わりが明らかになった。日本球界内幕の「恥」や「膿」が出始めた。

　ところで「幕」は簡単に言えば式典、祭礼、舞台などで使用される布で、横は横断幕、縦は懸垂幕か垂れ幕など、幕の種類も色々様々。そして「幕」には内と外がある。幕の外だと、ただ外だが、幕の内だと、いろんな角度から様々なものが見えてくる。まず弁当の定番「幕の内」だが、名の由来は、戦陣の幕の内で食べた携行食だとか、芝居の幕間(まくあい)の時間を利用して観客が食事する、または幕の内側で役者が食事するなどの解釈がある。いろんな幕の内側では、モノがあり、コトも起こるが、それは外からは見えない。幕を開けてみないと判らない。

　幕のつく字を拾ってみても多種多様。銀幕では袖幕、暗幕、それに字幕あり。幕府も幕末には討幕で幕臣も逃げた。入幕して幕下から幕内までの相撲道、幕尻にいてもファンはつく。幕僚長もある。一幕物で、初めに煙幕を張られ、激しい剣幕で怒っても終幕に近づけば何もないまま、幕が下りて閉幕。情けない幕切れもある。

　今回の野球トンデモ劇は、ちょっと幕の奥を覗かれて「賭博」が見つかり、清原の「覚せい剤」逮捕が続き、さらにゲーム感覚での「現金やりとり」も拡がっていた。スポーツマンとしての矜持(きょうじ)はなかったのか、のろまでズルでお粗末、どうしようもない球界人種がいるわ、いるわ、のオンパレードになった。この劇、幕を下ろそうにも、現在、幕間のタイミングさえ誰も見つけられないでいる、ビクビク状態。だから幕引もできない。

　幕が上がって下りるまで天幕を張って観る「鑑賞劇」ならいいが、今の世の中、「芝居」以上の「日常劇」が繰り返される。そして「悪」や「善」の解釈さえもが微妙に変化する。これは幕の「内」と「外」の見極め思考の訓練、日々の「生活劇」の判断を試されているのかもしれない。とにかく、大事なことは「幕が下りてから」どうするかだろう。

（２０１６・３）

192――間違う言葉を拾って

日本語のよく間違う言葉を拾ってみよう。的を得るではなく的を射る、で、縁は奇なもの味なもの、は、縁は異なもの味なものだ。一獲千金は一攫千金。一身同体は一心同体。現状回復は原状回復。憎まれっ子世をはばかるのではなくて、憎まれっ子世にはばかる。危機一発は危機一髪。興味深々ではなく興味津々。原価償却ではなく減価償却。しかめつらしいとは言わず、しかつめらしい。濡れ手に粟は濡れ手で粟。

念頭に入れるは念頭に置く。乗るか反るかとは書かず、伸るか反るかと書く。微に入り細に入るのではなくて微に入り細を穿(うが)つが正しい。駑馬(どば)に鞭打つであって、驢馬(ろば)に鞭打つではない。娘十八、番茶も出花と思っていたが、鬼も十八、番茶も出花のようだ。

漢字もよく似ていて違いが多い。風物誌は風物詩。万来は万雷。後仕末は後始末。民族芸能は民俗芸能。有頂点は有頂天。億病は臆病。親不幸は親不孝。崖っ淵は崖っ縁。勘忍袋は堪忍袋。首実験は首実検。厚顔無知は厚顔無恥。五里夢中は五里霧中。最好調は最高潮。最少限は最小限。時期早尚は時期尚早。食事療法は食餌療法。前後策は善後策。寺小屋は寺子屋。班点は斑点。御多聞は御多分。思考錯誤は試行錯誤。双壁は双璧だ。

まだ違いいろいろ。采配を振るう、のではなく采配を振る。四十にして立つは三十にして立つで、四十にして惑わずだ。舌の先も乾かぬは舌の根も乾かぬ、で、将棋を打つのではなく将棋を指す。人道に劣(おと)るでなしに人道に悖(もと)るだ。立つ背がないは立つ瀬がない。爪の垢を飲むのではなく爪の垢を煎じて飲む。

独壇場(どくだんじょう)は独擅場(どくせんじょう)が一般化した言葉だそうだ。飛ぶ鳥後を濁さずではなく、立つ鳥後を濁さず。下手な考え休むに似たりとは言わず、下手の考え休むに似たりと言う。まゆをしかめる、のではなく、まゆをひそめるだ。身入りのいい仕事は実入りのいい仕事。目覚めが悪いのではなく寝覚めが悪いのだ。

愛想をふりまくは愛嬌をふりまく。うんちくは垂れるではなく傾けるだ。お愛想は店側が言うのであって、お勘定してください。恩を着せるではなく恩に着せるのだ。快気炎だと思ったら怪気炎だった。

裏(うら)寂しいは心(うら)寂しいだった。

頭をかしげるではなく首をかしげ、足をすくわれないよう、汚名を挽回するのではなく、汚名を返上し名誉を挽回する。歳月は人を待たず、勘違い人生は送るまい。

（２０１６・４）

193――芋畑の会話ともう一つ

短編小説は気楽に楽しめる。普通の暮らしの中で、いつか四百字の小品を創りたい、それも方言で、と思っていた。題を「芋畑の会話」にしてちょっと試す。

　葬式がありよったが、誰が死んだんやろうか。誰か知らんが交通事故ち、聞いたど。今の若けえもんは飛ばすっけ、命がなんぼあったちゃ足らん。気ぃ付けちょかないけんのぉ。

　そりぁそうと、こん前、あっちにきた嫁じょは器量がいいち、いいよったが、見たごとあっか。いいや、まだ見たこたねぇ。そいけんあっちんもんは嫁の自慢じょうしよるちゅうが、そう自慢せんたちゃよかろうにのぉ。馬鹿いえ、自慢したかろうだぃ。なしや。なしち、あんこは自分がたが一番いいち思うちょるけ、しょうがあんめぇーちゃ。そういやぁー、ちいせぇー時から威張りよったけのー。もう、昼になるだい。わあも飯を食うやろうけ、おいも帰ろう。そいけん、こん畑、大きぃ芋がはいっちょったやねぇーか。うちんそは、よーなかったたちゃ。なしやかのぉー。また来るけ。そいと、あしたの説教にゃ行くやろうが。あの坊さんの話ゃいいけ。わあもおいも説教に行くっちゃ、永ごうねぇだい。

田舎景色の中、芋畑そばの畦道、幼なじみの古老二人のさりげない会話。読み物の言葉に力があれば、人の想いはひとりでに動き、納得できる作品ならば受け入れるだろう。そうした人の琴線にふれる言葉を探し求め、伝わる願いを込めて紡ぐだけである。

　さて、もう一つ、二百字の一文を考えてみる。タイトルは「なんしよっそか」として、聞いた話を記す。

　こん前、あっこの道ん真ん中で大の字になっちょった男ん子がおったちゃ。なんしよっそかち、そこんバアさんがやかましぃ言いよったちゃ。そいけん、そん子は、な〜んも知らんちゅ顔をしとって、モノも言わんやったけのー。そりゃ、バアさんが怒っちょらぇ〜、こん、がきゃ、モノも言わん、わっきゃがっちょる、ち、棒を持っていったら、そん子は飛び起きたちゃ。なーも、しよらん、ゴテイが痛てえけ寝ちょった、で、終わったちゃ。

方言は楽しめる。各地の田舎言葉に出会ってみたい。

（２０１６・４）

194　狂人、むやみに多用しない

芥川龍之介『侏儒の言葉』で、「人生は狂人の主催に成ったオリムピック大会に似たものである」という言葉を見つけた。今、ロシアのドーピング問題でリオ・オリンピックに出場できる、できないが姦(かしま)しい。「狂人」は辞書に、精神に異常をきたした人、平衡を失った人とあり、差別、蔑視語として「放送禁止用語」では「むやみに多用しない」とある。しかし「狂人」を使った文学作品は数多い。俳句、短歌それに小説作品などを追ってみる。

吉田兼好『徒然草』には、「狂人の真似とて大路を走らば即ち狂人なり」とある。

徳利狂人いたはしや花ゆくにこそ　宝井其角
春いそがしく狂人がわめく人だかり　種田山頭火
狂人にも狡き日あり日脚伸ぶ　中村草田男
白藤や狂人守の嘘をつき　平畑静塔
狂人に青柿いくつ落つれば済む　飯島晴子
狂人は常人となる踊りかな　又吉直樹

よく切れる剃刀を見て鏡をみて
　狂人のごとほゝゑみてみる　夢野久作
狂人のわれが見にける十年まへの
　真赤きさくら真黒きさくら　岡本かの子
うつせみのいのちを愛しみ世に生くと
　狂人守りとなりてゆくかも　斎藤茂吉
狂人のにほひからだにしみにけり
　狂病院の廊下は暗し　前田夕暮
夕あかりうすら匂へる病室に
　ならびねて居る狂人の顔　古泉千樫
狂人の赤き花見て叫ぶとき
　われらしみじみ出て尿(いばり)する　北原白秋

書籍をアトランダムに拾う。特に『狂人日記』は魯迅、色川武大(たけひろ)、吉田舜など何人もいる。杉森久英『天才と狂人の間』、夢野久作『狂人は笑う』、坂口安吾『狂人遺書』、菊池寛『屋上の狂人』、大下宇陀児他『狂人館』、宮崎滔天『狂人譚』、清水一行『狂人相場』、藤子不二雄『狂人軍』、西村寿行『去りなんいざ狂人の国を』、矢代静一『画狂人・北斎考』、中島義道『狂人三歩手前』、上村一夫『狂人関係』、中村うさぎ『狂人失格』、清水邦夫『狂人なおもて往生をとぐ』などたくさんある。

ところで沖縄の在日米軍基地問題での「基地外」は「きちがい」となるので、メディア表現は「基地の外(きちのそと)」となっている。

（2016・7）

漢字の前に、まず「名刺」について考えてみる。日本人は自己紹介の一環として、最初に会った時に名刺交換をする。世界で最も頻繁に名刺を用いる国は日本だと言われるが、起源は中国との説。昭和五十九年（一九八四）に三国時代の武将・朱然（一八二〜二四八）の墓から名刺が発掘され、最古の名刺と言われる。

中国では木や竹などに名を書いて戸口に「刺」し、訪れたことを知らせたことから「名刺」になったようで、十六世紀にヨーロッパに伝わり、日本には十九世紀の江戸時代に伝わった。幕末開国時から印刷された名刺が使われ始め、明治の鹿鳴館時代（一八五〇年代）には社交界の必需品となっていった。名刺交換の習慣は、日本は会ってすぐだが、西洋では別れ際と言われる。

ところで、京都の舞妓さんが持つ名刺は「花名刺」といって、一般的な名刺を縦半分にした小さいものだそうだ。由来は、明治生まれの画家・松村翠鳳（すいほう）が舞妓に合わせ、着物の図案などを使って独自の名刺を考案し、版木を使って製作。手づくり名刺は今も松村家に伝わり、昔ながらの手法で作られているようだ。

一度手にしてみたい「花名刺」ではある。

さて、名刺一つだけでも一つの物語になっているが、

195　楽しめる漢字いろいろ

楽しめる漢字がいろいろあり、思いがけない発見もある。これまで気づかずに見過ごしていた漢字に「杮」がある。柿は「柿（かき）」ではなく「杮（こけら）」で「杮落し（こけらおとし）」として使われている漢字。よく似ているこの字、木偏は同じだが、旁（つくり）が、柿（かき）はナベブタ＋巾で、杮（こけら）はタテ棒が突き抜ける書き方だ。だから画数が違う。知らなかった。

こんな紛らわしい漢字もあることを思うと、たかが漢字と言えなくなる。されど漢字なのだ。

難しい一文字を拾う。

山の木を伐り出す「樵（きこり）」は「塒（ねぐら）」で、鼻を干す大きな「鼾（いびき）」を掻いて寝ている。

また若者がコンビニ前で「屯（たむろ）」し、お互い軽い気持ちで男が「嬲（なぶ）り」、女が「嫐（なぶ）る」のだが、そこに突拍子もなく、口に水を含んで「嗽（うがい）」する者も出てくる。

さらに牛三つで「犇（ひし）めき」あい、女三つで「姦（かしま）しい」言葉が飛び交う。皆で盛んに「侃々諤々（かんかんがくがく）」「喧々囂々（けんけんごうごう）」「虚々実々（きょきょじつじつ）」「是々非々（ぜぜひひ）」の態度で議論し、心大きく、拘らない「磊々落々（らいらいらくらく）」の心境で佇む。

文字を繙（ひもと）くと、日頃の言葉でも、えっ、こんな字なのと驚くことがある。

（２０１６・９）

196　なかなか読めない漢字

漢字の発祥は古代中国と言われる。

秦の始皇帝が中国を統一し、標準書体として「篆書（てんしょ）」を公布、後「隷書」が生まれ、「楷書」に変わったそうだ。中国からベトナム、マレーシア、シンガポール、台湾、朝鮮半島などに伝わり漢字文化圏ができた。

日本伝来は紀元三〇〇年前後で、『論語』、『千字文（せんじもん）』が百済（くだら）から伝わったのが最初。その隣の国では、一四四六年に世宗（セジョン）国王が「偉大なる（ハン）文字（グル）」を公布後、漢字の使用が衰え、今、韓国は「ハングル」、北朝鮮は「ウリグル」になっているという。

ところで、なかなか読めない漢字を探ってみた。

【動物】海豹（あざらし）、海驢（あしか）、浣熊（あらいぐま）、菟葵（いそぎんちゃく）、鼬鼠（いたち）、膃肭臍（おっとせい）、蝦蟇（がま）、鴨嘴（かものはし）、獺（かわうそ）、羚羊（かもしか）、麒麟（きりん）、山椒魚（さんしょううお）、縞馬（しまうま）、鯱（しゃち）、儒艮（じゅごん）、守宮（やもり）、鼈（すっぽん）、海象（せいうち）、貂（てん）、蜥蜴（とかげ）、馴鹿（となかい）、駱駝（らくだ）、栗鼠（りす）、蝙蝠（こうもり）、土竜（もぐら）、海獺（らっこ）、狒狒（ひひ）など。

【植物】薊（あざみ）、翌檜（あすなろ）、馬酔木（あせび）、菖蒲（あやめ）、藺草（いぐさ）、靫葛（うつぼかずら）、牛膝（いのこずち）、梅擬（うめもどき）、槐（えんじゅ）、沢瀉（おもだか）、朮（おけら）、花梨（かりん）、酢漿草（かたばみ）、枳殻（からたち）、枸杞（くこ）、雁金草（かりがねそう）、梔子（くちなし）、紫雲英（げんげ）、辛夷（こぶし）、忍冬（すいかずら）、篠懸（すずかけ）、薇（ぜんまい）、蒲公英（たんぽぽ）、躑躅（つつじ）、薺（なずな）、鋸草（のこぎりそう）、風信子（ひやしんす）、檀（まゆみ）など。

【鳥類】鶩（あひる）、鶉（うずら）、鸚鵡（おうむ）、鴛鴦（おしどり）、翡翠（かわせみ）、鸚哥（いんこ）、鸛（こうのとり）、鴫（しぎ）、軍鶏（しゃも）、鶺鴒（せきれい）、鶫（つぐみ）、鴇（とき）、鵯（ひよどり）、山原水鶏（やんばるくいな）、鶸（ひわ）、鷺（さぎ）、鵲（かささぎ）、小啄木鳥（こげら）、梟（ふくろう）、珠鶏（ほろほろちょう）、角鴟（みみずく）、鵞鳥（がちょう）など。

【魚類】鮑（あわび）、牡蠣（かき）、鰍（かじか）、虎魚（おこぜ）、鱚（きす）、鮗（このしろ）、栄螺（さざえ）、鰆（さわら）、柳葉魚（ししゃも）、蝦蛄（しゃこ）、鱸（すずき）、海鼠（なまこ）、鰊（にしん）、翻車魚（まんぼう）、鯊（はぜ）、鱧（はも）、海星（ひとで）、鮃（ひらめ）、鱶（ふか）、鰤（ぶり）、鯔（ぼら）、間八（かんぱち）、介党鱈（すけとうだら）など。

【昆虫】水黽（あめんぼ）、蝗（いなご）、馬大頭（おにやんま）、蜉蝣（かげろう）、天牛（かみきりむし）、蟷螂（かまきり）、螽斯（きりぎりす）、螻蛄（けら）、蟋蟀（こおろぎ）、蠍（さそり）、天蛾（すずめが）、田鼈（たがめ）、恙虫（つつがむし）、蜻蛉（とんぼ）、蛞蝓（なめくじ）、飛蝗（ばった）、蚯蚓（みみず）、蜩（ひぐらし）、斑猫（はんみょう）、蛭（ひる）、蜈蚣（むかで）など。

【果物】木通（あけび）、甜橙（オレンジ）、臭橙（かぼす）、茱萸（ぐみ）、朱欒（ざぼん）、棗（なつめ）、椪柑（ぽんかん）、檸檬（レモン）、芒果（マンゴー）、甘蕉（バナナ）、柘榴（ざくろ）、葡萄（ぶどう）、酢橘（すだち）など。

【野菜】鬱金（うこん）、豌豆（えんどう）、胡椒（こしょう）、牛蒡（ごぼう）、薇（ぜんまい）、萵苣（ちしゃ）、青梗菜（ちんげんさい）、玉蜀黍（とうもろこし）、韮（にら）、大蒜（にんにく）、薄荷（はっか）、菠薐草（ほうれんそう）、蕨（わらび）など。

【食物】石蓴（あおさ）、蒲鉾（かまぼこ）、蒟蒻（こんにゃく）、占地（しめじ）、焼売（しゅうまい）、蚕豆（そらまめ）、乾酪（チーズ）、叉焼（チャーシュー）、滑子（なめこ）、鹿尾菜（ひじき）、拉麺（ラーメン）、辣韮（らっきょう）など。

漢字が一般民衆に浸透し始めたのは、教育が普及する明治中期以降だと言われる。

日本人は、ひらがな、カタカナ、漢字を使い分ける生活文化。それにしても漢字は、日常生活で使用する目安の「常用漢字」が二一三六字、小学校六年間に学習する「教育漢字」が一〇〇六字だと言われるのだが、さて今、何文字読めて、何文字書けるだろうか。

（２０１６・９）

我が家には、「いろは歌」揮毫の麻暖簾がかかる。

いろはにほへとちりぬるを（色は匂へど散りぬるを）
わかよたれそつねならむ（我が世誰ぞ常ならむ）
うゐのおくやまけふこえて（有為の奥山今日越えて）
あさきゆめみしゑひもせす（浅き夢見じ酔ひもせず）

いろは順のひらがな四十七文字は公用文にも使われていたが、五十音順の「あいうえお」に代わった。

江戸時代の町火消しは、享保五年（一七二〇）に隅田川の西側の町屋を四十七区分して「いろは組」が創られたと言われる。幕末まで「五十音」は学者が使用し、「いろは」は一般向けだったようだ。

いろはは、は市井の人に親しまれていた。

芥川龍之介『侏儒の言葉』に、われわれの生活に欠くべからざる思想はあるいは「いろは」短歌に尽きているかもしれない、とある。

そして道歌の本『童子重宝　以呂波歌教訓鑑』（江戸時代）には、生きてゆく「教訓」が詠み込まれている。

【い】いつまでもたしなみおけよいろはうた　よむたびごとにものとくとなる

【ろ】ろもかいもいらずみわたるよハたりを　わかりかねたるみこそかなしき

【は】はたらいてかねをもふけてくらたてゝ　またはたらきどやとふみになれ

【に】にくからぬわがこしかるハちやうめいの　くすりあたゑるおやのじひかな

また、戦国時代の武将、島津忠良（日新斎（じっしんさい））は、家臣団への指導と教育にあたり、天文十五年（一五四六）に規律をわかりやすく伝える「日新公いろは歌」を作った。

【い】いにしへの道を聞きても唱へても　わが行いにせずばかひなし

【ろ】楼の上もはにふの小屋も住む人の　心にこそはたかきいやしき

【は】はかなくも明日の命をたのむかな　今日も今日と学びをばせで

【に】似たるこそ友としよけれ交（まじわ）らば　我にます人　おとなしき人

いろは歌は『金光明最勝王経音義』（一〇七九年）の書が最古。空海（七四四〜八三五）著作の字母（じぼ）歌とも言われるが、「とかなくてしす（咎無くて死す）」の文字を隠すなど暗号文とする説もあるようで、とにかく、いろは歌の世界は謎が広がる。いろはに……で遊ぶのもいい。

（２０１６・９）

字の成り立ちを追う。平安時代に使われていた借字（しゃくじ）に由来すると言われるカタカナとひらがな。カタカナは漢字の一部で、ひらがなは漢字の草書体から生まれた。

仮名文字の習得のために、まず「あめつちの歌」が源順（みなもとのしたごう）（九一一～八三）の私家集『源順集』に現れ、天禄元年（九七〇）の源為憲『口遊（くちずさみ）』に「たゐにの歌」が出てくる。そして「五十音」は平安時代の『孔雀経音義』（一〇〇四～二七）に記されたのが最古。「いろは歌」の文献上での初出は承暦三年（一〇七九）の『金光明最勝王経音義』であり、成立は遅いようだ。

【あめつちの歌】あめ　つち　ほし　そら　やま　かは　みね　たに　くも　きり　むろ　こけ　ひと　いぬ　うへ　すゑ　ゆわ　さる　おふせよ　えのえを　なれゐて

【たゐにの歌】たゐにいて　なつむわれをそ　きみめすと　あさり（お）ひゆくやましろの　うちゑへるこらもはほせよ　えふねかけぬ

【五十音】あいうえお　かきくけこ　さしすせそ　たちつてと　なにぬねの　はひふへほ　まみむめも　やいゆえよ　らりるれろ　わゐうゑを　ん

【いろは歌】いろはにほへと　ちりぬるを　わかよたれそ　つねならむ　うゐのおくやま　けふこえて　あさきゆめみし　ゑひもせす

言葉が生まれ、時代時代にいろんな解釈がなされ、思考されてきた。

198　チャンスを逃す、あいうえお

『ワクワクすることだけ、やればいい！』などの本を上梓した奥田浩美さんの対談を面白く読んだ。鹿児島生まれで、一九八九年にインド国立ボンベイ大学の社会福祉課程を修了後、マザー・テレサの施設で研究等に携わり、今「株式会社たからのやま」を設立するなど、ＩＴ業界の女帝と言われるまでになった人物。

彼女は教育者の父の転勤で鹿児島のへき地を転々とした。十五歳から二つ違いの妹と鹿児島市内で生活。

父の命令に背けず、【あ】「あきらめ」の暮らしの中、厳しい受験勉強の【い】「言い訳」は転校のせいにした。高校時代の生活は【う】「後ろ向き」の気持ちで過ごすから楽しくなく、何事も【え】「遠慮」がちになり、自分の思いを封印した。そして地方では夢の実現はできないものという【お】「思い込み」が続いた。

そんな生活の中で、チャンスを逃す【あいうえお】に気づいた。ユニークな発想だ。

（２０１６・９）

199 写真家の言葉を拾う

ハンガリーの報道写真家ロバート・キャパ（一九一三～五四）の言葉に、「仮に君の写真が充分に満足いくものでないとしたら、君が被写体に充分近づいていなかったのだ」とある。一瞬に賭けた写真家の言葉を拾った。

オトコならオンナを撮れ。かっこつけて空とか街を撮るな。　荒木経惟

ある「写真家」が写真のことを〝光の化石〟って表現してらした。　在木彌生

カメラを持っていると、いろんなことに対して意識的になれる。　石川直樹

モデルさんから「撮られている」という意識をいかに取り除くか。　奥山由之

撮られた写真に誰かが価値を見いだしたとき写真家になる。　片桐飛鳥

ドキュメンタリー写真は一番弱いひとの立場に立って写すものだ。　北井一夫

シャッターを押すためには、見る目と見る心を養わないといけない。　操上和美

「思う」前の「感じた」瞬間、そこを表現できるのが写真の面白さ。　佐内正史

時代と並行してればいい。次に何を撮るかは時代が決めてくれる。　篠山紀信

透明感を完全に透明に撮るというのは写真では一番難しいですね。　杉本博司

写真家に「なる」のではなくて、自分でそうなるように「する」んだ。　立木義浩

徹頭徹尾見続けなければならぬ、見ることに賭ける人間が写真家。　東松照明

リアリズム写真とは、真実を愛し、真実を表し、真実を訴える写真だ。　土門 拳

一度シャッターを切ること、それですべては終わる　中平卓馬

私が写真を選ぶのではなく写真が私を選ぶのだ。　藤原新也

写真は、アートでもクリエイトでもなく、ひたすらコピーであり続ける。　森山大道

ところで写真家とカメラマンの違いは難しい。写真家は自ら企画の芸術的写真を撮り、カメラマンは報道、広告、ファッションなどクライアント依頼の職業的写真を撮る人、と言えばいいだろうか。とにかく「写真」は、全てのものの「命」を写すことに尽きるだろう。

（２０１６・10）

200——悪い花言葉を知っていれば

花言葉はギリシャ・ローマの神話時代に由来するというが、トルコが発祥の地だと言われる。それが一八一九年、フランス人女性シャルロット・ド・ラトゥールの『花言葉』出版以降、西洋社会で盛んになった。花言葉は、草花の色、香り、生態などの性質・特徴と、積み重なった文化的伝統を言葉に表したもので、日本に渡ってきたのは明治初期のようだが、後、日本独自の花言葉が提案された。花にどんな言葉があるのか、悪い花言葉を知っていれば、それ以外は皆いい花。

アザミ（報復）、アジサイ（ほらふき）、アンズ（疑い）、ウツボカズラ（危険）、エンドウ（永遠の悲しみ）、オクラ（金欠病）、オニユリ（嫌悪）、オシロイバナ（臆病）、カエデ（遠慮）、カザグルマ（疑惑）、カタクリ（嫉妬）、カーネーション（軽蔑）、カラスウリ（男嫌い）、キョウチクトウ（注意）、キンセンカ（悲哀）、キンギョソウ（でしゃばり）、クルミ（謀略）、クロガネモチ（用心）、ケシ（忘却）、ゲッケイジュ（裏切り）、ゴボウ（いじめないで）、サクラソウ（悲痛）、ザクロ（おろかしさ）、シダレザクラ（不誠実）、シャクナゲ（警戒）、シャコバサボテン（つむじまがり）、スイセン（うぬぼれ）、スモモ（困難）、ゼラニュウム（愛を信じない）、タンポポ（軽薄）、ツゲ（淡白）、トゲ（厳格）、トリカブト（復讐）、ノアザミ（権利）、ノギク（障害）、フジバカマ（躊躇〔ちゅうちょ〕）、ホウセンカ（短気）、ホオズキ（いつわり）、マリーゴールド（絶望）、マンサク（呪文）、モミジ（謹慎）、ヤドリギ（征服）、ユウガオ（罪）、ラベンダー（沈黙）、リンゴ（誘惑）、リンドウ（さびしい愛情）、ルピナス（貪欲）など、まだある……が。

昔から「屋敷にツバキは植えるな」と言われてきた。花がポトリと落ちるのが、首が落ちるように見えるので、武家の庭には植えなかった。またフジも、花が下がるので家運が下がると言われた、しかし伸びる枝は家運隆盛、延命長寿と言われるのだが。さらにサルスベリは幹がツルツル「すべる」ので、「落ちる」など出世運に影響すると嫌われるが、病気や害虫に強い花の咲く庭木としては人気がある。そしてビワは「大薬王樹」と言われ、薬用木として活用できる、が、常緑広葉樹なので大木になると庭を薄暗くするため「病気」が連想されるとして嫌われるようだ。

縁起悪い花ばかり追ったが、日本を象徴する花は、菊（高貴）と桜（精神美）で、悠久の歴史を持つ国にふさわしい、いい花言葉を持っている。

（２０１６・10）

201 日本語と同じじゃん韓国語

最近、韓ドラをよく観るようになった。思えば、二〇〇四年（平成十六）にペ・ヨンジュンとチェ・ジウの韓国ドラマ『冬のソナタ』放映後、日本では「冬ソナ現象」が生まれ、韓流ブームが到来した。韓ドラ敬遠の人たちも、いつの間にか「ハマってしまった」と多くの人が魅せられ始め、あまり親しみのもてなかった隣国が身近なものになっていった。

ドラマを観ていて「あれっ、日本語と同じじゃん」と、俳優の喋る韓国語に、日本語を時折、聴くようになった。ネット検索で見て、あるわ、あるわ、で驚いた。

家族（カジョク）、約束（ヤクソク）、家具（カグ）、道路（ドロ）、かばん（カバン）、三角関係（サンカクグアンケイ）、洗濯機（セタッキ）、知恵（チヘ）、茶（チャ）、余裕（ヨユウ）、瞬間移動（スンガンイドン）、教授（キヨス）、世紀（セギ）、治療（チリョ）、木曜日（モクヨイル）、民族（ミンジョク）、到着（トチャク）、判断（バンダン）、酸素（サンソ）、料理（ヨリ）、調味料（チョミリョ）、分野（ブンヤ）、救助（クジョ）、要素（ヨソ）などがあった。

「ハン（偉大なる）グル（文字）」は、朝鮮王朝第四代国王・世宗（セジョン）大王が一四四六年に「訓民正音」として公布したが、国民はアムクル（女文字）、アヘグル（子供文字）と卑下して使わなかった。

一八八六年（明治十九）、朝鮮独自の文化復活を、とハングル活字による新聞が日本人（広島出身の井上角五郎）指導の下で発行された。ハングル奨励がなされ、一八九四年「国文（ハングル）使用」が決定。韓国はハングル、朝鮮はウリグルとなり、現在に至る。四百余年間消えていた文字が復活して一二〇年を超えた。

日本語似の言葉はまだまだある。教科書（キョグァソ）、地理（チリ）、有料（ユリョ）、高速（コソク）、無視（ムシ）、水族館（スジョクカン）、算数（サンス）、詐欺（サギ）、時間（シカン）、約束（ヤクソク）、計算（ケサン）、ラーメン（ラミュン）、遅刻（チカク）、仮面（カミュン）、水素（スソ）、審査（シムサ）、把握（バアク）、準備（ジュンビ）、世紀（セキ）、有名（ユミュン）、雇用（コヨン）、スポーツ（スポチュ）など尽きない。

ハングル文字は暗号みたいだが、日本語のひらがなとカタカナに相当する文字だと言われる。日本（イルボン）人として、「カムサハムニダ」の「カムサ」が「感謝」で、「アンニョンハセヨ」の「アンニョン」が「安寧」と聞けば、何となく身近な言葉に聞こえる。

（2016・10）

202　毎日どっぷり略語と造語

言葉の一部を元の意味が保てる状態で省略・簡略した形の「略語」や、新語・既存語の組み合わせの「造語」などは、日々溢れかえって生活語になっている。

略語は、前省略、中省略、後省略など様々なカタチがある。いろいろ見てみよう。

アルバイト→バイト、切符手形→切手、パーソナルコンピューター→パソコン、軍用手袋→軍手、コンビニエンスストアー→コンビニ、国際連合→国連、デパートメントストアー→デパート、特別急行→特急、ボールポイントペン→ボールペン、外国為替→外為、ホワイトシャツ→ワイシャツ、空オーケストラ→カラオケ、プレハブリケーション→プレハブ、居候弁護士→いそ弁、学生蘭服→学ラン、焼酎ハイボール→チューハイ、割り前勘定→ワリカン、リストラクチャリング→リストラ、教科用図書→教科書、友達→ダチ、警察→サツ、アンダーグラウンド→アングラ、日本放送協会→ＮＨＫ、ネット友達→ネトモ、交代で番→交番、冷凍食品→冷食、歩行者天国→ホコ天、マンガ喫茶→マン喫、タレント弁護士→タレ弁、使い走りの人→パシリなどある。

造語は、専門分野の人や、タイミングで出たのか意外な人物が新語を造っている。

文明開化＝福沢諭吉、新陳代謝＝夏目漱石、交響曲＝森鷗外、野鳥＝中西悟堂、恐妻家＝徳川夢声、惑星＝本木良永、従軍慰安婦＝千田夏光、浄霊＝岡田茂吉、熱帯夜＝倉嶋厚、ボイン＝大橋巨泉、目線＝鈴木健二、社畜＝安土敏、天然ボケ＝萩本欽一、おたく＝中森明夫、ゴミ屋敷＝根本敬、事典＝下中弥三郎、マイブーム＝みうらじゅん、クール・ビズ＝グンゼ、プロ市民＝桑原充彦、デスマッチ＝大仁田厚、ニューハーフ＝桑田佳祐、中二病＝伊集院光、チョメチョメ＝山城新伍、ギャランドゥ＝松任谷由実、元サヤ＝とんねるず、グダグダ＝松本人志、メリクリ（メリー・クリスマス）＝所ジョージ、ネクラ＝タモリ、パラサイト・シングル＝山田昌弘、日曜大工＝金子至、バツイチ＝明石家さんま、などなどとある。

今、若者の言葉はどうも、だ。鬼女が既婚女性、毒女が独身女性という。ＪＫ（常識的考え）ではＫＹ（空気読めない）で、ＡＴＭ（あなたの便り待ち）にし、ＤＪ（大丈夫）と問われてＮＨＫ（何か変な感じ）になり、ＭＭＭ（マジもう無理）となる。こうして毎日どっぷり略語と造語に浸っていると、究極〝ことば〟って何だろう、と恐くなる。

（２０１６・10）

近年、「携帯電話」普及後に「固定電話」という言葉が生まれたように、造語の誕生を追ってみるのも楽しい。大正時代からの俗語「銀ブラ」は、東京「銀座の街をぶらぶらする」と理解していたのだが、最近「銀座でブラジルコーヒーを飲む」ことだと聞いた。

一九二六年（大正十五）には、「銀座通りをブラつくことを近頃は銀ブラと云うさうである」（建部遯吾著『社交生活と社会整理』）と記されていて、三〇年代には「銀ブラ行進」などの流行歌も生まれた。また、小説家の獅子文六は「碌さんは銀ブラをすることにきめた」（『悦ちゃん』三七年）、遠藤周作は「午後の陽が歩道にそそいで、銀ブラをする若い連中が腕をくんだり、体をすり合わせたり、時々、ショウ・ウインドウの中を覗きこんだりしながら流れていく」（『ヘチマくん』六一年）と、文学作品などにも登場する普通の言葉だった。

ところが一九九〇年代に、「銀ブラ」は「銀座でブラジルコーヒー」の異説が現れた。一九一一年（明治四十四）に〝ブラジル移民の父〟と称される人物が始めた、日本で最初の喫茶店「カフェーパウリスタ」で「ブラジルコーヒーを飲む」との説がまことしやかに流れた。カフェーはポルトガル語でコーヒー、パウリスタは「サンパウ

ロっ子」だそうだ。パウリスタ五代目店主の長谷川泰三氏は「銀座の銀とブラジルのブラを取って『銀ブラ』とした新語で、語源は慶応の学生たちが造り、流行させた言葉のようだ」（『カフェーパウリスタ物語』二〇〇八年）とする。新しい言葉の物語に相応しい伝えではある。

カフェーパウリスタは、東京銀座八丁目に現存。百年を超える歴史は、さすが壮観で、大正時代から菊池寛、芥川龍之介、久米正雄、久保田万太郎、佐藤春夫、宇野浩二、小山内薫、藤田嗣治、広津和郎、小島政二郎など多くの著名人の名が残る。オノ・ヨーコ、ジョン・レノン夫妻も銀ブラでふらり訪ねたようだ。

珈琲の香にむせびたる夕べより
夢見る人となりにけらしな　　吉井　勇

やわらかな誰が喫みさしし珈琲ぞ
紫の吐息ゆるくのぼれる　　北原白秋

銀座の「カフェーパウリスタ」を覗いてみた。往時の百席規模で営業中だった。カップやスプーンは昔を復元、壁紙や鏡に昔の面影を残しているという。コーヒーを飲むと「銀ブラ証明書」を頂けた。新語「誕生」と云われる「場所」での雰囲気体感は良かった。

（2016・11）

204——一言主神社へ「一言願い」

我が国の神社数は約八万社余、いろんな名の神社がある。奈良県御所（ごせ）市の葛城山に「一言主（ひとことぬし）神社」がある。

この不思議な名の神社の祭神、一言主神は「凶事も吉事も一言で言い放つ神」だそうで、今は「一言で願いを叶えてくれる神」として信仰を集める

二〇一五年、神社傍（そば）に建つ築百年の古い「名柄郵便局舎」がレトロな木造洋風造りに改装され、資料館（郵便名柄館）として保存された。同年、神社と局舎を巻き込む「はがきの名文コンクール・一言の願い」キャンペーンが始まり、全国からポストに投函された「一言の願いを書いたはがき」が集まった。見てみる。

【栃木】嶋崎有子さん（四七）休日の朝、フトンで夫がポツリ。「結婚は気持ちの定期預金だなぁ」。一緒になった時の気持ちを元本に、二十年。こつこつ、こつこつ、いろんな事があったけど、いつも誠実だったから優しさ複利回りでやってこれたよ。これからもこつこつと。

【青森】青柳隼人さん（六九）桜が咲ぐ季節になれば、おめのごと想いだす。おめが淹れた珈琲飲みながら、わらすっこの写真見ては元気づけ合ったもんだの。そのおめも桜が散るころ、わらすば追っていねくなってしまっだ。おおい、桜の季（とき）だけでいいはんで、わらすっこば連れて帰って来てけろ。たのむはんで。

【岡山】松坂悠希乃さん（一六）最後に会ってから七年が経つけどなんしょん？　電話もしてこん、メールもしてこん。いやいや、あたしのこと、忘れたん？　記憶にない？　あたしはずーっと待ちょんのに。養育費だけ払やあええゆうもんじゃないんで!?　もう、どこで会っても分からまあ!?　子どもの顔も分からん父親とか本真情けないで。……。強がっとるけど本真は会いたいんよ、お父さん。あたし、もうすぐ十七才になるで。

一言主神は、『古事記』では「一言主」、『日本書紀』では「一事主」、そして『日本霊異記』には「一語主」と記される。松尾芭蕉は葛城山を訪れた時に「猶みたし花に明行（あけゆく）神の顔」の句を残す。

人々から「いちごんさん」と親しまれる神社は、茨城県常総市と守谷市、奈良県御所市・生駒市・奈良市、和歌山県かつらぎ町、高知県高知市、佐賀県みやき町などにある。

言行一致の神様は、今の世のいい加減な政治家さまの「不一致」をどう見てござろうか。庶民の一言を素直に聞く〝主〟探しに、「一言主神社」詣でもいいかなと思う。

（2016・11）

205——名前は慎重に訊ねることだ

日本中、いろんな名字が犇めきあっている。多い名は佐藤、鈴木、高橋、田中、渡辺だそうだが、珍しい名、素直に読めない名がある。

我が家の名字「光畑」も、初対面の人ほとんどが「みつはた」と言い、「こうはた」とは読んでくれない。あまりない名字のようだ。

あいうえお五十音の珍しい、変わった名を追ってみる。左右、九、運勢、駅、几、水主村、切手、功力、家老、国宝、目、住所、住宅、銭亀、梵、平等、隣、一二、鉄砲、蜷局、名無、日本、温湯、年年、熨斗、発見、小童、五六、枌、宝船、馬〆、禊、無替、妻鳥、本名、良、免、夜桜、欄幕、両替、流郷、霊界堂、論手、和食、帯刀、兼坂、など難しい名が数えきれない。だから名前は失礼のないよう慎重に訊ねることだ。

名字の漢字は十一万を超え、読みは十七万余と言われる。国内に残る希少名字を捜してみる。

雲母、回り道、凸守、小浮気、東京、辺銀、蟋蟀、猫屋敷、秀吉、七五三日、御薬袋、鰻、勘解由小路、降魔、獅子王、榮倉、蓼丸、奉日本、辰虎、夢、猫安、小満、八十八、文月、団子、蜜柑、醤油、微笑、烏賊、阿母、母子泊、櫻小路、辺母木、母理、蘭、信濃小路、小鳥遊、毛受、風神、東江、五百旗頭、楪、七々扇、無敵、審、安居院、生明、東奥、行町、五百蔵、王生、五十公野、飯領田、姓農、雅楽代、台、善知鳥、独活山、垂髪、漆真下、大平落、君家、御鱗、大炊御門、忍海辺、王来王家、何、鶏内、文、利部、京、一尺八寸、狼谷、巨炊、杏、唐牛、口分田、交告、小番、東風平、皀、尺一、禅洲、三八九、倭文、直、治部袋、魚生川、西風館、双畑、皇、輪地、天屯、武弓、袋布、紡車田、淋、栩内、青天目、吸山、派谷、外立、遍々古、柵木、弘原海、校條、面、麻殖生、奈流芳、大戸、卍山下、愛徳、禿川、鮴谷、缶、几などがあるようだ。

日々の暮らしでは名を記憶して人を想う。で、日付名の名字が多いのには驚いた。

元日田、月日、日日、日夜、日月、四月朔日、五月、五月一日、五月七日、六月一日、八月一日、八月十五日、八月晦日、八月三十一日、十一月二十九日、十二月、十二月一日、正月一日、三日、七夜、十四日、十五日、十七夜、二十九日などとある。

たかが名かも知れない。しかし、生きて行く中、名を汚すことがあってはなるまい。

（2016・11）

世界で文字を三種類使うのは日本だけ、ほとんどが一種類。日本語表記は「漢字仮名交じり文」で漢字、ひらがな、カタカナを使う。漢字は五世紀頃までに中国から日本に伝来。歴史を文字で表わしたのは、聖徳太子らが六二〇年に編纂した『国記』などと言われる。後、奈良から平安時代の八〇〇年代にかけて、万葉仮名（借字）を起源とし、その草書体からひらがな、簡略表示でカタカナが生まれた。女性が恋文で広めた「女文字」ひらがな、お坊さんの経典読み書きの「男文字」カタカナ、とも言われた。さらに空海（七四四～八三五）がひらがな、吉備真備（きびのまきび）（六九五～七七五）がカタカナを創作との俗説もある。万葉仮名を「崩した」ひらがなと、「略した」カタカナの五十音を見る。

あ（安）い（以）う（宇）え（衣）お（於）か（加）
き（幾）く（久）け（計）こ（己）さ（左）し（之）
す（寸）せ（世）そ（曽）た（太）ち（知）つ（川）
て（天）と（止）な（奈）に（仁）ぬ（奴）ね（祢）
の（乃）は（波）ひ（比）ふ（不）へ（部）ほ（保）
ま（末）み（美）む（武）め（女）も（毛）や（也）
ゆ（由）よ（与）ら（良）り（利）る（留）れ（礼）
ろ（呂）わ（和）ゐ（為）ゑ（恵）を（遠）ん（无）

206　万葉仮名遊びも……

ア（阿）イ（伊）ウ（宇）エ（江）オ（於）カ（加）
キ（幾）ク（久）ケ（介）コ（己）サ（散）シ（之）
ス（須）セ（世）ソ（曽）タ（多）チ（千）ツ（川）
テ（天）ト（止）ナ（奈）ニ（二）ヌ（奴）ネ（祢）
ノ（乃）ハ（八）ヒ（比）フ（不）ヘ（部）ホ（保）
マ（万）ミ（三）ム（牟）メ（女）モ（毛）ヤ（也）
ユ（由）ヨ（與）ラ（良）リ（利）ル（流）レ（礼）
ロ（呂）ワ（和）ヰ（井）ヱ（慧）ヲ（乎）ン（尓）

それぞれの漢字十九文字が違っているだけで、かなりの字は同じである。

試しに万葉仮名での我が名、光畑は、ひらがなで「己宇波太」となり、カタカナで「己宇八多」となる。

それで「新しき年に向かひて歩く日を重ねて楽し日めくりをくる」を綴ると、女文字は「安太良之幾止之仁武加比天安留久比遠加左祢天太乃之比女久利遠久留」となり、男文字は「阿多良之幾止之二牟加比天阿流久比乎加散祢天多乃之比女久利乎久流」となる。

万葉仮名は、上代に日本語を表記する漢字の音を借りた文字で真仮名（まがな）、男仮名などと言われる。そんな日本の文字の原点に還っての「万葉仮名」遊びも楽しい。

（２０１６・11）

207　挨拶もいろいろ

「挨拶」は中世に輸入された漢語。禅家の僧が押し問答をして悟りの深浅を試したものと言われる。「挨」は押す、「拶」は迫る、の意。現在は、相手に対する尊敬、親愛などを示す対人融和をはかる表現としてある。

挨拶もいろいろ。基本の「あいさつ」を拾った。

[日本]　おはよう／こんにちは／こんばんは／さようなら

[アメリカ]　グッドモーニング／グッドアフタヌーン／グッドイブニング／グッ（ド）バイ

[フランス]　ボンジュー（ル）／ボンジュー（ル）／ボンソワー（ル）／オウルヴォワー（ル）

[イタリア]　ブオンジョルノ／ブオンジョルノ／ブオナセラ／アリィヴェデルチ

[ギリシャ]　カリメーラ／ヘレテ／カリスペラ／ヘレテ

[中国]　ザオシャンハオ／ニーハオ／ワンシャンハオ／ツァイツェン

[韓国]　アンニョンハセヨ／アンニョンハシムニカ／アンニョンヒカシプシオ

[ハワイ]　アロハカカヒアカ／アロハ／アロハアヒアヒ／アロハ

感謝の気持ちを伝える言葉を追う。

ありがとう（日本）は、サンキュー（英語）、メルスィーボクー（フランス）、ダンケシェーン（ドイツ）、グラーツィエ（イタリア）、グラシァス（スペイン）、オブリガード（ポルトガル）、スパシィーバ（ロシア）、ダンクユーウエル（オランダ）、タック（デンマーク）、エフハリスト（ギリシャ）、テリマカシー（インドネシア）、カムオンアウム（ベトナム）、カムサハムニダ（韓国）、シェシェ（中国）、トゥジェチェ（チベット）、マハロ（ハワイ）など。

人との出会いがあれば、別れもある。「さようなら」はお互いの別れの言葉だが、人との別れの場では「残る人」と「去る人」が居ることになり、「残る人―去る人」の立場からの「さようなら」が、それぞれ違っているのは興味深い。韓国では「アンニョンヒカセヨ（残）―アンニョンヒケセヨ（去）」と言い、インドネシアでは「スラマッジャラン（残）―スラマッティンガル（去）」とあるようだ。また国内でもアイヌでは、「あぷんのおかやん（残）―あぷんのぱいやん（去）」があり、沖縄では「残―去」問わず二つのさようなら「ぐぶりーさびら」、「んじゃちゅーびら」があるという。思えば場所や立場によって、いろんな「挨拶」の表現が違ってくるようだ。でも、簡単な「挨拶」一つで言葉を楽しめるのが、いい。

（２０１６・11）

208　早口言葉の遊びもあった

その昔、遊ぶモノはなかったが、遊べるモノはいくらでもあった。お宮の森での木登りだったり、石蹴り、陣地遊びやかくれんぼ、何もなくても皆の知恵と工夫で遊んだ。そんな中、早口言葉の遊びもあった。早口でパッパッパッと言うから目をパチクリする子もいた。不思議なのは、早口言葉を皆がよく知っていたことだ。どこで覚えたのだろう、か。スモモモモモモモモノウチ(李も桃も桃の内)など懐かしい早口言葉を探してみた。

生麦生米生卵／青巻紙赤巻紙黄巻紙／隣の客はよく柿食う客だ／除雪車除雪作業中／赤パジャマ黄パジャマ茶パジャマ／この釘はひきぬきにくい釘だ／腹腔鏡手術／裏庭には二羽庭には二羽鶏がいる／バナナの謎はまだ謎なのだぞ／新進シャンソン歌手総出演新春シャンソンショー／魔術師魔術修行中／蛙ぴょこぴょこ三ぴょこぴょこあわせてぴょこぴょこ六ぴょこぴょこ

しりとり遊びもよかったが、やはり早口言葉が楽しめた。引っかかり、突っかかりしながらいろんな言葉の早口世界に巻き込まれた。音の重なりや発音しにくい文句を間違えずに、早く、上手く、言い終えることは、パズルを解く楽しみにも似ていた。

早口言葉は早口そそり、繰言葉とも言うが、起源は享保三年(一七一八)、江戸の森田座で、二世市川団十郎が初演の歌舞伎十八番「曽我物—外郎売(ういろううり)」の芝居の中で、「盆豆盆米盆ごぼう」や「菊栗菊栗三菊栗、合わせて菊栗六菊栗」など面白いセリフを流れるように素早く言い立てて評判をとった。これ以降、様々な早口言葉が考案されたという説がある。

現在、放送界などでアナウンサーを目指す人は早口言葉の練習を重ねるという。

生なます生なまこ生なめこ／家のつるべは潰れぬつるべ隣のつるべは潰れるつるべ／打者走者勝者走者一掃／新設診察室視察／坊主が屏風に上手に坊主の絵を描いた／月づきに月見る月は多けれど月見る月はこの月の月／骨粗鬆症訴訟勝訴／老若男女／親亀子亀子孫亀親鴨子鴨子孫鴨／東京特許許可局長今日急遽休暇許可拒否／国語熟語述語主語／瓜売りが瓜売りに来て瓜売りのこし瓜売り帰る瓜売りの声

スマホもツイッターもいい、が、お互い目と目を合わせて言葉の遣り取りをする、人の喋り声を聴きながらの交わりがある、これらが無くなったら、どんな世になるだろう。

(2016・11)

209 舞いと踊り

日本語はややこしい。似ているが違う言葉を追ってみる。まず元日と元旦の違いは、一月一日が元日で、その日の朝が元旦。調理前を卵と言い、調理後を玉子と言う。結ぶと括る(くく)は、別々のものを繋ぐのが結びで、バラバラのものを一つに束ねるのが括る。電柱は電力会社で、電信柱は通信会社の所有物だそうだ。二期作と二毛作は、一つの耕地で同じ作物を年二回栽培するのが二期作、異なった作物二種類を栽培するのが二毛作。

それに日本語はコンマ一つで全く意味が変わるのも珍しくない。例えば「目は、水に浸すラムネを見ている」が「目は見ずにひたすら胸を見ている」となる。日本語の妙であろう。そんなこんなの調べも、仲間から「舞い」と「踊り」の違いを訊かれ、解かっているようで何故か上手く答えられなかった。

舞を舞う、は、舞を踊る、とは言わない。

「舞い」と「踊り」で解かりやすい説明があった、それを纏める。舞いは神に対してすることで水平移動、踊りは人に対してすることで上下運動など、で、心が先にある舞いに比べ、体の動きが先になるのが踊り。また、舞いは一人でもできる芸能だが、踊りは複数の人がいて始まるようだ。極論すれば、舞いは単独芸能、踊りは集団芸能と言っていい。

そこで、舞ったり踊ったりする人を見ると、舞を舞うのは巫女だとか特別な能力や資格を持った者で、誰でもが舞い手にはなれないようだ。一方、踊りを踊るのは精霊を迎え、送る、お盆の「盆踊り」のように、素人でも誰でもが自由に参加できるものだ。

舞いは地面を摺るように静かに移動しながら旋回、回転を繰り返し、動きを強調する手と上半身の動きが意味を持つ。ところが踊りは「躍りあがる」ように少し激しい動作で跳躍、上下、左右に動く足と下半身が重要で、「踊りはまず足から覚えろ」と言われるほどだ。こうして舞いは手と上半身、踊りは足と下半身がポイント。

舞いは優雅に回りながら「神迎え」する姿であり、踊りは活発に躍り跳ねての「神送り」の姿なのだろう。舞いで迎えて踊りで送る。人を神と仏に繋ぐ言葉でもある。

日本語の紛らわしい言葉は独特な味を持つ。「エビ」の海老と蝦の使い分けは、歩くタイプが「海老」で、泳ぐタイプが「蝦」だそうだ。また、精算は「経費などの計算」だが、清算は「関係のけじめ」をつけるもので、一字違いで意味が変わる。日本語は要注意が必要のようだ。

(2016・12)

210　べっぴんの対語はすっぴん

美男子を「二枚目」と呼び、美人を「べっぴん」と呼ぶ。日本語には人を見て呼ぶ様々な言葉がある。歌舞伎用語では、一枚目を主役、二枚目を色男、三枚目を道化、四枚目を中堅、五枚目を普通の敵役、六枚目を憎めない敵役、七枚目を巨悪、八枚目を元締め、となっているそうだ。ライバルキャラとして五、六、七枚目の役柄は、それに合った顔づくりも必要だろう。そんな顔を探すのに、主に「しょうゆ顔」と「ソース顔」があるようだ。

しょうゆは、あっさりしていて日本的で涼しげな顔の「弥生顔」とも言う東山紀之風。ソースは、彫りが深く西洋的な暑苦しさもある顔で「縄文顔」とも言い、阿部寛風だと言われる。これまで「二枚目半」は、外見はカッコ良く、滑稽を演じられる草刈正雄風だったが、言葉そのものが消えつつある。そんな中、どうだ、すごいだろう、の自慢気な態度の「どや顔」が頭角を現してきたが、鬱陶しがられる。しかし、まだバカな「どや」がいる。

近年、「顔」もバラエティーに富み、マヨネーズ顔（国分太一）、ケチャップ顔（竹野内豊）、オリーブオイル顔（速水もこみち）、みそ顔（渡辺謙）、酢顔（松田龍平）、砂糖顔（小池徹平）、塩顔（瑛太）などが出現。今風の女性が好むモテ顔は、小顔で目は細く、やや離れ、表情が変わらない無機質で冷たい印象の「へび顔」男子と言われる綾野剛風。ほんと、色々だ。

ところで美人顔の「べっぴん」の語源は、愛知県豊橋市の「丸よ」という鰻屋が発祥だと言う。うなぎの焼き方や味を江戸風にして安価にして出した。そのうなぎの命名を、主人の友である渡辺小華（田原藩家老の渡辺崋山（かざん）の息子）が〝頗（すこぶる）別品（べっぴん）〟とした。それを看板にしたところ珍しいと大繁盛。べっぴんは、京ことばで「別の品物」の意であったが、やがて女性の美しい容姿を指す言葉になってきた。そして「高貴な女性」を意味する「嬪」の字が当てられ「別嬪」になり、「素顔でも美人」を「素嬪」と呼び、べっぴんの対語はすっぴん、になった。

言葉の誕生は意外なところで生まれる。

女性の「別嬪」に対して男性は「男前」。歌舞伎の世界で「前」は役者の「動き」で、男の動作の美しさを「男前」と呼ぶようになったという。人の姿は、やはり歌舞伎から多くの言葉が生まれているようだ。男は、カッコいいが軽々しい「イケメン」よりも、落ち着いて色気ある「男前」のほうがいい。それで「一人前」の男として認められるだろう。

（2018・11）

211 馬鹿にはされるが……

馬鹿と阿呆の使い方は、地域によってニュアンスが違う。馬鹿は、関東では軽い揶揄だが、関西では強い罵倒を意味する。一方、阿呆は真逆で、関東は強い軽蔑、関西は軽い愛情を意味するようだ。同じ日本人なのに、バカ、アホでも、見方、感じ方が違っている。

馬鹿に付ける薬はないとバカ笑いのあと、馬鹿正直にバカ話を続け、馬鹿も休み休み言えとバカ騒ぎを諫められ、馬鹿を言うなと馬鹿力を発揮してバカを見た、など馬鹿を繋ぐと一文できるが、時代を超えた馬鹿に関する名言、格言をいくつか拾ってみる。

自分自身を馬鹿にするのは、勇気がいるんだ。
チャリー・チャップリン

馬鹿は、事が起きて初めて悟る。　ホメロス

馬鹿にするより馬鹿になったほうがいい。　北欧の諺

ハングリーであれ！　バカであれ！
スティーブ・ジョブス

馬鹿には神様もかなわない。
フリードリヒ・フォン・シラー

気違いと馬鹿は気分でしか物を見ない。
フランソワ・ド・ラ・ロシュフコー

日本語の「ばか」の語源は諸説あり、一説に古代インドの梵語の〝無知〟を意味するmoha（モーハ）が慕何（ボカ）になり「ばか」となったとされ、「馬」と「鹿」の漢字二文字は、古代中国の「馬鹿（ばろく）」の故事（強者の意見に従って言いなりになる人間）に因るとも言われる。

もう少し、馬鹿を探してみる。

馬鹿は見たくないというなら、まず自分の鏡を壊さなければならない。　フランソワ・ラブレー

間抜けとは、その知性の穴からうぬぼれが見える馬鹿者である。　ヴィクトル・ユーゴー

馬鹿と餅には強くあたれ。　日本の諺

馬鹿はとなりの火事より怖い。　立川談志

「天才バカボン」を描き出した時にまず思った。バカに真実を語らせようと。　赤塚不二夫

養老孟司『バカの壁』がベストセラーになり、「バカタレ」、「バカヤロ」が世界の共通用語風になり、彫刻家の空充秋（そらみつあき）の石造り門柱「平成之大馬鹿門」が話題になった。

福岡県みやこ町国作の八景山（はっけいざん）に建つプロレタリア作家葉山嘉樹（よしき）の文学碑の言葉が響く。

馬鹿にはされるが真実を語るものが
もっと多くなるといい
葉山嘉樹

（２０１８・11）

人の暮らしで日がたち、月が過ぎて年を重ねる。朝が来て夕が来る。天と地があり、火と水で生活する。意識せずに過ぎゆく時がある。改めて「日と月」、「朝と夕」、「天と地」、「火と水」の言葉を探した。言葉には、生かされて生きる意味が隠されているようだ。

【日と月】日月、三日月、月曜日、短日月、長日月、閑日月、子の日月、日給月給、日極月極、日利月利、三日月眉、月日の鼠（月日が過ぎゆく）、寿同日月（文人画で長寿を祝う）、祥月命日（亡くなった一年後からの同月日）、日陵月替（衰退する様子）、日居月諸（君主と臣下など）、日進月歩（進歩する）、日省月試（働きを調査する）、日月逾邁（早く老いる）、日月星辰（天体、空をいう）、日月の旗（天皇の錦旗）、日月灯明仏（法華経を説いた仏）、そして人が守るべき正義・道義が滅びていない「日月地に墜ちず」などがある。

【朝と夕】朝夕、朝な夕な、一朝一夕（簡単ではない）、朝夕雑色（雑役をする人）、朝過夕改（過ちをすぐ改める）、花朝月夕（心地よい気候）、朝盈夕虚（人生は儚い）、朝観夕覧（朝と夕に見る）、朝不謀夕（差し迫った状況）、朝聞夕死（道を究める心）、朝鍛夕錬（朝夕鍛錬に励む）、そして先のことを考えない「朝に夕べを謀らず」などがある。

212——日月と朝夕、天地、火水を探す

【天と地】天地、新天地、別天地、小天地、楽天地、天地人、天地神明（全ての神）、天地万象（全ての現象）、天地開闢（世界の始まり）、天災地変（自然変化での災い）、花天酒地（歓楽街）、驚天動地（驚き）、歓天喜地（大喜び）、天一地二（天と地の数）、地平天成（万物栄え平穏統治）、天涯地角（二つの地が離れている）、天懸地隔（激しい違い）、参天弐地（大徳を積む）、指天画地（思ったことを言う）、縮地補天（政治構造の大変革）、震天動地（大事件が起こる）、撼天動地（活動が立派）、蓋天蓋地（仏の教え広まる）、跼天蹐地（恐怖で怯える）、昏天黒地（真っ暗）、天地無用（上下を逆さにしない）、頂天立地（ひとり堂々と生きる）、そして生きてゆく覚悟は「天地の間に、己一人生きてあると思ふべし」などがある。

【火と水】水火無情（水害と火災の大きな損害）、以水滅火（簡単に物事が進む）、遠水近火（遠くのものは役立たない）、地水火風（この世を構成する元素）、そして因縁のある方に動く「水は湿りにつき、火は乾きにつく」などがある。

　紡がれた言葉に生きる指針を見つけることもある。

（２０１８・12）

213 殺人鬼の言葉を探した

人を殺めるということは、その人の生きた時間と生きる時間を奪い去ることで許されるものではない。

愛人殺しや政治テロ、大量殺人、連続殺人が発生しているが、「殺人を犯した人間」も「同じ人間」だ。

「殺人鬼」と呼ばれた「人間」の言葉を探してみる。

▼一九三六年逮捕—阿部定（三一） 男性の局部切断をした猟奇殺人事件。「一番思い出の多いところを切り取っていったのです」

▼一九六〇年逮捕—山口二矢（一七） 社会党の浅沼稲次郎党首暗殺事件。「後悔はしてないが償いはする」

▼一九六四年逮捕—西口彰（三八） 五人を殺害した連続殺人事件。「詐欺というのはしんどいね。やっぱり殺すのが一番面倒がなくていいよ」

▼一九六九年逮捕—永山則夫（一九） 四都道府県での連続射殺（四人）事件。「『悪い』と思って行なわれる『犯罪』は存在しないのです」

▼一九七一年逮捕—大久保清（三六） 若い女性八人を殺害した連続殺人事件。「おれは悪い人間なんだ。人間の血は捨てたんだ。だから人間ではない」

▼一九七二年逮捕—永田洋子（三〇） 連合赤軍極左テロ事件。「私にとって責任を取るということは死刑の判決に服することではない」

▼一九八一年逮捕—佐川一政（三二） オランダ人女子学生銃殺後「パリ人肉事件」。「殺したかったわけではない。食べたかっただけだ」

▼一九八一年逮捕—川俣軍司（二九） 四人殺害、二人重傷の深川通り魔殺人事件。「バカに四人も殺せるか。この辺で人生を終わらせたかったのだ」

▼一九八三年逮捕—勝田清孝（三四） 東海、近畿で八人を殺害した連続殺人事件。「僕は、真人間になりたかったんです」

▼一九八九年逮捕—宮崎勤（二六） 東京・埼玉連続幼女誘拐殺人（四人）事件。「ネズミ人間がヌーッとあらわれて……」

▼二〇〇一年逮捕—宅間守（三七） 大阪の池田小無差別殺（八名）傷（十五名）事件。「小学校を選んだのは、できるだけたくさん殺せると考えたから」

殺人鬼の「殺す」理由は、自己都合の勝手な発言のようだが、殺人犯となるまでの道行きに「瑕疵」があったのかもしれない。

人は生まれ、生きる「環境」に育まれてゆく。

（2018・12）

最近、妻から「ぼーっと生きてんじゃねーよ」と言われる。ＮＨＫの『チコちゃんに叱られる』という番組の決めゼリフのようだ。古希を過ぎると「ぼーっ」とする時が多くなったのかもしれない。それにしても、近年は短縮したカタカナ語に追いまくられている。

リモコン（リモートコントローラー）、パソコン（パーソナルコンピューター）、スマホ（スマートフォン）、プレハブ（プレハブリケーション）、リストラ（リストラクチャリング）、ボールペン（ボールポイントペン）とあり、「レーザー」は、ライト（L）・アンプリフィケーション（A）・バイ・スティミュレイテッド（S）・エミッション（E）・オブ・ラジエーション（R）で「LASER」。また「レーダー」は、ラジオ（RA）・ディテクション（D）・アンド（A）・レンジング（R）で「RADAR」となる。またピアス（ピアストイヤリング）、ＵＳＢ（ユニバーサルシリアルバス）、コンパ（コンパニー）があれば、「ＵＦＯ」はアンアイデンティファイド（Unidentified）・フライング（Fling）・オブジェクト（Object）で、「焼きそばＵ・Ｆ・Ｏ」は、うまい、太い、大きい、からの命名のようだ。

遺った言葉を探る。玄関は仏教語で「玄妙な道に入る関門」に由来。割り勘は江戸時代の戯作者・山東京伝の

214　ぼーっと生きてんじゃねーよ

考案で「割り前勘定」に拠る。イライラは草や木などの「トゲ」を「イラ」と言い、刺された時の不快感に因る。瓦は梵語の「カパーラ（皿、骨、鉢、頭蓋骨の意）」の音訳。モテるは江戸時代に「持てる」→「維持する」→「人から好意」へと派生したもの。暖簾は禅寺ですきま風を防ぎ暖をとる簾を掛けた。ビビるは平安時代からあり、鎧が触れ合うと「びんびん」と鳴り「びびる音」として相手が怖気づいたという。また、どっこいしょは人間の六根（眼・耳・鼻・舌・身・意）が、不浄なものを〈見ない・聞かない・臭わない・味わわない・触れない・思わない〉ために「六根清浄」を唱えて登る富士登山の修行があるそうで、その「ろっこんしょうじょう」が「どっこいしょ」に繋がったとも言う。言葉の世界は深い。

言葉は息の長いものもあれば、すぐに消えるのもある。すでに二〇一七年の流行語だった「忖度」も「インスタ映え」も一年で忘却の域。しかし一度生まれた言葉は残り、消えてもまた復活もする。昔から一日二十四時間なのに、時の流れは速い。言葉が消えるのは「世代交代」が繰り返されている証だろう。

とにかく「ぼーっと暮らす」のは止めるしかない。

（２０１９・１）

「ヒ・フ・ミ・ヨ・イ・ム・ナ・ヤ・ココ・ト」は、一二三四五六七八九十で、「ひい・ふう・みい・よお・いつ・むう・なな・やあ・この・とお」とも読む。

また「一二三四五六七」は、儒学の八徳（考・悌・忠・信・礼・義・廉・恥）の「恥」（八）が無く「恥知らず」と読むとか。知恵で読むのか面白い読み方。ただし、本来の八徳はやや異なり、四維八徳が混在している。

また四文字熟語も「零下一度、一石二鳥、二人三脚、三寒四温、四分五裂、五臓六腑、六捨七入、七転八起、八策九丘、九死一生、十年一昔」など数字言葉がある。

ところで越後（新潟）の尼僧・貞心尼（三十歳頃）が、手鞠に歌を添えて同郷の良寛禅師（七十歳頃）に贈った歌が遺る。禅問答のようでもあり、考え、楽しめる歌だ。

これぞこの　仏の道に遊びつつ
　つくや尽きせぬ　御法なるらむ　貞心尼

つきて見よ　一二三四五六七八　九十
　十と納めて　また始まるを　良寛

手鞠をつくのは一に始まり、また一に始まる。何も言っていないようでいて、全てを言い尽くしているとも言えるようだ。ものごとも人生も、またしかり。

数を詠んだ作品を見る。

奈良七重七堂伽藍八重桜　松尾芭蕉
初雪や一二三四五六人　小林一茶
一二三四五六七八桜貝　角田竹冷
ゆらぎ見ゆ百の椿が三百に　高浜虚子
牡丹百二百三百門一つ　阿波野青畝
一句二句三句四句五句枯野の句　久保田万太郎
梅一輪一輪ほどの暖かさ　服部嵐雪
一二三四五六七八九十十一十二十三十四　筒井康隆

また、栗本軒貞国の『狂歌家の風』（一八〇一年）に、「厳島社頭舌先にて」と題する歌がある。

一ツならす又二柱みつしほも
　よみつくされぬいつくしま山

この歌は「ひ、ふ、み、よ、厳島」となり、厳島神社に祀られた宗像三女神《市杵島（いちきしま）姫命・田心（たごり）姫命・湍津（たぎつ）姫命》を詠んでいる。

また、物部氏に伝わる死者蘇生の言霊「布瑠（ふる）の言（こと）」に、「一二三四五六七八九十　布留部（ふるべ）　由良由良止（ゆらゆらと）　布留部」の霊詞もある。さらに『万葉集』には「大和の国は……言霊の幸（さき）はふ国」とあり、『古事記』には「数の裏には必ず言霊が隠されている」とある。数は数霊のようだ。

（2019・1）

216　長ぁ〜い名、珍しーぃ名の自治体

全国の自治体は、市（七九二）・町（七一三）・村（一八三）、計一七一八。名前を拾うのも楽しめる。

まず、長ぁ〜い名は、

【市】かすみがうら、つくばみらい（茨城）、いちき串木野（鹿児島）の三市が六文字。ひたちなか（茨城）、南アルプス（山梨）、山陽小野田（山口）の三市が五文字。大和高田（奈良）、豊後高田（大分）、陸前高田（岩手）、近江八幡（滋賀）、安芸高田（広島）、東久留米（東京）、東かがわ（香川）、北名古屋（愛知）、南あわじ（兵庫）、南さつま（鹿児島）など三十二市が四文字。

【町】富士河口湖の五字が一町。四字が南富良野（北海道）、宝達志水（石川）など二十七町。

【村】音威子府（北海道）、上小阿仁（秋田）、野沢温泉（長野）、千早赤阪（大阪）、佐那河内（徳島）の五村が四字。

逆に一字の自治体は、【市】津（三重）、堺（大阪）、呉（広島）、萩・光（山口）、関（岐阜）、燕（新潟）、旭、柏（千葉）、蕨（埼玉）の十市。【町】森（北海道）、塙（福島）、栄（千葉）、境（茨城）、森（静岡）、岬（大阪）、坂（広島）、綾（宮崎）、錦（熊本）の九町。【村】泊（北海道）原、栄（長野）、赤（福岡）、東（沖縄）の五村。

自治体の読み方も難しい。いくらでもある珍しーぃ名、いくつか拾ってみる。

【市】出水《いずみ》（鹿児島）、各務原《かがみはら》（岐阜）、加須《かぞ》（埼玉）、交野《かたの》（大阪）、鹿角《かづの》（秋田）、寒河江《さがえ》（山形）、幸手《さって》（埼玉）、宿毛《すくも》（高知）、川内《せんだい》（鹿児島）、高梁《たかはし》（岡山）、知立《ちりゅう》（愛知）、滑川《なめりかわ》（富山）、福生《ふっさ》（東京）、三次《みよし》（広島）、八街《やちまた》（千葉）。

【町】安心院《あじむ》（大分）、引佐《いなさ》（静岡）、員弁《いなべ》（三重）、頴娃《えい》（鹿児島）、邑楽《おうら》（群馬）、象潟《きさかた》（秋田）、祁答院《けどういん》（鹿児島）、瓜連《うりづら》（茨城）、頴田《かいた》（福岡）、吉舎《きさ》（広島）、紫波《しわ》（岩手）、嵐山《らんざん》（埼玉）、芽室《めむろ》（北海道）、七宝《しっぽう》（愛知）。

【村】味方《あじかた》（新潟）、大衡《おおひら》（宮城）、麻積《おみ》（長野）、鬼無里《きなさ》（長野）、六合《くに》（群馬）、守門《すもん》（新潟）、曽爾《そに》（奈良）、中和《ちゅうか》（岡山）、桧枝岐《ひのえまた》（福島）、泰阜《やすおか》（長野）、日吉津《ひえず》（鳥取）、米水津《よのうづ》（大分）、産山《うぶやま》（熊本）など、ほか多数ある。

各々の自治体で暮らす人にとって「呼び方」は当たり前、しかし、外の人は「読み方」に迷う。違えば失礼になる。で、住所を書く時などは慎重に。

長い住所などは、とにかく大変。「京都府京都市東山区三条通南二筋目白川筋西入ル二丁目北木之元町」が日本最長住所だそうだ。

（２０１９・１）

217 国の名の由来あれこれ

NPO仲間から「国の名の由来も面白い」と言われて調べてみた。まず「日本」は、中国や朝鮮などから「倭」と呼ばれ「和」になり「大和」となった。遣隋使が「日出ずる処の天子」とした親書で「日本」を使い始め、大宝元年（七〇一）、文武天皇在位時、中央集権を確立した「大宝律令」制定時に国号を日本にしたと言われる。

世界各国の「国名」を調べ、日本人が呼んできた「国名」を探ってみる。

▼中国＝儒教の基本経典五経の一つ『詩経』による世界の中心（である土地）を指す。

▼朝鮮＝中国人が朝光鮮麗の地と呼んだとか、東方（＝朝）の鮮卑に因るなどという。

▼韓国＝朝鮮半島の南半分が三韓（馬韓・辰韓・弁韓）と呼ばれていることに拠る。

▼アメリカ＝大陸を発見したイタリアの探検家アメリゴ・ベスプッチに拠る。

▼イギリス＝イングランドによる三国合併からイングリッシュが訛（なま）ったという。

▼インド＝インダス川の「水・大河」（Shindhu）から「Hindu」を経て「Indos」になる。

▼フランス＝ゲルマン民族の一部族「フランク族」が興国し、族の呼び名が訛った。

▼オランダ＝国の一部地域の名「ホラント」が転化したと言われる。

▼イタリア＝仔牛（ギリシア語でイタロス）が放牧されている景色から付けられた。

▼ドイツ＝ゲルマン系人のことを「ドイチュ（大衆）」と呼んでいたことに拠る。

▼ロシア＝ルーシ国を受け継ぐ大公国をギリシア語風の発音「ロシア」と呼んだ。

▼ポルトガル＝ローマ帝国時代からの港町（ポルトゥス・カレ）の古い呼び名に由来。

▼ギリシャ＝ラテン語「グレキア」の訛り、またポルトガル語「グレシア」に拠るなど。

ところで「日本」の呼び方は「ニッポン」か「ニホン」か、の議論が時を超えて続く。大和時代の「日本」は「やまと」から音読みの「にっぽん」だったが、江戸時代には「にほん」が多くなったという。特に法制化されてはいないが、昭和四十五年（一九七〇）の佐藤内閣時、政府答弁で「〈にほん〉でも間違いではないが、政府は〈ニッポン〉を使う」とした。

（2019・2）

218　諂い、煽り、刺すコピー

キャッチコピーは「キャッチフレーズ」と「コピー」が合体した和製英語と言い、商品や作品、人物などを広く告知、宣伝する諂い文句であり、煽り文句の短文。日本では江戸時代のマルチ学者・平賀源内（一七二八～八〇）が、「引札（ひきふだ）」（チラシ）に独創的な戯文を載せて耳目を集めた。

現代はキャッチコピーでモノなどを選ぶ時代のようだ。近年のいろんなキャッチコピーを拾ってみる。

そう言えば、聴いた、見た言葉が多い。

24時間戦えますか（リゲイン）、セブンイレブン、いい気分（セブンイレブン）、あなたとコンビに（ファミリーマート）、マチの〝ほっ〟とステーション（ローソン）、やめられない、とまらない、かっぱえびせん（カルビー）、何も足さない、何も引かない（サントリー）、日本の女性は、美しい（資生堂）、ココロも満タンに（コスモ石油）、わんぱくでもいい、たくましく育て（丸大ハム）、すべては、お客さまの「うまい！」のために（アサヒビール）、お正月を写そう（富士フイルム）、それにつけてもおやつはカール（明治）、カステラ一番、電話は二番、三時のおやつは文明堂（文明堂）、お口の恋人（ロッテ）、ファイト一発！リポビタンD（大正製薬）、亭主元気で留守がいい＝タンスにゴン（キンチョウ）、私はコレで会社を辞めました＝禁煙パイポ（マルマン）、駅前留学（NOVA）、髪は長い友達（カロヤン・ハイ）、インド人もビックリ＝印度カレー（ヱスビー）、マズい！もう一杯！（キューサイ青汁）、男は黙ってサッポロビール（サッポロ）、やっぱりイナバ、百人乗っても大丈夫（イナバ物置）など多数。

また、昭和のアイドルの〝惹句〟を探してみた。

香港から来た真珠（アグネス・チャン）、ボサノバ娘（梓みちよ）、天まで響け（岩崎宏美）、一〇〇万ドルの微笑（石野真子）、コロムビア・プリンセス（石川さゆり）、微笑少女（小泉今日子）、一億人の妹（大場久美子）、ハートは、まっすぐ（荻野目洋子）、国民的美少女（後藤久美子）、みんなの恋人（小柳ルミ子）、一億円のシンデレラ（榊原郁恵）、香港の赤いバラ（テレサ・テン）、魅惑のハスキーボイン（ちあきなおみ）、一秒ごとのきらめき（西村知美）、大きなソニー、大きな新人（山口百恵）、和製リズム＆ブルースの女王（和田アキ子）など。

今、キャッチコピーを生むコピーライターの役割は大きくなっている。ヒト、モノ、コトを端的に表現するコトバの鋭さで〝芯〟なき世を刺し続けて欲しいものだ。

（2019・2）

二〇一八年暮、福岡県みやこ町豊津の一般社団法人豊前国小笠原協会（川上義光理事長）が「ガラミワイン」を復興させた。日本ワインのルーツだとも言われるガラミワインは、細川家が小倉藩を治めていた寛永五年（一六二八）以降の記録（永青文庫）に、「中津郡大村にてふたう酒御作を被成候」、「御郡ニて、がらミ薪ノちんとして」などの記述による復元がなされた。

みやこ町自生のガラミ（学名エビヅル）を探索、採取して、宮崎県の「五ケ瀬ワイナリー」の協力の下、ハーフボトル（三七五ミリリットル）十二本ができた。約四百年の時を経て、野生採取のガラミで造られたファーストワインは、まさに野の味。濃く、奥深い味わいだそうだ。

メンバーの一人が、占い趣味の知人にワイン製造を話したところ、「十二本が凄い」と感心され、「世の中の十二あれこれ」の高説を賜ったそうだ。十二を調べる。

十二とくれば、まず一年十二カ月。一日は午前十二、午後十二時間となり、円は一周十二時間、二周で一日。そして一時間は六十分（十二×五）で、一分は六十秒（十二×五）だ。身近な「十二支」は子、丑、寅、卯、辰、巳、午、未、申、酉、戌、亥。また「キリスト十二使徒」はペトロ、ヨハネ、アンデレ、フィリポ、バルトロマイ、マタイ、トマス、アルファイの子・ヤコブ、タダイ、シモン、セペダイの子・ヤコブ、イスカリオテのユダ。この十二使徒に由来するという各国の陪審員は十二名のようだ。さらにギリシア神話の「オリンポス十二神」はゼウス、ポセイドン、ヘラ、デルメス、アレス、ヘパイトス、アテナ、アポロン、アルテミス、ヘルメス、アフロディテ、ヘスティアである。それに「十二処（しょ）」は六根（ろっこん）（眼、耳、鼻、舌、身、意）と六境（ろっきょう）（色、声、香、味、触、法）で心や心の働きを生じさせる。

いま「現存十二天守」という城は弘前、松本、丸岡、犬山、彦根、姫路、松江、備中松山、丸亀、松山、宇和島、高知である。天守の彼方の夜空を見上げれば「十二星座」の牡羊、牡牛、双子、蟹、獅子、乙女、天秤、蠍、射手、山羊、水瓶、魚。十二を基にまだ様々ある。

十二基準の考えは、古代天文学で一年を十二分割したことが起源とも言われるが、神や仏の神秘的な力も感じる。ところで英語の数の呼び方は、一（One）から十二（Twelve）で一区切りとなり、何故か十三（Thirteen）十四（Fourteen）と十三以降の十代は全て「…teen」である。この言い方の変化も摩訶不思議な気がする。

（2019・3）

220——うるさいと愛する方言いろいろ

全国各地の方言が見直されているようだ。生まれ育った場所で喋り始めた言葉の魅力は、都会に移り住み、知り合う者が同郷であれば、すぐにお互いの心が解けてゆく。言葉がどんなに荒っぽいものであったとしても親しめるし、何故か懐かしい思いになるだろう。

北九州周辺の言葉で「しゃーしぃ」、「せわしぃー」は「うるさい」の意味で、博多方面では「しぇからしか」となる。同県内でも違う、各地の「うるさい」を探す。

あずましくない（北海道）、しゃしね、あづい、がちゃましぃー（青森）、ちょどする、しぇづねー（宮城）、せわしない、やがますぃ（山形）、やがましね（秋田）、せづね、かがらし、うっつぁしい（福島）、せづにゃぁ（岩手）、めぐらってー（神奈川）、うっつぁしー（栃木）、しょわしない、やかーしい、いじくらしいなー、はがやー（富山）、いじっかしー、さわがしい、はがいやしい、やねっこい（石川）、うっとーたい、うっせー（愛知）、うつさい（大阪）、やかましい（京都）、うっさいわ（奈良）、うっさいねん、じゃかあしい（兵庫）、やかまし（和歌山）、うるせぇッ（岡山）、うっさあ、うっとい（広島）、しろしい（山口）、やかましい（高知）、やかんしい（愛媛）、うるせー、うっさか、せからしか（福岡）、せからしか、しらかしか（熊本）、うぜらし（宮崎）、せからしか（佐賀）、やぐらしか（長崎）、やぜろしか（鹿児島）、かしまさよっ、あびあびーさんけー（沖縄）など、一つの言葉が「うるさい」ほど賑やかだ。

また、「愛する」方言も探った。いろいろだ。

愛してるんだわ（北海道）、愛してんだぁ（青森）、愛すてる（秋田）、愛してっけ（岩手）、愛してるっちゃ（宮城）、愛しでんだ（福島）、愛してるずら（長野）、愛してるんさ（新潟）、愛してるんじゃん（山梨）、愛しとるがん（愛知）、愛してるなが（富山）、愛しとるさ（三重）、愛してんで（大阪）、愛しとぉよ（兵庫）、愛してるんよぉ（和歌山）、愛してるで（奈良）、愛してるんやで（京都）、愛してんねんわ（滋賀）、愛してるだに（島根）、愛しとるんじゃ（岡山）、愛しとるけぇ（鳥取）、愛しとるんよぉ（広島）、愛しちょる（山口）、愛しちゅうょ（高知）、愛しじょる（香川）、愛しとるんじょ（徳島）、愛しとるんよ（愛媛）、愛しと〜よ（福岡）、愛しとるたい（熊本）、愛しとるじゃんね（佐賀）、愛しとるとよね（宮崎）、愛しとるばい（長崎）、愛しとるやに（大分）、愛しとっちょいよ（鹿児島）、かなさんどー（沖縄）などだ。

（2019・4）

221――お国訛りが魅力になってきた

日本語は現在、「標準語（共通語）」として統一されているが、各地域での日常の喋りは、独特な「方言」が使われている。「おはよう」と「馬鹿」の方言ほかを探る。

【おはよう】おはよー（北海道、秋田、茨城、栃木、群馬、埼玉、千葉、東京、神奈川、新潟、富山、石川、岐阜、岡山、愛媛、高知、長崎、大分）、おはえがす（宮城）、おはよーごし（青森）、おはよがんす（岩手）、はやえなっす（山形、福島）、おはよさん（福井）、おはよーごいす（山梨）、おはよーござんす（長野）、いあんばいです（静岡）、はやいなもう（愛知）、はやいなー（三重）、おはよーさん（滋賀、京都、大阪、兵庫、奈良）、はやいのー（和歌山）、おはよーござんす（鳥取、香川）、おはよ（島根）、おはよーがんす（広島）、おはよーごぁんす（山口）、おはよーがーす（徳島）、おはよーござす（福岡）、おはよーござんした（佐賀）、おはよーござるます（熊本）、はえのー（宮崎）、こんちゃらごあす（鹿児島）、つうきみそーちー（沖縄）など。

【馬鹿】はんかくさい（北海道）、ほんじなし（青森）、とぼげ（岩手）、ほんでなす（宮城）、ばがけ（秋田）、あんぽんたん（山形、福岡、熊本）、ばが（福島）、でれ（茨城）、うすばが（栃木）、ばか（群馬、埼玉、千葉、東京、神奈川、新潟、長野、静岡、広島、山口、長崎、鹿児島）、だら（富山、石川）、あほ（福井、京都、大阪、兵庫、奈良、和歌山、徳島）、ぬけさく（山梨）、たわけ（岐阜）、たーけ（愛知）、あんご（三重）、あほー（滋賀、高知）、だらず（鳥取）、だらじ（島根）、あんごー（岡山）、ほっこ（香川）、ぼんけ（愛媛）、にとはっじゅ（佐賀）、べかたん（大分）、しちりん（宮崎）、ふらー（沖縄）など。

方言の記述は、平安時代成立（八二〇年頃）の『東大寺諷誦文稿（ふじゅもんこう）』に「此当国方言、毛人方言、飛騨方言、東国方言」とあるのが最古例のようだ。

おはようの対【おやすみ】も様々。おやすみんしぇ（岩手）、おみょーぬず（宮城）、おやすみさんしょ（福島）、おやすみやっせ（群馬）、おやすみねー（埼玉）、おやすみまれ（富山）、おやすみなろ（福井）、おやすみちょさい（山梨）、ねえいくだに（静岡）、おしまいやす（京都）、にんじみそーれ（沖縄）など、挨拶にも差異がある。

明治以降、軍の命令一つ取り違える有様に「方言追放」政策が徹底されたが、生まれ育った地域の「お国訛り」は、そうすぐに消えるものではない。今、微妙なニューアンスの「訛り」が魅力大になってきた。

（2019・5）

222　アイヌ語と沖縄語を拾う

北の大地（北海道）と南の孤島（沖縄）で暮らす人々には、まだまだ独特な言葉（方言）が残っている。それを拾うと我が国の広さを改めて感じる。

国のカタチの中で北と南の人々らの地域言葉の喋りを聴いてもチンプンカンプン、同じ日本人なのかと思う。

アイヌ語は、北海道、樺太、千島列島などに棲むアイヌ民族の言語だった。現在、約一万五千余人のアイヌ人でも「母語話者」は十人もいないという。消滅危機言語となり「極めて深刻」な状況で、数年後には、ほぼ間違いなく消滅すると見られている。

また沖縄語は、奄美語、八重山語とともに琉球語の範疇に入ると言われるが、言語学的にはお互い意思疎通できないとも言われる。琉球王朝時代、王族と上流階級で使われる公用語であった首里方言が、商売人などの共通語の那覇方言に代わったのも見逃せない。

アイヌ語（カタカナ）と沖縄語（ひらがな）のいくつかを拾ってみる。

▼こんにちは＝イランカラプテ／はいさい（男）、はいたい（女）　▼ありがとう＝イヤイライケレ／にふぇーでーびーる　▼神＝カムイ／かぐ　▼男性＝オッカヨ／いきが　▼女性＝メノコ／いなぐ　▼私＝クアニ／わん　▼いらっしゃいませー＝ヘタクアフン／めんそーれ　▼元気＝クイワンケ／がんじゅー　▼夫＝ホク／うーとぅ　▼妻＝マッ／とぅじ　▼父＝ミチ／すー　▼母＝ハポ／あんま　▼わかります＝クエラムペウテク／わかやびたん　▼孫＝ミッポ／んまぐゎ　▼やさしい＝サウレ　▼ちむじゅらさん　▼うれしい＝エヤイコプンテク／うぃりきさん　▼大きい＝ポロ／まぎー　▼小さい＝ポン／ぐなー　▼頭＝サパ／ちぶる　▼春＝パイカㇻ／はる　▼夏＝サㇰ／なち　▼秋＝チュㇰ／あち　▼冬＝マタ／ふゆ　▼昨日＝マン／ちぬー　▼今日＝タント／ちゅー　▼明日＝ニサッタ／あちゃー　▼おいしい＝ケラアン／まーさん　▼さようなら＝ヤイトゥバレノ／ぐぶりーさびら　▼はじめまして＝イランカラプテ／はじみてぃやーさい　▼酒＝トノト／さき　▼泣く＝チシ／なちぶー　▼笑う＝ミナ／わらゆん　▼美しい＝ピリカ／ちゅらさん、などである。

アイヌ、沖縄、各地の「〇〇弁」など、それぞれの生活空間から共通語、標準語の中に入り、音韻、文法、語彙などの違う「方言」を保ちながらの日本語がある。珍しい民族かもしれない。

（２０１９・５）

223――隠語も女房言葉もさりげなく

隠語は仲間内のみに通用する言葉で、暗語、集団語とも言う。専門分野では専門用語、業界では業界用語、符丁（符牒）などが使われている。それでデカ（刑事）がホシ（犯人）を追う警察の場合、多くの専門用語（隠語）が使われているようだ。マル暴（暴力団）、マル被（被疑者）、マル害（被害者）、マル目（目撃者）、マルタイ（警護対象者）、マル走（暴走族）などは日常会話のようだ。小麦粉（コカイン）、シャブ（覚せい剤）、葉っぱ（大麻）の常習者は、追っかけてパクる（逮捕）ことになる。

とにかく一一〇番でヤマ（事件）が入ると、最寄りのハコ（交番）からアヒル（制服巡査）が飛び出し、アンコ（新入り警官）もデカ長（巡査部長）もそれに続く。ゲンチャク（現場到着）すると、タタキ（強盗）かオシコミ（侵入）かをゲソ（足痕跡）などで確認、そしてガイシャ（被害者）に聴取。犯人がヤッパ（刃物）を持っていたか、レツ（共犯者）がいたか、などを訊く。そしてホシにワッパ（手錠）を掛けるため、証拠を固めてビラ（逮捕状）を請求し無事、クロ（真犯人）を捕えてゲロ（自白）させる。

謎を解く警察では、独特な〝業界会話〟が普通に交わされている。コロッケ（女性の殺人犯）を捜すなど、全く予想外の隠語もある。

ところで、普段の生活で使う女房言葉もたくさんあるようだ。室町時代から宮中に仕える女房などが、語頭に「お」、語尾に「もじ」などを付けて丁寧さを表す言葉として伝わる女房言葉は、主に衣食住に用いられ、現在でも当たり前に、さりげなく使われている。

「お」が付く言葉には、おひや（水）、おかず（御菜）、おから（大豆搾りかす）、おこわ（強飯）、おじや（雑炊）、おつけ（吸い物）、おでん（味噌田楽）、おはぎ（牡丹餅）、おむすび（握り飯）、おなか（腹）、おつむ（頭）、お板（かまぼこ）、おかか（鰹節）、おかき（欠餅）、おなら（屁）、おまる（便器）などがある。

「もじ」が付くのは、しゃもじ（杓子）、おめもじ（御目にかかる）、ひもじい（空腹）、ひともじ（ネギ）、ふたもじ（ニラ）など。他にも、こうこ（タクアン）、なみのはな（塩）、くのいち（女）などが拾える。

食べ物の「美し（いし）」に、「お」が付いて「おいしい」という言葉が生まれたという。やはりこれも女房言葉に由来するようだ。何気ない喋りに隠語や女房言葉が含まれており、縛られ、いつしか日常用語として広く、人々の間に定着してゆくようだ。

（２０１９・５）

224 数の単位と数の記憶

桁違いという言葉がある。ソロバンの単位を違える、違いが大きすぎて他に比較できない、という意味のようだが、数の意味と単位は生活の中に知らず息づいている。数の「桁」違いを見る。

数を表す単位で、大きくなる並び（大数）は、一、十、百、千、万、億、兆、京、垓、秭、穣、溝、澗、正、載、極、恒河沙、阿僧祇、那由他、不可思議、無量大数となっており、現在使われているのは「億」までで、「京」や「垓」などは、まだ未知の数。しかし物理の世界では、かなりの頻度で単位変換が行われているそうだ。

また、単位の小さくなる並び（小数）は、割分、厘、毛、糸、忽、微、繊、沙、塵、埃、渺、漠、模糊、逡巡、須臾瞬息、弾指、刹那、六徳、虚空、清浄、阿頼耶、阿摩羅、涅槃寂静とある。驚きだ。

そこで数や単位の漢字の付いた〝桁〟小説を探す。

一は芥川龍之介『年末の一日』、十は江戸川乱歩『怪人二十面相』、百は太宰治『富嶽百景』、千は宮崎駿『千と千尋の神隠し』、万は百田尚樹『魔法の万年筆』、億は筒井康隆『48億の妄想』、兆は島尾ミホ『老人と兆』、京は夏目漱石『京に着ける夕』、垓は野田兼司『三千垓の謎』、穣は松平みな『穣の一粒』、溝は江國香織『溝』、正は森村誠一『正義の証明』、載は河野多恵子『台に載る』、極は菊池寛『極楽』、那由他は福山静久志『那由他』、不可思議は山田正紀『不可思議アイランド』などがある。

また、数の付く諸作品もある。

例えば、ジョージ・オーウェル『１９８４年』、村上春樹『１Ｑ８４』、町屋良平『１Ｒ１分34秒』、松本零士『銀河鉄道９９９』、石ノ森章太郎『サイボーグ００９』などから、「99ＢＬＵＥＳ（佐野元春作詞・作曲）」、「想い出の九十九里浜（長戸大幸作詞・織田哲郎作曲）」、「三百六十五歩のマーチ（星野哲郎作詞・米山正夫作曲）」、「君のひとみは１００００ボルト（谷村新司作詞・堀内孝雄作曲）」など様々。

また、１・17（阪神・淡路大震災）、３・11（東日本大震災）、八月や六日九日十五日（諫見勝則）、９・11（アメリカ同時多発テロ）などの数は記憶に刻まれている。

それと世界の国を数字で見ておく。日本が承認している国の数は一九六カ国あり、日本大使館は日本以外の一九五の国に設置。在留邦人は一三九万余人で在留外国人は二八二万余人。外国人の三一〇〇万余人が日本を訪れている。ないがしろにできない数である。

（２０１９・５）

225　いろんな雨と風がある

「雨風を凌ぐ」と言うが、日本の四季で雨と風の呼び方は驚くほど多い。日本語の豊かさを思い知らされる。雨言葉は四百を超し、風言葉は二千を超すという。季節に降る雨、吹く風を追ってみることにする。日本だからこそ、味わえる言葉への想いだろう。

雨風に耐えて花咲く時を待つ
夢の懸け橋鋸南の道　小出義雄

雨風の濡れては乾き猫ぢゃらし　三橋鷹女

日本は雨が多い国で、「雨」の表現は俄雨から霧雨、霖雨、篠突く雨、村雨、地雨、肘笠雨、長雨、驟雨、豪雨、怪雨、天泣、外待雨など。【春の雨】は、春雨、小糠雨、ひそか雨、桜雨、花時雨、春時雨、虎が雨など。【梅雨の雨】は、五月雨、菜種梅雨、走り梅雨、迎え梅雨、送り梅雨、戻り梅雨、返り梅雨、残り梅雨、空梅雨、早梅雨、枯れ梅雨、男梅雨、女梅雨など。【夏の雨】は、夕立、慈雨、青葉雨、翠雨、穀雨、喜雨、白雨、半夏雨、洒涙雨など。【秋の雨】は、秋雨、秋霖、秋入梅など。【冬の雨】は、冬雨、氷雨、寒雨、凍雨、山茶花梅雨、村時雨、片時雨、横時雨、寒九の雨など。他には作り雨（打ち水）など。

ひさかたの雨の降る日をただ独り
山辺に居ればいぶせかりけり　大伴家持

あの雲がおとした雨にぬれてゐる　種田山頭火

日本は「風の国」とも言われ、風は馴染み深い。東西南北の風は、東風（ひがしかぜ＝こち）、西風（にしかぜ＝ならい）、南風（みなみかぜ＝はえ）、北風（きたかぜ＝あなじ）だ。

また、春夏秋冬の風で【春】は、春風、和風、恵風、光風、花風、谷風、貝寄せ、春一番などから黒南風で【梅雨】に入り、白南風で明ける。【夏】は薫風、翠風、夏風、凱風、温風、涼風、若菜風、青田風、盆東風など。【秋】は、秋風、金風、商風、悲風、雁渡、野分きなど。【冬】は、冬風、寒風、陰風、霜風、凩、雪風、ならい風、乾風、空っ風などがある。他には季節風、潮風、強風、旋風、そよ風、つむじ風、微風、烈風、暴風などキリがない。

風吹きて海は荒るとも明日と言はば
久しくあるべし君がまにまに　柿本人麻呂

旅人のいたづらよりぞ風かをる　正岡子規

人生も追い風に乗って順風に進んでいても、まさかの向かい風に遭い逆風に見舞われる。

神風を頼っていても、いい風吹かずば、柳に風の生き方で風のたよりを待てばいい。

（2019・6）

空と雲の写真を撮り続ける友がいる。空の色、雲の流れ、二つのコントラストがいい。時を同じく大阪の寝たきり少女も「雲」の姿に魅かれシャッターを押していた。ある日、その少女が突然、友の家を訪ねて来た。友は「空と雲とで気が繋がっていた」と言う。少女は「雲の写真集」を置いて帰った後、しばらくして逝った。

日本の四季に暮らす中、時折、空を意識する。

空の青さを見て、春の空は淡い青、夏の空は真っ青、秋の空は深い青、冬の空は遠い青のよう。

日輪をかくして春の空ひろし　長谷川かな女
紅き海名のみにすぎぬ夏の空　横光利一
海原の上にひろがる秋の空　正岡子規
冬の空水美しくありしのみ　飯田龍太

空の呼び名もいろいろ。青空、大空、夜空、星空、寒空、雨空、曇空、雪空、初空、夕空、茜空、凍空、梅雨空、黄昏空などがあり、空が無くても空を指す日本晴れ、五月晴れ、小春日和、秋日和、菊日和、霜日和、炎天、寒天、霜天、幽天、好天、荒天、曙天（しょてん）、暁天、暑天、旱天、秋天、蒼穹、払暁（ふつぎょう）、東雲（しののめ）、天の川、雨模様など、あるわ、あるわの空模様。

まさをなる空よりしだれざくらかな　富安風生

226　空も雲もいろいろあるわ

夏と秋と行きかふ空のかよひぢは
かたへすずしき風や吹くらむ　凡河内躬恒

空に浮かぶ雲は、地上からどれくらいの高さで出現するかによって分けられるそうだ。例えば、エベレスト（八八四八メートル）の高さは上層雲、富士山（三七七六メートル）は中層雲、筑波山（八七七メートル）は下層雲となり、この三層雲が分かれて十種類の雲ができるという。

上層雲は、巻雲（けんうん）（すじ雲、はね雲、しらす雲）、巻積雲（うろこ雲、さば雲、いわし雲）、巻層雲（うす雲、かすみ雲）。中層雲は、高積雲（ひつじ雲）、高層雲（おぼろ雲）、乱層雲（雨雲、雪雲）。下層雲は、層積雲（うね雲、くもり雲、まだら雲、むら雲）、積雲（わた雲）、層雲（きり雲）、積乱雲（雷雲、入道雲）、以上の十種類。その他、波状雲、レンズ雲（傘雲）、つるし雲、尾流雲、彩雲、瑞雲、慶雲、景雲、紫雲、飛行機雲などがある。

かたまりし寒さも出たり雲の峰　加賀千代女

我が園に梅の花散る久かたの
天より雲の流れ来るかも　大伴旅人

果てのない空に流れる雲を見て、何事も上の空にならぬよう気を引き締める。

（２０１９・６）

木があって林が広がり森になる。あたり前のことだが、字を意識すると「木」が「林」そして「森」と、同じ字が重なって言葉になっている。考えて見れば妙。

漢字の世界を歩いてみる。

漢字の構成に当たって同じ漢字を二つ合わせてできる漢字を「理義字（りぎじ）」と言い、三つ合わさるものを「品字様（ひんじよう）」と呼ぶらしい。字を追ってみる。

二つの字が並んで、双（ソウ・ふた）、孖（シ・ふたご）、艸（ソウ・くさ）、竝（ヘイ・なみ）、羽（ウ・はね）、林（リン・はやし）、弱（ジャク・よわい）、競（キョウ・きそう）、朋（ホウ・とも）、絲（シ・いと）、昌（ショウ・さかん）、圭（ケイ・たま）、炎（エン・ほのお）、从（ジュウ・したがう）などがある。

三つ並ぶと、品（ヒン・しな）、姦（カン・みだら）、惢（スイ・うたがう）、晶（ショウ・あきら）、森（シン・もり）、歮（ジュウ・しぶ）、焱（エン・ほのお）、犇（ホン・ひしめく）、猋（ヒョウ・はしる）、轟（ゴウ・とどろく）、驫（ヒョウ・とどろき）、厽（ルイ・かべ）、孨（セン・みなしご）、叒（ジャク・したがう）、垚（ギョウ・たかい）、蟲（チュウ・むし）、刕（レイ・さく）、麤（ソ・あらい）、譶（トウ・はやくち）、毳（ゼイ・むくげ）、羴（セン・くさい）、聶（ジョウ・ささやく）、磊（ライ・こいし）、鱻（セン・あたらしい）、厵（ゲン・みなもと）、劦（キョウ・にわか）、矗（チク・なお）、嚞（キ・よろこぶ）など、まだまだ他にもある。見かけない字だが、確かにある。

227 同じ字が並ぶ漢字にぎやか

よく考えてみれば人間が生んだ漢字なのだから、その時の人の思いで作られたのかもしれない。

ところで、各国名の漢字表記を見るとにぎやか。亜米利加（アメリカ）、露西亜（ロシア）、加奈陀（カナダ）、印度（インド）、土耳古（トルコ）、亜爾然丁（アルゼンチン）、独逸（ドイツ）、秘露（ペルー）、蘇丹（スーダン）、諾威（ノルウェー）、洪芽利（ハンガリー）、葡萄牙（ポルトガル）、波蘭（ポーランド）、泰（タイ）、不丹（ブータン）、越南（ベトナム）、西班牙（スペイン）、和蘭（オランダ）、尼波羅（ネパール）、蒙古（モンゴル）、仏蘭西（フランス）、非支（フィジー）、瑞西（スイス）、伯剌西爾（ブラジル）、白耳義（ベルギー）、東加（トンガ）、希臘（ギリシア）、英吉利（イギリス）、伊太利亜（イタリア）、墺太利（オーストリア）、玖馬（キューバ）、巴奈馬（パナマ）、土弥尼加（ドミニカ）、芽買加（ジャマイカ）、越智阿皮亜（エチオピア）、加納（ガーナ）、幾内亜（ギニア）、肯尼亜（ケニア）、山美亜（ザンビア）、莫三鼻給（モザンビーク）、蘇丹（スーダン）、尼日利亜（ナイジェリア）、馬達加斯加（マダガスカル）、南非（みなみアフリカ）、利比亜（リビア）、澳太剌利（オーストラリア）、氷州（アイスランド）、愛蘭（アイルランド）、宇克蘭（ウクライナ）、科索伏（コソボ）、聖馬力諾（サンマリノ）、瑞典（スウェーデン）、巴拉圭（パラグアイ）、丁抹（デンマーク）、捷克（チェコ）、和地関（バチカン）、里都亜尼亜（リトアニア）、牙買加（ジャマイカ）、海地（ハイチ）、智利（チリ）、秘露（ペルー）、巴楼（パラオ）、新西蘭（ニュージーランド）、也門（イエメン）、伊朗（イラン）、伊拉久（イラク）、埃及（エジプト）、新嘉坡（シンガポール）、摩洛哥（モロッコ）など、ピタリ似合う漢字を当てている。

一字の漢字の奥に広がる世界は無尽蔵。迷路であっても誰もが楽しんで歩ける。

（２０１９・６）

228 外来語への当て字カラフル

日本語の楽しみはいろいろある。当て字もその一つ。「当て字」は、当座の用のために漢字を転用した文字で、代わりの字を充てるため「充て字」とも言うようだ。外来語に当てたカラフルな漢字を追ってみる。

まず音楽関係を見る。ピアノ（洋琴）、オルガン（風琴）、ハープ（竪琴）、ヴァイオリン（提琴）、アコーディオン（手風琴）、オカリナ（鳩琴）、ギター（六絃琴）、シロフォン（木琴）、ハーモニカ（口風琴）、オルゴール（自鳴琴）、チャイム（鐘琴）、エレクトーン（電子琴）、ラッパ（喇叭）、トライアングル（三角鉄）などで、ソナタ（奏鳴曲）、ワルツ（円舞曲）、ロンド（輪舞曲）、シンフォニー（交響曲）、ラプソディー（狂奏曲）、ソロ（独奏）、デュオ（二重奏）、トリオ（三重奏）、カルテット（四重奏）など当て字もにぎやかで様々。

次に宝石を見る。アクアマリン（藍玉）、トパーズ（黄玉）、ムーンストーン（月長石）、マラカイト（孔雀石）、ルビー（紅玉）、ダイヤモンド（金剛石）、ガーネット（柘榴石）、パール（真珠）、エメラルド（翠玉）、サファイア（蒼玉）、オパール（蛋白石）、トルマリン（電気石）、クリスタル（玻瑠）、アメシスト（紫水晶）、フローライト（蛍石）などがある。

続いて飲み物。アルコール（酒精）、ウイスキー（火酒）、カクテル（混合酒）、コーヒー（珈琲）、シャンペン（三鞭酒）、スープ（肉汁）、ソーダ（曹達）、ビール（麦酒）、ペパーミント（薄荷酒）、リキュール（小酒）、ワイン（葡萄酒）など。そして食べ物。アーモンド（扁桃）、オリーブ（橄欖）、カカオ（加加阿）、ザボン（朱欒）、パイナップル（鳳梨）、バナナ（甘蕉）、パパイア（万寿果）、マンゴー（檬果）、レモン（檸檬）、リンゴ（林檎）、ミカン（蜜柑）、クルミ（胡桃）、カリン（花梨）、ザクロ（石榴）、チーズ（乾酪）、チョコレート（貯古齢糖）、テンプラ（天麩羅）、トマト（蕃茄）、キャベツ（甘藍）、パン（麺麭）、アイスクリーム（氷菓子）、クリーム（凝乳）、ビスケット（乾蒸餅）などの他、まだまだ。

それと長さ、広さ、重さなどの単位漢字。ミリ（粍）、センチ（糎）、メートル（米）、キロメートル（粁）、インチ（吋）、フィート（呎）、ヤード（碼）、マイル（哩）、アール（安）、エーカー（噎）、リットル（立）、グラム（瓦）、トン（屯）など、変換字は数限りない。

最後、どこの国の外来語かでは、インテリとイクラはロシア、タバコはスペイン、ブリキとポン酢はオランダ、テンプラとカステラとカルタはポルトガルなど意外だ。

（2019・6）

229 とんでもない漢字もある

漢字検索で学ぶこと多しだった。まず常用漢字で画数の最大は「鬱（うつ）」で二十九画のようだ。

とにかく読みの長いのでは、志（こころざし）や、承（うけたまわ）る、慮（おもんぱか）る、掌（たなごころ）、糎（センチメートル）、糎（センチリットル）、鯢（さんしょううお）、蔘（ちょうせんにんじん）などがあるかと思えば、玖（キュウ・ク＝くろいろのうつくしいいし）、攸（ユウ・トコロ＝みずのゆったりとながれるさま）などがある。

また、とんでもない読みの漢字もある。

それは「閄」で「コク」、「ワク」とも読むそうだが、「ものかげからきゅうにとびだしてひとをおどろかせるときにはっするこえ」との解釈だそうだ。

さらに砉（ほねとかわとがはなれるおと）、袓（まつりのそなえもののかざり）、跖（あしのうら）、坤（ひつじさる）、鵋（きくいただき）、鸝（ちょうせんうぐいす）、盡（さもあらばあれ）、砅（いしをふくんでみずをわたる）、漚（いやがらせる）、咍（あざけりわらう）、瀝（あめかぜのおと）、盉（あじみする）、吨（あきらかでない）、瓏（あきらかなさま）、瘇（あしがはれる）などがある。

ほとんどが「訓読み」で、日本ならではの読みだ。ちなみに「音」、「訓」読みがあるのは日本だけのようだ。

また珍しい苗字もあるようで、追ってみる。左衛門三郎（さえもんさぶろう）、勘解由小路（かでのこうじ）、大豆生田（おおまみゅうだ）、東麻生原（ひがしあそうばら）、大炊御門（おおいのみかど）、東（ひがし）、御建田（みたてだ）、王来王家（おうらいおうけ）、上打田内（かみうったない）、栗花落（つゆり）、京（かなどめ）、左雨（さっさ）、羽後（ひばり）、茶臼山（さきやま）、奉日本（たかもと）、小鳥遊（たかなし）、丁風（あたらし）、左右（あてら）、日日（たちごり）、圷（あくつ）、雲類鷲（うるわし）、尺一（さかくに）、左沢（あてらさわ）、凸守（でこもり）、辺銀（ぺんぎん）、御薬袋（みない）、小浮気（おぶき）、雲母（きらら）、一（にのまえ）、五百旗頭（いおきべ）、信濃小路（しなのこうじ）、五十公野（いじみの）、一尺八寸（かまつか）、八月一日（ほづみ）、雅楽代（うたしろ）、善知鳥（うとう）、大平落（おおでらおとし）、八十八（やそはち）、卍山下（まんざんか）、独活山（うとやま）、微笑（びしょう）、東風平（こちんだ）、西風館（ならいだて）、蜜柑（みかん）、邪答院（けいとういん）、七五三田（しめた）、榮倉（えいくら）、蓼丸（たでまる）、蟋蟀（こおろぎ）、猫屋敷（ねこやしき）、降魔（ごうま）などだ。

漢字は中国発祥で、文字統一は紀元前二〇〇年代に秦の始皇帝が行ったと伝わる。

まず隷書が生まれ、早書きの草書となり、行書と続き、均整のとれた書体の楷書となったようだ。

日本への漢字伝来は、六世紀の仏教伝来より前の四世紀後半だと言われており、現在、漢字使用の国は中国、日本、韓国、台湾、シンガポール、マレーシアのようだ。

ただ、漢字に慣れると読み違いもある。

例えば「続柄」は「ぞくがら」ではなく「つづきがら」で、「他人事」は「たにんごと」ではなく「ひとごと」が正しい読みだそうだ。間違えないようにしたい。

（２０１９・６）

230　漢字「心」の広がりをみる

漢字の世界をのぞいてみると面白い。一字から無限の広がりを見せる。漢字「心」を「私心」を以って見てみる。まず「心」の付く主な字を画数順に追ってみる。心―必―志―念―怒―恋―悪―悲―愛―態―慾―憩―應―懲―懸―懿―戀などとある。

次に、二字以上の熟語、慣用語などが無数にあるようで、いくつかを拾ってみる。

【二字】安心、核心、手心、求心、苦心、絵心、無心など。【三字】乙女心、老婆心、自尊心、情け心、好奇心、出来心、遠心力など。【四字】以心伝心、心機一転、人心一新、誠心誠意、鬼手仏心、心労辛苦、虚心坦懐など。【五字】見目より心、自己中心性、心置きなく、言語心理学、歓心を買う、心臓が強い、得心が行くなど。【六字】口は口心は心、心を一にする、心を躍らせる、女心と秋の空、自由心証主義、帰心矢の如し、手心を加えるなど。【七字】天にも昇る心地、水心あれば魚心、心ここに有らず、良心的兵役拒否、疑心暗鬼を生ず、旅は情け人は心、言葉は心の使いなど。【八字】初心忘るべからず、心を以って心に伝う、心疾患集中治療室、心に笠着て暮らせ、鰯の頭も信心から、怒り心頭に発する、心は二つ身は一つなど。【九字】顔で笑って心で泣く、頭剃るより心を剃れ、非常用炉心冷却装置、心の鬼が身を責める、二千里の外故人の心、心胆を寒からしめる、生きた心地もしないなど。【十字】心臓に毛が生えている、木にも草にも心を置く、万能足りて一心足らず、運用の妙は一心に存す、雲無心にして岫を出ず、親思う心にまさる親心など。【十字以上】心身喪失者等医療観察法、心的外傷後ストレス障害、信心を過ぎて極楽を通り越す、大人は赤子の心を失わず、心内にあれば色外にあらわる、我が心石に匪ず転ず可からず、赤心を推して人の腹中に置く、這えば立て立てば歩めの親心など、心のありようは多彩。

心を詠んだ句と歌を探してみる。心の在処を示す言葉として貴重なものだ。

露とくとく心みに浮世すすがばや　松尾芭蕉

ひと色の野菊でしまふ心こそ　加賀千代女

われならで誰かは植えむ一つ松
　心して吹け志賀の浦風　明智光秀

月花を心のままに見尽しぬ
　何か浮世に思い残さん　豊臣秀次

心ひろく心ふかく心ただしく心たのまず心しずめ心よせ心なごやかでありたい。

（2019・6）

231　数入り熟語と数の苗字

漢数字の一から億までの、四字と三字の熟語を追うといろいろ面白い。

やはり「一」の付く熟語が飛び抜けているようだ。

数のみの「三三五五」は一般的だが、「一五一十」、「万千千」の熟語もある。四字を拾う。

【一】一意専心、一網打尽、一夫多妻、一日一善、一期一会、一汁一菜、一言一句、一国一城、一石二鳥、一読三嘆、一天四海、一都六県、八紘一宇、九死一生、一暴十寒、一罰百戒、一攫千金、一粒万倍、【二】二律背反、二股膏薬、二束三文、二者択一、遮二無二、二人三脚、二六時中、唯一無二、【三】三権分立、三日天下、三日坊主、万歳三唱、三寒四温、三十六計、三位一体、三三五五、【四】四面楚歌、四海兄弟、四角四面、四書五経、四方八方、四捨五入、四分五裂、四苦八苦、【五】五穀豊穣、五言絶句、五山文学、五里霧中、富士五湖、五臓六腑、五言律詩、五百羅漢、【六】六根清浄、十六夜月、六菖十菊、四六時中、三十六策、【七】七堂伽藍、七言絶句、七転八倒、北斗七星、七不思議、【八】百八煩悩、八面六臂、八百八橋、八方美人、岡目八目、【九】九夏三伏、面壁九年、十中八九、九牛一毛、三拝九拝、【十】十人十色、十年一昔、十八史略、五風十雨、十年一剣、【百】百点満点、百花繚乱、百発百中、百家争鳴、百鬼夜行、【千】悪事千里、笑止千万、海千山千、一騎当千、千変万化、【万】森羅万象、万古不易、波乱万丈、遺憾千万、【億】億万長者、十万億土など、まだある。

次に三字は、裸一貫、一大事、間一髪、二刀流、二枚舌、三枚目、三行半、四天王、七福神、十六夜、十八番、百人力、御百度、八百長、千羽鶴、値千金、表千家、裏千家、千里眼、万華鏡など他多数。

また、数字だけの苗字も多いようで、意外な読みもあり楽しめる。まず、一（にのまえ）、二二（つまびら）、一三（かずみ）、一二三（いじみ）、二（したなが）、二三（ふたみ）、二四（にし）、二五（にご）、二十二（にそじ）、二十八（つちや）、二九（ふたく）、二十九（ひずめ）、三（みたび）、三五（さんご）、三八九（さばく）、四（あずま）、四十八（よそや）、五（ご）、五六（ふかぼり）、五百（いほ）、六（ろく）、六萬（むつま）、七（さとる）、七五三（しめ）、八（はち）、八九（やく）、八十（やそ）、八十八（やそや）、八百（やもも）、九（いちじく）、九十三（つくみ）、九十八（にたらず）、九十九（つくも）、十（つなし）、十八（とわ）、十九百（つくお）、百（もも）、百百（とど）、千（ち）、万（よろず）、そして百千万億（つもり）、と多彩な読みだ。

数入り歌に「いにしへの奈良の都の八重桜けふ九重に匂ひぬるかな　伊勢大輔」は、奈良（七）、八重（八）、九重（九）を詠んでいる。また「奈良七重七堂伽藍八重桜　松尾芭蕉」「ゆらぎ見ゆ百の椿が三百に　高浜虚子」「牡丹百二百三百門一つ　阿波野青畝」の句などもある。

（２０１９・７）

232———三五八と三六九の凄さ知る

何気なく数字を見て、感じ、数に秘密と謎があるとしたらどうだろう、とネット検索を試みた。すると「三・五・八という数字の意味が凄い！」にヒットした。

まず都（三八五）とくる。お釈迦様が悟りを開いたのは三十五年八カ月。『西遊記』では三蔵法師の天竺へのお伴は、沙悟浄（三）、孫悟空（五）、猪八戒（八）だった。日本への仏教伝来は五三八年。空海の入滅は八三五年で、千年後の一八三五年に坂本龍馬が誕生。江戸時代の歴代将軍では三代家光・五代綱吉・八代吉宗がよく知られている。キリスト教で三五八は救世主の意味を持ち、平和をもたらすと言われる。三と五は聖なる数字で、八はメビウスの輪で無限大を表す縁起のいい数字であると言い、風水でも三は金運、五は帝王、八は風水上もっとも良い数字で運気を上げると言う。

さらに三・六・九の凄さにも引き込まれた。

ヘブライ語で「ガバラ」は「授けられたもので神からの叡智」と言われる。そのガバラ秘術の三（創造）、六（愛情）、九（知恵）の凄さも知った。一日二十四時間。一時間六十分。一分六十秒。平均体温三十六度。呼吸数一分間十八回。脈拍数七十二拍。子宮の中にいる赤ちゃん二八八日。厄年は男二十四、四十二、女十八、三十三。学校は小六、中三、高三年。還暦は六十歳。

人間の煩悩は一〇八。雪の結晶、蜂の巣構造、日本伝統の麻の葉模様は六角。そして人間の感覚は視覚、聴覚、嗅覚、触覚、味覚に大事な第六感。で、これらは三・六・九に繋がっている。三は「満つ」、「充つ」として縁起のいい数字。しかしまた、逆の現象も出現する謎の数字だという覚悟も必要だろう。東日本大震災は二〇一一年三月十一日で二＋一＋一＋三＋十一＝十八。阪神淡路大震災は一九九五年一月十七日で一＋十七＝十八。中国青海省地震は二〇一〇年四月十四日で四＋十四＝十八。サンフランシスコ地震は一九八九年十月十七日で一＋十七＝十八。三・六・九が関連する「十八」がキーワード。

とにかく奇数は縁起良い明るい陽数、偶数は縁起悪く暗い陰数と言う。奇と偶の句には「梔子の一片欠けて奇数の夜　丸井巴水」、「偶数は必ず割れて春かもめ　小川軽舟」、「実梅拾ふ奇数偶数げんかつぎ　品川鈴子」などがある。何故か北野武は「奇数」に拘っているようで、「日本の素晴らしい言葉は素数の中に入って、他の言葉では変えられないという凄い法則があるんですよ」と語る。奇数は割れない数字なので崇高なの？

（２０１９・７）

233 天の時・地の利・人の和

中国の思想家に儒学者の孔子（紀元前五五二〜四七九）、孟子（紀元前三七二〜二八九）、荀子（紀元前三一三〜二三八）がいる。共に名言・格言を遺す。

孔子の「君子は和して同ぜず、小人は同じて和せず」があり、荀子の「上学は神で聴き、中学は心で聴き、下学は耳で聴く」などがあるが、人間の在り方を説く孟子の「天の時、地の利、人の和」を探ってみる。

その前に、子のために家族の住み家を三度変えた孟子の母の話がある。まず墓場の近くに住んでいたが、子らが「葬式ごっこ」をするので、市場に移った。すると今度は「商売のまね」ばかり、なので学校そばに引っ越すと、「礼儀作法の遊び」に替わった。

それで「ここが我が家の住む処」にしたという、いわゆる「孟母三遷」である。

また孟子は「人は本来、善であり、絶えざる努力で立派な人間になる」の〝性善説〟を説けば、荀子は「人は本来、悪であり、自らの意思で努力して善に向う」という〝性悪説〟を説く。善、悪ともに真に向かう道に変わりない。母に教わり、師に学び、子に伝える。そんな中、孟子の「公孫丑」のくだりに次の言葉がある。

孟子曰、天時不如地利、地利不如人和。

（天の時は地の利に如かず。地の利は人の和に如かず。）

これは中国の春秋戦国時代の「戦略成功」三条件を表現したもので、戦の攻撃のタイミングを示したものだそうだ。これが日本に伝わり、「天の時・地の利・人の和」の諺になった。

聖徳太子は「十七条憲法」（六〇四年）に「一に曰く、和を以って貴しとなし、忤うことなきを宗とせよ。人みな党あり、また達れるもの少なし」と述べた。

また、上杉謙信は『北越軍談』（一六九八年）に「輝虎公曰く、天の時、地の利に叶い、人の和とも整いたる大将というは、和漢両朝上古にだも聞こえず。いわんや、末代なお有るべしとも覚えず」との語りが遺る。

そして福沢諭吉は『学問のすすめ』（一八七二年）に「天は人の上に人を造らず人の下に人を造らず」と記し、「学問を勧めて物事をよく知る者は貴人となり富人となり、無学なる者は貧人となり下人となるなり」と記した。まさに天・地・人は天下治めの詞。

水中花開きし花の天地人　品川鈴子

紅葉に桜ちらほら蝉の声
天地人の狂ひはじめぬ　内田勝代

（２０１９・７）

第5章　生活に聞く

234　「関の刃物」一品――爪きり

ある日、コンビニに立ち寄った折、知人が「爪きりを買ってきます」と車から降りた。えっ、コンビニに爪きりがあるの……が、最初の思いだった。

店から車に乗り込み「これはよく切れるわ」と言う。コンビニに爪きりがあるとは思わなかった。

万国共通、万人共通の爪きり。パチ、パチの日本製に対してパチーン、パチーンは外国製とか、爪が飛び散らないように工夫した日本の爪きりは外国で人気だそうだ。

アメリカの爪きり売れ筋ランキングでは「Seki Edge」が常にトップクラス。刃物の町で知られる岐阜県関市で作られる商品だ。関市の刃物はドイツのゾーリンゲン、イギリスのシェフィールドと並ぶ「刃物の3S」と呼ばれるほど知名度が高く、「関の刃物」は特許庁の「地域団体商標」にも登録されている。

地域ブランド「関の刃物」も歴史を遡ると、世の移ろいに従って盛衰が見え隠れする。約八百年前の鎌倉時代、九州の刀匠・元重が関へ移り住み、はじめて関で日本刀を作った。関には、刀に適する鉄、焼入れでの良質な土、水などがあり、多くの名工が集った。戦国時代の日本刀で孫六兼元作「関の孫六」は有名である。刀鍛冶も江戸中期になると、刀の需要が減り、刀匠は鎌などを打つ農鍛冶に変った。明治に入り廃刀令が布かれると、包丁など家庭用刃物の生産に転じ、東南アジアなどへの輸出が行なわれた。大正、昭和には一時、軍刀一色になったが、戦後はナイフ、鋏、カミソリ、爪きりなどがアメリカ、ヨーロッパの世界各国に輸出され、伝統技術を生かした〝匠の技〟は、激動する世界経済の中、多品質・少量生産で前進を続けた。

爪は、概ね二週間で切る。爪は骨ではなく角質、タンパク質の固まりなので、風呂から上ると柔らかく、つい、爪を切るか、になる。

しかし、夜に爪を切る「夜爪」は、寿命が縮まる「世詰め」に繋がり縁起が悪い、だから夜は爪を切らない方がいいとされた。ただしこれは、昔は小刀で爪を切っていて、夜、暗い中で切り損ねて手を切り、そこにバイ菌が入って親より先に死ぬなどの話が元になっているらしい。「夜、爪を切ると親の死に目に会えない」などと言われた。が、詳細はわからない。

関の爪きりは「サクッ」とまろやかな切れ味のようで、匠の文化を持つ「MADE IN SEKI」の刃物として、世界のブランド品の地位を築きつつある。

（2015・8）

235　木登りをさせよう

毎年、夏の終わりに大型団地そばの六反（約六〇アール）余の雑木林に入る。楠や樫、椎、紅葉、榎、椋、櫟など雑多な大小の雑木周辺の草を刈るのだ。

というのも、定年退職をした翌日の二〇〇七年四月一日から、この我が家所有の雑木林の整備をしている。森の中で自由に子どもらが遊べる、ありのままの「森の公園」を作ろう、と八カ月あまり、ほぼ毎日、一人で山に入った。百年以上は手を入れていなかった森、倒れたままの大木を処分し、絡まる蔦の除去、雑草、雑木の伐り取り作業を進めて「公園」にした。ふわりとした歩き心地の腐葉土に覆われた雑木林は、木漏れ日を浴び、風が木立を吹き抜けた。さわやか気分の中、朝から夕まで鋸、鎌、草刈機などを使って作業をした。毎日、いい汗が流れた。その後、毎夏、その樹木の間の下刈りをしている。

森の整備を思い立ったのは、退職前、小学生の孫が庭のナノミの木を登った折のこと。危なっかしい登り方だったが、どうにか中程まで登り、上から見下ろす表情がとても晴れ晴れとしていた。初めての体験だったようで、登れた自信と登った満足感であふれていた。その様子を見ていて、そうか、退職後は孫らが楽しく木登りできる森を作ろう、そして木登りをさせよう。近くに雑木林がある、と思った。

学校の先生に訊くと、今の子は木登りのできる子は少ない、という。そういえば木登りできる環境がない。一本の木に登る。手で枝を掴み、脚を使い、足も動かし、腰の位置も考えねばならない、登り方のさまざまな智慧もいる。全身全霊を使っての木登りは、我が身を守るための危機管理に役立つようだ。極端かもしれないが、いろんな機会での「危ない感覚」は、木登りの肌感覚に似ているようだ。ただの木登り、かもしれないが、生きていく上で、木登り上手は生き方上手に繋がる気がする。

日本三大随筆の一つ、鎌倉時代の吉田兼好『徒然草』にも「高名の木登り」の話が出てくる。人間と木登りは歴史も古く親しい関係のようだ。ＴＶのＣＭに「わんぱくでもいい、たくましく育ってほしい」があった。たくましさには智慧や工夫が盛り込まれている。

自分自身、幼い頃、神社の森でよく仲間と木登りに興じ、培われた肌体験を忘れないで生きてきた気がする。しかし、ある幼稚園の先生に、森での木登り体験を、と言っても、興味を示さない。今、自然の中での遊びが大事な気がするのだが……。

（２０１５・９）

236　つぶやきが怖かった

二〇一五年秋、K病院でペースメーカーを胸に装着した。不整脈で、かかりつけ医などから勧められていた。最初に言われたのは、平成五年（一九九三）だった。あれから二十二年。訊くと、心電図では脈が飛び、徐脈で、脈拍数は四十前後。「こんな症状では、ほとんどの人が着けますねぇ」とM先生。

　あの当時は、電気を気にしながらの生活は嫌だ、と思ってペースメーカーを着けなかった。自覚症状はない、が、気にしながら二十年の時を過ごしてきた。

今回、覚悟を決めた。

　入院前にペースメーカー装着前後の説明を聞き、手術も難しいものではないとのことだった。それに機器も精巧になり小型化していると言う。だが、手術となると体に異物を入れるのだから、大丈夫かな、と心配になった。

　入院して検査後、いよいよ手術室に入る。車椅子で入室すると、医師、看護師など数人のスタッフがいた。手術着の体は、手術台に乗った。胸に部分麻酔をした。

　Y先生の「始めます」で手術が始まった。顔は布で覆われた。左胸上部への装着作業を進める先生の息遣いや看護師らとの遣り取りは、ハッキリ聞こえる。

　ところが、時間が経つに連れ、先生の独り言、つぶやき、が気になり始めた。

　「あれっ」、「なんで」と言い、「おかしいなぁ」「こんなことはなかった」と言う。そして挙げ句、「〇〇先生に連絡して下さい」の指示も出す。おぃおぃ、大丈夫なの⁉ 一瞬、御陀仏かな、と思った。俎板の鯉はどうしようもない、任せるだけだ。顎のすぐ下部に機器が埋め込まれ、押し動かす先生のつぶやきに、とにかく心乱れた。

　耳元で「どうしてかなぁ」などのつぶやきが聞こえれば、意識は醒めているのだから「どうなっているの」と問いたくもなる、だが、我慢するしかない。

　執刀医は、様々な症例で何度も手術をしてきただろうけれど、受ける患者は一生で初めての体験。

　生きるか死ぬかの、心臓に関わる手術中に、患者の傍での「あれっ」とか「なんで」のつぶやきは、正直、恐ろしかった。いくらなんでも禁句だろう。

　全て身を任せての手術。極度の緊張の中、医師のさりげない「つぶやき」かもしれないが、顔に布があり、何も見えないだけに怖れは増す。「終りました」の声で心底ホッとした。患者にとって先生の声は天の声。とにかく、手術中のつぶやきは身に沁みた。

（2015・10）

森達也『放送禁止歌』（知恵の森文庫）に「伝説の放送禁止歌手・山平和彦」とあった。ええっ「放送禁止歌手」とかって、いたんだぁ〜。で、調べてみた。

山平和彦（一九五二〜二〇〇四）は、秋田県潟上市出身のシンガーソングライター。昭和四十七年（一九七二）にアルバム『放送禁止歌』でデビューしたが、タイトル曲が、まさに「放送禁止」になり、他の二曲が「発売禁止」になった。歌は「喜ばれると思ってた」という山平が作曲して唄う「放送禁止歌」の作詞は白井道夫。四字熟語の並ぶなかなか面白い詞だ。

一、世界平和　支離滅裂／人命尊重　有名無実／定年退職　茫然自失／山平和彦　時節到来／皇室批判　人畜無害／被害妄想　言論統制／七転八倒　人生流転／七転八起　厚顔無恥／放送禁止　自主規制／奇妙奇天烈　摩訶不思議

二、衆院参院　百鬼夜行／失言放言　珍紛漢紛／農薬公約　有害無益／贈賄収賄　不言実行／脱税小者　戦々恐々／汚職大者　天下泰平／七転八倒　人生流転／七転八起　厚顔無恥／放送禁止　一目瞭然／奇妙奇天烈　摩訶不思議

三、男女同権　親父格下／女房横暴　貧乏辛抱／売春禁止　欲求不満／痴漢続出　不満充満／猥褻行為　興味津々／赤線復活　乞御期待／七転八倒　人生流転／七転八起　厚顔無恥／放送禁止　先刻承知／奇妙奇天烈　摩訶不思議

アルバムは十二曲だったが、「月経」と「大島節」が発売禁止。その大島民謡を拾う。

島と名がつきゃ／どの島も可愛いよ／わけて年増がさぁなお可愛い／ヨイヨイヨイヤサット／／島という字は／しましょの島よ／しげる島島さぁしまりよい／ヨイヨイヨイヤサット／／わたしゃ大島／荒海育ち／息の荒いのもさぁ親ゆずり／ヨイヨイヨイヤサット／／宵は横取り／夜中は茶うす／朝の別れはさぁ本間のり／ヨイヨイヨイヤサット

誰が放送禁止を決めるのか、「竹田の子守唄」や「網走番外地」、「山谷ブルース」など多くの「要注意歌謡曲」がある。訳のわからぬ規制とかに晒され、山平のアルバムは店頭から無くなった。悲劇の名曲も人の記憶から失われてゆく中、突然、彼は東京の足立区でひき逃げ事故に遭遇、死亡した。享年五十二。

人は、いつ、どこで、どうなるか判らない。

（２０１６・７）

237――放送禁止歌は悲劇の名曲

238　温泉マーク♨の話です

二〇一五年秋、別府温泉の「亀の井ホテル」に泊まってゆっくりした。一階ロビーの古い写真が目に留まった。ホテルの前身「亀の井旅館」の創業者・油屋熊八（一八六三〜一九三五）の写真説明に「温泉マーク♨を考案」し広めたと書いてある。まさか、で、湯けむり三本ゆらぐ♨の発祥はどこか、使われ始めは、を調べることにした。

何気なく見ていた♨マークのゆらぎは、「初め軽く、中ゆっくり、後はサッと湯に浸かる」という意味の形だとも言われている。詳細を知り、湯けむり、湯かげんを味わうといい湯。♨マークは温泉の地図記号として全国共通のものだ。起源に三つの説、で、追ってみた。

一つ目は群馬県安中市の磯部温泉発祥説。一六六一年（万治四）に江戸幕府が出した、当地農民の土地争い決着文の地図に温泉マークらしき印があったことから、磯部公園内の赤城神社に「温泉記号発祥の地」碑を建てて祀る。磯部温泉は「舌きり雀」の発祥の地ともいう。

二つ目にドイツ起源説もある。十九世紀のドイツの地図に載っていて、日本の陸軍参謀本部が一八七九年（明治十二年）に地図記号として採用したと言われる。

三つ目が別府の油屋熊八発明説。これにはドラマがある。伊予国宇和島城下（現愛媛県宇和島市）生まれの油屋熊八は、町議や米相場で富を築くも後に失敗。三十五歳の時アメリカに渡って放浪、そこでキリスト教の洗礼を受け、別府に身を寄せていた妻のもとへ移り住んだ。

一九一一年（明治四十四）、『新約聖書』の「旅人を懇ろにせよ」を合言葉に旅館業を始めた。別府温泉宣伝協会を立ち上げ、「山は富士、海は瀬戸内、湯は別府」のキャッチフレーズ標柱を富士山に建てた。バス事業（現亀の井バス）を起して、日本初の女性バスガイドによる別府地獄めぐりの観光バスを運行。また観光自動車道（現やまなみハイウェイの原型）を提唱し、さらに中谷巳次郎と「別府の奥座敷」としての由布院開発を進めた。彼のアイデアで♨マークを「別府温泉のシンボルマーク」として一般に広めた功績はとくに大きい。とにかく熊八個人の私財と借財を投げ打って「別府」売出しに命をかけた人物であった。今、別府の恩人として「油屋熊八」の記念碑とブロンズ像が市内に建つ。国民の誰もが知る「♨マーク」は、死に物狂いで温泉普及の徹底を図った油屋が実質第一人者と言っていいようだ。

♨マークは朝鮮半島、台湾なども使う。ヨーロッパの温泉は噴水型、温泉マークも色々だ。

（2015・11）

239　地獄を歩いて地獄を詠む

地獄で仏に会う、というが、温泉地獄ではそんな気がする。大分県別府市の「地獄めぐり」は、海、血の池、龍巻、白池地獄が国指定の名勝。それに鬼石坊主、鬼山、かまど地獄が加わる七地獄周遊コースが定番。

別府には「地獄めぐり遊覧バス」発祥の地碑が建つ。別府温泉は『豊後国風土記』に、噴気、熱泥、熱湯などが噴出し近寄れない忌み嫌われた土地と記され、人々から「地獄」と呼ばれていた。

厄介者の地獄の土地が、明治の終わり頃から温泉付きの別荘地開発が進んで「海地獄」の入場料徴収が開始されると、次々に地獄が出現、一大観光地となっていった。そこでは文化人が地獄を歩いて地獄を詠んだ。

俳人の高野素十は「海地獄美し春の潮より」と「海地獄」を詠み、高浜虚子は「自(おのずか)ら早紅葉(さもみじ)したる地畔かな」と「血の池地獄」を詠んだ。また歌人の佐佐木信綱は「湯ぶねのゆほのあたたかみわにの群そが故郷を忘れたるらし」と「鬼山地獄」を詠んだ。

それにしても「地獄」の世界は奥深いようで、「天国」とは比べものにならないほどに歌や句が詠まれている。

地獄の沙汰も金次第でなくとも、昔から「地獄」は賑やかだったようだ。

ほのほのみ虚空にみてる阿鼻地獄
　行方もなしといふもはかなし　源　実朝
世の中は地獄の上の花見哉　小林一茶
寒熱の地獄を通う茶柄杓も
　心なければ苦しみもなし　千利休
聞きしより見て恐ろしき地獄かな　一休宗純
極楽も地獄も先は有明の
　月の心に懸かる雲なし　上杉謙信
あま酒の地獄もちかし箱根山　与謝蕪村
地獄谷湯のみなぎりて湧く時に
　澄む水をもて上なしとせず　与謝野晶子
蟻地獄孤独地獄のつづきけり　橋本多佳子
川に逆ひ咲く曼殊沙華赤ければ
　せつに地獄に行きたし今日も　寺山修司
花の地獄か地獄の花か我が頭上　高野ムツオ

平安時代の歌人・西行（一一一八～九〇）は『聞書集』に「地獄絵を見て」として、「すさみすさみ南無と唱へし契りこそ奈落が底の苦に代りけれ」などの歌を遺す。地獄があるからこそ浄土への想いに繋がるのだろう。温泉に浸かって「ああ極楽、極楽」の声を聞きたい。

（２０１８・10）

240——白鷺伝説残る——下呂温泉

日本三名泉の一つ下呂温泉に泊まった。鄙の地と思ったが、岐阜県中部の山間に流れ下る飛騨川沿いなどに農業や商業地、住宅が広がる意外に賑やかな土地だった。

旅館が林立する温泉街の橋には、室町期の禅僧・万里集九と江戸期の儒学者・林羅山の像が向かい合って建つ。

千年を超える歴史を持つ下呂温泉だ。最初、湯ケ峰（一〇六七メートル）山頂での温泉湧出が始まりと言われるが、文永二年（一二六五）に湧出が止まった。薬師如来の化身の鷺が河原で湧出を見つけて村人に知らせ、湯口の如来像が山頂から村里に移された伝説が残る。

日本三名泉を記す最古の文献、室町時代の万里集九の詩文集『梅花無尽蔵』（一五〇〇年頃）には、「本邦六十余州、毎州有霊湯、其最者下野之草津、津陽之有馬、飛州之湯島三処也」とある。湯島が下呂である。時代が下り、徳川家康以後四代の将軍に仕えた林羅山（一五八三〜一六五七）も詩集、紀行に「有馬、草津、下呂」を三名泉と表わしている。

下呂の名は、律令時代、美濃国と飛騨国の間の土地に「下留」と名付けられて以降「下留」と呼ばれていたが、時代に伴う変化で「下呂」に変わったそうだ。ところで温泉地は飛騨川氾濫のたびに壊滅的な被害を受け、明治時代には寂れかかったが、大正時代のボーリング、昭和初期の採掘事業などによって復活。現在、宿泊施設は四十余、全国からの客を受け入れている。

全国の温泉でも、鳥や動物が湯に浸かって傷を治したなどの伝えが各地に残る。特に白鷺伝説の湯は多く、下呂のほか湯涌（石川）、湯郷（岡山）、白鷺（愛知）、鷺ノ湯（島根）、道後（愛媛）、武雄（佐賀）などに伝わる。鶴は、上山（山形）、鶴の湯（和歌山）、原鶴（福岡）、嬉野（佐賀）などで聞く。また鷹は、宝川（群馬）、鷹の湯（秋田）、松之山（新潟）などに残り、鹿は、浅虫（青森）、峩々（宮城）、湯の山（三重）のほか鹿部（北海道）、鹿沢（群馬）、鹿塩、鹿教湯（長野）、山鹿（熊本）などには土地に名が付く。猿も、猿倉（青森）、平湯（岐阜）、俵山（山口）、湯の平（大分）、猿ケ京（群馬）で耳にする。ほかに馬、熊、猪、狐、狸、狼、蛇、蛙、雁、烏、鷲などに由来する温泉地が散在。そこでゆらり湯けむりが立ち昇る。

下呂の泉質は、高めのアルカリ性単純温泉、つるつると肌に優しい〝美人の湯〟と言われる。

ならぶ土産店には、可愛い「さるぼぼ」と並んで、焼き菓子「しらさぎ物語」があった。

（2016・10）

241――誕生日の花と木と石と鳥と

生まれた日の誕生花、その起源や由来は諸説ある。木は日本植木協会が「誕生日の樹」を選定。石は一九五八年（昭和三十三）に全国宝石卸商協同組合が、米国で定めたものを基に選定。また、ツイッターで広まった誕生鳥というのもある。そこで私の家族の花、木、石、鳥を調べた。

私＝昭和二十一年（一九四六）十二月五日
　アワユキエリカ、ボクハンツバキ、エンジェライト、シチメンチョウ

妻＝昭和二十五年（一九五〇）五月七日
　ボタン、エゴノキ、ホワイトゴールド、ナキハクチョウ

長男＝昭和四十七年（一九七二）十二月五日
　シクラメン、ツバキ、エンジェライト、シチメンチョウ

長男嫁＝昭和五十三年（一九七八）五月五日
　ハナショウブ、カシワ、レッドコーラル、ヤマショウビン

孫・長男＝平成十三年（二〇〇一）九月十四日
　サルビア、ウバメガシ、ブラッドストーン、マミチャジナイ

孫・次男＝平成十六年（二〇〇四）一月十八日
　フリージア、ネコヤナギ、ローゼライト、ウソ

孫・娘＝平成二十三年（二〇一一）九月十二日
　ホトトギス、シンジュ、ベリドット、キセキレイ

次男＝昭和五十三年（一九七八）十二月九日
　キク、セイヨウイワナンテン、スモーキー・クォーツ、オオハクチョウ

次男嫁＝昭和五十二年（一九七七）十二月十一日
　バラ、チャイニーズホーリー、ミルキー・アクアマリン、ハマシギ

孫・双子娘＝平成二十四年（二〇一二）二月六日
　ナノハナ、ブナ、スター・グレー・サファイア、カリガネ

そして母＝大正十五年（一九二六）三月十二日
　アネモネ、アメリカアカバナトチノキ、アクアマリン、キルディア

我が家族十一人、それぞれ誕生日の花と木と石と鳥とを記したが、さらに星、酒、果実、色があるようだ。

一日だけにしても、これらが揃うと、にぎやかなお祝いができそうだ。

（２０１５・12）

ひとは齢をとる。奈良時代から行われているという不惑（四十歳）からの年寿の祝。

私も還暦（六十歳）を過ぎ、昭和二十一年（一九四六）十二月五日生まれで、今年、古希になった。

古希は、中国の詩人・杜甫の詩「曲江」（『唐詩選』）にある「人生七十古来稀」に由来するようだ。

今後は、喜寿（七十七歳）、傘寿（八十歳）、米寿（八十八歳）、卒寿（九十歳）、白寿（九十九歳）、百寿（百歳）、茶寿（一〇八歳）、椿寿（一一〇歳）、皇寿（一一一歳）、大還暦（一二〇歳）と続くようだ。

また誕生日には、誕生花や木のほか、いろんなモノがあるようだ。

我が十二月五日の誕生日のいろいろを追ってみる。

【花】アワユキエリカ（協力）、【木】ボクハンツバキ（控えめな愛、謙遜）、【果】オランダ苺（清らかな心）、【石】エンジェライト（甘い夢、宇宙意識を感じたいと願う人）、【鳥】七面鳥（興味あるものに魅力を感じる芸術家）、【色】黒紫（慎ましさ、信念）、【酒】サウザショットガン（一生懸命に目的を達する実践者）、【魚】トゲウナギ（砂に潜り、人間に馴れる観賞魚）、【星】アトリア（大局観ある時代感覚）、【鮨】カズノコ（夢）などとある。

242　本当に誕生日はいろいろ

ところで日本には、「誕生日の歌」としての独自の「歌」はない。世界で一番歌われる歌としてギネス登録されている「ハッピーバースデー・トゥー・ユー」を唄うのが一般的であるようだ。この歌はアメリカのヒル姉妹が作詞・作曲したメロディーを原曲として、一九二四年刊のソングブック収録がもっとも古い公式文献だと言われる。一九六二年には、女優のマリリン・モンローが「ハッピーバースデー・ミスタープレジデント」とアメリカ合衆国大統領ジョン・F・ケネディの誕生日に歌ったのは有名。誕生日には、このメロディーが必ず流れ、人々は口ずさむ。世界共通、万人共通の歌になっている。

さらに世界各国では、誕生日を祝う様々な風習が残っている。中国では麺を食べる。韓国ではミヨック（ワカメスープ）を飲む。日本は一歳が一升餅を背負う。ロシアは齢の数だけ耳を引っ張ってもらうのとバースデーパイで祝う。ブルガリアは世話になっている人にチョコレートを配る。ドイツでは三十歳の独身男性は教会や市役所の正面玄関や階段を掃除する。ジャマイカなどでは頭からつま先まで小麦粉をかけられる。ペルーではプレゼントを二つもらえる、など。本当に誕生日はいろいろ。

（２０１６・12）

243　童謡・月の沙漠の謎

合田道人（ごうだみちと）が著した『童謡の謎』は、サブタイトルに「案外、知らずに歌ってた」ともある。メロディーに魅かれ、親しく歌詞を口ずさむ童謡は、具体的な内容を「知らず」とも生活のそばにさりげなくある。そこに、こんなドラマがあったのか、と興味のわく書物だった。

数ある童謡の中、哀愁を帯びた「月の沙漠」に魅かれた。大正時代の抒情画家・加藤まさをが大正十二年（一九二三）、雑誌『少女倶楽部』に自分の挿絵付きの詩を発表。それに佐々木すぐるがメロディーをつけた。

レコーディングは昭和七年（一九三二）だった。

月の沙漠を　はるばると／旅のラクダが　ゆきました／金と銀との　くら置いて／二つならんで　ゆきました／／金のくらには　銀のかめ／銀のくらには　金のかめ／二つのかめは　それぞれに／ひもで結んで　ありました／／先のくらには　王子様／後のくらには　お姫様／乗ったふたりは　おそろいの／白い上衣を　着てました／／ひろい沙漠を　ひとすじに／ふたりは　どこへ　ゆくのでしょう／おぼろにけぶる　月の夜を／対のラクダは　とぼとぼと／／砂丘を越えて　ゆきました／だまって越えて　ゆきました

加藤まさを（一八九七～一九七七）は静岡県藤枝市出身。学業の傍ら洋画を学び、少女に人気を博す画家・詩人として活躍した。

佐々木すぐる（一八九二～一九六六）は兵庫県高砂市出身。幼い頃、笛を借りたことから音楽に興味を抱き、童謡や愛国歌、校歌など、生涯二千曲余を作曲。「お山の杉の子」などのメロディーは広く国民に知れ渡った。

加藤は、月の「砂漠ではなく沙漠です」と言い、どこの沙漠か、の問いには「房総半島の千葉県御宿（おんじゅく）海岸」と答えた。彼が胸を患って保養していた折の、御宿の沙丘をイメージして創作したと述懐。ゴビ砂漠などではなく、ごく普通の日本の砂浜だった。

また、歌の辛く悲しい心象は、自身が結ばれない女性との間に生まれた子と共に隠れて暮らす時期の作詩と言われ、まさに死装束「白い上衣を着て……ひろい沙漠を……とぼとぼと」生きてゆく。

そして「だまって越えて」行くことで、必ず夢が叶うと、松島詩子が唄って大ヒットしたように、時代がこの童謡を必要とした。謎はなく、心に沁みる人生行路を詠っている。人生、平坦ではない道を、ただ「ひとすじ」に歩きなさいということだろう。

（2015・12）

244 命をうたう、シャボン玉

孫娘が来ると庭でシャボン玉を飛ばす。長男の娘と次男の双子娘の三人、四歳の同い歳が集まると、必ず「ばば、しゃぼんだま」と言う。妻は用意していたシャボン玉セットを出してくる。庭でシャボンをつくり、孫娘らは消えるシャボンを追っかける。そっと近づき、手で摑まえようとする、しぐさがかわいい。風に吹かれ、舞い上がるシャボン、消えるシャボン、孫らのにぎやかな声が庭を翔けめぐる。それに合わせて、歌を口ずさむ。さりげなく軽やかに唄うのだが、実は、この歌、ゆっくり語るように唄う歌なのだそうだ。

シャボン玉飛んだ／屋根まで飛んだ／屋根まで飛んで／こわれて消えたシャボン玉消えた／飛ばずに消えた／生まれてすぐに／こわれて消えた／風、風、吹くな／シャボン玉飛ばそ

「シャボン玉」は野口雨情作詞・中山晋平作曲の童謡。詩は大正十一年（一九二二）、仏教児童雑誌『金の塔』に発表され、翌十二年に中山晋平の譜面集『童謡小曲』に載録。詩の解釈として、雨情の夭折した娘への鎮魂説が有力だったが、仏教雑誌への初出確定後は、長女の死より十数年を経ていることから、郷里で少女らがシャボン玉で遊ぶ姿を見て、愛しい娘も生きていれば一緒にいただろうという思いで書いた、に落ち着いたようだ。

野口雨情（一八八二～一九四五）は北原白秋、西条八十（やそ）とともに三大童謡詩人と謳われた。茨城県北茨城市出身。廻船問屋の長男として生まれ、東京専門学校（現早稲田大）に入学するが中退、詩作を始める。帰郷し家督を継ぎ結婚、樺太に渡り失敗、東京で詩人宣言、北海道で新聞記者、協議離婚などを経て三十六歳頃から創作活動を再開した。代表作は「十五夜お月さん」、「七つの子」、「赤い靴」など多数。中山晋平（一八八七～一九五二）は、長野県中野市出身。旧家の出で、小学校の代用教員時代は「唱歌先生」として慕われた。東京音楽学校（現東京芸大）を経て、「芸術座」の島村抱月や松井須磨子らと行動する。代表作は「てるてる坊主」、「背くらべ」、「ゴンドラの唄」など数多い。雨情は有為転変のなかで娘二人を亡くした。最初の娘は一週間、まさに「生まれてすぐにこわれて消えた」のである。生きる辛さが身に沁みた。

そしてシャボン飛ぶかな、の大正十二年九月一日、関東大震災が起きた。多くの命が「飛ばずに消え」た。

人は「風、風、吹くな」と命を守り、命をうたう、シャボン玉は、おだやかな日々を願う歌なのだろう。

（２０１５・12）

245——十二支ものがたり

今年の干支は、おとなしい羊（未）だった。明けると、すばしっこい猿（申）になる。日本昔話風に十二支ものがたりがあるようで、それを追ってみる。

人が暦を覚え易くするために身近な動物を当てはめたと言われる干支。

干支の使い始めは後漢頃、だが一九七五年に中国で発見された竹簡に「十二生肖」の記述があり、紀元前二〇〇年代の秦の時代にはすでに成立していたようだ。

子（鼠）、丑（牛）、寅（虎）、卯（兎）、辰（竜）、巳（蛇）、午（馬）、未（羊）、申（猿）、酉（鶏）、戌（犬）、亥（猪）。

むか〜し昔の年の暮れ、神様が動物たちに「元日の朝、新年の挨拶に来るがよい。一番から十二番まで、順番に、それぞれ一年間、動物界の大将にしよう」と、お触れを出した。元旦を心待ちにしていた動物たち。ところが、いつ行くのかを忘れた猫は友の鼠に訊き、「二日の朝」だと教わった。年末の慌ただしい中、大晦日の暗がりで「もぉー、のろまじゃから今夜、出かけるべぇ」と牛が支度を始め、神殿に向かう。その背に「しめしめ」と鼠は飛び乗った。牛は夜道を踏みしめ歩き、門前に着くが、門はまだ開いてない。しかし、まだ誰もそこには来ていない、牛は「一番乗りだ」と涎を垂らして朝を待った。鬨の声が上がり門が開いた。と、鼠が牛の背からぴょんと飛び降り、先に門を潜って一着、牛は二番。そこへ千里の道を走ってきた虎が入り、鬨の声を聴き慌てて行動に移った兎、龍、蛇、馬、羊が続いた。さらに犬、猿、鶏は仲良く神殿に向かっていたが犬と猿が喧嘩になり、鶏が仲裁に入って猿、鶏、犬の順で門を通った。しんがりは猪突猛進の猪、勢い余って一度門を通り越し、戻って十二番目になった。十三番目は鼬だった。

さて、鼠に騙された猫は二日の朝、「寝ぼけないで、顔を洗って出直しなさい」と神様に怒られ、それ以降、毎日、猫は顔を洗い、恨み百倍の鼠を追っかけるようになったそうだ。また、鼬は十二支にならなかったが、「頑張った褒美に一年に十二日だけ、月の最初の日を、きみの日にしよう」と「ついたち」が定められたという。そう「つ鼬」で、粋な配慮をする神様だ。

十二支は、中国、モンゴル、ロシアなどにあり、日本には六世紀半ば（飛鳥時代）に伝わった。各地に残る類話は「鼠と猫、牛」が中心だが、犬猿の仲などの譬も伝わる。誰もが生まれながらにして干支を持つ。新しい年は猿知恵や猿真似での猿芝居にならぬ年になればいい。

（2015・12）

246 十二支の句をひろう

干支。十干十二支。甲、乙、丙、丁、戊、己、庚、辛、壬、癸の十干。それに子丑寅卯辰巳午未申酉戌亥の十二支は、年月日時、そして方角を表す記号でもある。

干支の言葉として、時間の「正午」、歴史に「壬申の乱」、「戊辰戦争」などが残る。方位では、卯（東）、酉（西）、午（南）、子（北）で、丑と寅を北東、辰と巳を南東、未と申を南西、戌と亥を北西とし、東西を結ぶ「卯酉線」と南北を結ぶ「子午線」がある。

十二支は日本だけでなく世界各地にも存在。国によって亥が豚、丑が水牛、未がヤギ、卯が猫、寅が猫、辰がワニなどに変化はするが、概ね同じ。人は「還暦」で生まれた年の干支に還ることになるなど生活に溶け込んでいる。十二支を詠む句をひろう。

子　齧られし写楽の顔や嫁が君　阿波野青畝
丑　牛が鳴き馬が答えて初日かな　金子兜太
寅　虎といふ仇名の猫ぞ恋の邪魔　正岡子規
卯　あるときは舟より高き卯波かな　鈴木真砂女
辰　竜の玉深く蔵すといふことを　高浜虚子
巳　若き蛇跨ぎかへりみ旅はじまる　西東三鬼
午　二の午や幟の外に何もなし　今井つる女
未　親よりも白き羊や今朝の秋　村上鬼城
申　このむらの人は猿也冬木だち　与謝蕪村
酉　二の酉やいよいよ枯るる雑司ヶ谷　石田波郷
戌　ひた急ぐ犬に会ひけり木の芽道　中村草田男
亥　猪もともに吹かるゝ野分かな　松尾芭蕉

次に十二支の川柳を拾う。子▼雪舟の涙で生きた嫁が君　丑▼食ってすぐ寝ても牛にはまだならん　寅▼寅さんのようにはいかないテキ職人　卯▼笑っても泣いても赤いうさぎの目　辰▼辰年よ跡を汚さぬ年となれ　巳▼巳のほどは已に知りぬる己かな　午▼うまどしのやはりにんじんすきでした　未▼人間にこんな眼が欲しい羊の眼　申▼中年は猿知恵三猿捨て生きる　酉▼鶏、三途十万億土で渡ってる　戌▼毒だんご喰わぬ野犬に学ぶべし　亥▼猪は災い転がし猛進す、など多彩な詠みがある。

十二支物語が生まれ、全国各地の寺院や神社の十二支巡りも盛んで、霊場しかり、十二支手ぬぐいを肩にかけての湯めぐりも、またしかり。ところで干支紀年の日本伝来は不詳だが、中国の暦本は六世紀半ばに百済を通じて伝わったとされる。ただし、埼玉県行田市の稲荷山古墳から出土した鉄剣（国宝）に「辛亥年七月中記」とあり、「辛亥年（四七一）」とする説が有力と言われている。

（2016・5）

長野県中野市で、作詞家・高野辰之（一八七六〜一九四七）と作曲家・中山晋平（一八八七〜一九五二）は育った。千曲川を背景に大自然の中、詞が育まれ、旋律が風にのった。やはり名曲は故郷が生むようだ。

兎追ひし彼の山／小鮒釣りし彼の川／夢は今も巡りて／忘れ難き故郷〃如何にいます父母／恙無しや友がき／雨に風につけても／思いいづる故郷〃志をはたして／いつの日にか帰らん／山は青き故郷／水は清き故郷

これは高野辰之作詞、岡野貞一作曲の文部省唱歌「故郷」で、大正三年（一九一四）からの歌。作詞の高野は豪農の出身。東大で上田万年に国学を学び、東京音楽学校教授を務めて歌謡史や演劇史を著し、「朧月夜」、「紅葉」、「春の小川」などの唱歌や校歌などを作詞した。

あの町この町　日が暮れる／日が暮れる／今きたこの道　帰りゃんせ／帰りゃんせ〃お家がだんだん　遠くなる／遠くなる／今きたこの道　帰りゃんせ／帰りゃんせ〃お空に夕べの　星が出る／星が出る／今きたこの道　帰りゃんせ／帰りゃんせ

これは中山晋平作曲、野口雨情作詞の童謡「あの町この町」で、大正十三年に発表。作曲の中山は旧家の出で、

247——日本の歌のふるさと

小学校の代用教員を経て、島村抱月の書生となり東京音楽学校に進み、浅草で小学校教員の傍ら作曲を続け、「東京行進曲」、「てるてる坊主」などの作品を残す。

人々が口ずさむ童謡や唱歌は、大らかな自然に抱かれ、生まれる。高野の詞も中山の曲もしかりで、二人がクロスする歌はないだろうか、と探すと一曲あった。

ここは飯山スキーの（ササ）名所／月や花より雪を待つ／ウインタースポーツマン〃行こう城山エ　神明ケ（ササ）丘へ／雪が晴れたよ日が出たよ〃雪の飯山エスキーの（ササ）名所／雪崩ないので誰も来る〃五里や七里はエ　スキーで（ササ）通う／たまにゃ来いとの文欲しや〃添うたようでも離れているし／それで添うてるスキーの跡

これは高野辰之作詞、中山晋平作曲の、郷土を詠み謳う「飯山小唄」で、昭和三年（一九二八）の作。島崎藤村が「雪国の小京都」と呼んだ、信州の中野市に隣接する飯山市の歌である。ところで童謡のやさしさと唱歌のなつかしさは、〝原郷〟の土や木、光、風などが日本の歌のふるさとにいざなうのであろう、ことばもメロディーも自然の囁きのようだ。

（２０１６・２）

島国日本という。島の数を調べてみた。北海道（五〇九）、本州（三二九四）、四国（六二六）、九州（二一六〇）、沖縄（三六三）に合計六八五二の島があるようだ。

島の定義は、国連海洋法条約第一二一条で「自然に形成された陸地。水に囲まれている。高潮時に水没しない」の三条件を満たすこと、とある。社会的慣習として、オーストラリアより大きい陸地を大陸、グリーンランドより小さい陸地を島と呼んでいるようだ。

日本の島のイメージは、瀬戸内海の穏やかな島々を思う。瀬戸内の各県別の島を見ると、広島（一四二）、愛媛（一三三）、山口（一二七）、香川（一一二）、岡山（八十七）、兵庫（五十七）、和歌山（四十一）、徳島（二十四）、福岡（六）、大分（三）の十県で七二七島（五島が二県にある）。

また都道府県別での島の多さは、長崎（九七一）、鹿児島（六〇五）、北海道（五〇九）の順で並ぶ。島の面積は、沖縄、千島を除いて佐渡島（八五五㎢＝新潟）、奄美大島（七二〇㎢＝鹿児島）、対馬（七〇九㎢＝長崎）と続いている。

島の人口は、本土などを除けば淡路島（兵庫）に約十六万人、天草下島（熊本）に約九万人、佐渡島（新潟）に約七万人が住み、日本最小の自治体は伊豆諸島に浮かぶ青ヶ島で人口一六〇人余の「東京都青ヶ島村」となっている。さらに五島列島で十人に満たない人が住む蕨小島（長崎県五島市、約〇・〇三㎢）が日本最小の有人島のようだ。

こうして我が島国日本では四三七の島に人が住み暮らしており、六四一五の島が無人島のようだ。

こうした島巡りも楽しい。それで世界最小の島はどこだろう、と探すと、南太平洋、グアムから飛行機で一時間半、ミクロネシアのトラック環礁（チューク環礁）にポッカリ浮かぶ直径三四メートル、周囲一一〇メートルのジープ島だった。そこで意外な話が飛び出てきた。ジープ島はフジテレビ「世界の絶景１００」にも選ばれ、白いビーチと椰子の木、コテージから数歩でエメラルドの海が広がり、熱帯魚が群れる。まさに世界の自然が残す「奇跡」と言っていい。実は、この海域は地元漁師のダイナマイト漁でサンゴなどが壊滅状態だった。それを地主の協力を得て一人の日本人・吉田宏司さん（六〇）が単身移住し、一九九七年から十五年間、こつこつと島の生態系を復活させた。

日本人の知恵や熱意が世界の隅々に行き渡っているのを思った。島の写真集もある。大海原に浮く島、そこに島国日本の島守りがいたとは、不思議で驚きだ。

（２０１６・３）

249　ハワイへ行こう！

かなり昔のことだが「憧れのハワイ航路」なる夢が日本人にあった。その頃、昭和三十六年（一九六一）に「トリスを飲んでハワイへ行こう！」（サントリー）のキャンペーンが張られ、「海外旅行が自由化になり次第、八日間ハワイに行ける旅行積立預金証書」を百名に贈るという特典がついていた。このＣＭは国民を魅了し、応募が殺到。昭和三十九年に海外旅行が自由化され、ハワイに行けることになると、当選者百名の内、三割がハワイの地を踏み、ほかは現金を受領したようだ。今では考えられない、夢の「外国旅行」願望時代である。

当時のＣＭには「ワ・ワ・ワ、ワが三つ」（ミツワ石鹸）、「ゴホン！といえば龍角散」（龍角散）、「明るいナショナル」（松下電器）、「クシャミ三回、ルル三錠」（三共）、「姓はオロナイン、名は軟膏」（大塚製薬）などがあり、ＣＭ時代に向かい始める時だった。

ところで日本最初のＣＭは、昭和二十六年（一九五一）九月一日、新日本放送（毎日放送）開始時のラジオＣＭ「スモカ歯磨」で、テレビＣＭの最初は昭和二十八年八月二十八日、日本テレビ開局日に放映した精工舎（セイコー）の「正午の時報」と言われている。

昭和十四年にテレビの実験放送が開始。昭和二十八年一月にシャープから国産テレビ第一号が発売、二月に日本放送協会（ＮＨＫ）のテレビ放映がスタートした。民放も八月には放送開始、映像が電波に乗り、時のうねりはＴＶ時代に入って行った。

そういえば「ハワイへ行こう！」のキャッチコピーがもう一つ。大分県日田郡大山町（現日田市）が稲作に適さない土地を生かして「梅栗植えてハワイに行こう！」のキャッチフレーズのもと、大山農協が中心になって山間部に梅や栗を植えて農作物を生産し、果物に付加価値を付けて加工食品の出荷を行った。時は、やはり昭和三十六年。この運動に、当時の平松守彦大分県知事が着目し、「ローカルにしてグローバル」の標語を掲げて「一村一品運動」を開始、農林水産物の収益改善を目指した。

大分県内でシイタケ、カボス、ミカン、豊後牛、アジ、サバ、麦焼酎など全国ブランドが次々と生まれていった。大山では、もちろん〝桃栗御殿〟も建ち、暮らしが良くなった。貧しい大分が〝豊かな大分〟になったと世界から注目される自治体に変貌した。やはり、そこで暮らす人々のいろんなアイデアや知恵、発想が〝貧〟を〝豊〟に変えるようだ。生きているのだから、考えよう。

（２０１６・３）

250　郷土富士は心なごます

富士山（三七七六メートル）は日本を象徴する山。静岡、山梨にまたがる活火山で、日本最高の独立峰。日本百名山の一つで、白山、立山とともに日本三名山として屹立する。

富士は昔から日本人の原郷としての山であり、雄姿は世界に誇る。昭和十一年（一九三六）に富士箱根国立公園になり、昭和二十七年に特別名勝、平成二十三年（二〇一一）には史跡、そして平成二十五年に「富士山—信仰の対象と芸術の源泉」として世界文化遺産に登録された。その富士を中心とする山岳信仰の山々を持つ日本。いくつの山があるのか調べると、標高一〇〇メートル以上は一万五二五四峰。最高峰の富士に対し日本一低い山は仙台市の築山で日和山（三メートル）、自然の山では徳島市の弁天山（六メートル）のようだ。

山もいろいろ、だが「山といえばフジ」と言われるように、「富士」と名の付く山が日本各地に鎮「座」して〝郷土富士〟と呼ばれ、人々の心をなごませる存在としてある。ふるさと富士やご当地富士として親しみをこめた富士の名で呼ばれる山々が散在する。

いくつか拾ってみると、羊蹄山（北海道）は蝦夷富士、岩木山（青森）は津軽富士、鳥海山（山形）は出羽富士、妙高山（新潟）は越後富士、磐梯山（福島）は会津富士、上浅間山（栃木）は足利富士、黒姫山（長野）は信濃富士、男体山（栃木）は日光富士、高越山（徳島）は阿波富士、開聞岳（鹿児島）は薩摩富士など四十七都道府県すべてに「富士」がある。数で見ると北海道に十六、香川に十三、千葉に十、長野に九、栃木と兵庫、大分に八など、とくに香川には讃岐七富士（讃岐、三木、御厩、羽床、綾上、高瀬、有明）などもあって、いかに「富士」が郷土の人々に親しい山として身近にあるかがわかる。

国内には〝三九七座〟の富士があるようだ。座は、高い山を数える呼び方だそうで山、岳、峰なども呼ぶが、山は神が座ったままの姿だから「座」だそうだ。

それに国外にも「富士」はある。ルソン富士（フィリピン）、タコマ富士・オレゴン富士（アメリカ）、台湾富士（台湾）、メキシコ富士（メキシコ）、ラバウル富士（パプアニューギニア）など二十三カ国に五十四、つまり国内外で郷土富士は四五一座。

初夢も「一富士二鷹三茄子」と言われ、富士は「無事」、鷹は「高い」、茄子は「成す」の掛け言葉で縁起がいい。日本人の心は、まず「富士」から始まるようだ。

（２０１６・３）

251　景色は、やはり八景がいい

日本のうつりゆく四季の趣がいい。春、夏、秋、冬の景色がいい。景色はぐるり見渡す八景がいい。

八景といえば、江戸時代の国学者・本居宣長（一七三〇～一八〇一）の随筆『玉勝間』に、「もともろこしの国の、なにがしの八景といふをならひてさだめたる」とある。中国の北宋時代（十一世紀）に成立した「瀟湘八景」（湖南省洞庭湖付近）に倣って、日本では慶長年間（一五九六～一六一五）に近江国（滋賀）琵琶湖周辺を選んだ「近江八景」が最初とされる。勢多夕照（瀬田の唐橋）、唐崎夜雨（唐崎神社）、粟津晴嵐（粟津原）、堅田落雁（浮御堂）、比良暮雪（比良山系）、石山秋月（石山寺）、矢橋帰帆（矢橋）、三井晩鐘（三井寺）の八景だ。

江戸の文人・大田南畝が京に上る途中、この「近江の題目八つ全てを三十一文字に入れたならば駕籠代をただにする」と言われて詠んだ狂歌が残る。

乗せたから　さきはあわずか　たゝの駕籠
　ひら石山や　はせらしてみゐ

これは「**のせた**（瀬田）**からさき**（唐崎）は**あわず**（粟津）**かたた**（堅田）のかご**ひら**（比良）**いしやま**（石山）**やはせ**（矢橋）らして**みゐ**（三井）」となる。

さらに松尾芭蕉も「国々の八景さらに気比の月」を詠んでいる。

八景が広く人々に知れ渡ったのは、やはり浮世絵師・歌川広重の錦絵による。名所絵の大作『東海道五十三次』を出した後、天保五年（一八三四）頃に『近江八景』を刊行。江戸庶民の前に、浮世絵の見事な風景画が店頭に並んだことが大きいようだ。さらに彼は「八景」をキーワードに『隅田川八景』、『金沢八景』、『江戸近郊八景』、『東都八景』、『江都八景』、『名所江戸八景』など、身近な景色を描いて多くの「八景物」を作った。

昭和二年（一九二七）、国民一般からの投票を基に日本を代表する「日本新八景」の景勝地が決められた。選定は海岸、湖沼、山岳、河川、渓谷、瀑布、温泉、平原の八部門に分かれ、富士山と日本三景（松島、宮島、天橋立）、人工的名勝は除かれての選だった。

その結果、室戸岬（高知）、十和田湖（青森・秋田）、雲仙岳（長崎）、木曽川（愛知）、上高地（長野）、華厳滝（栃木）、別府温泉（大分）、狩勝峠（北海道）が選ばれた。

景色は三景、十景、五十景などあるが、やはり末広がりの八景がいい。広重辞世の句に「東路に筆をのこして旅の空西のみくにの名所を見む」がある。

（２０１６・３）

252　峠を越えて……

山道を上りつめて下りになる峠。いくつの峠が日本にあるのか調べると、最多は長野の一一七、沖縄には無く、全国に二一九六峠があった。日本三大峠は、最も高い標高に長野と静岡の県境・南アルプスの三伏峠（二五八〇メートル）があり、それに長野と富山の県境・北アルプスの針ノ木峠（二五三六メートル）、山梨と埼玉の県境・秩父山脈の雁坂峠（二〇八二メートル）が加わる。

峠の語源は「手向け」と言われ、旅行者が安全を祈って道祖神に手向けた場所を言い、「峠」の字は和製漢字。それで呼び名は「とうげ」が一般的だが、地域では「たお」、「たおごえ」、「とう」、「たわ」、「たわげ」などあり、島根と広島の県境に「王貫峠」、広島に「畑峠」、山口に「杉ケ峠」などがある。

峠といえば「大菩薩峠」をイメージする人も多いだろう。山梨県甲州市塩山にある標高一八九七メートルの峠で、武蔵と甲斐国を結ぶ青梅街道の重要な場所だった。そこが大正二年（一九一三）から昭和十六年（一九四一）まで中里介山（一八八五～一九四四）が未完の大長編『大菩薩峠』を新聞などに書き継ぎ、一世を風靡、広く知られることになった。これは「日本一長い小説」と言われ、主人公の机龍之助が、宿命を背負い、「音無しの構え」を操って終わりなき旅を彷徨い続ける物語として、多くの読者を魅了していった。

大衆小説の先駆けとされる不朽の傑作『大菩薩峠』の愛読者に、詩人の宮沢賢治（一八九六～一九三三）がいた。意外な組み合わせだが、彼は読んだ小説をもとに「大菩薩峠の歌」を作詞、作曲して唄うほど熱心だったという。よほどの思いがあったようだ。

二十日月かざす刃は音無しの／虚空も二つときりさぐる／その龍之助／／風もなき修羅のさかひを行き惑ひ／すすきすがるるいのじ原／その雲のいろ／／日は沈み鳥はねぐらにかへれども／ひとはかへらぬ修羅のたび／その龍之助

詞に「修羅」が二度使われている。賢治の「春と修羅」のように「大菩薩峠」に「修羅」を見たのであろうか。時を経て、全共闘が敗北した一九六〇年代終わり、連合赤軍は武装蜂起のための軍事訓練を大菩薩峠で行った。山岳地帯では「連続リンチ殺人」も犯して「修羅場」と化す「大菩薩峠事件」を経て、組織崩壊へと進んだ。まさに「修羅」の行状が「菩薩」の地で繰り広げられたことに、「生きる業」を考えさせられた。

（2016・3）

253　姨捨に姥捨の話

平成十一年（一九九九）、長野県千曲市の「姨捨の棚田」が、農耕地としては国内初の国の名勝指定を受けた。冠着山（一二五二メートル、通称姨捨山）を中心とする傾斜地に千枚を超す棚田が拡がり、「田毎の月」と呼ばれる文化的景観は時代を越えて人々に親しまれてきた。

そして姨捨に姥捨の話が伝わる。

姨捨山が、平安時代の「古今和歌集」（九〇五）に作者不詳で初めて登場して以降、月の姿とともに「今昔物語」などで棄老伝説も生まれるなどして「姥捨」の話が広まった。

わが心慰めかねつ更級や
　姨捨山に照る月を見て　　詠み人知らず

また京都御所の襖絵に残された和歌もあると言われる。

おばすてのやまぞしぐれる風見えて
　そよさらしなの里のたかむら　　飛鳥井雅典

さらに棚田に映る月を松尾芭蕉も、長野生まれの小林一茶も詠んでいる。

このほたる田ごとの月とくらべ見ん　　芭蕉
元旦は田毎の月こそ恋しけれ　　一茶

姨捨山が月の景色と絶妙なコントラストを醸し出す中、アインシュタインが登場する。

大正十一年（一九二二）、ノーベル物理学賞を受賞したアインシュタインが日本を訪れた。来日の折、近角常観（一八七〇～一九四一、真宗大谷派）住職との対談で、彼が「仏さまとはどんな方ですか」と尋ねると、住職は姨捨山の伝説を例に挙げ、

「若い農夫が、老いた母を山奥に捨てに行くことになり、母を背負って山道を登った。ところが背負われた母は道すがら小枝を折って道々に捨てた。そして『いよいよ別れじゃ、体に気をつけるんじゃよ。ずいぶん山奥まで来たから、お前が帰るのに道に迷わないよう、目印に小枝を落としてきた。それを頼りに無事家に帰るんじゃよ』と言い、日本の古歌に〈奥山に枝折るしおりは誰がためぞ親を捨てんといそぐ子のため〉があります。この母親の姿こそ、仏の姿です」と話された。

アインシュタインは大の親日家になった。

ところで小説に堀辰雄「姨捨」があり、太宰治「姥捨」がある。二作品の「おば」と「うば」の比較も楽しいだろう。が、水張る棚田、夜空の月、そんな自然の織りなす景色と命育む伝承とが解け合う様をみせる里、訪う人の心を豊かにする場所はいい。

（２０１６・４）

角（かど）と隅（すみ）は英語でcornerと単語一つ。でっぱりを外から見れば角、内から見れば隅、と、同じ場所だが違う。こんなコトバとモノのある日本語はややこしい。

　手ぬぐいとタオル、同じ用途でありながら似ていて違う。手や顔などを拭くのに用いる布に変わりない、が、手ぬぐいは製品の種類で、タオルは織物の種類と言われる。私的には、手ぬぐいは和風布、タオルは洋風布の感覚。二つの歴史を遡ってみよう。

　手ぬぐいの語源は太乃己比（たのごひ）。奈良、平安時代には神事の装身具として使われていたが、鎌倉以降は庶民に普及しはじめ、戦国では広く用いられるようになった。江戸時代、木綿の着物を着るようになると、端切れなどで手ぬぐいができた。庶民には欠かせない生活用品となる一方、お洒落な小間物として個々人の創作で絵柄などが考案され、「手ぬぐい合わせ」なる会も催された。さらに各種の職業では、手ぬぐいを利用した「被り方」が「鉢巻き」、「姉さん被り」、「頬被り」、「着流し」に分類されて流行った。さらに歌舞伎の発展とともに、役者が家紋や紋様の柄を染め抜いた手ぬぐいを配り、時代文化を表すモノとして庶民への浸透が図られた。こうして手ぬぐい文化は庶民に広く深く根付いていった。

タオルとは、湿気を拭きとる布の総称を言い、表面にループ状の細い糸がある布で吸水や通気に富むものが一般的。一八五〇年代、英国人がトルコ旅行の折、手工芸品としてハーレムで作られていたのを母国に持ち帰り、手織り機で試して好評を博し、工業化を進めたと言われる。日本には明治五年（一八七二）に初めて輸入された。当時は高価だったことから襟巻きなどとして使われた。

　明治二十年頃、大阪府泉州地域でタオル作りの工夫、研究が重ねられ、里井円治郎（一八六五～一九三七）が「筬（おさ）打出し」製織法を考案、タオル生産が本格化した。

　今も「タオル産業発祥の地」として伝統の「泉州タオル」が伝わる。

　現在、世界最大級のタオル生産地は愛媛県今治市。一五〇社を超える製造業者が、高価だが高品質の製品開発を進め、「今治タオル」のブランド化に取り組んでいる。

　日々の生活では、スポーツタオルで汗を拭き、湯上りのバスタオルなどあるが、吸水、速乾に優れた手ぬぐいも捨て難い。手ぬぐい派か、タオル派か。そんな中、伝統の織り、染めの技に拘（こだわ）ったという「手ぬぐいタオル」も商品化されているようだ。使ってみたい。

（２０１６・４）

255――湯畑をぐるり――草津温泉

日本三名泉の一つ、群馬の草津温泉に行った。草津節は「草津よいとこ／一度はおいで／ア　ドッコイショ／お湯の中にも／コーリャ／花が咲くよ／チョイナチョイナ」と唄う。それで「いい湯の里だろう。一度は行きたい」と思っていた。妻との二人旅、いい湯だった。

日本三名泉は有馬温泉（兵庫）と下呂温泉（岐阜）が加わる。室町時代の僧・万里集九が書き残し、江戸時代の儒学者・林羅山が追認したと言われる。

なお、平安時代の清少納言『枕草子』は、有馬と玉造温泉（島根）、榊原温泉（三重）を三大名泉と記す。

草津の湯は日本一の自然湧出量を誇り、一日にドラム缶約二十三万本と言い、「源泉かけ流し」が楽しめるのもいい。泉質は酸性度が非常に高く殺菌作用抜群。肌にすべる優しい湯だった。草津の地名由来は、硫黄臭が強く「くさみず」、「くそうづ」と呼ばれ、室町時代に「草津」、戦国時代に「草生津」、「九相津」、江戸で「草津」に落ち着いた。戦国以降は、多くの傷病者が治療に訪れ、明治期にはハンセン病に効く湯治場として広く知れ渡った。

草津の老舗旅館傍には、まちのシンボル「湯畑（ゆばたけ）」があった。源泉を木製の樋に流し、湯の花採取や湯温調節をするようで、湯けむりの上がる景色は見飽きない。

その湯畑をぐるりと石柱が取り囲む。一本一本の石に「草津に歩みし百人」の名を一人一人刻む。草津町は明治三十三年（一九〇〇）に誕生。百年を記念して草津を訪ねた歴史上の人物や著名人百人――日本武尊、源頼朝、行基、小林一茶、十返舎一九、良寛、田山花袋、志賀直哉、若山牧水、横山大観、嘉納治五郎、近衛文麿、田中角栄、小林秀雄、斎藤茂吉、与謝野晶子、林芙美子、力道山、山下清、石原裕次郎など、ずらり名が連なる。

石柱の一つに水野仙子（せんこ）（一八八八～一九一九）とある。知らない名だ。福島県須賀川市出身の、明治・大正時代に活躍した小説家で、本名は服部テイ。水仙の花が好きな女性だった。明治四十二年（一九〇九）発表の「徒労」が田山花袋に激賞され、田山の内弟子となり作家の道を歩み始めた。川浪磐根（いわね）と結婚、青鞜社を経て新聞記者になったが、肋膜炎を患い、草津で医師をしていた姉の元で療養、快復せず三十二歳で亡くなった。

彼女の没後、夫の編集で題字・尾上柴舟（さいしゅう）、序文・田山花袋、跋文・有島武郎、装丁・岸田劉生による遺稿『水野仙子集』が刊行された。湯けむりの中、未知の女性作家に出会えた草津の旅は良かった。

（２０１６・４）

256――古湯に浸って――有馬温泉

兵庫の有馬温泉に行った。有馬は『日本書紀』に三古泉（愛媛の道後、和歌山の白浜）として登場。また『枕草子』には三大名泉（島根の玉造、三重の榊原）と記され、さらに江戸時代、儒学者・林羅山が三名泉（群馬の草津、岐阜の下呂）とも呼んだ。まさに名湯中の名湯で、泉質豊かで泉源も多く、貴重な湯治場として伝わる。

しなが鳥猪名野を来れば有馬山
　夕霧立ちぬ宿は無くて　詠み人知らず（『万葉集』）

宿は、秀吉から名を頂いたという「兵衛向陽閣（ひょうえこうようかく）」に泊まった。館内には一の湯、二の湯、三の湯があり、茶褐色の金泉、無色透明の銀泉、それぞれ二種類の湯船に体を休め、古湯に浸っていにしえを思い巡らす。

有馬は火山活動のない地域なのに、千年以前から熱泉が噴出する特殊な温泉地として知られ、湯治場として多くの人が訪れる。有馬に「杖捨て橋」の名が残るように〝有馬三日入れば杖要らず〟の湯治効果があらわれるといい、地下深く、大地から湧出する温泉水の効能は高いようだ。奈良時代は僧・行基が寺を建立、鎌倉時代には僧・仁西が宿坊を建て、とくに繁栄をもたらしたのは太閤秀吉で〝有馬千軒〟のにぎわいを生んだという。

月も日もいのち有馬の湯にうつり
　やまひはなしの花とちりけり　豊臣秀吉

平成七年（一九九五）一月の阪神淡路大震災では、被災した極楽寺から秀吉が造らせたと言われる「湯山御殿」の一部や庭園遺構が四百年の時を経て見つかった。今、資料館「太閤の湯殿館」として公開されている。また、ねねを連れて訪ね、千利休に茶会を開かせるなど有馬の地を愛でた秀吉に因んだ「太閤橋」や「ねね橋」もある。

さらに、谷崎潤一郎や吉川英治、司馬遼太郎などの文学作品にも「六甲越をして有馬へ行った」など〝有馬ロマン〟は尽きない。

花吹雪兵衛の坊も御所坊も
　目におかずして空に渦巻く　与謝野晶子

宿の「有馬温泉ウォーキング」マップに誘われ、新緑深い温泉街に出かけた。散策は「泉源」を巡った。

有馬の湯は、全国的にも珍しく、含鉄塩化物泉で空気に触れて酸化し、茶褐色になる金泉と、ラジウム放射能泉と炭酸水素塩泉で無色の銀泉の二泉がある。金の泉源は天神、極楽、御所、有明、妬（うわなり）泉源で、銀は炭酸泉源。ところで、美しく化粧した女性がそばに立つとお湯が嫉妬し湧き出して止まらない、妬泉源の伝えもある。

（2016・6）

正月、めでたい神様として「七福神」が話題になる。七福神とは、恵比寿天、大黒天、毘沙門天、弁財天、寿老人、福禄寿、布袋尊の七神の総称を言い、「七難即滅、七福即生」と、参拝すれば七つの災難が除かれ、七つの幸福を得ると言われる。土着信仰の神・恵比寿に他神が加わって育ち、江戸の中頃には三福神、五福神だったのが、享和年間（一八〇一年頃）には宝船に乗った七福神が浮世絵に描かれるなど、七福神に落ち着いた。日本各地に七福神の霊場が生まれ「七福神巡り」が行われるようになり、正月の七福神巡りは縁起がいいそうだ。

七神は神仏習合の日本独特な信仰対象で、様々な神が力を合わせて人々に幸を授ける。恵比寿天は神道（日本）、大黒天・毘沙門天・弁財天はヒンドゥー教（インド）、寿老人・福禄寿は道教（中国）、布袋尊は仏教（中国）と各国の神々が集っている。

恵比寿天は、イザナミ、イザナギの子と言われ、鯛と釣竿を持った商売繁盛の神。

大黒天は、大国主命と神仏習合。頭巾を被り、袋を背負い、打出小槌を持つ福徳開運の神。

毘沙門天は、四天王の一仏。武将の姿で宝棒、宝塔を持ち、邪鬼を踏む融通招福の神。

257　七福神の「初夢枕紙」

弁財天は、唯一の女神。水の神から音楽、言語の神になり、財を授ける知恵財宝の神。

福禄寿は、星の化身。長い頭、顎鬚、大きな耳朶、宝珠と杖を持つ招徳人望の神。

寿老人は、星の化身。巻物を括る杖や団扇、桃を持ち、鹿を従える長寿延命の神。

布袋尊は、弥勒菩薩の化身。袋に入れた宝物を信仰心厚い人に与える笑門来福の神。

七福神は宝船に乗ってやって来ると信じられ、縁起物としての絵や置物がある。七福神の絵に、始めから読んでも終わりから読んでも同じ「永き世の遠の眠りのみな目ざめ波乗り船の音の良きかな」の「回文歌」を書いた紙を、「初夢枕紙」として枕に巻いて寝ると吉夢を見る、と「初夢」文化の一つとして日本の風習に組み込まれた。歌は室町時代の国語辞書『運歩色葉集（うんぽいろはしゅう）』に記され、十六世紀後半から民の習慣として広まったようだ。豊かな生活を望む多くの参拝者が、七福神を訪ね歩く。

日本には八百万の神が鎮まり、国土を守り、人を守る。自由な信仰は豊かな心を育む。世界全ての神が、諍いをつくらない神であってと願うばかりである。

（２０１６・４）

知人が「トンカツ屋に入ってカツアゲ定食を注文」した話を聴いて笑ったという、が、これは言い間違いだろう。しかし日本語はややこしい言葉が多い。似ている言葉の正しい意味を、やはり知っておくべきだろう、な、と思う。そんな言葉を探してみる。

卵は調理されてないが、玉子は調理された状態。ミステリーは最後に犯人が分かり、サスペンスは最初に犯人が分かっていて緊迫感がある。病院は二十床以上で、クリニックは十九床以下とベッド数で決まる。ベランダは屋根があり、バルコニーは屋根がない。貯金は郵便局、預金は銀行に預けるお金のようだ。たくさんは全体の八割以上、多いは全体の半分以上を占める。天気は一週間程度、天候は一週間から一カ月程度の気象状況。ご飯を握るおにぎりは形を問わず、おむすびは三角形に握る。怒るは自分が腹を立て、叱るは相手を思っての注意。元日は一月一日、元旦は一月一日の朝。シェフはフランス語で料理長、コックはオランダ語で料理人。パートは長期労働でアルバイトは短期労働。エチケットは個人への気遣い、マナーは社会への気遣いと言われる。解答は問題やクイズに対する答え、回答はアンケートや要求の返事。ぼたもちは春の彼岸、おはぎは秋の彼岸に供える。

収入は入手した全部で、所得は収入から経費を引いたお金。赤旗は平家、白旗は源氏。掃除は見えるところをキレイにする、清掃は見えないところまでキレイにする。せんべいは「うるち米」、おかきは「もち米」を言う。食材を「ゆでる」は芯まで火を通し、「ゆがく」は軽く火を通す。肛門からの「オナラ」は音が出て、「屁」は気体のことを言うらしい。

よく混乱するが、両親の、兄と姉が伯父・伯母、弟と妹が叔父・叔母で、どこにでもいるのが小父さん・小母さんだ。それにチャーハンは炊いたコメを炒めて作り、ピラフは炒めたコメを炊いて作るとは知らなかった。電柱は電力会社、電信柱は通信会社の所有らしい。ハイキングは歩くことが主で、ピクニックは食べることが主のようだ。コンサートは楽団が行う演奏会、リサイタルは一人で行う独奏会。賞味期限はおいしく食べられる期限、消費期限は安全に食べられる期限。まだまだあるが、これくらいにしよう。

日々の生活の中で、ほとんどの言葉やモノが意識していないだけだが、そこにある。あえて知るべし、とは言わないが、生活の楽しみで知っていて損はないだろう。

（2016・5）

259　懐かしい「星の流れに」

懐かしいメロディーを聴いた。団塊の世代は、ほとんどの者が一九七〇年代、ハスキーな声で唄う藤圭子の「星の流れに」を覚えているだろう。心に沁みる歌だった。

一、星の流れに　身を占って／何処をねぐらの　今日の宿／荒む心で　いるのじゃないが／泣けて涙も涸れ果てた／こんな女に誰がした

二、煙草ふかして　口笛ふいて／あてもない夜の　さすらいに／人は見返る　わが身は細る／町の灯影の侘しさよ／こんな女に誰がした

三、飢えて今頃　妹はどこに／一目逢いたい　お母さん／唇紅（ルージュ）哀しや　唇かめば／闇の夜風も　泣いて吹く／こんな女に誰がした

この歌は一九四七年（昭和二十二）、戦地から引き揚げてきた女性が生きてゆくために街娼に身を落とさざるを得ない悲惨な境遇の新聞記事を読んだ作詞家・清水みのるが、一夜で歌詞を仕上げた。

その詞を受け、作曲家・利根一郎は、街娼はもちろん地下道の浮浪児や靴磨きの子など戦災孤児らへの愛しい思いを巡らし、地の底からの曲を完成させた。

タイトルは「こんな女に誰がした」だったがＧＨＱ（連合国軍司令部）からクレームがつき、「星の流れに」に変更して許可が下りた。歌手はブルースの女王・淡谷のり子はどうだろう、が、新人の菊池章子になった。

菊池は「この歌は、軽くは歌えない」としてブギ調だったのをブルース調に編曲を頼み、舞台で絶唱、歌の心を懸命に伝えた。当時、戦争の焼け跡の女たちを描いた田村泰次郎（たいじろう）の小説『肉体の門』がベストセラーになり、その映画の挿入歌として採用されるなどし、レコード発売の翌年以降、歌は大ヒットした。

歌は、美空ひばり、青江三奈、ちあきなおみ、高橋真梨子など一流歌手にカバーされてきたが、多くの名唱の中、十九歳の藤圭子の歌唱が、原曲の持つ哀しみ、怒り、嘆き、切なさを独特な声で表現しているとして、さらに人気を拡げた。宇多田ひかるの母である藤圭子のハスキー声と天性のリズムが、菊池から二十年の時を経て、歌に新たな命を吹き込んだと言っても過言ではなかろう。人々は藤圭子の歌声を愛した。

この歌は、自らの「性」を売ることでしか、自らの「ねぐら」を確保できなかった、地べたを這う女たちの悲痛な叫びであり、民衆の「恨歌」として哀しく唄うしかなかった。

（２０１６・６）

260　ドヤ街の歌が懐かしい

ドヤは宿の逆さことば。日雇い労働者が住み、簡易宿泊所が立ち並ぶ。ドヤ街は東京の山谷、大阪のあいりん地区（釜ヶ崎）、名古屋の寿町が知られる。

戦後の高度成長期、日雇い仕事を斡旋する手配師の闊歩で街は賑わった。山谷を故郷とする漫画『あしたのジョー』が描かれ、昭和四十三年（一九六八）には「山谷ブルース」（岡林信康作詞作曲）ができた。

今日の仕事はつらかった／あとは焼酎をあおるだけ／どうせ　どうせ山谷のドヤずまい／ほかにやる事ありゃしねぇ／／一人酒場で飲む酒に／かえらぬ昔がなつかしい／泣いて　泣いてみたってなんになる／今じゃ山谷がふるさとよ／／工事終わればそれっきり／お払い箱のおれ達さ／いいさ　いいさ山谷の立ちん坊／世間うらんで何になる／／人は山谷を悪く言う／だけどおれ達いなくなりゃ／ビルもビルも道路も出来ゃしねえ／誰も分かっちゃくれねぇか／／だけどおれ達ゃ泣かないぜ／はたらくおれ達の世の中が／きっと　きっと来るさそのうちに／その日は泣こうぜうれし泣き

（「山谷ブルース」）

江戸時代から無宿人がいたという釜ヶ崎。昭和四十二年、ここでも開き直りの人生哀歌といえる「釜ヶ崎人情」（もず唱平作詞／三山敏作曲／三音英次唄）が生まれいつしか人知れず、唄われだした。

立ちん坊人生　味なもの／通天閣さえ　立ちん坊さ／だれに遠慮が　いるじゃなし／じんわり待って　出直そう／ここは天国／ここは天国　釜ヶ崎／／身の上話に　オチがつき／ここまで落ちたと／いうけれど／根性まる出し　まる裸／義理も人情も　ドヤもある／ここは天国／ここは天国　釜ヶ崎／／命があったら　死にはせぬ／あくせくせんでも／のんびりと／七分五厘で　生きられる／人はスラムと　いうけれど／ここは天国／ここは天国　釜ヶ崎

（「釜ヶ崎人情」）

働いたその日にお金を貰い、その日に散財してしまう、その日暮らしの生活スタイルが確立するドヤ街。

その昔、聴いた街の歌が懐かしい。

とにかく一日働けば金が入る、そんな危機感の無さがドヤを覆っている。覚悟の人生だからと言われても、やはり、なぜか哀しい。哀しい「ドヤ街」かも知れないが「希望の星」の「あしたのジョー」も誕生した。哀しみの道にも、いつか必ずの、夢はあるものだ。

（２０１６・７）

梅雨の季節、じめじめした気候の中、「もうすぐ熱い夏がやって来る、辛抱せねば」と思う日が続く。

そして熱い夏といえば、やはり八月六日と九日を想うことになる。

一九四五年八月六日、広島の人口約四十二万人。ウラニウム型原子爆弾リトルボーイが投下され、一二万二三三八人が亡くなった。九日、長崎の人口約二十四万人。プルトニウム型原子爆弾ファットマンが落とされて、七万三八八四人が亡くなった。

原爆被爆者は水を求めて川に向かった。広島の太田川、長崎の浦上川が象徴的だろう。

太田川と浦上川には、人、人、人、人、人が折り重なった。人々は水を求めた。

焼けただれたる乾坤に太田川　田中菊枝
太田川水浅くして花の冷え　佐藤鬼房
浦上川万灯流し原爆忌　安陪青人
浦上の川は渡らぬ母の夏　宮崎包子

太田川は、廿日市市の冠山（一三三九メートル）を源流に、一〇三キロを流れて瀬戸内海に注ぐ。広島デルタを形成する一級河川として親しまれている。その川に、人々は群れた。

261　太田川と浦上川

太田川雨に濡れつつわが来クば
磧の草も離々たるかなや　吉井　勇

浦上川は、市内の前岳（三六六メートル）を水源に、すり鉢状の市街地を流れる一三・三キロの二級河川で長崎港に注ぐ。多くの市民がこの水に親しむ。その川にも人々は溢れた。

昭和四十五年（一九七〇）、古木花江作詞／新井利昌作曲の「長崎の夜はむらさき」は、瀬川瑛子さんが唄って大ヒットした。懐かしい記憶としてメロディーが蘇る。

雨にしめった　讃美歌の／うたが流れる　浦上川よ／忘れたいのに　忘れたいのに／おもいださせる　ことばかり／ああ　長崎　長崎の　夜はむらさき

人の記憶のなかにある川。そばにある、かつてあった川の流れは、親しく人の記憶を呼び覚ます。鎌倉時代の鴨長明『方丈記』には、「行く川のながれは絶えずして、しかも本の水にあらず。よどみに浮かぶうたかたは、かつ消えかつ結びて久しくとゞまりたるためしなし。世の中にある人とすみかと、またかくの如し」とある。ただ、人の記憶は消せないし、想像も消せない。川面は歴史を映す鏡。穏やかな水の流れを見て生きることを学ぶ。

（2016・7）

262　「夫婦善哉」と「夫婦春秋」

夫婦は「めおと」、「ふうふ」と読む。昭和十五年（一九四〇）に発表された織田作之助の小説『夫婦善哉（めおとぜんざい）』は、大正から昭和にかけて大阪を舞台に、喧嘩しながらも別れない内縁夫婦の転変を描いた物語。

小説の題名は、大阪の法善寺横丁にあるぜんざい屋が「茶碗二杯が一組」の「めおとぜんざい」を出すのに由来していると言われる。この小説が舞台や映画、テレビドラマなど国民的作品として広まった。

ところで、ぜんざいは、小豆を砂糖で甘く煮て、餅や白玉団子を入れて食べる。仏語で「喜びを祝う」こととされ、一休さんが「善哉（よきかな）」と言い、出雲大社の「神在（じんざい）」がなまったとも言われる。

また、室町時代に「小豆汁に餅を入れたものを善哉餅として食した」との記録も残っている。

石川さゆりの唄う「夫婦善哉」は、吉岡治作詞／弦哲也作曲によって作られた。

一、浮草ぐらしと　あなたが笑う／肩に舞うよな　露地しぐれ／なにもなくても　こころは錦／ついてゆきます　夫婦善哉／あなたの背中が　道しるべ

二、他人には見えない　亭主の値打ち／惚れたおんなにゃ　よく見える／寒い夜には　相合い酒で／憂き世七坂　夫婦善哉／今日も可愛い　馬鹿になる

三、ないないづくしも　才覚ひとつ／辛抱がまんの花が咲く／旅は道づれ　夫婦は情け／なにがあっても　夫婦善哉／笑顔千両で　生きてゆく

また、夫婦の一生を唄う村田英雄の「夫婦春秋」は、関沢新一作詞／市川昭介作曲である。

一、ついて来いとは　言わぬのに／だまってあとからついて来た／俺が二十で　お前が十九／さげた手鍋の　その中にゃ／明日の飯さえ　なかったなァお前

二、ぐちも涙も　こぼさずに／貧乏おはこと　笑ってた／そんな強気の　お前がいちど／やっと俺らに陽がさした／あの日涙を　こぼしたなァお前

三、九尺二間が　振り出しで／胸つき八丁の　道ばかり／それが夫婦と　軽くは言うが／俺とお前で　苦労した／花は大事に　咲かそうなァお前

夫婦の歌はたくさんある。二つの歌は多くの人に親しまれ、「夫婦」のともに歩く姿が想像できる。

花開く春、陽射しの夏、落葉の秋、雪降る冬、そんな生活の中、いつ忍び寄ったのか、哀愁、しかし秘めた生きる力は増している。これが夫婦なのかもしれない。

（２０１６・７）

263――知っておきたい、日本一

全国一七一八市町村で、面積や人口の大小日本一、それにいろんなモノの生産や出荷など、各市・町・村で我が郷土のナニが日本一なのかを追ってみることにした。

面積が大きい＝高山市（岐阜）二一七七・六七平方キロメートル。足寄町（北海道）一四〇八・〇九平方キロメートル。留別村（北海道）一四五〇・二四平方キロメートル。面積小さい＝蕨市（埼玉）五・一〇平方キロメートル。忠岡町（大阪）四・〇三平方キロメートル。舟橋村（富山）三・四七平方キロメートル。

人口が多い＝横浜市（神奈川）三七一万八九一三人。府中町（広島）五万三八五人。読谷村（沖縄）三万九一八四人。人口少ない＝歌志内市（北海道）三七八三人。早川町（山梨）一五三四人。青ケ島村（東京）一二四人となっている。

次にモノ。爪楊枝＝河内長野市（大阪）、歯ブラシ＝八尾市（大阪）、筆＝熊野町（広島）、鋳物風鈴＝奥州市（岩手）、琴＝福山市（広島）、パチンコ玉＝大東市（大阪）、眼鏡フレーム＝鯖江市（福井）、靴下＝広陵町（奈良）、パンティーストッキング＝大和高田市（奈良）、下駄＝福山市（広島）、紙製品＝四国中央市（愛媛）、トイレットペーパー＝富士市（静岡）、将棋駒＝天童市（山形）、ろうそく＝亀山市（三重）、うちわ＝丸亀市（香川）、タオル＝今治市（愛媛）、キャベツ＝嬬恋村（群馬）、トマト＝八代市（熊本）、ピーマン＝神栖市（茨城）、玉ネギ＝北見市（北海道）、リンゴ＝弘前市（青森）、モモ＝笛吹市（山梨）、メロン＝鉾田市（茨城）、イチゴ＝真岡市（栃木）、さくらんぼ＝東根市（山形）、レタス＝川上村（長野）、ゴボウ＝三沢市（青森）、わさび＝安曇野市（長野）、こんにゃく＝渋川市（群馬）、柿＝五條市（奈良）、栗＝笠間市（茨城）、ソバ＝幌加内町（北海道）、ヒマワリ＝北竜町（北海道）、ケガニ＝枝幸町（北海道）、ホタテガイ＝猿仏村（北海道）、カツオ＝焼津市（静岡）、イカ＝八戸市（青森）、カニ＝境港市（鳥取）、伊勢エビ＝いすみ市（千葉）、モズク＝うるま市（沖縄）、ウナギ＝西尾市（愛知）、金魚＝弥富市（愛知）、養殖鯉＝郡山市（福島）、マグロ＝塩竈市（宮城）、蒲鉾＝いわき市（福島）、アジの干物＝沼津市（静岡）、納豆消費＝福島市（福島）、ラーメン店＝喜多方市（福島）、紅茶店＝尾張旭市（愛知）、寿司屋＝小樽市（北海道）、温泉の源泉数と湧出量＝別府市（大分）などとあり、まち自慢はまだまだ尽きないが、〝日本一〟は、そこに住む人を元気にし、一事が万事につながる効果を生むようだ。

（2016・9）

264 酒とビールとウイスキー

ひとの記憶に残るメロディーがある。

下戸の我が身にも、酒とビールとウイスキーの懐かしい音と言葉が蘇る。そして、お酒のCMソングを時折、ふっと口ずさむ、不思議。

一九七〇年代、小林亜星作詞作曲「酒は大関」が加藤登紀子などの唄で流行った。

白い花なら百合の花／人は情けと男だて／恋をするなら命がけ／酒は大関　心意気／／
赤い花なら浜なすの／友と語らん故郷を／生まれたからにはどんとやれ／酒は大関　心意気／／（略）
花と咲くのもこの世なら／踏まれて生きる草だって／唄を唄って今日もまた／酒は大関　心意気

一九八〇年代、仲畑貴志作詞／服部克久作曲「すごい男の唄」を三好鉄生が唄った。

ビールをまわせ底まで飲もう／あんたが一番わたしは二番／ドン！ドン！／／
凄い男がいたもんだ／海でばったり出会ったら／サメがごめんと涙ぐむ／／（略）
凄い男がいたもんだ／山でばったり出会ったら／熊が裸足で逃げて行く／／（略）
凄い男がいたもんだ／川でばったり出会ったら／ワニが子分になりたがる／／（略）
凄い男がいたもんだ／森でばったり出会ったら／虎がスリスリにじりよる／／（略）
ビールをまわせ底まで飲もう／あんたが一番わたしは二番／ドン！ドン！

一九九〇年代、田口俊作詞／杉真理作曲「ウイスキーが、お好きでしょ」を石川さゆりが唄い、今、懐かしのCMソングに残る。桃井かおり、竹内まりやなどがカバーした。

ウイスキーがお好きでしょ　もう少ししゃべりましょ／ありふれた話でしょ　それでいいの　今は／／
気まぐれな星占いが　ふたりをめぐり逢わせ／消えた恋とじこめた　瓶をあけさせたの／／
ウイスキーがお好きでしょ　この店が似合うでしょ／あなたは忘れたでしょ　愛し合った事も／／（略）

歌は、「ああ、あの時」を甦らせる。現代人は今、そんな時を持っているだろう、か。

草の戸や日暮れてくれし菊の酒　松尾芭蕉
片なびくビールの泡や秋の風　会津八一
霧時雨父よウイスキーティーの時間です　寺井谷子

（２０１６・10）

265　大豆の「力」を見直した

最近、食卓に煮豆の大豆が載るようになった。これまで煮豆に興味がなく、豆を箸で抓(つま)むことはあまりなかった。それが歳のせいか煮豆、それも大豆の味がいいようになった。実りの秋には「五穀豊穣」の祈願。

一般的に五穀は「米、粟、麦、黍、豆」と呼ばれるようだが、『古事記』には神の体から「目に稲、耳に粟、鼻に小豆、陰部に麦、尻に大豆」とあり、大豆は神の尻から生まれたと記されている。

大豆の起源は、中国東北部の黒竜江沿岸と言われ、弥生時代に朝鮮半島を経由して日本に伝来したとされる。

ところで『万葉集』に「豆」を詠んだ歌は一首。

道の辺の茨(うまら)の末(うれ)に延(は)ほ豆の
からまる君を別れか行かむ　丈部鳥

日本での大豆栽培は鎌倉時代以降に広まった。そして仏教での肉食禁止もあり、体に必要なたんぱく源として、「畑の肉」と呼ばれる大豆が工夫して摂られた。

大豆の名の由来は「大いなる豆」だそうで、種類には黄、白、黒、緑などがあり、黄大豆を普通「大豆」と呼んでいる。大豆加工では、醤油、味噌、豆腐、練り豆腐、納豆、枝豆、もやし、煮豆、煎り豆、きな粉、豆乳、ゆば、油揚げ、厚揚げ、おから、など多くの食品が日々の食卓に並ぶ。これだけ多岐にわたる大豆食品は、調味料、栄養食、保存食などとしても欠かせないものになり、長寿国日本をつくった「栄養バランスのとれた日本食」のベースになっているようだ。生命維持に不可欠な栄養素の良質なタンパク質を、大豆は多く含んでいる。

正月のおせち料理には「今年もまめに暮らせるよう」にと、黒豆は欠かせない。

また節分は一年の邪気を払う行事で、「鬼は外、福は内」と大豆を撒く。それは「魔を滅ぼす」力をもつ「魔(ま)滅(め)」としての大豆であり、厄払いなどに使われるようだ。

われつひに六十九歳の翁にて
機嫌よき日は納豆など食む　斎藤茂吉

枝豆を煮てを月見し古への
人のせりけむ思へばゆかしも　伊藤左千夫

大豆は美肌、ダイエットなど女性キーワードに溢れた食物。アメリカ国立がん研究所も「デザイナーフーズ」として大豆をがん予防の効果ある食材とした。また、タンパク質以外にも、カリウム、鉄分、カルシウム、食物繊維、さらに中性脂肪を減少させるサポニンなどを含む、体に大切な素材の大豆の「力」を見直した。

（２０１６・10）

266 六古窯と遠州七窯

友との旅先での一コマ。土産物店で「これは、ろっこよう、の一つだね」と言われ、「ロッコヨウ」って何、と友に訊き返して笑われた。「六古窯」だそうだ。焼き物には疎く、素人で、趣味もないから仕方ない、が、癪にさわるので、六古窯ってどんなものか調べた。

六古窯は、日本古来の陶磁器窯のうち、現在まで生産が続く六窯の総称。越前焼（福井県越前町）、信楽焼（滋賀県甲賀市）、瀬戸焼（愛知県瀬戸市）、常滑焼（愛知県常滑市）、備前焼（岡山県備前市）、丹波焼（兵庫県篠山市）で、中国や朝鮮半島からの渡来人の技術による窯とは区別されている。命名は、岡山県倉敷市出身の陶磁器研究者であり文部省技官として活躍した小山富士夫（一九〇〇～七五）が、「日本人が忘れかけていた各地の古陶磁窯を調査」し、生まれも育ちも生粋の日本の焼き物「六古窯」を再評価したと言われる。

六古窯の特徴を調べた。

【越前】既婚婦人が歯に用いる「お歯黒壺」という鉄漿の小壺が風流人に好まれた。

【信楽】紫香楽宮の瓦焼きから始まり、大正に「火鉢」、昭和に「狸」が作られた。

【瀬戸】釉をかけて焼く技法を取り入れた最初の地。黒褐色の釉を使い壺や瓶子などを焼成した。

【常滑】平安期は壺や甕が主で、土管や衛生陶器、朱泥急須などは明治以降だ。

【備前】平安期は生活雑器だったが、高温耐久陶土の品は茶人に好評を博す。

【丹波】壺、鉢などの生活雑記のほか、茶陶が作られ、穴窯で長時間焼かれる灰かむりは重厚な趣。

六古窯とくれば「遠州七窯」。江戸時代の大名茶人・小堀遠州（一五七九～一六四七）が茶道具を作らせた、自分好みの七窯の呼称。田内梅軒『陶器考』（一八五四年）には、遠江の志戸呂焼（静岡）、近江の膳所焼（滋賀）、山城の朝日焼（京都）、大和の赤膚焼（奈良）、摂津の古曽部焼（大阪）、豊前の上野焼（福岡）、筑前の高取焼（福岡）と記す。器の趣は、【志戸呂】茶壺中心で赤みに黄と黒釉の侘びた味わい、【膳所】黒みを帯びた鉄釉は素朴で繊細、【朝日】鉄分を含む粘土の焼成は赤い斑点を現す、【赤膚】赤みを帯びた肌に奈良絵などの絵付けあり、【古曽部】淡い彩色や軽妙な画風のひなびた味は文人好み、【上野】生地薄く軽量で多くの釉薬で窯変を生む、【高取】時代で毛色が違い個性的な釉薬多く風流人が好む、とある。

（２０１６・10）

267　冬みずたんぼを歩くトキ

二〇一六年（平成二十八）、毎日農業記録賞の最高賞を新潟県佐渡市の斎藤真一郎さん（五五）が受賞した。二〇〇一年に「佐渡トキの田んぼを守る会」を結成、減農薬の農業をスタートさせ、「生物多様性農業」の普及に取り組んだ功績が認められた。

斎藤さんは農協退職後、家業の農業を継いだ。佐渡の自然環境保護の取り組みで、かつて空を舞っていたトキの減少の一因が「農薬による中毒死」だと知り、「生きものにいい田んぼ」づくりをと仲間と共に動き始めた。化学肥料や農薬を使わない田んぼづくりに努力。秋の収穫後から春まで田に水を張り、トキなどがエサを食べられる「冬みずたんぼ」を造った。また、年中水をためて「生きものが住める」江（え）や溝の設置でカエルやクモなどが害虫を食べるように、自然は自然に任せる生態系の復元を進め、自然に生きるものの力を借りての農業づくりを学んだ。冬みずたんぼを歩くトキが新農業を切り開いてゆく。二〇一一年、「トキと共生する里山」が日本初の「世界農業遺産」に認定された。

朱鷺の巣を見に来て心やや痛む
放浪に似しわれの来しかた　中西悟堂

トキは、朱鷺、鴇と書き、学名はニッポニア・ニッポン。十九世紀末まで東アジアに広く分布していたが激減。今、中国、日本、韓国などで二千羽に満たない。

我が国のトキの変遷を見ると、一九二〇年代に消息が途絶え、三〇年代に再発見。八一年、人工繁殖を進めるため最後の日本産トキ全五羽を捕獲。九〇年代に中国トキの寄贈を受ける。九九年、佐渡トキ保護センターで人工繁殖に成功し「優優」誕生。二〇〇三年、最後の日本産トキ「キン」死亡。〇八年、繁殖トキの試験放鳥で二十七年ぶりに日本の空にトキが舞った。

佐渡市は、一九五二年（昭和二十七）に国の特別天然記念物に指定されたトキの餌場確保と生産多様性の米づくりを目指し、二〇〇七年「朱鷺と暮らす郷づくり認証制度」を設けて佐渡産コシヒカリのブランド米「朱鷺と暮らす郷」づくりの独自農法に取り組んでいる。

国風（くにぶり）に朱鷺はしらしらかえります　安西　篤

斎藤さんは「生きものにいい田んぼは、トキにも人にもいい」と言い、自分の田んぼに初めてトキが降りた時「やっとトキにも認められた」と感激。「奥ゆかしい、出しゃばらない、でも心がきれい。トキは佐渡人の化身かもしれない」との受賞コメントがいい。

（2016・11）

日本人は森羅万象に神が宿ると信じ、いろんな神を迎えてきた。全国八万社を超える神社は八百万の神々を祀る。それぞれ稲荷（四万近く）、八幡（二万超）、神明（二万近く）、天満宮（一万）、諏訪（五千）、宗像・厳島（七千）、八坂・津島（五千）などに分かれる。

神社数では、新潟（四七五七）、兵庫（三八五九）、福岡（三四二〇）が多く、沖縄を除いて和歌山（四四〇）、宮崎（六七八）、大阪（七二三）が少ない。

人は地域で産土神を守る。

珍しい名・通称の神社は、宝くじの神を祀る宝来宝来神社（熊本県南阿蘇村）をはじめ、イボに効く神の疣水神社（大阪府茨木市）、ダイエットの神は保曽井神社（三重県四日市市）、未知の体験ができる湯殿山神社（山形県鶴岡・山形市）、富士山噴火でできた穴に座す人穴神社（静岡県富士市）、彦根藩で開拓を労った酒盛稲荷神社（栃木県佐野市）、また「日本」の名が付く日本神社（埼玉県本庄市、熊本県熊本市）などがある。

時代名の神社は、縄文神社（富山市）、弥生神社（海老名市）、飛鳥神社（奈良市ほか）、奈良神社（熊谷市）、平安神宮（京都市ほか）、鎌倉神社（亀岡市）、室町菅原神社（熊本県大津町）、江戸神社（千代田区）、明治神宮（渋谷区）、大正神社（帯広市ほか）とある。

近年、神社がパワースポットとして注目され、変わった神社も散見できる。学問の神様は、福岡の太宰府天満宮、京都の北野天満宮とともに鎌倉の荏柄天神社が三天神と言われる。荏柄天は長治元年（一一〇四）創建、一枚の紙に描かれた天神様の絵が雷雨とともに天から降りる縁起に因る。神社では愛用絵筆などの供養をしていたところ、昭和四十六年（一九七一）、かっぱを描き続けていた漫画家の清水崑が「かっぱ筆塚」を寄進。後、有志マンガ家が「絵筆塚」を建立、それぞれのキャラクターをカッパ姿で描いた一五四枚のかっぱ絵が寄贈された。その後、毎年秋に「絵筆塚祭」が開かれている。

親しく珍しい名の神社もある。貧乏神神社（長野）から芸能神社・御髪神社（京都）、桃太郎神社（愛知）、坐摩神社（大阪）、鷲神社（東京）、劔神社・萬四郎神社・鮭神社（福岡）、雷電稲荷神社（東京）、星神社（愛知）、老犬神社（秋田）、呉服神社（大阪）、尺間神社（大分）、光末清瀧神社（広島）、苗村神社（滋賀）など、神様の世界はにぎやか。神もいろいろ、人もいろいろ、生きてさえいればいろいろ見て聞いて、楽しめる。

（2016・11）

269　四季の神様を追ってみる

日本の春、夏、秋、冬の四季は趣があっていい。

中国の神話に四神が登場する。季節や方角など、いろんなものに関連付けられる。春は「青竜」で東、夏は「朱雀」で南、秋は「白虎」で西、冬は「玄武」で北、と言われる。また、日本には四季の姫神もいるようで、平城京を中心に東西南北に分かれ、東は「佐保(さほ)姫」で春、西は「竜田姫」で秋、は広く知られているが、南の「筒姫」の夏と、北の「宇津田姫」の冬は広まっていない。

佐保姫は、春霞に包まれる佐保山の神霊で春の女神。それに対して竜田姫は、紅葉の美しい竜田山の神霊で秋の女神。二姫は対をなし、歌にも詠まれている。

佐保姫の糸染め掛くる青柳を
　吹きな乱りそ春の山風　平　兼盛

佐保姫の染ゆく野べはみどり子の
　袖もあらはに若菜つむらし　順徳院

佐保姫の霞の衣ぬきをうすみ
　花の錦をたちやかさねむ　後鳥羽院

竜田姫たむくる神のあればこそ
　秋の木の葉の幣(ぬさ)とちるらめ　兼覧王

見る毎に秋になる哉竜田姫
紅葉染むとや山もきるらん　詠み人知らず

谷川にしがらみかけよ竜田姫
　みねのもみぢに嵐吹くなり　藤原伊家

こうして二姫の歌はあるものの、夏の筒姫と冬の宇津田姫の歌は探せなかった。

ところで高知県高知市生まれのプロレタリア詩人・槇(まき)村浩(むらこう)（一九一二〜三八）は、大正十一年（一九二二）に「四季」という詩を詠んでいる。

春の神様陽気だな／天女の羽や夢御殿／梅、桃、桜、色々の／花を咲かせて楽しんだ／なぜなぜこんなに陽気だろう／／
夏の神様大おこり／はげた頭を光らして／春の神様追ひやって／雷さまがおきに入り／すきな遊びは夕立だ／なぜなぜこんなに怒るだろ／／
秋の神様やさしいな／風をそよそよ野に送り／七夕さまや天の川／銀のお月さんぬっと出る／なぜなぜこんなにやさしいだろ／／
冬の神様陰気だな／寒いこがらしお気に入り／いつもしぶい顔ばかり／なぜなぜこんなに陰気だろ

ちなみに中国には、春の青帝、夏の炎帝、秋の白帝、冬の黒帝の「男神」がいるようだ。

（2018・11）

時代が言葉の解釈を変えたなら、時を超え、本来の意味に戻るよう努力しなければなるまい。あの「忖度（そんたく）」という言葉は、元来は、人をいつくしむ想いのこもる、いい意味合いだったと思うが、「政治」が絡んで〝黒い繋がり〟を示す言葉に堕ちてしまった気がする。

日本語の解釈の多様性はいい。混乱もあるが、人の視点の違いが解っていい。解釈の仕方で、見えなかったものが、違った意見で納得できる場合も多々生まれる。だから、人は議論をするのだろう。侃々諤々（かんかんがくがく）、種々雑多、意見噴出で喋りの世界を楽しめる。

ところが、暮らしの中、言葉だけではない、いろんなことを臆面もなくひけらかす人がいる。判っているのか、どうか、さも訳知り顔で喋り始める。初めは、なるほど、と感心もするが、面白いもので〝言葉にも気〟があるようで、聴いているうちに、なんとなく〝気になり〟始めると、喋りが、わがこと自慢の〝気配〟が見えてくる。そうなると〝おや？〟になり〝なんだ〟となって、その人が何者なのか〝気づく〟ことになる。とにかく周りには、常に〝気〟が回っていることを意識しておかねばなるまい。気が回っているから、気軽な気分で気転も利かせられる。目に見えない大事な〝気〟が必ず背後にある。

270──見えない“気”を意識する

私たちは空気を吸い、大気の中で生きる。気候を気にし始めると気分良好ではない。気力回復は、短気ではなく気長に根気よく過ごすことが、士気を高める。意気軒昂に気宇壮大な気概を持って、気丈に、相手への気遣いをし、気品、気位ある気骨をみせる行動は、気まま、気まぐれではない気配を気付かせる。人の気持ちの気運を高めるには、鬼気迫る勢いで気合を入れ、気炎を上げて気分高揚を図る。気障かもしれないが、気脈を通じた者同士、気押されることなく、気色ばむことなく、気前のいい気風で、気っ風よく意気盛んな覇気を見せることが大事だろう。まず英気を養って陰気になることなく、活気を呼び込むには、勇気と熱気で陽気にふるまうことが、気勢を削ぐことなく、気負いのない人気を持つ。

こうして〝気〟の言葉を並べてみると、意外と陽気な文になるのが、不思議だ。

気は、中国の宋学によると万物を形成する元素だという。日本語では「気」と「心」が通じる慣用語が多い。気が「強い」「弱い」「大きい」「小さい」「長い」「短い」「重い」「軽い」「勝つ」「揉める」「置ける」「置けない」「散る」「早い」など、心に置き換えてもいい。

（2018・10）

271　ハロウィンと亥の子の伝統

二〇一八年十月三十一日の東京渋谷でのハロウィン騒動は、人の波が押し寄せ、ビル火災も加わって異常な賑わいだったようだ。元来、ハロウィンはヨーロッパの先住民族・ケルト人が、秋から冬に変わる日に悪い精霊や魔女から身を守るために仮装して、実をくり抜いたカボチャにロウソクを灯し、「トリック・オア・トリート」と唱えながら各家を回って収穫を祝う子どもの祭りだった。日本では一九九〇年代後半から「ユニークな仮装祭り」として広まった。

西洋の「ハロウィン」と同じ時期、日本では西日本を中心に「亥の子」の伝統行事が伝わっている。人間の気分高揚というのは地球のどこにいても同じなのだろう。

亥の子は、旧暦十月（亥の月）、最初の亥の日（現在は十一月初旬）に行われる年中行事の一つ。古代中国で亥の月、亥の日、亥の刻に穀類を混ぜた餅を食べる風習があり、それが日本の宮中行事に伝わったとか、景行天皇が九州の土蜘蛛退治の折、椿の槌で地面を打ったことに由来するなど、貴族から武士、庶民へと広がったようだ。行事は、家内安全はもちろんだが、亥（猪）に因んで多産を祈り、子孫繁栄を願うものとして定着した。

幼い頃、藁の束をきつく縛って「藁棒」を作り、夜、村の家々の玄関前の地面を叩いて邪心を鎮め、地の神に力を与えるとして、数人の子らで村中を回ってお菓子を貰った。そんな愉しみの行事も絶えて久しい。しかし、各地には「亥の子の歌」は残っているようだ。

一つ　人より踏ん張って／二で　ニッコリ笑うて／三で　酒を造って／四つ　世の中良いように／五つ　いつもの如く（五徳）なり／六つ　無病息災に／七つ　何事無いように／八つ　屋敷を広めたり／九つ　ここらへ蔵を立て／十で　とうとう納まった

など各地に様々な亥の子歌が残る。

日本ではクリスマスと同じようにハロウィンも定着しつつある。まだ一般的ではないものの「ハロウィンのうた」（西村まどか作詞）などもできてメロディーが流れる。

ハロウィンのお話し知ってるかい／ほんとはやさいの収穫祭／おいしく実ったやさいたち／おばけがみつけてやってきた／トリック・オア・トリート／トリック・オア・トリート／おかしをくれなきゃいたずらするぞ（略）かぼちゃでランタンをつくったよ（略）

伝統行事は心の伝達。慈しみながら受け継ぎ、正しく伝えることが大切だろう。

（２０１８・11）

272 床屋の発祥地は下関

山口県下関市の関門海峡を見下ろす小高い丘に座す亀山八幡宮では、「髪」に感謝する「毛髪供養祭」があると聞く。珍しい神事のようで、訊くと、下関理容美容専門学校のフェンスに「ご存知ですか、下関は床屋の発祥地」の大きな看板が掲げられるなどして、下関は「床屋」のPRに努めているようだ。それで「床屋発祥之地」碑がある八幡宮で毎年、県理容関係者らにより理髪店利用者の健康と業界の発展を願う祈願が行われているそうだ。

床屋の由来を追うと、鎌倉時代中期（一二六四〜七三）亀山天皇に仕えていた藤原基晴が宝刀紛失の責任を取って職を辞し、蒙古襲来で武士が集まる長門国下関に宝刀があるかもしれぬ、と三男の采女亮政之（うねめのすけまさゆき）を連れて宝刀探索に下った。そこで髪結の新羅人から技術を学んで髪結所を開いた。店の奥には、天皇と藤原家を祀る「床の間」が設置されてあった。それが転じて「床場」になり「床屋」になったと言われる。

采女亮は、床屋を続けながら、ついに宝刀を探し当て、天皇に奉還した。後、鎌倉に移り住んで幕府から京風の髪結職として重用され、代々その職を継いだ。特に二代将軍徳川秀忠が「四民髪ヲ結ウハ勝手ノコト身ヲ綺麗ニスルハ長寿ノ元ナリ」のお触れを出して以降、男髪結、女髪結の職が増え、日本独自の髪型が流行していった。歌舞伎役者や浮世絵の美人画に見られるように、江戸文化の風俗は髪結職によって作り出されたと言ってもいいようだ。また、京都嵯峨野の小倉山麓には「藤原采女亮政之」を主祭神とする「御髪神社」が鎮座。采女亮親子と縁の深い亀山天皇御陵地内にあり、「小倉百人一首」には因む歌が遺る。

小倉山峰のもみぢ葉こころあらば
今ひとたびのみゆき待たなむ　貞信公（藤原忠平）

髪は神に通じるとして、「政之公のご神像」は参拝する多くの人々から崇敬されている。

ところで現在、全国の散髪屋、床屋の数を調べると、記録によれば約十三万余軒で、従事者は約二十三万人余のようだ。都道府県別では、東京都（八七六六）、大阪府（七一九七）、北海道（六九八八）、愛知県（六〇九九）、埼玉県（五七三四）と、やはり都市部が多く、山梨県（一〇八五）、島根県（一〇七一）、福井県（九八二）、佐賀県（九二二）、鳥取県（七九一）などの過疎は少ない。全国平均は二七七〇だそうだ。正岡子規が詠む床屋風景がある。

草花ノ鉢並ベタル床屋カナ　子規

（2018・11）

273――アロハシャツは日本人の技

ハワイと言えばアロハと答える、ほど浸透している「アロハシャツ」は、日本人の技が生んだハワイ土産の傑作と言えそうだ。Aloha（アロハ）はハワイ語で好意、愛情、慈悲などの意味を持つと言われる。アロハシャツはカラフルな色彩で染め上げた開襟シャツで、起源は諸説ある中、日本の和服から派生したとの説が有力。

　アロハシャツの誕生を追ってみることにする。

一八八五年（明治十八）、明治政府へのサトウキビ栽培の労働力要請に応じて、「官約移民」として多くの日本人が一獲千金の夢を抱いてハワイに渡った。農園で働くハワイ移民は、木綿絣に似た作業着のパカラ（ヨーロッパの船員らが着る開襟シャツ）を愛用した。

　一九〇四年、東京出身の宮本長太郎はハワイで反物を使ってシャツを作る会社「ムサシヤ」を創業し、シャツ作りを続けたが、一五年に他界した。その後、長男の孝一郎が後を継ぎ、店名を「ムサシヤ・ショーテン」とし、三五年に着物をパカラ風に仕立て直した和柄のシャツを「アロハシャツ」と銘打って売り出し、新聞に大広告をうった。アロハシャツの生地は当初、シルク、レーヨンが主流だったが、やがてポリエステルに代わった。ただボタンはヤシの木か実の製品を用いることに拘った。ただ生地を精緻に染める工場がまだハワイには無かったので、アメリカ本土や日本からの輸入に頼った。時が経ち、五〇年代になると、ハワイは砂糖、パイナップルに次いでシャツ生産のアパレル産業が盛んになり、アロハシャツの黄金時代を迎え、デザインも工夫が凝らされた。

　ハワイの伝統的なお祭りイベントでは、アロハウィークとしてアロハシャツを着て働くことが認められ、オフィスやレストラン、各種式典や冠婚葬祭でも着用が許されるなど、「ハワイでは男の正装」としてアロハが認知されるようになった。さらにリゾートウェアというより〝民族衣装〟として扱われた。そして日本でも「東洋のハワイ」を自称する地域で、自治体職員らがアロハを着て仕事をする。その姿が季節の風物詩ともなっていった。

　官約移民の人々は、移住ではなく契約出稼ぎだったようだが、ハワイの地に留まった人も多くいた。出身者は西日本を中心に約三万人。広島、福岡、熊本などで、特に山口からは一万人余り、そのうち約四千人が周防大島の住民だったそうだ。異国の地で成功、挫折を繰り返したであろう〝ハワイ移民〟の生活の中で生まれたアロハは誇りだと言っていい。

（2018・11）

NPOの仲間に「ハワイのアロハシャツは日本人の技」と伝えると、「ロシアのマトリョーシカも日本がルーツですよ」の返信。ロシア土産といえばマトリョーシカ。

この人形は胴体部分が上下に分割、中に小さな人形があり、その中にまた人形、そのまた中にと、だんだん小さな人形が出てくる「入れ子細工」の仕掛けになっている。独特で珍しく、親しく、愛くるしいもので、木製の人形でロシアの代表的な民芸品として知られる。頭にショールのプラトーク、身体は民族衣装のサラファンと前掛けを着け、手に穀物や鎌などを持つロシア庶民の一般的な娘の姿が描かれている。こけしに似ている。

江戸時代の箱根は湯治場として賑わい、各地から人々が集まった。信州からの流れ木地師・信濃亀吉が卵形の入れ子細工を考案すると、それに七福神や七福達磨を描く絵師などが加わって「箱根の入れ子細工」の人形ができた。旅人の土産として評判を呼んだ。

明治維新、多くの外国人が日本に来た。中でもロシア正教会は布教の聖堂を東京に建てるまでになり、箱根に関係者の休養と研修を兼ねた避暑館を設置した。そこに宿泊したロシアの人たちが、土産として「入れ子人形」を国に持ち帰った。その人形にロシアの鉄道王マモントフ夫人が興味を示し、児童教育のために自ら経営する玩具工房で人形を作らせた。人形は、ロシアの民族衣装をまとった村娘のマトリョーナがモデル。画家などの協力で、モデルの愛称である「マトリョーシカ」人形が出来上がったそうだ。その後、ロシア各地で地域特有の絵柄などが描かれ、マトリョーシカは郷土土産として定着していった。特に一九〇〇年のパリ万国博覧会での銅メダル受賞を機に、ロシアの民芸品として国内に広がった。

ロシアでのユニークなマトリョーシカには、ロシア歴代の政治指導者十人を描いたものがあるようだ。現在のプーチンが親になり、エリツィン、ゴルバチョフ、ブレジネフ、フルシチョフ、スターリン、レーニン、ニコライ二世、エカテリーナ女帝と続き、ピョートル大帝が最後に入っているという。そしてロシアのセルギエフ・ポサードにある博物館には、マトリョーシカの起源として「日本に教わった」との縁起が記され、モデルとなった箱根の「七福神入れ子人形」が展示されているそうだ。

原点の品が大事に保存されている。

郷土土産も、人のさりげない、「これはいい」の素直な気づきから生まれるようだ。

（2018・12）

275――「蛍の光」と「別れのワルツ」

別れといえば「蛍の光」のメロディーがよぎる。日本人が聴きなれたこの曲には三拍子と四拍子があるそうだ。四拍子の「蛍の光」を追ってみる。原曲はスコットランド民謡「オールド・ラング・サイン」で、ヨーロッパはもちろん海を越えてアメリカ大陸にも広がったと言われる名曲。日本には明治十四年（一八八一）、稲垣千穎（ちかい）による作詞で尋常小学校の唱歌に採用。文部省による改変もあったようだが、オリジナルの歌詞を見てみる。

蛍の光　窓の雪／書（ふみ）読む月日　重ねつゝ／何時しか年も　すぎの戸を／開けてぞ今朝は　別れ行く／／止まるも行くも　限りとて／互に思ふ　千万（ちよろず）の／心の端を一言に／幸くと許り　歌ふなり／／筑紫の極み　陸（みち）の奥／海山遠く　隔つとも／その真心は　隔て無く／一つに尽くせ　国の為／／千島の奥も　沖縄も／八洲（やしま）の内の　護りなり／至らん国に　勲（いさお）しく／努めよ我が兄（せ）恙無く

「蛍の光」は、卒業式の定番唱歌として使われるなど〝別れの曲〟として定着していった。そんな中、終戦後の昭和二十四年（一九四九）に、軍人と踊り子の悲恋を描いたアメリカ映画『哀愁』が公開された。テーマ曲の一つに「オールド・ラング・サイン」があり、まさに「哀愁を帯びた三拍子のワルツ」として流れ、多くの人を魅了した。日本コロムビアは、映画の一シーンだが強い印象を残す、このメロディーのレコード化に乗り出した。作曲家の古関裕而（こせきゆうじ）（一九〇九〜八九）に採譜と編曲を依頼。翌年ユージン・コスマン管弦楽団演奏の「別れのワルツ」のレコードが発売されて大ヒット。ユージン・コスマンは「古関裕而」をもじった名だそうだ。

ところで映画『哀愁』をベースにNHKラジオドラマ『君の名は』が昭和二十七年に放送開始。番組は古関のハモンドオルガンの音楽からスタートし、「忘却とは忘れ去ることなり。忘れえずして忘却を誓う心の悲しさよ」とナレーションが入る。このドラマは空前の大ブームを巻き起こし、映画にもなった。メロディーは同じだが、四拍子の「蛍の光」と三拍子の「別れのワルツ」は別の曲。それにしても心打つ名曲はドラマを生むものだ。

国内の公共・商業施設の閉館、閉店直前に流されるBGMは、三拍子の「別れのワルツ」が多いと言われる。ほとんどの人が違いに気づくことはないようだ。ただ毎年の「NHK紅白歌合戦」の最後は、全員で四拍子の「蛍の光」大合唱でフィナーレ。一年が締めくくられる。

（2018・12）

名月は「十五夜」と「十三夜」を見ないと「片見月（かたみづき）」、「片月見（かたつきみ）」と言って縁起が悪いらしい。九月、中秋の名月を見て一カ月後の満月を楽しめということだろう。月が多く詠まれている。

名月や池をめぐりて夜もすがら　松尾芭蕉
名月を取ってくれろと泣く子かな　小林一茶
菜の花や月は東に日は西に　与謝蕪村
名月や闇をはひ出る虫の声　正岡子規
月も水底に旅空がある　種田山頭火

天の原ふりさけ見れば春日なる
　三笠の山に出でし月かも　阿倍仲麻呂

月見れば千々にものこそ悲しけれ
　わが身一つの秋にはあらねど　大江千里

月月に月見る月は多けれど
　月見る月はこの月の月　詠み人知らず

この世をばわが世とぞ思ふ望月の
　欠けたることもなしと思えば　藤原道長

月やあらぬ春や昔の春ならぬ
　わが身ひとつはもとの身にして　在原業平

秋は月見の季節。旧暦八月十五日の「月見」は「十五夜」で「芋名月」と言い、後の「十三夜」は「栗名月」とも「豆名月」とも言うそうだ。

それぞれ詠まれた句と歌がある。

十五夜の舟にすっくと男立つ　西東三鬼

あかあかと十五夜の月街にあり
　わっしょわっしょといふ声もする　北原白秋

天と地に別れ別れに十三夜　阿部みどり女

十三夜の月の光はをとめづきて
　未だ童顔の吾子をてらせり　五島美代子

蔵王嶺の芋名月となりしかな　角川源義
壺愛でて栗名月も近きころ　藤田湘子
どこまでも豆名月ののぼるなり　大峯あきら

また、田の神が山に帰るとされる「十日夜（とおかんや）」もある。

十日夜星殖（ふ）え子らに藁鉄砲　大野林火

月に因んだ多くの言葉が生まれている。月光や月収、朧月夜や月と鼈（すっぽん）、それに花鳥風月もあれば鏡花水月も月下美人もある。日進月歩があり、「富士には月見草がよく似合う」（太宰治『富嶽百景』）などがある。

ところで人の知恵かどうかは判らないが、「八月十五日」と書いて「なかあき」と読むそうで、「中秋（なかあき）の名月」と呼んでいたそうだ。成程、そうだったのかである。

（2018・12）

277　一〇八煩悩について

年末年始の行事「除夜の鐘」は誰もが聴くだろう。深夜〇時を挟んで寺院の梵鐘が一〇八回撞かれる。鐘撞きは、旧年一〇七、新年一回と言われるが、最初から最後まで意識して聴いたことはない。

正岡子規の「柿くへば鐘が鳴るなり法隆寺」は奈良東大寺の初夜の鐘だそうだ。ところで、撞かれる鐘の「一〇八」の数の由来はいろいろな説があるようだ。

まず煩悩、心の迷いを数えるのは一様ではない。三界の見惑八十八使と三界の修惑十使に十纏を加えた一〇八。また、眼・耳・鼻・舌・身・意の六根が色・声・香・味・触・法の六境と関わる時、苦楽・不苦・不楽の三つがあり十八煩悩、この十八に浄・汚の二つがあり三十六、そして三十六が過去・現在・未来に三配分されて一〇八になる。さらに、一年間の十二月、二十四節気、七十二候の合計が一〇八となるなど、様々な説がある。

近年は、「四苦八苦」しながら生きてゆくことで、四苦（四×九）三十六と八苦（八×九）七十二が合わさって一〇八となる、との解釈も出てきた。

ここで文人らの「百八煩悩」の言葉を探してみる。

「げに人間の心こそ、無明の闇も異らね、ただ煩悩の火と燃えて、消ゆるばかりぞ命なる。」　芥川龍之介

煩悩は百八減って今朝の春　夏目漱石

百八の鐘鳴り止みぬそとは雪　三橋鷹女

百八はちと多すぎる除夜の鐘　暉峻康隆

年祝ぎのよそおひもなく島の院に
　百八つの鐘ただ静かなり　明石海人

百八まで卿らは生きよ吾は間なく
　終わらむといふ火酒また呷り　高橋睦郎

煩悩一〇八きっぷでゆこうよ春の海
　普通列車は今日も普通だ　石井僚一

二〇一八年末、世界的企業の会長だったカルロス・ゴーン（一九五四〜）は、煩悩に憑かれた人だったか、一一年以降の報酬約九十億円を少なく装い、私的損失約十八億円を会社負担で処理させたという。まさに〝迷金〟は一〇八億円を超える。外国要人だからと特別扱いはできないだろう。彼の逮捕は三度。クリスマスと年越しは拘置所の中で迎えた。

除夜の鐘は拘置所にも届いたであろう。ゴーン、ゴーンと鳴る鐘の音をどんな心境で聞いただろうか。

妙好人・浅原才市に「煩悩も具足お慈悲も具足具足づくめのなむあみだぶつ」の詞がある。

（2019・1）

278 エンゼルマークとグリコマーク

森永、グリコといえば、まずキャラメル。で、エンゼルマークとグリコマークが浮かぶ。

森永製菓は、佐賀県伊万里市出身の森永太一郎（一八六五〜一九三七）が創立。彼は伊万里で陶器問屋を営んでいて渡米。そこで日本では誰も手掛けてない西洋菓子に目を付けた。人種差別などの苦難を乗り越えて五年間、菓子製法の習得に励んだ。帰国後、東京で菓子製造所を開き、主にマシュマロを作ったが、後、キャラメルを主力製品とした。明治四十三年（一九一〇）創業。企業メッセージは「おいしく、たのしく、すこやかに」だ。

江崎グリコは、佐賀県佐賀市出身の江崎利一（りいち）（一八八二〜一九八〇）が創立。彼は父の始めた薬種業を継いだが、貧しかった。十九歳で父が死亡、六人家族の全責任を負い、塩売りなども行った。大正八年（一九一九）、牡蠣からグリコーゲンを採取、飴に入れて栄養菓子「グリコ」を製作。そして「子供は食べること遊ぶことが二大天職」として大正十年、大阪に店を開いた。昭和四年（一九二九）創業。企業メッセージは「おいしさと健康」だ。

エンゼルマークは、創業当時のマシュマロの別名「エンゼルフード」からのヒントで、子供たちに幸福と希望を叶えるエンゼルは、お菓子からでも楽しい夢が与えられるとして創業者の考案で明治三十八年に創られた。デザインの変遷を経て、昭和六十一年に国際性などを考慮して現在のマークになった。「伝統のエンゼル」、「羽ばたく翼」、「森永イニシャルM」を採って、業務領域を広げる企業姿勢を示しているという。

またグリコマークは、大正十一年に創業者案で「一粒三〇〇メートル」のキャッチコピーと「おまけ」をつけて、走者が両手を挙げてゴールするポーズを採用。後、フォルチュナト・カタロン（フィリピンの陸上選手）金栗四三（しそう）（熊本県和水町出身のマラソン選手）、谷三三五（ささご）（岡山県備前市出身の陸上選手）らの雄姿をモデルにし、怖い顔から優しくなり、引き締まって、平成四年（一九九二）には洗練されたデザインになったようだ。

二社のマークは、今、ともに七代目だそうだ。時の流れは早い。ところで両社は昭和五十九年から翌年にかけて、「かい人21面相」による「どくいり　きけん　たべたら　しぬで」の文句で青酸ソーダ入りの菓子がばら撒まかれた、「グリコ・森永事件」に遭遇した。

そして事件は「三億円事件」（昭和四十三年）とともに、謎のまま〝未解決〟で時効を迎えた。

（2019・1）

279　長あ〜ぃ階段あちこちに

最近、足腰が弱くなり、神社仏閣などの石段を上るのがやっと、で、吐く息も荒くなってきた。こんな調子だと、平成八年（一九九六）八月八日八時にテープカットされた日本一の八八八八段を上ることは、まずできないだろう。階段の上りは天に向かう心、下りは感謝の心で歩くそうだ。ところで参道の石段の歩みは、ともに左端の上り下りが正しいのだとか。真ん中は「正中」といって神様の通る道だそうだ。国内の長あ〜ぃ階段を追う。

舞岳ふれあいロードの階段（八八八八段／長崎県島原市）、釈迦院御坂遊歩道（三三三三段／熊本県美里町）、出羽三山神社（二四四六段／山形県鶴岡市）、金刀比羅宮（一三六八段／香川県琴平町）、江の島（一三二四段／神奈川県藤沢市）、伏見稲荷大社（一二七六段／京都府京都市）、羽黒山湯上神社（一二二五段／福島県会津若松市）、久能山東照宮（一一五九段／静岡県静岡市）、立石寺（一〇一五段／山形県山形市）、長命寺（八〇八段／滋賀県近江八幡市）、ズリ山階段（七七七段／北海道赤平市）、弥谷寺（いやだにじ）（五四〇段／香川県三豊市）、長谷寺（三九九段／奈良県桜井市）、伊香保（いかほ）神社（三六五段／群馬県渋川市）、大雄山最乗寺（三五一段／神奈川県南足柄市）、身延山久遠寺（二八七段／山梨県身延町）など様々、まだまだ各地にある。

外国に目を移してみると、世界一の階段はスイスのシユービーツ近郊のニーゼン鉄道に沿う一万一六七四段が最長だと言われる。ハワイの〝天国への階段〟（三九二二段）など凄くスケールの大きなものや芸術的なものなど、目を見張る階段があちこちに造られている。海の上の教会への階段（スペイン）、モーゼの橋の階段（オランダ）、アートな階段（ドイツ）、つり橋階段（スイス）、チャンドバオリ階段井戸（インド）、太行山脈らせん階段（中国）、キャニオンステップ（エクアドル）など、驚きの階段を上り下りする人々の姿がある。

また、国内タワーの階段を見てみると、東京スカイツリー（二五二三段）を筆頭に、東京タワー（六百段）、福岡タワー（五七七段）、さっぽろテレビ塔（四五三段）、名古屋スカイウォーク（四三五段）、横浜マリンタワー（三三五段）、京都タワー（二八五段）などがある。

さて驚きの発見は、青森県外ヶ浜町の「階段国道」である。国道三三九号の約四〇〇メートルに自転車も通れない三六二の急階段があり、民家の間の路地を通り抜けている。道路入口には石川さゆり「津軽海峡冬景色」の碑が建ち、メロディー奏でる「観光道路」となっている。

（２０１９・２）

280 鳥とも獣とも言われる蝙蝠

蝙蝠（こうもり）は「翼を持つネズミ」の鳥類とも、サルなどの主獣類とも分類されていたが、現在は哺乳類で別名天鼠（てんそ）とも飛鼠（ひそ）とも呼ぶ。まさに鳥か獣だ。生息は南極や一部の島々を除く全大陸に分布。目が小さく超音波を発して獲物を捕らえるココウモリと、目が発達して視覚でモノを捕獲するオオコウモリの二種で、約九八〇種類とされる。

ところで、自ら音を発して定位を確認するエコーロケーション（反響定位）のできるココウモリは飛行中に昆虫などを見つける食虫性であるが、オオコウモリはそれができずに果実などを好んで探すために害獣として扱われる。昼は後ろ足の鋭いかぎ状の爪で木や岩などにぶら下がっているが、夜行性で反響音を聴きながら飛び廻る。翼を持つ共通点はあるが小と大での違いは多い。

そして蝙蝠は感染症のキャリアで捕獲などは忌諱（きい）され、まだ調査、研究の進んでいない〝謎の鳥獣〟だと言える。しかし古人の蝙蝠への想いは残されている。

蝙蝠は、平安時代の『本草和名』に「加波保利」と記されており、この「かはほり」が転訛したものと言われる。また「革を張る（かははり）」、「蚊を屠る（かほふり）」、「川を守る（かわもり）」からの命名だともいうが、夜だけの活動や血を吸うなどの不気味さから、「コウモリ野郎」と「裏切り者」の代名詞。また中国では「蝙蝠」は「偏福」と発音が似ており、幸運の象徴とされ、逆さ蝙蝠は「倒福」で福が到るお守りに通じるとされる。

日本で詠まれた歌や句などを見る。

人もなく鳥もなからん鳥にては
　このかはほりも君に尋ねん　和泉式部

ひくるれば軒にとびかふかはほりの
　あふぎの風もすずしかりけり　藤原家良

かはほりの飛びかふ軒はくれそめて
　猶くれやらぬゆふがほのはな　加藤千蔭

夕風や煤のやうなる生きものの
　かはほり飛べる東大寺かな　与謝野晶子

かはほりのかくれ住みけり破れ傘　与謝蕪村

我宿に一夜たのむぞ蚊喰鳥　小林一茶

蝙蝠や賊の酒呑む古館　夏目漱石

蝙蝠に一つ火くらし羅生門　芥川龍之介

蝙蝠の多くは蚊食鳥と言われる翼手類。音もなく飛ぶが、正確には滑空だ。インドネシアのジャワ島には、広がる翼が三・六メートル余のアフールという巨大蝙蝠が生息しているというが、正式には確認されていない。

（２０１９・４）

281　雀をあまり見なくなった

最近、なんとなく雀を見かけなくなった。我が家の雑木の周りで飛び交い、庭で餌をついばんでいた雀たち。その姿を見かけるのが時折になって久しい。

何故なのか、各地というより世界規模で減少しているようだ。雀は、インドや寒冷地以外、ポルトガルからユーラシア大陸など全世界に生息している。その数が近年激減しているという。

日本での調査では、現在生息数は約一八〇〇万羽で、一九六〇年代の十分の一の数だという。

雀の子そこのけそこのけお馬が通る　小林一茶

元旦やはれて雀のものがたり　服部嵐雪

むれてくる田中の宿のいな雀
　我が引く引板（ひた）に立ち騒ぐなり　源　師時

あかつきの雪に寂しくきらめくは
　木木に囀（さえず）る雀があたま　北原白秋

句や歌に詠まれてきた身近な小動物の雀。チュンチュン鳴き、ちょんちょん飛ぶホッピングの可愛い仕草も昔のものになるのだろうか。

雀は、天敵のカラスやイタチやネコなどから身を守ってきた。そして稲などを食べる害鳥と言われ、一方では農作物の有害虫を食べて農家を助ける益鳥でもあるという。また格言の「雀の涙」は、小さくて取るに足らないネガティブな意味合いだが、茶色でふっくらした体形の雀は、日々の暮らしの中、意識しなくとも何故か親しく、ふっと愉しめる小鳥だと言っていい。口ずさむ唄も多い。たくさんの雀がいる様子の清水かつら作詞／弘田龍太郎作曲「雀の学校」を見る。

チイチイパッパ　チイパッパ／すずめの学校の先生は／むちをふりふり　チイパッパ／生徒のすずめはわになって／お口をそろえて　チイパッパ／まだまだいけない　チイパッパ／も一度いっしょに　チイパッパ／チイチイパッパ　チイパッパ

また「舌切雀」（北原白秋作詞／成田為三作曲）や「雀」（佐佐木信綱作詞／滝廉太郎作曲）、「すずめのお宿」（フランス民謡）など童謡、唱歌のメロディーもよみがえる。

時折、庭の土に見える小さな窪みの穴や、水瓶についた水の飛沫跡は、雀の砂遊び・水遊びのようで、まだいて飛び廻る雀に安心する。

しかし都市開発で林や森が消え、エサも減少。住宅の構造変化で瓦屋根の巣も無くなっている。雀の住処は何処ですか、では、むべなるかなだ。

（2019・4）

282　伝統の「節句」は奇数の日

日本の暦における「節句」は、中国の陰陽五行説に因り、季節の節目となる日に行事が行われる。
人日、上巳、端午、七夕、重陽の五節句の祭事は、"聖数"と言われ陽の縁起のいい奇数日に行われる。

一月七日、人日は「七草の節句」と言われ、七草（芹、薺、御形、繁縷、仏座、菘、清白）粥を食べる。

人日の日もて終りし昭和かな　稲畑汀子
人日や木堂いづる汗けぶり　小林一茶
人日の女ばかりの集りに　星野立子
七草のまことに淡き粥の味　角川春樹
七種やをみなに水と火の時間　加倉井秋を

三月三日、上巳は「桃の節句」と言われ、菱餅を食べ、白酒を飲む。

目覚めけり上巳の餅を搗く音に　相生垣瓜人
茶碗あり銘は上巳としるしたり　高浜虚子
立子の訃なりし上巳のつちぐもり　百合山羽公
ゆく先の水かげろふに桃の花　森　澄雄
桃の花母よと思えば父現われ　永田耕衣

五月五日、端午は「菖蒲の節句」と言われ、柏餅を食べ、菖蒲湯に浸かり、菖蒲酒を飲む。

浦の舟端午の菖蒲載せて漕ぐ　水原秋桜子
老いらくの端午の兜飾りけり　山口青邨
深草のゆかりの宿の端午かな　飯田蛇笏
偽りの菖蒲の葉立つ武者飾　山口誓子
星空に切先さだか軒菖蒲　鷹羽狩行

七月七日、七夕は「笹の節句」と言われ、裁縫上達などを願い素麺を食べる。

七夕にまことの情を尋ね見よ　正岡子規
らちもなき七夕笹の願ひごと　桂　信子
七夕の風吹く岸の深みどり　飯田龍太
年配の色に七夕笹の出来　後藤日奈夫
笹の子のうす紫や小筆ほど　野村泊月

九月九日、重陽は「菊の節句」と言われ、菊を浮かべた菊酒を飲む。

重陽の雨が叩けり真葛原　有働　亨
重陽の日は三輪山の上にあり　大峯あきら
重陽の夕焼けに逢ふ幾たりか　阿部みどり女
しら菊は白しむかしの物かたり　各務支考
ますらをの心しづかに黄菊かな　河野静雲

正月の「おせち」は、五節句の「節会」に出る祝儀料理だったが、何故か人日までに食べる正月料理になった。

（2019・4）

283　「読む詩」から「聴く詞」へ

「歌は世につれ世は歌につれ」と言うが、過去の想いを辿る時、作詞家の阿久悠（一九三七～二〇〇七）が遺した「時代を思い出す最初の扉が歌であればいいな」の言葉通り、歌が確かに甦る。それに「詩」は読むための言葉で、「詞」は歌うための言葉と言われ、作詞家は、少ない言葉でどれだけ多くの心を動かせるかに苦心する。

愛知県名古屋市出身の作曲家・髙田三郎（一九一三～二〇〇〇）と、新潟県佐渡市出身の作詞家・高野喜久雄（一九二七～二〇〇六）で、日本の代表的な合唱組曲の一つ「水のいのち」。その誕生には、曲と詞のドラマを持つ。高田の「読む詩から聴いてわかる詩にして欲しい」の構想に沿って、高野は長詩「水のいのち」（雨・水たまり・川・海・海よ）を「聴く詞」に変えた。「水たまり」を見る。

轍のくぼみ　小さな／どこにでもある　水たまり／ぼくらは　まさにそれに消ている／流れて行く　目あては無くて／埋めるものも　更に無い／どこにでもある　水たまり／／ぼくらの深さ　それらは泥の深さだ／ぼくらの言葉　それらは泥の言葉だ／泥の契り　泥の団欒　泥の頷き／泥のetc／／しかし／ぼくらにしても　いのちは無いか／空に向かう　いのちは無いか／あの　水たまりのにごった水が／空を写そうとする程の／ささやかな／しかし一途な　いのちは無いか／写した空の　青さのように／澄もうと苦しむ　小さなこころ／写した空の　高さのままに／在ろうと苦しむ　小さなこころ

（詩「水たまり」）

一篇の〈詩〉が新しい〈詞〉の一篇に生まれ変わってメロディーに包まれた。

わだちの　くぼみ／そこの　ここの／くぼみにたまる／水たまり／流れるすべも　めあてもなくて／ただ／だまって／たまるほかはない／どこにでもある　水たまり／やがて／消え失せてゆく／水たまり／わたしたちに消ている／水たまり／／わたしたちの深さ／それは泥の深さ／わたしたちの言葉／それは泥の言葉／泥のちぎり／泥のうなずき／泥のまどい／／だが／わたしたちにも／いのちはないか／空に向かう／いのちはないか／あの水たまりの　にごった水が／空を　うつそうとする／ささやかな／けれどもいちずな／いのちはないのか／／うつした空の／青さのように／澄もうと苦しむ／小さなこころ／／うつした空の／高さのままに／在ろう　と苦しむ／小さなこころ

（詞「水たまり」合唱曲より）

（2019・2）

284　日本三大暴れ川には名がつく

我が国の河川は、一級河川（国管理）一万三九五五、二級河川（都道府県管理）七〇五二、準用河川（市町村管理）一万四二五三で、合計三万五二六〇の川の流れがある。生活のそばに心潤す川がある。

狭い国土の中、山地から降り下る水の流れは速く、河川を溢れさせ洪水も多く、大災害をもたらす危険性大である。災害防止のため、川の流れを変えた河川もある。日本列島の中、本州、四国、九州で「日本三大暴れ川」として、独特な名前まで付けられた三河川の利根川、筑後川、吉野川の姿を追ってみる。命を守る川でありながら人命を脅かす川でもある。

俳人、歌人が詠み遺し、伝わる句と歌を探してみる。

本州にある利根川は、延長三二二キロで流域面積は一万六八四〇平方キロ。大水上山（群馬）を水源として一都六県（東京・埼玉・栃木・群馬・長野・茨城・千葉）を流れ、太平洋に注ぐ一級河川。「坂東太郎」と呼ばれる。河川の規模は日本最大級である。

利根川と荒川の間雷遊ぶ　　金子兜太

岩の群おごれど阻む力なし
　矢を射つつ行く若き利根川　　与謝野晶子

九州にある筑後川は、延長一四三キロで流域面積は二八六〇平方キロ。阿蘇の瀬の本高原（熊本）を水源として四県（熊本・大分・福岡・佐賀）を通過、有明海に注ぐ一級河川。「筑紫次郎」の別名を持ち、一夜にして流域を飲み込む「一夜川」とも呼ぶ九州の最大河川である。

菜の花の遥かに黄なり筑後川　　夏目漱石

筑後川川口ひろみ大汐の
　干潟はるけき春の夕ぐれ　　若山牧水

四国にある吉野川は、延長一九四キロで流域面積は三七五〇平方キロ。瓶ケ森（愛媛）を源として三県（愛媛・高知・徳島）を蛇行し、紀伊水道に流れ込む一級河川。「四国三郎」の異名を持っている。川幅は全国二番目（二三八〇メートル）の広さを持つ。

春めきて水嵩ましぬ吉野川　　小林一茶

吉野川たぎつ岩波せきもあへず
　はやく過ぎ行く花のころかな　　藤原定家

日本三大暴れ川は、愛称で呼ばれ、人の生活に近く、親しく、しかし今なお危険な川でもあるようだ。

ところで近年、古代中国や日本で治水の神と言われた謎の皇帝「禹王」（紀元前一九〇〇年頃）が見直されてきた。日本各地の暴れ川にその碑が建っているという。

（２０１９・４）

我が家は田んぼに囲まれて家が建つ。令和元年（二〇一九）六月末、いつもにぎやかな蛙の声が、今年はほとんど聞こえてこない。気候が変、自然が変。まだ梅雨入りしていないからだろうか。五月の中旬に沖縄は通常より早い梅雨入り、続く六月上旬には九州南部、東海、関東、北陸、東北が例年より少し早く梅雨に入った。ところが九州北部、四国、中国、近畿が一カ月遅い梅雨のようだ。
雨には蛙。歌や句、詩もいいが、蛙の声を聞きたい。

春ふかみ花ちりかかる山の井の
　ふるき清水にかはづなくなり　源実朝

みさびゐて月も宿らぬ濁江（にごりえ）に
　われすまむとて蛙鳴くなり　西行

河を見にひとり来て立つ木のかげに
　ほのかに昼を啼く蛙あり　若山牧水

ここに聴く遠き蛙の幼なごゑ
　ころころと聴けばころころころときこゆ　北原白秋

わが眠る枕にちかく夜もすがら
　蛙鳴くなり春ふけむとす　斎藤茂吉

こだまする蛙の中の坊泊り　阿部みどり女

明星のまたたき強し初蛙　三橋鷹女

春雨や蛙の腹はまだぬれず　与謝蕪村

285　蛙の鳴き声が聞こえない

枝蛙に小蛇いよ〱迫りしぞ　竹下しづの女

飛びこんで泥に隠れる蛙かな　正岡子規

迷恨と鳴く蛙ゐて夏枯草　長谷川かな女

みどり児と蛙鳴く田を夕眺め　中村汀女

蛙といえば、百篇以上もカエルを詠んだ「蛙の詩人」草野心平（一九〇三〜八八）は外せないだろう。また谷川俊太郎（一九三一〜）も愉しく詠んでいる。
かえるは冬のあいだは土の中にいて春になると地上に出てきます。そのはじめての日のうた。

ほっまぶしいな。／ほっうれしいな。／／みずは　つるつる。／かぜは　そよそよ。／ケルルン　クック。／ああいいにおいだ。ケルルン　クック。／／ほっいぬのふぐりがさいている。／ほっおおきなくもがうごいてくる。／／ケルルン　クック。／ケルルン　クック。
（草野心平「春のうた」）

かえるかえるはみちまちがえる／むかえるかえるはひっくりかえる／きのぼりがえるはきをとりかえる／とのさまがえるはかえるもかえる／かあさんがえるはこがえるかかえる／とうさんがえるいつかえる
（谷川俊太郎「かえる」）

（２０１９・６）

286　日本の眼鏡の軌跡を見る

古希を過ぎたが、新聞を読むのに老眼鏡をかけることはない。両親に感謝だ。ところで眼鏡に縁は薄いが、日本の眼鏡の歴史には興味がある。経緯を探ってみる。

眼鏡が日本に伝わったのは、キリスト教宣教師のフランシスコ・ザビエル（一五〇六〜五二）が、天文二十年（一五五一）に周防（現山口県）の国主・大内義隆（一五〇七〜五一）に献上したのが最初と言われる。

ただし、現存する最古の眼鏡として、室町幕府第十二代将軍・足利義晴（一五一一〜五〇）の所持したものが京都市の大徳寺に残っており、こちらが最初かもしれない。

もう一つは徳川家康（一五四二〜一六一六）の手持ち式“目器(めき)”が静岡市の久能山東照宮に残る。

眼鏡の軌跡を見ると、紀元前七世紀には既にレンズがあり、眼鏡は十三世紀のイタリアで発明された。ベネツィアの高度なガラス製造技術を背景にしたものである。

眼鏡は初め、老眼用の単眼凸レンズ、いわゆる虫眼鏡の原型だった。次に両眼用に二つのレンズを使用し、今の眼鏡の原型が誕生した。近眼用の凹レンズは十六世紀にでき、乱視用の誕生は十九世紀になった。

こうした眼鏡は、江戸初期にはポルトガルやオランダ、中国から大量輸入されていた。しかし長崎で朱印船の船長をしていた浜田弥兵衛(やひょうえ)（生没年未詳）が、海外貿易で眼鏡造りを会得して長崎で教えた。それが京、大坂、江戸へと伝わって国内生産が盛んになった。眼鏡フレームの素材は、べっ甲、水牛の角、馬の蹄、木など多様である。

そして、庶民に向けて「眼鏡とは」を伝える方策は、黄表紙『福徳寿五色目鏡』だったり、喜多川歌麿が浮世絵にひも付き眼鏡の老人顔を描いたり、葛飾北斎が「北斎漫画」に眼鏡男を登場させたりと工夫を凝らしたようだ。

時が下り明治に入ると、政府は朝倉松五郎（生没年未詳）にヨーロッパの眼鏡作りの技術を持ち帰らせて、国内生産を増強させた。

また福井県は世界三大眼鏡産地の一つになっているが、そこには地域の未来を見つめた麻生津村（現福井市）生まれの増永五左衛門（一八七一〜一九三八）がいた。彼は村会議員をしながら農業以外の安定収入源を探していたところ、「眼鏡枠」作りならば雪に閉ざされた冬場でも仕事ができると、地域の若者に技術を教え、商品開発に力を注ぎ、明治三十八年（一九〇五）、私財を投げうって「眼鏡枠製造工場」を創設した。今、百年を超える「世界の眼鏡産地」の顔は、夢見た先人の顔を偲ばせる。

（２０１９・８）

第6章 人間に学ぶ

287——私は戦場に行かない

平成二十七年（二〇一五）九月二十五日、初めて病院に入院した。これまで入院するほどの病気をしたことがなかった。今回、ペースメーカー装着のため北九州のK病院に入院。初日の夕方、病院食を食べたあと、TVを点けてベッドで時を過ごした。

TV画面に穏やかな表情をした老人の顔が映った。すると「私は戦場に行かない――命がけで〝非戦〟つらぬいた青年」（NHK特報フロンティア）のタイトルが映る。北御門（きたみかど）二郎（一九一三～二〇〇四）の兵役拒否を追ったドキュメントだった。

彼は熊本県湯前町で生まれた。旧制五高（現熊本大）時代にトルストイの『イワンの馬鹿』に心酔、絶対非暴力の思想に衝撃を受けた。昭和八年（一九三三）、東大文学部に入学するが、トルストイへの傾倒は止まらなかった。大学在籍のままロシア語を学ぶため満州のハルビンに渡った。が、体調を崩して帰国。昭和十三年、トルストイの真髄に触れていた彼は、「戦争はいかなる美名をもって粉飾しようとも罪悪。人を殺すくらいなら、殺される方を選ぼう」と絶対平和を希求し、兵役を拒否、遁走。家族の懇願で徴兵検査は受検するものの兵役免除になった。しかし、彼は徹底して戦争への協力を拒み、たった一人で「戦争反対」の声をあげ続けて〝公然反逆者〟との烙印を捺され、〝戦争傍観者〟となった。

世の中から外されてもなお、ただひたすらに殺し合いのない世界の実現に向かって歩み続けた。こうして時代に抗う北御門青年は、危険思想の持ち主として監視するために付いた特高刑事さえも魅了する人物だった。

彼は大学中退後、郷里の水上村で就農。晴耕雨読の中、トルストイ文学の翻訳を志した。「岩波文庫で米川正夫訳のトルストイの本を出しているが、一つや二つの誤訳には目をつぶるけれども全く酷い」と指摘し、自ら訳業の道に入った。そして『復活』や『アンナ・カレーニナ』、『戦争と平和』などで翻訳家としての地位を築いていった。昭和五十八年には『ある徴兵拒否者の歩み――トルストイに導かれて』（みすず書房）を著し、翻訳なども多数ある。平成十六年、九十一歳で歿。

TV特番は、国民が戦争協力を強いられた時代に「徴兵拒否」の姿勢を貫いた人生を追うのと、陰ながら見守る人の視点にも光を当てていた。

人間、ひとり生きていく中で、必ずどこかで見守る人がいることを忘れてはならない、と思わせる映像だった。

（2015・10）

TV番組「中居正広のキンスマ」に、岡山のノートルダム清心学園理事長の渡辺和子さん(八八)が出演していた。大ベストセラー『置かれた場所で咲きなさい』(幻冬舎、二〇一二年)に救われた人々の事例などに併せて、彼女の歩んだ道がドラマ仕立てで紹介されていた。

彼女は昭和二年(一九二七)、北海道旭川で生まれた。父の陸軍中将・渡辺錠太郎が五十三歳の時で、四人兄妹の末っ子だった。父には「とても可愛がられた」彼女が九歳の時、昭和十一年の「二・二六事件」に遭遇。

父の居間に隠れていて、青年将校らの襲撃で警視総監だった父が銃殺される姿を目の前で見た。

この世に生まれてきたのは「父が最後の姿を見なさい、ということだったのでしょうね」と渡辺さん。

彼女は十八歳で洗礼を受け、二十九歳で修道女会に入会。ボストンカレッジ大学院で博士号を取得。三十六歳でノートルダム清心女子大学学長に就任。その後、うつ病に罹り克服。五十七歳の時、ノーベル平和賞を受けたマザー・テレサの来日では通訳を務めた。

ノートルダム「清心」と「聖心」の違いを、聖心はイエスキリスト、清心はマリアさまを崇拝すること、と生徒らに伝えていた。

288――笑顔を忘れず one to One

彼女の文で「……一つの呪文 one to One を唱えることがあります。最初の one は小文字で『私』、次の One は大文字で『神』を表すのです。私の相手は神さま。悔しいことを言われたり、されたりしても『神と私』の関係を忘れずにいれば、ほかの小さなことは、自ずから片付いてゆく……『許し』にもつながります……笑顔を忘れず、すべてをご存知の One を信頼し、小さな one としての自分と仲良く暮して……」が目に留まった。

彼女は、いろんな言葉を紡ぎだせる方だ。

「この世に『雑用』という用はありません。私たちが用を雑にした時に、雑用が生まれます」

「『ていねいに生きる』とは、自分に与えられた試練さえも両手でいただくこと」

「苦しい峠でも必ず、下り坂になる」

「相手を自由にするのが本当の愛」

渡辺さんの穏やかな表情は心を和ませる。

中居さんらの質問の中で「お世話をする看護の看という字は手と目と書くでしょう」と、笑顔で、さりげなく答えて「看護」の本質をピタリと指摘する。彼女の、年輪というよりも健康な心の若さを思った。

(2015・11)

289　ウルグアイのホセ・ムヒカ

北海道富良野に住む脚本家・倉本聰のエッセイを読んだ。「……今僕の最も尊敬する人物である……身なりに全くかまわない彼をウルグアイの人は親しみを込めてペペと呼んでいる……言葉の重みがびんびん心に……」と、世界で一番貧しい大統領と言われたウルグアイの前大統領ホセ・ムヒカ（八〇）のことを綴った文だ。

　君が何かを買う時、お金で買っているんじゃなくて、そのお金を得るために費やした時間で買っているんだよ。　エル・ペペ

ウルグアイは南アメリカ南東部に位置し、ブラジル、アルゼンチンに接する。東西、南北四〇〇キロの丸い形で、日本の半分程の面積。「南米のスイス」とも呼ばれ、約三四〇万人の人口を持つ国。そこでホセ・ムヒカ（一九三五〜）は貧困家庭に生まれ、家畜の世話や花売りなどをしていたが、六〇年代、ゲリラ組織に加入。逮捕、脱獄を繰り返し、軍事政権下では十三年近く収監された、が、大統領選で当選。二〇一〇年から五年間、第四十代大統領を務め、中道左派路線の道を歩いた。

　彼は大統領の月給（一九万ウイグルペソ＝約一三〇万円）の九割を社会福祉事業などに寄付。妻と首都郊外の小さな農場で質素に暮らし、資産といえば古いフォルクスワーゲン・ビートルだが、この愛車を一〇〇万ドル（約一億一六〇〇万円）で買いたいとのアラブ富豪の要請を、「友達にもらったものだから、売れば友達を傷つける」からと断わった。

　二〇一三年、彼の提案で、大麻（マリファナ）の所持・使用・栽培を合法化する法案が可決された。これは世界初で、政府が市場をコントロールすることで麻薬組織の資金源を断ち、犯罪抑止や乱用防止ができると考えた。賛否両論の中、「この試みは『実験』で、進歩の道は実験、失敗、実験で学んでいくものだ」とムヒカ大統領。穏やかな表情だが、ゲリラ時代、ベッドの下に機関銃を置いて寝ていたという厳しい状況下を生き抜いた智慧なのだろうか。逆もまた真なり、を願う。

　物であふれることが自由なのではなく、時間であふれることこそ自由なのです。　エル・ペペ

　貧しい人は、贅沢な暮らしを保つためだけに、働く人だ。　エル・ペペ

　当初小さな国の代表スピーチに注目する人はいなかったが、愛称エル・ペペの言葉は「経済」の拡大を目指す現代社会に明確な警鐘を鳴らす演説として広がり始めた。

（2015・11）

290――へいわってすてきだね

日本の最西端にある沖縄県与那国町立久部良小学校の一年生、安里有生くん（六歳）の詩が、二〇一三年、沖縄「慰霊の日」の全戦没者追悼式で「平和へのメッセージ」として本人による朗読が行われた。

　へいわってすてきだね

へいわってなにかな　ぼくは、かんがえたよ　おともだちとなかよし　かぞくが、げんき　えがおであそぶ　ねこがわらう　おなかがいっぱい　やぎがのんびりあるいてる　けんかしてもすぐなかなおり　ちょうめいそうがたくさんはえ、よなぐにうまが、ヒヒーンとなく　みなとには、フェリーがとまっていて、うみには、かめやかじきがおよいでる　やさしいこころがにじになる　へいわっていいね　へいわってうれしいね　みんなのこころから、へいわがうまれるんだね　せんそうは、おそろしい　「ドドーン、ドカーン」　ばくだんがおちてくるこわいおと　おなかがすいて、くるしむこども　かぞくがしんでしまってなくひとたち　ああ、ぼくは、へいわなときにうまれてよかったよ　このへいわが、ずっとつづいてほしい　みんなのえがおが、ずっとつづいてほしい　へいわなかぞく、へいわながっこう、へいわなよなぐにじま、へいわなおきなわ、へいわなせかい、へいわってすてきだね　これからも、ずっとへいわがつづくように　ぼくも、ぼくのできることからがんばるよ

一九四五年三月、米軍が沖縄に上陸し、地上戦が行われた。当時の県民四十五万人のうち犠牲者は約十二万人に及び、日米両国の戦死者は二十万人を超えた。

その歴史を踏まえて六歳の児童が「へいわ」を詠んだ。この詩を絵本作家の長谷川義史（五四）さんは「今、描かねば、大人として、絵描きとして、逃げることは出来ない」と、絵本『へいわってすてきだね』に仕上げた。この作品は、二〇一四年「ＭＯＥ絵本屋さん大賞」のグランプリに輝いた。

いくら幼い子であっても、「へいわ」が何か、伝えてゆく「こころ」が何か、が解っているのだろう。生きてゆくことの大切さは、すでに六歳の子に宿っている。

（２０１５・11）

長崎の被爆の惨状をつづった『長崎の鐘』は、戦後大ベストセラーになった。作者の永井隆（一九〇八〜五一）は「原子野の聖者」として崇められていく。昭和天皇も全国巡幸の折、彼の病床を見舞って「どうか早く回復することを祈っています」とねぎらったと言われる。

しかし、彼への礼讃の中、〝原爆は神の摂理〟なる永井説に疑義をもつ人も多かった。自身も被爆者であった詩人の山田かん（一九三〇〜二〇〇三）は「長崎原爆に神や祈りのイメージを付加し被爆者を沈黙させ、（略）アメリカの罪悪を覆い隠す役割を果たした」と批判。冒頭の『長崎の鐘』のタイトルは、永井の「新しく朝の光のさしそむる荒野に響け長崎の鐘」の歌から採ったと言われるが、出版は、ＧＨＱも絡む、仕組まれたものだったようだ。

山田かん、本名は山田寛（ひろし）。父はキリスト教信者。八人兄妹の長男として長崎市で生まれ、旧制中学三年の時に被爆。県立長崎図書館に勤務。昭和二十七年（一九五二）から詩人として活動を開始。翌年、被爆した妹が自ら命を断った。同二十九年、第一詩集『いのちの火』を刊行し、以後の作品で現代詩新人賞や長崎県文芸賞などを受賞。原爆ナガサキを詠い続けた。

山田に「ロスアラモス」という町名の詩がある。

291 アメリカのロスアラモス

知らなかった　ロスアラモスを／一九四五年八月九日午前十一時二分／そのとき知る必要もなかった／知っていたのは　脳天も突きあがるほど知っていたのは／擦りあった馬鈴薯のように　皮膚は垂れさがり／肉は熔け　泣き　叫び　血はあふれ／（略）地名事典によるとロスアラモスは／米国ニューメキシコ州の小都市へメス山脈の中の一つのメサの上にあり／海抜約二四〇〇米　サンタフェの西北　六四キロの所　人口約七千　一九四二年原爆研究所の敷地にえらばれ／ウラニウム二三五とプルトニウムの組合せになる原爆はここで完成した／空中写真にそれは　毒蜘蛛のよう（略）

ロスアラモスは、高山植物が美しく、コヨーテなどの野生動物も生息する自然豊かな町のようだ。

そこにノーベル賞受賞者二十一名を擁するマンハッタン計画により、原子爆弾開発を目的とする国立研究所が創設され、そこで開発・製造された原爆「リトルボーイ」が広島に「ファットマン」が長崎に投下された。

永井の〝神の摂理〟に首肯できない山田は、〝ナガサキ原爆〟の原点を見つめつづけて、生きて、詩を詠んだ。ここにも原爆詩人の一つの姿がある。

（２０１５・11）

292　一万人と一千人、感心だ

ネットの海で泳ぐそれぞれのブログ。十人十色、百人百様、色々様々だ。閑人のブログ探索遊びは時間を忘れ、楽しめる。なるほど、そうか、やってますねぇ、になる。

二〇一五年十一月初旬、福岡・花乱社の「編集長日記」に、画家・植木好正さん（六四、福岡県田川市在住）の近況が綴られていた。植木さんは画集『人間が好き』（花乱社刊）を出しているだけあって、「一万人の笑顔を求めて世界を歩く」人好きの絵描きさんのようだ。

彼は「一九九八年、フランス旅行中から似顔絵描きを始めた」そうで、描いた人数は現在、九八三五人。何故、似顔絵か、というと、江戸時代の死因は、①戦、②病、③餓えで、次は何かというと退屈。退屈だから悩みが生まれ、からだを壊して死へ向かう。ならば、そうではなく、退屈だから似顔絵を、と語る。真意はともかく地球を歩いて人の顔を描く。ドイツ旅行後に九千人を越えて新聞等に紹介された。一万人まで、あと僅かだ。

似顔絵目標一万人の人がいれば、「旅人美容師の一千人ヘアカット世界一周の旅」をする若い美容師もいる。

山梨県富士吉田市生まれの桑原淳さん（二七）だ。彼は幼い頃から、東京の中心で美容師を、との夢を抱いて十八歳で上京。日本美容専門学校を卒業後、都内で美容師を経験した。だが、二〇一四年三月、「たった一度の人生だから」とサロンを退社、世界を廻って「一千人ヘアカットの旅」をすることにした。ブログも発信を続けている。

旅の一コマだが、「カリブの真珠キューバで出会った不思議で暖かい人々」のブログがいい。彼は「めちゃくちゃ暑い」キューバで、旅行者は通貨にCUC（一クック＝一二五円）を使い、国民はCUP（一ペソ＝五円）を使うよう、政府が「お金」を二種類に分けているのを知る。美容室を探すと、「Barber」は家の玄関に椅子とバリカン、ハサミ、クシだけ。散髪代は五ペソ。人々はフレンドリーで楽しい、街を歩いていると気さくに声をかけてくる陽気すぎる国民だ。世界遺産の街トリニーダでカットしていると、人々がざわざわと集まり、皆がすぐに友達のような雰囲気になる、そんなキューバの明るく暖かい人々の髪カットを続けた。世界の各地、ブエノスアイレスの街なかやマチュピチュ前の丘、ウユニ塩湖、エッフェル塔前広場などでもカット。二〇一五年六月、ペルーのクスコで「一千人」を達成した。

若者のカット人生は続くだろう、似顔絵描きも一万人を越えて続くだろう。感心だ。

（2015・11）

293——昨日はどこにもありません

昭和の抒情詩人と言われた三好達治の生き方は意外。

彼は東大生の頃、尊敬する詩人・萩原朔太郎の家に出入りし、朔太郎の末妹アイが二十三歳でバツ2にもかかわらず一目惚れし、結婚を申し込んだが叶わなかった。

彼女は、作曲家・古賀政男と組んで多くの楽曲を世に出した作詞家・佐藤惣之助と再婚。そして三好は作家・佐藤春夫の姪と結ばれ一男一女をもうけた。

昭和十七年（一九四二）、朔太郎が亡くなった四日後、義弟の惣之助も脳溢血で急逝。その後、三好の心に、美貌だが「性格の悪い」アイへの恋心が再燃、妻と離婚。

昭和十九年、ついに四十一歳で三十七歳のアイを娶って福井県三国町で新生活を送る。ところが、アイは田舎の港町での生活に馴染めず、九カ月あまりで離婚。「昨日はどこにもありません」は、三好の失意の詩だろうか。

昨日はどこにもありません／あちらの箪笥（たんす）の抽出しにも／こちらの机の抽出しにも／昨日はどこにもありません／／それは昨日の写真でしょうか／そこにあなたの立っている／そこにあなたの笑っている／それは昨日の写真でしょうか／／いいえ／昨日はありません／／今日を打つのは今日の時計／昨日の時計はありません／今日を打つのは今日の時計／／昨日はどこにもありません／昨日の部屋はありません／それは今日の窓掛けです／それは今日のスリッパです／／今日恋しいのは今日のこと／昨日のことではありません／昨日はどこにもありません／今日悲しいのは今日のこと／／いいえ悲しくはありません／何で悲しいものでしょう／昨日はどこにもありません／何が悲しいものですか／／昨日はどこにもありません／そこにあなたの立っていた／そこにあなたの笑っていた／／昨日はどこにもありません

三好達治（一九〇〇～一九六四）は、大阪出身の詩人。幼いころは病弱で、中学では俳句に没頭。大正九年（一九二〇）、陸軍士官学校に入学するも脱走して退校処分。後、三高で丸山薫の影響を受けて詩作を始め東大仏文科に入学。中国文学者・吉川幸次郎との共著もある。

三好に「雪」の二行詩あり。言葉は簡単だが、深く、広く、想像を超える解釈が展開する。

太郎を眠らせ、太郎の屋根に雪ふりつむ。
次郎を眠らせ、次郎の屋根に雪ふりつむ。

雪は、泡雪なのか綿雪、細雪、牡丹雪か、想い拡散、照射される人生の姿はさまざま。

（2016・1）

294　無名の書聖・三輪田米山

福岡県みやこ町に住む畏友、書家の棚田看山が三十年余、魅かれ続ける書家がいる。四国の松山近郊に作品を残す三輪田米山（一八二二〜一九〇八）だ。

彼は江戸から明治にかけて旧伊予国（愛媛県松山市）の日尾八幡神社の神官を務め、明治十三年（一八八〇）に隠居後、地域に約三万の揮毫を遺した。書風は雄渾にして豪放磊落、気宇壮大、天衣無縫の書体で、何物にも捉われない、近代書の先駆として独自の輝きを放つ。

弟の高房（漢学者）・元綱（国学者）と「三輪田三兄弟」と呼ばれ、また、僧明月、僧懶翁と共に「伊予三筆」の一人と言われた。

米山は「酒が入らぬと良い書は描けぬ」と酒を浴びるように呑み、倒れる寸前、おもむろに筆を執っての揮毫だったそうだ。その米山に魅入られた畏友は『三輪田米山游遊――いしぶみガイド』（横田無縫・入山忍・棚田看山共著、木耳社、一九九四年）を刊行する一方、松山への「米山詣で」も二十回は超えるという。その彼が「米山讃歌」八節を詠んだ。そのうち三節を採ってみた。

一、燦々と輝く太陽　瀬戸の海／ひねもす浪のたゆとうと　はるかに霞む島影は／天まで続くみかん山／その原風景のなかに立つ　鳥居の銘の鮮やかさ／百年の長きにわたり輝きを／保ちて今も生き生きと

一、朽ちかけし石に息づく米山書／時をかさねて幾星霜　線としわとが渾然と／石の精霊呼びさます／不思議な力充ち満ちて　孤高の姿ゆるぎなく　四国連山一望に／永久の流れをいつくしむ

一、にぎりこぶしが入るほど／深く彫られた点と線／血肉躍らせ米山の　命をかけた筆の跡／万巻の書を読み歩む人生は／自由無碍の独壇場／何度も筆を折りながら／今日もまた行く直会へ

松山に行くと「伊予路りんりん」という案内書まで作られ、神名石、注連石、鳥居などに揮毫された「米山書」を見歩く企画まであるようだ。

一般には、米山は「無名の書聖」と言われるようだが、画家・佐伯祐三の発掘で著名な大阪の実業家・山本發次郎が「あの明月、良寛、寂厳、慈雲らに劣らない、不世出の大書家」と米山を絶賛、惚れ込んで蒐集を始め、積極的に世に出していたと言われる。

近年、米山没後百年を境に顕彰会が発足、〝米山ブーム〟も生まれてきた。米山、八十八歳で没するまで、浴びる酒には呑まれず、書を極め続けた人だった。

（2016・2）

十年前『ふるさと私記』（海鳥社）を出版。その中に、水の事故で、一歳半で亡くなった弟への想いを「れんげ草」のタイトルで文を収めていた。最近、その文をもとに作られた歌で「ライブ活動を続けています」と、女性に挨拶をされた。知らなかった。とにかく驚いた。

歌が作られた経緯はこうだった。当時、本の出版祝賀会が計画され、その関係者がプログラムに「本」を題材にした「歌」プランを進めており、祝賀会で若い女性二人が作詞（AMANE）・作曲（新森真理子）した「ふるさとへ辿る道」をサプライズ発表。二人は福岡県行橋市を拠点に活動する劇団「風雷望」の関係者だった。

AMANEさんこと権藤智子さん（三五）は、生まれ育った郷土の「朝倉」に似た「京築」の風土を親しく思い、そこへ「歌の話」が舞い込んでの作詞になった。

新森さん（四九）は劇団の音楽を担当、新しい芝居の曲を作るなどスタッフの一員だった。

幼い頃の郷愁誘うメロディーが流れた。

一、夜が明けて朝が来る／いつもと同じ朝／山々をわたる風／今年もまた新緑の／季節を連れてくる／やわらかな陽だまりの／その中で／よみがえるのは君の面影／一面に揺れる／野の花のように／はかなく咲いた／思い出の岸で／つないだぬくもり／いまだ伝える／ふるさとの記憶

一、どんなに遠く離れても／心に眠る懐かしい場所／瞳とじれば／そういつもすぐそばにある／追い風を待つツバメの子のように／羽ばたく大空／一心に見つめて／飛び立つときが来ても忘れ得ぬ／ふるさとの日々よ／長い旅の果てには／いつか帰りたい／わたしのふるさとよ

音楽ライブは、仲間の甲斐えりこ（三六）さんの「れんげ草」朗読後、新森さんのピアノ演奏でYAKOさん（井上弥子、三二）が唄う、そんな活動を続けてきた。ただただ感謝だ。さらに演奏、歌唱の様子はユーチューブにもアップ。知らなかった。

れんげ田の弟の最期の姿が、言葉で伝わり、風にのるメロディーになっていることなど想像だにしなかった。人はめぐりくる季節に育まれ、自然に触れて優しくなり、時を経て穏やかになってくるともいう。

人は人によって伝わり、人によって昇華する。「れんげ草」が歌になっていた。今回ほど、人知れず伝わることの尊さを感じさせられたことはなかった。感謝である。

（2016・3）

296　「長崎の鐘」と「白い血」

昭和二十年八月九日の太陽が、いつものとおり平凡に金毘羅山から顔を出し、美しい浦上は、その最後の朝を迎えたのであった。——これは永井隆『長崎の鐘』の書き出しである。この随筆は長崎医大助教授だった永井隆（一九〇八～五一）が、爆心地から七〇〇メートルの長崎医大診療室で被爆後、自身の被爆状況と救援活動の様子を記録したものである。タイトルの「鐘」は、廃墟となった浦上天主堂の煉瓦の中から掘り出された。

永井は島根県松江市に生まれ松江高校から長崎医大に進み、卒業後も大学に勤務して放射線物理療法の研究に取り組んだ。パスカルの『パンセ』を愛読、カトリックに惹かれ、昭和九年（一九三四）に洗礼を受けた。

昭和二十一年、『長崎の鐘』は書き終えていたが、GHQの検閲で出版が許されず、後GHQによる記録集『マニラの悲劇』との合本を条件に昭和二十四年一月に発刊。本は空前のベストセラーになった。

その年、同書をモチーフにサトウハチロー作詞、古関裕而作曲「長崎の鐘」ができた。

こよなく晴れた　青空を／悲しと思う　せつなさよ／
うねりの波の　人の世に／はかなく生きる　野の花よ／
なぐさめ　はげまし　長崎の／ああ　長崎の鐘が鳴る

ハチローの歌詞は、長崎だけでなく戦災受難者に対する鎮魂歌でもあった。多くの人々の再起を願う希望の歌として藤山一郎が唄って大ヒットした。

翌年には映画化もされた。

また原爆の歌は、市井にあって人知れず唄われる歌もある。昭和四十五年、佐世保生まれのシャンソン歌手・松山昌弘さんは、ペンネーム（辻端力作詞、増永二郎作曲）で「白い血」を作詞作曲し唄った。

母は嘆きながら　その子を生んだ／母は恨みながら
その子を育てた／来る日も来る日も　涙を浮かべて／
喜びながらも　明日を恐れた／母はいつも叫ぶ　赤い
血を返してと／母はいつも叫ぶ　白い血は誰のせい／
今日も長崎に　平和の鐘が鳴る／／
母は嘆きながら　その子を生んだ／母は恨みながら
その子を育てた／その子が恋して　子供を生んだら／
その母のように　明日を恐れる／母はいつも叫ぶ　赤
い血を返してと／母はいつも叫ぶ　白い血は誰のせい
／今日も広島に　平和の鳩が飛ぶ

原爆を歌う、それを聴く。人の心にメロディーと言葉が沁む、一歩前に進む。

（２０１６・４）

297　原爆の図・丸木美術館

昭和四十二年（一九六七）、埼玉県東松山市に画家の丸木位里・俊夫妻の〝館〟が完成した。『原爆の図』をはじめ戦争や公害など、多くの作品を展示する「原爆の図丸木美術館」である。

連作『原爆の図』は、広島、長崎の原爆をテーマに昭和二十五年から三十二年間、熱い思いで描き続けた絵で、「幽霊」、「火」、「水」、「虹」、「少年少女」、「原子野」、「竹やぶ」、「救出」、「焼津」、「署名」、「母子像」、「とうろう流し」、「米兵捕虜の死」、「からす」、「長崎」の十五部から成る。これらの作品は観る者に迫る。俊さんの解説もまた、心打つ。二つの詩を引く。

食べ物はなく／薬はなく　家は焼け／雨にたたかれ電灯はなく／新聞はなく　ラジオはなく　医者もなく／屍や、傷ついた人にウジがわき／ハエが群生してむらがり　音を立てて飛び交っておりました／／屍のにおいが風に乗ってながれました／人々のからだが傷つくだけでなく／心も深く傷つきました／／破れた皮膚をおおうことも忘れた人が／わが子を捜して歩いていました／来る日も来る日もさまよっておりました／／広島は／今でも人の骨が地の中から出ることがあるのです

（「原子野」）

丸木位里（一九〇一～九五）は、明治三十四年、広島市の太田川のほとりで生まれ、長じて上京し、川端龍子から日本画を学び、水墨画に抽象表現を加えて独自の画風を打ち立てた。

俊（本名は赤松俊子。一九一二～二〇〇〇）は、北海道秩父別町で生まれ、洋画を学び小学校教員を務め、昭和十六年に位里と結婚。原爆投下後の広島では位里と共に救援活動に従事。後にいわさきちひろに絵を指導し、強い影響を与えた。

家の下敷きとなり　燃えさかる中を／親は子を捨て子は親を捨て／夫は妻を　妻は夫を捨てて／逃げまどわねばなりませんでした／／それがほんとうの原爆の時の姿なのです／だが、そうした中で不思議な事に／母親が子供をしっかりと抱いて／母は死んでいるのに子供が生きているという／そんな姿をたくさん見ました

（「母子像」）

日本画の位里、洋画の俊、夫婦二人の共作もあり、絵本など人間の原罪を問う多くの作品を残す。

平成七年（一九九五）、夫婦そろってノーベル平和賞にノミネートされた。

（２０１６・５）

298 韓国孤児のオモニ

書店で『世界が称賛！「すごい日本人」』（黄文雄著、三笠書房）が目に留まった。世界を、救った、変えた、驚かせた、導いた、魅了した、の五章に分かれて野口英世、本田宗一郎、小野田寛郎、上杉鷹山、葛飾北斎など五十名の「日本人」が紹介されている。その中に一九六五年（昭和四十）に韓国文化勲章国民賞を受け、「韓国孤児の母」と呼ばれた田内千鶴子（一九一二～六八）さんが「世界を救った」一人としてあった。

田内さんは大正元年十月三十一日、高知県高知市生まれ、父の仕事で七歳の時、韓国に渡った。裕福な家庭で厳格に育てられ、女学校を卒業後、恩師から全羅南道木浦市の孤児院「共生園」の手伝いを頼まれた。共生園は、一九二八年（昭和三）にキリスト教伝道者の尹致浩が、〝乞食の大将〟と蔑まれながらも七人の孤児らと暮らし始めたのが最初。そこへプロテスタントの信者・千鶴子さんが加わり、尹さんの献身的な姿勢に共感、園創立十年を迎えた年に結婚、尹鶴子となった。

日本の敗戦、朝鮮戦争の勃発。日本人に対する非難、襲撃など苦難の日々が続き、仕方なく一時、高知に帰郷するが、残した孤児を想って再び韓国へ戻った。悲惨な日々がさらに続き、今度は夫の尹さんが食料を求めて出かけたまま行方不明になった。千鶴子さんは女手一つで、木浦の孤児たちを守り続ける決意をした。戦後の疲弊経済の中、孤児たちは五百人に膨れあがっていた。彼女はリヤカーを引き、ひたすら孤児らの食料を集めて回った。こうして孤児院を維持する苦労は並大抵ではなかったようだが、彼女は三十年間に三千人もの孤児を育て上げた。

一九九五年（平成七）、千鶴子さんの半生を描いた映画『愛の黙示録』（石田えり主演）が日本で公開された。原作は息子の基さん、中島丈博脚本、金洙容監督による日韓合作映画である。

九九年、韓国はこの映画を、日本大衆文化解禁認可第一号として国内上演を許した。当時の小渕恵三首相は「これからの日韓文化交流の出発点」と語り、映画は日韓両国民に感動を与えた。その後、韓流ブームが到来。韓国が近くなった。

千鶴子さんは五十六歳の誕生日に木浦市で逝去。市民葬には「木浦のオモニ」と慕う三万人余の人々が参列したという。孤児施設は息子・基さんに受け継がれ、孫の緑さんが引き継いでいる。千鶴子さん生誕百周年の式典で、国連「世界孤児の日」制定への動きが始まった。

（２０１６・５）

299――韓国の土になった浅川巧

韓国ソウル郊外の忘憂里(マンウリ)共同墓地に、「韓国の山と民芸を愛し、韓国人の心の中に生きた日本人、ここに韓国の土となる」とハングル語で刻まれた、山梨県北杜(ほくと)市生まれの浅川巧(たくみ)（一八九一〜一九三一）の墓碑があるそうだ。彼は急性肺炎で四十の若さで亡くなった。

植物好きの巧は明治四十年（一九〇七）、山梨県立農林学校に入学。後、秋田県大館営林署に就職したが、大正三年（一九一四）、朝鮮陶磁器の研究をする兄・伯教(のりたか)のいる朝鮮半島に渡った。巧はそこで朝鮮総督府の林業試験場に入り、養苗や造林研究に従事して植林に取り組んだ。朝鮮各地で剥き出しになった赤土の山に緑を取り戻すためだった。当時、朝鮮は日本の植民地統治下で、厳しい朝鮮支配の現実があり、日本人は朝鮮の人々の憎悪の対象だった。しかし、巧は心底から朝鮮を愛し、人々を愛し、朝鮮文化や芸術に心酔。チョゴリを着て歩き、「あの朝鮮人は日本語がうまいね」と言われるほど朝鮮語も上達。衣食住に朝鮮式を徹底、実践した。

そして朝鮮に緑を復活させた。

民芸運動の父と言われた柳宗悦(むねよし)（一八八九〜一九六一）は、大正五年以降、たびたび朝鮮半島を訪ね、朝鮮の仏像や陶磁器の造形に魅了された。柳は巧を知り、二人三脚の朝鮮での芸術の旅が始まった。柳は朝鮮美の奥にある民衆の心を巧で知り、巧は芸術の審美眼を柳で培った。日本人の多くが、朝鮮の日本への同化を考えていた時、巧は朝鮮の人々への同化を理想とする生活を送った。

そんな彼をまちに住む人々の多くが慕った。

柳の発案で浅川兄弟の尽力により、大正十三年、李朝王宮跡に「朝鮮民族美術館」の設立がなった。七年後、巧は逝った。棺は村人に担がれ「アイゴー」の叫び声の中、遠くの墓地まで運ばれたという。柳は「あんなに朝鮮のことを内からわかっていた人を私は他に知らない。朝鮮を愛し朝鮮人を愛した。そうして本当に朝鮮人から愛された」と記し、哲学者の安倍能成(よししげ)は「官位にも学歴にも権勢にも富貴にもよることなく、その人間の力だけで堂々と生き抜いた」と評価。また巧を尊敬していた金(キム)成鎮(ソンジン)は「韓国人を心から愛してくださった巧先生は、泥池に咲き出た一輪の白蓮と申すべきである」と語る。

平成二十四年（二〇一二）六月、民族の壁を越え、時代の壁を越えて生きた浅川兄弟の映画『道――白磁の人』（高橋伴明監督）が公開された。

運ばれた命の姿がある。

（2016・5）

300——“農の神”稲塚権次郎

平成二十七年（二〇一五）、一人の農学者の生涯を追った映画『NORIN TEN――〝農の神〟と呼ばれた男 稲塚権次郎物語』が仲代達矢主演で公開された。監督は稲塚秀孝だった。稲塚権次郎（一八九七〜一九八八）は明治三十年、富山県南砺市生まれ。ダーウィンの「進化論」の育種に興味を持ち、農学校に進んだ。学校まで往復四時間の道のりを、リュックを背負い、本を開いて歩く姿は、江戸時代に農村開発に尽力した二宮尊徳の姿であった。

大正三年（一九一四）、東京帝大農科に入学。メンデルの遺伝学を学び、育種学や品種改良の技術を習得した。卒業後、農商務省の農事試験場に就職した。

大正八年、稲作の北限、秋田の陸羽支場に赴任して、冷害や熱病に強く多収量のハイブリッド品種「陸羽一三二号」を完成。この品種がさらに改良され、後任技師によって「水稲農林一号」ができて、美味しい越後米になり、コシヒカリやササニシキの元祖となった。

大正十五年、岩手県農事試験場に転勤後、小麦の消費量増加で品種改良に取り組み、昭和四年（一九二九）に「小麦農林一号」を完成させたが、満足せず品種開発を続け、昭和十年、人の背丈まであった小麦を五〇センチほどの高さで成長が早く多収量、倒れることのない「小麦農林十号」（ノーリン・テン）を生んだ。

農林十号は「背が低く、頑丈で、骨太っていうか、日本の農民のような小麦だった」と権次郎の弁。そして政府の「小麦増殖計画」は着実に成果を上げ、国内産でほぼ自給できるようになった。それが世界へ向かった。

戦後、占領軍を通じて「ノーリン・テン」はアメリカに渡り、小麦の品種改良に取り組むノーマン・ボーローグ博士に伝わった。彼は国連農業機関の使節として発展途上国に「農林十号」の改良種子を持ち帰らせる制度を推進、穀物の増産を指導して、一九六〇年代の世界的な食糧危機を回避させた。これは「緑の革命」と呼ばれ、彼は功労者として昭和四十五年（一九七〇）にノーベル平和賞を受賞した。昭和五十六年、稲塚博士は日本育種学会の講演で来日したボーローグ博士に、地元銘菓「水芭蕉」と昭和天皇御製を贈った。

水きよき池のほとりにわがゆめの
　かないたるかもみずばせうさく

今、TPPの関わりの中、〝農の神〟による〝奇跡の麦〟が誕生して八十年。世界の小麦の八割以上の品種の基である「ノーリン・テン」の原点に立ち戻ってみたい。

（2016・5）

301――ブータン農業の父

そんなに昔のことではない。昭和三十九年（一九六四）、海外技術協力事業団の農業指導者として、西岡京治（一九三三〜九二）は妻とブータンに赴任した。

ブータンは中国とインドに国境を接し、「国民総幸福」政策を進める、チベット系八割、ネパール系二割の人口約七十七万人の小さな国。一九七一年、国連に加盟した。

西岡はブータン政府から、試験農場として二〇〇平方メートルの土地の提供を受けた。そして少年実習生が三人。西岡はまず畑の耕し方、種の蒔き方、土のかけ方などを少年らに教え、大根の栽培から始めた。大きな大根が育った。翌年、水捌けのよい高台に移って土地も三倍になり、農作物の収穫も増えた。次第に農場の噂が広まり、国会議員などの訪問が相次いだ。ブータン農業がわかり始め、変わり始めた頃、二年の任期が来た。

そこへ国王から、任期延長と広い農地提供の申し出があった。国王の評価に応えて残り、通算二十八年のブータン生活が続くことになった。この時に提供された農地が、ブータン農業の近代化を担う「パロ農場」となった。

西岡は昭和八年、日本統治下の韓国ソウルで生まれ、戦後、帰国して大阪府八尾市に住んだ。大阪府立大農学部に入り中尾佐助助教授を知り、農学研究を進め、二条大麦、六条大麦の野生種を発見して重要な学術業績を残した。ブータンとの関わりは、恩師・中尾助教授がブータン首相から「農業専門家の派遣要請」を受けて、「穏健、誠実で努力家そして友誼に厚い」彼を推薦したことによる。西岡はネパール学術探検隊に参画していてヒマラヤに魅せられ、その地域に住む人々の貧しさに心痛めていた時で、心踊る赴任だった。

一九七一年はブータン農業史の画期的な年になった。日本での田植え「並木植え」をブータンに導入したのだ。自由気ままなブータン農法の変更は簡単ではなかったが、育成を祈るように見守った。四〇％の増産を果たした。今、パロ盆地では八割が並木植え。

西岡の「身の丈に合った開発」が進められ、ブータンの極貧地域は変化を遂げた。そして一九八〇年、「ブータン農業への貢献」で西岡は国王から「国の恩人」として、民間人の最高爵位「ダショー」の称号を授かった。彼は平成四年（一九九二）、敗血症で五十九歳の命を閉じた。国葬が執り行われ、ラマ教の読経が山々に木霊し、遺体は夫人の意向でパロ盆地が見渡せる丘に埋葬された。

ダショー・ニシオカはブータン人の心に生き続ける。

（2016・5）

302　日本のヘレン・ケラー中村久子

昭和十二年（一九三七）、四十一歳の中村久子（一八九七〜一九六八）は、アメリカの教育者で見えず聞こえず話せずの三重苦を背負ったヘレン・ケラー（一八八〇〜一九六八）と東京・日比谷公会堂で会った。その時、久子は口を使って作った日本人形を贈った。ヘレンは久子を抱きしめ、「私より不幸な人、そして私より偉大な人」と称賛した。すると、なぜか久子は瞬時、母の厳しさを恨んでいたのが愛情だったことに気づき、涙が溢れた。

明治三十年（一八九七）、岐阜県高山市に生まれた久子は、三歳の時、凍傷で脱疽（だっそ）になり両手両足を切断。七歳で父を亡くして祖母と母に育てられた。特に母の躾は厳しかった。自分がいなくなった後、一人で生きていけるようにと、礼儀作法から食事、読書、書道、裁縫など徹底して教え込んだ。久子は口で字を書き、針に糸が通せるようになった。大正五年（一九一六）、二十歳で地元を離れた。自立するために見世物小屋の芸人として働き、両手両足のない体で編み物を見せる「だるま娘」の芸が評判をとった。後、結婚して娘も生まれたが、夫を早く亡くした。昭和九年、興行界から身を引き、子を養うため一人働き続けた。彼女は障害者だからと「恩恵にはすがらない、一人で生きてゆく」決意で、生涯、国による障害者制度の保障は受けなかった。彼女はヘレンとの出会いの後、全国各地に赴き、講演、施設慰問、執筆活動などを始め、自分の奇異な生き方を語り始めた。

　さきの世にいかなる罪を犯せしや
　　拝む手のなき我は悲しき

「人は肉体のみで生きているのではありません。人は心で生きています」

「どんなところにも必ず生かされていく道がございます。人生に絶望なし」

「人間の一番大切なこと、黙って見ているということが一番大切なことですよ」

「良き師、良き友に導かれ、かけがえのない人生を送らせて頂きました。今思えば、私にとって一番の良き師、良き友は両手、両足のないこの体でした」

「神や仏というのは、病気を治してください、幸せにしてください、と祈るものではありません。願うものでもありません。黙って見ているのが神や仏のお姿です」

日本のヘレン・ケラーは、昭和四十三年、脳溢血で波乱万丈の生涯を閉じた。享年七十二。彼女は生きていく上で示唆に富む言葉、著書を残した。

（2016・5）

大宇宙と言っていいネット世界で、輝く星を見つけると嬉しい。筋肉が徐々に衰える難病で筋ジストロフィーの岩崎航（わたる）さん（四〇）の詩集『点滴ポール——生き抜くという旗印』（写真・斎藤陽道、ナナロク社）の言葉が読む者に力を与える、という記述をクリックした。

航さんは三歳で発症し、十五歳で「足を踏ん張っても、どうしても動かず」、歩けなくなったことを黙って受け止めた。七歳上の兄も同じ病で寝たきりになっていた。

自由のない日々の中、十七歳の時、発作的に命を絶とうとした、が、思い止まった。「生の方へ引き戻した力は家族や親しい人のつながり」だった。

二十代に入ると鼻から管で栄養剤を送り、人工呼吸器も使い始めた。このまま何もせず寝たきりで一生を終えたくない、「自分にできることを見つけたい」と試行錯誤、平成十六年（二〇〇四）、五行歌と出会った。

彼は「自由に、自分の呼吸で、自分のリズムで普通の言葉で書けばいい」と、五行歌ができた。

囚われていた心
闇の中より
方途を求めて
覚悟の祈りは
光　見いだす

（初めて書いた五行歌）

彼の本名は「稔（みのる）」だったが、サン・テグジュペリ『夜間飛行』の感動から、渡る「航海」、「航空」の「航」を採った。心が動き、人との関わりが生まれてきた。

「日付の大きい　カレンダーにする　一日、一日がよく見えるように　大切にできるように」

「ただ見守ることは　こんなにも　勇気と愛情が　必要だったのだ　今、わが母を思う」

「思いを貫こう　人と自分に　気兼ねしているうち一生が　終わってしまう」

「点滴ポールに　経管食　生き抜くと　いう　旗印」

「回り道ばかり　してきたお陰で　拾うことのできた落ち葉を焚いて　こころ　温める」

「歌うことは　よびかけること　もとめること　うけとめること　愛すること」

そして「乗り越えるというのは　完了ではない　一つの峠を歩き　また一つの峠を　歩き続けていくことだ」の五行歌は、公立高校の入学試験にも採用された。

彼のブログ「航のSKY NOTE」には、五行歌で生きる喜びが発信されていく。生きる詞が紡がれる。

（２０１６・５）

303　五行歌で生きる喜び

母の希さんは「懸命に病と闘ってきた息子ですが『船旅』という自作ピアノ曲を聴きながら『じゃあ行くね』と自分で旅立ちを決めたような表情でした」と、長男を応援してきた方々に「大切なお知らせ」を届けた。

まさに天才作曲家逝く、だ。

この五月二十日（平成二十八年〔二〇一六〕）、鎌倉の高校二年生・加藤旭くん（一六）が脳腫瘍で亡くなった。

昨年五月、ファーストアルバム『光のこうしん』を作り、今年三月、次作アルバム『光のみずうみ』の制作を開始、五月十八日に最期の作品入稿を見届けて逝った。

彼は滋賀県彦根市出身だが、育ちは神奈川県大井町。三歳からピアノを習い、好きな曲を自分なりにアレンジして口ずさむ。四歳で音符を曲として書き、オーケストラに興味を示した。またバイオリンも習い始め、六歳でオーケストラの譜面も書いてしまう天才作曲家への道を歩み始めていた。小学校三年で合唱団に入団、チェロを弾き始める。そんな音楽生活の中では「どこかへ出かけ、いい音を聴いたりすると自然に音楽が湧いてきて、そのメロディーを五線譜に書くことが楽しくてたまらない」子どもだった。曲を作り続け、七歳と十歳では東京交響楽団の「こども定期演奏会」への応募作品がテーマ曲に

304　十六歳の作曲家・加藤旭くん

採用されるなどした。中学生になり、ピアノ指導者の下でレッスンなどを続け、本格的に音楽の道を進もうとした矢先、二年生の秋、病気が発症した。幾度かの手術、抗がん剤治療、放射線治療などを続ける中、妹の息吹さんの「お兄ちゃん、小さい頃から作曲をしていた、それを生かせばいい」との言葉から初のＣＤづくりが始まり、十歳までの作品で『光のこうしん』ができた。

旭さんのメロディーが拡がった。音楽関係者から「清らかで凛とした合唱曲です」などの評価を受け、「今の旭くんの曲を聴きたい」との声に応え、昨夏から再び曲作りを再開。ピアノ曲や木管三重奏、さらにはクラリネット五重奏、弦楽曲などにも着手して「曲があふれ」出ていたが、目が見えなくなり、体も動かない、ギリギリの状態で二枚目のＣＤ制作をスタートさせた。

五月初め、意識朦朧の中、鍵盤に乗せた両手に、全身すべての力を集中させた「手の動きはいつもの彼らしくエレガント」に見え、そばの家族を圧倒した。

希さんは「旭の音楽が種となり、どこかで思わぬ芽を出してくれるかな」とお世話になった皆さんに感謝しつつ、愛息の新作『光のみずうみ』の完成を待っている。

（２０１６・５）

305 素っ裸の王様

人間、いろんな生き方があるものだ。孤島で一人、全裸で暮らしていた福岡出身の長崎真砂弓（七九）さんが、一九九〇年から住んでいた沖縄県西表島の外離島に棲めなくなり、近くの「モクタンの浜」に移り住んだ。ところが、そこも国有地だとかで「立ち退き勧告」が出されているそうだ。何で、彼の暮らしが狂ったかを追う。

顚末はこうだ。カメラマンだった父の影響でカメラを担いでいたが、二十代、家庭の事情で大阪に出て、クラブボーイを皮切りに日本各地に移り住み、喫茶店のウエイトレス、居酒屋、新潟ではクラブ経営、そこで二十歳違いの女性と結婚。二人の子をもうけての暮らしが続くと思っていた矢先の五十歳、彼は妻子の元から突然、蒸発した。そして最後にたどり着いたのが孤島・外離島だった。そこで「自然には従うが、人間には従わない」と、自由な生活を始めた。島は周囲五・三キロメートル、面積一・三二平方キロメートルの小島。人は長崎さん以外、誰もいない。彼は、島への漂着物で住居用テントを製作して住み、海水で歯を磨いた。生活費は月一回、姉からの一万円の仕送りで、小さなボートで西表島に渡り、最小限のものを買って帰る。雨水を溜め、ほとんどが自給自足の暮らしだ。下界の情報はラジオだけである。

彼の信条は「人間、死に場所を見つけることが一番大事。ここで自然に囲まれて死にたい。ここで天寿を全うする」と言い、「人は人、自分は自分。自分にとってここは理想郷。私は私であればいい」と達観するが、「自然は本当に怖い。人間は自然をコントロールできない。自分の生活を自然に合わすことができなければ死んでしまう」とも言い、誰も住まない孤島で一人、素っ裸の王様暮らしを心置きなく自然の中で楽しんでいたのだが。

ところが、である。イギリス、アメリカ、オーストラリアなどのメディアが長崎さんの無人島での暮らしぶりを一斉に報じ〝世界の時の人〟にした。

二〇一五年、日本のバラエティ番組「めちゃイケ」（フジテレビ）が乗り込んだからたまらない。四半世紀以上の穏やかな暮らしが一変した。放送後、長崎さん見たさに観光客が押し寄せ、興味本位の騒動が勃発。島の所有者が長崎さんに〝安住の地〟からの退去を伝えた。

そこから長崎さんの漂流が始まった。十数年前、カラスを操る術を得て、島のカラスが友人になった長崎さん。自然と共生したからこその自然への同化。人間も自然の一部、自然人の住み家はどこにあるのだろうか。

（2016・9）

本屋で一冊の本が目に止まった。帯に「ネットでつぶやく言葉が『深すぎる……』と話題沸騰！一〇歳の男の子が書いた自己啓発本！」とあり、脳科学者・茂木健一郎氏とのツーショット写真。買って読んで素直に驚いた。とにかくツイートする言葉が凄い。帯の裏に「いろんな感情の中で僕がもっともたいせつにしているのは勇気だ」とあり、小学校へ通学せずに自宅学習をしているという、これが十歳の男の子の〝言葉〟なのかと、疑う。

中島芭旺（ばお）君（二〇〇五〜）は自ら出版社に連絡し、二〇一六年夏『見てる、知ってる、考えてる』（サンマーク出版）を刊行した。「まえがき」「あとがき」を見る。

【まえがき】この本は僕です。子供は子供ではない。子どもは大人ではない。汚れのない眼鏡を持ち　世界を知りたいという　好奇心をむねに　考える頭を持つ　小さなからだの哲学者です

【あとがき】はじめは、悩んでいた昔の自分にプレゼントする本を書きたいと思った。九歳から一年半書き続け、結果この本は未来の自分への贈り物になりました。本を書くという事は、自分という人間のことを知るという事。自分を見て、自分の頭の中を知りなぜそう思うのかを考える様になる。出会った人が誰か一人でも欠けたら、この本は出来上がらなかった。本を作るように自分の気持ちに丁寧に生きたい。そういう思いで僕はこの本を書きました。読んでくれてありがとう。

この【まえ】【あと】の文を読んだだけでも「オッ⁉」となる。いくつか拾ってみる。

▼僕は泣くなって言われた事がありません。泣いていい、悲しい気持ちは涙が流してくれるからって、いつも言われていました。▼悩みってその人の宝物で、その人から奪っちゃいけないと思うんです。現実ってその人に必要だから起っている事だから。▼物事に重さはない。ただ、その人が「重い」と感じている。ただそれだけ！▼迷うということは、どちらでもいいということ。▼世の中は　誰かの思い込みによってつくられている。ということは、だれでもつくれるということ。▼先の事を考えるより、今だ。今を楽しむ。分かるはずのない先の事を考えるんじゃなく、今だ。今を楽しむ。今を生きる。▼僕は十歳。これからいくらでも失敗ができる。

彼は「好きな人から学ぶ、学びたい事を学ぶ」ことで〝粋な言葉〟が生まれるのだろう。

（２０１６・11）

306——小さなからだの哲学者

307 日本初のミス日本・末弘ヒロ子

明治四十年（一九〇七）、アメリカの新聞社が「世界美人コンクール」を企画した。

日本の時事新報社に日本予選の打診があり、「新興の日本帝国は、一事一物決して人後に落つるべからざる（略）大いに薦むるの必要ある（略）断然応諾（略）日本美人写真募集の大計画を発表せり」と日本初の全国ミスコン「全国美人写真審査」が開かれた。

翌四十一年、大々的な全国キャンペーンが展開された。応募者は、芸妓や女優、モデルなどは不可、良家の淑女など自薦、他薦を問わず「写真選考」で初の「ミス日本」を決めた。応募者は七千人にのぼった。日本予選の審査には岡田三郎助（洋画家）、高村光雲（彫刻家）、中村芝翫（しかん）（歌舞伎俳優）など各業界を代表する十三名があたった。

日本ミスコン優勝者第一号は、福岡県小倉市（現北九州市）の末弘直方小倉市長の四女で十六歳の末弘ヒロ子（一八九三〜一九六三）に決定。彼女は当時、学習院女学部三年生。七人兄姉で、茶道、華道、舞踊、琴、ピアノなどを嗜み、〝小倉小町〟と呼ばれる美貌で聡明な子女だった。審査員の絶賛を得て一位に輝いた彼女の写真は、主催国のアメリカにも送られて披露。一躍、時の人として数百の縁談も舞い込むが、予期せぬドラマが生まれた。

学習院では、彼女がコンテストに参加したことで、直ちに協議が行われ、女学部長の強硬論により「諭旨退学処分」が決定。彼女は「甘んじて」それに従った。院長は乃木希典だったが、彼は同意も反対もしなかった。しかし「写真応募」は義兄が勝手にしたことと知って、「退学処分」が間違いだったことを乃木は悔やんだと言われる。が、のちに「乃木将軍の大岡裁き」の逸話を生むことになる。乃木は中退者となったヒロ子のために、良い縁談を、と各方面に働きかけて結婚相手を捜した。なかなか見つからない中、野津道貫（みちつら）陸軍大将から「長男の鎮之助ではどうか」との申し入れがあった。彼は陸軍少佐で侯爵、そして父の跡を継いで貴族院議員の将来が決まっていた。二人は見合いをすると、双方大いに気が合い、両家ともに快諾。乃木の媒酌で結ばれた。捨てる神あれば拾う神あり、で「乃木逸話」として伝わる。

彼女はガンで伏せった義父の献身的な看病など良妻ぶりも発揮。次女（真佐子）は倉敷絹織（現クラレ）社長・大原総一郎に嫁がせた。また、姉（直子）の孫はジャズピアニスト山下洋輔（一九四二〜）で、ヒロ子を「カイブツ」と呼んでいたという随想を残している。

（2019・1）

308　日本初の歯科医師・小幡英之助

大分県中津市生まれの小幡英之助（一八五〇〜一九〇九）は、我が国の「歯科開業免許第一号の取得者」だという。中津城公園には彼の功徳を偲ぶ銅像が建っている。

彼は七歳で藩校「進脩館」に学び、文武両道に精進。十五歳で長州討伐に従軍。長州から帰郷後、藩医の家に通って医学の手ほどきを受ける。慶応四年（一八六五）に福沢諭吉が中津に帰郷した折に会い、上京を決意。二十歳で慶応義塾に入った。そこで医学を学び外科医に師事。さらに生来器用であった彼は、横浜で開業していた米国人歯科医師のジョージ・エリオットの門をたたき、西洋式歯科技術と知識を学んだ。二十二歳だった。医師を奨めていた叔父も歯科医は反対だった、が、頑固で直言直行の彼は歯科の道を選んだ。

明治七年（一八七四）、東京、京都、大阪の三府で「医術開業試験」が実施された。しかし「歯科」の名称はなく「口中科」だった。翌年、彼は「先例がない、歯科」の受験を申し出ると、関係者らが諮って「歯科専門」の試験が実施されることになった。

試験結果は「明治八年四月ヨリ同九年六月迄開業免状ヲ授与セル医師人名」に「小幡英之助」があった。

ちなみに「歯科」の歴史では、大化の改新の大宝律令の「医疾令」で「耳目口歯科」と記され、平安では「口歯科」となり、後「口中科」となって明治まで使われた。

小幡は免許取得後、明治十一年、銀座で開業。彼は公事に携わることを好まず、歯科業務に精励、機器に工夫改良を施すなど歯科の改善、向上に尽くした。その彼を慕って近代西洋歯科医を目指す門下生が〝小幡歯科医院〟に集った。当時、医者や弁護士は独学での資格取得が普通だった。明治二十三年、東京に高山歯科医学院（現東京歯科大）ができるまでは小幡先生頼りだったようだ。直弟子から孫弟子まで小幡門下生は全国に広がった。

岡山県岡山市出身の高山紀斎（一八五一〜一九三三）は、米国留学でバンデンバーグ歯科医に師事、医術を習得して帰国後、私塾「高山歯科医学院」を設立。そこでは福島県猪苗代町出身の野口英世（一八七六〜一九二八）が、講師で働き、伝染病研究所などにも籍を置き、細菌学の研究で頭角を現していく。英世も「歯科」が医師の入り口だった足跡が残る。

また、埼玉県さいたま市出身の小林富次郎（一八五二〜一九一〇）は、歯磨き粉の製造方法を研究。明治二十九年、「獅子印ライオン歯磨」を発売。歯の衛生思想を広めた。

（２０１９・１）

埼玉県熊谷市出身で、近代日本初の公許女医となった荻野吟子（一八五一〜一九一三）の苦難の道を追ってみる。

吟子は荻野家の五女として生まれたが、十六歳の時、望まれて稲村家に嫁いだ。そこで不治の病とされた淋病を夫からうつされて離婚。上京しての治療には男性医師があたり、下半身を晒す姿に耐え難い羞恥と屈辱を覚えた。せめて女医であればと、同じように苦しむ女性たちのためにも「医師になる」ことを決意した。彼女は、生来の利発さと強い意志で目標に向かって歩んだ。しかし、学問は個人の力でどうにかなるが、国の制度や習慣の壁は厚かった。明治六年（一八七三）、国学者で皇漢医の井上頼圀（よりくに）に師事。まず第一関門は医学校の入学が大きく立ちはだかった。しかし努力の結果、明治八年、東京女子師範学校（お茶の水女子大前身）に入学、首席で卒業後、〝女人禁制〟の私立医学校「好寿院」に特別入学できた。ただ通学は男子用袴に高下駄の男装だった。男子に交じって艱難辛苦を舐めての三年間を終え、優秀な成績で修了した。第二関門は医師となる「医術開業試験」の合格だった。しかし「日本に女医は一人もおらず前例がない」と「試験願」の却下が続いた。彼女の初志貫徹の意欲は固く、苦難の道が続く。吟子の一文が残る。

309 日本初の女性医師・荻野吟子

> 願書は再び呈して再び却下されたり。思うに余は生てより斯の如く窮せしことはあらざりき。恐らくは今後もあらざるべし。（略）烟は都下幾万の家ににぎはへども、予が為に一飯を供するなし。（略）親戚朋友嘲罵は一度び予に向かつて湧ぬ。（略）

初婚に失敗はしたものの彼女を取り巻く人間関係は良かった。人柄だろう。彼女の窮地を見かねて「女が医者になってはいけないという条文があるか、いけないのなら〈女は医者になる可らず〉と書き入れておくべきだ」と国に申し入れを行う者などが出てきた。

彼女自身も奈良時代の古代律令の解説書『令義解（りょうのぎげ）』に「女医」の記述のあることを突き止めた。

国も皆の熱意に「学力ある以上、開業試験の受験を許可する」となった。明治十七年、「前期試験」に五人の女性と受験し、彼女一人が合格。翌年「後期試験」に合格し、湯島に診療所「産婦人科荻野医院」を開業した。

女医を志して十五年、三十四歳。彼女は茨の道を歩き通した後、キリスト教の洗礼を受け、女性運動家としても知られた。今「さいたま郷土かるた」には、「〔を〕女医一号未来を開いた荻野吟子」の札がある。

（2019・1）

310――日本初の眼科女医・右田アサ

島根県益田市生まれの日本初の眼科女医・右田アサ（朝子、一八七一～九八）は二十六歳で逝った。女医といえば産科医だった時代、右田アサは何故、眼科医になったのか、足跡を辿ってみたい。

寺井家に生まれたアサは七歳で右田家の養女となった。名家だった右田家も傾き始め、進学にあたっては親戚から「家庭を守るのが女の幸せ」と難色を示されたが、女の活躍を良しとする祖父に背中を押された。明治二十年（一八八七）、医師の養成学校である済生学舎（現日本医科大学）に入学。男子学生から差別を受けながら、同郷の千坂タケと東京の本吉ソノの「心の友」と共に学業に励んだ。三人は、よく神田のニコライ堂に通った。後、ソノは結婚、タケは病気で死去。アサは月謝も払えず困窮の中で勉学を進め、二十一歳でどうにか医術開業試験に合格。間もなく、大恩人の祖父が亡くなった。

アサは借金返済のため病院で働いたが、「医師」と認める者はなかった。彼女は「実地で研修を積んでこその医師なのだ」と自らに課し、小児科医か産科医を目指していた。そんなある日、心の友三人で通ったニコライ堂近くのお茶の水の「井上眼科医院」に気づき、誘われるように「働かせてください」と申し込んだ。井上達也院長は驚きつつも了承した。彼は医療技術向上のためには大金を投じ、「井上式白内障手術法」を開発するなど、眼科の名医として知られた。アサは安月給だったが「医師」として認めてもらった。初の「眼科女医」が誕生した。同僚医師から小馬鹿にされながら懸命に働き、成長。男性医師を追い抜き、凌ぐ技術を身に着け、院長執刀を間近で見るポジションに付き、実力を皆に認めさせた。二十三歳だった。しかし井上院長が突然、落馬事故で亡くなったことから、後に漢方医学に西洋医学を取り入れた静岡の「復明館眼科医院」の丸尾興堂（こうどう）院長の下に移った。アサは多くの症例を経験し、さらに力をつけていった。彼女に付きまとった男尊女卑の弊害、いばらにまみれた道を、男性に優る実力を発揮することで周囲を納得させ、誰もが認める眼科医に成長していった。

「アサをドイツに留学させてやりたい」、生前に井上院長が語っていた想いがアサに伝えられ、その留学を目前にして、彼女は肺結核で短い生涯を閉じた。手には銅製のイコン（聖像画）をしっかりと握り締め、「私の眼球を摘出して病院に保存、眼科研究の資料として下さい」の遺書。国内初の眼球献体がなされた。

（２０１９・１）

311　ふたりの聖女

聖女といえばヘレン・ケラー（一八八〇～一九六八）とマザー・テレサ（一九一〇～九七）だろう。二人は優しい人柄と賢さに加え、行動力と言葉力が多くの人々を魅了する。偉人伝などで学ぶ二人の生き方は、〝愛の人〟ツートップと言ってもいいようだ。二人を追う。

ヘレン・ケラーはアメリカで生まれた。幼い頃、猩紅(しょうこう)熱の後遺症で、見えず、聞こえず、話せなくなった。彼女は六歳の時、家庭教師で〝心の視覚〟を持つアン・サリバン先生（一八六六～一九三六）の熱心な指導の下、〝指言葉〟でモノには名前があることを覚えた。彼女はサリバン先生と共に授業を受け、掌(てのひら)に伝わるギリシア語、ラテン語、ドイツ語、フランス語などを習得。そして障がい者の地位や福祉の向上に向け、講演を世界各地で続けた。彼女の名言と、彼女を詠んだ歌を二首。

「人生はどちらかです。勇気をもって挑むか棒にふるか」「光の中を一人で歩むよりも、闇の中を友人と共に歩むほうが良い」「人生がもっとも面白くなるのは、他人のために生きている時です」「物事を成し遂げさせるのは希望と自信です」

ウェディングドレス屋のショーウインドウに
　ヘレン・ケラーの無数の指紋　　穂村　弘

逢うたびにヘレン・ケラーに〈energy〉を
　教えるごとく抱き締めるひと　　小林真実

マザー・テレサはマケドニアで生まれた。十八歳で修道女となり、スラム街などに住む貧しい人々を助ける活動を進め、やがて「飢えた人、裸の人、家のない人、病気の人、体の不自由な人、必要とされないすべての人々」を救う「神の愛の宣教者会」を創立。

彼女の活動は全世界に広がった。そしてノーベル平和賞（一九七九年）を受賞。式には正装をせずに普段と同じ木綿のサリーと革製のサンダル履きで出席した。

彼女の名言と、彼女を詠んだ歌を二首。

「暗いと不平を言うよりも、あなたが進んで明かりをつけなさい」「愛の反対は憎しみではなく、無関心である」「大切なのは、どれだけたくさんのことをしたかではなく、どれだけ心を込めたかです」「導いてくれる人を待ってはいけません。あなたが人々を導いていくのです」

マザー・テレサ、どれだけ人を愛したら
　布団はふっとんでくれるでしょう　　石井僚一

うすれゆく悲しみならず玄米を
　挽きつつ思うマザー・テレサを　　島田美佐子

（２０１９・１）

312　奇跡の人と岩橋武夫

アメリカの社会福祉事業家といえば、まずヘレン・ケラー（一八八〇〜一九六八）が浮かぶ。そして彼女が盲聾唖の三重苦を克服した「奇跡の人」であることにも納得する。しかし「奇跡の人」とは、ウイリアム・ギブソンの戯曲『The Miracle Worker』が、日本で映画化され、邦題が「奇跡の人」と付けられたことに因るようで、実は、戯曲のヒロインはヘレンの家庭教師のアン・サリバン（一八六六〜一九三六）を指しており、正確に言えば、ヘレンは「奇跡が起きた人」であり、アンは「奇跡を起こさせた人」で、二人が共に「奇跡の人」と呼ばれるのがふさわしいようだ。

　奇跡の人、ヘレン・ケラーと深いつながりを持つ日本人は、大阪生まれの岩橋武夫（一八九八〜一九五四）だ。彼は早大在学時に網膜剥離で失明し、中退。大阪市立盲唖学校で点字を覚え、関西学院大の英文科を卒業後、盲学校の教師を経てイギリスのエディンバラ大に留学し宗教、純粋哲学などを学んだ。帰国後は関西学院大の講師も務め、昭和八年（一九三三）に請われて大阪盲人協会の会長に就任。翌年、岩橋はカナダ、メキシコへ講演旅行の途中、ニューヨーク郊外のヘレン・ケラーの家を訪ね、彼女に「日本に来て盲人にお力をお貸し下さい」と頼んだ。サリバン先生は重い病の床で、「遠い日本からの依頼なら喜んで行ってあげなさい」とヘレンに伝えた。その翌年、岩橋は、ルファス・グレーブス・マザー夫人が、一九〇五年（明治三十八）に創設した「光を失った人に人生を照らす」ための「ライトハウス」に共鳴して、世界で十三番目の「日本ライトハウス」を大阪に作った。その後、昭和十二年に初来日したヘレンは、「奇跡の聖女」として迎えられた。さらに同二十三年の再来日でも「幸福の青い鳥」として歓迎され、東京講演を皮切りに東北、北海道、神戸、広島、長崎など、全国を回って「勇気づける熱い言葉」を伝えた。政府にも大きな影響を与え、その年「身体障害者福祉法」が制定された。

　昭和二十四年、岩崎は「福祉事業の変化や今後の展開」を学ぶため、アメリカを再訪。ヘレンの家に招かれ、再会を喜び、「私はアフリカと南アメリカを、あなたはアジアを守って下さい」と伝えられたという。昭和三十年、ヘレンは三度目の来日をした。これは前年に亡くなった〝朋友岩橋武夫〟に花を手向けるためだった。翌年、ヘレン・ケラーの言葉「その解き放つ心　日本盲界に光り輝く　タケオ・イワハシ」を刻んだ碑が建った。

（２０１９・１）

313　南米移住の開拓詩人の軌跡

NHKドキュメンタリー「移住　50年目の乗船名簿」の放映があった。南米の密林に理想郷の建設を夢見た日本人を半世紀間継続取材した、空前壮大な一族の物語である。夢に向かって歩んだ半世紀の人生、それを追ったTV番組も特異だろう。主人公は岩手県一関市出身の開拓詩人と呼ばれた伊藤勇雄（一八九八〜一九七五）だ。映像は昭和四十三年（一九六八）、南米へ移住する人々を載せた「あるぜんちな丸」の乗船者にTVクルーが希望と不安をカメラの前で語らせることから始まる。その中に伊藤家族がいた。ちなみに私が市役所を就職した年だ。伊藤さんは六十九歳だった。彼は「大自然の中で人間が人間らしく生きる世界をつくりたい」と、「夢無くして何の人生ぞ」と南米ジャングル（パラグアイ）に旅立った。

　彼は岩手の小さな農家の息子として生まれ、向上心熱く、家を飛び出し上京。働きながら学び、内村鑑三と出逢い、武者小路実篤が大正七年（一九一八）に宮崎県に開村した「新しき村」運動にも参加。しかし関東大震災（一九二三年）に遭い九死に一生を得た後、帰郷して農民運動などに携わり、村議、県議、県教育委員長にも就いた。そして理想郷を願う求道心から、五十代で岩手の寒冷地で開拓を十余年続け地域づくりに取り組み、「人類文化学園」構想をまとめあげる。そして「国境、人種、文化の違いを超えた人々が集まり共に働き、学び合う」社会実現のため、一族四家族で南米に向かったのだ。

　南米では、まず未開の密林三〇〇ヘクタールを手に入れ、ジャングルを切り開き、家や畜舎を建て、畑を耕し、米、麦、豆、トウモロコシ、果樹などを植え、牧草を拡げ、牛、豚、鶏を飼った。そして豆腐、味噌、醤油などの自給自足農場が達成できかかった六年目に、彼は病気で亡くなった。

　そんな生活を、「南米に渡った私たちがどんな暮らしをしているか十年経ったら取材に来てください」の約束を守り、半世紀にわたる取材を続けての今回の放送だった。伊藤さんの詩が郷土の碑に刻まれている。

　野の中から／巷の中から／海のほとりから／山の頂から／名乗り出るものがある
人類を愛し／大地に親しみ／ひたいに汗して労し／地上に天国を建設せん　　勇雄

現在、伊藤家一族は南米に一二〇〇ヘクタールの広大な土地を所有、父の遺志を継ぐ理想郷づくりを進めている。伝える心が一人の軌跡を通して奇跡の映像を遺した。

（2019・6）

314　外国籍の関取第一号は「豊錦」

農業移民の子として生まれたハーリー尾崎喜一郎（一九二〇～九八）は、昭和初期の大相撲力士でアメリカ国籍の関取第一号「豊錦」として記録されている。父（喜代太郎）は明治五年（一八七二）に築城郡高塚村（現築上町）の農家に生まれ、地域の宮相撲に「三浦潟」の四股名で出場する相撲好きだったようだ。明治二十年代の出稼ぎ移民ブーム時、アメリカで農園経営者になっていた兄（幾太郎）の誘いで、明治三十三年にコロラド州ピアスに移住。後、兄の農園を引き継いだ。大正九年に生まれた喜一郎はそこで姉二人、弟二人の長男として育った。家庭内では日本語、家の外では英語の生活だった。

農業生活の中、喜代太郎が熱心な仏教徒だったことから、日本からの僧侶は尾崎家によく宿泊した。ある日、広島の僧から、「息子さんはいい体だ。大相撲の力士にしませんか」と声をかけられ、喜んだ喜代太郎が息子に「本物の相撲取りになれ」と言うと、喜一郎は素直に頷いた。体は身長一八八センチ、体重九六キロ。昭和十二年（一九三七）、僧と共に日本に渡航。出羽海親方に「日系二世はお前で六人目、みんな続かなかった。お前はネをあげるなよ」と言われて入門。翌年一月に初土俵を踏んだ。四股名は郷里の旧名「豊前国」の「豊」に「錦」をつけた「豊錦」とした。

相撲は長身を生かす右四つからの突っ張り、左差しの「吊り出し」や「突き出し」が得意技だった。成績は初土俵以降、負け越し無しで番付を上げていった。昭和十八年に十両に昇進、米国籍初の関取となり、三場所連続勝ち越しで翌年、初入幕。しかし「アメリカのスパイ」として特高の厳しい監視下に置かれていた。というのは尾崎家の姉二人は日米両国籍だったが、三兄弟は米国籍のみだった。それで彼は相撲巡業もままならず、周囲の説得で日本国籍を取得。間もなく兵隊にとられた。戦後、復員したが土俵に上がることなく引退した。彼の六年余の相撲人生は負け越し知らずの成績だった。とにかく外国籍で「関取」と呼ばれる力士は「豊錦」が最初だった。

終戦翌年、豊錦は廃業。彼は連合国軍司令部関連の会社に入社して通訳となった。後、昭和二十五年に東京の旅館を買って「豊旅館」を開業、繁盛した。その後、日米間の国交再開でコロラドの家族とも再会、往来した。平成五年（一九九三）、旅館経営を止め、郷里の高塚に帰省して余生を送り、七十八歳の生涯を閉じた。いま隆盛の外国人力士の活躍を想う。

（２０１９・７）

315　遅過ぎること人生にはない

新聞の読者投稿欄で、福岡県篠栗町に住む徳永ときのさん（九七）の「遅過ぎること人生にはない」の一文に魅かれた。百歳近い方の〝生きてきた〟文である。

元号は令和。超高齢者、高齢者、認知症は流行語のように扱われています。でも、年を重ねることは意外と楽しいものです。年月を経ることで得ることがたくさんあります。高齢者になったからといって、できることまで諦めてはいけない。人生に遅過ぎるということはない。人間、一生「勉強」、一生「青春」です。いつだって今が一番若いのです（明日より今日が若い）。多様化する社会と対応することになった高齢者。

今までの経験を精いっぱい出して、気力、生きる知恵、寛容の心を持って充実した老後に向かい、今できることに傾注することです。努力は決して裏切らない。結果は必ず出るものです。人は誰でも多かれ少なかれ悩みを持っています。独りで胸に抱き込まないで、友達、知人など誰かに語ることです。いろいろと話したり、聞いたりすると胸のつかえが不思議と消えます。病があれば病にとらわれず、付き合っていく。老いにも上手にお付き合いする。変えられるものは変え、変えられないものは受け入れることです。

人は人生の節目、節目に神仏の前で手を合わせます。長い人生、岐路に立って耐えられないときには神仏に甘え、力をつけてもらう。そして、自らの心の蓮華を開く。これも古来の知恵です。「一生の終わりに残すものは、ものではなく与えたものである」。

今まで得てきた経験と知恵、教訓は周りの人に伝えていきたいものです。

徳永さんは大正に生まれ、激動の昭和を生き抜き、失われた時代と言われる平成を過ごして、令和の時を刻んでいる。彼女の素直に綴る言葉に手を合わせたくなる。住まいが篠栗町とくれば、世界一のブロンズ製の釈迦涅槃像（全長四一メートル、高さ一一メートル、重さ約三〇〇トン）が横たわる霊場の里からの声である。

篠栗霊場は、天保六年（一八三五）に尼僧慈忍（じにん）が四国霊場参拝の帰途、篠栗に立ち寄り発願、八十八カ所霊場ができたと言われる。明治三十二年（一八九九）に高野山の南蔵院を迎え入れると人々が行き交い、参拝の地として賑わい始めたそうだ。徳永さんは町内の釈迦涅槃像へのお参りもするだろう。だが人はどこに住もうとも、神や仏はじっと見ていらっしゃる。

（2019・7）

316——マチュピチュ初代村長は日本人

南米ペルーの「空中都市」と呼ばれる世界遺産のマチュピチュ（標高二四三〇メートル）は、生涯に一度は訪ねてみたい秘境の一つだ。山の麓にあるマチュピチュ村の人口は約三千人。小さな山間の村は、世界中から年間約二百万人が押し寄せる観光地となっている。

驚きだが、マチュピチュ村の礎は一人の日本人の知恵と工夫、それに努力で創られたという。

大正六年（一九一七）に安達太良山のすそ野広がる福島県大玉村（人口約八五〇〇人）から、〝契約移民〟として野内与吉（一八九五〜一九六九）はペルーに渡った。

彼は農園で働いていたが契約内容と違うため、一年で辞め、アメリカ、ブラジル、ボリビア各国放浪の旅に出た。英語、スペイン語、先住民のケチュア語などにも精通していて語学に長けていた。五年後、ペルーに戻り、ペルー国鉄に勤務。電車の運転や線路拡大工事に携わりクスコ－マチュピチュ間の線路を完成させた。そんな生活で何事にも器用な彼は、川から水を引き、畑作りを始め、水力発電を考案して村に電気を灯した。また、村の事業推進で木を伐採中に温泉を発見。さらに故障した機械の修理などをして村人から信頼を得ていった。

彼は、マチュピチュ定住を始めた昭和十年（一九三五）に、線路のレールなどを利用した二十一の部屋を持つ三階建ての木造建築「ホテル・ノウチ」を完成させた。そしてその一、二階を郵便局や交番、裁判所などに利用するよう村に無償提供。ホテルを中心に村が発展していった。

また、アンデス文明研究家などには、マチュピチュ遺跡を隅々まで知り尽くす語学堪能な彼が案内、同行した。一九三九年（昭和十四）、人望篤い彼は村の最高行政官になった。後、村の川が氾濫して甚大な土砂災害に見舞われると、村人と共に復旧の緊急支援を地方政府に要請した。すると四八年、地方政府は復興推進のため、野内与吉を正式にマチュピチュ初代村長に任命した。二年後、彼は村長を辞め再度ペルー国鉄に従事、定年まで勤めた。

五八年、三笠宮崇仁親王がマチュピチュ遺跡を見学した際、与吉の長女オルガ・ノウチが花束を贈呈。それで彼の消息が親族に知れた。後、六八年、彼は五十二年ぶりに帰郷が叶った。日本に着くと「電気はついたか？」が第一声。〝今浦島〟と報道された。彼は日本に戻るよう望む親族に、十一人の子らが大事、とペルーに帰った翌年、七十三歳で逝去。二〇一五年（平成二十七）マチュピチュ村と大玉村は友好都市を締結した。

（２０１９・７）

大正時代のアナキストと言われた金子文子（一九〇三～二六）の短い、熱い人生を追ってみる。神奈川県横浜市に生まれた彼女は、出生届は出されず、家庭を顧みない父、他の男と同居する母のもと、「父に逃げられ、母には捨てられた」複雑な家庭環境で育った。山梨の叔父に引き取られ、叔母の嫁ぎ先の朝鮮半島にも渡るが、「自殺を考える」ほどの無理解な待遇の生活だった。帰国して母の実家に戻るが、母は他に嫁いでいて居らず「親類の家を彷徨（さまよ）う」生活に嫌気が差した。学問への欲求が高まり、大正九年（一九二〇）、十七歳で上京した。

まず東京の上野で「新聞売捌（うりさば）き店」に入り、働きながら英語や数学を学んだ。後、夜店の売り子や女中奉公、印刷屋の住み込みの仕事を続け、社会主義へ傾倒していった。そして有楽町の「おでん屋」で女給として働く中、朝鮮の詩人・朴烈（パクヨル）（一九〇二～七四）と出逢った。

彼の詩「犬コロ」に魅かれた。

私は犬コロでございます／空を見てほえる／月を見てほえる／しがない私は犬コロございます／位の高い両班の股から／熱いものがこぼれ落ちて私の体を濡らせば／私は彼の足に勢いよく熱い小便を垂れる／私は犬コロでございます

（「犬コロ」）

317　女性テロリストか、金子文子は

大正十一年、文子は朴烈と同棲する。翌年九月一日の関東大震災後の三日、朴と共に予防検束の名目で警察に連行された。治安警察法違反で取り調べを受けて「大逆罪」で二人は起訴された。彼女らに「実行に至る具体的行動」はなかった。彼女の獄中歌が遺る。

散らす風散る桜花ともどもに
　潔く吹け潔く散れ

大正十五年（一九二六）三月、文子は大審院で朴と死刑判決。四月、恩赦で無期に減刑。七月、宇都宮刑務所で獄死（自殺？）。辞世の歌が遺る。

ギロチンに斃れし友の怨か
　庭につつじのあかき眼に指し

彼女の遺骨を朴烈の兄が引き取りに来るが、警察は、遺骨を朝鮮の警察署に送った。そして彼女の遺骨は聞慶（ムンギョン）の山中に埋葬された。愛する人の国の土に眠った。

彼女の歌集『獄窓に想ふ』と自伝『何が私をかうさせたか』が没後刊行。彼女は女性テロリストだったのか。

想い出の地・山梨県諏訪村（現山梨市）に歌碑が建つ。

あいたるは　たまさかなりき　むとせめに
　つくづくとみし　ははのかおかな

（2019・7）

第7章　時代に思う

318　東京五輪は盗用五輪なのか

ここ最近、マスメディアで二〇二〇年東京五輪パラリンピックの話題が登場する。それもマイナス事象が多い。ひとは問題が起きると、プラス面は気にしないが、マイナス面になると何故か気になり、ついつい引き込まれていくようだ。

東京五輪のメーン会場となる新国立競技場は、デザインコンクールでイギリスのザハ・ハディド氏の作品をグランプリとした。総工事費は約一三〇〇億円だった。施設は流線形で、二本の巨大なキールアーチが開閉式屋根を支えるデザインなどが特徴。しかし工事費の試算が約二五二〇億円に膨らみ、議論百出となり「歴史を考慮しない計画を恥ずかしく思う」など侃々諤々。

最終的に「ゼロベースで見直す」と安倍晋三首相の決断で「白紙」に戻った。そして二〇年春の完成をめざし、「アスリート第一の考えの下、世界の人々に感動を与える」競技場づくりがスタートした。

この競技場問題ヤッサモッサの最中、今度は「五輪エンブレム」の盗作問題が噴出した。国内外の応募作品から選ばれたデザイナー佐野研二郎（四三）の作品が盗作と言うのだ。佐野作品は、オリビエ・ドビ氏がデザインしたベルギーの「リエージュ劇場のロゴ」に酷似しており、「盗作」と主張される。オリビエ氏は国際オリンピック委員会（ＩＯＣ）を相手に、「エンブレム使用差し止めを求める訴え」をリエージュの裁判所に起こした。

さて、はて、とモタモタしていると、今度はネット上で「佐野作品」に「コピペ」疑惑が浮上してきた。サントリーのキャンペーン賞品となっていた彼デザインのトートバッグのデザインが、すでにネットにアップされている図柄に良く似ていると指摘され、彼自身の事務所が作品の一部取り下げを申し出た。これでネット炎上はさらに広がった。一度躓くと、アラが出てアレ、アレ、アラ、アラの状態になってきた。

かなり以前のことだが、今の世の中、ＳＰＩの気持でいたほうがいいかもしれないと、仲間内で笑ったことがある。ちょっぴりＳ（詐欺師）、Ｐ（ペテン師）、Ｉ（いかさま師）の心境で対処しないと、逆にやられてしまうよ、の話だったが、それにしても世界に向けて発信する「ＴＯＫＹＯ（東京）五輪は、真ん中の芯のＫが消えて、ＴＯＹＯ（盗用）五輪になってしまうのでは……」との心配の声も聞こえ始めた。だったら、この問題も「白紙」に戻し、新デザインでスッキリしてはどうだろう、か。

（２０１５・８）

二〇一五年夏、中国経済がさ迷い始めた。二〇一二年、習近平が国家主席になり、指導体制もチャイナ・ナインがチャイナ・セブンに変化。習主席は、腐敗撲滅のため「虎もハエも同時に叩く」ことを公言し、「刑不上常委」（常務委員会には刑法は及ばない）の不文律のタブーも破り、聖域に踏み込んでいく。次々と共産党の大物幹部が捕まり、全財産没収などの処分が下されていく。この汚職などの腐敗がどこまで広がっているのかわからないほど、中国国家の「芯」に溜まる「膿」は深刻なようだ。

中国の約十三億五千万の民、大国であるがゆえ、世界に与える影響も大きい。その大国が崩壊するのでは、との疑念の声を訊き、不安を抱き、世界経済の動きを見守る。その様子がどうなっているのか。

ネット世界を探索すると、もしかしたらこうなるかもしれない、の不吉な説明に納得の不思議。予測不能の現代だが、真実味がある。

あるブログによると、「独裁国家がオリンピックを開催すると九年後に体勢が崩壊するという、オリンピック九年殺しの法則」があるようだ。一九三六年のベルリンオリンピック後、四五年にドイツでナチス崩壊。一九八〇年のモスクワオリンピック後、八九年に冷戦が終結し、

319――オリンピック九年殺しの法則

ソビエト連邦共和国（ロシア、ウクライナ、ベロルシア、ウズベク、カザフ、グルジア、アゼルバイジャン、リトアニア、モルダビア、ラトビア、キルギス、タジク、アルメニア、トルクメン、エストニア）体制が崩れていった。

また、一九八八年のソウルオリンピック後、九七年、韓国では軍と無縁の金大中政権が誕生した。

こうした時の流れを見てくると、二〇〇八年の北京オリンピック後、九年目の二〇一七年に「中国崩壊」の現象が出てくるのでは、という疑念は拭えない。

中華人民共和国（通称中国）は、一九四九年に共産党一党独裁国家として誕生。歴史は古いが国家としてはまだ若い国だ。毛沢東、鄧小平時代を経て国家主席は毛沢東―劉少奇―李先念―楊尚昆―江沢民―胡錦濤―習近平の七名。民族も漢族（九二％）のほか五十五の少数民族（チワン、回、ミャオ、満、ウイグル、イ、モンゴル、プイ、朝鮮、チベット族など）で構成され、十三億を超える民を率いる共産党員は、約八二七〇万人と言われる。面積も人口も世界最大、不正蓄財が数千億円と、とんでもない資金が消えていくことは仕方ない、が、国の崩壊は止めねばなるまい。あと二年。

（２０１５・８）

320　昭和天皇の涙

平成二十七年（二〇一五）八月十五日、戦後七十年の全国戦没者追悼式典。参列された天皇陛下がお言葉を述べられる姿がＴＶ画面にあった。

一日が黙禱の日だった。

ＴＶ各局は戦後のドキュメント番組を放送。その中で、「人間宣言」をした昭和天皇が全国を巡ったご巡幸を伝える特集があり、温かいエピソードが紹介された。

昭和二十四年（一九四九）五月二十二日、九州ご巡幸の折、佐賀県基山町の因通寺（いんつうじ）でのことだった。

寺には、戦災孤児の世話をする洗心寮があった。

天皇は寮に入ると、子どもたちに親しく声をかけて進まれた。ある部屋で一人の女の子の前に佇まれた。

女の子は二つの位牌を手にしていた。

「お父さんとお母さんですか」と、天皇はたずねる。

「はい、父と母です」と女の子。

「どこで亡くなられたの」

「父はソ満国境で、母は引き上げる時に亡くなりました」と言った。

「お淋しい？」のお言葉に、「淋しくはありません、私は仏さまの子ですから」と答えた。そして、「仏さまの子は、お浄土で父と母に会えるのです。だから会いたくなったら仏さまに手を合わせ、父と母の名を呼ぶと、二人は優しく抱いてくれます。私は、淋しくありません」と続けた。天皇は女の子のそばに行き、頭をそっと撫でつつ話しかけた。

「仏の子どもはお幸せね。これからも立派に育ってくださいね」

昭和天皇の目には大粒の涙、それが頰を伝った。女の子が「お父さん」と呼んだ。天皇はあふれる涙を隠すことはなかった。周りの人は言葉を無くし、立ち竦んだ。

天皇は、その想いを歌に詠まれた。

みほとけの教へまもりてすくすくと
　生い育つべき子らに幸あれ

この御製は因通寺の梵鐘に刻まれ、鐘の音とともに人々の心に届けられている。

昭和天皇のご巡幸は、昭和二十一年二月に始まり、ＧＨＱの中止命令で二十二年十二月に一旦中止された。この「涙」の話は、ご巡幸が再開されてすぐだったようだ。そして二十九年まで沖縄以外の全国の地、約三万三〇〇〇キロを八年半余かけて廻られた「陛下の虚心なお姿」は、国土復興を願う日本人の魂を呼び覚ましたようだ。

（２０１５・８）

321　戦後すぐよりひどい、今

ある田舎町のお寺に寄った。寺の境内下のグラウンドで小学生らが土遊びをしていた。泥んこで土饅頭を作っていた。そこには「児童養護施設」の看板があった。子らは施設の子だった。女の子は「ここには五十人以上の子がいます」と言う。

そこは戦後すぐ、戦災孤児の施設として住職が四十人余の子の世話をしていたと聞くが、あれから子らの世話を地道に続けてきたようだ。が、七十年を経過した現在、五十余名の「今」親のない子がいるとは驚きだった。あの時よりも増えている。

昭和二十年（一九四五）の終戦時、戦争孤児、引揚孤児、浮浪児などの世話をする施設が国内各地にあり、二十一年には二六八施設（公立三十八、私立二二二、不明八）に七六一五人の入所孤児がいて、翌二十二年には一万二二一六人が世話を受けていた。二十五年までに、さらに百以上の施設が「孤児」のために各地に設けられ、貧しい中でも、みんなで子を守ろうという気概があった気がする。

昭和二十二年「児童福祉法」が制定され、第四十一条には「児童養護施設は、保護者のいない児童、虐待されている児童その他環境上養護を要する児童を入所させて、これを養護し、あわせて退所した者に対する相談その他の自立のための援助を行うことを目的とする施設とする」と記されている。

この定義によって子どもを守る国のカタチができた。

その後、戦争孤児なども減り、豊かな国へと進む中、子らが守られる国になったかといえば、そうでもないようだ。違ったカタチの「棄児」が増え、平成二十五年（二〇一三）の児童養護施設は国内に五九五カ所になり、入所児童数も二万八八三一人と、戦後の荒んだ時代よりも、悲しいかな施設暮らしの児童は倍以上になっている。何で、親はどうしているのだろう。豊かで便利、なのに、人の子を守る気持が崩れてしまったのか。「戦後すぐよりひどい、今」の状況を、どう考えればいいのだろう。情けない親のいることが情けない。子を守る心の復活へ道を探らねばならない。壊れた心を戻さねばならない。

ただ、秋晴れの下、土饅頭づくりに励む子らへの問い掛けに、テキパキ応える利発そうな女の子の瞳が澄んでいたのが救いであった。昭和天皇の御製を想った。

みほとけの教へまもりてすくすくと
生い育つべき子らに幸あれ

（2015・10）

322 境界線は侵すべからず

ある小さなグループで「境界線」について話し合った。隣家との土地の境界で諍いのある事例をよく耳にする。そういった事物や領域の境目としての境界線は、明確に分けてなければ、意識しないで侵している場合が多い。が、国のあり方として尖閣諸島の例など、あえて歴史を侵し、領域を侵して、見えるカタチで境界線を越えた事象には憤るべきだろう。開発資源をめぐるあと出しジャンケンで境を越える行為を許すべきではない。

グループで話した境界線は、人と人の心の境界線についてだった。人の思いや想いは計り知れない。同年代の感覚は、いくらか想像できるとしても、世代の違う者の思考は、確実に違いがあるようだ。いろんな物事の判断や注意についての意見は、慎重にも慎重を重ねないといけない。親子であってもそうだ。

現在の情報過多やスピードある生活感について行くだけで精一杯なのに、相手に意見するなど簡単にはできない。生活の早さについても、相手と自分のスピードが違っていれば、同じ土俵に居ないのだから伝える言葉も届かないようだ。

世代や親子の断絶は、それぞれ心の境界線を越えた時から始まるようだ。だから全てバリアフリーがいいわけではない。心のバリアに踏み込まれるほど嫌なものはないだろう。自分の「こうしたい」は、相手の「こうしたい」とは限らない。自分の判断は自分の判断、で、相手の判断とは違うもの、それをまず会得することが第一。モノゴトを無理に通そうとするのは、確実に「境界線」を越えることになる。

何事も境界線を越えると、ひとの思いは、ぐちゃぐちゃ。縺れた糸を解くことになり、おおごと。手間も時間もかかり、神経をすり減らすことになる。境界線を越えなければ、すんなり行くかもしれないものを、敢えて、越える人種も居るには居るが、悲しいかな、今「相手のことを慮って」の時代ではないようだ。

日常生活の中、親子の境界線の研究が必要。思春期は世代によって、思いも行動も違ってくる。親の「こうする」意見は、子の「こうする」にはならないことが多い。どうするかと言えば、ただ見守るだけがいいようだ。

親という字は、木の上に立って見る、と書く。そう、木の真下（溺愛）は見えないし、遠く（放任）でも見えない。そこそこの位置で見守り、危険な時に注意するだけで、境界線は侵すべからず、だ。

（2015・9）

323　またぞろ偽装

二〇一五年十月、横浜市の大型マンションが施工不良で傾き、偽装問題が発覚した。建物を支える基礎の杭打ちデータに改竄があった。施工会社（旭化成建材）の社長が住民説明会で謝罪。杭が強固な地盤に届いていない、さらに杭の先端を補強するセメント量も十分でなかったなど、判明した内容を正直に説明して詫び、陳謝した。会社の結果責任を踏まえた所有者らへの素直な謝罪行動は正しいが……。

十年ひと昔。人の噂も七十五日と言い、禍は忘れた頃にやって来ると言うが、「姉歯といえば偽装」と流行語にもなった「耐震強度構造計算書偽造事件」いわゆる「姉歯事件」は、二〇〇五年十一月だった。ちょうど十年。またぞろ偽装だ。

あの当時のメディアのフィーバーぶりは凄まじかった。姉歯秀次一級建築士が逮捕されると、ある事ない事、メディアは「姉歯偽装」を賑やかに煽った。そして国の検査業務など様々な問題があるにも拘らず、結局、いつの間にか姉歯単独犯みたいな幕切れになった。事が起こると、彼は極悪非道の人物として「つくられた悪」が垂れ流された。その後、姉歯氏の奥さんはマンションから飛び降り自殺、家庭崩壊、と続いて「姉歯」は人の記憶から消えていった。ところが今「時」というリトマス紙にかかり、姉歯氏は、ごく普通の家庭人だった姿が見えてきた。また、東日本大震災で滅茶苦茶になった建物がある中、「姉歯物件」はビクともしていなかったとも言われているが、実際はどうなのか。あの時メディアで「たたいた記者」の何人がそれを検証しただろうか。

それはともかく今回のデータ偽装は悪質だ。工期やコストを優先させたのだろう。人間の命より、物件の完成を急いで、目先の処理で辻褄合わせをするお粗末さなのに、誰もこれを見抜けないことに怖さを感じる。しかし今回の「複合偽装」は、時の経過、人の眼によって洗い出された。いずれ「つくられた悪」は露見するものなのだ。また、ほとんど同時進行でマイナンバー汚職事件が摘発され、厚生労働省の中安一幸室長補佐（四五）が収賄容疑で逮捕された。事件では厚労省が作るべきマイナンバーに関する「入札仕様書」を贈賄側業者に作らせるなど、前代未聞の情けない「国のスガタ」が表に出た。お粗末を通り越して、「国のカタチ」がどうしようもない状況になっていることを曝け出した。

国民を守る「国家」の「姿」を正してほしいものだ。

（2015・10）

今秋（二〇一五年）、思いがけない場所が、突然「名所」になった。現代はツイッターなどで人に伝わるのも速い。日々の生活で利用する「五郎丸駅」が脚光を浴び、拡散され始めたのだ。

五郎丸駅は、福岡県久留米市にある西日本鉄道甘木線（宮の陣―五郎丸―学校前―古賀茶屋―北野―大城―金島―大堰―本郷―上浦―馬田―甘木）の住宅街にある小さな駅、一九一五年（大正五）開業で百年が経つ。

そこが突然、賑わい始めた。元となる人物の瞬間芸が人々を魅了するのだろう。

この騒動は、ラグビー・ワールドカップ（W杯）イングランド大会で世界ランキング三位の南アフリカに歴史的勝利をした日本代表の中、ポジションがフルバックの五郎丸歩（あゆむ）選手（二九）に注目が集まったことに因る。

「五郎丸」という珍しい苗字も、福岡県北部の「筑前国那珂郡五郎丸」の旧地名がルーツだそうで、親しめる名前として皆に受け入れられた。福岡市出身で〝筋肉イケメン〟と呼ばれ、身長一八五センチ、体重九九キロ。キック前の、両手を合わせ、指を動かす独特なしぐさで精神統一を図るのであろう、その動作後に蹴り上げるボールは抜群の精度でゴールに吸い込まれる。この独特な謎のポーズが日本のみならず世界を魅了した。

五郎丸選手のこの自己流ポーズのルーティンは、二〇一三年頃に取り入れた。元イングランドのジョニー・ウィルキンソン選手がキック前に両手を組んで精神を集中する姿に似せたのであろう、か。

どんな大会でも平常心を失わずに闘う〝不動のフルバック〟としての五郎丸選手のおマジナイだろう。

ラグビーを身近なスポーツとして再認識させた今回の勝利。なかでも精度の高い五郎丸キックに魅せられた人の多くは、彼の〝浣腸ポーズ〟と呼ばれる姿を真似し、手合わせの祈りポーズが各地で見られるようになった。甘木線「五郎丸駅」の看板前で、各自このポーズで記念撮影に納まる観光客は後を断たないと言う。さらに愛知県犬山市の名古屋鉄道小牧線の駅で、一九六九年（昭和四十四）に廃止された「五郎丸駅」でも、住民から復活の要望があがり始めたと聞く。

五郎丸歩さんは今秋のプロ野球・日本シリーズ第一戦のソフトバンク×ヤクルト戦では始球式を務めた。

救世主だろうか、彼の祈りのポーズがラグビーを身近なものにした。時の人だ。

（2015・10）

大相撲人気がいくらか回復してきた。白鵬、日馬富士、鶴竜の三横綱を中心に、年間六場所、十五日間、国民を楽しませている。外国人力士も増えて国際的になってきた。

相撲の花は、勝負はもちろんだが、横綱の土俵入りと言っていいだろう。「露払い」と「太刀持ち」の二力士を従え、清めた土俵で四股踏み、せり上がりなど美しい技の土俵入りを披露する。雲龍型と不知火型があり、短命説のある不知火よりも雲龍の方が多いらしい。現在の横綱の白鵬、日馬富士は不知火、鶴竜は雲龍のようだ。

雲龍型のルーツは、福岡県柳川市出身の十代横綱・雲龍久吉（塩塚久吉、一八二三～九〇）、不知火型は、熊本県大津町出身の十一代横綱・不知火光右衛門（原野峰松、一八二五～七九）、この二人の土俵入りが美しく立派だったために名前が残されたと言われる。

相撲は、日本古来の神社、寺院への奉納相撲を起源とし、江戸時代の貞享元年（一六八四）に寺社奉行管轄下で興行が許可された。寛政三年（一七九一）の徳川家斉の上覧相撲や、相撲史上最強力士と言われる雷電為右衛門（一七六七～一八二五）の登場などで盛況になった。維新後の明治四年（一八七一）に東京府から「裸体禁止令」

325——日本に「国技」は無い

が出され、力士は罰金、鞭打ち刑などで不遇期を迎えたが、自らも相撲をとった明治天皇の命で、伊藤博文らの尽力により明治十七年に天覧相撲が実現、大相撲は社会的に公認された。

大正十四年（一九二五）には裕仁皇太子（昭和天皇）台覧相撲での下賜金により「摂政宮賜杯」（現天皇賜杯）が作られ、翌年から掲額に加えて賜杯を授与。昭和三年（一九二八）にはラジオ中継も始まった。

昭和六年の天覧相撲を経て、六十九連勝を記録した三十五代横綱・双葉山（一九一二～六八）の活躍もあり、年二場所の八日間の興行日数が十三、十五日間へと変化、昭和三十三年以降、六場所、十五日間になった。雷電しかり、双葉山しかり、大力士登場によって相撲人気は高まり、七十一代横綱・鶴竜まで名勝負が展開されてきた。

国民に親しまれてきた相撲は「国技」と思っていたが、明治四十二年に両国にできた相撲の常設館を、命名委員会（板垣退助会長）が「国技館」と命名したことに拠るだけであって、法令で定めた「国技」ではない。そこで我が国伝統の剣道、柔道、弓道の歴史も遡ったが、結果として、日本に「国技」は一つとして無かった。

（２０１５・10）

仲間うち三人で、今の世の中、騙されないため、あんた詐欺師、私ペテン師、君いかさま師の気概で対応するしかないなぁ、と話をしたことがある。毎日、メディアに登場する騙し、騙され、泣き寝入りの不条理な報道が嘆かわしい。二〇一四年のオレオレ詐欺や金融詐欺などの被害総額は約五六六億円。とんでもない数字だ。

詐欺もいろいろ、取り込み、籠脱け、貸します、小切手、保険金、偽クレーム、出家、オークション、リフォーム、食い逃げ、募金、寸借、結婚、かたり、振り込め、チケット、クレジット、投資、起業、債権回収、フィッシングなどに「詐欺」が付いての事例は後を絶たない。それに美人局(つつもたせ)も、やはり詐欺。

騙す三師(詐欺師、ペテン師、いかさま師)を追う、前に「詐欺」を民法、刑法でみる。

民法第九六条一「詐欺又は強迫による意思表示は、取り消すことができる」

刑法第二四六条一「人を欺いて財物を交付させた者は、十年以下の懲役に処する」

詐欺師は、他人に人格、職業を信じさせて信頼関係をつくり、精神的に縛って心理的な駆け引きで金品を騙し取る。被害にあったと認識できない被害者もいる。

326 ―――― 詐欺師、ペテン師、いかさま師

ペテン師は、中国語の方言・俗語の繃子(ペンツ)に因ると言われ、頭脳犯を指し、口先でもっともらしい理屈を言い、相手に利益があるように錯誤させて金品を騙し取る。

いかさま師は、手品師と同義語で、仕掛けやカラクリを使い「いかにも本物らしい」見せ場を作って売る「如何様(いかさま)」が転じ、道具や技術を使って騙し取る。

被害者は、欲望につけこまれるか、不安を煽られるか、希少価値を演出されるか、権威を利用されるか、などして丸め込まれるケースが多いようだ。ちんぴらボッタクリから紳士然とした悪徳商法まで、「騙し」のテクニックを見極める目を持たないといけない。

映画監督の伊丹万作は「だまされるということ自体がすでに一つの悪である。(略)『だまされていた』といって平気でいられる国民なら、おそらく今後も何度でもだまされるだろう。いや、現在でもすでに別のうそによってだまされ始めているにちがいないのである」という文を残している。マイナンバー制度が二〇一六年一月からスタートする。その個人番号が届く前から、もうマイナンバー詐欺があると聞く。どうしようもない社会を、どうかするのが人間だろう。

(2015・12)

327 「奇跡の子牛」元気君

平成十年（一九九八）十月、台風十号が岡山県を襲った。その時、津山市の牧場で飼われていた牛二十数頭が、増水した吉井川の濁流に飲みこまれて海に流された。数日後、約九〇キロ離れた瀬戸内海の黄島（瀬戸内市牛窓町牛窓）に一頭の子牛が流れ着き、生き延びているのが見つかった。この牛、同時期に生まれた牛よりも成長が遅く、ひ弱な牛と言われていたが、大きな嵐にも負けず、瀬戸内に浮かぶ小さな島に流れ着き生還して以降、「奇跡の子牛」として、生きる尊さ、あきらめず頑張った勇気に、多くの被災者が元気づけられることになった。

子牛は、牧場の好意で県東北部にある勝央町の交流体験型農業公園「おかやまファーマーズマーケット・ノースヴィレッジ」に寄贈された。同園の愛称募集で「元気君」と名付けられた。九死に一生を得た子牛の強運にあやかろうと、牛舎を訪ね「参拝」する人が増え、「元気くん神社」ができた。参拝者は、牛の描かれた絵馬に夢や願いを書いて柵に結び付ける。

また、絵本『きせきの子牛』（ぎょうせい刊）が出版され、実話の「紙芝居」もできた。さらに歌「子牛の元気君」にもなった。次々と奇跡の牛物語が生まれた。

一、マミムメモー／ボクの　名前は　元気君／ある日
　嵐が　やってきた／水が　あふれて　流されて／
　泳ぎ　泳いだ　闇の夜／速い　流れの　吉井川
三、ボクの　名前は　元気君／泳ぎ　疲れて　沈みそ
　う／着いた　ところは　瀬戸の海／流れ　流され
　流れても／ファイト　ファイトで　頑張るぞ

ところで「施設の新目玉」にと、もう一つ「元気君」をモデルにしたロボットが姿を見せた。津山高専（津山市）の全国高専ロボットコンテスト優勝メンバーの学生らによって誕生し、お披露目が行われた。ロボ牛が「モォー」と鳴き、首、耳などを動かして歩くリアルな姿に入園者は大歓声。そこに、ひと回り大きな本物の元気君が登場、ツーショットにシャッター音があちこちから響いた。

それにしても「元気君」の助かった地名が牛窓町牛窓、日本のエーゲ海と呼ばれる一角である。牛に因む何か、牛を守る神でもいたのだろうか、興味深い。

今「奇跡の子牛」元気君は、人間で言えば七十代、体長約二メートル、体重約八五〇キロの立派な雄牛として成長、活躍している。瀬死の子牛をみんなで守り、共に育て、命の尊さを伝えてきた。

優しいまなざしを向ける「元気君」に感謝。

（2016・1）

328 教師のすがた

福岡市に住むＮＰＯ仲間のＫ君から「埋もれて欲しくない方です」のメール（新聞記事）が届いた。穏やかな笑顔で生徒と話す写真付きの記事「先生聞かせて！教育２０１４」で、「修学旅行先を被災地に変えたのは、なぜですか」という内容だった。「先生」が福岡県築上町出身で、城井中学、豊津高校、京大理学部と進んだ高校の先輩にあたるのも親しみを増したのだろう。ひとりの教師のすがたに学ぶことの大切さを見たようだ。

先生の名は中嶋利昭さん（六四）で、現在、大野城市に住み、郷里の築上町とを行き来している日々のようだ。一編の新聞記事から中嶋さんの姿を追ってみた。

彼は「大きな教育観を持って」教員になったわけではないというが修猷館（しゅうゆうかん）高校の一教員時代に遭遇した阪神淡路大震災から、「人間を育てる」思いが生まれてきたようだ。

【阪神淡路大震災】平成七年（一九九五）一月十七日、五時四十六分五十二秒に発生。Ｍ７・３。死者―六四三四名、行方不明者―三名、負傷者―四万三七九二名。

修猷館高校は震災直後、長野県へスキーの修学旅行に行った。それも新幹線が寸断され、飛行機に変更しての旅行だった。被災地では避難生活を続ける人々がいて、安否不明の人も多い中、「行けてよかった」の空気に、中嶋さんは、とうてい納得できなかったようだ。

【東日本大震災】平成二十三年三月十一日、十四時四十六分十八秒に発生。Ｍ９・０。死者―一万五八九四名、行方不明者―二五六三名、負傷者―六一五二名。

二〇一一年六月、修猷館高校の校長に再任していた中嶋先生は、修学旅行を「長野県のスキーから宮城県の被災地訪問」に切り替えた。放射能への不安、「被災地は見世物ではない」など、保護者や生徒、教員から多くの疑問が噴出。しかし、自ら現地に赴き、津波に飲み込まれて消えた地域を見て震え、若者こそが「この現地で五感を研ぎ澄まして考えるべきだ」との思いから決断した。

修学旅行地の検討は、皆の中で侃々諤々、議論が交わされ、「行く行かないを考えることも、被災地や復興を考えることにつながった。行かないことを選択した人も、考え抜いた結果だった」の生徒コメントが、「まさに教育の現場」だろう。旅行は、スキーと被災地の二コースで希望制になり、三分の一の生徒が被災地を選んだという。

現在も修猷館高の被災地訪問は続く。

中嶋校長の拘りだったかもしれない、が、舵を切ることで生徒らが大きく育まれている。

（２０１６・２）

329――北星余市高校、廃校になるの

二〇一六年二月、ＴＢＳテレビ「報道特集」で、北海道の北星余市高校の五十期生徒会長・小林毘鞍（一九）君の心打つラップが流れた。詞は重いが、何故か明るい。

民謡「ソーラン節」発祥地域でニッカウヰスキー創業地である余市町に一九六五年、私立の北星余市高校が余市・小樽近郊生徒の受け皿として開校。そして八八年に全国の高校中退者を受け入れる先進的な方針を打ち出し、中学校などで不登校になった子らも積極的に受け入れてきた。ところが、二〇一五年に新入生が四十名になり、一六年に入学生が集まらなければ廃校の方針だという。そこで生徒会を中心に、「生徒に対して真面目な学校、人を変えるんじゃなくて人が自ら変わっていく不思議な場所」となった学校を失くすまいと、ラップで「終わりはしねーよ／やらせーねーよ／こんな学校はほかにない／おれたちの場所／またの名を故郷」のフレーズがYouTubeで拡散している。

大阪出身の小林会長は、何度も警察などに補導され、北星余市高にたどり着き、自分を見つめなおしてラップに出会った。豊かな感性、表現力、大事な感受性が彼のラップを広げる。物心つく前に消えた父が、「とてもよい」の意のフランス語「トレ・ビアン」から「毘鞍」と命名したのだと、嬉しそうに「父が残した唯一つのものですねぇ」とほほ笑む。優しい少年の顔だ。

学校は、全国から生徒が集まり、寮や下宿は周辺の地域住民の運営に任され、九割の生徒が下宿のおじさん、おばさん、先輩、後輩などとの関わりの中で「自主・自発・自立」を高め、「生きる力」を育んでいく。また、自らの「家族」を見直す機会にもなっているようだ。

学校の歴史を遡ると、様々な取り組みはもちろんだが、ヤンキー先生こと義家弘介文部科学副大臣の母校であった。彼は長野市生まれ、地元の高校で暴力事件を起こし中退、両親から絶縁されて北星余市高に編入（八八年）。大学を出た後、余市高教師（九九年）となり、自分の生い立ちなどを『ヤンキー母校に生きる』（〇三年）として出版した。これが映画やＴＶドラマとなり評判をとった。学校も脚光を浴びた。発足時、全国の中退者は約十二万、不登校は約六万七〇〇〇人。近年、中退は約五万二〇〇〇と減るが、不登校は約十三万人に増えている。

高校の中退者、不登校者を受け入れてきて二十八年の「学校が無くなる」という。全国唯一の学校に「終わりはしねーよ」の生徒ら必死の叫びが続く。届いて欲しい。

（２０１６・１）

330　「汽車」と「とんぼのめがね」

福島県双葉郡広野町は、福島原発事故の影響で、二〇一二年三月に役場機能は元に戻ったものの、まだ一部が帰還困難区域になっている。人口約五千人余の〝東北に春を告げる町〟として冬は雪の少ない温暖な町だが、今、町民こぞって一つの心にはなってない。

広野町が、唱歌・童謡二つの歌のふるさとであると訊いて、調べてみた。一つは、JR東日本の常磐線広野駅や羽越本線村上駅で流れるメロディー「汽車」で、明治四十五年（一九一二）の『尋常小学唱歌 第三学年用』に掲載された文部省唱歌である。作曲は東京生まれで新潟育ちの大和田愛羅（一八八六～一九六二）だが、作詞は愛媛出身の大和田建樹（一八五七～一九一〇）と東京出身の乙骨三郎（一八八一～一九三四）の二説がある。いずれ作詞者は歴史が特定するだろう、急がなくてもいい。ただ、詞の「広野原」が広野町だとして昭和五十七年（一九八二）、広野駅に「汽車」の歌碑が建立された。

今は山中　今は浜／今は鉄橋渡るぞと／思う間も無くトンネルの／闇を通って広野原／／遠くに見える村の屋根／近くに見える町の軒／森や林や田や畑／後へ後へと飛んで行く／／回り灯籠の画の様に／変わる景色のおもしろさ／見とれてそれと知らぬ間に／早くも過ぎる幾十里

もう一つは、昭和二十四年にNHKラジオ「幼児の時間」で放送された「とんぼのめがね」である。作詞は広野町で内科医をしていた額賀誠志（一九〇〇～六四）で、終戦後の子らの成長にふさわしい童謡を、との願いが籠る。作曲は高知出身で「スキー」の歌などを作った平井康三郎（一九一〇～二〇〇二）による。

とんぼのめがねは　水いろめがね／青いおそらを　とんだから／とんだから
とんぼのめがねは　ぴかぴかめがね／おてんとさまをみてたから／みてたから
とんぼのめがねは　赤いろめがね／夕焼け雲を　とんだから／とんだから

平成七年（一九九五）、童謡ゆかりの地である広野町の築地ヶ丘公園に「とんぼのめがね」の歌碑が建った。

国民的な二つの歌が、地方の小さな町を舞台にするのも嬉しい。平成十八年、二曲はともに「日本の歌百選」に選ばれた。多くの人の心に眠る曲が、ふっと口をついて出る旋律は優しくて懐かしい。

今、福島の皆の心が一つになるのを願うばかりだ。

（２０１６・２）

331——保育園落ちた日本死ね！

怒りのブログが二〇一六年二月十五日の「はてな匿名ダイアリー」に投稿された。タイトルは「保育園落ちた日本死ね！」だ。この反響は速く、大きく、共感殺到、議論が拡がる。いい傾向だ。ストレートな物言いに賛同者も多い。拡散するブログを抄録する。

何なんだよ日本。一億総活躍社会じゃねーのかよ。昨日見事に保育園落ちたわ。どうすんだよ私活躍出来ねーじゃねーか。子供を産んで子育てして社会に出て働いて税金納めてやるって言ってるのに日本は何が不満なんだ？　何が少子化だよクソ。（略）不倫してもいいし賄賂受け取るのもどうでもいいから保育園増やせよ。オリンピックで何百億円無駄に使ってんだよ。エンブレムとかどうでもいいから保育園作れよ。（略）どうすんだよ会社やめなくちゃならねーだろ。ふざけんな日本。（略）国が子供産ませないでどうすんだよ。金があれば子供産むってやつがゴマンといる（略）不倫したり賄賂受け取ったりウチワ作ってるやつ見繕って国会議員を半分位クビにすりゃ財源作れるだろ。まじいい加減にしろ日本。

真っすぐな言葉が素直にストンと腑に落ちる。この思い、待っていたように人に伝播、拡がるばかり、ネット社会の凄まじさを垣間見せる。正論だと言われる思いが拡がることはいい。一ブロガーの「問題提起」に、これだけ素早い反応を見せるのも珍しいだろう。

一九九〇年代初め、共働き世帯が専業主婦世帯を上回ってから保育所を必要とする親が増え、待機児童問題が顕在化。二〇〇一年、当時の小泉首相が待機児童「ゼロ作戦」を打ち出したものの、リーマンショック後、首都圏などで待機児童は急増した。その後「どうでもいいから保育園増やせ」の熱望はマグマのように主婦の心に「顕在化」し続けた。しかし「国の行方を決める国会」では、迅速対応ならず、保育所二万四四二五カ所、幼稚園一万二九〇五カ所（二〇一四年）と、まだまだ足りない現状で「待機児童解消」にはなってない。

何時になるのか、何時になるのか、の主婦の不満が爆発。こうなったら不倫、賄賂のどうでもいい政治家を削ってでも「財源作れや」のズバリコメントになった。

今回の本音発言を受けて地方議員の動きも出てきた。もしネット社会が、どうしようもない国の〝かたち〟を変えられるのなら、「発言」をどんどんしていくべきだろうし、し続けることが大事だ。

（２０１６・２）

332 歴史は繰り返す

平成二十八年（二〇一六）四月十四日にＭ６・５の前震、十六日にＭ７・３の本震で、熊本の大地が大きく揺れた。その後、余震が続き、十日余が過ぎても、なお県内には六万人近くが避難生活を余儀なくされている。地震発生も断層帯の延びる大分方向へと動いている。

歴史は繰り返すというが、余震が続く熊本、同じ状況が江戸初期にもあったという新聞コラムを読んで恐くなった。東日本大震災（二〇一一）とも繋がっている話だ。

慶長十六年（一六一一）八月、Ｍ６・９の会津地震があり、十月、Ｍ８・１の慶長三陸地震が発生、大津波で数千人が亡くなった。その後、元和五年（一六一九）には肥後熊本の八代でＭ６の地震が起こり、寛永二年（一六二五）にも大地震が襲って熊本城の火薬庫が爆発、長い間、余震が続いた。さらに寛永五年には江戸城の石垣が壊れる地震も起きた。そして寛永十年、Ｍ７・１の寛永小田原地震で百数十名が圧死したと記録に残る。

まさに今のような地震国日本の姿を伝える。

縄文時代から現在まで、日本列島には多くの地震の爪痕が刻まれている。ちなみに文献に残る日本最古の地震は、允恭（いんぎょう）五年（四一六）に大和国（現奈良県明日香村）で発生した「允恭地震」と『日本書紀』に記されている。

阪神淡路（一九九五）から東日本、熊本へと続く「大地の揺れ」は、四百年前の状況と似ている。東北から熊本、そして次は小田原へと向かうのであれば、もう「小田原評定」を始めても遅くはないだろう。地震とくれば、「原発」は大丈夫か、との思考回路になる。地震国の中で人間の造った施設「原発」は、本当に安全なのか、万全を期してとは言うが「万全」は「自然」には勝てない。東日本で経験していると思う、のだが。

ウクライナのチェルノブイリ原発事故（一九八六）から今年は三十年になる。チェルノブイリには、まだ人が住めていない。福島原発（福島）しかりだ。

そんな中、熊本地震では川内（せんだい）原発（鹿児島）の稼働中止はないようで、断層延びる伊方原発（愛媛）への注視度も低いようだ。地震皿の上に乗っかって揺れ動く人と施設があるなら、動ける人はいい。動かぬ施設が壊れたらどうしようもない。有るモノは壊れるか、壊すしかないだろう。だとするなら危険物は丁寧に人の手で除いていくしかない。人間が自然に勝とうなんておこがましい。

人間の思考を超えたところで自然の動きがあることを忘れてはなるまい。

（２０１６・４）

平成二十三年（二〇一一）三月十一日、東日本大震災が起きた。翌年、震災復興を応援するチャリティーソングとして岩井俊二作詞・菅野よう子作曲「花は咲く」が生まれ、NHK東日本大震災復興支援プロジェクトのテーマソングとして使用されている。

真っ白な　雪道に　春風香る／わたしは　懐かしい／あの街を　思い出す／／叶えたい　夢もあった／変わりたい　自分もいた／今はただ　なつかしい／あの人を　思い出す／／誰かの歌が聞こえる／誰かを励ましてる／誰かの笑顔が見える／悲しみの向こう側に／／花は　花は　花は咲く／いつか生まれる君に／花は　花は　花は咲く／わたしは何を残しただろう／／夜空の　向こうの　朝の気配に／わたしは　なつかしい／あの日々を　思い出す／／傷ついて　傷つけて／報われず　泣いたりして／今はただ　愛おしい／あの人を　思い出す／／誰かの想いが見える／誰かと結ばれてる／誰かの未来が見える／悲しみの向こう側に／／花は　花は　花は咲く（略）　　（「花は咲く」）

この「花は咲く」発表後、山形県長井市で活動するアマチュア四人のフォークグループ「影法師」は、あおきふみお作詞・横澤芳一作曲「花は咲けども」というアンサーソングを作った。

333――「花は咲く」と「花は咲けども」

原子の灰が　降った町にも／変わらぬように　春は訪れ／もぬけの殻の　寂しい町で／それでも草木は　花を咲かせる／花は咲けども／春を喜ぶ　人はなし／毒を吐きだす　土の上／うらめし、くやしと　花は散る／／異郷に追われた人のことなど／知ったことかと浮かれる東京／己の電気が　招いた悲惨に／痛める胸さえ　持ち合わせぬか／花は咲けども　花は咲けども／春を喜ぶ　人はなし／毒を吐きだす　土の上／うらめし、くやしと　花は散る／／一年　三年　五年　十年／消えない毒に　人は戻れず／ふるさとの花　恋焦がれて／異郷で果てる　日を待つのか／花は咲けども　花は咲けども／春を喜ぶ　人はなし／毒を吐きだす　土の上／うらめし、くやしと　花は散る／／花は咲けども（略）　　（「花は咲けども」）

原発事故で故郷を追われた人々、帰りたくても帰れないでいる、忘れようにも忘れられない故郷を想う。

良いとか、悪いとかでなく、ともに復興を願っての歌なのだから、お互いを唄って生きていくしかないだろう。ふりかえらず、現在をみて未来をみる。

（2016・4）

334――オバマ大統領が広島に立った

二〇一六年（平成二十八）五月二十七日、第四十四代アメリカ合衆国オバマ大統領が広島の地に立った。現職大統領として初めて被爆地からメッセージを発した。

――七十一年前、雲一つない明るい朝、空から死が落ちて、世界が変わった。閃光と炎の壁が都市を破壊、人類が自らを破壊できる手段を手にしたことが示された／なぜ我々はこの地、広島に来るのか／恐ろしい力について考えるためだ／きのこ雲が人類の根本的な矛盾を想起させた／人類と自然界に比類ない破壊をもたらした／現代の戦争はこの真実を我々に教える。広島はこの真実を教える／我々は静かな叫びを聞く／苦しみを繰り返さないために何をしなければならないか、を問う責任がある／一九四五年八月六日の朝の記憶を風化させてはならない／我々は核兵器なき世界を追求する勇気を持たなければならない／私たちが選ぶことのできる未来は、広島と長崎が核戦争の夜明けとしてではなく、道徳的な目覚めの始まりとして知られるべきだろう――。

原子爆弾が日本に実戦使用されるまでを振り返ると、一九三九年（昭和十四）第二次世界大戦勃発後、第三十二代ルーズベルト大統領に科学者らから手紙が届けられ、原爆開発のマンハッタン計画が進められた。そして「開発中の原子爆弾の使用を『日本』に決定した」のは四三年だった。ところが五〇年四月、ルーズベルトが急死、副大統領のトルーマンが第三十三代大統領に就任。原爆を「いつ、どこへ」が引き継がれ、「目視爆撃可能な天候の日に『特殊爆弾』を投下」の命令が下された。

八月六日、広島にウラニュウム型爆弾リトルボーイが、ポール・ティベッツ大佐によって落とされた。

八月九日、長崎にプルトニュム型爆弾ファットマンが、チャールズ・スウィーニー少佐によって投下された。

日本人はオバマ大統領の言葉を静かに受け止めた。ただ、彼が、そこに立つことによって許したのだ。

七十一年の歳月の想いはある、しかし相手の「誠」を見たときに「許す」日本人の精神は凄いと思う。謝罪の言葉をと言うけれど、そこに来ることが、まさに「謝罪」なのだから言葉はいらない。広島平和記念資料館で、オバマ大統領は芳名録に署名、メッセージを記した後、和紙で作った自作の「折り鶴」をそっと置かれたという。核のない世界に向けて歩み続けるオバマ大統領の姿は、静かで穏やか、それは強さなのかもしれない。

（2016・5）

335　「童神」の歌に、涙

二〇一六年（平成二十八）六月十九日、沖縄県那覇市の奥武山公園に約七万人が集まった。

元米海兵隊で米軍属の男が、うるま市の女性（二〇）を殺害、その抗議の県民大会が開かれた。沖縄県民の「怒りと悲しみは限界を超えた」と訴えた。

この大会は一九九五年の米兵三人による少女暴行事件に抗議する約九万人集会に次ぐ規模になった。

陽光ふりそそぐ会場では、沖縄音楽を代表する歌手・古謝美佐子さんの唄う「童神」が響き渡った。

参加者全員が「我が子を奪われた親の思い」になって、歌を聴き、涙した。そして「二度とこのような事件を繰り返さないと誓いながら」また繰り返された「怒りの心」が空を突き抜けた。

今度こそ……の声が響いた。

天からの恵み　受けてこの地球に／生まれたる我が子
祈り込め育て／イラヨーヘイ　イラヨーホイ／イラヨー　愛し思産子／泣くなよーや　ヘイヨー　ヘイヨー／太陽の光受けて／ゆーいりよーや　ヘイヨー　ヘイヨー／健やかに　育て／

暑き夏の日は　涼風を送り／寒き冬来れば　この胸に抱いて／イラヨーヘイ　イラヨーホイ／イラヨー　愛し思産子／泣くなよーや　ヘイヨー　ヘイヨー／月の光浴びて／ゆーいりよーや　ヘイヨー　ヘイヨー／健やかに　眠れ／

嵐吹きすさむ　渡るこの浮世／母の祈り込め　永遠の花咲かそ／イラヨーヘイ　イラヨーホイ／イラヨー　愛し思産子／泣くなよーや　ヘイヨー　ヘイヨー／天の光受けて／ゆーいりよーや　ヘイヨー　ヘイヨー／天高く　育て

古謝さんは一九九七年、初孫の誕生を祝う「童神」を初の自主製作盤シングルとしてリリース、作曲は夫の佐原一哉さん。この歌はＮＨＫ朝ドラ「ちゅらさん」（二〇〇一年）の挿入歌としてお茶の間にも流れた。

その後、この「赤子をあやす母親」の歌は多くの女性アーティストらに注目され、広がった。

それにしても「童神」をカバーする歌手は夏川りみ、島袋寛子、山本潤子、王心凌、芙美子、ＲＹＯＥＩ、城南海、雨宮知子、加藤登紀子などたくさんいる。

米軍属の男には、日本人妻との間に生まれて間もない子がいるという。沖縄に住む母親は「童神」を唄い、子をあやしていたかもしれない。

（２０１６・６）

この話題は「世界ふしぎ発見」を超えるものであろう。驚くというより、人間の不思議な変化自体に怖さを覚える。いわゆる思春期は、人間の身体に様々な変化が起き、身長や体重、体毛、声変わりなど、男女それぞれが経験することだ。ところが西インド諸島・ドミニカ共和国の小さなサリナス村では、ゲヴェドース（十二歳になると男性器が生える意味）と呼ばれる「性」の〝転換〟現象が起きる、つまり思春期に少女から少年に変化する不思議な症状が出る。村では、この違和感が珍しくないというから驚く。九十人に一人の確率だそうで、名前も女から男名に替える者もいれば、そのままの者もいるそうだ。

通常、妊娠八週間目から男性ホルモンのジヒドロテストステロン（DHT）によって男性器が作られていくが、サリナス村の妊婦にはDHTの量に影響する「5a還元酵素」が足りずに起こる遺伝子疾患があり、男性器と精巣を持たない「子」が生まれるために女児に間違われる。そしてテストステロンが急増する思春期になると男性器が大きくなっていく仕組みのようだ。少女として育てられ、やがて少年に変わるのだ。

ピンクのタンクトップからブルーのシャツに着替えて床屋で散髪する、そんな「少女が少年に変わる」奇妙な

336——女から男へ——ゲヴェドース

噂を聞き、一九七〇年代、アメリカのコーネル大学・ホルモン障害分野専門のジュリアン・インペラート医師がサリナス村を訪問、確認、発見、発表した。

十二歳でペニスができるという現象を「悪魔、汚らしい」と忌み嫌う人もいれば、「祝福、喜ばしい」と受け入れる住民もいて様々だ。とにかく多感な思春期の変化に少年少女自身が変化を実感しながら暮らすサリナス村があるという現実を認めるしかない。

この現象はニューギニヤやトルコなどでも確認されているが、調査記録は残っていない。

日本は平成十五年（二〇〇三）に「性同一性障害者の性別の取り扱いの特例に関する法律」なる長たらしい名の法ができて、性同一の診断と治療のガイドラインなどが示されてはいるが、サリナス現象が出現したとしたら、日本人はどんな反応を示すだろう、か。

起こり得ないと思っていた、ことが地球上の片隅では起こっている。その性的マイノリティーもごく普通に過ごせるサリナス村のような環境もできている。

まず〝ものごとは早く知り、認める〟ことからが始まりになるだろう。いろんな世界があるということだ。

（2016・7）

337　原発を詠む、のだが

我が国の原子力発電の歩みを追うと、昭和三十年（一九五五）に「原子力基本法」が成立し、翌年、茨城県東海村に日本原子力研究所を設立。昭和三十八年十月二十六日、同研究所の動力試験炉で初発電が行われた。

原発は工業、産業用電源を安価で安定的に供給する目的で導入されたのだが、今、世界各地での原発事故で、人類に「原発」が必要なのか、と問われ始めている。

自然災害とはいえ、地震国日本で起きた福島第一原子力発電所の事故による未曽有の影響を見て、それぞれが考え、多くの人が原発を問い、詠む、のだが。

「失われた世代」のままでいたかった
　フクシマ祀る墓守われら　　田中　濯

チェルノブイリ、スリーマイルに挟まれて
　フクシマを見る七時のニュース　　俵　万智

平成二十三年（二〇一一）三月十一日、午後二時四十六分、岩手から茨城県沖の広範囲を震源域とするM９の日本観測史上最大の東日本大震災が発生した。まる五年が過ぎた二十八年までの被害者は、死者一万五八九四人、負傷者六一五二人、行方不明二五六二人と言われ、避難者は約十八万人。震災が原因で自殺した人は一六一人、この内、福島、岩手、宮城で一五四人。その自殺者の中に福島第一原発から約六〇キロ離れた福島県相馬市の酪農家の男性（五四）がいる。彼の死は哀しい。父から継いだ牧場を大きくしよう、と二十二年、約四十頭の乳牛を飼う堆肥舎を新築、農機具も増やしていこうと懸命に働いた。ところが翌年の福島原発事故で三月中旬、突然、原乳の出荷が停止され、収入が途絶えた。家族四人路頭に迷い、「おらだめだ。べこ（牛）やめて、出て行く」と福島を離れたものの、上手くいかず帰郷。

そして牛舎の黒板に「原発さえなければ」と「原発で手足ちぎられ酪農家」などの文字を書き残して亡くなっていたという。震災から三カ月後のことである。

被曝の人や牛や夏野をただ歩く　　金子兜太

死の灰にまみれて藁もわらしこも　　無着成恭

原発忌福島忌この世のちの世　　黒田杏子

世界で運転中の原発は四三四基。アメリカ（九十九）、フランス（五十八）、日本（四十三）、中国（三十）、ロシア（三十）、韓国（二十四）、インド（二十一）、カナダ（十九）他の順になっている。

地震国、日本列島にのる原発の安全神話が崩れた今、どうするか、真剣に考える時だろう。

（２０１６・７）

338 戦後のマスマーダーを追跡

平成二十八年（二〇一六）七月二十六日、神奈川県相模原市の障害者施設「津久井やまゆり園」で十九人が刺殺され、二十六人が重軽傷という事件が起きた。犯行は、近くに住む元同施設職員の植松聖（二六）が警察に自首。殺傷者数は、単独犯として日本近代史上最悪になった。

大量殺人者の定義には、シリアルキラー（連続殺人者）、マスマーダー（大量殺人者）、スプリーキラー（無差別殺人者）とある。

戦後のマスマーダー（短時間に一つの場所で多数の人間を殺害した者）の主な事件を改めて追跡してみる。

昭和二十一年（一九四六）一月二十九日、和歌山県東長町での「元歯科医一家殺し」では、大橋一雄（二六）が復員後、家族間の仲違いで兄一家八人をナタで殺害した。

昭和二十三年一月二十六日、東京の「帝国銀行」椎名町支店で、赤痢の「予防薬」と称して毒物を飲まされた行員ら十二人が死亡。画家の平沢貞道（五六）が逮捕され、死刑判決が下るも、無実を訴え続け獄中死。

昭和二十九年九月九日、福岡県みやこ町の「畑田一家十一人殺傷」では、元理髪師の中村喜市郎（三六）が未亡人との別れ話の縺れからミツマタで襲い八人が死亡。

昭和二十九年十月十一日、茨城県鉾田町の精米業「大沼一家九人焼死」は解剖の結果、全員から青酸反応が出て毒殺後の放火と判明。前科八犯の緑志保（四三）を逮捕。

昭和三十二年十月二十七日、東京都昭島市の「共同住宅放火八人焼死」では六人の重軽傷者も出た。周辺地域で続くボヤ事件の犯人・五十嵐正義（三九）を逮捕。

平成十三年（二〇〇一）六月八日、大阪府池田市の「池田小児童殺傷」では、元市職員の宅間守（三七）が刃物を持って教室に乱入。児童を次々と刺し八人死亡、十五人に重軽傷を負わせた。

平成二十年十月一日、大阪市浪速区の「個室ビデオ店放火殺人」で十六人が死亡、四人が負傷。生きるのが嫌になった小川和弘（四六）が「ライターで火」と供述。

この他、シリアルキラーは、昭和二十年、小平義雄（四二）が一年二カ月で女性七人を殺害。二十三年、助産婦の石川ミユキ（五二）・猛（五八）夫妻が四年間に一〇三人の乳児を死なせた寿産院事件。二十七年、栗田源蔵（二六）が女性（六人）と幼児（二人）を殺したおせんころがし事件など。スプリーキラーは連合赤軍リンチ事件（四十六年）、三菱重工ビル爆破事件（四十九年）、地下鉄サリン事件（平成七年）など。惨劇は繰り返させまい。

（２０１６・７）

この事件は戦争の狂気の中で起きたようだ。マリアナ諸島のアナタハン島（東西一二、南北四キロ、面積三一・二一平方キロメートル）がその舞台である。昭和十九年（一九四四）六月、トラック諸島へ物資輸送をする海軍徴用船が、米軍機の襲撃を受けて沈没。兵士十名、徴用船員二十一名の二十代前後の若者がその孤島に流れ着いた。そこでは二人の日本人、日本企業のヤシ栽培経営の農園技師と沖縄出身の女性・比嘉和子（二二）が、原住民五十人余りと暮らしていた。彼らは昭和二十年の敗戦後も、終戦を知る術もなく共同生活を送った。原住民は逃げ出し、女性一人と三十二人の男性が残った。そして一人の女性をめぐる怪しい悲劇の連鎖が始まった。昭和二十六年の投降、帰国まで狂気の世界は続いた。

ところで和子には夫がいたのだが、パガン島に妹を迎えに行き、行方不明となり、その後、島が米軍の空襲に遭った。和子は上司の技師とジャングルに逃げ込み助かったが、住む場所も着る物もない。助け合うしかない二人は夫婦生活を始めた。豚や鶏がかろうじて生き残ったのと、バナナやパパイヤ、タロイモ、ヤシガニなどで食いつないでいた時、漂流者三十一人が島に上陸したのだ。そして、女一人と男三十二人の生活が始まった。

339——アナタハン島の怪悲劇

小さな孤島での奇妙な日々が続く中、昭和二十一年夏、墜落した米軍戦闘機の残骸から拳銃四丁と実弾が発見された。銃に詳しい男が「使える銃」二丁を組み立てた。銃を得たことで集団の力関係が変化、仲間の一人が亡くなった。和子に言い寄るしつこい男が射殺された。技師は和子から身を引き、銃を持つ男に譲った。男は夜釣りをしていて海で死んだ。次の銃持ちに和子が移ってしばらくすると、その男も死んだ。男たちは一人の女を巡って疑心暗鬼になり、重なる憎悪、復讐でお互いが争い、公然と殺しあった。五年余で怪死、病死、行方不明などで男十三人の姿がなくなった。生きる性の現実の中「和子がいるから争う。元凶の和子を殺そう」との計画を聞き、和子はジャングルに隠れ、昭和二十五年、米国船に救出された。翌年、生き残った十九人も帰還した。

嘘のような本当の話、を知って驚いた。

この怪事件は「アナタハンの女王」猟奇事件として報道され、「和子ブロマイド」も売り出されるなど好奇の目に晒されたが、昭和四十九年、五十二歳で亡くなる彼女の晩年は平穏な生活だったという。この史実をもとにした桐野夏生（なつお）の小説『東京島』があるようだ。

（2016・8）

八月六日を忘れてはならない。昭和二十年（一九四五）八月六日、旧制広島二中（現広島観音高校）の一年生、三二一名の生徒と四名の教師が勤労奉仕中、頭上で原子爆弾が炸裂、全滅した。この日の出来事は、昭和四十四年（一九六九）十月、広島テレビがドキュメンタリー番組「碑（いしぶみ）」として制作、全国ネットで放送された。

この企画は、広島二中の卒業生・薄田純一郎によってなされた。スタジオ内に亡くなった生徒らの遺影が掲げられ、遺族の証言や生徒たち、教師らの最期を、克明に追う様子を、広島出身の昭和の女優・杉村春子（一九〇六～九七）が、淡々と、ひとり語りで朗読する内容だった。番組は、その年の文化庁芸術祭優秀賞や放送批評家賞（現ギャラクシー賞）などを受賞、海外でも放送された。

翌年、「碑」をプロデュースした薄田の作詞で森脇憲三作曲の合唱組曲「レクイエム『碑』」ができた。この曲は九章から成り、被爆の瞬間から全滅までの過程を、激しく、切々と詠い、不条理な死への怒り、原爆の悲惨さを訴え、平和な未来への祈りを込めた鎮魂曲として、薄田と森脇の〝二中コンビ〟で演奏時間四十五分という大作を完成させた。

太田川の川土手の碑／苔のある碑／雨風に洗われている碑／おとずれる人もまばらな碑／／非情のかぎりに苦しんだ恩師弟達の碑／地球の中で最も残酷な仕打ちにのたうちまわり死んだ恩師弟達の碑／／（略）恩師弟達よ今どこに／私達は君達の心を歌う／今ここに歌う　歌う／／私達の声を聞いてくれ

340 ――「碑」から「いしぶみ」へ

平成二十七年（二〇一五）八月、新たに「戦後七十年特別番組いしぶみ――忘れない。あなたたちのことを」が、一九六九年リメイク版として放送された。

作品は薄田原案に沿い、広島生まれの平成の女優・綾瀬はるか（一九八五～）が朗読を担当した。

被爆した生徒や教師の遺族へのインタビュー、慰霊碑訪問など、前作オリジナルとは違う演出がなされた。慰霊碑には、次のように刻まれ、生徒らの生きた証を残す。

「戦災並に原爆にて死没された、元広島二中職員生徒三五二名のなつかしい名簿をこの碑の裏面に記し、永久の思い出と慰霊のよすがと致したいと思ひます。

昭和三十六年八月六日　遺族一同」

また元県立広島二中校長・吉田貞衛の歌碑も建つ。

なぐさめの言葉しらねばただ泣かむ
汝がおもかげといさをしのびて

（2016・8）

今、日本一ちっちゃな村の富山県中新川郡舟橋村が、とても元気がいいようだ。

ちっちゃな村とは、面積が三・四七平方キロメートルで、日本一の広さを持つ岐阜県高山市の二一七七・六七平方キロメートルの六二七分の一の広さしかない自治体。

現在、舟橋村は北陸三県（福井・石川・富山）で唯一の「村」となり、一村でガンバッテいるようだ。

村名は、室町時代に城主が、城の堀に舟を連ねて橋を架けたことに由来すると言われ、明治二十二年（一八八九）の町村制施行以降、合併には無関心を通してきた。

近年、人口減で自治体が消えていく「消滅自治体」の話題が姦しい。二〇四〇年には一七一八市区町村のうち八九六市町村が無くなるという試算まで出ている。

ところが、舟橋村は、昭和四十五年（一九七〇）の人口が一三五七人だったのが、平成二十八年（二〇一六）には二九七一人と倍を超えている。どんな自治体だろう、と探ってみると、なるほど、だった。

富山市のベッドタウン化の影響で人口増加率は県内一で、二〇〇〇年から五年間は日本一だ。特に幼少人口割合は二二・七％で、全国市町村で最高。若い村だ。

二〇一三年、村民みんなで踊り、唄う、村歌「ちっちゃな舟橋村」が発表された。

自然と遊べる豊かなみどり　育ててゆきましょう／ひとりひとりが輝くように　自分の力を生かしましょう／日本一の小さな村には　日本一の幸せがあるよ／ちっちゃな　ちっちゃな　ちっちゃな　ちっちゃな／ちっちゃな　ちっちゃな　ちっちゃな　ちっちゃな舟橋村／大きな　大きな　大きなこころ／／ちっちゃな　ちっちゃな　ちっちゃな　ちっちゃな／ちっちゃな　ちっちゃな　ちっちゃな　ちっちゃな舟橋村／大きな　大きな　大きな　夢もってゆこう／／

舟橋村は富山市から電車で十三分。緑豊かでのどかな村。村の中心には「舟橋駅」があり、「村立図書館」を併設。ユニークな取り組みがされている。駅と図書館を合体して村民コミュニティの場を作った。

また、駅前駐車場を拡大し、家から最寄りの駅に行き公共機関を利用して都市部へと行く「パーク&ライド方式」を採用、村の活性化も図られた。

YouTubeでの「村歌」映像は、村民の笑顔が輝いている。安心できる村。そして日本一小さいのに、日本一子どもが多い村。少子高齢化逆行のフシギ村だ。

（２０１６・９）

341　日本一ちっちゃな村

子どもたちの命がぽつ、ぽつ、ぽつと消えてゆく。いじめによるものであろう、苦しみや傷つく心を未来に繋げられない子どもたちが、現実、確実にいる。

その、ひとつの命を、どうにか守りたい、明日につなげる心を育てたい、と祈る詞が生まれる。

平成十八年（二〇〇六）、沖縄の若い音楽教師・下地なを美さんが、歌を通して「命の大切さ」が伝わればと、オリジナルソング「つながるいのち」を作詞作曲した。

時が刻まれ、自身の弾き語りも含め「つながるいのち」をつなげよう、と人から人へのつなぎが広がりを見せている。この歌が、どうか、どうか広がってほしい。

つながるいのち

なぜ生まれてきたの　だれもが思うの／ひとりさみしい時　そっと涙ぐむ／あの星の光が　私に言うの／だいじょうぶ守ってる　ひとりじゃないよ／ひとりじゃないよ私のいのち　今はさみしくても／泣かないで歩こう／つながってきた私のいのち／大切に守って明日へとつなごう〃ポツンと座ってる蛍のような／私のこの灯り　だれも消さないで／生まれたその訳を　星は知ってる／この世で光りなさい　授けられたの／授けられたの　私の光／今はちっぽけだけど　輝いているんだ／つながってきた私のいのち／大切に守って明日へとつなごう〃私のこの腕が　私の足が／共に今生きている　支えてくれる／この胸の鼓動が私に言うの／だいじょうぶ守ってる　ひとりじゃないよ／ひとりじゃないよ　つながるいのち／億千万の星　巡って生まれた／つながってきた私のいのち／大切に守って明日へとつなごう／ひとりじゃないよ　私のいのち／つながっているんだ　私の明日へ

ごく普通の生活の中、小学生がいじめを苦に自殺した事件を前に、彼女は「命」について悶々としていた。

ある日、突然、歌詞やメロディーが湧き、一日で「曲」が出来上がった。

その歌を子どもらと唄っていた折、人権ラブソングコンテストにエントリーすると準グランプリになった。

それがキッカケで「つながるいのち」が公共広告機構（ＡＣ）のＣＭに登用されることになり、テレビやラジオで流された。

メロディーが電波に乗った。

人々のこころに「つながる」、「いのち」を「守って」、「つなごう」がゆっくりと伝わっていった。

（２０１６・10）

343――知らなかったコンビニ

　コンビニエンストアーの大手三社、セブンイレブン、ファミリーマート、ローソンを調べてみた。生活に溶け込むコンビニ。まず、各社のロゴマークは、といえば、「あのマークね」と、皆、納得顔だが、イメージ記憶だけで、キチンと「説明」できない。なるほどそうだったか、と知らなかったコンビニの顔が現れてきた。

　セブンイレブンは、緑・赤・オレンジのコーポレートカラーに「7-ELEVEn」とあり、最後の「n」は小文字。

　ファミリーマートは、ブルーとグリーンに「あなたと、コンビに、FamilyMart」と、「コンビニ」の「ニ」はひらがなの「に」を使っている。

　ローソンは、ブルーカラーに「LAWSON【ミルク缶】STATION」とあり、おぼろげなイメージで下部の「STATION」に気づくことはなかった。

　日常で見聞きする記憶が、如何にいい加減で、曖昧だったかがわかる。各社の成り立ちなどを追ってみることにした。原点に還って、今を見る。

　セブンイレブンは一九二七年、アメリカ・テキサス州の小さな氷販売店がスタート。四六年からチェーン展開し、店名由来の「朝七時から夜十一時」まで営業だった。日本には「イトーヨーカ堂」がライセンス契約を結んで七四年、東京都江東区「豊洲店」から始まった。現在は世界五万九八三一店舗（国内一万八七八五、海外四万一〇四六）の展開になっている。

　ローソンは一九三九年、アメリカ・オハイオ州で「ローソンさんの牛乳屋」として地域の評判を呼び、五九年、コンビニエンストアの運営システムを確立して広がった。日本では「ダイエー」がコンサルティング契約を締結、七五年に大阪府豊中市「桜塚店」が第一号店。現在は日本を中心に展開し、一万三一五三店舗（国内一万二三九五、海外七五八）が営業している。

　ファミリーマートは一九七三年、「西友ストアー」の企画で、実験小型店を埼玉県狭山市「狭山店（現・入曽店）」で開始。名は「お客様とフランチャイズ加盟店、本部が家庭的な付き合いで、共に発展」する「ファミリー」がテーマ。日本に本社を置くフランチャイザーになった。現在、二万四三三二店舗（国内一万八二四〇、海外六〇九二）がある。

　さりげない景色の中、いつも目にするモノを見直すと、意外な歴史が眠っている。モノに拘らなくてもいい。スルーするのではなく、たまにはストップもいいようだ。

（２０１６・10）

344　風に吹かれてノーベル賞

二〇一六年ノーベル文学賞にアメリカのミュージシャン、ボブ・ディラン（七五、一九四一〜）が受賞した。

一九〇一年にノーベル賞がスタートして第一回文学賞のフランスの詩人シュリ・プリュドム（一八三九〜一九〇七）受賞後、小説や戯曲、哲学などが対象で、ポピュラー音楽界の受賞はなかった。

ボブは一九六一年、大学を中退しニューヨークのクラブなどで弾き語りをしていた。翌年、二十一歳の時「世の中で一番の悪党は、間違っているものを見て、それが間違っていると頭でわかっていても、目を背けるやつだ」のコメントと共に、代表曲となる「風に吹かれて」の歌詞を雑誌に発表した。

ところで「風に吹かれて」の誕生には、ドラマがあるようだ。曲は、一九六二年七月九日にスタジオ録音されたが、実は、その三カ月前の四月十六日の午後、コーヒーショップで作詞を終え、数時間後のライブで初披露されたものだという。後、その歴史的な〝音〟がCD化されてもいるようだ。この歌は、反戦ソングともいわれるが、元は、黒人差別の問題からインスピレーションを受けたものだそうで「人間への問い掛け」だそうだ。

この曲が評価され始めたのは、ピーター・ポール＆マリーというフォークグループにカバーされたことから広まっていったそうだ。ボブ・ディランと言えばフォークソング。彼の曲の広がりは国境を越えた。

そして、彼は、人間は「風の中」にいて「吹かれて」生きていく永遠を伝え続けていくようだ。また彼の名は、イギリスの偉大な詩人ディラン・トマス（一九一四〜五三）に因ると言われる。ボブは「世代の代弁者」、「時事的な歌に運命を開いた人」などの評価があり、グラミーやアカデミー賞など数多くを受賞するが、関心事は「平凡な家庭での、我が子の少年野球と誕生日パーティー」だと述べる、ごく普通の父親のようだ。

今回の受賞は「新しい詩の表現を創造」したとの理由で、古代ギリシャ詩人に連なると讃えられたが、反響は賛否両論、姦しい。「冗談だろう」などの「否」がある中、ある作家は「歌と詩は密接な関わりを持ってきた。ディラン氏は吟遊詩人の優れた伝承者だ」と賛辞を送る。

これが常識的な「賛」だろう。

ノーベル「文学賞」の幅が広がったのだ。彼の言葉に「私の運命は命の息吹が導くまま展開していく」とあるように、まさに風に吹かれてノーベル賞だった。

（２０１６・10）

345　リサ・クリスティンの奴隷写真

こんな残酷世界が、まだ存在するのか――。アメリカ出身の人道主義の写真家リサ・クリスティン（一九六五〜）の「現代奴隷の目撃写真」をネットで見て、恐ろしくなった。彼女は十一歳から写真撮影を学び、三十年余り六大陸を訪ね歩いて写真を撮ってきた。

彼女は、お金の奴隷になっている先進国の人間が支える奴隷制度の下で、「自分が奴隷であることすら知らない人もいる」悲惨な姿を撮った「今」について語る。

ガーナの違法鉱山の地下五〇メートル、空気は熱気と埃で息さえ困難、すり抜ける男の気配と咳込む不快な音、粗野な道具で石を切り出す音が竪穴に満ち、手を滑らせれば落下してゆく鉱夫の姿があるという暗闇の世界。こんな隠された事実に直面し、奴隷を撮影する旅を始めた。

わずか一八ドルの借金で家族が何世代にもわたって奴隷になってしまう現実がある。奴隷が作る商品に価値はあるが、作る人は使い捨て。奴隷制度は違法だが、世界中至る所に奴隷あり。インドとネパールでは、レンガを焼く窯の気温五〇度を超す現場で、子供を含めた家族が埃まみれになり機械的に何個もレンガを頭に乗せて、数百メートル離れたトラックに運ぶ、一日十六時間余、放尿すらままならない休みなしの作業。ヒマラヤでは、子供たちが手作りのハーネスを頭から吊り下げ、大きな石板を背負って山岳地帯を何キロも歩く。カトマンズでは、暗く狭く汚い地下のキャビン・レストランと呼ぶ強制売春の小部屋で、少女たちは性暴力に耐えなければならない、出口は一カ所で逃げ道はない。ガーナでは、世界最大の人造湖ボルタ湖で、売られてきた四千人を超える子供奴隷が舟で魚を捕っており、ジャングルの泥道を四時間余り歩いた奥地では、子を背負った多くの女性奴隷が水銀汚染の水に浸かって広場の穴で金の選鉱をする。インドでは、家族全員の手が、絹取引のために樽の有毒染料をかき混ぜるため、父は黒、二人の息子は赤と青に染まっている。彼らは「僕らに自由はない」と言い、「でも、いつかはここを出て……」と言う。現場ではＮＧＯフリー・ザ・スレーブ等の活動家と共に奴隷問題に光りを当てるロウソクを彼ら彼女らに渡した。束縛から逃れる光を持つ人がいることを知ってほしい……と。

二〇一六年現在、オーストラリアの人権団体の調査によると、一六七カ国で四五八〇万人が奴隷と言われる。

日本も二十五位で二十九万人余の〃奴隷人口〃があるというのだが……はて。

（2016・11）

346　流行語で時代を考える、と

言葉は生きている。毎年、新しい言葉が生まれ、時の移ろいの中で輝きもすれば朽ち果てもする。

一九八四年（昭和五十九）、世相を反映する「新語・流行語大賞」が、『現代用語の基礎知識』を発行する自由国民社により創始された。

その年に生まれた様々な言葉から、国民注視の下「時の言葉」が発表される。初回からの流行語大賞で時代を考えると、尽きない想いが広がる。

一九八四▼オシンドローム、鈴虫発言、八五▼分衆、パフォーマンス、八六▼究極、激辛、八七▼マルサ、ＪＲ、八八▼ペレストロイカ、ハナモク、八九▼セクシャル・ハラスメント、Ｈａｎａｋｏ、九〇▼ファジィ、〝ブッシュ〟ホン、九一▼……じゃあ～りませんか、火砕流、九二▼きんさん・ぎんさん、ほめ殺し、九三▼Ｊリーグ、サポーター、九四▼すったもんだがありました、イチロー（効果）、同情するならカネをくれ、九五▼無党派、ＮＯＭＯ、がんばろうＫＯＢＥ、九六▼自分で自分をほめたい、友愛、メークドラマ、九七▼失楽園（する）、九八▼ハマの大魔神、凡人・軍人・変人、だっちゅーの、九九▼雑草魂、ブッチホン、リベンジ、〇〇▼おっはー、ＩＴ革命、〇一▼聖域なき改革、ワイドショー内閣、骨太の方針、〇二▼タマちゃん、Ｗ杯、〇三▼毒まんじゅう、なんでだろ～、マニフェスト、〇四▼チョー気持ちいい、〇五▼小泉劇場、想定内（外）、〇六▼イナバウアー、品格、〇七▼どげんかせんといかん、ハニカミ王子、〇八▼アラフォー、グ～！、〇九▼政権交代、一〇▼ゲゲゲの、一一▼なでしこジャパン、一二▼ワイルドだろぉ、一三▼今でしょ！、じぇじぇじぇ、倍返し。お・も・て・な・し、一四▼ダメよ～ダメダメ、集団的自衛権、一五▼爆買い、トリプルスリー。

また、一九九五年（平成七）からは「今年の漢字」が、日本漢字能力検定協会により京都清水寺貫主（かんす）の揮毫で発表されるようになった。これまでの各年の一字を見る。

一九九五▼震、九六▼食、九七▼倒、九八▼毒、九九▼末、二〇〇〇▼金、〇一▼戦、〇二▼帰、〇三▼虎、〇四▼災、〇五▼愛、〇六▼命、〇七▼偽、〇八▼変、〇九▼新、一〇▼暑、一一▼絆、一二▼金、一三▼輪、一四▼税、一五▼安。

そうか、言葉の日々があるのなら、我が家の子や孫らのことばを注意深く見守れば、いろんな言葉を生んでいる。その〝家庭ことば大賞〟を作ってみるのもいい。

（２０１６・11）

347　我が国の「世界農業遺産」

ＵＮＥＳＣＯ（国際連合教育科学文化機関）が有形の文化、自然を保護する目的で登録する「世界遺産」。

並行して、二〇一一年、ＦＡＯ（国際連合食糧農業機関）は、土地の環境を生かした伝統的農村の維持保全を目指して無形の農業システムを「世界農業遺産」として認定するプロジェクトを発足させた。

二〇一六年までに世界十五カ国三十六地域、日本では八地域が認定されている。

時の移ろいの中で、環境に適応しながら何世代にもわたって受け継ぐ〝自然農法〟に学ぶことは多い。伝え、伝わることが大事だ。八つの地域を追ってみる。

新潟▼佐渡市「トキと共生する里山」は、トキの餌となるドジョウなどが生息できる水田で、「生きものを育む農法」を進め、ブランド米「朱鷺と暮らす郷」を作る。

石川▼能登地域「里山里海」は、急傾斜地の棚田、潮風から家を守る間垣などの原風景に「揚げ浜式」製塩法、素潜りの「海女漁」、里山保全の「炭焼き」伝統を残す。

静岡▼掛川周辺地域「茶草場農法」は、茶畑周辺の草地の芒などを刈り、秋から冬にかけて茶畑に敷く農法で、高品質の茶生産に併せて草地に生息する生物を育む。

熊本▼阿蘇地域「草原維持と持続農業」は草原を「野焼き」、「放牧」、「採草」など人の管理で守り、火山性土壌を改良、気候風土を活かす米や多様な野菜生産を行う。

大分▼国東半島宇佐地域「クヌギ林とため池がつなぐ農林水産循環」は、小規模ため池と土地の水利用を図り、クヌギによるシイタケ栽培で森の新陳代謝を促す。

岐阜▼長良川上中流域「清流の鮎」は、市民による水源林の育成、河川清掃などで「里川」に鵜飼漁の伝統漁法、清流による美濃和紙、郡上本染の伝統工芸を残す。

和歌山▼みなべ・田辺地域「梅システム」は、養分乏しい礫質の斜面に水源涵養のウバメガシ薪炭林を残し、梅林を開墾。高品質の梅と「紀州備長炭」の生産をする。

宮崎▼高千穂郷・椎葉山地域「山間地農林業複合システム」は、針葉樹の木材、広葉樹の椎茸、和牛、茶、棚田米の生産は五〇〇キロに及ぶ傾斜地の山腹水路に拠る。

世界を見ると、チリの「チロエ農業」は二百余品種のジャガイモ在来種を先祖伝来の栽培で継承する。

また、中国の「青田の水田養魚」は二千年前から水田での魚の養殖を行っているなど、様々な世界の〝農業〟の姿がある。

今後、人と自然の貴重な営みは増えていくだろう。

（２０１６・11）

348 韓国大統領の悲劇

二〇一六年（平成二十八）十二月九日、韓国国会のLIVE映像が日本で流れた。女性大統領・朴槿恵（十八代）の親友による国政介入事件を巡って、彼女の〝弾劾〟可否を問う国会中継だ。結果は、議員三百名中（三分の二以上だと可）二三四名の賛成多数で「可決」となり、朴大統領の職務は停止された。

韓国大統領の悲劇が続く。

朝鮮半島は、軍事境界線（北緯三十八度）を挟んで韓国（大韓民国）と北朝鮮（朝鮮民主主義人民共和国）がそれぞれ統治する分断国家となって時が経つ。

一九四八年（昭和二十三）に李承晩大統領が大韓民国政府樹立を宣言したが、五〇年、南北分断国家による「朝鮮戦争」が勃発し、五三年、休戦協定締結以降、戦闘は停止したままである。

ところで韓国が〝独立〟してからの歴史は長くない。

歴代大統領の姿を追ってみる。

▼李承晩（一〜三代）は、四月革命で失脚、米国亡命。▼尹潽善（四代）。▼朴正煕（五〜九代）は、側近に頭部を撃たれ死亡（暗殺）。▼崔圭夏（十代）は、軍事クーデターで失脚。▼全斗煥（十一・十二代）は、光州事件等で投獄、死刑判決、後に特赦。▼盧泰愚（十三代）は、不正蓄財の発覚で失脚、逮捕、懲役刑の後、特赦。▼金泳三（十四代）は、息子が利権介入による斡旋収賄と脱税で逮捕。▼金大中（十五代）は、太陽政策を掲げ北朝鮮の金正日と南北首脳会談（二〇〇〇年）を行う。ノーベル平和賞を受賞するも息子らが不正蓄財で逮捕。▼盧武鉉（十六代）は、兄が収賄容疑で逮捕、退任後、在任中の収賄疑惑で捜索を受けて自殺。▼李明博（十七代）は、在任当時から親族、側近などの逮捕が続く。

とにかく、韓国大統領の晩年は「どうして、何故なの」と思うほど、亡命、暗殺、失脚、投獄、自殺などが続き、そして今回は弾劾となった。まともな任期満了にはならず、まさに「マイナス」のオンパレードが続く。

韓流ドラマでも、歴史ものの愛憎劇は凄まじい展開をする。激しく徹底した攻撃に対しては、そこまでしなくてもと思う一方、逆に徹底した忍耐を貫く。お互い、敵味方の区別がはっきりしているのはいいが、人間の生き方としては哀れを誘う。

国民性としては、白か黒か、好きか、嫌いか、をハッキリ主張するが感情的になりやすいとも言われる。

もう、大統領の悲劇を繰り返してはなるまい。

（2016・12）

349　娘から母への感謝の弔辞

二〇一八年九月、独特な雰囲気をもつ女優・樹木希林（内田啓子、東京出身）が七十五歳で亡くなった。悠木千帆で女優活動を開始するが、ＴＶオークション番組で「売るものがない」から「芸名を競売」にかけ、二万二〇〇〇円で売却したエピソードを持つ。多くのＴＶドラマや映画に出演。ＣＭでは「フジカラー」などに登場。岸本加世子と「美しい人はより美しく、そうでない方はそれなりに写ります」は一世を風靡。一九七三年、ミュージシャンの内田裕也（七八）と再婚するが、一年半で別居したまま四十年を超えた。車椅子で参列した喪主の夫に代わって、娘の内田也哉子（四二）がお礼を述べた。

私にとって母を語るのに、父・内田裕也なくして語れません。思えば、内田家は奇妙な家族でした。私が結婚するまでの十九年間、うちは母と私の二人きりの家族でした。象徴としてのみ君臨する父でしたが、何をするにも私達にとって大きな存在だったことは確かです。自分の親とはいえ、人それぞれの選択があると、頭ではわかりつつも、私の中では、永遠にわかりようもないミステリーでした。「この一年、いろいろ迷惑をかけて反省しています。俺の夢とギャンブルで高価な代償を払わせていることは、よく自覚しています。でも、本当に心から愛しています」父から母への感謝と親密な思いが詰まった手紙に、私はしばし絶句してしまいました。手に負えない父の、混沌と苦悩と純粋さが妙に腑に落ち、母が誰にも見せることなく、大切に自分の本棚にしまってあったことに納得してしまいました。そして、心の何処かで許しがたかった父と母のあり方へのわだかまりがすーっと溶けていくのを感じたのです。私が唯一親孝行できたとすれば、本木さんと結婚したことかもしれません。絶妙なバランスが欠けてしまった今、新たな内田家の均衡を模索するときが来ました。怖気づいている私は、いつか言われた母の言葉を必死で記憶からたぐり寄せます。「おごらず、人と比べず、面白がって、平気に生きればいい」。たくさんのすべきことがありますが、焦らず家族それぞれの日々を大切に歩めたらと願っております。

今までありがとう。人を助け、人のために祈り、人に尽くしてきたので、天国に召されると思う。おつかれ様。夫・裕也は「最期は穏やかで綺麗な顔でした。啓子、安らかに眠ってください。見事な女性でした」の言葉を残す。葬儀中、なぜか遺影のそばにアゲハ蝶。

（２０１８・10）

350 十代の最年少記録保持者

二〇一六年十月、第四十二回世界オセロ選手権がチェコで開かれ、福地啓介君（一一、神奈川県横浜市）が優勝。最年少優勝記録を三十六年ぶりに更新した。凱旋帰国は全日空機に搭乗。すると谷田邦彦機長が機内アナウンスで「オセロの世界チャンピオンにご利用いただいております」の後、「実は、私自身が十五歳の時に立てた記録でした」とサプライズ祝福。各十代の記録者を追う。

▼将棋最多連勝＝藤井聡太（一五、愛知県瀬戸市）▼公認会計士＝長谷川智也（一六、岐阜県岐阜市）▼気象予報士＝本多まりあ（一一、北海道北見市）▼女子プロゴルフツアー出場＝畑岡奈紗（一七、茨城県笠間市）▼レスリング世界選手権男子フリースタイル六五キロ級優勝＝乙里拓斗（一九、山梨県笛吹市）▼危険物取扱者甲種合格＝川田獅大（八、東京都千代田区）▼漢字検定一級合格＝西村柚之介（一〇、神奈川県相模原市）▼通訳案内士＝岩井慎太朗（一四、熊本県熊本市）▼大相撲幕内優勝＝貴乃花光司（一九、東京都杉並区）▼競泳五輪金メダル＝岩崎恭子（一四、静岡県沼津市）▼ミシュランガイド店女性寿司職人＝高井虹歩（一九、大阪府高槻市）▼世界七大陸最高峰登頂成功＝南谷真鈴（一九、神奈川県川崎市）▼ヨット太平洋単独横断成功＝高橋素晴（一四、新潟県白根市）▼日本ゴルフツアー賞金王＝石川遼（一八、埼玉県松伏町）▼卓球ワールドツアー優勝＝伊藤美誠（一四、静岡県磐田市）▼国連英検特Ａ級合格＝川原地球（一三、岡山県岡山市）▼数学検定一級合格＝菅原響生（一三、千葉県千葉市）▼簿記検定一級合格＝岡田彩照（一五、埼玉県草加市）▼宅地建物取引主任者合格＝杉浦健斗（一二、愛知県安城市）▼英検一級合格＝工藤志昊（八、千葉県松戸市）▼英検二級合格＝富所颯太（五、東京都武蔵野市）▼第二種電気工事士合格＝新田絆翔（八、群馬県高崎市）▼野菜ソムリエ合格＝緒方湊（八、神奈川県横浜市）▼男子プロゴルフテスト合格＝竹内優騎（一六、愛知県北名古屋市）▼ＪＲＡ最多優勝＝藤田菜七子（一八、茨城県守谷市）▼日本プロボウラー合格＝坂本さやか（一六、神奈川県相模原市）▼サッカーＪリーグデビュー＝久保建英（一五、神奈川県川崎市）▼危険物取扱者二種全六類合格＝丸田佳奈（八、愛知県豊橋市）▼日本競技かるたクイーン＝楠木早紀（一五、大分県中津市）▼現代詩手帖賞受賞＝文月悠光（一六、北海道札幌市）▼芥川賞受賞＝綿矢りさ（一九、京都府京都市）など。まだまだある。ほんとうに十代は見くびれない。

（2018・10）

米国カンザス州で生まれたＷ・ユージン・スミス（一九一八〜七八）は、従軍カメラマンとしてアメリカ軍に同行、沖縄で日本軍の爆撃で負傷。生涯、後遺症に悩む。一九七〇年、彼の通訳を務めたアイリーン・美緒子・スプレイグ（一九五〇〜）と結婚後、水俣病の取材活動を開始。一九七二年、米国『ライフ』誌に「排水管からたれながされる死」のタイトルで未知の公害病「水俣病」を発表。世界から注目された。

彼は「写真は見たままの現実を写しとるものだと信じられているが、そうした私たちの信念につけ込んで写真は平気でウソをつくということに気づかねばならない」の信念のもと、「真っ暗闇のような黒とまっさらな白」のメリハリある写真を得意とし、多くの名品を遺す。

特に熊本県水俣市に腰を据えて熱心に取材を行った。時には命を懸けた現場にも遭遇した。あるチッソ工場で、交渉に来た患者や同行記者、カメラマンらが、会社の雇った暴力団員に取り囲まれて暴行事件が起きた。それに巻き込まれたスミスはカメラを壊された上、片目失明の重傷を負った。そして「患者さんたちの怒りや苦しみ、悔しさを自分のものとして感じられるようになった」として、さらに取材を続けた。彼の写真への姿勢がある。

351——「水俣」撮ったユージン・スミス

写真は小さな声だ。私の重要な生活の声である。それが唯一というわけではないが、私は写真を信じている。

もし充分に熟成されていれば、写真はときには物を言う。

それが私〜そしてアイリーン〜が水俣で写真をとる理由である。

水俣病を生き抜く人々を描いた写真集『MINAMATA』は、二十世紀を代表する一冊として高い評価がある。その中に、生まれた時から目も見えず、口もきけず、歩くこともできない胎児性水俣病患者の我が子を、母が抱いて入浴させる姿の「Tomoko Uemura in Har Bath」がある。母親の「智子はわが家の宝子ですたい」と愛おしむ姿が写されている。写真は、後方からさす、やわらかい光の中で入浴させる母と子を撮った作品で、黒と白だけで、鮮やかな色彩を醸し出している。この写真には、水俣病と母と子のすべての表現があるとされる。

まさに、聖なる母子永遠の姿なのだろう、

今、水俣病が昭和三十一年（一九五六）に水俣市で公式発表されて六十年を超えている。

（２０１８・11）

「黒い赤ちゃん」が生まれたとして昭和四十三年（一九六八）に「カネミ油症事件」が発生した。

福岡、長崎を中心とする西日本一帯の食中毒事件。患者はポリ塩化ビフェニルなどが混入した食用油を摂取した人々で、母乳を通じて新生児の皮膚が黒くなるなどの症状が生じた。これは「世界最大級の食品公害」だと言われ、今も後遺症に悩む人々がいる。

「公害」は大気汚染、水質汚濁、土壌汚染はもちろん、広義には食品、薬品、交通、基地などもあり、今、放射性物質まで「公害」の位置付けがなされている。

日本での「公害」の主なものを追うと、足尾銅山鉱毒（栃木、一八七八年）、別子銅山煙害（愛媛、一八九三年）、森永ヒ素ミルク中毒（全国、一九五五年）、サリドマイド薬害（全国、一九六二年）、スモン病薬害（全国、一九七〇年）、土呂久鉱山亜ヒ酸中毒（宮崎、一九七二年）、六価クロム汚染（東京、一九七三年）、西淀川大気汚染（大阪、一九七八年）、薬害エイズ（全国、一九八五年）、ダイオキシン汚染（神奈川、二〇〇〇年）、雪印乳業集団食中毒（全国、二〇〇〇年）、アスベスト被害（全国、二〇〇五年）、放射性物質拡散（福島、二〇一一年）などがあり、「日本の四大公害」がイタイイタイ病（富山）、水俣病（熊本）、新潟水俣病

352　日本にいろんな「公害」がある

（新潟）、四日市ぜんそく（三重）だと知ることもできた。

イタイイタイ病は、カドミウムの水質汚濁を原因とする骨軟化、肝機能障害などで、一九一〇年頃の発生。水俣病は、メチル水銀化合物の水質汚濁を原因とする感覚、聴力、神経障害などの症状で、熊本は五三年、新潟は六五年頃の発生。四日市ぜんそくは、硫黄酸化物の大気汚染が原因で気管支、呼吸器疾患になる。五九年頃の発生。こうした「公害」を生活のそばで抱えて生きていることを自覚、対処しなければならない。人が傷つかないために、「傷ついた人」が原因や責任・改善を求めて裁判を起こしている。四大公害の裁判では、新潟水俣病（七一年）、イタイイタイ病、四日市ぜんそく（七二年）、水俣病（七三年）、すべて患者側の全面勝訴になっている。

日本の公害は明治以降の近代産業拡大に伴うものと言われ、〝重厚長大〟から〝軽薄短小〟への産業改革があったにしても、次々と様々な〝毒〟が生まれ、毒による〝害〟がばら撒かれているようだ。明治二十年（一八八七に「衆人の公害を除き、衆人の公益を興さん」（西村茂樹『日本道徳論』）と「公害」の文字を見るが、今、注意した方がいいのは、政治家の〝口害〟もあるようだ。

（2018・11）

353——平成三十一年の皇居一般参賀

皇居の一般参賀に初めて行った。還暦を過ぎ、古希を過ぎ、父の逝った歳（七一）を過ぎ、年男が過ぎた正月、妻と皇居を訪れた。

東京にいた三日間、素晴らしい天気だった。

昨年（平成三十）の夏だったか、妻に「来年、五月に〈元号〉が替わり、今度の正月は〈平成〉最後、皇居の参賀に行くか」と声をかけた。

妻は早速、ツアーを申し込んだ。九州旅行センターのクラブツーリズム旅行企画で、「皇居一般参賀と明治神宮初詣新春お江戸めぐり三日間」だった。三十一日の朝、息子の車で行橋駅まで行き、十時前、小倉駅から新幹線で東京に向かった。妻との旅行は久しぶりだ。午後二時過ぎ、品川駅に到着した。

一日目のスケジュールは「お礼参りの靖国神社」への参拝。宿泊は、幕張のベイエリアに建つ大型ホテルに泊まった。二日目は明治神宮の初詣、お神籤を引いた。

朝ごとにむかふ鏡のくもりなく
　あらまほしきは心なりけり

晴れやかで厳かな詞に感謝。そこで我が家族全員の名を書き「健康安寧」と記して絵馬を奉納した。続いて「築地市場」はまだ「豊洲」に移転していなかったが、築地の寿司店並ぶ街並みを歩いた。築地本願寺にも参った。午後は増上寺、東京タワーに上った。後、隅田川クルーズを楽しみ、大混雑で大混乱の浅草寺へお参りをした。

いよいよ本番の三日目。朝六時半、ホテル出発。七時半、皇居前広場の駐車場で下車、多くの警備の警察官などに見守られ、二回のセキュリティーチェックを受けて広場の参拝列に並んだ。人が膨らんでいくばかり、幾重にも人の列が重なった。九時十五分、二重橋に並ぶ人波が動き始めた。大勢の人が日の丸を持っていた。

十時十分、天皇皇后両陛下が皇太子ご夫妻、秋篠宮ご夫妻をはじめ成年皇族と共に、総ガラス張りの宮殿・長和殿にお立ちになり、天皇陛下がお言葉を述べた。

新年おめでとう。晴れ渡った空の下、皆さんと共に新年を祝うことを誠に喜ばしく思います。本年が少しでも多くの人々にとり、良い年となるよう願っています。念頭に当たり、わが国と世界の人々の安寧と幸せを祈ります。

新年参賀は、平成最多の一五万四八〇〇人で記録。両陛下の長和殿へのお出ましも予定より増えて七回。陛下のご配慮が伝わる。感謝。平成の終わりも近づいている。

（２０１９・１）

354――スポーツ界二人の九州男児

二〇一九年のＮＨＫ大河ドラマ「いだてん――東京オリムピック噺」は、熊本県和水町生まれの金栗四三（一八九一～一九八三）をモデルに展開していくようだ。

大河ドラマのスタートと同時に橘京平『Peace Hill 天狗と呼ばれた男　岡部平太物語』（幻冬舎）が書店に並んだ。これは福岡県糸島市出身の、日本スポーツの近代化を推し進めた岡部平太（一八九一～一九六六）の軌跡だ。

スポーツ界を先導する九州男児二人は、隠れていたというより忘れられていた。「二〇二〇東京五輪」に向かう時勢に、同じ歳の二人が飛び出てきたようだ。

金栗は幼い頃、ひ弱な子だった。小学校入学を機に、往復一二キロの通学路を近所の子らと〝かけあし登校〟して体を鍛えた。旧制玉名中から東京高等師範（現筑波大）に入学。明治四十四年（一九一一）、翌年のストックホルム五輪の予選会で、〝マラソン足袋〟を履き「韋駄天走り」で、当時の世界記録を二十七分短縮する大記録を出し、日本人初のオリンピック選手となった。彼は大会で競技中に日射病に倒れ、近くの農家の人に介抱され〝消えた日本人〟として話題になった。大正九年（一九二〇）の第一回箱根駅伝開催などに尽力。昭和四十二年（一九六七）、スウェーデンからストックホルム五十五周年式典に招待され、途中棄権していた彼に関係者の計らいでゴールが用意された。「五十四年八カ月六日五時間三十二分二十秒三」でテープを切り、「長い道のりでした。この間、孫が五人出来ました」と語った。

岡部は大正二年（一九一三）、福岡師範（現福教大）卒業後、柔道日本一を目指して上京。東京高等師範入学と同時に講道館に入門。柔道は比類なき猛者として憧れた嘉納治五郎に付いて回った。後、米国留学ではバスケット、水泳、フットボール、陸上、ボクシング、レスリング、サッカー、野球、テニス、スキーなどあらゆるスポーツに挑んだ。そして科学トレーニングを学び「日本人の体格で勝てる競技はマラソンしかない」と喝破し、「スポーツは勝たなければいけない」の強い信念で生きた。さらに、スポーツは根性論ではなく、ルールを守り、科学に裏付けられた理論による練習が不可欠であると教えた。

戦後、彼は、金栗四三らとマラソン界の再興に努力した。特筆すべきは「もう戦争は終わった。ここをスポーツのピースヒルにしたい」と、ＧＨＱと土地交渉をして福岡の「平和台」を造ったことだ。

（２０１９・１）

平成二十九年（二〇一八）夏。愛子さま（一六）は学習院女子高等科の海外研修プログラムで、イギリスのイートン・カレッジのサマーコースに短期海外留学をされた。愛子さまは学業も超優秀だと言われる。才能の片鱗は、中学一年生の時に綴られた〝ファンタジー小説〟と言っていい〝作文〟にも表れている。次に記す。

愛子さまが書かれた作品

　私は看護師の愛子。最近ようやくこの診療所にも患者さんが多く訪れるようになり、今日の診療も外が暗くなるまでかかった。先生も先に帰り、私は片付けと戸締りを任されて、一人で奥の待合室と手前の受付とを行き来していた。午後八時頃だろうか、私は待合室のソファーでつい居眠りをしてしまった。翌朝眩しい太陽の光で目が覚め、私は飛び起きた。急いで片付けを済ませて家に帰ろうと扉をガラッと明けると、思わず落っこちそうになった。目の前には真っ青な海が果てしなく広がっていたのだ。

　診療所は、一晩でどの位流されたのだろうか？　いや、町が大きな海へと姿を変えてしまったのかもしれない。助けを呼ぼうとしたが、電話もつながらない。私は途方に暮れてしまった。

355――愛子さまのファンタジー小説

　あくる朝、私は誰かが扉をたたく音で目を覚ました。扉の外には片足を怪我した真っ白なカモメが一羽、今にも潮に流されてしまいそうになって浮かんでいた。私はカモメを一生懸命に手当てした。その甲斐あってか、カモメは翌日元気に、真っ青な大空へ真っ白な羽を一杯に広げて飛び立って行ったのであった。それから怪我をした海の生き物たちが、次々と愛子の診療所へやって来るようになった。私は獣医の資格はもっていないながらも、やってきた動物たちに精一杯の看護をし、時には魚の骨がひっかかって苦しんでいるペンギンを助けてやったりもした。

　愛子の名は海中に知れ渡り、私は海の生き物たちの生きる活力となっていったのである。そう。愛子の診療所は、正に海の上の診療所となったのだ。今日も愛子はどんどんやって来る患者を精一杯看病し、沢山の勇気と希望を与えていることだろう。

（学習院女子中等科・高等科『生徒作品集』《平成二十六年度版》）

歌会始で、雅子さまが愛子さまを詠まれた一首。

十一年前吾子の生れたる師走の夜
　　立待ち月はあかく照りたり

（２０１９・１）

356 「STAP細胞」は幻だった

五年前の平成二十六年（二〇一四）一月三十日、新聞各紙の一面を「世界初万能細胞」のタイトルが躍った。

「ES細胞（胚性幹細胞）やiPS細胞（人工多能性幹細胞）よりも簡単な方法で効率よく短期間で作製できるSTAP細胞（刺激惹起性多能性獲得細胞）と名付けられた新たな〈万能細胞〉がマウス実験で成功した」と発表があった。この発表内容が後日、虚偽であることが分かり、幻に終わった。関係者に自殺者も出た。実験成功の発表当時「凄いことだ」と一文を残していた。

その記録を追ってみる。

「理化学研究所の小保方晴子ユニットリーダー（三〇）らによって〈生命科学の常識を覆す画期的な成果〉が淡々と説明された。このSTAP細胞は米国で特許協力条約（PCT）に基づく国際特許を出願している。世紀の発見は、ごく普通の若い〈リケジョ〉で千葉県松戸市出身の小保方晴子さん。彼女は、中二の時、県青少年読書感想文で最優秀賞を受賞。そこでは〈（略）永遠の命を持つことは、死よりも恐ろしい事だと思う。生きていることのすばらしさを忘れてしまうと思うからだ（略）〉など人間の根源を記していた。〇六年、早大先進理工学部応用化学科を卒業後、再生医学の研究を開始。iPS細胞の山中伸弥教授の講演を聞き、研究への決意を強め、〇八年から二年間、米ハーバード大学のチャールズ・バカンティ教授の研究室に留学、そこで今回の成果に繋がるアイデアも生まれ、研究がスタートした。今回のSTAP細胞は〈マウスの脾臓からとった白血球の一種、リンパ球を弱酸性液に三十分間浸し、培養〉する方法で細胞ができ、それが、どんな組織にでもなれる万能細胞であることを立証した。この弱酸性の液体で刺激する程度では、体の細胞が初期化することはない、とされていただけに、世界的権威の英科学誌「ネイチャー」への投稿では、最初〈過去何百年の生物細胞学の歴史を愚弄している〉と酷評、掲載は拒否された。しかし彼女は〈今日一日、明日一日だけ頑張ろう〉と研究を重ね、研究スタッフにも恵まれて「〈常識を覆す〉大発見になった」……となるところだった。

当時は、彼女の研究室でのペットのスッポン飼いや、ムーミンシール貼り、祖母から贈られたかっぽう着が研究衣などと、メディアは大フィーバーだった。が、世紀の発見は〝嘘〟だった。人生、光もあれば闇もある。

彼女は時を待たずして天に上った心は地に墜ちた。

（2019・1）

357　沖縄から「だんじゅかりゆし」

平成三十一年（二〇一九）二月二十四日、今上天皇（継宮明仁）の在位三十周年記念式典が行われた。陛下はお言葉の中で、「天皇として即位して以来今日まで、日々国の安寧と人々の幸せを祈り、象徴としていかにあるべきかを考えつつ過ごしてきました」と延べられた。

皇后は感慨のこもった一首を記す。

ともどもに平らけき代を築かむと
　諸人のことば国うちに充つ

昭和五十年（一九七五）七月十七日、天皇が皇太子時代に初めて訪れた沖縄の南部戦跡で、火炎瓶を投げ付けられる事件が起きた（ひめゆりの塔事件）。

翌日、ハンセン病国立療養所「沖縄愛楽園」（名護市）を現皇后と共に訪れ、在園者の手を取り言葉を掛けられた。そして園を離れようとした折、沖縄民謡の船出祝い歌「だんじゅかりゆし」の大合唱が起きた。

だんじゅかりゆしや／サーかりゆし／いらでぃさしみいしぇる／船ぬ綱とぅりば／風やまとむ／サーサーかりゆし／／綱とゆる船ぬ／サーかりゆし／寄してぃ寄しらりみ／いもちもり里前／御待ちさびら／サーサーかりゆし／／だんじゅかりゆしや／いらでぃさいみせる／ハリヨ船ヨー／ユーハイセ／ナンチャユーハイセー／サーサユーハイセー／／船ぬ綱とりば／風や風やまとむ／ハリヨ船ヨー／ユーハイセ／ナンチャユーハイセー／サーサユーハイセー／／うむてぃ花咲かち／とむにしじ引かち／ハリヨ船ヨー／ユーハイセ／ナンチャユーハイセー／サーサユーハイセー／／かりゆしぬ船ぬ／走るが走るが美らさ／ハリヨ船ヨー／ユーハイセ／ナンチャユーハイセー／サーサユーハイセー

お二人は立ち止まり、送る歌声に聴き入った。

陛下は琉歌二首を詠まれた。

だんじょかれよしの歌声の響
　見送る笑顔目にど残る

だんじょかれよしの歌や湧上がたん
　ゆうな咲きゆる島肝に残て

だんじゅかりゆしは、「まことにめでたい」の意。

天皇陛下の琉歌が「愛楽園」に伝わると、「特別な曲が欲しい」の声に応え、美智子皇后は「琉歌二首」に曲をつけられた。このたびの式典では、沖縄出身の歌手・三浦大知さん（三一）が、この天皇作詞、皇后作曲の「歌声の響」を切々と歌った。

四月三十日に「平成」が終わり、新元号が始まる。

（2019・3）

358――元号「令和」は二四八番目

平成三十一年（二〇一九）四月一日、朝からＴＶ特番を注視。今上（平成）天皇の生前譲位で、新しい天皇の下で五月一日から使われる「新元号」の発表を待った。

正午前、菅義偉官房長官が「新しい元号は令和です」と公表。令和は大化（六四五）から数えて二四八番目。

新元号の出典は、奈良時代にまとめられた日本最古の和歌集『万葉集』からで、天平二年（七三〇）に大伴旅人の大宰府の邸宅の宴で詠まれた「巻五　梅花の歌三十二首并せて序」の一節。

元号は「令月」と「風和」が典拠とされる。

初春令月　（初春の令月にして）
気淑風和　（気淑く風和ぎ）
梅披鏡前之粉　（梅は鏡前の粉を披き）
蘭薫珮後之香　（蘭は珮後の香を薫らす）

これまでの元号出典は、中国古典（漢籍）からだったが、今回、日本古典（国書）での採用は初めてとなる。

幕末後の新しい時代から一世一元の元号が続く。

その元号成立を追う。

「明治」は、複数の候補から「勧徳、明治、康徳」三案に絞られ、天皇がくじを引いて「明治」を決定。考案は式部大輔の菅原在光とされる。当時「上方のぜいろく共がやってきて東京などと江戸をなしけり、上からは明治だなどというけれど、治明と下からは読む」などの落首が流行った。

「大正」は、最終案の「天興、大正、興化」が枢密院の審議を経て「大正」と決まった。考案は内閣書記室嘱託の国府種徳という。

「昭和」は、宮内省の吉田増蔵図書寮編修官の「神和、元化、昭和、同和、神化」と、内閣府の国府種徳の「立成、定業、光文、章明、協中」が勧進され、最終の三案「元化、昭和、同和」が枢密院に諮詢されて「昭和」が決定。

「平成」は、昭和五十四年（一九七九）成立の元号法に基づいて政府が決定した。有識者による「元号に関する懇談会」に「平成、修文、正化」の三案を示し、臨時閣議で「平成」に決めた。考案者は示さなかった。

そして「令和」は、有識者九人の懇談会と衆参両院正副議長、全閣僚会議などに六原案「英弘、広至、令和、久化、万和、万保」が示され、意見を聞き「令和」の改元政令が閣議決定された。考案者の公表はなかった。

悠久の時の流れの中、世界で随一の「元号」が続く〝日本の文化〟を誇りたい。

（２０１９・４）

359　「令和」出典は国書というが

令和元年（二〇一九）五月一日から「令和時代」がスタートした。平成三十一年四月一日に発表された新元号「令和」の出典について、「万葉集は幅広い階層の人々が詠んだ歌が収められ、我が国の豊かな国民文化と長い伝統を象徴する国書」（安倍晋三首相談）と説明された。

延暦二十五年（八〇六）に完成したという『万葉集』の「梅花の歌―序」に記す。

初春令月（初春の令月にして）
気淑風和（気淑く風和ぎ）

この「令月」と「風和」から二四八番目の元号「令和」が導かれた。ところが、これまでの元号は中国古典（漢籍）からだったのが、初めて「国書」に拠ると、あまりにも国書、国書と喧伝するものだから、その嵐の中に一矢が放たれた。それはどうかな、という意見だ。

中国で六世紀編纂の詩文集『文選』に、地震学の先駆と言われる科学者で文人の張衡（七八～一三九）が『帰田賦』（一三八年頃作）に記す。

仲春令月（仲春の令月）
時和気清（時和して気清し）

また、『帰田賦』は中国の五経（易経・書経・詩経・礼記・春秋）の中の『礼記』から影響を受けているとされ、『礼記』の「経解篇」と「月令篇」に興味深いフレーズがある。

発号出令而民説、謂之和（天子が命令を発し人々が幸せになる、即ちこれを和という）　経解篇
命相布徳和令（臣下の相に命じて徳政を敷き勅令を公布）　月令篇

さらに『万葉集』の記述は、中国の書聖・王羲之（三〇三～六一）の『蘭亭序』（三五三年作）の「天朗気清　恵風和暢（空晴れ渡り空気澄み　春風のびやかに流れる）」にも拠るという。結果、元は中国の『四書五経』に辿りつく。そもそも漢字が中国伝来なので、純粋に「国書」から出典というのは難しいようだ。

今回、「令和」が元号選考の終盤になって追加された案だと漏れ伝わるのが妙だ。ただ江戸時代に「令徳」案が出され「徳川に命令」との意味ありと幕府が撤回させたという。だったら「令和」は「和（日本）に命令」となるが、どんな議論になったのだろう。

「令」、「和」ともに「0（ゼロ）」からの出発だろう。

（２０１９・５）

360　時代のお札の人物を見る

平成三十一年（二〇一九）四月、令和時代に使用する紙幣の肖像人物を発表した。令和六年（二〇二四）から使われる新しい肖像は、日本資本主義の父・渋沢栄一（一万円札）、女性教育の先駆者・津田梅子（五千円）、日本細菌学の父・北里柴三郎（千円）の三名。現行は福沢諭吉（一万円）、樋口一葉（五千円）、野口英世（千円）。

「紙幣」の「肖像」を追う。

日本最初の「肖像紙幣」は明治十四年（一八八一）、『日本書紀』に大きな武勲を記され、豊かな国になる願いをこめた神功皇后（一円ほか）が登場。

まず、初めに女性だった。

肖像の変遷は、明治二十一年に学問の神様と言われる菅原道真（五円ほか）、二十二年に大和朝廷で活躍した伝説上の人物・武内宿禰（一円ほか）、二十三年に奈良〜平安時代の貴族・和気清麻呂（十円）、二十四年に大化の改新の中心人物・藤原鎌足（百円）と続いた。

昭和に入り、五年（一九三〇）の十七条憲法制定など中央集権国家体制を確立した聖徳太子（百円から一万円）に始まり、二十年に九州の熊襲、東国の蝦夷討伐をなした伝説上の日本武尊（千円）、二十一年は江戸時代後期の思想家・二宮尊徳（一円）、二十三年は自由民権運動を主導した板垣退助（五十銭・百円）、二十六年には公武合体を説き王政復古実現に参画し明治政府樹立を進めた岩倉具視（五百円）、昭和金融恐慌を終息させた政治家・高橋是清（五十円）の二人。三十八年に初代内閣総理大臣・伊藤博文（千円）の後、五十九年に作家・夏目漱石（千円）、教育者・新渡戸稲造（五千円）、啓蒙思想家で教育者の福沢諭吉（一万円）の三人が顔を見せた。それ以降、変化なし。ただ平成十二年（二〇〇〇）の二千円紙幣は、表に沖縄「守礼門」が描かれ、裏に『源氏物語』の作者である紫式部といわれる姿が採られている。

そして平成では十六年に、細菌学者で黄熱病研究の野口英世（千円）と、明治の女性作家・樋口一葉（五千円）に替わって以降は、新しいお札の肖像交替はなかった。

紙幣の肖像となる人物の決定は、第一に偽造防止に合う顔、第二に国民に尊重され親しまれる人物であることなどに注意を払って決められるようだ。そして具体的には、日銀と財務省、国立印刷局による協議を経て、日本銀行法に則り、財務大臣決定の仕組みになっている。

ところで、今後のキャッシュレス時代に「紙幣」の存在意義はどうなるだろうか。

（2019・4）

361　あ〜どすこい、どすこい

令和元年(二〇一九)五月二十六日、大相撲夏場所千秋楽。アメリカ合衆国ドナルド・トランプ大統領(一九四六〜)夫妻が、東京の両国国技館で相撲観戦をした。そして幕内優勝力士の朝乃山に初の「米国大統領杯」を土俵上で授与した。今後も毎夏場所に継続だそうだ。

歴史ある相撲史に刻まれる記念日になった。

この日の様子が、「あ〜どすこい、どすこい」の合いの手入る七五調の囃子歌である〝相撲甚句〟になるかもしれない。甚句を拾う。

ハアーア〜　アーア〜　アー　ア〜アアエ〜/花を集めて甚句にとけばヨー/ア〜ア〜　ア〜ア〜/正月寿ぐ福寿草/二月に咲くのが梅の花/三月桜や四月藤/五月あやめにかきつばた/六月牡丹に舞う蝶や/七月野山に咲く萩の/八月お盆で蓮の花/桔梗　かるかや女郎花/冬は水仙　玉椿/あまた名花のある中で/自慢で抱えた太鼓腹/しゅすの締め込み馬簾つき/雲州束ねの櫓鬢/清めの塩や化粧水/四股踏みならす土俵上/四つに組んだる雄々しさは/これぞ真のヨーホホイー/アー　アアアアー　国の華ヨー　(「花づくし」)

相撲甚句は邦楽の一種である。起源などは不詳だが、江戸時代の享保年間(一七一六〜三六)に定着したと言われる。相撲の地方巡業などで力士数人が輪になって歌う姿は晴れやかだ。

親の意見と茄子の花は/千に一つの　無駄がない　無駄がない//くにゃくにゃ　くにゃくにゃ　こんにゃくは/お味噌を付けたら　田楽で/何も付けなきゃ倹約　倹約//荷車　歯車　乳母車/乗っちゃいけない口車/電車に　自転車　三輪車/でたらめ言うのが易者　易者//緋鯉に真鯉は池の鯉/男と女が色恋で/相撲取りゃ　土俵で　ドスコイ　ドスコイ//目元ぱっちり色白で/髪は鴉の濡羽色/立てば芍薬　座れば牡丹/歩く姿は百合の花/近頃世の中不景気で/土俵の上のお相撲さん/立てば借金　座れば家賃/歩く姿は質屋に　お使い　お使い　(「はやし唄」)

力士が土俵上で唄う甚句は、円陣を組み、差す手、引く手と前後左右に運ぶ足、それらの所作は相撲四十八手を表しているという。そしてお相撲さんの張りと艶ある美声は館内に響き、声と言葉が沁み渡る。

甚句の囃子歌は、生活を詠う唄として替え歌も創られ、各地に広がり、楽しめ、身近なことばで人の道を説く歌としても伝わっているようだ。

(2019・5)

厚生労働省によると、二〇一九年のホームレス人口は約四千五百余人という。十年前は一万六千余人、二〇〇〇年頃は二万五千余人の調査結果だった。ホームレスは大人。ところが世界の都市で路上生活をするストリートチルドレンは一億五〇〇〇万人を超すと言われる。日本には「存在しない」と厚労省の見解。だが韓国人写真家の権徹（ゴンチョル）（一九六七〜）さんの『歌舞伎町のこころちゃん』（講談社、二〇〇八年）が評判になったことがある。

この写真集は、歌舞伎町の新宿コマ劇場付近で無邪気に遊ぶ四歳女児「こころちゃん」の路上生活を追ったもので、三十八枚の写真を収める。足の悪いパパと日々を過ごす〝こころ〟のさりげない仕草にカメラを向けたものだ。虫歯だらけの笑顔や素足で地べたを走る、段ボール布団に絵を描く、パパと道端での片付け、ゲームコーナーでの姿などにピントを合わせている。大都会の片すみで生きる幼女を写し撮った。ストリートチルドレンだ。

一日約三五〇万人が動く新宿駅前の大繁華街で生き抜くには「干渉せず、ただ行き交う」だけという暗黙のルールがあるようで、それに従うしかない。誰も注意せず、関心も持たない街の中、写真集はこころちゃんが二〇〇七年九月に突然姿を消すまでの半年間の記録のようだ。

362 日本にストリートチルドレン

日本にもストレートチルドレンがいた証が遺された。ちなみに、当時、田村裕『ホームレス中学生』（ワニブックス、二〇〇七年）がベストセラーになっていた。妙に符合する。

今、かつて浮浪児を守った「孤児院」はないが、両親の死別や行方不明、父母から遺棄、虐待を受ける子らは「児童養護施設」が受け入れている。終戦後の調査では、戦争孤児（二万八二四八人）、引揚孤児（一万一三五一人）、一般孤児（八万一二六六人）、棄迷児（二六四七人）の十二万人を超える孤児がいた。戦後七十年を超え、豊かな国になった現在、全国の児童養護施設は六一五（公立三十七、私立五七八）あり、そこには約二万八〇〇〇人が在籍しているという。それに日々、親が子を殺す〝子殺し〟がメディアを賑わす。それが当たり前の世の中になっている、そら恐ろしい現実が目の前にある。

どうかしなければならない。

こころちゃんを撮った権さんは、「被写体と深くかかわる」写真家としての自分を見つけ出し、写真集の印税の一部を一家の自立支援にと、五五六円を入金して「五五六（ころ）基金」銀行口座を開いた。

ここには計算のない、真に忖度（そんたく）の〝こころ〟がある。

（2019・7）

令和元年（二〇一九）は戦後七十四年。八月六日に広島で「平和記念式典」、八月九日に長崎で「原爆犠牲者慰霊平和祈念式典」が行われた。松井一實広島市長と田上富久長崎市長はそれぞれ「平和宣言」を世界に向かって訴えた。宣言には市民の歌と詩が織り込まれていた。

松井市長は「（略）日本政府には唯一の戦争被爆国として、核兵器禁止条約への署名、批准を求める被爆者の思いをしっかりと受け止めていただきたい。その上で、日本国憲法の平和主義を体現するためにも、核兵器のない世界の実現にさらに一歩踏み込んでリーダーシップを発揮して（略）」と述べ、「黒い雨降雨地域」拡大を求めた。

そして、原爆投下当時に五歳だった女性の詠んだ歌を紹介した。

おかっぱの頭から流るる血しぶきに

　妹抱きて母は阿修羅に

田上市長は「（略）日本政府に訴えます。日本は今、核兵器禁止条約に背を向けています。唯一の戦争被爆国の責任として、一刻も早く核兵器禁止条約に署名、批准してください。そのためにも朝鮮半島非核化の動きを捉え、〈核の傘〉ではなく、〈非核の傘〉となる北東アジア非核兵器地帯の検討を始めてください。そして何よりも〈戦争をしない〉という決意を込めた日本国憲法の平和の理念の堅持と、それを世界に広げるリーダーシップを発揮することを求めます。（略）」と訴え、原爆は「人の手」によって作られ「人の上」に落とされたものだから、「人の心」によって必ず無くせると思いを伝えた。

そして原爆により家族を亡くした、当時十七歳の女性の詩を朗読した。

眼を閉じて聴いてください／／幾千の人の手足がふきとび／腹わたが流れ出て／人の体にうじ虫がわいた／／息ある者は肉親をさがしもとめて／死がいを見つけ　そして焼いた／人間を焼く煙が立ち上り／罪なき人の血が流れて浦上川を赤くそめた／／ケロイドだけを残してやっと戦争が終わった／／だけど……／父も母も　もういない／兄も妹ももどってはこない／／人は忘れやすく弱いものだから／あやまちをくり返す／だけど……／このことだけは忘れてはならない／このことだけはくり返してはならない／どんなことがあっても……

くり返さない「悲劇」を問い、くり返し「平和」を訴える。生きている者の「願」を伝え続ける。

（2019・8）

363――平和宣言の中の歌と詩

364　新聞の四コマ漫画を探る

日本の四コマ漫画は起承転結にオチを付け、最小限のストーリーを描く漫画形式の一つで、江戸時代の絵手本『北斎漫画』が「四コマ漫画の源流」だとの説がある。

とにかく毎日の各新聞の左肩上に「四コマ」が載る。読者を楽しませる〝四コマ漫画〟の歴史を探ってみる。

コマ漫画の登場は、大正十二年（一九二三）の東京朝日新聞に「正チャンの冒険」（文・織田小星、絵・樺島（かばしま）勝一）と報知新聞に「のんきな父さん」（麻生豊）が掲載されてヒットしたため、新聞各社は競って漫画を掲載。後、昭和十一年（一九三六）、東京朝日の「フクちゃん」（横山隆二）が盛況だった。また昭和二十一年には、地方紙での「サザエさん」（長谷川町子）、小国民新聞の「マァチャンの日記帳」（手塚治虫）などが評判をとった。各新聞連載の漫画を見る。

【毎日新聞】ペ子ちゃん／デンスケ／フクちゃん（横山隆二）、まっぴら君（加藤芳郎）、ぐうたらママ（古谷三敏）、アサッテ君（東海林さだお）、桜田です！（いしかわじゅん）、【朝日新聞】フクちゃん（横山隆一）、ブロンディ（チック・ヤング）、サザエさん（長谷川町子）、フジ三太郎（サトウサンペイ）、ペエスケ（園山俊二）、サミット学園（山井教雄）、Mr.ボォ（砂川しげひさ）、ののちゃん（いしいひさいち）、【読売新聞】轟先生（秋好馨）、おトラさん（西川辰美）、ＯＨ!!ミスター（福地泡介）、あっぱれサン（秋竜山）、サンワリ君（鈴木義司）、コボちゃん（植田まさし）、【産経新聞】サラリ君（西村宗）、ルートさん（はらたいら）、カボスさん（堀田かつひこ）、ちいさなのんちゃん（永野のりこ）、のんびりいこうよ（赤羽みちえ）、ひなちゃんの日常（南ひろこ）、【地方新聞】ほのぼの君（佃公彦）、ろくさん天国（馬場のぼる）、ちびまる子ちゃん（さくらももこ）、おーい栗之助（森栗丸）、カンちゃん（フジヤマジョージ）、あんずちゃん（田中しょう）、ゴンちゃん（かまちよしろう）、ヒラリ君（井田良彦）、きんこん土佐日記（村岡マサヒロ）、ねぇ、ぴよちゃん（青沼貴子）など多くの四コマ漫画が読者を魅了。

四百余の雑誌や新聞にプロ漫画家約六千人が描き続けているそうだ。四コマ漫画の新聞連載が始まって百年近くになる。近年、『漫画家白書』刊行など漫画熱は高まるばかりだ。マンガコースを創った大学は二十を超え、専門学校は百校近くあると聞く。

マンガは愉しむ時代から深める時代に入ったようだ。マンガが輸出され、日本マンガは外国でも好評。漫画が暮らしに添うようになった。マンガ大国ニッポンだ。

（2018・9）

365　ゴールデンとシルバーウィーク

人は働いて休み、休んで働く。生活のバランスをとる休み。「働き方改革」などの議論が喧（かまびす）しいが、要は心身ともに健全な暮らしができることだろう。

一年三六五日。年間の「休日」を見る。

「国民の祝日」は元旦、成人の日、建国記念の日、春分の日、昭和の日、憲法記念日、みどりの日、こどもの日、海の日、山の日、敬老の日、秋分の日、体育の日、文化の日、勤労感謝の日と天皇誕生日で十六日。

土日は一〇一日で合計一一七日、一年の三分の一が「休み」。さらに、よく働くから少しゆっくりと、国民の祝日を月曜に移す三連休が導入された。長年、慣れ親しんだ成人の日（一月十五日）を一月第二月曜、海の日（七月二十日）を七月第三月曜、敬老の日（九月十五日）を九月第三月曜、体育の日（十月十日）を十月第二月曜とする「ハッピーマンデー制度」が平成十五年（二〇〇三）以降、完全実施になった。

では、なぜ「休日」が増えたのだろうか。それは「経営の神様」の異名を持つ松下幸之助（一八九四〜一九八九）の熱い想いに因るようだ。日本人は、ひたすら働く国民だった。しかし「社員が、ただ働くだけでは能率が上がらない。一日を休み、一日を心身のリフレッシュ研鑽に」と、昭和四十年（一九六五）に松下電器（パナソニック）は「週休二日」をスタートさせた。後、他の企業も昭和五十五年頃から制度導入を始めた。平成四年に官公庁が「完全週休二日制」になり、その後、平成十四年に「学校五日制」になった。年間のまとまった休みは、五月の大型連休「ゴールデン（金）ウィーク」と、数年に一度、祝休日が重なる秋の連休「シルバー（銀）ウィーク」がある。この時期、人の大移動で消費拡大を期待。

まさに家族団欒のリフレッシュタイムになる。

ところで祝日決定を「山の日（八月十一日）」で見る。まず平成八年に「海の記念日（七月二十日）」施行後、「山の日」祝日要望がなされ、平成二十八年から実施が決まった。日付は、初めお盆休みと連動させて「八月十二日」での協議がなされた。しかし、十二日は群馬県「御巣鷹山」の日本航空一二三便墜落事故日で、メモリアルウィークとして「犠牲の日」が強調されないようにと「十一日」になったようだ。配慮された祝日だ。

休日は、何の制限もなく、自由気ままに自分のしたいことをして過ごせる。が、ただ「平日を生き抜く活力を養う」心根は持っておこう。

（2019・8）

あとがき

この『令和田舎日記』は、田舎日記シリーズの四冊目。これまで『田舎日記・一文一筆』（書家・棚田看山氏と共著、二〇一四年）と『田舎日記／一写一心』（写真家・木村尚典氏と共著、二〇一六年）、そして単独の『平成田舎日記』（二〇一九年）を刊行した。

二〇〇八年から書き継ぐ千字文を纏めたものだ。

初めの「一文一筆」は、ミニコミ誌や新聞などに発表した一〇八篇随想に、「一〇八本の筆」を使って揮毫した「一〇八字の書」を載せた。次の「一写一心」は、脳梗塞でのリハビリを兼ねて二十年余、写真を撮り続けた中から「一〇八作品」を選び、随想と並べた。ともに煩悩の一〇八を基にした。そして『平成田舎日記』は「平成」に記した随想で、一日一篇、読んでいただければ、との思いで三六五篇収録の刊行になった。

今回の『令和田舎日記』も三六五篇を収めたものだが、全てを「令和」に書いたものではなく、「平成」に書いたものも収録した。

好きな句に「去年今年貫く棒の如きもの　虚子」がある。過ぎた年も、今、生きる年も、やがて来る年も、決して途切れることはない。時は永遠で、繋がり続ける。

「令和」の「今」を生きる「時」に刊行する書籍だから『令和田舎日記』とした。

十年ひと昔という。暮らしの中で「田舎日記」を書き継いでいる。

一日の起床から就寝までの「一日日記」と並行して、三日に一篇の「田舎日記」を書き継げるのは、いかにヒトやモノ、コトを知らなかったかの証だとも思う。

あれもこれも、ああそうだったのかと、まさに〝学び直し〟の日々である。どうでもいいことかもしれない、が、ちょっとした言葉に魅かれ、調べると、どうでもいいにはならない。不思議と引き込まれていく。さりげない暮らしの中で、あれっ、と思う瞬間がよくあり、辿れば、意外に大切なものが隠れたりしている。

こうした想いは、田や畑、川や野、林や森がすぐそばにある「田舎ぐらし」によって培われたものかもしれない。ごく当たり前のことだが、私たちは、めぐりくる季節によって日々の変化の新鮮さを感じてきた。しかし、今、その自然の大事な営みのサイクルを忘れているような気がしてならない。

最近、田舎の良さ、田舎の強さを改めて考えさせられる事象に遭遇したと思う。新型コロナウイルス感染は「都会」での広がりに比べ、人と人とが「密」にならない「田舎」では抑えられていたように思う。これは自然力の強さかもしれない。

すでに「都会ぐらし」に見切りをつけて「田舎ぐらし」にシフトする動きも始まった。生活に不便だと言われる「田舎生活」に魅力と力強さを感じ始めたようだ。

いかに自然が人間を包み、守る、いい環境を保っているかをウイルスから学んだのではなかろうか。

生きて残せるものがあるとするなら、歩いてきた道の言葉だろう。良寛、ガラシャ夫人の辞世に、その究極を思いめぐらすことができる風土と人々に感謝したい。

裏を見せ表を見せて散る紅葉　　良寛

散りぬべき時知りてこそ世の中の
　花も花なれ人も人なれ　　ガラシャ夫人

言葉で生き、ことばで暮らし、言葉を遺せる歩みができることをありがたく思う。

このたび、郷土史研究家の小正路淑泰氏に序文、書家の棚田看山氏にかずら筆揮毫の題字、画家の城戸好保氏に挿絵を快諾いただいた。そして拙文整理、校正などを煩わせた花乱社の宇野道子さん、別府大悟さんら関係者に心からお礼を申し上げます。

令和二年、秋、吉日

光畑浩治（こうはたこうじ）

城戸

左：棚田，右：光畑

►題字

棚田看山（たなだ・かんざん／本名・規生）

1947（昭和22）年，福岡県みやこ町に生まれる。1971年，福岡県立大里高等学校教諭（書道）を振り出しに，八幡中央，京都，豊津を経て北九州高等学校で定年退職。2008年，行橋市歴史資料館に勤務。2014年に退職。共著＝『三輪田米山游遊』（木耳社，1994年／同改訂版，2009年），『田舎日記・一文一筆』（花乱社，2014年）

►挿絵

城戸好保（きど・よしやす）

1947（昭和22）年，福岡県行橋市に生まれる。1970年，福岡県展受賞・二科展入選等。2009年，第54回新世紀展（東京展）初入選，新人賞受賞，選抜巡回展出品。2013年，第58回同展，奨励賞受賞。2015年，第60回新世紀記念展，奨励賞受賞。2019年，第64回同展，都知事賞（１席）受賞。現在，新世紀美術協会会員。

『田舎日記・一文一筆』
文 光畑浩治／書 棚田看山
Ａ５判変型／並製／240頁
本体1800円＋税
日本図書館協会選定図書

『田舎日記／一写一心』
文 光畑浩治／写真 木村尚典
Ａ５判変型／並製／240頁
本体1800円＋税

『平成田舎日記』
光畑浩治著
Ａ５判変型／並製／392頁
本体2000円＋税

光畑浩治（こうはた・こうじ）
1946（昭和21）年12月５日，福岡県行橋市に生まれる。1965年，福岡県立豊津高等学校卒業。1968年，行橋市役所に入所。総務課長，教育部長などを経て，2007（平成19）年に退職。
著書＝『ふるさと私記』（海鳥社，2006年），『平成田舎日記』（花乱社，2019年），編著＝『句碑建立記念 竹下しづの女』（私家版，1980年），共著＝『ものがたり京築』（葦書房，1984年），『京築文化考　１～３』（海鳥社，1987～93年），『京築を歩く』（海鳥社，2005年），『田舎日記・一文一筆』（花乱社，2014年），『田舎日記／一写一心』（花乱社，2016年）

JASRAC 出 2009332-001

令和田舎日記（れいわいなかにっき）

❖

令和２（2020）年12月12日　第１刷発行

❖

著　者　光畑浩治
発行者　別府大悟
発行所　合同会社花乱社
〒810-0001 福岡市中央区天神 5-5-8-5D
電話 092（781）7550　FAX 092（781）7555
印　刷　株式会社西日本新聞印刷
製　本　篠原製本株式会社
［定価はカバーに表示］
ISBN978-4-910038-25-4